श्रद्धेय

संपादक

भगवत शरण माथुर
सिद्धार्थ शंकर गौतम

प्रभात प्रकाशन, दिल्ली
ISO 9001:2015 प्रकाशक

प्रकाशक • **प्रभात प्रकाशन**
4/19 आसफ अली रोड,
नई दिल्ली–110002

संस्करण • प्रथम, 2018
मूल्य • छह सौ रुपए
मुद्रक • आर–टेक ऑफसेट प्रिंटर्स, दिल्ली

SHRADDHEYA *Ed.* Bhagwat Sharan Mathur, Siddhartha Shankar Gautam
Published by Prabhat Prakashan, 4/19 Asaf Ali Road, New Delhi-2
e-mail: prabhatbooks@gmail.com ISBN 978-93-5322-065-5
₹ 600.00

श्रद्धेय स्व. श्री कुशाभाऊ ठाकरेजी के दिखाए गए
मार्ग पर चलकर देश में सकारात्मक परिवर्तन के लिए
तत्पर भारतीयों को समर्पित

अपनी बात

मैं उन विरले कार्यकर्ताओं में से हूँ, जिसे कुशाभाऊ ठाकरेजी के साथ संगठनात्मक दायित्वों के निर्वहन का सौभाग्य प्राप्त हुआ। रीवा 1992 से राजगढ़, शाजापुर, रीवा में संगठन मंत्री पद से लेकर मध्य प्रदेश में सह-संगठन मंत्री और हरियाणा में संगठन महामंत्री तथा वर्तमान में अनुसूचित जनजाति और सहकारिता के नाते भा.ज.पा. में यात्रा ठाकरेजी के दिखाए मार्ग पर चलकर पूरी हुई है। उनके द्वारा दिए गए मार्गदर्शन के कारण मुझे कार्य करने में कहीं भी कठिनाई और समस्या नहीं आई। मेरी स्मृति में उनसे जुड़े कई प्रसंग हैं और आज भी ठाकरेजी के सान्निध्य में कार्य करनेवाले मुझ जैसे कई कार्यकर्ता जब साथ बैठते हैं तो ठाकरेजी अनायास ही स्मृति में कौंध जाते हैं। कुछ माह पहले मेरे साथ दुर्घटना हुई, जिसकी वजह से मुझे भाग-दौड़ करने में परेशानी का अनुभव हुआ। कार्यकर्ता बंधु मुझसे मिलने आते, चर्चाएँ होतीं और यदा-कदा ठाकरेजी का नाम निकल आता। तब मैंने सोचा कि क्यों न ठाकरेजी के जीवन-प्रसंगों पर उनसे जुड़े या उनके साथ संगठन का कार्य कर चुके ऐसे कार्यकर्ताओं से कुछ लिखवाया जाए जो आनेवाली पीढ़ी को राजनीति का सही मार्ग दिखला सके। बस मैंने तभी तय कर लिया कि स्वास्थ्य लाभ के साथ ही यह कार्य भी अपने मार्गदर्शन में पूर्ण करवाऊँगा।

वैसे तो ठाकरेजी पर अन्य कार्यकर्ता बंधुओं/साथियों ने लिखा है, किंतु उनके जीवन से जुड़े प्रसंग ही इतने हैं कि उनके लिए कई पुस्तकें भी छोटी पड़ जाएँ। इसी सोच के साथ शुरू हुई यह यात्रा आज आप सभी के समक्ष है। इस कार्य में राष्ट्रीय स्वयंसेवक संघ से जुड़े और दर्जन भर से अधिक पुस्तकें लिख चुके सिद्धार्थ शंकर गौतम का मुझे पूर्ण समर्थन एवं सहयोग प्राप्त हुआ है। अवधेश प्रताप सिंह विश्वविद्यालय, रीवा जहाँ 15 वर्ष पूर्व मैंने कुशाभाऊ ठाकरे व्याख्यानमाला की शुरुआत करवाई तो वहाँ के समस्त बंधुओं ने भी इस कार्य को अपनी स्वीकृति देते हुए सहयोग किया। वहाँ के कार्यकर्ताओं

ने व्याख्यानमाला के छायाचित्र उपलब्ध करवाए। विश्वविद्यालय के कुलपति, प्राध्यापक, कर्मचारियों ने भी व्याख्यानमाला के संदर्भ में लेख लिखे हैं।

मैं उन सभी बंधुओं/कार्यकर्ताओं का हृदय से धन्यवाद करता हूँ, जिन्होंने इस पुस्तक को पूर्णता प्रदान की। यह पुस्तक आनेवाली पीढ़ियों को जनहितैषी राजनीति का ककहरा सिखाएगी, ऐसा मेरा मत है। मुझे आशा है कि महान् युगद्रष्टा, संघ प्रचारक, भा.ज.पा. के पितृपुरुष स्वर्गीय कुशाभाऊ ठाकरेजी के जीवन मूल्यों, सादगी, स्नेहमयी व्यवहार, संघर्षों और देश हेतु किए गए त्याग को रेखांकित करने के लिए यह पुस्तक 'श्रद्धेय कुशाभाऊ ठाकरे' प्रकाशित की जा रही है, जो राजनीतिक कार्यकर्ताओं, पाठकों के लिए प्रेरणादायी सिद्ध होगी।

—भगवतशरण माथुर

मंतव्य

बात लगभग दो वर्ष पुरानी है। मैं भोपाल स्थित ठेंगड़ी भवन में वरिष्ठ प्रचारक श्री लक्ष्मीनारायण भालाजी के मार्गदर्शन में 'कृतिरूप संघ दर्शन' के पुनर्लेखन के कार्य में लगा हुआ था। मेरा जन्मदिन आ रहा था तो मैंने श्री भालाजी से इच्छा प्रकट की कि क्यों न इस अवसर पर आप मुझे नागपुर की उस पवित्र भूमि के दर्शन करवा दें, जहाँ से राष्ट्रीय स्वयंसेवक संघ का प्राकट्य हुआ था। उन्होंने मेरी इच्छा का मान रखते हुए नागपुर प्रवास का कार्यक्रम तय किया और हम नियत समय पर महाल स्थित कार्यालय पहुँच गए। जन्मदिन की सुबह श्री भालाजी मुझे आद्य सरसंघचालक परम पूज्य डॉ. जी के निवास स्थान पर लेकर गए। वहाँ हर आगंतुक को एक पंजिका में हस्ताक्षर करने होते हैं। जन्मदिन के अवसर पर मंदिर समान स्थल पर आने से मैं अति भावुक था, सो जो मन में आया, वह लिखकर हस्ताक्षर कर दिए।

इस घटना के लगभग सात महीने बाद मुझे रीवा से श्री अमित मिश्राजी का फोन आया। प्रारंभिक परिचय के बाद उन्होंने मुझसे कहा कि एक पुस्तक संपादित करने का प्रस्ताव है, क्या आप करेंगे? अमितजी से पूर्व का कोई परिचय न था तो मैंने उनसे पूछा कि मेरे बारे में उन्हें जानकारी कहाँ से हुई? उन्होंने कहा कि भारतीय शिक्षण मंडल से जुड़े प्रचारक श्री दयानिधि उर्मलियाजी, जो नागपुर संघ कार्यालय में रहते थे, ने आद्य सरसंघचालक परम पूज्य डॉ. जी के निवास स्थान पर मेरे द्वारा लिखे गए मंतव्य को पढ़कर ही मेरा नाम सुझाया है। मैं आश्चर्यचकित हुआ, क्योंकि भावुकता में लिखा हुआ मंतव्य भी किसी का इतना रुचिकर हो सकता है? जब मैंने संभावित पुस्तक के बारे में पूछा तो श्री अमितजी ने बताया कि मध्य प्रदेश के पूर्व सह संगठन मंत्री श्री भगवतशरण माथुरजी श्रद्धेय स्व. श्री कुशाभाऊ ठाकरेजी के जीवन-प्रसंगों पर एक पुस्तक का संपादन करवाना चाहते हैं, इस पर मैंने आपका नाम सुझाया है। मुझे अत्यधिक प्रसन्नता हुई, क्योंकि स्व. श्री ठाकरेजी मध्य प्रदेश के निवासी थे, जिन्होंने अपनी संगठनात्मक

क्षमताओं के चलते भारतीय जनता पार्टी को वटवृक्ष बना दिया। मैंने बिना समय व्यर्थ किए अमितजी को 'हाँ' कहा और इस तरह इस पुस्तक की रूपरेखा बनाने का कार्य शुरू हुआ।

बाद में श्री भगवतशरण माथुरजी एवं अवधेश प्रताप सिंह विश्वविद्यालय, रीवा के कुलपति प्रो. केदार नाथ सिंह यादवजी से सतत संपर्क बना और आज उन दोनों महानुभावों के प्रयत्नों स्वरूप यह पुस्तक आकार ले सकी है। उक्त पुस्तक न सिर्फ भारतीय जनता पार्टी के कार्यकर्ताओं को राजनीति का पाठ पढ़ाएगी वरन् अन्य राजनीतिक दलों के कार्यकर्ता भी संगठन गढ़ने के गुर सीख सकते हैं। स्व. श्री ठाकरेजी के विरले व्यक्तित्व पर उनके साथ कार्य कर चुके संगठन के कार्यकर्ताओं ने जिस प्रकार लेखन किया है, वह अतुलनीय है। कहीं-कहीं तो ऐसा भान होता है मानो स्व. श्री दीनदयाल उपाध्याय (पंडितजी) की साफ-स्वच्छ जनहितैषी राजनीति की छाया ठाकरेजी के व्यक्तित्व में समा गई हो। बतौर पुस्तक संपादक मैं यह अनुभव कर रहा हूँ कि दीनदयालजी के विचारों को यदि किसी ने आत्मसात किया है तो वे श्री ठाकरेजी ही थे। सहमति-असहमति हो सकती है, किंतु आदर्श राजनीति पर दोनों के विचार समान ही हैं।

मैं उन सभी वरिष्ठ कार्यकर्ताओं को धन्यवाद ज्ञापित करना चाहता हूँ, जिन्होंने इस लेखन कर्म में अपनी श्रद्धा दिखाते हुए इसे परिणति तक पहुँचाया। कई वयोवृद्ध कार्यकर्ताओं ने पुराने दिनों को याद कर भावुक भी किया। ठाकरेजी के बारे में मैंने खूब पढ़ा था, किंतु इस पुस्तक के संपादन कार्य के चलते मुझे ऐसा भान होने लगा है, जैसे मैं स्वयं ठाकरेजी को जानता था। मैं उन सभी कार्यकर्ताओं और संगठन के पुरोधाओं को नमन करता हूँ, जिन्होंने 'श्रद्धेय' के सान्निध्य में रहकर संगठन गढ़ा।

चरैवेति-चरैवेति

—सिद्धार्थ शंकर गौतम

अनुक्रम

खंड–2

माननीय स्व. ठाकरेजी द्वारा 'भाजपा समाचार' में लिखे गए लेख

खंड–3

कुशाभाऊ ठाकरे व्याख्यानमाला, अवधेश प्रतापसिंह विश्वविद्यालय रीवा

खंड–4

स्व. ठाकरेजी के चुनिंदा साक्षात्कार

(वरिष्ठ पत्रकार श्री उमेश त्रिवेदी द्वारा…)

खंड-1

ठाकरेजी को कठिन काम ही दिए जाते हैं

—स्व. अटलबिहारी वाजपेयी

कुशाभाऊ ठाकरे बहुत परिश्रमी व्यक्ति हैं। वे कठिन-से-कठिन कार्य करने में भी सक्षम हैं। बल्कि मैं तो कहूँगा कि ठाकरेजी को कठिन काम ही दिए जाते हैं। वे न रुकते हैं और न थकते हैं। मध्य प्रदेश में जनसंघ के जमाने से मैं श्री कुशाभाऊ को जानता हूँ। बल्कि मैं तो कहूँगा कि पहले जनसंघ और अब भाजपा मध्य प्रदेश में कुशाभाऊ ठाकरे का पर्याय रहे हैं। मध्य प्रदेश ही क्या, देश में जहाँ भी उनको काम मिला, वे एक क्षण भी विलंब किए बिना वहाँ गए।

ठाकरेजी उम्र में मुझसे बड़े हैं। मैं उनके बारे में क्या कहूँ! किंतु मुझे यह कहने में कोई संकोच नहीं कि ठाकरेजी बहुत जीवट कार्यकर्ता हैं। वे बहुत सरल, किंतु दृढ़ निश्चयी स्वभाव के हैं। वे जिन भी प्रांतों के प्रभारी रहे, अपने काम और व्यवहार से सबके प्रिय रहे। ठाकरे बहुत जीवटता के आदमी हैं। वे कुशल संगठक हैं। वे कार्यकर्ता को तराशते हैं, उसे आगे बढ़ाते हैं, नेता बनाते हैं और स्वयं पीछे रहते हैं। ठाकरेजी सबकी चिंता करते हैं—राष्ट्र की, संगठन की, समाज की और-तो-और, भगवान् की भी। ऐसे अनेक प्रसंग आए, बातचीत हुई, जब ठाकरेजी ने चिंतित स्वर में कहा, "अरे भगवान्! तेरा क्या होगा?"

ठाकरेजी सदैव मूल्यों पर आधारित राजनीति करते हैं। उनकी सादगी सबको प्रभावित करती है। वे बड़ी-से-बड़ी बात बड़ी सरलता से कह देते हैं। जनसंघ और भाजपा में रहकर उन्होंने संगठन को प्रत्येक स्थिति में देखा है। संगठन के विस्तार के साथ उनके व्यक्तित्व में भी ज्यादा बड़प्पन आया है। उन्हें कभी उपलब्धियों का घमंड नहीं होता। वे बाह्य आकर्षणों से प्रभावित होनेवाले आदमी नहीं हैं। वे संगठन की जड़ों

भारत रत्न से सम्मानित पूर्व प्रधानमंत्री

को मजबूत करने के पक्षधर हैं; और वे पिछले चालीस–पचास वर्षों से यही कर रहे हैं। न कभी रुके हैं और न रुकेंगे। उनकी सबसे बड़ी विशेषता यही है कि वे कभी थकते नहीं हैं। वे सदैव काम के पक्षधर हैं। संभवतः यही उनकी सफलता का राज है। उन्हें कोई भी आकर्षण डिगा नहीं सकता। वे प्रत्येक कार्यकर्ता से काम ले लेते हैं। वे कार्यकर्ताओं की विशेषता और उनकी क्षमताएँ जानते हैं और उसी के अनुरूप सभी से काम ले लेते हैं।

वे सिद्धांतों के प्रति सजग और असंदिग्ध हैं। जो सच है, वे उसी के पक्षधर हैं। सत्य और संगठन के हितों के धरातल पर वे कभी समझौता नहीं करते और न किसी विपरीत परिस्थिति में झुकते हैं। उन्हें कोई झुका भी नहीं सकता। मुझे स्मरण नहीं है कि कभी किसी काम को लेकर ठाकरेजी ने असमर्थता व्यक्त की हो अथवा इनकार किया हो। संभवतः यही कारण कि हम उन्हें कठिन–से–कठिन कार्य सौंपते हैं। संगठन से संबंधित जब भी कोई कठिन कार्य आया या जटिलतम परिस्थिति उत्पन्न हुई, तब पार्टी में सभी के मुख पर एकमात्र नाम ठाकरेजी का आता है। उन्हीं को कठिन काम सौंपा जाता है और वे कर डालते हैं। अमृत महोत्सव के इस अवसर पर मैं उनके दीर्घायु होने की कामना करता हूँ।

❑

वे नींव भी हैं और शिखर भी

—स्व. राजमाता सिंधिया

मध्य प्रदेश की राजनीति में 1967 एक राजनैतिक उथल-पुथल का वर्ष था। वर्षों तक कांग्रेस से संबद्ध रहने के बाद मुझे कांग्रेस का परित्याग करना पड़ा था। यद्यपि आज कांग्रेस में किसी आदिवासी को पार्टी या सरकार की सत्ता सौंपने की होड़ लगी है; किंतु यह वह काल था, जब इसकी सरकार के हाथ एक लोकप्रिय आदिवासी नेता महाराजा प्रवीरचंद्र भंजदेव की हत्या के खून से रँगे थे। उस घटना से खून खौल रहा था। कांग्रेस से बाहर आने पर तत्कालीन जनसंघ के साथ चुनाव लड़ने की चर्चा चली थी। जनसंघ को लेकर तब भी दुष्प्रचार वैसा ही था, जैसा आज है, किंतु हमें जनसंघ को समझने का मौका श्री ठाकरेजी के माध्यम से ही मिला। ठाकरेजी के माध्यम से ही संघ परिवार के निकट आई और उनकी गतिविधियों को देखा-समझा। व्यक्ति के निकट आने पर उसकी कई कमजोरियाँ सामने आती हैं तथा बाहर से दिखनेवाले प्रभामंडल के छिद्र भी प्रकट होते हैं। किंतु श्री ठाकरे से निकटता ही उनकी सरलता, सादगी, निश्छलता, सामर्थ और निरहंकार से परिचित कराती है। दो जोड़ी धोती-कुरता और अन्य वस्त्रों में सिमटी उनकी छोटी सी दुनिया कितनी विराट् है। यह मुझे माँ यशोदा की तरह तभी दिखी, जब श्रीकृष्ण जन्माष्टमी के दिन जनमे इस महापुरुष को मैंने निकट से देखा।

हमारे यहाँ कहा जाता है कि 'प्रभुता पाय काह मद नाहिं' अथवा 'काजल की कोठरी में कैसा ही सयाने जाए, एक लीक काजल की लागि है पे लागि है।' किंतु श्री ठाकरे ने इस लोक मान्यताओं को भी गलत सिद्ध कर दिया। भाजपा के नेतागण अकसर भाजपा को राजनीति में एक पृथक् संस्कृति की स्थापना के लिए प्रयत्नशील संगठन के रूप में प्रस्तुत करते हैं। पर कई बार उसके कुछ अन्य बड़े कहे जानेवाले नेताओं के

पूर्व सांसद

आचरण ही इस दावे के प्रति लोगों के मन में संदेह पैदा करते हैं। किंतु जब भी संदेह खड़ा होता है, श्री ठाकरे जैसे व्यक्तित्व उस संदेह का दमन करते हैं और विश्वास जगाते हैं कि वह दावा गलत या निराधार नहीं है। भाजपा में ऐसे आदर्श उपस्थित करने का सामर्थ्य है। श्री ठाकरेजी में न सत्ता या साधनों के प्रति कोई लोभ-मोह है और न ही राजनीति से मंच प्राप्त करने की अभिलाषा। यह आडंबर नहीं, अपितु असलियत है। उनकी इन्हीं विशेषताओं ने उन्हें निरंतर आगे बढ़ाया है। उनके प्रति अधिकाधिक विश्वास और अपेक्षाओं में वृद्धि की है। कभी वे मध्य प्रदेश की राजनीति में दीप-स्तंभ थे, पर आज राष्ट्रीय राजनीति में भी प्रकाश-स्तंभ बने हुए हैं। एक व्यक्ति नींव में रहकर भी शिखर पर कैसे पहुँच सकता है, यह चमत्कार इन्होंने कर दिखाया है।

आपाधापी के राजनैतिक माहौल में भी श्री ठाकरे देश के सभी राजनैतिक एवं सामाजिक संगठनों के नेताओं एवं कार्यकर्ताओं के लिए एक आदर्श उदाहरण हैं। भाजपा का प्रबल विरोध होते हुए भी वे विकास एवं सफलता के सोपानों पर सतत इसलिए चढ़ती रहीं, क्योंकि उनकी मूल शक्ति श्री ठाकरेजी जैसे नेतृत्व की प्रेरणा का योगदान है, जो उन्हें सबसे अलग और सबसे आगे रखती है।

श्री ठाकरेजी की 75वीं वर्षगाँठ पर उन्हें हार्दिक शुभकामनाएँ एवं आशीर्वाद प्रदान करते हुए भगवान् से प्रार्थना करती हूँ कि उन्हें सदैव ही पूर्ण स्वस्थ और सक्रिय रखते हुए शतायु करें। उनकी साधना और तपस्या सफल हो तथा उनके आदर्शों को अंगीकार कर जीवन समर्पित करनेवाले हमें एक नहीं, अनेक कुशाभाऊ प्राप्त हों, जो इस देश के आम राजनेताओं के प्रति उखड़ते जन विश्वास को एक विश्वस्त अवलंब प्रदान कर सकें।

❑

देववल्लभ दिवंगत श्री कुशाभाऊ ठाकरे

—वैंकेया नायडू

कुशाभाऊ भारत भूमि के मध्य प्रदेश के रत्नशीर्ष हैं। उनकी कुशाग्र मति और भ्रातृत्वशील स्वभाव सभी के लिए प्रेरणाशील रहा है। वे बाल्यकाल से ही आदर्श परिपालन के लिए उद्यत रहे और उत्कृष्ट बालसेवक के रूप में देश की सच्ची सेवा में रत हो गए। गुरु का एकल आह्वान और उनका संघ के लिए प्रचारण का आरंभ किया जाना प्रत्येक आदर्श जनसंघी के लिए किसी स्वयं प्रेरणा से कम नहीं है। अल्पकाल में ही उनका नाम सक्षम जनसंघियों में प्रगणित होना गर्व का विषय है। इसका प्रमाण है कि सन् 1956 में जैसे ही उनकी जन्मभूमि एक नवीन स्वतंत्र प्रदेश के रूप में उभरकर सामने आई तो वे भारतवर्ष के मध्य स्थल मध्य प्रदेश के जनसंघ मोर्चे के संगठन मंत्री के पद पर आसीन हुए। कुशाभाऊ सर्वत्र सहज रहते थे। उन्होंने कारावास में भी इस प्रकार सहज पदार्पण किया, मानो वे स्वतंत्र भारत में भी आपातकाल की परतंत्रता का सहर्ष मौन विरोध कर रहे हों। उनकी यह सहिष्णुता एवं सहजता ही उनकी उदत्त छवि की प्रमुख आधारशिला थी।

6 अप्रैल, 1980 एक परिवर्तनकाल था। इस दिन जनसंघ से जनता पार्टी विघटित हुई और भारतीय जनता पार्टी का उदय हुआ एवं ठाकरे साहब ने भा.ज.पा. के अखिल भारतीय मंत्री पद को गौरवान्वित किया एवं गुजरात, ओडिशा एवं मध्य प्रदेश का प्रभार सँभाला। कुशाभाऊजी की राजनीतिक दृष्टिसंपन्नता से सभी अवगत रहे हैं। उनमें यथार्थ के समग्रतामूलक मूल्यांकन की अपूर्व क्षमता थी। उनके कथन एवं विचार की साम्यता सभी को सहसा ही अभिभूत कर देती थी। उनकी क्रियाशीलता

भारत के उपराष्ट्रपति

उनके विशाल राजनीति अनुभव-भंडार की आधारिक पृष्ठभूमि के रूप में रही है। उनका अपना ही एक अनूठा अनुभव-संसार था। ऐसी वाणी की गांभीर्यता का आधान सर्वत्र नहीं होता, जैसा ठाकरे साहब के कंठ में था। वे संगठन के सभी कार्यकर्ताओं के संवेगों को संतुलित करने की शक्ति रखते थे। इस कारण प्रत्येक कार्यकर्ता उनके सान्निध्य से अनोखी राहत का अनुभव करता था। कुशाभाऊ केवल मुद्राओं और नेत्रों से ही किसी की भी मन:स्थिति को भाँप लेते थे और अंतर्मन को पढ़ लेते थे। उनकी इस प्रतिभा से सभी चकित रहते थे। व्यक्ति को उनसे बात करने पर ऐसा प्रतीत होता था, जैसे वह दर्पण के समक्ष खड़ा हो एवं स्वयं से ही आत्मविमर्श कर रहा हो।

कुशाभाऊ स्वयं सहानुभूति एवं समानुभूति के तालमेल का आदर्श थे। अपने दु:ख को भुलाकर वे सदैव दूसरे के सुख में सम्मिलित एवं दु:ख में प्रतिभागी हो जाया करते थे। यही कारण है कि उन्होंने संघ के अनुपालन में कभी भी अपने स्वास्थ्य की परवाह नहीं की। यह उनकी दृढ़प्रतिज्ञता का ही प्रतीक है। इस अनुपालन में उनके वृद्धत्व के समक्ष कभी भी कोई आयुर्विरोध नहीं ठहर पाया और उन्होंने अपने अनुजों से भी सदा सहर्ष आदेश स्वीकार किया।

ठाकरे साहब एक निर्भीक व्यक्तित्व के व्यक्ति थे। वे अपने कार्य और दायित्वों के प्रति सदैव सजग रहते थे। वे इस कर्तव्यनिर्वहण में सभी की समान भागीदारी हेतु प्रयत्नशील रहते थे। उनकी यह कामना थी कि वे देश को चतुर्मुखी विकास पथ पर अग्रशील होता देखें। उनकी यह कामना स्वार्थपरक न होकर जनहिताय थी। इस कारण वे स्वयं यशोन्मुख नहीं थे। वे किसी प्राप्ति के अवसर पर भी स्वयं किसी साथी या संगी को अग्रेषित कर दिया करते थे। अटलजी ने उनके बारे में सत्य ही कहा है कि उन्हें नाम कमाने का लोभ नहीं था। वे वास्तविक रूप में नि:स्वार्थ देशसेवक थे।

समाज एवं देश की सेवा को सर्वोपरि माननेवाले कुशाभाऊ अपनी एवं समाज दोनों की पीड़ा को हरनेवाले थे। सभी जानते हैं कि उन्होंने कभी अपनी कोई भी शारीरिक पीड़ा वास्तविक रूप से प्रकट नहीं की, अपितु वे अपनी पीड़ाओं को अपनी सौम्यता से आच्छादित किए, मध्यम मुसकान लिये जनव्यवहार जारी रखते थे। वे अपने दायित्वों को ईश्वरीय आदेश समझकर उनके पालन के लिए अहर्निश उद्यत रहा करते थे। उनके इस उदार चरित्र के कारण ही वे उन्हें महापुरुष कहते हैं।

कुशाभाऊ का नेतृत्व नैपुण्य उनके व्यक्तित्व का प्रमुख लक्षण था, जो सभी को उनकी ओर आकृष्ट कर लेता था, साथ ही उस प्रभा-संग उनकी वाणी का तालमेल अतुल्य था। इसलिए अच्छा बोलनेवाले नेताओं में उनका अग्रणी स्थान माना गया है। उनके सभी उद्गार उनकी सौम्यता के अनुरूप थे। वे सभी की भावनाओं का यथोचित सम्मान किया करते थे। उनके उद्गार सर्वप्रेरक थे। कोई भी व्यक्ति उनकी वाणी

के आकर्षण एवं व्यामोहन से बच नहीं सकता था। इस कारण वे संगठन को सदैव सरलतापूर्वक एक नवीन दिशा देने में अत्यंत सहज थे। उन्होंने गुरुवर दीनदयालजी एवं पितृवर श्री सुंदरराव ठाकरेजी की अंत:प्रेरणा का पूर्ण निष्पादन किया एवं जनसंघ को प्रबल रूप से भारत-भूमि में सुस्थायित्व प्रदान किया एवं लोकतंत्र के सुप्रतिनिधि के रूप में उसे आदर्श साँचे में ढालकर भारतीय राजनीति को एक नवीन दिशा अथवा नवीन आयाम प्रदान किया।

कुशाभाऊजी चाहते तो स्वयं को भारतीय राजनीति में एक अधिशासी नेतृत्व के रूप में प्रक्षेपित कर सकते थे, परंतु वे किसी राजगुरु के रूप में लोकतंत्र के सम्मान में आदर्शों पर अग्रसित रहे। वे निश्चित रूप से इस तथ्य से अवगत थे कि लोकतंत्र एक प्रेरणातंत्र होता है, जो सामाजिक आदर्श एवं कल्याण की ओर उन्मुख होता है, वह समष्टि रूप में विकसित एवं पल्लवित होता है, न कि व्यष्टि रूप में। इस कारण ठाकरेजी समग्रता में विश्वास रखते थे। वे इस मंगल भावना का नेतृत्व करना चाहते थे, न कि स्वयं का। इस कारण उनका स्वरूप राजनीति में राजत्व एवं नीतित्व के आदर्श प्रतिष्ठापक के रूप में व्याप्त हुआ, न कि केवल राजनेता के रूप में। वे लोकतंत्र की नींव के सुदृढ़ीकरण हेतु उद्यत थे, न कि राजनीति के लिए।

कुशाभाऊ व्यक्तित्व एवं विचार की उदात्तता में विश्वास रखते थे। इस कारण उनके व्यवहार में पद एवं आयु जैसी कोई बाधा नहीं थी। यह अबाधता उन तक सभी को व्यक्तिगत संपर्क एवं संबंध स्थापित करने हेतु एक सारल्य एवं सुगमता प्रदान करती थी। इस प्रवर्तना के कारण सभी उनके मंतव्य से अवगत हो जाते थे एवं वे भी सभी के मनोभावों को सरलता से पढ़ लेते थे। मेरे विचार से यह व्यवहार आदर्श सामयिक अपेक्षा रखता है। समय के अभाव में भी सभी को अपना मूल्यवान समय प्रदान करना किसी महात्मा का ही गुण हो सकता है। उनके इस गुण के कारण सभी से उनके आत्मीय संबंध रहते थे एवं सभी उनसे सदैव संतुष्ट रहते थे।

कुछ व्यक्ति अपने भाग्य से नहीं, अपितु अपने कर्म से अग्रणी होते हैं। कुशाभाऊजी उनमें से ही एक थे। उन्होंने आजीवन कार्य किया एवं वे सभी के लिए क्रियाशीलता की प्रेरणामूर्ति बन गए। शारीरिक अक्षमता तो भाग्य की नियति है, परंतु असह्य कैंसर रोग भी उनके आत्मबल को नहीं तोड़ पाया। वे देह के अंत तक सक्रिय रहे और सभी से मिलते भी रहे। सुना जाता है कि वे किसी भी कायिक मोह से दूर थे एवं अंत-समय में वे दवाई और भोजन से भी दूर रहे और उन्होंने मृत्यु जैसे सोपान को भी सहर्ष स्वीकार किया एवं परमात्मा में विलीन हो गए। निश्चित ही उनका सौम्य और शांत चरित्र सदा भारतीय राजनीति के आदर्श के मूल को गौरवान्वित करता रहेगा।

हम धन्य हैं, जो व्यक्तिगत रूप से कुशाभाऊजी का सान्निध्य प्राप्त कर पाए। वे हमारे मन और हमारी आत्मा में बस चुके हैं। उनके विचार हमारे आचार में सदा अमर रहेंगे। उनके लक्ष्य हमारी उपलब्धियों में झंकृत होंगे।

ऐसी दिव्य-आत्मा को मेरा कोटि-कोटि नमन।

❑

हमारे कुशाभाऊ...

—सुमित्रा महाजन

हमारे कुशाभाऊ। शब्दों में कैसे पकड़ूँ आपको? आप तो हमारे विचारों में छाए हैं। कभी भी मिलते हैं तो, "हाँ फिर क्या सुमित्राजी, सब ठीक न?" बस इस प्रश्न के साथ घर के एक-एक व्यक्ति की पूछताछ होती है। घर में सास-ससुर से लेकर बेटा-बहू तक, सबके बारे में स्नेहिल कुशल-क्षेम पूछना। कभी घर आते हैं तो, "अरे बहिनी, बहू तो बाद में आई, हम तो आपको जानते हैं" ऐसा कहकर हमारी सासूजी का सम्मान रखना। परिवार को कैसे सँभालना, कैसे अपना बनाना, यह तो इस ब्रह्मचारी से कोई सीखे। साहब से कोर्ट की बातें करना, हाँ वे वकील जो हैं। इतनी अपनत्व भरी सबसे बातें होती हैं कि राजनीति से जरा भी सरोकार न रखनेवाला मेरा परिवार कुशाभाऊ की राह आदर से, उत्सुकता से देखता है और प्रसन्न मन से, पूर्ण आत्मीयता से उनके स्वागत में जुट जाता है।

राजनीति के इस महासागर में कुशाभाऊ जैसे दीपस्तंभ को देखकर ही उतरने की हिम्मत मेरी जैसी महिला ने की है, जिसकी कोई राजनीतिक पृष्ठभूमि या राजनीतिक वसीयत नहीं है। व्यक्ति का ठीक आकलन और फिर उसे पूर्णरूपेण काम में लगाना, यह कुशाभाऊ की खासियत है। लोकसभा में प्रथम बार मुझे टिकट का प्रस्ताव आया तो मैं संकोच और भय के कारण अपने आपको छिपाने में लगी थी। मन में विचार आ रहा था, अभी इतनी योग्यता नहीं अपनी, और थोड़ा कार्य का अनुभव आवश्यक है और थोड़ी परिपक्वता। अभी टिकट लेना या नहीं, मन निर्णय नहीं कर पा रहा था। यह तो नकार की तरफ झुक रहा था कि अभी नहीं लेना और शंका, विचार मैंने कुशाभाऊजी के सामने प्रकट किए, तुरंत बोले, "इतनी सी बात है न? कोई पारिवारिक कठिनाई, घर में आपत्ति

लोकसभा अध्यक्ष

नहीं है न? फिर भला स्वयं की योग्यता के बारे में निर्णय तुम स्वयं करोगी, यह काम तो संगठन का है, तुम्हें जो कार्य सौंपा गया है, वह ठीक तरह से करना है, तुम्हारे बारे में निर्णय संगठन करेगा।" बस उस दिन से आज तक उनकी बात मन पर प्रभाव कर गई, कर रही है कि संगठन सर्वोपरि–कार्य करते रहो, निर्णय संगठन को करने दो, बस जीवन को जैसे दिशा मिल गई ।

छोटे-से-छोटे कार्यकर्ता के यहाँ खुशी या गम, सुख या दुःख में कुशाभाऊ तुरंत पहुँच जाते हैं। भोपाल से अहमदाबाद के लिए निकलेंगे कार से, हम कहते हैं कि कुशाभाऊ इतना कार का प्रवास मत करें। ट्रेन से जाएँ। कहेंगे, "अरे नहीं, रास्ते में इंदौर में किसी से मिलना है, झाबुआ में किसी की मृत्यु हुई, गमी में बैठने जाना है। रास्ते में एक-दो गाँव में और मिलता हुआ जाऊँगा। सब मिलेंगे न?" सबका समाचार रखना, किसी के यहाँ क्या घटना, दुर्घटना हुई और याद से मिलने जाना, कभी हम पूछते हैं, कुशाभाऊ कहते हैं, हमें काम ही क्या, यही तो करना है। आजकल कहते हैं कि मैंने मीठा खाना छोड़ा और मीठा बोलना भी छोड़ा है। डाँटते तो बहुत फटकार लगाते हैं और हम सब डरते भी हैं, लेकिन यह डरना जैसा कि बच्चे डरते हैं न, वैसा होता है। कुशाभाऊ के साथ डाँट-फटकार खाने के बाद कार्यकर्ता उनके पास शिकायत समझाने के लिए बैठ जाते हैं। उन्होंने छोटा सा काम भी बोला या थोड़े हँसकर बोले तो कार्यकर्ता अपने आपको धन्य मानता है, क्योंकि मालूम है, डाँटेंगे तो समय आने पर सराहना भी करेंगे। मुझे याद है, एक बैठक में महिलाओं की भागीदारी की चर्चा चल रही थी। महिलाओं को आगे लाना चाहिए, बस बात-बात में हमारे इंदौर के कुछ वरिष्ठों ने मजाक में कहा कि हमने देखो पूरा इंदौर महिला के हाथ में सौंप दिया है, लोकसभा सीट जो दी है। तुरंत कुशाभाऊ बोले, "इसे महिला समझकर नहीं दिया है। उसे तुमने कुछ नहीं दिया, उसने अपने कर्तव्य से पाया है। यह आरक्षित मामला नहीं है, सुमित्रा का अपना कर्तव्य है।"

मुझे तो पूरे जीवन की निधि मिल गई। यहाँ मातृत्व भाव जो उमड़ा, वह भा.ज.पा. के पितृपुरुष का था, तो मैं कहती हूँ कि नहीं, वे तो कार्यकर्ताओं की माँ हैं। आज भी उनके कमरे में यही मातृभाव जाग्रत् रखती वह तसवीर लगी है, जिसमें छोटे कुशाभाऊ को गोदी में उठाए उनकी माता खड़ी हैं, बस पूरा मातृत्व झलकता है उस तसवीर में और शायद यही झलककर मूर्तरूप लेता है कुशाभाऊ में।

अयोध्या के प्रसंग के बाद मन-ही-मन में लग रहा था कि अब संकट आना है। मध्य प्रदेश, हिमाचल प्रदेश, उत्तर प्रदेश, राजस्थान, चारों राज्यों की सरकारें गँवानी पड़ सकती हैं। फिर भी कुछ लोगों को लगता था, नहीं सब ठीक चल रहा है। यूँ ही थोड़ी कोई सरकार बरखास्त करता है, हालाँकि यह तो शैतान से न्याय की अपेक्षा जैसा था, खैर उस दिन कुशाभाऊजी को कुछ फोन करने थे, किसी से कुछ चर्चा करनी थी,

इसलिए मेरे निवास पर आए थे। वहीं रात को भोपाल बात हो रही थी, थोड़ी ही देर में समाचार आया कि सरकारें बरखास्त। हो गया दुरुपयोग धारा 356 का। सुनते ही बोले, "कितनी मेहनत, कितने ही लोगों की ऊर्जा लगाकर शुद्ध रूप से भा.ज.पा. की सरकारें बनी थीं। एक क्षण में सब समाप्त।" मैं कुछ बोल नहीं पा रही थी। मन आक्रंदन कर रहा था, ऐसा क्यों? लेकिन वह तपस्वी, वह ऋषि शांत स्वर में बोला, "चलो सुमित्राजी, हो गया सब समाप्त। यह राज्य चलाने के झंझट से हो गए मुक्त। चलो नई गुल्ली-नया दाम करेंगे, शुरू अपना काम, दो एकक दो से फिर पहाड़ा शुरू, चलो आज सोते हैं आराम से, कल से फिर प्रारंभ अपना काम।" बस कितने निरासक्त हो बोल सकते हैं ये, यह तो किसी महर्षि के लिए ही संभव है। उस दिन जीवन में पहली बार मैंने भगवान् पर गुस्सा जताया, "अरे इनके जैसे अनेक की तपस्या का तो कुछ खयाल कर।" माता-पिता की असामयिक मृत्यु पर रोई जरूर थी, लेकिन भगवान् पर गुस्सा नहीं आया था, लेकिन उस दिन जरूर आया, क्योंकि प्रदेश की सरकार बनाने के लिए कुशाभाऊ जैसे अनेक ने जीवन खपाया, सर्वस्व होम करके एक सपना, जो सर्वजनहिताय देखा। एक दिन में समाप्त हो गया, फिर वही मेहनत, चरैवेति-चरैवेति—विचरण, जागरण, अभियान अनुसंधान, कितनी परीक्षाएँ? क्यों?

आज भारतीय जनता पार्टी की पहचान ही कुशाभाऊ जैसे तपःपूत संगठन के आधार स्तंभ के कारण है। भा.ज.पा. एक अलग पहचान, एक अलग पार्टी, लेकिन कभी कुछ-न-कुछ होता है, काले बादल मँडराते हैं, पहचान पर प्रहार होते हैं, घोड़े बंदी होती है, धब्बे की आशंका मन मैला करती है अंतर्कलह उभरते हैं। इधर-उधर से आवाजें आनी शुरू होती हैं, क्या यही तुम्हारी पार्टी कहती है, हमारी पार्टी अलग, चरित्रवान, निष्ठावान, समर्पित लोगों की है, क्या यह सच है? मन संभ्रमित होने लगता है और ऐसे में कुशाभाऊ की आवाज आती है कि चलो सुमित्रा क्या सोच रही हो...चलो जुट जाओ काम में, समय कम है...कार्य विशाल है...चलो...और बस मन को आत्मविश्वास से ओत-प्रोत कर और सिर ऊँचा करके मैं कहती हूँ कि जब तक एक कुशाभाऊ मेरी पार्टी के हैं, तब तक मेरी पार्टी की अलग पहचान है, हाँ जरूर मेरी पार्टी की अलग पहचान है।

कुशाभाऊ को जीवेत शतम् कहने की जरूरत नहीं है। अगर भगवान् धरती पर सत्कार्य चाहता है तो उसे कुशाभाऊ को स्वस्थ शरीर, उम्मीदों से भरा मन लेकर दीर्घायु का वरदान देना ही पड़ेगा।

❑

हिमशिला का धर्म

—राजनाथ सिंह

इतिहास के अज्ञात काल में चली आ रही हमारी संस्कृति को जीवनी शक्ति महापुरुषों के त्यागमय जीवन से प्राप्त होती रही, जो समय-समय पर अपने जीवन का घृत अर्पित करके इस ज्वाला को देदीप्यमान करते रहे। श्रद्धेय ठाकरेजी ऐसे ही महापुरुषों की ऐतिहासिक श्रृंखला के आधुनिक भारत की राजनीति में एक प्रतीक हैं। ठाकरेजी का त्याग, सहजता एवं संगठन व राष्ट्र के प्रति तादात्म्य हमारे लिए एक प्रेरणास्रोत है।

मुझे ध्यान आता है कि 6 जुलाई, 1998 को ठाकरेजी लखनऊ आ रहे थे। राष्ट्रीय अध्यक्ष के रूप में उनकी प्रथम यात्रा होने के कारण अनेक स्थानों पर उनका अभिनंदन होना था। पार्टी के औपचारिक अभिनंदन होने के उपरांत लखनऊ नगर निगम द्वारा उनका अभिनंदन होना था। इस कार्यक्रम में ठाकरेजी से चलने का आग्रह किया गया तो मैंने देखा कि कार्यकर्ताओं के आग्रह पर सदैव तत्पर रहनेवाले ठाकरेजी किंचित अन्यमनस्क से दिख रहे थे। जब मुझसे न रहा गया और मैंने इसका कारण जानना चाहा तो उनके साथ आए सर्वेंद्रजी ने शंका समाधान किया कि ठाकरेजी मात्र दो जोड़ी धोती-कुरते लेकर चलते हैं और उस दिन अनायास हुई वर्षा के कारण दोनों जोड़ी कपड़े खराब हो गए हैं, परंतु कार्यकर्ताओं का स्नेहमय आग्रह टालने का वे विचार भी नहीं कर सकते। अत: यही उनकी उद्विग्नता का कारण है। तो मेरे मन में विचार आया कि भारत की सत्ताधारी पार्टी के अध्यक्ष पद पर रहते हुए भी सादगी, मितव्ययिता व सहजता की यह पराकाष्ठा संभवत: आज की राजनीति में एक स्वप्न है।

मुझे लगता है कि इस राष्ट्र व समाज के लिए ठाकरेजी उस सघन हिमशिला के समान हैं, जो हिमायल की तलहटी में रहती है, तो पिघलकर तलहटी को शस्य-श्यामल

केंद्रीय गृहमंत्री

वनस्पतियों से भर देती है और शिखर पर पहुँच जाए तो पिघलकर मानो सुरसरि भागीरथी बन जाती है, जो समुद्रपर्यंत संपूर्ण राष्ट्र की भूमि को शस्य-श्यामल कर देती है, यानी धरातल हो या शिखर, हिमशिला का धर्म है गलना। ठीक उसी प्रकार ठाकरेजी ने अपने सुदीर्घ जीवन से यह सिद्ध किया है कि चाहे धरातल का दायित्व हो या शिखर का, उनका स्वभाव सदैव रहा त्याग, समर्पण एवं लोकोपकार का।

❑

कुशाभाऊ ठाकरे : एक सहज और स्नेही व्यक्तित्व

—सुषमा स्वराज

मैं उन सौभाग्यशाली लोगों में से हूँ, जिन्हें कुशाभाऊजी के साथ नजदीक से काम करने का अवसर मिला। आडवाणीजी की टीम में कुशाभाऊ महामंत्री (संगठन) थे और प्रमोद महाजनजी, गोविंदाचार्यजी, वेंकैया नायडूजी और मैं महामंत्री थे।

कुशाभाऊजी के संगठन-कौशल की चर्चा तो पहले भी बहुत सुनी थी, किंतु साथ काम करते समय यह बात प्रत्यक्ष देखने को मिली। वे हमेशा कहते थे कि कार्यकर्ता एक दिन में नहीं बनता। वर्षों लग जाते हैं कार्यकर्ता बनने में। छोड़ने के लिए तो एक पल काफी है, इसलिए कभी कार्यकर्ता को छोड़ना नहीं चाहिए, उसे सँभालना चाहिए। वे कहते थे, "अपने संगठन की तो पूँजी ही हमारे देव-दुर्लभ कार्यकर्ता हैं। यह पूँजी बिखर गई तो संगठन नहीं बचेगा।" इसलिए वे हर कार्यकर्ता की चिंता करते थे। यदि उन्हें लगता था कि कोई कार्यकर्ता राह से भटक रहा है तो बिना बताए उसके घर पहुँच जाते थे। कभी पुचकारकर, कभी फटकारकर, लेकिन पूरे अधिकार से उसे समझाते थे और उसे मनाकर ही वापस लौटते थे।

कुशाभाऊ के पास बैठकर किसी भी कार्यकर्ता को कभी भय नहीं लगता था। वे अपने आस-पास इतनी सहजता का, इतनी निर्भयता, इतने स्नेह का वातावरण बनाकर रखते थे कि उनके साथ हँसने, बोलने में कभी संकोच नहीं होता था।

कुशाभाऊ को चाट-गोलगप्पे बहुत पसंद थे। एक दिन वे मेरे घर आए। गरमी के दिन थे, शाम को हम घर के लॉन में बैठे थे। थोड़ी देर बाद मैंने गोलगप्पे, भल्ले-पापड़ी मँगवाकर उनके सामने रखे, तो बोले, "तुझे मेरी पसंद कैसे मालूम?" मैंने कहा, 'बेटी हूँ, पसंद जानने के लिए किसी से पूछने की जरूरत नहीं है।' वे खिलखिलाकर हँस पड़े।

केंद्रीय विदेश मंत्री

उसके बाद यह सिलसिला ही बन गया। जब वे दिल्ली में होते और उनके पास समय होता और वे यह जान लेते कि मैं भी दिल्ली में हूँ तो फोन करके पूछते, "गोलगप्पे खाने कब आऊँ, तो मैं कहती कि आज शाम को ही आ जाइए" और हम दोनों बैठकर चाट और गोलगप्पे खाते। इस तरह की सहजता अपनी उम्र से बड़ेवालों के साथ कहाँ मिलती है?

कुशाभाऊजी प्रवास के बारे में बहुत सख्त अनुशासन का पालन करते थे। एक बार मैं इंदौर रेजीडेंसी में रात को रुकी थी। वहाँ कार्यकर्ताओं ने मुझे एक घटना सुनाई। उन्होंने बताया कि इसी कमरे में एक रात कुशाभाऊ ठहरे थे। रात को कार्यकर्ताओं ने पूछा कि क्या हम चार लोग रात को यहीं रुक जाएँ तो कुशाभाऊ ने चौंककर पूछा, "क्यों?" तो कार्यकर्ता बोले, "रात को आपका पलंग हिलाते रहेंगे, तभी तो आपको नींद आएगी, क्योंकि आपको तो केवल रेलगाड़ी में ही रात बिताने की आदत है। जब हम पलंग हिलाकर हिचकोले देंगे तभी तो आप सो सकेंगे।" इस पर मैंने उन्हें अपने अनुभव से एक घटना सुनाई। मैंने बताया कि एक बार मेरे सामने एक वरिष्ठ कार्यकर्ता आए तो कुशाभाऊजी ने उनसे पूछा, "इस महीने कितना प्रवास किया।" तो बहुत गर्व से उन्होंने कहा, "21 दिन।" कुशाभाऊ ने पलटकर बहुत गुस्से से कहा, "केवल 21 दिन, 9 दिन कहाँ व्यर्थ किए" और आगे बोले, "इस संगठन को बढ़ाना है तो तीसों दिन प्रवास करना होगा, 21 दिन से काम नहीं चलेगा।" और यही वे करते थे, बिना शरीर की परवाह किए। खाँसी हो, बुखार हो, प्रवास नहीं छोड़ते थे और इसीलिए बहुत बीमारियों से ग्रस्त भी हो गए, किंतु प्रवास करना तब भी नहीं छोड़ा।

जिस दिन उनका निधन हुआ, मैं 11, अशोक रोड पर उनके सामने ही थी, मैंने उनके माथे पर हाथ रखकर कहा, "कुशाभाऊ अच्छे हो जाएँगे, अभी तो बहुत बार गोलगप्पे खाने हैं" तो उन्होंने मेरा हाथ पकड़कर सिर हिलाकर कहा, "नहीं" और कुछ देर बाद ही आँखें मीच लीं। वह क्षण मेरी स्मृति से की नहीं हटता।

कुशाभाऊ अपनी अंतिम इच्छा के रूप में यह तय कर गए थे कि उनके शरीर का दाह-संस्कार न किया जाए और उनका शरीर 'एम्स' (AIIMS) अस्पताल में बच्चों के पढ़ने के लिए दे दिया जाए। उस दिन पहली बार आभास हुआ कि निकट के लोगों के लिए यह कितना कठिन कार्य है, किंतु उनके परिवार व लाखों भाजपा कार्यकर्ताओं की प्रबल इच्छा का मान करते हुए भोपाल में उनका अंतिम संस्कार किया गया, जिसमें स्व. श्री अटलबिहारी वाजपेयीजी स्वयं उपस्थित थे।

ऐसे समर्पित, कर्मठ और स्नेही कुशाभाऊजी की स्मृति को मेरा बारंबार प्रणाम।

❑

साधारण वेश में एक असाधारण व्यक्तित्व

—मृदुला सिन्हा

कुशाभाऊ ठाकरे, एक ऐसा नाम, जो सामाजिक-राजनीतिक नेता रहते हुए पारिवारिक सदस्य की भूमिका के रूप में समाज में प्रस्थापित हुए। युवावस्था में ही राष्ट्रीय स्वयंसेवक संघ के स्वयंसेवक बन गए। उस अवस्था से ही सांस्कृतिक वातावरण में पलते हुए भारतीय संस्कृति के सूत्रों को अपनी नस-नस में पिरोते रहे। उम्र बढ़ती गई। भारतीय जनसंघ पार्टी की जिला स्तर से राज्य स्तर तक जिम्मेदारियाँ भी मिलती गईं। हर जिम्मेदारी को जिम्मेदार नागरिक की तरह निभाया। कार्य के प्रति ईमानदार नीयत होनी आवश्यक थी। इनमें लोगों का विश्वास जमता गया और ये भारतीय जनसंघ पार्टी के सिद्धांत और व्यवहार को जनसमूहों में प्रचारित-प्रसारित करते रहे। साधारण लिबास में असाधारण व्यक्तित्व के धनी थे ठाकरेजी। अभावग्रस्त कार्यकर्ताओं के घरों में जाकर भी उनके बीच अपने प्रभाव के साथ रम जाते थे। उनके घरों में भोजन करते थे। जनसंघ पार्टी के बारे में विशेष बातें नहीं करते, लेकिन उन परिवारों के लोग इनके साथ जुड़ जाते थे। इनके साथ जुड़ने का अर्थ ही जनसंघ पार्टी के साथ जुड़ना होता था। कार्यकर्ताओं के दु:ख-सुख में उनके घर जाना, सभी तरह से उनकी मदद करना, दवा की आवश्यकता हुई तो डॉक्टर बुलाना, पैसे की आवश्यकता हुई तो चुपचाप लिफाफे में डालकर उनके घर पहुँचवा देना, यह उनका स्वाभाविक कार्य बन गया था। इतने से वे अपने स्नेह की इतिश्री नहीं करते थे। वे हमेशा उस परिवार की आर्थिक तंगी या घर में बीमार सदस्य की परेशानियों के बारे में चिंतन-मनन करते, उन दु:खद परिस्थितियों से परिवारों को उबारने की कोशिश करते। वे दिल्ली आ गए थे। एक बार मेरा बेटा नवीन बीमार पड़ा। मैं उसे उनके पास ले गई

राज्यपाल, गोवा

थी। वे मुझसे भी ज्यादा चिंतित हो गए और उसके ठीक हो जाने के बाद भी पूछते, "नवीन कैसा है ?"

ऐसा ही अनुभव सैकड़ों परिवारों का है। उनके इस व्यवहार से उनका व्यक्तिगत क्या लाभ होता, उन्होंने तो परिवार बसाया ही नहीं था। बिन परिवार के हजारों परिवार थे उनके। राजनीति की पथरीली राहों पर चलते हुए उन्हीं पत्थरों के बीच से उन्हें जलधाराएँ भी मिलती थीं। चलते-चलते उन बड़ी-छोटी धाराओं के साथ रुक जाते थे। वे धाराएँ होती थीं अपने महिला-पुरुष कार्यकर्ताओं के द्वारा बहाई उनके प्रति स्नेह व सम्मान की धाराएँ, जो उनका श्रम हरती थीं। कुशाभाऊ ठाकरेजी उनके अपने जो थे। कार्यकर्ता बहनें उनके पास डाक से राखियाँ भेजा करती थीं। जब वे भा.ज.पा. के केंद्रीय कार्यालय में आकर रहने लगे, बहुत सारी बहनें उनसे आकर मिलती थीं। पता नहीं दूर-दूर से आई राखियों को अपनी कलाई पर बँधवाने के लिए उन्हें मेरा नाम ही क्यों सूझा। मुझे बुलाकर कहा, "मेरे पास देश के कोने-कोने से कुछ राखियाँ आई हैं। उन्हें आप मेरी कलाई पर बाँध दीजिए।" जब मैंने उनके सादे सजावटवाले कमरे में प्रवेश किया, वे अपने हाथ से कुछ लिख रहे थे। उन्होंने बताया, "बहनें राखियों के साथ चिट्ठियाँ भी भेजती हैं। उनकी अपेक्षा रहती है कि मैं उन्हें जवाब दूँ। मैं भी यह उचित समझता हूँ कि राखी बँधवाने पर तो भाई पैसा-कपड़े उपहारस्वरूप भेजता है। मैं उनका फक्कड़ भाई कम-से-कम स्नेह के दो शब्द तो भेज दूँ। उनके घर का हाल-समाचार पूछ लूँ।" मुझे यह सुनकर बहुत सुखद लगा और वे राखियाँ मैंने एक-एक कर उनकी कलाई पर बाँध दीं। एक विचार मन में आया कि अपने स्नेहीजनों के प्रति ईमानदार नीयत की यह पराकाष्ठा हो गई। वे बहनें तो देखने नहीं आई थीं कि इन्होंने उनकी राखियाँ बँधवाईं या नहीं, लेकिन कभी-कभी वे उनकी यात्राओं के दौरान उनसे पूछतीं कि आपने मेरी राखी बँधवाई ? वे उनके प्रति इतना स्नेह रखते थे कि झूठ बोलकर आस्था खंडित होने देना नहीं चाहते थे।

राजनीति में काम करनेवाले नेताओं और कार्यकर्ताओं के बारे में समाज ने कितनी भ्रांतियाँ पाल रखी हैं। ऐसे ऋषितुल्य संवेदनाओं से भरे हुए व्यक्ति भी राजनीति में केवल कुशाभाऊ ठाकरे नहीं थे। ऐसे राजनीतिक ऋषियों द्वारा पोषित राजनीतिज्ञों के मन में भी संवेदना है। कार्यकर्ताओं की आस्था का सम्मान है। इस भाव के प्रचार-प्रसार के लिए कुशाभाऊ ठाकरे के समकालीन नेताओं की सच्ची कहानियाँ भी कार्यकर्ताओं को सुनाई जानी चाहिए।

दिल में संवेदना का होना ठाकरेजी को कमजोर नहीं बनाता था। अपने कार्य के प्रति वे दृढ़ थे तो अकसर उन्हें कड़ा निर्णय भी लेना पड़ता था। ऐसे तो हजारों उदाहरण होंगे। मैं अपने जीवन का ही एक अनुभव बताना चाहती हूँ। हरियाणा के

झिंझोली में भा.ज.पा. का एक राष्ट्रीय प्रशिक्षण शिविर आयोजित हुआ था। कुशाभाऊ ठाकरे ही पार्टी के राष्ट्रीय अध्यक्ष थे। माननीय अटल बिहारीजी, आडवाणीजी सहित भा.ज.पा. के सभी शीर्ष नेतागण प्रशिक्षु कार्यकर्ता के नाते ही वहाँ उपस्थित थे। मैंने अटलजी को स्मरण दिलाया कि आपको सायंकाल हिंदी अकादमी द्वारा दिए जा रहे सम्मान समारोह में मुख्य अतिथि की भूमिका निभानी है। डॉ. विद्या निवास मिश्रजी (पुरस्कार समिति के अध्यक्ष) ने पुरस्कार समिति के सदस्य होने के नाते मुझे आपको लेकर दिल्ली ले जाने की जिम्मेदारी दी है। अटलजी ने कहा, "राष्ट्रीय अध्यक्ष से जाकर बात कीजिए। उनकी अनुमति चाहिए।"

मैंने राष्ट्रीय अध्यक्ष कुशाभाऊ ठाकरेजी से जाकर यह बात कही। प्रथम तो उन्हें अच्छा नहीं लगा, लेकिन उन्होंने अटलजी को अनुमति दे दी। सायंकाल जब चार-पाँच वरिष्ठ नेता एक साथ बैठे थे, अटलजी की गाड़ी पोर्टिको में लगवाकर मैं उनके पास गई। अटलजी से कहा, 'चलिए।' ठाकरेजी ने सुन लिया। उन्होंने अविलंब पूछा, "चलिए क्यों? इन्हें जाना है, आपको नहीं।" उस समय अटलजी के चेहरे पर मेरी बेचारगी के प्रति जो भाव उभरा था, उसे मैं आज तक नहीं भूलती हूँ। कितने बँधे हुए थे हम अनुशासन में। मैं एक शब्द नहीं बोल पाई। अटलजी को गाड़ी तक छोड़ आई।

उस समय मुझे प्रशिक्षण शिविर स्थल न छोड़ने का आदेश देते हुए ठाकरेजी कितने कठोर हो गए थे। रात्रि को भोजनोपरांत एक महिला मेरे पास आई। उसने कहा, "आपको ठाकरेजी बुला रहे हैं।" मेरे उपस्थित होते ही वे बोले, "पार्टी को आपकी जैसी ही कार्यकर्ता चाहिए। मैं प्रसन्न हूँ कि आपने मेरी बात मान ली।" तब तक तो मेरा गुस्सा ठंडा हो चुका था। उनकी बात सुनकर भी मैं कुछ नहीं बोली। उनके व्यक्तित्व के गुणों का ही अभिव्यक्तिकरण होता था, उनका कठोर या स्नेहिल व्यवहार। मेरी तरह शायद हजारों कार्यकर्ता उनके कठोरतम आदेश को भी नहीं भुलाते थे। हँसते-हँसते पालन करते थे। कार्यकर्ताओं को बहुत डाँट खानी पड़ती थी, परंतु स्नेह से सिंचित होती थी उनकी फटकार भी। महिला, पुरुष, युवा, सबके सब खुलकर अपनी समस्या उनके सम्मुख रख पाते थे और संगठन बढ़ता जाता था। ठाकरेजी का कोई व्यक्तिगत स्वार्थ ही नहीं था।

उनके अध्यक्षीय काल में ही बिहार विधानसभा में राज्यसभा के लिए चयनित होने की प्रस्तावित सूची में एक मेरा नाम भी था। चयन समिति द्वारा मेरा नाम चयनित नहीं हुआ। मुझे थोड़ी ठेस तो लगी थी। तुरंत सँभल गई। मीटिंग के बाद भा.ज.पा. के राष्ट्रीय अध्यक्ष श्री कुशाभाऊ ठाकरेजी अपने कक्ष में आए। मुझे बुलवाया। मैं सामान्य स्थिति में उनके पास पहुँची। वे बोले, "अब अपने को पार्टी की बदली हुई स्थिति समझनी पड़ेगी।"

उनके शब्दों से छलकते भाव से ही मैं आशय निकाल सकी कि मेरा नाम राज्यसभा के लिए चयनित नहीं होने पर उन्हें दु:ख हुआ था। मैंने उन्हें सांत्वना दिलाते हुए इतना ही कहा, 'मेरे लिए इतना ही क्या यथेष्ट नहीं कि आपने मुझे राज्यसभा में जाने के योग्य समझा।'

उन्होंने 1998 में मुझे अपने साथ पार्टी की राष्ट्रीय उपाध्यक्ष बनाया था। श्री अटल बिहारी वाजपेयीजी के प्रधानमंत्री बनने पर मुझे केंद्रीय समाज कल्याण बोर्ड का अध्यक्ष बनाया गया। उन्होंने मुझे कहना प्रारंभ किया, "अब राष्ट्रीय उपाध्यक्ष पद से इस्तीफा दे दो।" मेरे द्वारा इस्तीफा नहीं देने पर वे बोले, "अरे जब ससुराल भेज दी गई, फिर मायके से क्या मोह?"

इस्तीफा पत्र अपने हाथ में लेकर प्रसन्न हो गए। बोले, "यह हुई न बात।"

कार्यकर्ताओं को उनके कड़वे बोल भी मीठे ही लगते थे, उनके अंदर की मिठास में घुले जो होते थे।

उसी वर्ष मेरे द्वितीय पुत्र का विवाह संपन्न हुआ। उन्हें राष्ट्रीय अध्यक्ष के नाते पहला भाषण पार्टी की राष्ट्रीय परिषद् में देना था। मैंने उनके लिए एक कुरता सिलवाया। धोती खरीदी। उन्हें समर्पित कर कहा, 'आप अध्यक्षीय भाषण देते समय इसे ही पहनिएगा।'

वे तपाक से बोले, "क्यों, यही कुरता क्यों पहनूँ मैं? मुझे तो कई लोगों ने इसी अवसर पर पहनने के लिए कुरते दिए हैं।"

मैं चुप रही। वे हँसने लगे। मैं उस कार्यक्रम में उपस्थित नहीं थी। मेरी बहू ने दूरदर्शन पर समाचार देखकर अविलंब दूरभाष पर सूचना दी, "ठाकरेजी आप ही के द्वारा दिया कुरता पहने हुए हैं।"

मेरा मन अंदर तक भीग गया था। मन में उनके लिए एक उक्ति उभरी— 'वज्रादपि कठोराणी, मृदुणि कुसुमादपि।' सफल संगठनकर्ता के लिए संभवत: ऐसी ही मन:स्थिति आवश्यक होती है।

कार्यकर्ताओं द्वारा कितना भी परिश्रम करके कार्यक्रम की तैयारियाँ हुई हों, ठाकरेजी के मुख से प्रशंसा के बोल नहीं निकलते थे। एक दिन मैंने कहा, 'आप बड़े कंजूस हैं?'

वे हँसकर बोले, "मेरे पास है क्या कि मैं बिना दिए कंजूस कहलाऊँ?"

मैंने कहा, 'मीठे बोल तो हैं। कार्यकर्ता की प्रशंसा कर दिया करिए।'

नहीं करते थे वे प्रशंसा, उलटा आयोजन में एक-दो कमियाँ ही निकाल देते। उनका स्वास्थ्य गिरता गया था। तब मैं प्रतिमाह केंद्रीय समाज कल्याण बोर्ड द्वारा प्रकाशित पत्रिका उन्हें भिजवाती। उसमें मेरा भी स्थायी स्तंभ निकलता था। वे हर माह

पत्रिका पढ़कर मुझे फोन कर अपनी प्रसन्नता व्यक्त करते, "बहुत अच्छा लिखती हैं आप। सभी कार्यकर्ताओं के लिए उपयोगी हैं आपके विचार। मुझे दुःख है कि कार्यकर्ता पढ़ते ही नहीं।"

कुशाभाऊ ठाकरेजी के व्यक्तित्व और कर्तृत्व से संबंधित स्मृतियाँ ऐसी हैं, जो जीवन की पाथेय बन गईं। हजारों कार्यकर्ता उन्हें बात-बात पर स्मरण करते हैं, करते रहेंगे।

❑

कुशाभाऊ ठाकरेजी : एक प्रेरणादायी एवं अनुकरणीय व्यक्तित्व

—प्रो. कप्तान सिंह सोलंकी

कुशाभाऊ ठाकरेजी के बारे में कुछ कहने के पहले हमें उन स्थितियों की बात करनी चाहिए, जिन परिस्थितियों में देश की स्वतंत्रता के चार वर्ष बाद, 1951 में भारतीय जनसंघ की स्थापना हुई। यद्यपि महात्मा गांधी की इच्छा थी कि देश स्वतंत्र होने के बाद कांग्रेस को राजनीतिक स्वरूप समाप्त कर दिया जाए और उसको सेवा के काम में उतारा जाए। यहाँ तक कि उन्होंने लोकसेवक संघ का नाम भी प्रस्तावित किया था, लेकिन उनकी बात नहीं मानी गई। उस समय भारतीय राष्ट्रीय कांग्रेस ही एकमात्र ऐसा राजनीतिक दल था, जिसको देश को स्वतंत्र कराने का श्रेय दिया जाता था। यद्यपि देश को स्वतंत्र कराने के लिए प्रयास तब से होते रहे थे,जब से देश गुलाम था। देश स्वतंत्र होने के बाद राजनीतिक दल के लोगों की ऐसी अपेक्षा थी कि जिन उद्‌देश्यों को लेकर या जिस तरह का नया भारत बनाने की कल्पना और सपने को लेकर जो विचार महात्मा गांधीजी ने समय-समय पर व्यक्त किए थे, जैसे कि हिंद स्वराज में, उस रास्ते पर देश आगे बढ़ेगा। लेकिन यह सपना भंग हुआ और देश स्वतंत्र होने के बाद राष्ट्र उस रास्ते पर नहीं चला। यहाँ तक कि स्वातंत्र्य वीर सावरकर, जिनका देहांत 1966 में हुआ, स्वतंत्रता प्राप्त करने के लिए जिन्होंने अपने पूरे परिवार को झोंक दिया, वह भी यह कहते हुए गए कि मैं अब इस देश में रहना नहीं चाहता, क्योंकि जिस तरह का भारत मैं देखना चाहता था, जिसके लिए मैंने इतने कष्ट और यातनाएँ सहीं, यह उस तरह का भारत नहीं है। यह मेरे सपनों का भारत नहीं है, मैं इसमें साँस नहीं ले सकता।

राज्यपाल, त्रिपुरा

ऐसी परिस्थिति में डॉ. श्यामाप्रसाद मुखर्जी के, जो नेहरू कैबिनेट में मंत्री भी थे, मन में यह विचार आया कि जो अपेक्षा महात्मा गांधी की रही, जो अपेक्षा देशवासियों की रही, वह अपेक्षा यह कांग्रेस पूरी नहीं कर सकती। इसके लिए एक दूसरा राजनीतिक दल बनाया जाना चाहिए। इस प्रकार जनसंघ की स्थापना हुई। इसके पीछे राष्ट्रीय स्वयंसेवक संघ का भी विचार रहा और उस समय के तत्कालीन सरसंघचालक माधव गोलवलकर, जिन्हें हम परम पूजनीय गुरुजी कहते हैं, उनसे डॉ. श्यामाप्रसाद मुखर्जी की चर्चा हुई और भारतीय जनसंघ की स्थापना की गई। राष्ट्रीय स्वयंसवेक संघ के प्रचारक पंडित दीनदयाल उपाध्याय को महामंत्री के रूप में डॉ. श्यामाप्रसाद मुखर्जी को सुपुर्द किया गया। भारतीय जनसंघ की स्थापना का यह जो लक्ष्य और भूमिका है उस लक्ष्य और भूमिका के लिए राष्ट्रीय स्वयंसेवक संघ ने अपने पूर्णकालिक प्रचारक जनसंघ को दिए। उसमें से एक प्रचारक कुशाभाऊ ठाकरे भी थे। इससे हम अनुमान लगा सकते हैं कि स्वर्गीय कुशाभाऊ ठाकरे की भूमिका, उनके विचार भारतीय जनसंघ में आने के समय क्या रहे होंगे। किस तरह से उन्होंने संगठन तैयार किया होगा, किस तरह लोगों को प्रशिक्षित, संस्कारित किया होगा, कैसे लोगों के अंत:करण में राष्ट्रीय विचार को प्रवाहित किया होगा और कैसे राष्ट्राय स्वाहा, इदं राष्ट्राय इदं न मम के पूज्या की गुरुजी का राष्ट्र को समर्पित मंत्र को राष्ट्र के जनों के अंत:करण में अंकित किया होगा। यह जनसंघ की स्थापना की भूमिका है। जनसंघ की स्थापना के बाद जनसंघ के माध्यम से जो हम करना चाहते थे, उसे प्राप्त करने के लिए संघ ने जो लोग दिए थे, कुशाभाऊ ठाकरे उनमें से एक थे।

कुशाभाऊ ठाकरे के व्यक्तित्व को हम तीन भागों में बाट सकते हैं। पहला राष्ट्रीय स्वयंसेवक संघ के प्रचारक, दूसरा भारतीय जनसंघ के संगठन मंत्री, भारतीय जनसंघ के तत्कालीन और भारतीय जनता पार्टी के संगठन मंत्री के रूप में और तीसरा राजनैतिक नेता के रूप में। संगठन ने कहा, तो वे लोकसभा का चुनाव भी लड़े। वे भारतीय जनता पार्टी के राष्ट्रीय अध्यक्ष भी रहे, कई वर्ष तक महामंत्री रहे। राष्ट्रीय स्वयंसेवक संघ के प्रचारक के रूप में ठाकरेजी को देखने के पहले एक बार यह देखें कि राष्ट्रीय स्वयंसेवक संघ का प्रचारक क्या होगा? भगवाधारी संन्यासी होने की हमारे देश में पुरानी परंपरा है, लेकिन जो राष्ट्रीय स्वयंसेवक संघ का प्रचारक होता है, वह भी सफेद वेशभूषा में संन्यासी होता है। उसका अपना कुछ नहीं होता। न अपना मकान होता है, न अपनी पूँजी होती है, न अपना बैंक बैलेंस होता है और उसका अपना परिवार भी नहीं होता। वह पूरी तरह प्रचारक के दायित्व के लिए समर्पित होता है।

ठाकरेजी मध्य प्रदेश के धार जिले के रहनेवाले थे। 1942 में इंटरमीडिएट की परीक्षा ग्वालियर से पास करने के बाद वह प्रचारक बने। तब से लेकर जीवनपर्यंत वह

एक संघ के प्रचारक की जो पहचान होती है, जो भूमिका होती है, उसमें पूरी तरह खरे उतरे। देखते-देखते उनके दिमाग में न धार जिला रह गया, न मध्य प्रदेश रह गया, बल्कि पूरा राष्ट्र ही उनके जीवन में आ गया।

संगठन मंत्री के रूप में उनकी भूमिका का समझा जाना जरूरी है। लोकतांत्रिक व्यवस्था में सत्ता आवश्यक है, लेकिन वह संगठन के माध्यम से बनी होनी चाहिए। न कि सत्ता के माध्यम से संगठन बनना चाहिए। आज हम कई राजनीतिक दलों को देखते हैं, जिनमें सत्ता सर्वोपरि होती है, राजनीतिक दल के पदाधिकारी सर्वोपरि होते हैं, लेकिन संगठन गौण है। लेकिन राष्ट्रीय स्वयंसेक संघ की प्रेरणा से जनसंघ या भारतीय जनता पार्टी की एक ऐसा दल है, जिसमें सत्ता गौण है और संगठन सर्वोपरि है। जिस राजनीतिक दल में सत्ता की तुलना में संगठन सर्वोपरि हाता है, तब उसके द्वारा बनाई गई सरकार समाजोन्मुखी और जनोन्मुखी होती है। समाज और राष्ट्र को सर्वोपरि मानती है, उसकी इच्छा और आकांक्षा के आधार पर चलती है। और जिस राजनीतिक दल में संगठन सर्वोपरि नहीं होता, वहाँ सत्ता को प्रमुख मानकर समाज को रौंदा जाता है। समाज की इच्छा को मारा जाता है और जिसका परिणाम ये होता है कि 1975 जैसा आपातकाल लगता है।

सत्ता और संगठन की इस भूमिका को बनाए रखने के लिए राष्ट्रीय स्वयंसेवक संघ ने अपने प्रचारक भारतीय जनता पार्टी को दिए हैं, देते रहे हैं और देते रहेंगे। संगठन मंत्री इस भूमिका को लेकर काम करे, तो उसका एक आदर्श उदाहरण स्वर्गीय कुशाभाऊ ठाकरे हैं। जब मैं 35 वर्ष का था तो मैं ग्वालियर में महानगर कार्यवाह था। उस समय कुशाभाऊजी के संपर्क में आया और आज मैं ऐसा मानता हूँ कि जो कुछ भी संगठन कौशल्य और राजनीतिक सूझबूझ मुझमें है, उसके मार्गदर्शक और प्रेरक कुशाभाऊ ठाकरे हैं। मुझे अच्छी तरह याद है कि उस समय ग्वालियर नगर निगम के चुनाव होने थे। यद्यपि में राजनीतिक दल में नहीं था, महानगर कार्यवाह था, लेकिन उस चुनाव में मार्गदर्शन करने के लिए उन्होंने मुझे कहा। जनसंघ ने उस समय नगर निगम की 75 प्रतिशत सीटें जीतीं। ठाकरेजी ने ग्वालियर आकर मेरी पीठ थपथपाई और तब से लेकर आज तक ग्वालियर नगर निगम भारतीय जनता पार्टी के ही कब्जे में है।

मध्य प्रदेश में 2002 में मैं भारतीय जनता पार्टी का संगठन महामंत्री बना। मध्य प्रदेश विधानसभा का निर्वाचन 2003 में हुआ। उस समय ठाकरेजी राष्ट्रीय पदाधिकारी थे। तब भी मैंने उनका संगठन कौशल्य देखा और उस समय जो सरकार बनी, वह सरकार आज तक मध्य प्रदेश में है। जैसा हमने उन्हें संघ के प्रचारक के रूप में देखा था, वैसा ही एक संगठन मंत्री के रूप में देखा। संगठन मंत्री के तौर पर मध्य प्रदेश का जो संगठन उन्होंने तैयार किया, वह आज भी देश में अद्वितीय और एक उत्कृष्ट उदाहरण है।

उनके व्यक्तित्व का तीसरा पक्ष राजनेता की भूमिका को भी उन्होंने बखूबी निभाया। संघ के आग्रह पर उन्होंने लोकसभा का चुनाव लड़ा, बाद में एक राजनेता के नाते राष्ट्रीय महामंत्री बने, राष्ट्रीय अध्यक्ष बने और एक राजनेता कैसा होना चाहिए, इसका एक अनुपम उदाहरण देश के समाने रखा। पूरी पार्टी को पूरे देश में एक राष्ट्रीय स्वरूप दिया उन्होंने और जैसा प्रधानमंत्री माननीय नरेंद्र मोदीजी कहते हैं कि 2014 में स्पष्ट बहुमत के साथ भाजपा ने जो केंद्र में सरकार बनाई है, वह आज की तपस्या नहीं है, वह चार पीढ़ियों की तपस्या है।

यह तपस्या करनेवाले, महात्मा गांधी के सपनों को साकार करनेवाले, नए भारत का निर्माण करनेवाले, महर्षि दधीचि की तरह सबकुछ बलिदान कर देनेवाले जो तपस्वी महापुरुष हुए हैं, उनमें सक एक श्रद्धेय कुशाभाऊ ठाकरे हैं। मेरी उनको विनम्र श्रद्धांजलि।

❑

उनकी पदों से पहचान नहीं

—स्व. लखीराम अग्रवाल

1957 की घटना है। मध्य प्रदेश के सुदूर अंचल खरसिया में कुशाभाऊजी ठाकरे जनसंघ के प्रवास पर पहली बार आए। प्रत्यक्ष रूप से मेरी भेंट खरसिया में ही हुई। ठाकरेजी जनसंघ के प्रांतीय मंत्री (संगठन) के रूप में पहली बार हमारे यहाँ पहुँचे। मैं खरसिया मंडल का अध्यक्ष था, इस नाते परिचय तो होना ही था। इस बैठक में ठाकरेजी की पद्धति, कार्य करने की पद्धति, कार्यकर्ताओं से बात करने की पद्धति ने मुझे सबसे ज्यादा प्रभावित किया। स्वयंसेवक मैं भी था। संघ से जनसंघ का कार्य करने लगा। जनसंघ में कुशाभाऊजी ठाकरे से संगठनात्मक स्तर पर भेंट और चर्चा का क्रम निरंतर बढ़ता गया। 1957 से आज तक चार दशकों में हजारों दिन का अनवरत संपर्क कार्य करते-करते आज उस स्थिति में ला खड़ा कर दिया कि सहज रूप से ऐसा लगने लगा कि ठाकरेजी पार्टी के नेता नहीं, परिवार के बड़े भाई हैं। उनकी सादगी, सरलता, निस्पृहता भरे उनके चुंबकीय व्यक्तित्व ने हम सबको इतना बाँध लिया कि वे हमारे कार्यक्षेत्र के मार्गदर्शक ही नहीं, बल्कि प्रेरणा के स्रोत बनते गए। ठाकरेजी कोई बात यदि कहते थे तो हम उसे आदेश मानकर ही शिरोधार्य करते।

ठाकरेजी को बहुत निकट से देखने का सौभाग्य और उनके साथ एक-एक क्षण काम करने का आनंद जिन लोगों को मिला, उन भाग्यशाली लोगों में से मैं भी एक हूँ। 1990 में भा.ज.पा. की सरकार आई, सुंदर लाल पटवा प्रांतीय अध्यक्ष थे। सत्ता के इस नाजुक दौर में ठाकरेजी ने मुझे कार्यकारी अध्यक्ष का भार देकर असीम विश्वास दिलाया। छत्तीसगढ़ क्षेत्र को छोड़कर मैं भोपाल रहने लगा। भोपाल में 47 बँगला बी-31 और बी-32 दो बँगले थे। बी-32 श्री कैलाश सारंग, जो उस समय राज्यसभा के सदस्य

पूर्व सांसद, पूर्व प्रदेश अध्यक्ष (म.प्र./छत्तीसगढ़)

भी थे, उनका बँगला था और बी-31 मुझे दिया गया था। सारंगजी के बँगले में प्रांतीय कार्यालय था और मान. ठाकरेजी का एक छोटा सा कमरा बी-31 में था। ठाकरेजी की कार्यपद्धति को नित्य देखने का, ठाकरेजी का मार्गदर्शन, ठाकरेजी की जीवनशैली, ठाकरेजी के उदात्त विचार, ठाकरेजी की महानता, उनकी उदारता को निकटता से देखने का ऐसा अनुपम अवसर मेरे जीवन में अब नहीं आएगा। परिस्थिति विषम हो या सम, समस्या चाहे जितनी भी जटिल हो, ठाकरेजी सहज उस समस्या का समाधान निकाल लेते थे। अनेक अवसरों पर जब ठाकरेजी के मत से हम लोग सहमत नहीं होते थे, तो ठाकरेजी अकेले में बैठकर उस विषय की गंभीरता को जिस तरह से रखते थे, शायद ही किसी राजनीतिक दल में इतने वात्सल्य से राजनीति का पाठ कोई अपनी पार्टी के नेता को पढ़ाता होगा।

कुशाभाऊ ठाकरे का रोम-रोम राष्ट्र के लिए समर्पित है। उनका समर्पण सृजन के रूप में प्रदेश ही नहीं, देश के अनेक राज्यों के संगठनों में देखा जा सकता है। कुशल संगठक, प्रखर राष्ट्रवादी, भारत माँ के चरणों में स्वयं निमित्त मानकर अपने ध्येय के लिए अनवरत् प्रयास करते-करते 50 वर्ष से अधिक बिना किसी आरोप-प्रत्यारोप के निकाल लेना आज की राजनीति में अनुपम और अनुकरणीय उदाहरण ही है। राजनीतिक क्षेत्र में अब विरले लोग ही बचे हैं, जिन पर आरोप की आँच न आई हो।

राजनीतिक जीवन में आरोप-प्रत्यारोप से कोई संभवत: नहीं बच पाता है, ऐसे कुछ प्रसंग ठाकरेजी के जीवन में भी आए, लेकिन ठाकरेजी ने ऐसे अवसरों पर न तो धैर्य खोया और न विचलित हुए, न दबे। देखने में आया कि संगठन का अहित करनेवालों के सामने वे सीना ठोंककर खड़े हुए और प्रयत्न किया कि समस्या का समाधान हो जाए। वे राजनीतिक जीवन में कटु निर्णय लेनेवालों में प्रमुख स्तंभ थे। संगठन हित को देखते हुए निष्पक्ष भाव से सामूहिक रूप से जो निर्णय होते हैं, ठाकरेजी उसी को मान्य करते थे। संगठन का निर्णय, यानी आदेश निर्णय के पूर्व चाहे जितनी चर्चा, परंतु निर्णय के बाद सबको उस निर्णय पर एकजुट होकर जुटने का आह्वान, यही ठाकरेजी का संदेश रहता था।

कुशाभाऊ ठाकरेजी की पहचान पदों से नहीं है। उन्होंने अनवरत प्रवासकर मध्य प्रदेश के सुदूर अंचल तक कार्यकर्ताओं की एक लंबी शृंखला खड़ी कर प्रदेश में भा.ज.पा. को उस स्थिति में लाकर खड़ा किया, जहाँ से नित्य कांग्रेस को भा.ज.पा. से सशक्त चुनौती मिल रही है।

❑

मेरे मार्गदर्शक ठाकरेजी

—कैलाश जोशी

माननीय कुशाभाऊ ठाकरे से मेरा परिचय भारतीय जनसंघ की स्थापना के पश्चात् ही हुआ था। बाद में जब वे मध्य भारत में जनसंघ का कार्य देखने के लिए नियुक्त हुए, तब उनसे और निकटता बढ़ी। बाद में उनके प्रदेश मंत्री बनने के बाद से निरंतर मिलना होता रहा।

ठाकरेजी कुशल संगठक तो थे ही, किंतु उनकी भूमिका प्रदेश में संगठन के विस्तार तक ही सीमित नहीं थी। उन्होंने प्रारंभ में जहाँ-जहाँ भी संगठन खड़ा किया, वहाँ चुन-चुनकर योग्य कार्यकर्ताओं को पार्टी का सामान्य कार्य करने के अतिरिक्त जनसंघ के वैचारिक अधिष्ठान पर खड़ा होने की दक्षता भी प्रदान की, जिस प्रकार एक कुशल शिल्पी अनगढ़े पाषाण को परिश्रमपूर्वक गढ़कर सुंदर मूर्ति का आकार देता है, उस प्रकार से वर्षों तक वे पहले मध्य भारत तथा बाद में मध्य प्रदेश में हजारों समर्पित कार्यकर्ताओं का निर्माण करने में निस्पृह भाव से दत्तचित्त होकर जुटे रहने में सफल रहे।

मध्य प्रदेश जनसंघ के महामंत्री, जनता पार्टी के प्रदेश अध्यक्ष तथा भारतीय जनता पार्टी के महामंत्री संगठन के रूप में वर्षों तक कार्य करके, वे हर कार्यकर्ता के विश्वसनीय बनते चले गए। वे सबसे स्नेहपूर्ण व्यवहार करने तथा हर कार्यकर्ता की मनोव्यथा को सुनकर उनका निराकरण करने की सदैव चिंता करते थे। इससे हर विचारवान कार्यकर्ता उनके चुंबकीय व्यक्तित्व से जुड़ता चला गया।

मैं जब 1962 में प्रथम बार विधायक चुनकर भोपाल आया, तब तक ठाकरेजी का निवास स्थान भी भोपाल बन चुका था, इसलिए जब-जब मैं भोपाल आता था, तब-तब निर्बाध रूप से भेंट होती थी। धीरे-धीरे कालांतर में भेंट विभिन्न विषयों पर लंबी चर्चा का रूप लेती गई।

पूर्व मुख्यमंत्री, मध्य प्रदेश

मुझे विभिन्न पदों पर कार्य करते हुए उनके साथ प्रदेश भर में बस, कार और रेल से यात्रा करने के अनेक अवसर प्राप्त हुए, जिनमें उनकी संगठन कला को सीखने तथा आदर्श कार्यकर्ता बनने के गुण सीखने के भरपूर अवसर प्राप्त हुए। यद्यपि मैं इस कसौटी पर खरा तो नहीं उतर पाया, किंतु जितना सीख पाया, वह उनकी ही कृपा का फल है।

मुझ पर हमेशा ठाकरेजी का भरपूर स्नेह रहा, किंतु कभी-कभी उनकी कड़ी डाँट भी प्रसन्नता के साथ सुननी पड़ी। कभी ऐसे भी अवसर आए, जब मेरे और उनके बीच मतभेद भी उत्पन्न हुए, जिन्हें मैंने निःसंकोच भाव से उनके सामने प्रकट कर दिया और उनके तर्कपूर्ण उत्तर को स्वीकार भी कर लिया। इस सबके बाद भी जीवन भर उनका स्नेहपूर्ण संरक्षण मुझे निरंतर प्राप्त होता रहा और मेरा भी उनके प्रति आदर और सम्मान का भाव आजीवन बना रहा।

पारस पुरुष माननीय ठाकरेजी के संपर्क में जो भी आया, वह उनके स्पर्श से कुंदन हो गया। लंबे समय तक लगातार उनके संपर्क में रहने का मुझे दैवीय सौभाग्य मिला। उनके साथ बिताए गए क्षणों में घटी महत्त्वपूर्ण घटनाओं का स्मरण करना आज भी मुझे आह्लादित कर देता है।

वर्ष 1943 में मैं संघ का स्वयंसेवक बना और मेरी इच्छा प्रचारक बनकर संघ कार्य करने की थी। बाद में 1948 में राष्ट्रीय स्वयंसेवक संघ पर प्रतिबंध लगा और मैं इंदौर जेल में पहुँच गया था। प्रतिबंध हट जाने के बाद मैं संघ कार्य में पूर्ववत् जुट गया और अधिक स्थानों पर शाखाएँ आरंभ कराई।

इसी बीच 1951 में भारतीय जनसंघ की स्थापना हुई। इंदौर में आयोजित कार्यक्रम में भाग लेने को मुझे कहा गया। तब तक मैं राजनीतिक जीवन में प्रवेश करने की दिशा में कतई इच्छुक नहीं था, किंतु वही होता है, जो नियति निश्चित करती है। मध्य भारत भारतीय जनसंघ की स्थापना के बाद ठाकरेजी प्रदेश मंत्री बने। उन्होंने अपने देवास जिले के प्रवास के समय मुझे भारतीय जनसंघ का कार्य करने का सुझाव दिया। मेरी अनिच्छा के बावजूद उन्होंने मुझे 2 वर्ष जनसंघ में कार्य करके जिले में संगठन खड़ा करने में सहयोग देने के लिए राजी कर लिया। परिणामस्वरूप मैंने जनसंघ में सक्रिय कार्य आरंभ कर दिया।

कश्मीर आंदोलन

1953 में कश्मीर आंदोलन हुआ और ठाकरेजी के निर्देश पर मैं आंदोलन में शामिल हो गया। मुझे मातृभूमि की रक्षा और अखंडता की स्थापना के इस यज्ञ में आहुति देने का प्रथम अवसर मिला था। अप्रैल 1953 में मैंने देवास जिले के सत्याग्रहियों के दल का नेतृत्व किया। सत्याग्रहियों को विदाई देने के लिए एक सभा का आयोजन देवास

में किया गया और ठाकरेजी की उपस्थिति में मुझे सभा को संबोधित करने का अवसर मिला। किसी बड़े नगर की सार्वजनिक सभा में संबोधन करने का मेरा यह पहला अवसर था, जिसके लिए ठाकरेजी का जिस प्रकार प्रोत्साहन मिला, मैं आज भी उसे याद करके गौरवान्वित होता हूँ। ठाकरेजी ने मुझे भाषण देने की कला में सिद्धहस्त होने का जो मार्गदर्शन दिया, वह आज भी मुझे याद है और लगता है कि राजनीतिक कार्यकर्ता को सज्जित करने के लिए नेतृत्व की भूमिका कितनी महत्त्वपूर्ण और प्रेरणास्पद होती है। ठाकरेजी में कार्यकर्ता को हर स्तर पर तराशने की अद्‌भुत कला और कल्पनाशीलता थी। कश्मीर आंदोलन से लौटने के पश्चात् परिस्थितियों ने इस तरह करवट ली कि मैं मुड़कर भी नहीं देख सका और राजनीति में कदम-दर-कदम बढ़ता चला गया। राजनीति का यह सफर आगे बढ़ता गया और हर मोड़ पर ठाकरेजी पथप्रदर्शक की भूमिका में थे।

गौचर भूमि आंदोलन

1954 में मेरे गृह नगर हाटपिपल्या में जनसंघ द्वारा गौचर भूमि का आंदोलन हुआ। सरकार ने जनता के वाजिब हकों की अनदेखी करके जहाँ गाँव के पशु एकत्रित होते थे, उस भूमि का पट्टा एक व्यक्ति के नाम कर दिया था। जनसंघ ने पट्टा निरस्त करने की माँग की, किंतु कोई सुनवाई नहीं हुई। तब किसानों की एक जनसभा में यह निश्चित किया गया कि यदि सरकार ने दीपावली तक पट्टा निरस्त नहीं किया तो गोवर्धन पूजा के दिन जनता उस भूमि पर कब्जा कर लेगी। सरकार नहीं चेती, तब निर्धारित तिथि पर हजारों लोगों की उपस्थिति में भूमि पर कब्जा कर गौओं को खड़ा कर दिया गया। सरकार ने जनसंघ के आठ कार्यकर्ताओं पर मुकदमा चलाया। बाद में सात कार्यकर्ताओं को 50-50 रुपए के अर्थदंड से दंडित किया गया। मुझ पर 100 रुपए अर्थदंड लगाया गया और एक माह की सजा हुई। इस दुस्साहसपूर्ण कार्य पर कुछ लोगों ने अनेक तरह की भ्रांतियाँ पैदा करने की कोशिश कीं और हमें आतंकित किया गया। ठाकरेजी को जब इस घटनाक्रम की जानकारी मिली तो वे हाटपिपल्या आए और कार्यकर्ताओं का मनोबल बढ़ाया। उन्होंने इस बात के लिए कार्यकर्ताओं की प्रशंसा की कि आप लोगों ने गौरक्षा और किसान जनता के हित में साहस और हिम्मत का काम किया है। अतः चिंतित होने की कोई बात नहीं है। ठाकरेजी ने मामले की गंभीरता को भी समझा और कानूनी लड़ाई के लिए वकीलों की व्यवस्था कराई। मुझे एक मास का कारावास हो गया था। उन्होंने गौरक्षा आंदोलनों और सार्वजनिक हित में सजा को श्रेयस्कर बताया और मेरे परिवार को ढाढ़स बँधाया कि सजा सार्वजनिक हित में है। इसलिए घबराने की आवश्यकता नहीं है। कारावास की सजा मैंने हँसते-हँसते देवास जेल में काट दी।

सोनकच्छ उपचुनाव

सन् 1964 में सोनकच्छ के भारतीय जनसंघ के विधायक श्री भागीरथी सिंह की मृत्यु होने पर उपचुनाव घोषित हो गया। ठाकरेजी ने मुझे संदेश दिया कि उनके सोनकच्छ पहुँचने पर अगले दिन मैं उनसे मिलूँ। नियत समय पर मैं सोनकच्छ में ठाकरेजी से मिला, जहाँ उन्होंने श्री दौलत सिंह पटेल के गाँव चलने को कहा। तब बैलगाड़ी ही एकमात्र परिवहन का साधन थी और हम लोग शाम को ग्राम अगेरा पहुँचे। श्री दौलतसिंह कर्मठ कार्यकर्ता और मातृभक्त थे। उन्होंने कहा कि मेरी माताजी स्वीकृति दें, तभी मैं चुनाव लड़ पाऊँगा। चुनाव लड़ने की दौलतसिंह की यह शर्त थी। ठाकरेजी ने उनकी माताजी से प्रार्थना की और जनसंघ के प्रत्याशीं के रूप में खड़ा होने की आज्ञा देने का अनुरोध किया। माताजी ने ठाकरेजी से साग्रह कहा कि मेरे इकलौते लड़के को चुनाव में खड़ा न करें। मेरा परिवार पूरी तरह चुनाव में सहयोग करेगा और जो भी प्रत्याशी खड़ा होगा, उसे ही विजयी बनाया जाएगा। रजापुर के ठाकुर विक्रम सिंह को उपचुनाव में पार्टी का प्रत्याशी बनाकर लड़ाया गया। यह चुनाव मेरे लिए एक चुनौती था, क्योंकि ठाकरेजी ने मुझे चुनाव संचालक का दायित्व सौंपा था। पूरे समय चुनाव संचालक के रूप में मैंने भूमिका का निर्वाह किया और ठाकुर विक्रम सिंह इस उपचुनाव में विजयी हुए।

बागली जनसंघ का गढ़ बना

इस बीच देवास जिले में भारतीय जनसंघ का कार्य लगातार बढ़ता गया, साथ ही बागली तहसील तो जनसंघ का गढ़ ही बन गया। तहसील की दोनों नगरपालिका मंडी समिति तथा अनेक ग्राम पंचायतों पर जनसंघ का कब्जा हो गया। मैंने ठाकरेजी से अनुरोध किया कि हम दिसंबर में हाटपिपल्या में भारतीय जनसंघ का जिला सम्मेलन करना चाहते हैं, अत: आप किसी बड़े नेता को लाने का प्रयास करें।

मेरे आश्चर्य का ठिकाना नहीं रहा, जब ठाकरेजी को संदेश मिला कि सम्मेलन दिनांक 22 दिसंबर को होगा और उसमें स्वयं पं. दीनदयालजी पधारेंगे। दिनांक 22 को नियत समय पर पंडितजी पधार गए। इस अवसर पर नगर को अनेक द्वार बनाकर सजाया गया। शाम को नगर में एक सजी हुई बैलगाड़ी में उनका जुलूस निकाला गया। यह सम्मेलन अत्यधिक सफल रहा।

1955 में संपन्न चुनाव में बागली और हाटपिपल्या नगरपालिका में जनसंघ को बहुमत प्राप्त हो गया था। हाटपिपल्या में मुझे अध्यक्ष निर्वाचित किया गया था। दोनों नगरपालिकाओं में पहली बार कई विकास कार्य प्रारंभ हुए थे, जिससे जनता संतुष्ट थी, किंतु बाद में पार्टी का एक वरिष्ठ कार्यकर्ता नगरपालिका के संबंध में भ्रामक

प्रचार करके वातावरण बिगाड़ने का कार्य करने लगा। इसकी जानकारी मिलने पर ठाकरेजी हाटपिपल्या आए और उसे अनुशासन में रहने और आगे कड़ी कारखाई करने की चेतावनी दे गए, किंतु इसके बाद भी उसमें सुधार नहीं आया और उसने नागरिक मोरचा बनाने का प्रयास किया। ठाकरेजी दुबारा हाटपिपल्या आए और नगर के कार्यकर्ताओं की बैठक बुलाकर सबसे पूछा कि क्या नगरपालिका में किसी प्रकार की अव्यवस्था है और क्या कोई अनुचित कार्य करता है ? इससे इनकार किए जाने पर ठाकरेजी उसे पार्टी से निष्कासित करने का आदेश दे गए।

नेता पद का चयन

ठाकरेजी परिस्थितियों के अनुकूल ऐसा निर्णय लेते थे कि उसमें सभी अपने को भागीदार मानते हुए सहर्ष सहमत हो जाते थे। बात 1972 के चुनाव की है, तब भारतीय जनसंघ के 48 विधायक प्रदेश में जीते थे, किंतु सभी वरिष्ठ नेता चुनाव हार गए थे। सवाल आया कि विधायक दल का नेता किसे बनाया जाए? एक दिन ठाकरेजी विधायक विश्राम-गृह में पधारे और मेरे निवास पर आकर मुझसे जानना चाहा कि किसे विधायक दल का नेतृत्व सौंपा जाए? मैंने अवसर की गंभीरता को देखते हुए एक विधायक का नाम सुझाया, जो प्रचारक रहे थे। विधि में स्नातक थे। विधानसभा में बोलते भी अच्छा थे और इस बार फिर से चुनकर आए। वे मुझे सब प्रकार से उपयुक्त लगे थे। ठाकरेजी ने तत्काल कोई निर्णय सुनाने की बजाय कहा कि और विचार मंथन करो। हम बाद में इस मामले पर सहमति बनाएँगे। कुछ दिन बाद ठाकरेजी पुनः पधारे और वही पुराना सवाल दोहरा दिया। मैं कुछ कह पाता कि उन्होंने मुझे विधायक दल का नेता बनाने का प्रस्ताव दिया। मैंने उन्हें हर प्रकार से संतुष्ट करने का प्रयास किया कि यह दायित्व ऐसे किसी विधायक को दिया जाए, जो शैक्षणिक योग्यता के साथ विधि का जानकार हो, परंतु ठाकरेजी अपनी बात पर दृढ़ थे और उन्होंने कहा कि विधायकों ने तो तुमको अपना नेता बनाने का मन बना लिया है।

खंडवा उपचुनाव के प्रत्याशी ठाकरेजी

ठाकरेजी हमेशा केवल संगठन कार्य को ही अपना सर्वोच्च ध्येय मानते थे और सत्ता के आकर्षण से दूर रहते थे। कहने का तात्पर्य यह है कि उन्हें सत्ता और पद का कभी मोह नहीं रहा। वे कहते थे कि व्यक्ति जितना सत्ता और पद से दूर रहेगा, उतना ही आत्मसंतोष प्राप्त कर जनसेवा की ओर उन्मुख होगा। सन् 1977 के लोकसभा के चुनाव में खंडवा लोकसभा क्षेत्र से परमानंद गोविंदजीवाला सांसद चुने गए थे। दुर्भाग्य से एक सड़क दुर्घटना में वे घायल हो गए। बाद में 1978 में अचानक उनकी मृत्यु हो

गई, इससे उपचुनाव की स्थिति उत्पन्न हुई। खंडवा लोकसभा चुनाव के लिए प्रत्याशी चयन का मामला जब आया, सभी पेशोपेश में थे। बमुश्किल जनता पार्टी के प्रत्याशी के रूप में ठाकरेजी को सहमत कराया गया। उन दिनों ठाकरेजी मध्य प्रदेश जनता पार्टी के अध्यक्ष भी थे। इस उपचुनाव में मेरी भागीदारी का अपना अलग प्रसंग है।

बगली विधानसभा क्षेत्र खंडवा लोकसभा क्षेत्र के अंतर्गत आता है, इसलिए मुझे इस उपचुनाव में विशेष रूप से दायित्व सौंपा गया। मुझे याद है कि 10 जनवरी से 3 फरवरी तक उपचुनाव का संचालन किया और जब 6 फरवरी को मतगणना का परिणाम आया, ठाकरेजी भारी मतों से विजयी हुए।

नर्मदा जल विवाद न्यायाधिकरण का फैसला

नर्मदा मध्य प्रदेश की जीवन रेखा है और इसके जल का विवाद काफी लंबा और दिलचस्प रहा है। लगभग 12 वर्ष के लंबे अंतराल के पश्चात् सरदार सरोवर बाँध निर्माण के संदर्भ में नर्मदा जल विवाद न्यायाधिकरण का बहुप्रतीक्षित निर्णय अगस्त 1977 में पारित हुआ, तब मुख्यमंत्री सकलेचाजी ने विपक्ष के नेताओं तथा प्रमुख मंत्रियों की बैठक बुलाकर निर्णय की विस्तार से जानकारी दी और इस निर्णय का पालन राज्य शासन के लिए अनिवार्य होने के कारण सभी राजनीतिक दलों से सहयोग करने का अनुरोध किया। बाद में कांग्रेस के नेताओं ने निर्णय का विरोध करने के लिए प्रभावित क्षेत्र में दौरे और आंदोलन आरंभ कर दिए। इस निर्णय से नर्मदा के निकटवर्ती स्थानों के निवासी तथा हमारे कार्यकर्ताओं में रोष उत्पन्न हुआ और बड़वानी के हमारे कुछ प्रमुख कार्यकर्ताओं ने बाँध-विरोधी मोरचे का गठन करके राज्य सरकार से न्यायाधिकरण के निर्णय का विरोध करने की माँग की। एक दिन ठाकरेजी ने मुझे बुलाकर कहा कि आप कार्यकर्ताओं और जनता को तर्कसंगत आधार पर समझाने हेतु उधर का दौरा करें, क्योंकि ऐसे समय में जनता के साथ संवाद होना ही चाहिए। मैंने उनसे मुसकराते हुए कहा कि मुख्यमंत्रीजी कह रहे हैं कि प्रदेश के हित में हम सबको इस निर्णय को शांतिपूर्वक स्वीकार करना चाहिए, साथ ही आपने भी अपने वक्तव्य में कहा है कि प्रदेश के व्यापक हित में हमें कुछ थोड़ा त्याग तो करना ही होगा। तब मैंने जनता के आक्रोश की जानकारी देते हुए बताया कि उनके बीच जाना खतरे से खाली नहीं है, पिटाई की नौबत भी आ सकती है। तब ठाकरेजी ने आत्मविश्वास के साथ हँसते हुए कहा कि आप रुष्ट जनता को सफलतापूर्वक समझा लेंगे। मेरा साहस बढ़ा और यात्रा पर रवाना हुआ।

जनाक्रोश का अंदाज इसी बात से लगाया जा सकता है कि पुलिस ने मुझे यात्रा के बीच में किसी जगह न रुकने की सलाह दी और कहा कि सीधे बड़वानी पहुँचूँ।

मैंने उन्हें अपने राजनीतिक और सामाजिक सरोकार से अवगत कराते हुए कहा कि जनप्रतिनिधि होने के नाते जनता से रू-ब-रू होना मेरी प्राथमिक जिम्मेदारी होगी। मैं अधिक-से-अधिक लोगों से संवाद स्थापित करूँगा। आगे बढ़ते ही जो पहली बस्ती मिली, वहाँ स्थिति की गंभीरता सामने नजर आई। मैंने जनता को सामने देखकर गाड़ी से उतरना अपना कर्तव्य समझा। जनता ने तिलक लगाकर स्वागत तो किया, परंतु सवाल भी दागा कि आपको यहाँ क्यों भेजा गया? मुख्यमंत्री को स्वयं आकर जनता से चर्चा करनी चाहिए। मैंने उन्हें समझाया कि सरकार की यह सामूहिक जिम्मेदारी है, उसे पूरा करने के लिए मुझे भेजा गया है। मैंने सारे तथ्य प्रस्तुत किए और पूछा कि आप बताएँ कि सरकार को क्या करना चाहिए? इस प्रकार गाँव-गाँव चर्चा करते हुए हमारा काफिला बिना बाधा के बड़वानी पहुँच गया। बड़वानी में तब तक कलेक्टर पहुँच चके थे। उन्होंने राय दी कि हम 5 लोगों के प्रतिनिधिमंडल की आपसे भेंट कराकर अपना ज्ञापन देने का अवसर देंगे। तब मैंने कहा कि लोकतंत्र का तकाजा है कि मैं स्वयं जनता के बीच में पहुँचकर उनसे ज्ञापन स्वीकार करूँ, जिससे मैं शासन का पक्ष सार्वजनिक रूप से प्रस्तुत कर सकूँ और जनता की भावना को भी समझ सकूँ।

थोड़ी देर में किसानों और ग्रामवासियों का जुलूस आ पहुँचा, जिसमें हमारे कार्यकर्ता भी बड़ी संख्या में शामिल थे। मैंने एक ट्रैक्टर और लाउडस्पीकर लगा देखकर जनता के बीच अपनी बात रखने का विचार किया और भीड़ में से ट्रैक्टर पर पहुँच गया और माइक से जनता से रू-ब-रू होने लगा। जनता से मैंने कहा कि न्यायाधिकरण का निर्माण एक न्यायालयीन आदेश है, जिसे मानना हमारी संवैधानिक जिम्मेदारी है, फिर मध्य प्रदेश में पहली बार पार्टी की सरकार गठित हुई है, इसलिए हमारा दायित्व और भी बढ़ गया है। यदि सरकार के त्याग-पत्र देने से बाँध का काम रोका जा सकता है, तो सरकार त्याग-पत्र देने को तैयार है। निर्णय जनता पर ही छोड़ दिया गया, तब प्रदर्शनकारी भीड़ में से आवाज आई, "त्यागपत्र देने की कोई आवश्यकता नहीं है", फिर भी जनता का आग्रह था कि यह कोशिश जरूर होनी चाहिए कि कम-से-कम डूब क्षेत्र में आए भूमि और पुनर्वास का कार्य सुचारु ढंग से संपन्न कराया जा सके। जनता का आक्रोश धीरे-धीरे थमने लगा और प्रदर्शनकारी जनता शांतिपूर्वक नारे लगाते हुए लौट गई। मेरा भी मिशन लगभग सफल हो गया।

भोपाल वापस लौटने पर ठाकरेजी ने प्रसन्नता व्यक्त की कि जनता से संवाद लोकतंत्र की रीढ़ है। ठाकरेजी की कार्यकुशलता, दूरदर्शिता और कल्पनाशीलता की यह घटना एक अप्रतिम उदाहरण है।

1979 में विधायकों और मंत्रियों में सखलेचाजी के नेतृत्व के प्रति असंतोष उभरने लगा था, तब मुझसे मंत्री और विधायकों की भावना शीर्ष नेतृत्व तक पहुँचाने

का आग्रह किया गया। मैंने एकांत में ठाकरेजी से चर्चा की। उन्होंने कहा कि देखा जाएगा। बाद में एक-दो बार स्मरण दिलाने पर उन्होंने मंत्रिमंडल के प्रमुख साथियों से चर्चा करने का कार्यक्रम तय किया। 29 मार्च, 1979 को लगभग 7-8 प्रमुख मंत्रियों के साथ बैठक रखी गई। बैठक में सभी मंत्रियों ने एक स्वर से नेतृत्व परिवर्तन करने का आग्रह किया। इस अवसर पर मैंने यह भी स्पष्ट कर दिया कि इस मुहिम का यह अर्थ कदापि न लगाया जाए कि हममें से कोई मुख्यमंत्री बनना चाहता है। आप जिसे भी चाहें मुख्यमंत्री बनाएँ, इस पर ठाकरेजी ने कहा कि क्या आप लोग ऐसा लिखकर देंगे कि नेतृत्व परिवर्तन की स्थिति में कोई भी मुख्यमंत्री बनने का आग्रह नहीं करेगा? इसे सभी ने स्वीकार कर लिया। तदनुसार बाद में सबने ऐसा लिखकर दे दिया। ठाकरेजी ने इस विषय में उचित समय पर निर्णय लेने का विश्वास दिलाया और कहा कि सभी मिल-जुलकर अपना कार्य करते रहेंगे। बाद में इस बीच ठाकरेजी और राजमाताजी के अलावा केंद्रीय नेताओं से भी कार्यकर्ताओं का मिलना-जुलना जारी रहा और नेतृत्व परिवर्तन करने का आग्रह बना रहा। जुलाई 1979 से केंद्र की जनता पार्टी सरकार में भारी मतभेद उभरने लगे थे, जिसकी परिणति चौधरी चरण सिंह द्वारा जनता पार्टी में विघटन उत्पन्न करके विश्वास मत प्राप्त करने के दावे के रूप में हुई और चरम परिणति उनके द्वारा बिना विश्वास मत प्राप्त किए मध्यावधि चुनाव की माँग करके त्याग-पत्र देने के रूप में हुई। जनता पार्टी के नेताओं ने इसका प्रखर विरोध कियां। बाद में 29 अगस्त को राष्ट्रपति ने दोनों पक्षों को सुनकर दिनांक 22 अगस्त को लोकसभा भंग कर दी और दिसंबर में चुनाव कराने का अपना निर्णय भी घोषित कर दिया।

जनवरी 1980 में लोकसभा का मध्यावधि चुनाव संपन्न हुआ, जिसमें जनता पार्टी के आंतरिक झगड़े से उत्पन्न असंतोष के कारण जनता पार्टी हार गई। इसी दौरान 10 जनवरी, 1980 को मध्य प्रदेश के तत्कालीन मंत्री परिषद् द्वारा मध्यावधि चुनाव की समीक्षा की गई और 15 जनवरी को सखलेचाजी ने मुख्यमंत्री पद से तथा ठाकरेजी ने जनता पार्टी के प्रदेश अध्यक्ष पद से अपना त्यागपत्र दे दिया। बाद में 16 जनवरी को ठाकरेजी ने मध्य प्रदेश में सरकार के नेता के पद के लिए पटवाजी के नाम का सुझाव दिया, जिसे हम सब वरिष्ठ मंत्रियों ने स्वीकार कर लिया। पटवाजी के मुख्यमंत्री बनने के अट्ठाईस दिन बाद सरकार भंग कर दी गई।

बात 1980 के चुनाव में बागली विधानसभा चुनाव क्षेत्र से पाँचवीं बार मेरे विजयी होने के वक्त की है। मेरे परंपरागत बागली विधानसभा क्षेत्र के प्रमुख कार्यकर्ताओं ने यह योजना बनाई कि 50 वर्ष की आयु पूर्ण कर लेने और 25 वर्ष तक सार्वजनिक जीवन पूरा करने के उपलक्ष्य में मेरा अभिनंदन कर मुझे एक कार भेंट दी जाए।

जब उन्होंने यह प्रस्ताव मेरे समक्ष रखा तो मैंने उन्हें ठाकरेजी से इस संबंध में चर्चा करने तथा उनका निर्णय लेने की राय दी। कार्यकर्ताओं ने भोपाल पहुँचकर ठाकरेजी से चर्चा की और प्रस्ताव उनके सामने पेश कर दिया। ठाकरेजी ने मेरे संकोच के बावजूद सहर्ष अपनी स्वीकृति देते हुए कहा कि जो कार्यकर्ता निस्पृह भाव से जनसेवा करता है, उसकी सेवाओं का अभिनंदन किया जाना चाहिए। यही उनकी जनसेवाओं का पुरस्कार हो सकता है। भोपाल से उत्साहित होकर लौटै कार्यकर्ताओं ने कैलाश जोशी जन आशीर्वाद समिति का गठन करके जनता से अंशदान प्राप्त करने का अभियान आरंभ कर दिया। अक्षय तृतीया 17 मई, 1981 के अवसर पर बागली में समारोह आयोजित किया गया। समारोह में माननीय अटल बिहारी वाजपेयी और श्रद्धेय राजमाताजी विशेष रूप से पधारीं। कार्यक्रम की अध्यक्षता ठाकरेजी ने की। पूरे क्षेत्र के कार्यकर्ताओं ने और जनता ने भी बड़ी संख्या में उपस्थित होकर इस अकिंचन सेवक को अपना आशीर्वाद प्रदान किया। श्रद्धेय राजमाताजी ने कार्यकर्ताओं की भावना का समादर करते हुए कार्यकर्ताओं की ओर से एंबेसडर कार की चाबी मुझे सौंप दी और प्रदेश में पार्टी संगठन के हित में कार्य करने का निर्देश दिया।

ठाकरेजी के प्रति कार्यकर्ताओं, पार्टी संगठन और उनके हितचिंतकों का भारी लगाव जीवनपर्यंत बना रहा। 15 अगस्त, 1982 को साठ वर्ष की आयु पूर्ण होने पर माननीय ठाकरेजी की षष्टिपूर्ति का आयोजन किया गया। इस अवसर पर उन्हें श्रद्धानिधि भेंट की गई। कार्यक्रम में विशेष रूप से अटल बिहारी वाजपेयीजी, लालकृष्ण आडवाणीजी और राजमाताजी ने उपस्थित होकर अपनी शुभकामनाएँ अर्पित करते हुए ठाकरेजी के दीर्घजीवन की कामना की।

ठाकरेजी संगठन में दायित्व के विकेंद्रीकरण के प्रबल पक्षधर थे। उन्होंने 1982 में मेरे दूसरी बार प्रदेश अध्यक्ष बनने के बाद संगठन संबंधी निर्णय लेने के लिए पहल करने का निर्देश दिया। उन्होंने कहा कि प्रदेश अध्यक्ष के नाते संगठन संबंधी निर्णय लेने के लिए आप दूसरों के मोहताज न रहें। यह प्रदेश संगठन की स्वायत्तता और आंतरिक क्षमता का प्रश्न है। जहाँ अत्यंत आवश्यक समझा जाए, वहाँ शीर्ष नेतृत्व से मार्गदर्शन लिया जा सकता है, जो आवश्यकतानुसार शीर्ष नेतृत्व से मिलता रहेगा। तब से संगठन के मामले में मेरा आत्मविश्वास बढ़ा और लोग भी संगठन के मामले में प्रादेशिक नेतृत्व के निर्णय के पक्षधर होते गए।

अक्तूबर 1986 में ठाकरेजी ने किसानों का अधिकार-पत्र बनाने का दायित्व मुझे और कल्याण सिंहजी को सौंपते हुए दो दिन तक हमारे साथ पूरे समय बैठकर उसका प्रारूप तैयार कराया।

उसी माह जम्मू में होनेवाली राष्ट्रीय कार्यसमिति की बैठक में उक्त प्रारूप

पर विचार हुआ और कुछ संशोधन सुझाए गए। उन संशोधनों को यथोचित रूप से सम्मिलित करके प्रारूप को अंतिम रूप देकर दिल्ली में प्रेस को जारी किया गया। इसके पश्चात् जनवरी 1987 में विजयवाड़ा में अखिल भारतीय प्रतिनिधिसभा के सम्मेलन में इसे स्वीकृति प्रदान की गई। इस प्रकार से ठाकरेजी के प्रयास से देश भर के किसानों के अधिकार और समस्याओं पर पहली बार विस्तार और विचार किया गया।

ठाकरेजी अत्यंत कुशल संगठक थे। उन्होंने मध्य भारत में और बाद में मध्य प्रदेश में महामंत्री, अध्यक्ष और संगठन मंत्री के रूप में प्रदेश भर में संगठन का जाल फैलाया। उन्होंने बिना किसी पद पर रहकर भी बैलगाड़ी से, साइकिल से, बस से, कार से तथा रेल से संपूर्ण प्रदेश की अनेक बार परिक्रमा की। इन दौरों में उन्होंने केवल नगरों और जिला स्थान पर बैठकर ही संगठन का विस्तार करने की योजना नहीं बनाई, बल्कि उन्होंने जंगलों में, पहाड़ों में और छोटे-छोटे ग्रामों तक पहुँचकर राजनीतिक दृष्टि से उपेक्षित रहे समाज को संगठित कर राजनीतिक दृष्टि से जाग्रत् बनाने तथा अपने अधिकारों के प्रति सचेत बनाने का दुष्कर कार्य किया।

मैं जब 1962 में विधायक बनने पर प्रदेश में दौरे करने लगा, तो मैंने देखा कि प्रदेश की कोई तहसील और विकास खंड ऐसा नहीं बचा, जहाँ जनसंघ की संगठित इकाई का गठन नहीं हुआ हो और ठाकरेजी ने एकाधिक बार उन्हें अपने पैरों से न नापा हो। उनके द्वारा छेड़े गए राजनीतिक संघर्ष और परिश्रम के फलस्वरूप मात्र सोलह वर्ष बाद ही मध्य प्रदेश में जनसंघ की श्रद्धेय राजमाताजी के नेतृत्व में संविद सरकार की स्थापना हुई, किंतु यह सरकार लंबे समय तक नहीं चल सकी और विभिन्न अंतर्विरोधों के कारण लगभग बीस महीने बाद ही समाप्त हो गई।

दूसरी बार 1977 में प्रदेश में जनता पार्टी की सरकार बनी। इस सरकार में जनसंघ के अतिरिक्त अन्य घटक दल भी सम्मिलित थे। यह सरकार सुचारु रूप से मिल-जुलकर चल रही थी, किंतु लोकसभा के मध्यावधि चुनाव में जीत जाने के कारण केंद्र की कांग्रेस सरकार ने नए जनादेश के नाम पर अन्यायपूर्वक मध्य प्रदेश विधानसभा को भंग कर दिया।

तीसरी बार फिर एक सुअवसर आया, जब ठाकरेजी की कठोर तपस्या के फलस्वरूप 1990 में दो-तिहाई के बहुमत के साथ शुद्ध भारतीय जनता पार्टी की सरकार सत्तारूढ़ हुई।

इस सरकार का कार्यकाल अनेक उपलब्धियों के साथ सफलतापूर्वक पूर्ण होने में रंच मात्र भी संदेह नहीं था, किंतु अचानक इसको भी ग्रहण लग गया और केंद्र की कांग्रेस सरकार ने कुटिल चाल चलकर अयोध्या में ढाँचा ढहाने के नाम पर विधानसभा

को भंग करके राष्ट्रपति शासन लगा दिया, जबकि हमारी सरकार का कोई भी मंत्री अयोध्या गया ही नहीं था।

अभी तक आरंभ से ही मुझ पर ठाकरेजी का वरदहस्त रहा था, किंतु एक अवसर ऐसा आया, जब उन्होंने मेरे सुझाव को स्वीकार नहीं किया और मैंने भी उनके निर्देश को नम्रता के साथ अस्वीकार कर दिया।

मई 1993 में मध्य प्रदेश अध्यक्ष का चुनाव होनेवाला था। इस हेतु जिन वरिष्ठ कार्यकर्ता का नाम प्रस्तावित किया जा रहा था, उनसे व्यक्तिगत विरोध न होते हुए भी संगठन में जैसी व्यवस्था चल रही थी, उससे संगठन का हित नहीं हो रहा था। मैंने अपनी यह भावना ठाकरेजी के सामने काफी पहले प्रस्तुत कर दी थी, किंतु उनका मत नहीं बदला। इस संबंध में वरिष्ठ नेताओं से चर्चा करने के लिए मैं दिनांक 22 मई को दिल्ली गया। मैंने नेतागण से नम्रतापूर्ण शब्दों में यह भी प्रकट कर दिया कि इस संबंध में सर्वसम्मत निर्णय नहीं हो सका तो चुनाव टलेंगे नहीं।

दिनांक 26 मई को मुझे बुलाकर कहा गया कि अब निर्णय बदलना संभव नहीं है। मैंने अनुरोध किया कि आप एक बार पुनर्विचार कर लें, जिससे अनावश्यक रूप से चुनाव की स्थिति उत्पन्न न हो सके।

दिनांक 27 मई को मेरे मत के समर्थक प्रदेश स्तर के लगभग 25 प्रमुख कार्यकर्ता एक स्थान पर विचार-विमर्श के लिए एकत्रित हुए और निर्णय लिया गया कि यदि कोई सर्वसम्मत हल नहीं निकला तो चुनाव होना ही चाहिए।

दिनांक 28 मई की शाम को ठाकरेजी से मिलने की सूचना प्राप्त होने पर मैं प्रदेश स्तर के पाँच प्रमुख कार्यकर्ताओं के साथ उनसे मिलने गया। ठाकरेजी ने कहा कि इस स्थिति में अब कोई परिवर्तन करना संभव नहीं होगा, तब वहाँ से लौटकर प्रदेश के पच्चीस कार्यकर्ताओं ने चुनाव लड़ने का निश्चय करके मुझे प्रदेशाध्यक्ष पद का उम्मीदवार घोषित कर दिया।

दिनांक 29 मई को चुनाव हुआ। यद्यपि मैं पूरे समय वहाँ उपस्थित रहा, किंतु पूर्व निर्धारित नीति के अनुसार मैंने किसी को अपने पक्ष में मतदान करने की अपील नहीं की।

शाम को परिणाम घोषित होने पर मैं विजयी प्रत्याशी के गले मिलकर उन्हें बधाई देकर लौट आया और बाद में ठाकरेजी से भी मिलने गया।

ठाकरेजी अत्यंत निश्छल और सहृदय थे। वे किसी भी कार्यकर्ता के व्यवहार और कार्य से संतुष्ट नहीं होने पर तात्कालिक रूप से अपनी नाराजगी प्रकट अवश्य करते थे, किंतु पटाक्षेप हो जाने पर गाँठ बाँधकर नहीं रखकर पूर्ववत् आत्मीयता का व्यवहार करते थे।

बाद में ठाकरेजी जब तक भोपाल रहे, मेरा निरंतर उनसे मिलना होता रहा और संगठन कार्य में उनका मार्गदर्शन प्राप्त होता रहा।

इसके पश्चात् जब वे राष्ट्रीय स्तर पर संगठन कार्य के लिए दिल्ली जाकर स्थायी रूप से वहीं निवास करने लगे, तब भी दिल्ली जाकर मुझे जीवनपर्यंत उनका मार्गदर्शन, स्नेहिल आशीर्वाद प्राप्त होता रहा।

❑

श्री कुशाभाऊ ठाकरेजी का जीवन राष्ट्र को समर्पित

—बाबूलाल गौर

स्वर्गीय श्री कुशाभाऊ ठाकरेजी का संपूर्ण जीवन एक तपस्वी, कर्मयोगी एवं आदर्श व्यक्तित्व के रूप में रहा है। श्री ठाकरेजी ने अपने सामाजिक जीवन में कार्य करते हुए कभी भी अपने लिए कोई पद, संगठन या सार्वजनिक पद-विधायक, सांसद व मंत्री आदि के प्राप्त करने की इच्छा नहीं की। राष्ट्रीय स्वयंसेवक संघ से लेकर जनसंघ एवं भारतीय जनता पार्टी तक सारा जीवन एक समर्पित निष्ठावान सैनिक के रूप में पूर्ण कालिक समय देकर सेवा में पूरे मनोयोग से आजीवन लगे रहे।

स्व. श्री कुशाभाऊ ठाकरेजी ने मध्य प्रदेश में भारतीय मजदूर संघ में कार्य करने के लिए मुझे प्रेरित किया, साथ ही पुट्ठा मिल मजदूर जनसंघ और कपड़ा मिल मजदूर संघ की यूनियनों का नाम बदलने के लिए कहा, क्योंकि मजदूर ट्रेड यूनियनों का सीधे राजनीति से संबंध नहीं होना चाहिए। उनका कार्य क्षेत्र मजदूरों तक सीमित रहे और राजनीतिक आधार पर उनके साथ भेदभाव नहीं होना चाहिए। वर्ष 1955 में मध्य प्रदेश में भारतीय मजदूर संघ की स्थापना हेतु राष्ट्रीय नेताओं की एक बैठक आयोजित की गई, जिसमें भारत के पूर्व प्रधानमंत्री माननीय श्री अटलबिहारी वाजपेयी, श्री दत्तोपंत ठेंगड़ी, कुशाभाऊ ठाकरे तथा प्रदेश स्तरीय नेताओं में मैं स्वयं (बाबूलाल गौर) रामभाऊ जोशी, रामनाथ शर्मा, मानकचंद्र चौबे, चैनसिंह, हुकुमचंद जैन, साधुनाथ आदि ने भाग लिया और मजदूर संघ का निशान चक्र, मुट्ठी, अँगूठा एवं बाली रखने तथा संघ का नाम अखिल भारतीय मजदूर संघ रखने पर सहमति बनी। इस संगठन ने पूरी तरह से भारतीय

पूर्व मुख्यमंत्री, मध्य प्रदेश

मजदूरों के लिए भारतीय संस्कृति, भारतीय परिवेश में कार्य प्रारंभ किया। आज वही भारतीय मजदूर संघ, जिसकी स्थापना सन् 1955 में श्री ठाकरेजी द्वारा भोपाल में की गई थी। देश का सबसे बड़ा मजदूर संगठन है और भारतीय मजदूर संघ की सदस्यता भारत सरकार के श्रम विभाग द्वारा सत्यापन के अनुसार एक नंबर पर है। स्व. श्री ठाकरेजी के निर्देश पर मैंने (बाबूलाल गौर) भारतीय मजदूर संघ का कार्य प्रारंभ किया था।

प्रारंभिक काल में सन् 1956 में भोपाल मध्य प्रदेश की राजधानी बनने के पश्चात् जब स्व. श्री ठाकरेजी इंदौर से राज्य परिवहन की बस से भोपाल आते थे, श्री ठाकरेजी दो-तीन दिन पूर्व एक पोस्टकार्ड लिखकर मुझे सूचित करते थे कि इंदौर से सायं 4.00 बजे आ रहे हैं। बस स्टैंड पर साइकिल लेकर आने का उनका निर्देश भी होता था। बस स्टैंड पर श्री ठाकरेजी उतरते ही मेरी साइकिल के पीछे कैरियर पर अपने सामान का झोला रखकर कहते थे कि लखेरापुरा कार्यालय चलो। मैं श्री ठाकरेजी को कहता था कि एक ताँगा कर लेते हैं, दो आने ही लगेंगे, तो श्री ठाकरेजी कहते थे कि दो आना क्यों खर्च किया जाए। पैदल ही चलते हैं, और पैदल ही कार्यालय की ओर चल देते। मेरे अनुभव के अनुसार उस समय पार्टी के पास धन का इतना अभाव था कि दो आने भी प्रदेश संगठन मंत्री पर खर्च करने में असमर्थ थे। एक और दूसरा अनुभव, स्व. श्री ठाकरेजी चप्पल पहनते थे, उसके कारण दोनों पैरों की एड़ियाँ फट गई थीं, उनमें कभी-कभी रक्तस्राव एवं दर्द भी होता था। श्री ठाकरेजी मुझसे कहते कि मुल्लाजी की दुकान से दो पैसे का मोम लेकर आओ, रात में सोते समय मोम को गरम करके एड़ियों में भर लेंगे, जिससे दर्द कम हो जाएगा और रक्त बहना भी बंद हो जाएगा। मैं श्री ठाकरेजी को कहता था कि जूता क्यों नहीं पहते, मुझसे हँसते हुए कह देते कि जूते तो बड़े लोग पहनते हैं।

स्वर्गीय श्री ठाकरेजी मध्य प्रदेश से लगी हुई राजस्थान की सीमा पर राष्ट्रीय स्वयंसेवक संघ के तहसील प्रचारक नियुक्त किए गए थे। उन्होंने मुझे बताया कि मेरे झोले में दो जोड़ी कपड़े थे और मुझे तहसील प्रचारक के नाते उक्त समय के विभाग प्रचारक पुराने किलेदार (जागीरदार) ठाकुर साहब के घर पर ले गए और उन्होंने कहा कि इन्हें संघ कार्य के लिए आपकी तहसील में नियुक्त किया गया है। उनके रहने एवं भोजन की व्यवस्था आपको करनी है। ठाकुर साहब का परिचय कुछ समय पूर्व संघ से हुआ था। श्री ठाकुर साहब ने अपनी धर्मपत्नी को बुलाकर श्री ठाकरेजी का परिचय कराया और कहा कि कल से भोजन करने ये यहीं आएँगे, इनके भोजन की व्यवस्था ठीक से करना। उनकी धर्मपत्नी घूँघट निकाले हुई थी। गरदन हिलाकर स्वीकृति दी। ठाकुर साहब ने पुरानी गढ़ी, जो शहर के बाहर थी, जहाँ कोई भी नहीं रहता था, जिसमें दो बड़े कमरे थे, कमरों में सोने की व्यवस्था कर दी तथा एक पुरानी साइकिल आने-जाने हेतु श्री ठाकरेजी को दे दी। जब वे ग्रामीण क्षेत्र का दौरा कर वापस लौटते तो

ठाकुर साहब की पत्नी थाली में भोजन परोसकर कराती थीं। एक दिन ठाकुर साहब के पारिवारिक उत्सव में खीर, पूड़ी, मिठाई आदि बनी थी। उस समय उनकी धर्मपत्नी भोजन परोस रही थीं और ठाकरेजी भोजन कर रहे थे। ठाकुर साहब की पत्नी ने श्री ठाकरेजी से पूछा, "आपकी आँखों में आँसू क्यों आ रहे हैं।" तब श्री ठाकरेजी ने बताया कि आप भोजन बनाती हैं तो सब्जी में मिर्ची बहुत अधिक रहती है। जब भोजन करता हूँ तो दो कौर खाने के बाद अधिक मिर्ची होने के कारण स्वाभाविक रूप से आँसू आ जाते हैं। तब मैं बार-बार पानी पीता हूँ। आज खीर-पूड़ी बनी है, इस कारण मिर्ची नहीं लग रही है। उन्होंने पूछा, "मिर्ची अधिक थी, क्यों नहीं बताया, कम मिर्ची का भोजन बना देती। हमारे परिवार में अधिक मिर्ची मसाला खाना पसंद करते हैं।" ठाकरेजी ने कहा कि संघ के अधिकारियों ने समझाइया है कि जैसा भोजन मिले, खा लेना, कोई शिकवा-शिकायत नहीं करना। ऐसे कर्मयोगी के रूप में स्व. श्री ठाकरेजी को तहसील प्रचारक से प्रदेश तथा राष्ट्र का नेतृत्व करने का सौभाग्य प्राप्त हुआ था। उनके निधन से एक युग का अवसान हो गया है। मैं स्व. श्री ठाकरेजी की आत्मा की शांति हेतु प्रार्थना करता हूँ। ❑

कमलपत्रमिव काम्मसा

—कैलाश सारंग

ठाकरेजी से मेरा संपर्क काफी पुराना है। 1953-54 में जब मैं भारतीय जनसंघ का एक सामान्य कार्यकर्ता था, शायद तभी से उनसे मेरा संपर्क रहा, लेकिन परिचय 1958-59 से शुरू हुआ। जब भोपाल में रहकर मैं उच्च शिक्षा प्राप्त कर रहा था। लखेरापुरा के एक मकान के प्रथम तल के हॉल में तब कार्यालय था, जिसमें राष्ट्रीय स्वयंसेवक संघ के स्वयंसेवक तथा जनसंघ के कार्यकर्ता के नाते मेरा आना-जाना होता था। नारायण प्रसाद गुप्त उन दिनों भोपाल संभाग का कार्य देखते थे। उनसे मेरा घनिष्ठ परिचय था। इस नाते प्राय: ही मेरा कार्यालय आना होता था। जहाँ ठाकरेजी से नमस्कार होता था। छोटा कार्यकर्ता होने के नाते कुछ दूरी से ही उनसे बात करता था, पर मैंने अनुभव किया कि ठाकरेजी अत्यंत आत्मीयता से मुझसे बात करते थे। परिवार के हाल-चाल पूछते थे। पढ़ाई-लिखाई के बारे में चर्चा करते थे। यदा-कदा छोटा-मोटा काम भी बता देते थे। ऐसे ही धीरे-धीरे परिचय आत्मीयता में परिवर्तित हो गया।

राष्ट्रीय स्वयंसेवक संघ के एक स्वयंसेवक के नाते मन में यह इच्छा सदैव बलवती रहती कि मैं भी पूर्ण समय देकर संगठन का कार्य करूँ, जिसका थोड़ा बहुत आभास नारायण प्रसादजी को भी था। इस संबंध में उनसे कभी-कभी चर्चा भी होती रही थी। संभवत: नाना साहेब के कारण ठाकरेजी को भी मेरी इस इच्छा का ज्ञान हो गया और एक दिन अचानक ही ठाकरेजी ने बड़ी आत्मीयता से कहा कि वे मुझे संगठन मंत्री बनाना चाहते हैं। जब उन्होंने मेरी राय इस विषय में चाही तो मैंने उन्हें बताया कि मेरी भी इच्छा कार्य करने की है, पर अभी मेरी उच्च शिक्षा चल रही है। मैं एम.ए. तथा एल.एल.बी. की पढ़ाई कर रहा हूँ और राजनीति में पूरी तौर से आने से

पूर्व सांसद, वरिष्ठ भाजपा नेता

पूर्व मैं अपनी शिक्षा पूरी करना चाहता हूँ, क्योंकि यह मेरी मान्यता है कि राजनीतिक कार्यकर्ता पूर्ण ज्ञानवान हो, ताकि कोई यह न समझे कि पढ़े-लिखे तो हैं नहीं, राजनीति में आ गए, जहाँ किसी प्रमाण-पत्र की जरूरत ही नहीं। मैंने ठाकरेजी को बताया कि इन दिनों मैं एक समाचार-पत्र में काम करते हुए अपनी शिक्षा पूरी कर रहा हूँ। अतः वे भोपाल में ही मुझे कोई काम दे दें, लेकिन उन्हें तो मंदसौर के लिए आवश्यकता थी, इसलिए बात आई-गई हो गई और उनसे मेरा संपर्क बना रहा। इसी बीच 1962 के आम चुनाव आ गए। ठाकरेजी की निगाह तो मेरे ऊपर थी ही। उन्होंने चुनाव का काम करने को कहा और मैंने 1962 के चुनाव में भारतीय जनसंघ के प्रदेश कार्यालय का काम सँभालना शुरू किया और उसके बाद तो फिर इस काम से छुट्टी ही नहीं मिली। उन दिनों मैं बरखेड़ी में रहता था, पर कार्यालय का काम सँभालने के बाद पीरगेट में भारतीय जनसंघ के कार्यालय के ही बगलवाले हिस्से में आकर रहने लगा। मान. ठाकरेजी के साथ प्रदेश भारतीय जनसंघ कार्यालय में काम करने लगा। इन्हीं दिनों नाना साहब जबलपुर संभाग का कार्य देखने के लिए जबलपुर चले गए। ठाकरेजी, बापू कोरड़े और मैं अपने परिवार के साथ कार्यालय में साथ-साथ ही रहते थे। 1958 से 1962 तक निरंतर इस कार्यालय भवन में हम सब एक साथ रहे। प्रारंभ में कार्य थोड़ा था। तदनुसार कार्यालय भी बहुत सामान्य सा था। मुझे स्मरण है कि उन दिनों कार्यालय में टाइप की एक पुरानी मशीन थी। उषा का एक पुराना पंखा था। ठाकरेजी जब दौरे से लौटते तो पंखा उन्हें दे देता था नहीं तो मैं ही उसका उपयोग करता। कई बार समाचार-पत्रों में स्वयं ही समाचार देने जाता।

उन दिनों की स्मृति आज भी ताजा ही है, पर उस सबका उल्लेख करने का अब कोई औचित्य नहीं। क्यों? क्योंकि मैं यह दावा तो नहीं करता कि ठाकरेजी से मेरा सबसे अधिक संपर्क रहा है, पर यह संभवतः सही है कि बापू कोरड़े के बाद मैं और मेरा परिवार है, जो एक छप्पर के नीचे 25 वर्षों तक ठाकरेजी के साथ रहा। ठाकरेजी के साथ रहना, उठना-बैठना, भोजन, विश्राम करने का लंबा समय शायद सबसे अधिक मुझे ही मिला। मैंने ठाकरेजी को बहुत निकट से देखा, सुना समझा है। छोटी-बड़ी हर गतिविधि में भागीदारी या सलाहकार भले ही नहीं रहा, मगर उन्हें करीब से देखा जरूर है। मेरे सभी बच्चे उनके सामने हुए। पढ़ाई-लिखाई सब उनके सामने हुई। मेरे सारे परिवार के सुख-दुःख के वे भागीदार रहे। मेरे वृद्ध पिताजी उनके पिताजी थे। बच्चों से बच्चों सा प्यार, मेरी पत्नी के प्रति उदार मन, बड़े भाई का व्यवहार।

ऐसी बहुत सी खट्टी-मीठी यादें हैं, वारदातें हैं, घटनाएँ हैं, गतिविधियाँ और याद्दाश्त हैं। अच्छे-बुरे प्रसंग हैं। संस्मरण हैं। 25 साल पूरे दो युग लंबा सफर है, एक पूरी पुस्तक लिखी जा सकती है, लेकिन इन प्रसंगों, घटनाओं को लिखने का

कतई इरादा नहीं। वे सदैव ही निंदा के सख्त विरोधी रहे हैं। वे दोष ढूँढ़ना, गलती निकालना तो दूर रहा, चर्चा भी करना पसंद नहीं करते हैं। बुरे-से-बुरे व्यक्ति की कमियों, कुटिलता, चतुरता, चालाकी, चपलता को नजरअंदाज कर उसके गुणों को उपयोग कर उसमें सहज सुधार की प्रक्रिया जारी रखते हैं। इसलिए 1962 से 2000 तक की 40 वर्षीय राजनीतिक यात्रा की कहानी, 'मेरी जबानी' पुस्तक लिख रहा हूँ। मान. ठाकरेजी का इन प्रसंगों के समय और प्रसंगों के बाद जो व्यक्तित्व देखने को मिला है, उसी का वर्णन करूँगा।

ठाकरे! अर्थात हम सबके ठाकरेजी, किसी के नेता, किसी के मार्गदर्शक, किसी के भाई, किसी के पितृतुल्य, तो भा.ज.पा. के पितृपुरुष हैं। मेरा उनका ऐसा कोई रिश्ता नहीं कि मैं दावा करता कि वे मेरे निकट हैं। वे सबके निकट हैं। मैंने तो कभी सोचा भी नहीं कि वे मेरे निकट हैं या मैं उनका करीबी हूँ।

मेरे अपने जीवन के गुण उनकी देन हैं और शेष अवगुण सब मेरे अपने हैं। काम लेने में जैसी कठोरता उनमें मेरे लिए रही, कोई रहम नहीं। मुझे तो वे सुई की नोक में से निकालना चाहते हैं, परंतु मैं इस लायक नहीं बन सका। लोग कहते हैं कि मैं अच्छा भाषण देता हूँ, मगर यदि सामने ठाकरेजी बैठे हों तो सिट्टी-पिट्टी बँध जाती है। इस लंबे 45 वर्षीय अंतराल में कुशाभाऊ ठाकरे के बारे में जैसा मैंने देखा, उसका वर्णन मन से उन घटनाओं को याद करके कर रहा हूँ, जिन्होंने ठाकरेजी को आदमी से इनसान बना दिया, पुरुष से पूर्ण पुरुष कर दिया। योगी से देव तुल्य।

हम सब जानते हैं कि माननीय ठाकरेजी एक निष्कपट, निष्कलंक व्यक्तित्व के धनी हैं। राजनीति के प्रांगण में अत्यंत दीर्घ अवधि तक सक्रिय रहने के बाद भी यह अद्भुत है कि उनके ये सहज सहकार और सद्गुण ज्यों-के-त्यों विद्यमान हैं। उनके व्यक्तित्व की स्वच्छ, धवल चाँद पर राजनीतिक छल-छंद के पंक का एक छींटा भी कभी नहीं पड़ा। अपने ध्येय-मातृभूमि के ध्येय से वे एक क्षण भी विचलित नहीं हुए। उनकी धैर्यपरक कर्मठता और अटल निष्ठा ने कभी विराम नहीं लिया। राष्ट्र-सेवा के पथ पर सफलता के मील के पत्थरों ने उनकी गति को कभी धीमा नहीं किया। देशभक्ति के वे अविश्रांत राही हैं।

ठाकरेजी व्यक्तिगत वेदना से परे हैं और केवल देश व समाज के संकट, दुःख, पीड़ा से उद्वेलित होकर उनके निवारण हेतु सतत चेष्टारत रहे। उनका विचार और कर्म अंत्योदय पर ही केंद्रित रहा है। 'न त्वहं कामये राज्य, न स्वर्ग न पुनर्भवम' उनका आदर्श है।

व्यक्तिगत सुख-सुविधा की दृष्टि से अलग से घरौंदा बनाने की साधारण मानव की अभिलाषा उनके मन को छू भी नहीं सकी। माँ भारती की गोद, यही उनका घर,

ईश्वर-प्रदत्त नीलगगन, यही उनका छप्पर। भारत के सब नर-नारी, उनके भाई, बहन, सगे, सहोदर संबंधी। देश की अखंडता, स्वतंत्रता, यही उनके मन की धुन। समाज के हर व्यक्ति की खुशहाली के लिए अपने जीवन का हर पल दाँव पर लगाना, यही उनके मन की एकमेव इच्छा, आकांक्षा थी। अपनी समग्र प्रतिभा, कर्मचेतना और जीवन का राई-रत्ती, सबकुछ देश के लिए निछावर करना, यही उत्कृष्ट भावना। 'राम काज कीन्हे बिना मोहि कहाँ विश्राम।' लक्ष्य प्राप्ति के मूलमंत्र के अनन्य उपासक। राजनीति उनके स्पर्श मात्र से धवल चाँदनी बन जाती है। 'लोकहितम मम कर्णीय' की संकल्पनात्मकता तथा उत्सर्ग भावना उनकी जीवन यात्रा के ध्रुवांत हैं।

वे अनासक्त, निष्काम कर्मयोगी, शिशुतुल्य निश्छल हृदय शुद्ध, चरित्र प्रखर, देशाभिमान तथा संग्रह की अपूर्व शक्ति के संगम हैं। तभी तो 1977-78 में जनता पार्टी के तत्कालीन अध्यक्ष ने कहा था कि यदि राजनीति में ठाकरेजी जैसे 10-50 व्यक्ति हो जाएँ तो राजनीति का स्वरूप ही बदल जाए।

वर्तमान हालात बदलने हेतु दिल की गरमी कभी भी दिमाग पर छाकर उसकी शीतलता को समाप्त नहीं कर सकती। आग और पानी के साथ में रहने की कला में ठाकरेजी प्रवीण हैं। मान, अपमान, तिरस्कार, अवहेलना, सुख-दुःख, क्रोध आदि सहज मानवीय राग-द्वेष का दोष उनके ऊपर चढ़कर उनके मन और मस्तिष्क का संतुलन नष्ट नहीं कर सकता और न ही मस्तिष्क की शीतलता मन में प्रज्वलित ध्येय ज्वाला को नीचे आकर बुझाने में समर्थ हो सकती है। तभी तो वे अविचल पथिक की भाँति चल रहे हैं, बढ़ रहे हैं। चरैवेति के वैदिक मंत्र के सक्रिय साधक बन गए हैं।

यह भी सही है कि संगठन में प्रेम, सौहार्द, भाईचारा, एकजुटता हेतु बड़े से बड़ा विषपान करके भी वे अमृत ही देते रहे हैं। सखा, सहयोगी, कार्यकर्ता के गंभीर अपराध को भी यह कहकर क्षमा कर देते हैं कि क्या मैं अपनों से लड़ूँ? यद्यपि कभी-कभी इसका कार्य पर विपरीत प्रभाव पड़ता है, किंतु अपनी उदार क्षमा से निर्मित विषम परिस्थितियों को भी संगठन के अनुकूल बनाकर काम कर ले जाने में सिद्धहस्त हैं। मध्य प्रदेश में भारतीय जनसंघ के आरंभ से उनकी राजनीतिक यात्रा में अनेक उतार-चढ़ाव, कठिनाइयों, जय-पराजयों, आघातों-प्रतिघातों, शोक-संताप के अनेक अवसर आए, मगर वे टूटे नहीं, झुके नहीं, हारे नहीं और अपने परिश्रम और कौशल से जिन आकाशीय ऊँचाइयों तक पार्टी को पहुँचाया है, कभी नहीं कहा। इसमें हजारों कार्यकर्ताओं का परिश्रम और उनका विशेष योगदान ही तो है।

इन्हीं सुविचारों, संस्कारों, सद्गुणों ने ठाकरेजी को भारतीय राजनीति तथा राष्ट्रसेवा का अद्वितीय पुरुष बना दिया है, अन्यथा लगभग 5 दशकों तक सक्रिय राजनीति से जुड़े रहकर भी निष्कलंक रह पाना असंभव है। ठाकरेजी ने इस असंभव को भी संभव कर

दिखाया। वे राजनीति को जनसेवा का उपकरण मानते हैं, सत्ता भोग की सीढ़ी कदापि नहीं। सक्रिय राजनीति के मध्य भी वे 'कमलपत्रमिव कामम्सा' की उक्ति को चरितार्थ करते हैं। पानी में रहकर भी गीला नहीं होते, कमल के पत्ते की तरह। अतः जीवित आग्रह समर्पण की प्रतिमा, सहृदयता का अनन्य भंडार, राष्ट्राभिमान की प्रज्वलित अग्निशिखा हैं श्री ठाकरे।

❑

मेरे आदर्श : श्री ठाकरेजी

—विक्रम वर्मा

स्व. श्री कुशाभाऊ ठाकरे सदैव से ही मेरे परिवार तथा मेरे आदर्श एवं प्रेरणा पुरुष रहे हैं। मेरे स्वर्गीय पिताजी एवं ठाकरेजी मध्य प्रदेश के धार शहर में एक ही संघ शाखा के स्वयंसेवक रहे। पिताजी ग्राम खलघाट पश्चात् धरमपुरी कोर्ट में वकील रहे। बाद में स्वर्गीय ठाकरेजी राष्ट्रीय स्वयंसेवक संघ के प्रचारक हो गए, उन्हीं की प्रेरणा से सन् 1948 में संघ प्रतिबंध के विरुद्ध बहुत से स्वयंसेवक सत्याग्रह कर जेल गए, जिसमें मेरे पिताजी भी थे। पिताजी एवं माताजी संघ कार्य के साथ हिंदू महासभा एवं आर्य समाज की गतिविधियों में भी हिस्सा लेते थे।

सन् 1951 में जनसंघ के गठन के साथ 1952 के आम चुनाव में ठाकरेजी के आदेश पर माताजी एवं पिताजी दोनों जनसंघ से जुड़ गए।

ठाकरेजी एक प्रकार से परिवार के वरिष्ठ सदस्य समान थे। जब मैं बहुत छोटा तीसरी-चौथी कक्षा में पड़ता था, तब जब भी वे प्रवास पर आते थे, प्राय: भोजन घर पर होता और तब वे मेरी पीठ पर हमेशा एक धौल (मुक्का) जमाया करते थे। यह सिलसिला जब भी मिलते, जारी रहा, किंतु सन् 1977 में विधायक बनने के बाद जब उनसे मिलने भोपाल कार्यालय गया तो उन्होंने हाथ तो पकड़ा, फिर रुके और कहा विक्रम तो एम.एल.ए. हो गया, अब मुक्का कैसे मारा जाए। इतना आत्मीय व्यवहार उनका सदैव रहा।

एक बार जब मैं उनके साथ कार से धामनोद से धार आ रहा था, तो देलमी गाँव के बाहर एक स्थान बताते हुए उन्होंने कहा, "विक्रम इस स्थान पर गाँव की एक वृद्ध महिला ने मेरा जीवन बचाया था।" मैंने पूछा, 'कैसे?' उन्होंने कहा कि भीषण गरमी में,

---

पूर्व केंद्रीय मंत्री

मैं साइकिल से धरमपुरी से धार आ रहा था, उस समय जंगल एवं सुनसान रास्ता होता था। हैंडपंप या कुएँ भी नहीं थे। यहाँ वृक्ष के नीचे प्यासा बेहाल होकर मैं लगभग निढाल होकर लेट गया, तभी पास आकर बकरियाँ चरानेवाली एक वृद्ध महिला ने मेरा हाल पूछा, मैंने कहा, 'माँ बहुत प्यास लगी है, दम निकल जाएगा।' वह तत्काल पास ही लगे गाँव में अपने घर से बड़े से लोटे में पानी एवं गुड़ की डली लाई। कहा, 'पहले गुड़ खा ले, ऊपर से पानी पी ले, इससे लू भी नहीं लगेगी।' मैंने वैसे ही किया, 10 मिनट बाद स्वस्थ हुआ, उस वृद्ध माँ के पैर छूकर धार नगर की ओर आया।

वे वास्तव में ध्येय को समर्पित थे। उनमें स्वयं का मान-सम्मान, स्वार्थ या मेरा-अपना-पराया का भाव नहीं था, पार्टी हित को सर्वोपरि मानते थे। एक बार लोकसभा चुनाव के टिकट के वितरण पर चर्चा चल रही थी। छत्तीसगढ़, जो पहले मध्य प्रदेश का हिस्सा था की एक लोकसभा सीट के बारे में चर्चा चल रही थी। एक सीटिंग सांसद को टिकट नहीं देना, ऐसी लगभग सभी की राय थी, क्योंकि वे बहुत वाचाल थे तथा उन्होंने ठाकरेजी के बारे में सार्वजनिक रूप से अभद्र भाषा का प्रयोग किया था। ठाकरेजी ने विकल्प के रूप में अन्य नाम पूछे—एक, दो, तीन नाम सुझाए गए। प्रत्येक नाम पर समीक्षा के पश्चात् यह निष्कर्ष निकलता था कि ये जीतनेवाले उम्मीदवार नहीं हैं। तब उन्होंने बड़े सहज रूप में कहा कि यदि हम वर्तमान सांसद को टिकट दें तो क्या वह जीत जाएगा। अधिकतर सदस्यों का मानना था कि सब नामों में जीतनेवाला यही नाम है, किंतु उसने आपका अपमान किया है एवं अभद्र भाषा का प्रयोग करता है, तब मुस्कुराकर स्व. ठाकरेजी ने कहा कि भाई मुझे 40 गाली देनेवाले व्यक्ति ढूँढ़ दो, जो चालीस ही सीटों पर विजय दिला दें। मुझे गाली से मतलब नहीं, सीट जीतने से मतलब है और अंत में उस व्यक्ति को ही उन्होंने सबके विरोध के बाद भी टिकट दिया। वह पुन: सांसद बना। इतनी उदारता, सहृदयता उनमें कूट-कूटकर भरी थी। स्वयं का अपमान सहकर भी पार्टी को जिताना लक्ष्य था।

सन् 1956 में मध्य प्रदेश बनने के बाद भोपाल, महाकोशल, छत्तीसगढ़ में जनसंघ एकदम नया था। वहाँ कठिन परिस्थितियों और चुनौतियों के बीच कार्य करना तथा कोई घटना घट जाए तो उसका उल्लेख कर आनंद लेना; उनके स्वभाव में था। एक ऐसा ही दिलचस्प वाकया उन्होंने सुनाया कि एक बार सिहोर से मुझे भोपाल आना था, किंतु जेब में पैसे नहीं थे, बिना टिकट रेल में बैठ गया, जो होगा, देखा जाएगा, यदि जेल गए तो कोई-न-कोई कार्यकर्ता जमानत पर छुड़ा ही लाएगा, यह सोचकर रेल में बैठ गया। जब टी.टी. आया तो मैंने टी.टी. से बोला, 'आप टिकट दे दो, मैं पैसे भोपाल रेलवे स्टेशन पर दे दूँगा।' टी.टी. भी भला था। उसने मेरी बात पर विश्वास किया और भोपाल तक बैठने की अनुमति दी। भोपाल रेलवे स्टेशन पर उतरने के बाद ताँगेवाले से कहा भाई, 'लखीपुरा

जनसंघ कार्यालय तक चलना है, किंतु अभी मेरे पास पैसे नहीं, पैसे मैं वहाँ कार्यालय पर पहुँचने पर दूँगा, पर तुम अभी रेल के टिकट का पैसा भी टी.टी. को दे दो।' ताँगेवाले ने टी.टी. को 8 या शायद 12 आना दिए और मुझे ताँगे में बैठाकर लखीपुरा की ओर लेकर चल दिया। उस वक्त जनसंघ का कार्यालय लखीपुरा में तीसरी मंजिल पर हुआ करता था। कार्यालय पहुँचकर नीचे के दुकानदार से उधार पैसे लेकर ताँगेवाले को दे दिए, क्योंकि यह मोहल्ला पहले हिंदू महासभा, फिर जनसंघ को समर्थन देनेवाले लोगों का मोहल्ला था। वहाँ के दुकानदार भी जनसंघ की विचारधारा के थे, इसलिए जनसंघियों को मदद मिल जाया करती थी। इस प्रकार बिना पैसे के मैं सिहोर से जनसंघ कार्यालय भोपाल पहुँचा था।

इससे स्पष्ट है कि कठिन परिस्थितियों में बिना पैसे के पकड़े जाने पर क्या होगा, लोग क्या कहेंगे, की परवाह किए बिना स्वयं को जोखिम में डालकर पार्टी के कार्य को सर्वोच्च प्राथमिकता देना उनके स्वभाव में था।

जब मैं श्री अटलजी की सरकार में केंद्रीय मंत्री बना, उसके पश्चात् मध्य प्रदेश विधानसभा चुनाव के समय जब सुश्री उमा भारतीजी को माननीय आडवाणीजी ने उनके नेतृत्व में चुनाव लड़ने की घोषणा की, उसके पश्चात् जब मैं ठाकरेजी से मिलने 11, अशोका रोड उनके कक्ष में पहुँचा, तब उन्होंने मेरा हाथ पकड़कर एक ही बात कही थी कि जो हुआ, सो हुआ, अब जीतना ही लक्ष्य है। तुम्हारी तरफ से कोई कमी नहीं रहनी चाहिए, मैंने भी उन्हें विश्वास दिलाया कि आपको कोई शिकायत मेरी ओर से नहीं मिलेगी और जब उमाजी की मुख्यमंत्री की शपथ के पश्चात् एक ही विमान से भोपाल से हम लोग दिल्ली जा रहे थे, उन्होंने पास बुलाकर पीठ पर हाथ फेरते हुए कहा कि तुम लोगों ने मेरा कहा माना, मैं संतुष्ट हूँ। इन शब्दों ने जो मन की शांति दी, वह असीम है तथा एक प्रकार से उनका जीवनपर्यंत आशीर्वाद है, क्योंकि यदि ऐसे ऋषि तुल्य व्यक्ति के मन को कहीं हमारे कृत्य से दुःख पहुँचता तो शायद ईश्वर भी हमें कभी माफ नहीं करता। आज अनेक संस्मरण जेहन में तैरते हैं। हर बार हर हाल, हर परिस्थिति में कर्तव्य पथ पर चलने की प्रेरणा देते हैं।

कार्य के प्रति उनका समर्पण देखते ही बनता था। मुझे अच्छी तरह याद है, कि सन् 2003 के चुनाव के पूर्व अस्वस्थ होते हुए भी उन्होंने प्रदेश के कुछ प्रमुख स्थानों का दौरा करने का कार्यक्रम बनाया। हम सभी ने बहुत आग्रह किया कि आपका स्वास्थ्य ठीक नहीं है, आपका अभी दौरे पर जाना ठीक नहीं होगा, किंतु वे नहीं माने। उन्होंने कहा, "इस दौरे के बहाने सभी पुराने कार्यकर्ताओं से मिलना हो जाएगा।" उनकी दृढ़ इच्छा के चलते निर्धारित कार्यक्रम के अनुसार दौरा प्रारंभ होकर उनका एक दिवस इंदौर आगमन हुआ। इंदौर भारतीय जनता पार्टी कार्यालय पर इंदौर संभाग के सभी जिलों से

कुछ पुराने सहयोगी कार्यकर्ताओं को बुलवाया गया, उनके साथ बैठक कर चुनावी कार्य के लिए प्रेरित किया। कुछ अंतरंग साथियों के साथ हँसी-मजाक करते हुए बैठक को रोचक व मजेदार बना दिया था। बैठक में एक ऐसा ही मजेदार पल रहा, जब स्व. ठाकरेजी ने धार निवासी स्व. श्री चुन्नीलालजी शर्मा, जिन्होंने उनके साथी कार्यकर्ता होकर लंबे समय तक पार्टी की विभिन्न जिम्मेदारियों पर साथ-साथ काम किया था, के साथ मजाक करते हुए कहा, "देख चुन्नीलाल मैं अब ऊपर जानेवाला हूँ, आखिरी बार मिलने आया हूँ, पर याद रखना, जब तू ऊपर आएगा तेरे लिए मैं वहाँ भी काम तैयार रखूँगा। यह मत समझना यहाँ के बाद छुट्टी मिल जाएगी" और दोनों ठहाका मारकर हँस दिए। बैठक में मौजूद सभी कार्यकर्ता एक अविस्मरणीय स्थिति में थे, वे हँस तो रहे थे, किंतु आँखों में आँसू भी लिये थे।

पार्टी के प्रति इतना अधिक समर्पण, जो इस लोक से परलोक तक में कार्यकर्ताओं के लिए काम की चिंता रखे, शायद ही किसी में वह जज्बा व जुनून देखने को मिल सकता है। ऐसे मनीषी को शत-शत प्रणाम।

❑

स्व. श्री कुशाभाऊ ठाकरेजी साथ किए काम की स्मृतियाँ

—हिम्मत कोठारी

कुशाभाऊजी ठाकरे केवल एक नाम ही नहीं हैं अपितु एक आदर्श, एक चरित्र, एक कुशल संगठक, एक संत, एक त्यागी, तपस्वी के रूप में पितातुल्य व्यक्ति थे, जो हमेशा हमें सन्मार्ग पर चलने के लिए प्रेरित करते रहे हैं। ठाकरेजी के बारे में जब आज लिखने का अवसर आया तो कई स्मृतियाँ मन-मस्तिष्क को भाव-विभोर कर रही हैं। जब हम रतलाम जिला प्रचारक रहे आदरणीय अरविंदजी मोघे के माध्यम से विद्यार्थी मोर्चा और विद्यार्थी परिषद् की छात्र राजनीति कर रहे थे, तब मोघेजी के साथ ठाकरेजी से मिलने का सौभाग्य प्राप्त हुआ, वह क्षण मेरे जीवन में बड़ा बदलाव लेकर आया। ठाकरेजी ने मुझसे पूछा कि जीवन का लक्ष्य क्या है? मैंने कहा कि व्यापारी परिवार में जन्म हुआ है तो आगे व्यापार ही करना है, तब ठाकरेजी ने राष्ट्र के प्रति अपने कर्तव्य का बोध कराते हुए संघ के अनुषंगिक संगठन जनसंघ में कार्य करने के लिए प्रेरित किया।

ठाकरेजी जैसा कुशल संगठक, कार्यकर्ता-निर्माता मैंने आज तक नहीं देखा। उनमें व्यक्ति में नेतृत्व क्षमता को परखने की अद्‌भुत क्षमता रही थी और न सिर्फ वे नेतृत्व का निर्माण करते थे, बल्कि समय-समय पर यह सुनिश्चित भी करते थे कि नेता और कार्यकर्ता रास्ते से नहीं भटकें।

जब मैं विधायक, मंत्री पद पर रहा, तब वे लगातार आगाह करते थे कि भ्रष्टाचार एक फिसलन की तरह है, यदि एक बार फिसले तो लगातार फिसलते चले जाओगे। ठाकरेजी का अपना एक सूचना तंत्र था, जो गाँव-गाँव तक की सही तसवीर उन तक

पूर्वमंत्री, मध्य प्रदेश

पहुँचता था और उसी के आधार पर संगठन के लिए निर्णय करते थे। जब प्रदेश में पटवा सरकार बनी, तब उन्होंने तय किया कि सभी मंत्री, विधायक या नेतागण किसी भी प्रकार का चंदा इकट्ठा नहीं करेंगे, इस कार्य के लिए पार्टी के कुछ लोग नियुक्त किए, ताकि कोई भी इसका दुरुपयोग न करे। उनकी यह सोच थी कि पार्टी अपने कार्य के लिए सरकार पर आश्रित न हो, इसलिए उन्होंने आजीवन सहयोग निधि की परंपरा मध्य प्रदेश में प्रारंभ करवाई, जो आज प्रदेश से प्रारंभ होकर संपूर्ण देश में प्रचलित है। सत्ता को संगठन पर हावी नहीं होने दिया।

हमारा सौभाग्य रहा कि ठाकरेजी ने रतलाम में प्रचारक के दायित्व पर कार्य किया था, इसलिए चाहे वे बड़े से बड़े पद पर रहे हों, परंतु जब भी रतलाम प्रवास पर आते, तब भी वे अपने पुराने साथियों से मिलना नहीं भूलते, यदि किसी से नहीं मिल पाते तो वे उसके बारे में जानकारी जरूर लेते।

मुझे याद है, 1995 में रतलाम के भा.ज.पा. कार्यालय उद्घाटन समारोह में हमारे द्वारा सरस्वती शिशु मंदिर में ठाकरेजी के आतिथ्य में एक कार्यक्रम का आयोजन किया गया, जिसमें सगंठन की नींव रहे पुराने और वरिष्ठ कार्यकर्ताओं का सम्मान समारोह किया, तब ठाकरेजी ने बड़े प्रसन्न होकर मुझसे कहा कि हिम्मत तुमने मुझे सभी पुराने साथियों से एक स्थान पर ही मिलवा दिया।

आज के राजनेताओं के विपरीत ठाकरेजी की सादगी अभिभूत करनेवाली रही, वे हमेशा सादा भोजन करते थे, अपने साथ केवल दो जोड़ी वस्त्र रखते थे, जो स्वयं धोकर एवं उनको सुखाकर तह करके अपने बिस्तर के नीचे रखते थे, ताकि प्रेस करने की जरूरत न रहे, ऐसी सादगी विरले लोगों में ही रहती है।

एक स्मरण याद आता है कि जब वे रतलाम प्रवास पर आए, तब उन्होंने मुझसे एक पुराने कार्यकर्ता, जिनके यहाँ गमी हो गई थी, उनसे मिलने की इच्छा प्रकट की तो मैंने कार का प्रबंध किया था और मैं कार का इंतजार कर ही रहा था कि ठाकरेजी कार्यालय से बाहर आ गए और कहा कि हिम्मत चलो, मेरे द्वारा जब यह कहा गया कि कार आ रही है तो उन्होंने बड़े सहज रूप से कहा कि स्कूटर से चलो, कार की कोई आवश्यकता नहीं।

श्री ठाकरेजी के सान्निध्य में मेरे साथ ऐसी अनेक बातें रहीं, जिसमें यह वाकया तब का है, जब मैं प्रदेश सरकार में कैबिनेट मंत्री रहकर इंदौर का प्रभारी मंत्री भी था। एक दिन भोपाल में पार्टी बैठक में ठाकरेजी के साथ था। बैठक समाप्त होने के पश्चात् तुरंत मुझे इंदौर जाना था, लेकिन मुझे पता लगा कि ठाकरेजी को भी इंदौर जाना है तो मैंने ठाकरेजी से निवेदन किया कि मेरे साथ इंदौर चलें तो उन्होंने कहा कि तुम मंत्री हो और सरकारी गाड़ी से जाओगे, मैं संगठन का व्यक्ति हूँ, सरकारी गाड़ी में नहीं बैठूँगा, ऐसी

सादगी रही उनकी। ठाकरेजी ने कभी सत्ता को संगठन पर हावी नहीं होने दिया। उनके समय में जब भी हम सरकार में आए तो वे कहते थे कि सत्ता की बुराई से संगठन कभी कमजोर न हो पाए, क्योंकि संगठन मजबूत रहेगा तो सत्ता मिल जाएगी, परंतु यदि संगठन कमजोर हुआ तो हमारा अस्तित्व ही खत्म हो जाएगा।

ठाकरेजी का ही सपना था कि पूरे प्रदेश में भा.ज.पा. के अपने कार्यालय (मुख्यालय) हों। वे मुझको रतलाम में स्वयं का पार्टी कार्यालय हो, इसके लिए लगातार टोकते रहते थे। उन्हीं की प्रेरणा से आज रतलाम में पार्टी का स्वयं का कार्यालय है। उनका कार्यकर्ताओं से नाता; नेता और कार्यकर्तावाला कभी नहीं रहा एवं न ही उनके समय में भोपाल-दिल्ली जाने की कभी किसी को आवश्यकता होती थी। उसका कारण यह रहता था कि कार्यकर्ता को उसकी कार्यक्षमता के अनुरूप दायित्व मिल जाया करता था। यही कारण रहा कि मुझे रतलाम नगर विधानसभा से बगैर माँगे लगातार 8 बार विधानसभा चुनाव लड़ने का अवसर मिला, यह इस बात का उदाहरण है।

जब ठाकरेजी राष्ट्रीय अध्यक्ष बने और किसी और स्थान से रतलाम स्टेशन पर आकर ट्रेन से नई दिल्ली जाना था तो मुझे फोन आया कि हिम्मत तुम भोजन लेकर स्टेशन पहुँच जाना। स्टेशन पर हजारों की संख्या में कार्यकर्ता ठाकरेजी का स्वागत करने पहुँचे थे। भोजन के लिए रेलवे के एवं जिले के प्रशासनिक अधिकारियों ने एसी लाउंज में बैठकर भोजन करने का आग्रह किया तो ठाकरेजी ने उनसे हँसते हुए पूछा कि क्या ये सारे कार्यकर्ता वहाँ मेरे साथ बैठ पाएँगे? वहीं प्लेटफॉर्म पर ही सभी कार्यकर्ता के मध्य बैठकर उन्होंने भोजन किया।

ठाकरेजी जब भी कहीं भी प्रवास करते तो उनके द्वारा कभी भी सर्किट हाउस, होटल लाउंज में नहीं ठहरते थे, वे हमेशा किसी कार्यकर्ता के घर पर ठहरने में ज्यादा प्रसन्न रहते थे। ठाकरेजी हमेशा कार्यकर्ताओं की चिंता एक परिवार के मुखिया की तरह करते थे। आपातकाल में ठाकरेजी यह ध्यान रखते थे कि जेल में हमें कोई तकलीफ तो नहीं। साथ ही आदरणीय प्यारेलालजी खंडेलवाल जेल में बंद हमारे जैसे कार्यकर्ताओं के परिवारों से सतत संपर्क कर परिवार की चिंता करते थे।

एक समय की बात है। ठाकरेजी से चर्चा करते हुए मैंने एक प्रश्न किया कि मैंने आपको कभी भगवान् की पूजा करते हुए नहीं देखा, उनका सीधा-सटीक जवाब था, "मैंने अपना सारा जीवन भारतमाता की सेवा के लिए अर्पित कर दिया। अब मुझे किसी आराधना की जरूरत महसूस नहीं होती।"

ठाकरेजी की एक आदत सभी को पता है, वे एक कार्यकर्ता के रूप में कार्य करते हैं। यदि वे चाहते, मध्य प्रदेश के मुख्यमंत्री या फिर केंद्रीय सरकार में मंत्री बन सकते थे, किंतु उन्होंने संगठन का मार्ग चुना। पूरी जिंदगी संगठन को बनाने में लगा दी। ठाकरेजी

ने हमेशा मध्य प्रदेश व छत्तीसगढ़ में घूम-घूमकर दूरदराज के गाँवों में जाकर संगठन को खड़ा किया। गाँव, गली और मोहल्ला हो, बड़े शहर के कार्यकर्ता सभी को नाम से जानते थे। हमेशा नाम लेकर ही पुकारा, यही उनका कार्यकर्ताओं से गहरा नाता रहा।

मुझे याद आता है, पत्रकार जगत् में उनकी इज्जत, मान-सम्मान बहुत था। 'नई दुनिया' भोपाल के पत्रकार श्री उमेश त्रिवेदी ने जब उनका एक साक्षात्कार लिया था, पूर्ण साक्षात्कार उन्होंने लिपिबद्ध किया। उसे छापने के पूर्व उस साक्षात्कार के बारे में श्री त्रिवेदी ने ठाकरेजी को बताया कि आपने जो कहा, वही मेरे द्वारा लिखा गया है, आप इस देख लें, इस प्रकार का सम्मान पत्रकार रखते थे।

ठाकरेजी जितने कोमल हृदयवाले रहे, उतने ही पार्टी के अनुशासन के मामले में कठोर रहे। उनके द्वारा कई बार कड़े निर्णय भी लिये गए।

ठाकरेजी का मध्य प्रदेश ही नहीं, वरन् गुजरात, राजस्थान और विशेषकर पूर्वांचल में पार्टी संगठन को खड़ा करने में महत्त्वपूर्ण योगदान रहा। आज भा.ज.पा. का जो संगठन हमारे प्रदेश में है, उसका पूरा श्रेय आदरणीय ठाकरेजी को ही जाता है। आज के दौर के नेता भी इस बात को मानते हैं।

ठाकरेजी महामानव रहे, उनकी पूर्ति आज भी कोई भारतीय जनता पार्टी में नहीं कर पाया। भारत के प्रधानमंत्री श्री नरेंद्र मोदीजी ने भी ठाकरेजी के नेतृत्व में कार्य किया।

ठाकरेजी सदा हमसे कहते कि आज तुम संघर्ष करोगे तो संगठन की अगली पीढ़ी सत्ता देखेगी। आज जब लगभग भा.ज.पा. पूरे देश में सत्ता में है तो लगता है कि ठाकरेजी का स्वप्न पूरा हो रहा है।

ठाकरेजी जैसे संगठन निर्माता के कारण ही आज भा.ज.पा. का वैभव अपने चरम पर है। ठाकरेजी को कार्यकर्ता और संगठन के शिल्पकार के रूप में सदा-सदा याद किया जाता रहेगा।

जब उनका अंतिम समय आया तो उन्हें भेंट में मिली सभी वस्तुएँ उन्होंने अपने कार्यकर्ताओं को वितरित कर दी थीं। उन्हें गुरुद्वारा से सरोपा भेंट में दिया गया था, वह उन्होंने आदरणीय ताई सुमित्राजी महाजन को देकर कहा कि इसे हिम्मत को देना। जब ताईजी रतलाम आईं तो ठाकरेजी द्वारा आशीर्वादस्वरूप वह भेंट मुझे प्रदान की और कहा कि यह भेंट ठाकरेजी ने देते हुए कहा कि याद रखकर यह हिम्मत को देना।

❑

वट होकर भी कुश रहे

—महेश श्रीवास्तव

मध्य प्रदेश में जो वट-वृक्ष होकर भी कुश की तरह रहे, कुश की तरह पवित्र किया जिन्होंने जीवन, जल और शुद्ध किया वायुमंडल का विकार, ऐसे कुशाभाऊ ठाकरे नहीं रहे। भा.ज.पा. के पितृपुरुष गोलोकवासी हो गए, किंतु सामाजिक जीवन में उनकी पवित्रता के प्रतीक पुष्प की गंध निरंतर फैलती रहेगी। संघ के लिए वे एक सच्चे स्वयंसेवक और भा.ज.पा. के लिए आधारस्तंभ थे, किंतु मनुष्य मात्र के लिए उनका जीवन एक तपस्वी का जीवन था। लक्ष्य जो भी हो, त्याग-तपस्या और संघर्ष का जो उदाहरण उन्होंने प्रस्तुत किया, वह आधुनिक समय में अपवाद ही था। त्याग में गांधी, राष्ट्रवाद में वल्लभभाई पटेल और हिंदुत्व में सावरकर की झलक उनके व्यक्तित्व में देखी जा सकती थी। मध्य प्रदेश और छत्तीसगढ़ में भा.ज.पा. की सरकार देखना उनका घोषित स्वप्न था, जो पूरा हुआ और इस लोक में चिर निद्रा में सोकर वे परलोक के यात्री बन गए। उनका स्वप्न पूरा हुआ, अब स्वप्न में रंग भरना भा.ज.पा. का काम है। वे विश्व को कर्म प्रधान मानते थे, कर्मकांडों को सीमित कर कुश की कूची से भा.ज.पा. दरिद्रनारायण के लिए सँजोए गए स्वप्न में कैसे रंग भरती है, यही कुशाभाऊ की वसीयत को सँभालने की परीक्षा होगी और परिणाम भी तय करेगी।

पचास के दशक के उन प्रारंभिक वर्षों में उस छोटे से गाँव तलेन में लालजी भाई संघ के प्रचारक के रूप में आते थे। राष्ट्र और हिंदुत्व पर मेरी अक्खड़ बातों पर भी वे नाराज नहीं होते, उनमें रुचि लेते और बतियाते। उसी काल में कभी लालजी भाई के साथ ठाकरेजी से मुलाकात हो गई। टायर की चप्पलें, घुटने तक धोती और बंडी थी शायद। उन्हीं दिनों राजगढ़ के पारायण चौक में पं. दीनानाथ भार्गव के गीता प्रवचन चल रहे थे

वरिष्ठ पत्रकार एवं मध्य प्रदेश गान के रचयिता

और मुझे क्षीण स्मरण आता है कि तब योगस्थ होकर कर्म करने की बात पर भी चर्चा हुई थी। दीनानाथजी ने गीता का बहुत सटीक पद्यानुवाद किया था और गीता के द्वितीय अध्याय के एक श्लोक की द्वितीय पंक्ति का अनुवाद 'योगस्थ होकर कर्म कर' है। योग समता ज्ञान ही मैंने उन्हें सुनाया था। पता नहीं, उन्हें वह बात याद थी अथवा नहीं, किंतु बाद में अनेक बार उन्होंने मुझसे कहा था, "अपन तो योगस्थ कर्म कर रहे हैं, परिणाम जो भी हो।" और मैंने पाया कि जीवन भर उन्होंने योगस्थ होकर ही कर्म किया।

मगर वे देवता नहीं थे, मनुष्य की पीड़ा और मनुष्य की संघर्ष कामना सभी कुछ उनमें थी। जब सखलेचा मुख्यमंत्री बने, तब भी और जब कैलाश जोशी बने, तब भी। पार्टी में असंतोष की आग से वे तपे और पटवाजी के मुख्यमंत्रीकाल में तो उन पर पक्षपात के आरोपों की बौछार हो गई। एक विधायक ने अभद्रता की सीमा तक आरोप लगाए, उसे पार्टी से निकालने का तय हो गया था, किंतु व्यथित होते हुए भी उन्होंने उसे माफ कर दिया। पीरगेट का वह पुराना तिमंजिला मकान, जिसमें भा.ज.पा. का पुराना कार्यालय था, उसकी तीसरी मंजिल पर ठाकरे, नारायण प्रसाद गुप्ता, प्यारेलाल खंडेलवाल की तिकड़ी ने कई दुःख-सुख बाँटे।

लगभग ग्यारह वर्ष पूर्व कैलाश सारंग ने मुझसे पूछा, "चुनाव-वुनाव लड़ोगे, राजगढ़ जिले में लोग तुम्हें बहुत मानते हैं?" मैंने हँसकर टाल दिया। कुछ दिनों बाद ठाकरेजी ने भी पूछ लिया। मैंने कहा, 'राजनीति में दड़ा बनने से पत्रकारिता का घड़ा बने रहना बेहतर है।' वे खूब हँसे। कई बार बातों में उन्होंने कहा कि हम वे दड़े (कपड़े की गेंद) हैं, गोले में पहुँच गए तो मीर, नहीं तो लाठियों से पिटते रहना ही नियति है। अंतिम बार उन्होंने दड़ा शब्द का प्रयोग तब किया जब भा.ज.पा. की तनातनी चल रही थी और एक अखबार में खबर छपी कि पितृपुरुष की भी नहीं सुनी जा रही है, मैंने अपने एक लेख में इस बात का उल्लेख कर दिया। दिल्ली से उनका फोन आया, "वह सब गलत है महेशजी, इस उम्र में अब आप तो दड़ा मत बनाओ।" उनका यह वाक्य आज भी हृदय को विचलित कर देता है।

ठाकरेजी ने जो जीवन जिया और जीवन में जो किया, उस पर सोचते हुए संस्कृत का यह श्लोक सहज ही याद हो आता है—

नत्वहं कामये राज्यं, न स्वर्गं न पुनर्भवम् कामये दुःख तप्तानां, प्राणिनामार्ति नाशनम्।

❑

कुशाभाऊ ठाकरे : एक महान् व्यक्तित्व

—मनोहर लाल खट्टर

श्री कुशाभाऊ ठाकरे राष्ट्र के प्रति समर्पित एक ऐसे बिरले व्यक्ति थे, जिन्होंने भा.ज.पा. और पार्टी कार्यकर्ताओं को राजनीतिक संस्कार विरासत में दिए। उन्होंने एक-एक कार्यकर्ता को मेहनत से तराशने पर बल दिया और इन्हीं एक-एक कार्यकर्ताओं से भा.ज.पा.रूपी विशाल भवन को नींव से शिखर तक मजबूती से खड़ा करने का मार्ग प्रशस्त किया।

श्री कुशाभाऊ ठाकरे सिद्धांत और समर्पण के प्रतीक थे। उन्होंने 1942 में संघ प्रचारक बनने के बाद मध्य प्रदेश के कोने-कोने में निष्ठावान स्वयंसेवकों की सेना खड़ी की। कार्यकर्ताओं से उनका संबंध अटूट था। उनका मानना था कि भा.ज.पा. आम रास्ते नहीं अपनाएगी और समाज के सभी वर्गों में सुख और समृद्धि के लिए कार्य करेगी। उनका लक्ष्य था कि राजनीतिक कामयाबी के साथ-साथ लोगों के दिलों में घर बनाया जाए।

श्री ठाकरे ने जमीनी सच्चाईयों को समझते हुए पार्टी और संगठन के लिए निष्ठा एवं समर्पण से जी-जान लगाकर कार्य किया। एक आदर्शवान एवं जुझारू नेता के रूप में वे जीवनपर्यंत पार्टी की बुनियाद मजबूत करने का कार्य निरंतर करते रहे। उन्होंने एक ऐसे भारत का सपना देखा, जो मजबूत, स्वाभिमानी एवं शक्तिशाली हो। संगठन और पार्टी के कार्यकर्ताओं एवं विचारधारा पर उनके ओजस्वी व्यक्तित्व का बड़ा प्रभाव है।

भारतीय जनता पार्टी को रूप-स्वरूप देने में ठाकरेजी की भूमिका अहम रही। यह उनके सरल व्यक्तित्व की पहचान थी कि वे भा.ज.पा. के सभी कार्यकर्ताओं को समान रूप से देखते थे। उनका मानना था कि भा.ज.पा. एक मूल्य-आधारित पार्टी के रूप

मुख्यमंत्री, हरियाणा

में जानी जाए। भा.ज.पा. का आज उत्तरी भारत में जो वर्चस्व है, उसमें श्री ठाकरे का विशेष प्रभावशाली योगदान है। ठाकरेजी एक निष्काम कर्मयोगी की तरह अपने जीवन के अंतिम दिनों तक समर्पण भाव से कार्य करते रहे। यही कारण है कि उन्हें लोगों का अथाह प्रेम और स्नेह मिला है।

देश की सबसे बड़ी पार्टी के अध्यक्ष रहने के बावजूद उनकी सादगी और सौम्य राजनीतिक शैली पर कोई प्रभाव नहीं आया था। उन्हें निरपेक्ष भाव से अपने हर कार्य को रूप देने के लिए जाना जाता है। उन्हें अकसर साधारण स्वभाव के असाधारण, कर्मठ और अद्‌भुत व्यक्तित्व के तौर पर स्मरण किया जाता है।

उनके जीवन का ध्येय था कि भले ही परिस्थितियाँ अंधकारमयी हों, पर हमें एक कर्मशील योद्धा की तरह उनसे लड़ना है। ठाकरेजी ने संत कबीर के जीवन को सामने रखकर एक साधु पुरुष की तरह समर्पित जीवन जिया। उनके इस सौम्य, परंतु प्रबल व्यक्तित्व का गहरा प्रभाव कार्यकर्ताओं, संगठन और पार्टी के मूल्यों पर आज भी दृढ़ता से अंकित है। वे दूसरों के सुख और दुःख में पूरी आत्मीयता से शामिल रहे। जब-जब संघ को उनकी जरूरत थी, तब वे अपने स्वास्थ्य अथवा आराम की परवाह किए बिना उपस्थित थे। वे अपने दायित्वों, कर्तव्यों और भागीदारी के लिए सदा सजग रहे।

ठाकरेजी के बारे में कहा जाता है कि वे निःस्वार्थ भाव से देश की सेवा में जुटे रहे और जनसंघ के बीज को अपने पसीने से सींचकर बड़ा किया। उन्होंने अपने प्रभावशाली पद को कभी अपने सरल और सौम्य स्वभाव पर हावी नहीं होने दिया तथा संघ, संगठन और भा.ज.पा. की जड़ों से जुड़े रहे। कहा जाता है कि कार्यकर्ता उनसे निर्भयता और सहजता से बात करते थे और उन्हें किसी प्रकार का संकोच नहीं होता था। ऐसा इसीलिए संभव था, क्योंकि ठाकरेजी ने एक-एक कार्यकर्ता से अपनत्व का एक धागा जोड़ रखा था।

वे आडंबरहीन त्याग की प्रतिमूर्ति थे। उनकी मृदुवाणी और स्नेहमयी व्यवहार का हर कोई कायल था। ठाकरेजी ने बहुत छोटी उम्र में संघ का प्रचारक बनकर घर-परिवार और माता-पिता को छोड़ा और कठोर तपस्या की। ठाकरेजी ने भारतीय जनसंघ को मजबूती देकर भारतीय राजनीति में स्थापित करने के लिए कड़ा परिश्रम किया। उन्होंने जीवन का हर पल और तन-मन राष्ट्र सेवा को समर्पित किया। मैं ऐसे कर्मयोगी को शत-शत नमन करता हूँ।

❑

प्रेरक, मार्गदर्शक और सबल संगठनकर्ता : ठाकरेजी

—डॉ. रमन सिंह

श्रद्धेय श्री कुशाभाऊ ठाकरेजी का व्यक्तिगत इतना विशाल है, जिसे कुछ शब्दों या एक लेख में समाहित कर पाना संभव नहीं है। महान् आदर्शों और सिद्धांतों के प्रति सदा समर्पित रहे ठाकरेजी एक कुशल संगठनकर्ता थे, जिन्होंने अविभाजित मध्य प्रदेश में ऐसे अनेक कार्यकर्ता गढ़े, जो वर्तमान समय में विभिन्न राजनीतिक एवं संवैधानिक पदों का दायित्व निभा रहे हैं। वे मध्य प्रदेश में जनसंघ और बाद में भारतीय जनता पार्टी के विचारों को जन-जन तक पहुँचानेवाले अग्रगण्यों में से हैं। उन्होंने अपना सारा जीवन एक निष्काम कर्मयोगी की तरह बिताया। जीवनपर्यंत ठाकरेजी 'सादा जीवन और उच्च विचारों' के पर्याय बने रहे।

कुशाभाऊ ठाकरेजी 1942 में संघ के प्रचारक बने। चूँकि उनका संबंध मध्य प्रदेश के मालवा क्षेत्र से था तो उन्हें दायित्व भी मालवा और निमाड़ क्षेत्र सहित पूरे प्रदेश में संघ के प्रचार-प्रसार का मिला, जिसे उन्होंने सफलतापूर्वक निभाया। यही क्रम जनसंघ के सूत्रपात पर भी निरंतर रहा।

राजनीति के क्षेत्र में भी कुशाभाऊ ठाकरेजी ने राष्ट्रीय स्वयंसेवक संघ से मिले आदर्शों-सिद्धांतों का पूरा प्रयोग करते हुए समूचे मध्य प्रदेश, भारत क्षेत्र में राष्ट्रवाद की ऐसी अलख जगाई कि लोग जनसंघ से बड़ी संख्या में जुड़ने लगे। इस दौरान ठाकरेजी ने गाँवों में चौपालें लगाकर, तत्कालीन सरकार की जन विरोधी नीतियों का मुखर विरोध किया और मजदूरों, युवाओं, किसानों सहित समाज के विभिन्न वर्गों को जनसंघ की

मुख्यमंत्री, छत्तीसगढ़

नीतियों से परिचित कराया। वस्तुत: ठाकरेजी ने दिन-रात गाँव-गाँव प्रवास करके, पैदल और साइकिल पर चलकर और राज्य परिवहन की बसों में सफर कर पूरे क्षेत्र को जनसंघमय बना डाला।

श्रद्धेय ठाकरेजी द्वारा राष्ट्रहित में किए गए अथक प्रयासों का अनुकूल परिणाम भी आया, देश में पहली बार कांग्रेस के हाथों से सत्ता जाती रही और जनसंघ ने सहयोगी दलों के साथ मिलकर संविद सरकार की स्थापना की। यह सब ठाकरेजी ने राष्ट्रीय स्वयंसेवक संघ से मिले आदर्शों और दृढ़ संकल्प के बल पर संभव कर दिखाया था। संविद सरकार के बनने से लेकर भारतीय जनता पार्टी के गठन, मध्य प्रदेश में मिले महत्त्वपूर्ण दायित्वों और पार्टी के राष्ट्रीय अध्यक्ष के तौर पर पूरे देश में उनकी संगठन क्षमता को समझा और उसका लोहा भी माना।

मुझे श्रद्धेय ठाकरेजी का सान्निध्य-लाभ प्राप्त हुआ है। यह मेरा सौभाग्य है कि मुझे जनसंघ की सदस्यता उन्होंने ही दिलाई। मुझे उनके नेतृत्व में समाजसेवा के क्षेत्र में काम शुरू करने का सुअवसर प्राप्त हुआ। आपातकाल के अंतिम दौर 1976-77 में, जब ठाकरेजी मीसा बंदी थे, तब मध्य प्रदेश में उनके विचार और केंद्र सरकार की जनविरोधी नीतियों का आम जनमानस पर गहरा प्रभाव हुआ। उनकी संकल्पशक्ति, सत्य के प्रति आग्रह और संघर्ष करने की क्षमता मुझे बरबस आकर्षित कर गई। सब प्रकार के अभावों में भी साधनों का जुटाना और सबों को समझकर लक्ष्य तक पहुँचना, उनके सहज गुण थे।

मेरे राजनीतिक जीवन की शुरुआत 1983-84 में कवर्धा नगरपालिका में शीतला वार्ड के पार्षद के तौर पर हुई। राष्ट्रवादी विचारधारा और सकारात्मक राजनीति के साथ जनसेवा करते हुए मुझे 1990-92 में और 1993-98 तक मध्य प्रदेश विधानसभा का सदस्य रहने का अवसर मिला। इस कालखंड में मुझे श्रद्धेय ठाकरेजी को और भी करीब से जानने-समझने को मिला। यद्यपि 1990-92 की अवधि पाँच वर्षीय विधानसभा के कार्यकाल की अपेक्षा बहुत कम थी, लेकिन इस दौरान पटवाजी की सरकार ने अनेक मौलिक कार्य किए। अपेक्षाकृत कम अनुभवी टीम लेकर भी उन्होंने जिस प्रशासनिक क्षमता का परिचय दिया, उसके पीछे कहीं-न-कहीं ठाकरेजी की प्रशिक्षित टोली थी। कुशल मार्गदर्शक जिस तरह परदे के पीछे रहकर दिशा-निर्देश और प्रेरणास्पद संचालन करता है, वह ठाकरेजी से सीखनेवाली बात है।

राम जन्मभूमि आंदोलन के महत्त्वपूर्ण पड़ाव पर, मध्य प्रदेश सहित अनेक राज्यों की सरकारें गिरा दी गईं। इस संवेदनशील अवसर पर बिना धैर्य और विवेक का त्याग किए हुए न केवल राज्य सरकार, बल्कि तत्कालीन विधायक दल ने जबरदस्त आत्मसंयम और गरिमा का परिचय दिया। आज सोचता हूँ कि ऐसे निर्णायक अवसर पर ठाकरेजी का दूरदर्शी मार्गदर्शन न होता तो कदाचित अकल्पनीय स्थितियाँ बन सकती थीं।

कुशाभाऊ ठाकरेजी की कार्यकर्ता को पहचानने और उसे उसकी क्षमता के अनुरूप गढ़ने की कुशलता ऐसे भी देखी जा सकती है कि उन्होंने 50 के दशक में सुंदरलाल पटवाजी को जनसंघ से जोड़ा। वे बाद में भारतीय जनता पार्टी की सरकार में दो बार मुख्यमंत्री बने। पार्टी ने सुंदरलाल पटवाजी द्वारा निकाली गई 'बस्तर से झाबुआ' पद यात्रा में मुझे भी अनेक महत्त्वपूर्ण दायित्व दिए थे। इसी यात्रा के दौरान मुझे ठाकरेजी की प्रबंधनकला, कार्यकुशलता और पटवाजी की नेतृत्व क्षमता को समझने का अवसर भी मिला। इस अवधि में हुई निकटता से उनका विशेष आशीर्वाद और स्नेह भी प्राप्त हुआ। उन्हीं दिनों मुझे विधानसभा की पत्रिका 'विधायिनी' के संपादन की जिम्मेदारी मिली और सभा-समितियों में कार्य करने का अवसर भी। इस कालखंड में भी ठाकरेजी से नियमित तौर पर प्रशिक्षण और संपादन का मार्गदर्शन मिलता रहा।

माननीय अटल बिहारी वाजपेयीजी के नेतृत्व में एन.डी.ए. सरकार में जब मैं केंद्रीय मंत्री था, तब छत्तीसगढ़ में पार्टी को मजबूत करने के लिए केंद्रीय नेतृत्व में विचार-विमर्श चल रहा था। तब तत्कालीन राष्ट्रीय अध्यक्ष माननीय वेंकैया नायडूजी और माननीय लालकृष्ण आडवाणीजी ने मुझे पार्टी प्रदेश अध्यक्ष के तौर पर छत्तीसगढ़ भेजने का निर्णय लिया। मैं इस बात को लेकर पूरी तरह आश्वस्त हूँ कि पार्टी के इस निर्णय के पीछे मूलतः श्रद्धेय कुशाभाऊ ठाकरेजी थे और उन्होंने मुझ पर एकाधिकार और अटूट विश्वास को लेकर ही संभवतः यह सुझाव पार्टी नेतृत्व को दिया होगा। मुझे संतोष है कि उनके इस विश्वास को न केवल मैंने वरन् तत्कालीन कार्यकर्ताओं ने सुदृढ़ किया।

छत्तीसगढ़ आने पर मैंने पार्टी के केंद्रीय नेतृत्व के निर्देशानुसार भारतीय जनता पार्टी के प्रदेश अध्यक्ष के तौर पर काम करना प्रारंभ किया। जिस अपेक्षा के साथ पार्टी नेतृत्व और श्री ठाकरेजी ने मुझे छत्तीसगढ़ में भेजा था, उसकी पूर्ति करते हुए हमने वर्ष 2003 में छत्तीसगढ़ की पहली चुनी हुई सरकार, भारतीय जनता पार्टी की बनाई।

मेरे शपथ ग्रहण के समय श्रद्धेय ठाकरेजी का स्वास्थ्य अच्छा नहीं था। वे चल-फिर पाने में असमर्थ थे, लेकिन उन्होंने दिल्ली में जिद पकड़ ली कि मुझे रमन के शपथ ग्रहण में रायपुर जाना ही है। तब वे दिल्ली से रायपुर आए और व्हील चेयर पर ही मेरे शपथ ग्रहण समारोह में शामिल हुए।

श्रद्धेय ठाकरेजी से आज राजनीतिक क्षेत्र में काम करने वाले कार्यकर्ता बहुत कुछ सीख सकते हैं। ठाकरेजी एक कुशल प्रशासक और निपुण प्रबंधक थे। मैंने उनके साथ कार्य करने पर पाया कि वे बहुत छोटी-छोटी चीजों पर भी अपनी नजर रखते थे। कार्यालय का व्यवस्थित प्रबंधन, आवक-जावक का रिकॉर्ड, समाचार-पत्रों की फाइल बनाना, पत्रकार बंधुओं से नियमित संवाद करना, आय-व्यय का लेखा-जोखा, पत्र व्यवहार का रिकॉर्ड रखना, कार्यकर्ता-साथियों से नियमित चर्चा, मोर्चों की बैठकों में

कार्यकर्ताओं के उत्साहवर्धन सहित अनेक छोटे-बड़े कार्यों को वे प्राथमिकता के साथ पूरा करते थे। निरंतर प्रवास पर रहकर जमीनी कार्यकर्ताओं को जोड़ना और उन्हें अर्जित करना भी उनकी एक विशेष खूबी थी। वे हम सबके लिए एक प्रेरणापुंज की तरह हैं और इसलिए उन्हें प्रदेश में भारतीय जनता पार्टी के 'पितृपुरुष' की संज्ञा भी दी गई है।

श्रद्धेय कुशाभाऊ ठाकरेजी का कार्यकर्ताओं से हमेशा विशेष लगाव रहा। उनके अंदर कार्यकर्ता निर्माण की विशेष क्षमताएँ थीं, वे कार्यकर्ता की क्षमताओं की तुरंत पहचान कर लेते थे। ठाकरेजी कार्यकर्ताओं से चर्चा में अकसर कहा करते कि राजनीतिक संगठन का लक्ष्य समाज के प्रत्येक वर्ग की चिंता करना होना चाहिए। पार्टी की सरकार बनने पर कार्यकर्ताओं को संबोधित करते हुए वे कहते थे कि जनता ने हमें महत्त्वपूर्ण जिम्मेदारी दी है। हमारी सरकार के बन जाने से हम कार्यकर्ताओं से जनता की अपेक्षाएँ बढ़ गई हैं। हमें जनता के कल्याण के लिए सदैव तत्पर रहकर सत्ता और जनता के बीच एक सुदृढ़ सेतु की तरह काम करना है। भारतीय जनता पार्टी के कार्यकर्ताओं का लक्ष्य राजनीतिक सफलता प्राप्त करना नहीं, बल्कि अंत्योदय की परिकल्पना को साकार करना होना चाहिए।

कुशाभाऊ ठाकरेजी जिस लोक कल्याणकारी राज्य की परिकल्पना किया करते थे, उसे विगत 14-15 वर्षों में हमारी सरकार ने छत्तीसगढ़ में साकार करने के प्रयास किए हैं। समाज के अंतिम व्यक्ति तक प्रशासन की पहुँच होना, उनके हितों की चिंता करना, हर खेत को पानी और हर हाथ को काम देने के प्रयासों में हमारी सरकार ने सफलता पाई है। प्रदेश में कोई गरीब भूखा न सोए, सभी को स्वास्थ्य सेवाएँ मिलें, ऐसी जन कल्याणकारी योजनाओं और कार्यक्रमों को छत्तीसगढ़ में संचालित किया गया है।

कुशाभाऊ ठाकरेजी बहुत सादगी पसंद इनसान थे। कथनी और करनी का भेद तो उनके अंदर था ही नहीं। संगठन के बड़े पदों को सुशोभित करते हुए भी उन्होंने स्वयं को जमीन से जोड़े रखा। ठाकरेजी के पास उनके माता-पिता की तसवीरों के साथ ढेर सारी पुस्तकें और कुछ एक जोड़ी धोती-कुरते ही हुआ करते थे। दिल्ली में राष्ट्रीय अध्यक्ष के नाते, जब उन्हें तिलक मार्ग पर कोठी मिली, तब भी उन्होंने एक कमरा लेकर शेष पूरा घर कार्यकर्ताओं और संगठन के उपयोग के लिए छोड़ दिया। माननीय अटलजी के एन.डी.ए. सरकार के समय कुशाभाऊ ठाकरेजी अध्यक्ष होते हुए भी अपने आपको सत्ता से दूर रखकर एक परिपक्व अभिभावक की तरह पार्टी को दिशा प्रदान करते रहे। उन्होंने बिना किसी व्यक्तिगत महत्त्वाकांक्षा के पार्टी के लिए जीवनपर्यंत काम किया।

श्रद्धेय ठाकरेजी ने एक बार भारतीय जनता पार्टी के स्थापना दिवस पर कहा था कि जनसंघ के दौर में हमारी प्राथमिकता राष्ट्रीय एकता और देश को और संप्रभु बनाना रहा। उस दौर में हम अपने लक्ष्यों को पाने में सफल हुए थे, क्योंकि हम विश्वास के साथ

जनहित की दिशा में सकारात्मक राजनीति को गढ़ रहे थे। हमने अपने कार्यकर्ताओं को ऐसे तैयार किया था कि हमारी पार्टी सत्ता में रहे या न रहे, लेकिन जनसेवा के लक्ष्य में कभी पीछे नहीं हटेंगे। जनता का विश्वास ही हमारी पूँजी होनी चाहिए और सशक्त समृद्ध भारत हमारा लक्ष्य। ऐसे विचारों के प्रणेता रहे। श्री ठाकरेजी मुझ जैसे अनेक कार्यकर्ताओं के प्रेरक रहे, वे सही मायने में आदर्शों, सिद्धांतों और नैतिकता के प्रकाश स्तंभ कहे जा सकते हैं।

❑

मुझे बेटी की तरह चाहा

—उमा भारती

कुशाभाऊ ठाकरे जैसा होना सभी व्यक्तियों के लिए संभव नहीं है, क्योंकि वे सहज और सरल स्वाभाविक रूप से थे। उनके व्यक्तित्व के अनुकूल कोई अपना व्यक्तित्व बनाना भी चाहे तो नहीं बना सकेगा। इसकी वजह ठाकरेजी का अपना अलग तरह का निजी स्वभाव था। ठाकरेजी में कोई बनावट नहीं थी, उनकी बुनावट ही वैसे थी, जैसा हमने उनको देखा और पाया। ठाकरेजी जैसा बनना असंभव ही है। यह जरूर हो सकता है कि किसी व्यक्ति के व्यक्तित्व में ठाकरेजी जैसा कुछ अंश हो तो उसे विकसित किया जा सकता है। उनके गुणों को ग्रहण किया जा सकता है।

भारतीय जनता पार्टी का संगठन मजबूत कर उसे राष्ट्रीय स्तर पर स्थापित करने और राज्यों में भारतीय जनता पार्टी की सरकारों के निर्माण में ठाकरेजी का अमूल्य योगदान था। वे स्वभाव से ही सादगी पसंद थे। उन्हें सादा जीवन व्यतीत करने में आनंद की अनुभूति होती थी। उनके व्यक्तित्व का यह विशेष गुण था कि वे अन्य लोगों से स्वयं की तरह आचरण करने की अपेक्षा नहीं करते थे। सिर्फ ठाकरेजी के आचरण को आदर्श मानकर वैसा बनने का प्रयास किया जा सकता है। ठाकरेजी को ओढ़ा हुआ जीवन कभी पसंद नहीं आया। संतों और तपस्वियों की तरह उन्होंने जीवन जीने के कठिन नियमों का पालन किया। वे इस तरह के जीवन जीने के आदी हो गए थे। आत्मसंयम में रहनेवाले ठाकरेजी राष्ट्रीय स्वयंसेवक संघ के समर्पित प्रचारक रहे। उन्होंने सदैव स्वयं को एक साधारण प्रचारक ही माना। एक प्रचारक का जीवन कितना कठिन होता है, इसका एहसास आज बहुत कम लोगों को होगा। ठाकरेजी के स्वाभाविक संस्कार ही ऐसे थे कि उन्होंने भारतीय जनता पार्टी के राष्ट्रीय अध्यक्ष बनने के बाद भी स्वयं को एक साधारण

केंद्रीय जल संसाधन, नदी विकास और गंगा सफाई मंत्री

कार्यकर्ता और स्वयंसेवक माना। लगभग दो दशक पहले जब मैं सक्रिय राजनीति में आई तो ठाकरेजी का आशीर्वाद मिला। मैं ठाकरेजी से सतत संपर्क में रही और अनेक मुद्दों पर उनका प्रत्यक्ष निर्देशन, मार्गदर्शन प्राप्त होता रहा। मध्य प्रदेश विधानसभा चुनाव के परिणामों के पश्चात् ठाकरेजी को हम सभी ने प्रसन्नता और संतोष की मुद्रा में देखा। ठाकरेजी मध्य प्रदेश में भारतीय जनता पार्टी की शानदार विजय पर प्रफुल्लित थे। यह उनका बड़प्पन और पार्टी कार्यकर्ताओं के प्रति लगाव का प्रमाण ही था, जो वे नई सरकार के गठन, मुख्यमंत्री और मंत्रीगण के शपथ समारोह में शारीरिक अस्वस्थता के बावजूद भोपाल पधारे। न केवल भारतीय जनता पार्टी से जुड़े हर व्यक्ति के लिए, बल्कि असंख्य नागरिकों के लिए भी ठाकरेजी प्रेरक हैं। इसकी वजह उनका नि:स्वार्थ सेवाभावी जीवन है। ठाकरेजी एक युग पुरुष थे। वे पार्टी के पितृपुरुष भी थे। वे अपने कपड़े स्वयं धोते थे। उनका एक बक्सा था, जिसमें तीन जोड़ी कपड़े होते थे और जरूरी सामान। वे ऐसे व्यक्ति थे, जो आज की पीढ़ी के सामने एक आदर्श हैं। उनकी नैतिकता हमारा मार्गदर्शन करती है। उनके संस्कार, उनके आदर्श का प्रभाव पार्टी के दूसरी पीढ़ी के नेताओं पर भी पड़ा है, इसलिए वे हमारे बीच अपने विचारों व आचरण के साथ उपस्थित रहेंगे। वे अपने आपमें पूरी एक संस्था थे, संगठन पुरुष थे।

मध्य प्रदेश में जनसंघ से लेकर भारतीय जनता पार्टी के गठन तक की यात्रा श्री कुशाभाऊ ठाकरे की त्याग और तपस्या की भावना से परिचय कराती है। वे अपनी संगठन क्षमता के कारण जाने गए। ऐसा माना गया है कि भारतीय जनता पार्टी का पूरे देश में सबसे अधिक मजबूत संगठन कहीं है तो यह मध्य प्रदेश में है, इसके शिल्पी श्री कुशाभाऊ ठाकरे ही हैं। ऐसा नहीं है कि कुशाभाऊजी की संगठन क्षमता एवं उनकी योग्यता का लाभ सिर्फ मध्य प्रदेश को मिला हो। राष्ट्रीय स्तर पर भी जब वे भारतीय जनता पार्टी के अध्यक्ष बने तो उन्होंने पार्टी को नई गति दी। वे हमेशा पार्टी के कार्यकर्ताओं से कहा करते थे कि परिणाम चाहे जो कुछ भी रहे, लेकिन कभी संगठन में सिद्धांतों से मत डिगो, संगठन की कार्यशैली से अलग मत जाओ और सबकुछ भूल जाओ, पर अपने संगठन के विचार व दृष्टि को कभी मत भूलो। वे मेरे बहुत आदरणीय थे। मेरे निजी व्यक्तिगत जीवन में उनकी गहरी छाप है।

श्रद्धेय ठाकरेजी का चले जाना एक युग का चले जाना है। आज जहाँ वे थे, उन जैसा होना और उनकी जगह पाना और उनके जैसा कर पाना नामुमकिन है। भारतीय जनता पार्टी ने उनके समय को जिया। संगठन के प्रति उनका समर्पण, निष्ठा अद्भुत थी। अत्यंत खराब स्वास्थ्य के बाद भी वे विधानसभा चुनावों में पार्टी के प्रचार के लिए नवंबर 2003 में राज्यों में चुनाव दौरे पर गए। वे मध्य प्रदेश भी आए और संगठन को एकजुट किया।

वे मुझे अपनी बेटी मानते थे। मेरा उनके प्रति आदर व सम्मान हमेशा पिता की तरह रहा। मैं जब भी मिलती, वे गले लगा लेते। पिता तुल्य उनका यह स्नेह मेरी धरोहर है। आखिरी घड़ी तक उनका यह प्यार मेरे प्रति बना रहा। उनका प्यार व मेरा उनके प्रति आदर, मेरे जीवन में हमेशा प्रेरणा देता रहेगा। गत बीस वर्षों में उनके साथ मेरे अनेक संस्मरण हैं, पर दो संस्मरण ऐसे हैं, जो मुझे हमेशा वह दिशा देते हैं कि हमारा आचरण कैसा होना चाहिए। ऐसा ही संस्मरण है, जब मैं रायपुर जा रही थी। ट्रेन के द्वितीय श्रेणी वातानुकूलित डिब्बे में मैं सफर कर रही थी। होशंगाबाद में जब ट्रेन रुकी तो संगठन के लोग मुझे खाने का पैकेट देने आए। पैकेट देने के बाद, वे आगे दौड़कर जाने लगे तो मैंने पूछा कि कहाँ जा रहे हो ? तो उन्होंने जवाब दिया कि आगे द्वितीय श्रेणी स्लीपर क्लास में श्री कुशाभाऊ ठाकरेजी यात्रा कर रहे हैं। उन्हें भी खाने का पैकेट देने जा रहे हैं। मैंने सुना तो मैं तुरंत दौड़ी-दौड़ी उनके पास गई और मैंने उनसे आग्रह किया कि आप मेरे साथ चलें, लेकिन वे नहीं माने और उन्होंने द्वितीय श्रेणी में ही बैठकर यात्रा की। इसी तरह एक बार जब मैं ठाकरेजी से मिलने गई तो उन्होंने बताया कि एक बार जब वे खंडवा में संगठन की बैठक ले रहे थे, तभी उन्हें टेलीग्राम मिला, जिसमें माँ की मृत्यु का समाचार था। टेलीग्राम लेट मिला था। दो दिन पूर्व उनकी मृत्यु हो चुकी थी। मैंने चुपचाप टेलीग्राम जेब में रख लिया। पूरे वक्त संगठन की बैठक ली। किसी को कुछ नहीं बताया, संगठन का पूरा काम किया और बाद में मैं अपने घर पहुँचा। इस बात का मुझे हमेशा दुःख रहेगा कि मैं अंतिम संस्कार पर अपनी माँ के पास नहीं था।

ठाकरेजी की अनुपस्थिति का प्रभाव संगठन के कार्यकर्ताओं और नेताओं पर पड़ेगा, लेकिन उनका व्यक्तित्व और कृतित्व हमेशा हम सभी लोगों का मार्गदर्शन करेगा। संगठन और देश के प्रति हमारे दायित्वों का सदैव हमें बोध कराएगा। ठाकरेजी के प्रति यही सच्ची श्रद्धांजलि होगी कि हम उनके जीवन मूल्यों में से कुछ अंश लेकर आत्मसात् करें।

❑

राजनीति के अजातशत्रु

—रामबहादुर राय

एक पुराना प्रसंग मुझे कभी नहीं भूलता। एक दिन भाऊराव देवरस ने बताया कि भा.ज.पा. संगठन में नई जान फूँकने के लिए कुशाभाऊ ठाकरे को दिल्ली लाया जा रहा है। इसी नाम से उन्हें सब जानते हैं, पर उनका यह नाम पुकारनेवाला है। वास्तव में उनका नाम था—शशिकांत सुंदर राव ठाकरे। 81 साल की अपनी लंबी जिंदगी में उन्होंने 60 साल से ज्यादा देश-समाज और संगठन में ही लगाया। दूसरे शब्दों में वे आजीवन भारतमाता की सेवा में रत रहे। पंडित दीनदयाल उपाध्याय के वे उन सहयोगियों में थे, जिन्हें दीनदयालजी ने स्वयं गढ़ा था। वे दिन जनसंघ के थे। भारतीय राजनीति में नई नीति, नया नेतृत्व और नए राजनीतिक दर्शन के लिए आजादी के बाद जो दल बना, वह जनसंघ था। वही भा.ज.पा. में रूपांतरित हुआ। एक समय ऐसा आया, जब भा.ज.पा. लुढ़ककर संसदीय राजनीति के रसातल में जा पहुँची। यहाँ आशय संसद् में उसकी संख्या से है। संसदीय राजनीति में संख्या बल ही किसी दल को मोक्ष दिलाता है, यानी सत्ता में पहुँचता है। जब वह 1984-85 के लोकसभा चुनाव में मात्र दो सीटों पर ही जीत सकी थी। स्वाभाविक था कि उस समय नेतृत्व के माथे पर चिंता की गहरी लकीरें बन गईं। क्या किया जाना चाहिए, यह प्रश्न नेतृत्व को स्वयं हल करना था। इस प्रश्न के मोटे तौर पर दो पक्ष थे। पहला राजनीतिक दर्शन के स्तर पर था तो दूसरा संगठन के सुधार से जुड़ा हुआ था। नेतृत्व ने दूसरे प्रश्न को वरीयता दी।

वे दिल्ली आए। इसलिए आए कि भा.ज.पा. पर परिस्थितियों की प्रबल मार पड़ी थी। अपना काम-काज बिना ढोल बजाए शुरू कर दिया। उसी तरह जैसे प्रकृति अपना काम चुपचाप करती है। ऋतु परिवर्तन से लोग प्रकृति को जान-समझ पाते हैं। भा.ज.पा.

अध्यक्ष, इंदिरा गांधी राष्ट्रीय कला केंद्र

के लिए वह समय चुनौतियों से भरा हुआ था। विरोधियों और प्रतिस्पर्द्धियों ने भा.ज.पा. को खारिज सा ही कर दिया था। विपक्ष में उसे अपनी जगह खोजनी पड़ रही थी। ऐसे कठिन समय में कुशाभाऊ ठाकरे ने भा.ज.पा. के संगठन को सँभाला। जब यह अनुभव आया कि उन्हें एक सहयोगी की आवश्यकता है, तब खोजा जाने लगा कि वह कौन हो सकता है। राजीव गांधी पर भ्रष्टाचार के आरोप लग गए थे। विपक्ष सक्रिय हो उठा था। वैसे समय में के.एन. गोविंदाचार्य को भा.ज.पा. में ले आने का फैसला भी भाऊराव देवरस ने ही किया। तब लालकृष्ण आडवाणी भा.ज.पा. के अध्यक्ष थे।

कुशाभाऊ ठाकरे मध्य प्रदेश की राजनीति के शिल्पी थे। यह कौन नहीं जानता! जो अज्ञात सा है, वह यह है कि उन्होंने राष्ट्रीय राजनीति में भी भा.ज.पा. के शिल्पकार की भूमिका निभाई, हालाँकि उनके पास समय कम था। जीवन का बड़ा हिस्सा मध्य प्रदेश में गुजरा था, लेकिन उनका एक क्रमिक विकास भी हुआ था। जिस समय वे दिल्ली आए और भा.ज.पा. के संगठन का राष्ट्रीय स्तर पर दायित्व सँभाला, वह समय अत्यंत प्रतिकूलताओं का था। उस समय ठाकरेजी से मिलना हमेशा की तरह सरल था, सहज था। जहाँ दूसरे बड़े नेताओं के चेहरे पर चिंता की लकीरें देखी जा सकती थीं, वहाँ ठाकरेजी निर्द्वंद्व थे। ऐसी मन:स्थिति अगर किसी राजनीतिक नेता की हो तो वह अद्वैत का जीता-जागता प्रतीक और प्रमाण बन जाता है। ऐसे व्यक्ति को वेदांत का पर्याय माना जाता है। वेदांत यानी नया ज्ञान। इसे भा.ज.पा. के राष्ट्रीय नेतृत्व ने देखा, समझा और अनुभव किया। उस समय नेतृत्व का मतलब था—अटल-आडवाणी। कुशाभाऊ ठाकरे ने राष्ट्रीय अध्यक्ष पद पर पहुँचकर भा.ज.पा. में त्रिमूर्ति बनाई।

भा.ज.पा. बनने से पहले 1968 से ही अटल-आडवाणी की जोड़ी उभरने लगी थी। इस जोड़ी की सही समय पर बाला साहब देवरस ने सार्वजनिक रूप से सराहना की थी। वह समय संक्रमण का था। पंडित दीनदयाल उपाध्याय की हत्या कराकर नेतृत्वहीनता की स्थिति षड्यंत्रकारियों ने पैदा कर दी थी। उस दौर में अटल बिहारी वाजपेयी ने नेतृत्व सँभाला। उनके बाद 1973 में पहली बार लालकृष्ण आडवाणी अध्यक्ष हुए। जनता पार्टी के बनने तक वे अध्यक्ष रहे। दोहरी सदस्यता के सवाल पर 1980 में भा.ज.पा. बनी। तब से लंबे समय तक कभी वाजपेयी तो कभी आडवाणी ने भा.ज.पा. की अध्यक्षता सँभाली। इस नेतृत्वद्वय को ही इस बात का श्रेय है कि भा.ज.पा. केंद्र की सत्ता में पहुँच सकी।

जिस नेतृत्व से देश-दुनिया परिचित थी, वह सत्ता में पहुँच गया। अटल बिहारी वाजपेयी प्रधानमंत्री बने और लालकृष्ण आडवाणी गृहमंत्री। तब यह प्रश्न मुँह बाए खड़ा था कि पार्टी का नेतृत्व कौन सँभालेगा? यह प्रश्न ही कुशाभाऊ ठाकरे का महत्त्व प्रकट करता है। वह समय आत्ममंथन का था। नेतृत्व उसमें पड़ा हुआ था। जहाँ भा.ज.पा. का नेतृत्व उस प्रश्न से दो-चार हो रहा था, वहाँ उन लोगों की भी टक-टकी लगी हुई

थी कि अध्यक्ष कौन होता है, जो खुद को दुनिया का विधाता समझते हैं। अध्यक्ष चाहे भा.ज.पा. का हो या कांग्रेस का या किसी भी पार्टी का हो, वह पार्टी की नीति और नीयत को निर्धारित करता है। वही तय करता है कि पार्टी किस तरह चलेगी। संसदीय लोकतंत्र में पार्टी ही तय करती है कि लोकतंत्र व्यवहार रूप में कैसा होगा। पार्टी अगर सत्तारूढ़ हो तो उसका स्थान बहुत विशेष हो जाता है। इसे इस तरह कह सकते हैं कि लोकतंत्र को संविधान से ज्यादा सत्तारूढ़ पार्टी अपनी रीति-नीति से चलाती है। इसीलिए जब भारतीय जनता पार्टी के नेतृत्व में 1998 में राजग की केंद्र में सरकार बनी तो सत्तारूढ़ पार्टी के अध्यक्ष का प्रश्न सर्वाधिक महत्त्व का हो गया। इसे समझने के लिए इतिहास के उस दौर में जाना चाहिए, जब भारत में संसदीय लोकतंत्र आकार ले रहा था। पहला आम चुनाव होनेवाला था। उस समय कांग्रेस में यह प्रश्न कितना महत्त्वपूर्ण था, इसे जानने के लिए कांग्रेस के नेतृत्व के द्वंद्व को पुनः देखने और जाँचने की जरूरत है। जवाहरलाल नेहरू प्रधानमंत्री थे। कांग्रेस के अध्यक्ष थे, राजर्षि पुरुषोत्तम दास टंडन। अध्यक्ष पटेलवादी थे। नेहरू का उन पर भरोसा नहीं था। परिणाम यह हुआ कि नेतृत्व के स्तर पर टकराव हुआ। जीते जवाहरलाल नेहरू। वे प्रधानमंत्री जो थे। जनादेश से नहीं, सत्ता हस्तांतरण से उस पद पर थे। जनादेश के लिए तैयारी के समय वे अपने अध्यक्ष पर भरोसा नहीं कर पा रहे थे। ऐसी थी उनकी दुविधा। कांग्रेस में आजादी के बाद वह दूसरा अवसर था, जब यह प्रश्न उसे कष्ट दे रहा था कि पार्टी के अनुसार सरकार चलेगी या सरकार की पार्टी बी टीम बनेगी? पहले इस प्रश्न पर आचार्य जे.बी. कृपलानी और जवाहरलाल नेहरू टकराए। तब महात्मा गांधी जीवित थे। यह बात 1947-48 की है।

उसी समय एक दिशा कांग्रेस ने अपने लिए निर्धारित कर ली। वह यह कि सरकार के अनुसार पार्टी को चलना है। यही वह बड़ा महत्त्वपूर्ण प्रश्न 1998 में तब उपस्थित हुआ, जब नए अध्यक्ष के चयन पर नेतृत्व विचार कर रहा था। यह प्रश्न मात्र भारतीय जनता पार्टी का ही नहीं था। संसदीय लोकतंत्र में सरकार और पार्टी के संबंध का व्यापक आयाम भी इससे जुड़ा हुआ था। यही कारण था कि जितनी रुचि भारत में इस प्रश्न पर दिखाई गई, उससे ज्यादा विदेश की थी। प्रश्न यह था कि भारतीय जनता पार्टी की राजनीतिक रणनीति भविष्य में क्या होगी, भा.ज.पा. का राष्ट्रीय अध्यक्ष कौन होगा? नए अध्यक्ष के बाद संगठन के स्वरूप और उसकी घोषित-अघोषित प्रतिबद्धताओं में कोई अंतर आएगा कि नहीं, पार्टी के नेतृत्व परिवर्तन के कारण भा.ज.पा. के जनाधार पर सकारात्मक परिणाम होगा कि नकारात्मक?

इन प्रश्नों का सही उत्तर कौन दे सकता है? इसे खोजते हुए भारत स्थित ब्रिटेन के दूतावास के प्रथम सचिव लेस्टन पिगाट और तृतीय सचिव पालबूटे भा.ज.पा. कार्यालय पहुँचे। उन्हें जो किसी के लिए भी बहुत आसानी से उपलब्ध हो जाते थे, ऐसे के.एन.

गोविंदाचार्य मिले। उस समय लोकसभा के चुनाव संपन्न हो गए थे। अटल बिहारी वाजपेयी के नेतृत्व में सरकार बन गई थी। भा.ज.पा. अध्यक्ष लालकृष्ण आडवाणी गृहमंत्री बनाए गए थे। वे उस समय दो पदों पर थे। भा.ज.पा. की रीति-नीति में उन्हें एक पद यानी अध्यक्ष पद छोड़ना था। कौन होगा उनका उत्ताधिकारी? सहज ही जो महासचिव मिल सकते थे, उनसे समय लेकर ब्रिटेन दूतावास के दोनों अफसर भा.ज.पा. कार्यालय आए। उन दोनों ने भा.ज.पा. के राष्ट्रीय महासचिव के.एन. गोविंदाचार्य से मुलाकात की। दूतावास के तृतीय राजनीतिक सचिव पालबूटे ने बातचीत शुरू की। उनका पहला वाक्य बहुत ही प्रशंसात्मक और गुदगुदानेवाला था। वे बोले, "हमने भा.ज.पा. को बहुत टटोला कि किससे मिला जाए, किससे बातचीत की जाए, जो व्यावहारिक भी हो और दार्शनिक भी। हमें पता चला कि भा.ज.पा. में वह एकमात्र व्यक्ति आप ही हो सकते हैं। ये हैं हमारे प्रथम सचिव लेस्टन पिगाट।"

अब पिगाट ने मोरचा सँभाला। बोले, "आप जैसे व्यावहारिक और दूरदर्शी राजनेता से बिना किसी भूमिका के सीधी और साफ बात करना उचित और लाभकारी होगा। मैं यह जानना चाहता हूँ कि भारतीय जनता पार्टी का नया अध्यक्ष कौन होगा? उसके नाम की घोषणा कब की जाएगी? औपचारिकताओं की बात मैं नहीं कर रहा हूँ, निर्णय की जानकारी चाहता हूँ।"

श्री गोविंदाचार्य बोले, "इसमें छिपाने और औपचारिकता जैसी कोई बात नहीं है। भा.ज.पा. के नए राष्ट्रीय अध्यक्ष वर्तमान महामंत्री कुशाभाऊ ठाकरे होंगे और वे अब वरिष्ठ एवं परिपक्व सहयोगियों की सलाह से दल के संगठन का संचालन करेंगे।"

पिगाट ने पूछा, "क्या राष्ट्रीय स्वयंसेवक संघ ने इसकी स्वीकृति दे दी है, उनके सलाहकार दल के पदाधिकारी होंगे या दल के बाहर के लोग होंगे?"

"दल के अंदर और बाहर, अर्थात दोनों के होंगे। उनके नाम भी निश्चित हो गए हैं, किंतु घोषणा अध्यक्ष का विधिवत् चुनाव होने के बाद की जाएगी।"

"सुनते हैं कि अटल बिहारी वाजपेयी और डॉ. मुरली मनोहर जोशी जैसे पार्टी के वरिष्ठ नेता श्री ठाकरे को अध्यक्ष बनाए जाने पर सहमत नहीं है?"

"डॉक्टर जोशी तो अध्यक्ष पद का उम्मीदवार न होने की सार्वजनिक घोषणा कर चुके हैं। रही श्री वाजपेयी की बात, तो उनकी सहमति-असहमति का प्रश्न बहुत अधिक महत्त्वपूर्ण इसलिए नहीं है कि वे पार्टी की आंतरिक शक्ति नहीं हैं। श्री ठाकरे के नाम पर आपके राष्ट्रीय स्वयंसेवक संघ की सहमति एवं स्वीकृति संबंधी प्रश्न का समाधान मैं स्वयं हूँ। भा.ज.पा. और संघ के बीच मान्य संपर्क सूत्र केवल मैं ही हूँ। श्री ठाकरे और सुंदर सिंह भंडारी अपनी आयु, स्वास्थ्य और समयाभाव के कारण अब यह कार्य नहीं कर पाते।"

"नए अध्यक्ष का चयन करते समय भारत (इंडिया) की चुनावी राजनीति के चरित्र पर भी विचार किया गया होगा और यदि विचार किया गया है, तो क्या श्री ठाकरे भा.ज.पा. के केंद्र में सत्तारूढ़ होने की शर्तें पूरी करते हैं?"

"मेरा यह प्रश्न इस संदर्भ से जुड़ा है कि भा.ज.पा. की राजनीति अब सांप्रदायिकता के गलियारे से गुजरती हुई जातिवादी राजनीति के जंगल में जा चुकी है। मतदाताओं और समर्थकों को या तो उनकी जाति से जुड़ा व्यक्ति आकृष्ट करता है अथवा वह एक बहुत बड़े हिस्से का प्रतिनिधि होता है, तो उसके कारण दूसरे वर्गों और हिस्सों में यह भावना और विश्वास पैदा होता है कि यदि बीस प्रतिशत मतदाता उसको अपना नेता मानते हैं, तो छोटे-छोटे प्रतिशतवाले मतदाता वर्ग भी उसकी बातों और दल की विजय पर विश्वास कर लेंगे। क्या श्री ठाकरे के साथ मतदाताओं का कोई ऐसा बड़ा वर्ग है या जुड़ सकता है कि यह विजय के लिए आवश्यक शेष समर्थन आकृष्ट कर सकें?"

"भा.ज.पा. का जातिवादी और सांप्रदायिक नहीं, अपितु राष्ट्रीय आधार और दृष्टिकोण है। उसके समर्थकों और कार्यकर्ताओं पर इस प्रकार की सोच और समीकरण का कोई प्रभाव नहीं पड़ता।"

"एक व्यावहारिक राजनेता होते हुए भी आप यह कह रहे हैं?"

"मैंने जो कहा, वह भी सच है और आप जो कह रहे हैं, वह भी गलत नहीं है। कहीं-न-कहीं, दोनों के बीच तालमेल बैठा लिया जाएगा।"

"भा.ज.पा. और देश में भी स्वदेशी, शुचिता, स्वावलंबन, भय, भूख और भ्रष्टाचार के संबंध में भ्रम की स्थिति है। दल के अंदर ऐसे विरोधाभास क्यों दिखाई देते हैं?"

"भ्रम और विरोधाभास दल के अंदर के लोगों में नहीं, आप जैसे दल के बाहर के लोगों में है। स्वदेशी का नारा हम अपनी घरेलू राजनीतिक आवश्यकताओं की पूर्ति और उपयोग के लिए लगाते हैं और आर्थिक वैश्वीकरण एवं उदारीकरण की आवश्यकता का अनुभव तथा कुछ सीमा तक उसका समर्थन अंतरराष्ट्रीय संदर्भ में करते हैं। यदि देश के अंदर हम स्वदेशी की बात नहीं करेंगे, तो हमारा जनाधार घटेगा और अंतरराष्ट्रीय स्तर पर उदारीकरण, बहुराष्ट्रीय नियमों, विदेशी मुद्रा के विनियोग की बात करके उन्हें बढ़ावा नहीं देंगे तो भा.ज.पा. वैश्विक संदर्भ से कट जाएगी।"

"इसका मतलब यह हुआ कि भा.ज.पा. अपने दल और देशवासियों के साथ धोखा और विदेशियों के साथ समझौता करने की नीति पर चल रही है।"

"यह हमारी राजनीतिक रणनीति है। इससे अधिक इसका खुलासा मैं नहीं करूँगा। आपको स्मरण होगा कि एनरॉन के दाभोल प्रकल्प को लेकर बहुत बड़ा आंदोलन चला था। उस आंदोलन का भा.ज.पा. ने भी समर्थन किया था, लेकिन हमारी तेरह दिवसीय सरकार ने उस प्रकल्प की शर्तों को स्वीकृति दे दी थी। मंत्रिमंडल की

उस बैठक में, जिसमें यह निर्णय किया गया था, हमारे दल के स्वदेशी के प्रवक्ता भी शामिल थे। स्वदेशी आंदोलन हमारी वोट राजनीति की विवशता है, उदारीकरण और बहुराष्ट्रीय निगम हमारी आर्थिक आवश्यकता। आवश्यकता और विवशता का यह अंतर समझे बिना भा.ज.पा. की रणनीति समझ पाना आपके लिए असंभव की सीमा तक कठिन होगा।"

"भा.ज.पा. का आंतरिक बल उसकी सैद्धांतिकता है या कोई ऐसा व्यक्ति, जिसके संकेत-निर्देश की धुरी पर वह घूमती है ? सिद्धांतों के विषय में हमें पता है, किंतु व्यक्ति के विषय में हम जानना चाहते हैं।"

"वे व्यक्ति हैं लालकृष्ण आडवाणी। दल का अध्यक्ष चाहे जो भी होगा या रहेगा, उसका संचालन श्री आडवाणी ही करेंगे। उनका निर्णय ही अंतिम निर्णय होगा। डॉक्टर जोशी द्वारा दल के अध्यक्ष पद की उम्मीदवारी से इनकार करने के पीछे शायद यह भी एक कारण रहा होगा।

"हमारा आकलन यह है कि पार्टी अध्यक्ष के इस परिवर्तन के कारण कार्यकर्ताओं और संगठन के बल पर भा.ज.पा. का दस-बारह प्रतिशत मूल समर्थन बचाकर तो रखा जा सकता है, लेकिन शेष 18-20 समर्थन जुटा पाना कठिन होगा। अंतरराष्ट्रीय, राजनयिक, बौद्धिक और दार्शनिक स्तर पर भी पार्टी की हानि होगी।"

"यह आपका आकलन हो सकता है, हमारा या मेरा आकलन नहीं।"

"धन्यवाद, महोदय।"

यह बातचीत बाद में एक विवाद बनकर उभरी। यहाँ उसका उल्लेख अनावश्यक है। इस बातचीत का प्रामाणिक विवरण इसलिए यहाँ दे रहा हूँ, जिससे यह जाना जा सके कि कुशाभाऊ ठाकरे के अध्यक्ष बनने से पहले भा.ज.पा. से बाहर भी किस तरह की उत्सुकता थी। उस समय के अखबारों और पत्रिकाओं को अगर पलटें तो पाएँगे कि उनमें भी अटकल और कल्पना मिश्रित रिपोर्ट छप रही थी। टाइम्स ऑफ इंडिया ने अपने पाठकों को अप्रैल 1998 में सूचना दी कि कुशाभाऊ ठाकरे अध्यक्ष बनने जा रहे हैं। उसने यह लिखा कि एक विषय के बारे में उनका विचार स्पष्ट है और दृढ़ है। वह यह है कि भारतीय जनता पार्टी का संगठन केंद्र की सरकार से स्वतंत्र बना रहेगा। किसी बात के लिए उसके सामने पार्टी हाथ नहीं फैलाएगी। अध्यक्ष के लिए जब नामांकन हुआ तो नामांकन पत्र के दो सेट निर्वाचन अधिकारी जेना कृष्ण मूर्ति को दिए गए। प्रस्तावकों में अटल बिहारी वाजपेयी सहित पहली कतार के सभी बड़े नेता थे। उनका निर्वाचन निर्विरोध हुआ। वह स्वाभाविक भी था। पत्रकारों ने जब उन्हें घेरा और कुछ कहने के लिए आग्रह करने लगे तो अनिच्छापूर्वक ही सही, उन्होंने कहा कि अध्यक्ष का पद कर्तव्य और उपस्थित चुनौती के भाव से ग्रहण करूँगा। उनमें विनम्रता किस स्तर की थी,

यह जानने के लिए उनका उस समय का कहा हुआ, यह वाक्य प्रमाण स्वरूप है। उन्होंने कहा, "मैं निमित्त मात्र हूँ।"

हिंदी के एक बड़े अखबार ने लिखा कि भारतीय जनता पार्टी के अध्यक्ष कुशाभाऊ ठाकरे के लिए संगठन को पहले की तरह चुस्त-दुरुस्त रखना भारी समस्या बनने जा रहा है। यह अटकल पर आधारित खबर थी। उसका आधार यह था कि कुशाभाऊ ठाकरे की तुलता लालकृष्ण आडवाणी से की जाएगी। अध्यक्ष बनने पर भारतीय जनता पार्टी की राष्ट्रीय परिषद् गांधी नगर में हुई। उसमें अपने अध्यक्षीय संबोधन में उन्होंने पार्टी की भूमिका को चिह्नित किया। उनका कहना था कि भा.ज.पा. कल तक विपक्ष में थी, अब सत्ता में है। इसलिए हमारी भूमिका दोहरी हो गई है। सरकार को दिशा-निर्देश और परिप्रेक्ष्य देने के अलावा हमें जनता और सरकार में सेतु की भूमिका भी निभानी है। उन्होंने कहा, "पार्टी को एक ऐसा वाहन बनना चाहिए, जो सरकार तक विश्वसनीय जानकारी पहुँचा सके। सरकार एक अत्युत्तम नीति तैयार कर सकती है, परंतु उस नीति के कार्यान्वयन की निगरानी करने की आवश्यकता होगी और यह काम अकेली नौकरशाही पर ही छोड़ा नहीं जा सकता। यदि सत्तासीन मंत्रीगण पार्टी संगठन को जानकारी के वैकल्पिक स्रोत के रूप में प्रयोग करें तो उन्हें एक ऐसा आयाम मिलेगा, जो नौकरशाही द्वारा प्रस्तुत किए गए स्वरूप से भिन्न होगा। इससे नौकरशाह भी अधिक चुस्ती से काम करेंगे।" इस कथन में सहयोगात्मक भाव है। कहीं से कोई निर्देश और आदेश की दृष्टि नहीं है। पार्टी की अपनी नई भूमिका को बताते हुए उन्होंने इस बात का ध्यान रखा कि सरकार के समानांतर वे निगरानी का सुझाव इसलिए दे रहे हैं कि सरकार को उचित निर्णय लेने में सुविधा हो, साथ-ही-साथ वे अपने सहयोगियों को आगाह भी कर रहे हैं, "हमें यह नहीं सोचना चाहिए कि हमारा काम खत्म हो गया है। जिस दिन यह विचार आएगा, उस दिन से संगठन नष्ट होना शुरू हो जाएगा।" कुशाभाऊ ठाकरे का पूरा जीवन-दर्शन समन्वय शब्द में छिपा है। वे समन्वय के साधक थे। अध्यक्ष रहते हुए इसे ही उन्होंने स्थापित किया। यह उनका सबसे बड़ा योगदान कहा जा सकता है। इसीलिए उनके अध्यक्षीय कार्यकाल में कोई भी और किसी भी तरह का विवाद नहीं पैदा हुआ।

तभी तो उनके निधन पर दिल्ली में मावलंकर हाल में जो श्रद्धांजलि सभा हुई, उसमें अटल बिहारी वाजपेयी ने उन्हें 'अजातशत्रु' कहा। लालकृष्ण आडवाणी ने उस अवसर पर कहा, "बहुतों को पंडित दीनदयालजी को प्रत्यक्ष देखने का शायद अवसर न मिला हो, लेकिन दीनदयालजी की संगठन में जो भूमिका थी और जिसके कारण संगठन इतना व्यापक और मजबूत बना है, वह गुण अगर किसी में कूट-कूटकर भरे हुए थे, तो कह सकते हैं, वह कुशाभाऊ ठाकरे में थे।" भा.ज.पा. के अत्यंत महत्त्वपूर्ण नेता जगदीश प्रसाद माथुर ने बहुत बाद में लिखा, "15 अगस्त भारत का स्वतंत्रता दिवस है। उस दिन

जनमे कुशाभाऊ विचारों में भी स्वतंत्र थे। वे स्वयं विदेशी बीमा कंपनियों के भारत में आने देने के पक्ष में नहीं थे। भा.ज.पा. की सरकार उनके लिए दरवाजे खोल रही थी। ठाकरेजी पार्टी के अध्यक्ष थे। उन्होंने अपना विरोध प्रकट किया। यह बात अलग है कि राजग की सरकार उनसे सहमत नहीं थी।" यह चिह्नित करने की बात है। कुशाभाऊ ठाकरे जब तक जीवित थे, तब तक सरकार से उनके मतभेद की बात बाहर नहीं आई। यह राज खुला उनके जाने के बाद, तब, जब अपने संस्मरण में जगदीश प्रसाद माथुर ने लिखा। वे आदर्श के आकाश में आजीवन बने रहे। यथार्थ से कभी कटे नहीं। जहाँ से जीवन शुरू किया था, वहीं वे लौटे। मूल की तरफ लौटना हमेशा पवित्र होता है। कुशाभाऊ ठाकरे ने यही दिखाया, समझाया और अपने जीवन में जिया।

❑

व्यक्ति नहीं, संस्था थे ठाकरेजी

—भगवत शरण माथुर

स्वर्गीय कुशाभाऊ ठाकरेजी भारतीय जनता पार्टी के पितृपुरुष थे। वे एक व्यक्ति नहीं, एक संस्था थे। अनुभव और संस्कारों का जीता-जागता इनसाइक्लोपीडिया। प्रत्येक सवाल का जवाब था उनके पास और था हर समस्या का समाधान भी। जितने विद्वान्, उतने ही गंभीर। मध्य प्रदेश के इतिहास-भूगोल और भूत-वर्तमान, सभी से परिचित। संगठन की इतनी चिंता कि बीमार होने पर उनके कुशल जाननेवालों से भी पार्टी की स्थिति के बारे में जानकारी ले लिया करते। पार्टी के राष्ट्रीय अध्यक्ष होने के बाद भी उसी सहजता से लोगों से मिलते, जो उनका मूल स्वभाव था। आज जब हम उनके बारे में चर्चा कर रहे हैं, वे हमारे मानस पटल पर जीवंत हो रहे हैं। उनके बारे में जितना लिखें, जितना बोलें, कम पड़ता है।

कुछ बहुत पुरानी घटनाएँ याद आ रही हैं। एक बार उज्जैन में ठाकरेजी ने राजमाता से आग्रह किया कि बाबूलाल जैन को टिकट मिले, पर मैंने उनके नाम पर महिदपुर का सुझाव दिया। महिदपुर भा.ज.पा. की जीती हुई सीट थी। ठाकरेजी सहर्ष बाबूलाल जैन के नाम पर तैयार हो गए, पर अब उज्जैन में उत्तर सीट से एक अच्छे व्यापारी उम्मीदवार की खोजबीन प्रारंभ हुई। मुझसे ठाकरेजी ने कहा कि यहाँ से अच्छा व्यापारी जो चुनाव जीत सकता है… कोई स्वयंसेवक हो तो बताएँ। उस समय उज्जैन की केकरी शाखा पर पारस जैन आते थे। मैंने उनका नाम सुझाया। जब उन्होंने (ठाकरेजी) अन्य कार्यकर्ताओं से पारस जैन के बारे में पूछा तो पारस जैन नाम का कोई कार्यकर्ता उन लोगों के दिमाग में नहीं आया, क्योंकि पारस जैन उस समय पारस पहलवान के नाम से जाने जाते थे। जब ठाकरेजी को यह बात पता चली तो उन्होंने मुझसे कहा कि विधानसभा का चुनाव होना है, कोई कुश्ती नहीं होनी। मैंने उन्हें स्थिति से अवगत करवाया तो वे पारस जैन के नाम पर तैयार हुए।

जब मेरी भा.ज.पा. में संगठन मंत्री के रूप में घोषणा हुई तो मैंने ठाकरेजी से मार्गदर्शन माँगा। उन्होंने कहा, "यह राजनीतिक पार्टी है। यहाँ लोगों से फूलों की माला

राष्ट्रीय संगठन भाजपा, अनु. जाति/जनजाति मोर्चा एवं सहकारिता प्रकोष्ठ

मिलती है तो जूतों की माला भी मिलती है। इसलिए अपना आचरण और व्यवहार मधुर और स्नेहपूर्वक रखना, जिससे कोई समस्या नहीं आएगी।" जब मैं रीवा में संगठन मंत्री था, तब मैंने उन्हें बताया कि वहाँ के कुछ कार्यकर्ता पार्टी का विरोध करते हैं। उन्होंने कहा कि ऐसे कार्यकर्ताओं को एक्सपोज करो। पार्टी में भी और जनता के बीच में भी।

एक बार मैं, ठाकरेजी और सतना का एक अन्य कार्यकर्ता सतना से चित्रकूट जा रहे थे। चित्रकूट के पहले एक गाँव के कुछ कार्यकर्ता माला लेकर खड़े थे। वे शायद ठाकरेजी को पहचानते नहीं थे। उन्होंने नारे लगाना शुरू किए, 'बाल ठाकरे जिंदाबाद'' बाल ठाकरे जिंदाबाद।' पीछे सतना के कार्यकर्ताओं की गाड़ी आई तो उन्होंने नारे लगाए—'कुशाभाऊ ठाकरे जिंदाबाद।' ठाकरेजी ने सतना के कार्यकर्ताओं की ओर नारे बंद करने का इशारा किया और सभी चुप हो गए। मैंने मन-ही-मन सोचा कि ठाकरेजी नाराज होंगे, पर तभी उन्होंने हँसकर कहा कि नारे तो ठाकरेजी के ही लगे।

ठाकरेजी ने पार्टी, संगठन और विचारधारा से कभी समझौता नहीं किया। वे चलायमान पार्टी थे। उनके रहन-सहन, खान-पान, आचरण-व्यवहार में हमेशा संस्कार दिखते थे, जिससे हजारों-हजार कार्यकर्ता दु:खी मन से उनके पास आते तो उसका समाधान पाकर प्रसन्नचित्त होकर लौटते। ठाकरेजी की संगठनात्मक क्षमता का पूरा देश कायल है। उन्होंने देशभक्तों की खोजकर उन्हें खड़ा कर राजनीति में संचार किया है। ठाकरेजी हमेशा डाँटते-फटकारते नहीं थे। वे अपने शुद्ध-सात्त्विक आचरण से कार्यकर्ता को शिक्षा और प्रेरणा देते थे, जिसके कारण वे भा.ज.पा. के करोड़ों कार्यकर्ताओं के चहेते बने। कार्यकर्ताओं ने भी ठाकरेजी के अंदर अपने शुभचिंतक अभिभावक की झलक देखी। महिलाओं के राजनीति में प्रवेश को वे शुभ मानते थे। उन्होंने कहा भी कि भारत में स्त्री का स्वरूप दुष्टों का संहार करनेवाली दुर्गा, वैभव प्रदान करनेवाली लक्ष्मी और ज्ञान-सद्गुण प्रदान करनेवाली सरस्वती का है।

ठाकरेजी ने 2003 के चुनाव में प्रत्येक संभाग का दौरा किया एवं पुराने-नए कार्यकर्ताओं को पार्टी के लिए कार्य करने का आग्रह किया, जो सभी ने स्वीकार किया। 2003 के चुनाव में पार्टी को बड़ी सफलता मिली और मध्य प्रदेश व छत्तीसगढ़ व राजस्थान में हमारी सरकार बनी। अंतिम समय तक, जब उनका स्वास्थ्य खराब था, वे पार्टी की चिंता करते रहे। जो भी कार्यकर्ता उनसे मिलने एम्स दिल्ली जाता था और उनके स्वास्थ्य की चिंता करता था तो वे उसे अनसुना करके पार्टी-संगठन का काम कैसा चल रहा है, कौन कार्यकर्ता क्या कर रहा है ? के विषय में जानकारी लेने लगते थे। इस तरह के व्यक्तित्व थे ठाकरेजी। ठाकरेजी के लिए जीवन के अंतिम समय में भी पार्टी की चिंता ही उनके लिए सर्वोपरि कार्य था।

❑

राजनीति में कबीर जैसी निरपेक्षता का दीप-स्तंभ हैं ठाकरेजी

—नरेंद्र सिंह तोमर

मध्य प्रदेश में मेरे जैसे अनगिनत भा.ज.पा. कार्यकर्ता होंगे, जिन्हें कभी भी अलग से कुशाभाऊ ठाकरेजी को याद करने की जरूरत नहीं होती है। वे हम सब लोगों की राजनीतिक-दिनचर्या का हिस्सा बनकर कहीं भी, कभी भी सामने खड़े हो जाते हैं। उनके साथ काम करने और संगठन को खड़ा करने का अनुभव आज भी हम सब लोगों को दिशा-निर्देश देता है कि अमुक समस्या को सुलझाने के लिए कौन सा रास्ता अख्तियार करना बेहतर होगा।

मध्य प्रदेश में या अन्य कई राज्यों में यदि भा.ज.पा. संगठन और उसकी सरकारें सफलतापूर्वक अपने कार्यों को अंजाम देती नजर आ रही हैं, तो उसका एकमात्र कारण यही है कि पार्टी और सरकार में सभी महत्त्वपूर्ण स्थानों पर वे लोग काम सँभाल रहे हैं, जिनकी राजनीतिक-परवरिश कुशाभाऊ ठाकरे जैसी शख्सियत की देख-रेख में हुई है। उन्होंने इन कार्यकर्ताओं के राजनीतिक-संस्कारों को तराशा है।

उत्तर भारत के विभिन्न राज्यों में भारतीय जनता पार्टी का जो परचम फहरा रहा है, उसमें कुशाभाऊजी की राजनीतिक-साधना का महत्त्वपूर्ण योगदान है। ठाकरेजी का संपूर्ण जीवन भा.ज.पा. को ही समर्पित रहा है। संगठन ही उनका परिवार था और उनकी सारी जिंदगी भारतीय जनता पार्टी के आँगन में ही बीती थी। जनसंघ के जमाने से संगठन के लिए समर्पित ठाकरेजी भा.ज.पा. की संगठनात्मक-संरचना के प्रमुख शिल्पकारों में एक थे। भा.ज.पा. को वर्तमान रूप में ढालने में ठाकरेजी का विशेष योगदान रहा है।

केंद्रीय ग्रामीण विकास, पंचायती राज, स्वच्छता एवं पेयजल मंत्री

खासतौर से मध्य प्रदेश सहित उत्तर भारत के सारे राज्यों में भा.ज.पा. को खड़ा करने में उनकी भूमिका अहम रही है। एक संगठक के रूप में ठाकरेजी एक अनूठी और बिरली शख्सियत के मालिक थे। यह ठाकरेजी की जी-तोड़ कोशिशों का ही नतीजा है कि पूरे देश में आज भा.ज.पा. को मूल्य आधारित राजनीतिक संगठन के रूप में पहचाना जाता है। ठाकरेजी का सार्वजनिक जीवन पैंसठ साल लंबा रहा है। वर्षों उनके साथ काम करने के बाद, मैं यह कहने की स्थिति में हूँ कि वे भा.ज.पा. के छोटे-बड़े कार्यकर्ताओं में कोई फर्क नहीं करते थे। उनके नजदीक काम का महत्त्व ज्यादा था। वे एक सामान्य कार्यकर्ता के साथ भी पार्टी के बड़े पदाधिकारियों जितना ही खुश रहते थे। उन्हें पहली मर्तबा जैसा देखा था, ठाकरेजी अंतिम समय तक वैसे ही बने रहे। ठाकरेजी भारतीय गणतंत्र के निस्पृही राजनीतिक संन्यासी थे, जो समाज में जन-कल्याण की भावनाओं से आच्छादित राजनीति रोपना चाहते थे। अपनी साधारण जीवनशैली और निष्काम कर्मयोग से उन्होंने यह सिद्ध कर दिया था कि राजनीतिक-शक्ति के ऊपर नैतिक-शक्ति का प्रभाव होता है। राजनीति के वर्तमान दौर में ठाकरेजी जैसी शख्सियत का होना या मिलना दुर्लभ है। कई मायनों में उनका व्यक्तित्व अनुकरणीय था। वे सादगी का पर्याय थे। सहजता, सरलता या सादगी का भाव उनकी जिंदगी की पहचान थी। जिन लोगों ने उन्हें जिंदगी के आखिरी दिनों में काम करते देखा है, वे सभी उनकी सक्रियता और जीवटता के कायल हैं। ठाकरेजी ने एक निस्पृह और निरपेक्ष साधक की तरह अपने जीवन की यात्रा का प्रारंभ किया था और संगठन के क्षेत्र में एक सिद्ध-पुरुष की तरह राष्ट्रीय-स्तर पर लोगों के प्रेम और प्रतिष्ठा को अर्जित किया था।

ठाकरेजी के नेतृत्व में जमीन से उठकर शिखर तक पहुँचनेवाले कार्यकर्ताओं की संख्या अनगिनत है, लेकिन सत्ता के शिखरों के निकट उनकी अभिलाषाएँ और महत्त्वाकांक्षाएँ शून्य थीं। लोग उन्हें 'किंग-मेकर' कहते थे, लेकिन इस प्रकार के संबोधनों से उन्हें परहेज था। उनके राजनीतिक सहयात्री जानते हैं कि उनके व्यक्तित्व का अतिरंजित बखान उन पर कोई असर नहीं डालता था। ऐसे कार्यकर्ताओं को ठाकरेजी पसंद नहीं करते थे। ठाकरेजी की विशेषता थी कि वे जोर से बोलना पसंद नहीं करते थे। ठाकरेजी की राजनीतिक शैली में सार्वजनिक प्रदर्शन का कभी कोई स्थान नहीं था। वे खुद बड़े राजनेता थे। लोकप्रियता के लिहाज से देश की सबसे बड़ी पार्टी के शीर्ष नेता यानी अध्यक्ष भी रह चुके थे, लेकिन ये सब बातें उनकी सादगी और सोचने के तरीकों पर कोई असर नहीं डाल पाती थीं। ठाकरेजी के व्यक्तित्व के कई आयाम थे। उनकी सबसे बड़ी विशेषता यह थी कि वे सारे काम निरपेक्ष भाव से करते थे। संगठन और समाज का हित उनके लिए सर्वोपरि होता था। कार्यकर्ताओं को पहचानने, उन्हें खड़ा करने और काम में लगाने के मामले में उनकी अद्‌भुत क्षमताओं को देखकर लोग

दाँतों तले उँगली दबा लिया करते थे। वे असाधारण रूप से साधारण व्यक्ति थे। जीवन में साधारणीकरण की ये स्थितियाँ साधना की अप्रतिम ऊँचाइयों पर ही हासिल हो पाती थीं। ठाकरेजी ने अपनी वीतरागिता से इसे पाया था। मतलब यह कि वे साधारण होते हुए भी असाधारण थे। राजनीतिक संन्यास के कगार पर खड़े ऐसे सेनानायक थे, जो हर राजनीतिक जंग जीतने का जज्बा रखता था, लेकिन उनकी विशेषता थी कि वे हार को भी जीत की तरह अंगीकार करने के लिए हमेशा तत्पर रहते थे। उनके व्यक्तित्व में देशज भारतीयता कूट-कूटकर भरी थी, लेकिन नवीनता उनकी राजनीतिक कसौटियों की सबसे बड़ी प्राथमिकता थी। वर्तमान में मध्य प्रदेश और छत्तीसगढ़ में भा.ज.पा. की दूसरी और तीसरी पीढ़ी के जो नेता सक्रिय हैं, उन्हें ठाकरेजी ने ही तराशा और खड़ा किया है। इन प्रदेशों में सरकारों और संगठनों की अद्‌भुत सफलता का राज ठाकरेजी का प्रशिक्षण है कि समाज को आगे रखकर सेवा-भाव से काम करते रहना चाहिए।

ठाकरेजी के राजनीतिक-व्यक्तित्व का दूसरा उल्लेखीय पहलू यह है कि वे पार्टी में आंतरिक लोकतंत्र के जबरदस्त पक्षधर थे। वे अपने कार्यकर्ताओं और नेताओं को उनके हित में बेबाक राय देने में विश्वास रखते थे। इस मामले में वे भले-बुरे की परवाह नहीं करते थे। उनका यह मत था कि संगठन के स्तर पर एक बार जो फैसला हो जाए, उससे डिगना नहीं चाहिए। सरकार को लोगों को अपना करना चाहिए और संगठन को अपनी जिम्मेदारियाँ निभानी चाहिए। भा.ज.पा. के सर्वोच्च और सर्वशक्तिमान नेता होने के बावजूद ठाकरेजी अप्रतिम रूप से सामूहिक-निर्णयों में विश्वास रखनेवाले नेता थे। वे चाहते थे कि संगठन और सरकार में हर छोटा-बड़ा निर्णय विचार-विमर्श के बाद सर्वसम्मति से हो। इसके लिए वे सतत प्रयास करते रहते थे। संपूर्ण राजनीतिक ताकत हाथ में होने के बावजूद उनके व्यक्तित्व की यह प्रजातांत्रिक उदारता अनायास ही उनके प्रति श्रद्धा पैदा करती है। उनकी कथनी और करनी में एकरूपता उनकी सबसे बड़ी धरोहर थी। सार्वजनिक जीवन में उनके इन्हीं बिरले गुणों के कारण ही शायद सभी लोग उनके सामने नत-मस्तक रहते थे।

ठाकरेजी की जिंदगी का स्पष्ट संदेश यह है कि राजनीति की दुनिया में अँधेरी ताकतों से लड़नेवाले योद्धा अभी भी पूरी जीवटता के साथ सक्रिय हैं। ठाकरेजी के लिए राजनीति भले ही उनके कर्म का साधन रही हो, लेकिन उनका साध्य हमेशा समाज ही था, जिसके लिए वे जीते थे और खुद को खपाते थे। वर्तमान राजनीतिक-परिदृश्य में ठाकरेजी की उपस्थिति उस मशाल की तरह है, जो सार्वजनिक जीवन में मूल्यपरक राजनीति की रोशनी को विस्तार देने के लिए बनी है। राष्ट्रीय जीवन के शिखर पर विराजमान हस्तियों में ठाकरेजी जैसे कालजयी समर्पित व्यक्तित्व के उदाहरण बिरले ही कहीं मिल पाएँगे…!

आडंबरहीन त्याग की इन्हीं भावनाओं ने भारतीयों को युगों तक प्रेरित किया है, जहाँ साधु-संन्यासियों को राजाओं और सम्राटों से ऊँचा स्थान प्राप्त है। ठाकरेजी ने आजीवन संत कबीर के जीवनदर्शन के अनुरूप जीवन-यापन किया। वीणा के तार जब न अधिक कसे होते हैं और न ढीले होते हैं, तभी संगीत पैदा होता है। जीवन में संगीत जैसी लय हासिल करने का सूत्र भी यही है। जो योग के माध्यम से पाँचों इंद्रियों को संतुलन में रखता है, उसे ही जीवन का अमृत प्राप्त होता है। यह संतुलन ठाकरेजी की जिंदगी का पर्याय था। संत कबीर ने शायद दुनियादारी के बीच सक्रिय ठाकरेजी जैसे साधु-पुरुषों के लिए ही कहा है—दास कबीर ओढ़ी, ज्यों की त्यों धर दीनी चदरिया…। सार्वजनिक जीवन में यह दीप-स्तंभ हमेशा जलता रहेगा।

❑

आदरणीय कुशाभाऊ ठाकरेजी के कुछ संस्मरण

—मेघराज जैन

सन् 1942 में कुशाभाऊ ठाकरेजी कुक्षी में जब प्रचारक थे, वे नियमित शाखा में रहते थे। उस दौरान कुशाभाऊ ठाकरेजी को तीन दिन तक भोजन नहीं मिला और वे तीन दिन तक भूखे ही रहकर कार्य करते रहे। यह बात कुक्षी के ही कालू भाई टेलर को पता चली तो कालू भाई टेलर अपने घर से तीन रोटी नेकर में छुपाकर लाए और ठाकरेजी को दी। तब ठाकरेजी ने रोटी पानी में डालकर खा ली और अनवरत कार्य करते रहे।

उस समय रतलाम, चित्तौड़ एक ही विभाग में होता था, पैसे न खर्च हों, इस दृष्टि से चित्तौड़ से मंदसौर पैदल ही चलकर आ गए। रास्ते में एक कुएँ पर पानी पीने रुके, वहीं पर एक किसान लंबी ककड़ियाँ धो रहा था, ठाकरेजी ने ककड़ी के बारे में पूछा तो किसान ने वैसे ही बिना पैसे के पाँच-छह ककड़ी ठाकरेजी को दे दीं। ठाकरेजी रास्ते भर वही ककड़ी खाते हुए पैदल ही मंदसौर आ गए।

जनसंघ के समय लखेरापुरा में कार्यालय होता था, उस कार्यालय में सारा कार्य ठाकरेजी स्वयं अपने हाथों से करते थे। टाइप करना, साफ-सफाई करना, झाड़ू लगाना, भोजन बनाना, अपने ही हाथों से करते थे। कार्य की दृष्टि से मध्य प्रदेश भौगोलिक क्षेत्रफल के हिसाब से बड़ा प्रांत होता था। महाकोशल, बुंदेलखंड और मध्य भारत मिलकर प्रदेश बना था। प्रारंभिक काल में ठाकरेजी, नारायण प्रसाद गुप्ता, नानाजी, मोरो भाई गरदे, तीनों ही प्रचारक संपूर्ण कार्य करते थे। मध्य भाग मोरु भइया, महाकोशल नानाजी और पूरे प्रांत के समन्वय का काम ठाकरेजी स्वयं देखते थे। ठाकरेजी में

पूर्व राज्यसभा सांसद

कार्यकर्ता निर्माण की अद्‌भुत क्षमता थी। वे कार्य और व्यवहार के दौरान ही कार्यकर्ता का निर्माण करते थे, इसके बाद कार्य का विस्तार हुआ। नए प्रचारकों का निर्माण हुआ, जिनमें प्रमुख रूप से प्रभाकरराव सहस्त्रबुद्धे, मनोहर राव सहस्त्रबुद्धे, सुंदर लाल पांडेय, हरिसिंह पवार, कोमल भंडारी, वीरसिंह को संगठन मंत्री बनाया गया। इसी दौरान छत्तीसगढ़ में भी कार्य प्रारंभ किया।

सन् 1965 में केशव लाल दवे और प्यारेलाल खंडेलवाल को संघ से जनसंघ में शामिल किया। एक-एक व्यक्ति को जोड़ना, कार्य का विस्तार करना, निरंतर प्रवास करना अपने कार्य से प्रेरित करना कुशाभाऊ की संगठन क्षमता का प्रमुख आधार था। कुशाभाऊ की जीवन-शैली सामान्य थी। लोग कुशाभाऊ की वेशभूषा के बजाय व्यक्तित्व को ही पसंद करते थे। मूलतः उस समय पत्रकारों के बारे में धारणा होती थी कि पत्रकार बिना खिलाए-पिलाए खबरें नहीं छापते, परंतु ठाकरेजी अपवाद थे। वे अकसर पत्रकारों के यहाँ ही भोजन करते थे और कवरेज भी भरपूर मिलता था। तत्कालीन मुख्यमंत्री डी.पी. मिश्रा के समय ग्वालियर में छात्रों की समस्या को लेकर छात्र आंदोलन हुआ, जिसमें पुलिस ने छात्रों पर बर्बरतापूर्वक गोलियाँ चलाईं, जिसमें अनेक छात्रों की मृत्यु हो गई। इस घटना से तत्कालीन कांग्रेसी नेता राजमाताजी को बहुत ही दुःख हुआ। कांग्रेस में टूट-फूट हुई। राजमाताजी, ब्रजमोहन वर्मा, गोविंद नारायण सिंह सहित अनेक नेताओं का एक धड़ा, समाजवादी कम्युनिस्ट पार्टी, हिंदू महासभा के संयुक्त विधायक दल के सहयोग से संविद सरकार का गठन हुआ। गोविंद नारायण सिंहजी को मुख्यमंत्री बनाया गया। इस दौरान ठाकरेजी का राजमाताजी से निरंतर संवाद रहा। बाद में सरकार गिर गई। सरकार गिरने के बाद राजामाताजी ने अपना अलग दल बना लिया। राजमाताजी का क्षेत्र में जबरदस्त प्रभाव था। उनकी सभाएँ भी भारी भीड़वाली होती थीं। ठाकरेजी ने राजमाताजी को अपने संघीय आचरण एवं रीति-नीति से संघ के लिए प्रचार करने के लिए सहमत किया। धार चुनाव पर सहमति नहीं बन पाने के कारण दोनों दलों के कार्यकर्ता अलग-अलग चुनाव लड़े।

राजमाताजी का क्षेत्र में जबरदस्त प्रभाव था। जगह-जगह उनके समर्थक थे। ठाकरेजी राजमाताजी की संपत्ति से कभी भी प्रभावित नहीं हुए वरन् उनकी कार्यशैली के जरूर प्रशंसक रहे हैं। कई मुद्दों पर ठाकरेजी राजमाताजी से अलग मत रखते थे। आम चुनाव में प्रचार के लिए ठाकरेजी ने राजमाताजी से आग्रह किया। इस पर राजमाताजी ने अव्यवस्था का हवाला देकर प्रचार करने से मना किया। इस पर ठाकरेजी ने राजमाताजी से कहा कि आप निश्चित रहें, पूरे अनुशासन में कार्यक्रम होगा, किसी प्रकार की अव्यवस्था नहीं होगी। इस पर राजमाताजी ने प्रचार करने की सहमति प्रदान की। राजमाताजी की सभाएँ जबरदस्त अनुशासित रहीं। संघ का अनुशासन और मंदसौर के

कार्यकर्ताओं का समर्पण देखकर राजमाता बहुत प्रभावित हुईं। शनैः-शनैः वे जनसंघ के निकट आ गईं। बाद में मंडोरी माता के स्थान पर जाकर परम् श्रद्धेय नानाजी देशमुख से जनसंघ की सदस्यता ग्रहण कीं। चुनाव अभियान की नीतियों और स्पष्ट विचारधारा पर केंद्रित विषयों पर ठाकरेजी दृढ़ रहते थे। इस दृढ़ इच्छा शक्ति के कारण ही राजमाताजी ठाकरेजी से प्रभावित होकर जनसंघ में शामिल हो गईं। राजमाताजी कई विषयों पर केंद्र के अन्य पदाधिकारियों की बात नहीं मानती थीं, पर ठाकरेजी की बात हमेशा मानती थीं।

समर्पित कार्यकर्ता के नाते राजमाता ने जीवन भर पार्टी के लिए कार्य किया। यह ठाकरेजी की ही देन है।

आजीवन सहयोग निधि की शुरुआत ठाकरेजी के द्वारा की गई। प्रदेश भर में पार्टी के कार्य के संचालन की दृष्टि से एक कोश की आवश्यकता महसूस होती थी, जिससे प्रदेश के कार्यालय का संचालन व्यवस्थित हो सके। इस दृष्टि से पार्टी के आजीवन सहयोग करनेवाले कार्यकर्ताओं का चयन किया गया, जो आजीवन पार्टी को सहयोग करें। इस हेतु कुशाभाऊजी ने नाना साहब एवं बाबा साहब देवरस से चर्चा की। इस योजना से अवगत कराया। बाबा साहब देवरसजी इस योजना से बहुत प्रभावित हुए और उन्होंने सर्वप्रथम सदस्यता पंजीयन कराया। बालाघाट में अपनी स्वयं की कृषि उपज से जो पैसा प्राप्त हुआ, उससे पचास रुपए की आजीवन सहयोग निधि की रसीद कटवाई और योजना की शुरुआत कर दी। ठाकरेजी स्पष्टवादी थे। वे कार्यकर्ताओं से अपनत्व भाव से मिलते थे। वे कार्यकर्ता के सुख एवं दुःख की चिंता भी करते थे।

उन्होंने आत्मीय भाव से कार्यकर्ताओं को संगठित किया और कम-से-कम चालीस पूर्णकालिक कार्यकर्ताओं की टीम तैयार की। संगठन द्वारा जो भी निर्णय होता था, उसका पालन करवाना ठाकरेजी का लक्ष्य होता था। ठाकरेजी जिस पर विश्वास करते थे, उसका संरक्षण भी वे करते थे। ठाकरेजी ने संपूर्ण मध्य प्रदेश में और सर्वसमाज में नेतृत्व स्थापित किया। वे पहले परखते थे, फिर उसका समर्थन करते थे।

1971-72 में युवा संघ का अध्यक्ष मुझे बनाया। मोरू भाई गदरे को छत्तीसगढ़, प्यारेलाल खंडेलवाल को मध्य भारत, नारायण प्रसाद गुप्ता आजीवन सहयोग निधि, कार्यालय व्यवस्था, चरैवेति, अयाज, मुआज पत्रिकाओं का प्रकाशन कार्य दीनदयाल विचार प्रकाशन बनाकर माननीय सारंगजी को कार्य सौंपा गया। जो भी पैसा आता था, उसके खर्चे से प्रवास कार्यक्रम होते थे। संगठन मंत्रियों के परिवार में संपर्क का कार्य माननीय ठाकरेजी स्वयं करते थे। हर जिले में कार्यालय हो, प्रदेश में एक बड़ा कार्यालय हो, यह नींव भी ठाकरेजी ने रखी। बाद में केंद्रीय स्तर पर इसकी पहल हुई। संपूर्ण भा.ज.पा. के नक्शे में जो रंग भरा, वह ठाकरेजी ने ही भरा है।

ठाकरेजी तीन प्रांत के संगठन मंत्री बने—मध्य प्रदेश, उड़ीसा और गुजरात।

कुशाभाऊ को बैठक के सिलसिले में अहमदाबाद जाना था। उस समय साबरमती ट्रेन भोपाल से ही चलती थी। मैं और बापूजी, ठाकरेजी को छोड़ने स्टेशन गए। जनरल बोगी में ठाकरेजी को जाना था। भीड़ अत्यधिक थी एवं डिब्बे का दरवाजा भी बंद था। तब मैंने खिड़की में से ही ठाकरेजी को डिब्बे में बैठाने का प्रयास किया, जिससे कुशाभाऊ की पूरी पीठ लहू-लुहान हो गई।

बाद में मैंने उनसे प्रचारक के धर्म के बारे में संवाद किया और प्रचारक के भाव को समझा। उस दौरान कुशाभाऊ ने कहा कि यह शरीर भी संगठन के लिए समर्पित है। इसमें मेरा कुछ भी अधिकार नहीं है। संगठन के आदेश का पालन करना प्रचारक का धर्म है। फिर इस घटना से सीख लेकर कुशाभाऊ के लिए आरक्षित श्रेणी का टिकट लेकर यात्रा करने का निर्णय किया, जिसको कुशाभाऊजी ने संगठन का आदेश मानकर पालन करने के लिए तैयार किया।

संविद सरकार आने के बाद ठाकरेजी ने लगातार मध्य प्रदेश का प्रवास किया। आगे की राजनीति जनसंघ की योजनाओं एवं कार्यपद्धति से अवगत कराते रहे।

उज्जैन में जनसंघ का एक अधिवेशन हुआ। उस अधिवेशन में समाजवादी पार्टी के नेता आरिफ बेग को विशेष तौर पर आग्रहपूर्वक आमंत्रित किया। इस तीन दिन के अधिवेशन से समाजवादी नेता आरिफ बेग बहुत प्रभावित हुए और उन्होंने जनसंघ की सदस्यता ली।

जनसंघ लगातार जनता में अपनी बैठक बढ़ाता रहा। उधर बिहार में छात्र आंदोलन हुए। उस आंदोलन का नेतृत्व जय प्रकाश नारायण कर रहे थे। उन्होंने नारा दिया कि 'सिंहासन खाली करो कि जनता आती है।' इंदिराजी की सरकार इस आंदोलन से घबरा गई। इंदिराजी ने आपातकाल लगा दिया। जनसंघ के लाखों कार्यकर्ताओं को जेल में डाल दिया गया। ठाकरेजी को बेगमगंज जेल में रखा गया।

बेगमगंज जेल में अन्य दलों के लोग ठाकरेजी के आचरण एवं व्यवहार से बहुत प्रभावित हुए। आपातकाल हटने के बाद समाजवादी पार्टी, कांग्रेस संगठन, स्वतंत्र पार्टी आदि प्रमुख विरोधी दलों ने मिलकर जयप्रकाश नारायणजी के नेतृत्व में जनता पार्टी का निर्माण किया, जिसके अध्यक्ष चंद्रशेखर बने और मध्य प्रदेश के अध्यक्ष कुशाभाऊ ठाकरे बने। ठाकरेजी के आचरण व्यवहार के कारण जनता पार्टी के टूटने के बाद चैनपुरिया जैसे समाजवादी पार्टी के कई नेता भा.ज.पा. में शामिल हो गए। बाद में चैनपुरियाजी को राज्यसभा में सांसद बनाकर भेजा।

ठाकरेजी के जीवन का प्रथम चुनाव था और खंडवा क्षेत्र में प्रजा समाजवादी पार्टी का बहुत प्रभाव था। चंद्रशेखर उस समय जनता पार्टी के राष्ट्रीय अध्यक्ष थे। ठाकरेजी जनता पार्टी के प्रदेश अध्यक्ष थे। तब खंडवा से कुशाभाऊ को पार्टी ने प्रत्याशी बनाया।

कुशाभाऊ सर्वाधिक मतों से चुनाव जीते। उसके पश्चात् देशभर में सर्वाधिक प्रवास कुशाभाऊ ठाकरे ने उसी रेलवे पास से किए। चना और बेसन का चीला और धार की ककड़ी प्रमुख रूप से खाते थे। एक बार मैंने कुशाभाऊ को टमाटर का सूप बनाकर दिया तो वे चिढ़ गए और कहा, "क्यों पैसा बरबाद करते हो।" बाद में समझाने पर कहा कि सूप भी सस्ता ही है, वे मान गए, सूप पी लिया। बाद में यदा-कदा बापूजी उनको बनाकर देते थे। बाद में 11-ए अशोक रोड दिल्ली में मैंने जूस ले जाकर दिया तो वे मेरा भाव समझकर जूस पी लिया करते थे। ठाकरेजी की खासियत थी कि वे अच्छे कार्यकर्ताओं को बढ़ावा देते थे तथा उनकी स्वीकार्यता भी कराते थे।

ठाकरेजी हमेशा एक बात का ध्यान रखते थे कि चुनाव के समय कार्यकर्ता के घर भोजन नहीं करना, चाहे जंगल में कर लें, क्योंकि इससे पूरा परिवार व्यस्त हो जाता है और वह चुनाव में काम नहीं कर पाता है। ठाकरेजी को इसलिए आधुनिक संगठनशास्त्र का रचयिता कहा जाता था।

मोरारजी और चंद्रशेखरजी के सामने चुनौती थी कि जनता पार्टी की बैठक कहाँ करें। तब ठाकरेजी ने कहा, "हम करेंगे।" बैठक उज्जैन में हुई। मंच से ही मोरारजी और चंद्रशेखरजी ने ठाकरेजी की प्रशंसा की। आज मध्य प्रदेश की मिट्टी में भी संगठन का भाव है। वह माननीय ठाकरेजी की ही देन है। आज मध्य प्रदेश का कार्यकर्ता पूरे देश में अलग ही पहचान रखता है।

सन् 1978 में इंदौर के सुदामा नगर में अधिवेशन का आयोजन किया गया। इस अधिवेशन की विशेषता थी कि प्रत्येक कार्यकर्ता घरों में ही रुके थे। इस आयोजन को सफल बनाने के लिए ठाकरेजी ने प्यारेलालजी को बुलाकर कहा कि इस आयोजन में आपको इन बच्चों के मॉरल सपोर्ट का पूरा ध्यान रखना है। आप पीछे रहकर ही इस आयोजन को सफल कराएँ। आयोजन सफल रहा। ठाकरेजी में कार्यकर्ता को गढ़ने की अद्‌भुत शैली थी। इसी कारण वे संगठन के शिल्पी कहलाए।

राष्ट्रीय अध्यक्ष बनने के बाद ठाकरेजी मध्य प्रदेश के प्रथम प्रवास पर आए। मैंने (मेघराज जैन) और नरेंद्र मोदीजी ने संपूर्ण मध्य प्रदेश का प्रवास ठाकरेजी के साथ किया।

जब आडवाणीजी राष्ट्रीय अध्यक्ष बने तो ठाकरेजी ने कहा कि कार्यकर्ता की अपेक्षा होती है कि पार्टी का अध्यक्ष उन्हें पहचान ले। उसी के बाद आडवाणीजी ने कार्यकर्ताओं के साथ परिचय बैठक का सिलसिला प्रारंभ किया। कार्य और क्रियान्वयन कैसा हो, यह ठाकरेजी से ही सीखा जा सकता है।

दिल्ली जाने के बाद ठाकरेजी को मध्य प्रदेश के बारे में गलत फीडबैक दिया जाता रहा, जिससे वे काफी दुःखी रहे।

❑

सात्त्विक कर्मयोगी

—संजय जोशी

Some people dreams of success while other wake up & work hard for it.

संघ का प्रचारक केवल प्रचार करनेवाला नहीं होता। वह एक जीवनशैली का जीता-जागता उदाहरण होता है। वह अपने निजी जीवन से अलग पारिवारिक जीवन से दूर रहता हुआ, राष्ट्रजीवन के प्रति संवेदनशील रहता है। संत ज्ञानेश्वर महाराज ने ठीक कहा है कि 'अलौकिक नो होवे लोकांप्रति' यानी लोगों के प्रति हमें अलौकिक दिखने की चेष्टा नहीं करनी चाहिए।

स्व. कुशाभाऊजी के जीवन का सबसे महत्त्वपूर्ण पहलू यही है कि उन्होंने अपने आचरण से जीते-जी अपने जीवन को आलोक स्तंभ बना दिया है। जिस जमाने में उन्होंने कार्य किया था, उस जमाने में न साधन थे, न सुविधाएँ थीं। तीन थान और चौथी जानवाला मामला था। एक थैला टाँग लिये और चना-चिरौंजी फाँकते हुए गाँवों में निकल पड़े। तब किसको भरोसा था कि रंग लाएगी हमारी फाकामस्ती एक दिन।

डॉ. गुप्ता ने तिथि निश्चित कर दी। 11 फरवरी, 2003 को कुशाभाऊ के कैंसरग्रस्त मूत्रपिंड की शल्यक्रिया कर उसे निकाल देने का निर्णय हुआ था। चिकित्सालय में कुशाभाऊ के सहायक सर्वेंद्र हर प्रकार से उनकी देखभाल कर रहे थे। मैं हिमाचल प्रदेश के दौरे से वापस लौटा ही था। शल्यक्रिया की जानकारी मिलते ही दो दिन पूर्व 9 फरवरी को सायंकाल कुशाभाऊ से मिलने एम्स अस्पताल गया। कुशाभाऊ कह रहे थे, "आज सुबह ही डॉ. गुप्ता आए थे, कर रहे थे ऑपरेशन में थोड़ा रिस्क है। संजय, मैं सर्वेंद्र को बुलाकर एक सम्मतिपत्र तैयार कराकर उस पर दस्तखत करके रख रहा हूँ।

पूर्व संगठन महामंत्री, भाजपा

इस शल्यक्रिया में मेरा कुछ भला-बुरा हुआ तो यह शरीर इसी अस्पताल को दान कर देना, तुम अश्विनी कुमारजी से बात कर लो और उनसे कहना, मुझसे मिलने आ जाएँ। संसद् सदस्य के नाते कुछ पैसे मेरे खाते में बाकी हैं, वह वनवासी कल्याण आश्रम को देने हैं···" कुशाभाऊ यह सब इतनी सरलता से बोल रहे थे, जैसे यात्रा में जाने से पूर्व बैग में रखने के लिए हम सामान समेटते हैं। उनकी इस बातचीत से मैं अधिकाधिक अस्वस्थ हो रहा था, किंतु सौभाग्य से शल्यक्रिया सफलतापूर्वक संपन्न हो गई। इसके बाद इलाज जारी था। कुशाभाऊ को आराम मिले, इसकी सारी चिंता डॉक्टर कर रहे थे, कितु कुशाभाऊ की लड़ाई कैंसर जैसी प्राणघातक बीमारी से थी। रोग ने शरीर को मात दे दी थी, इस कारण शल्य क्रिया के बाद भी पिछले साल भर कुशाभाऊ इस प्राणघातक रोग से संघर्ष कर ही रहे थे।

दिन में तीन बार उन्हें 5-6 गोलियाँ एक साथ लेनी पड़ती थीं। उनके कमरे में उन्हें मिलने जाने पर यदि वे गोलियाँ खा रहे होते तो हँसते-हँसते कहते, "यह मेरा नाश्ता है।" गोलियाँ खा-खाकर कुशाभाऊ शरीर से काम खींच रहे थे।

कैंसर के अपना जाल फेंकने से पहले कुशाभाऊ एकदम ही अलग थे। रहन-सहन आज की तरह ही सादा, पर वे पहले खुद के कपड़े स्वयं ही धोते थे। रहन-सहन सादा होने पर भी विचार उच्च कोटि के थे। 'सादा जीवन उच्च विचार' इस उक्ति के वे मूर्तिमंत प्रतीक ही थे। त्याग, तपस्या, संघर्ष, समर्पण, इन शब्दों से व्यक्त होनेवाले भावों का मानो संगम थे कुशाभाऊ।

विचारधारा का सिपाही कैसा होना चाहिए? यह उन्होंने अपने आचरण के द्वारा दिखा दिया। मध्यमवर्गीय परिवार से आए कुशाभाऊ ठाकरे के रिश्तेदार भी मध्यमवर्गीय ही थे। जिन कुशाभाऊ ने अनेक को बड़ा बनाया और मंत्रीपद पर बिठाया, उन कुशाभाऊ के लिए अपने एकाध रिश्तेदार की सिफारिश के लिए बस कहने की ही देर तो थी, पर कुशाभाऊ ने यह कभी नहीं किया। उनके व्यवहार में उनके नाम की सार्थकता थी। कर्मयोगी श्रीकृष्ण का पर्यायवाची शब्द 'कुश' और स्वजनों के प्रेम की अभिव्यक्ति का शब्द 'भाऊ'। इन दो शब्दों के मिलन से व्यक्त होनेवाले प्रेममयी कर्मयोग को सार्थक शब्द बनाकर ऐसा जीवन जिए कुशाभाऊ।

न त्वहमकामये राज्यम्, न स्वर्गं न पुनभवम्।
कामये दुःख तप्तानाम्, प्राणिनां आर्तनाशनम्॥

मुझे स्वर्ग नहीं चाहिए, राज्य नहीं, पुनर्जन्म भी नहीं, बस दुःखी पीड़ितों की सेवा करने का सौभाग्य मिले, यह विचार उन्होंने अपने आचरण में उतारा और इसी माध्यम से भारतीय जनता पार्टी को वैभव के शिखर पर पहुँचा दिया। अनेक को बड़ा बनाया। अनेक को मंत्री बनाया। सत्ता का सिंहासन समीप से देखा, पर हँसते-हँसते अपनी राह

चलते रहे। संघ का तत्त्व और भा.ज.पा. का विचार प्रत्यक्ष आचरण में उतारकर वे उसी प्रकार का जीवन जिए। हजारों कार्यालयों का निर्माण किया और भा.ज.पा. को वटवृक्ष का स्वरूप देते चले गए।

कुशाभाऊ का कार्य नींव के पत्थर बनाने का है। नींव के पत्थर सजाए नहीं जाते, रँगाए नहीं जाते, उनको फूल-मालाएँ पहनाई नहीं जातीं। नींव के पत्थर की यही नियति है। यही उसका भाग्य है। मंदिर के ऊपर चमचमानेवाला कलश नकली हो सकता है। सोने का न होते हुए सोने की पॉलिश उस पर की जा सकती है, जिससे वह सोने का दिखे। नींव के पत्थर भी नकली हो सकते हैं? वे भी नकली हो गए तो मंदिर को बचाना मुश्किल है। मंदिर ढल जाएगा तो कलश कहाँ होगा? धूलि ही उसकी गति होगी।

मिलने आनेवाले कार्यकर्ताओं द्वारा उनके बारे में कुछ पूछने से पहले ही वे स्वयं कार्यकर्ता की पूछ-परख शुरू कर देते थे। उसकी व्यक्तिगत चिंता, उसके घर के सदस्यों के बारे में जानकारी, मानो कार्यकर्ता उनसे मिलने न आया होकर स्वयं कुशाभाऊ ने ही उसे बुलाया हो। इस बारे में उनसे पूछने पर वे कहते, "अपना कार्यकर्ता अपने काम की चिंता करता है, फिर उसकी चिंता कौन करेगा? वह तो मुझे ही करनी चाहिए न।"

कार्यकर्ताओं को प्रेरणा देना और उसके लिए चाहे शरीरिक कष्ट झेलना, यह उनके स्वभाव का स्थायी भाव था। भा.ज.पा. के संगठन महासचिव पद पर मेरी नियुक्ति होने के बाद मैंने पूर्वोत्तर के प्रवास पर जाने का निश्चय किया। कुशाभाऊ को यह पता चलते ही उन्होंने भी साथ चलने की तैयारी प्रारंभ कर दी। वास्तव में उनका स्वास्थ्य अब प्रवास करने लायक नहीं था, उन्हें कष्ट सहन नहीं होगा, ऐसा मुझे भी रह-रहकर महसूस हो रहा था, पर मुझे मेरे काम में जितना बन पड़े, उतनी मदद करने के एकमात्र विचार के आगे उन्हें कुछ और नहीं सूझ रहा था। नागालैंड, मेघालय, मणिपुर, अरुणाचल प्रदेश के पर्वतीय क्षेत्रों में वे रोज मेरे साथ 7-8 घंटे गाड़ी से प्रवास करते थे। रात को सोते समय उनके पैर सूजे हुए होते, फिर दो-दो दर्दनाशक गोलियाँ उन्हें लेनी पड़तीं, फिर भी वे मेरा उत्साह बढ़ाते रहते। शल्यक्रिया के कारण उन्हें बैठने-झुकने में कष्ट होता था। इस कारण उन्हें यथासंभव आराम दिया जाए, यह हम कार्यकर्ताओं की चिंता रहती थी, पर सहज मान जाएँ, वह कुशाभाऊ ही क्या? कन्याकुमारी में राष्ट्रीय स्वयंसेवक संघ की प्रतिनिधि सभा के लिए जाना था। उनके शारीरिक कष्ट को ध्यान में रखते हुए हमने विमान से यात्रा का निश्चय किया। चार घंटे की यात्रा थी, किंतु वह भी सुखकर हो, इस दृष्टि से एक्जीक्यूटिव श्रेणी से प्रवास करना चाहिए, यह उन्हें सुझाव दिया। कुशाभाऊ नहीं माने, वे सामान्य श्रेणी में जाकर बैठ गए। उसी विमान में केंद्र सरकार में भा.ज.पा. के एक मंत्री भी थे, कुशाभाऊ इसी विमान में है, यह जानकारी मिलने पर वे कुशाभाऊ

के पास आए और स्वयं के स्थान पर बैठने का आग्रह करने लगे, पर कुशाभाऊ ने विनम्रतापूर्वक नकार दिया।

रेलवे की कुशाभाऊ को बारीकी से अवश्य जानकारी रहती थी। मात्र प्रवास के लिए जाने का स्थान बताने की देर होती, कुशाभाऊ तुरंत ट्रेन का नाम, समय आदि सारी बातें अचूक बताते, मानो कि रेलवे के चलते-फिरते टाइम टेबल ही हों। कुशाभाऊ द्वारा ये सारी जानकारी मिलते ही कार्यकर्ता को अन्य कुछ देखना ही नहीं पड़ता था। कुशाभाऊ से गपशप इतिहास की कोई पुस्तक पढ़ने जैसा होता था। उनकी बीमारी के समय मैंने अनेक बार उन्हें कहा, आप आत्मचरित्र लिखिए। भा.ज.पा. के कार्य विस्तार का इतिहास लिखिए। आपसे लिखते न बनता हो, किसी कार्यकर्ता को लिखने के लिए कहें, पर कुशाभाऊ हर बार कहते, आगे देखेंगे। चार-पाँच माह में सात-आठ बार ऐसा हुआ। आखिर मैंने बहुत आग्रह किया, तो कुशाभाऊ बोले, चरित्र क्या? वह लिखते समय अनेक घटना, प्रसंग और व्यक्ति उसमें आते हैं। आज उनमें से अनेक लोग जीवित हैं, उनके विषय में मेरा कोई अभिप्राय किसी प्रसंग में व्यक्त हुआ और वह किसी को चुभनेवाला हुआ, तो इसमें संगठन का नुकसान होगा, कार्यकर्ता हतोत्साहित होंगे, मैं यह काम नहीं करूँगा। कुशाभाऊ ने जब यह मत स्पष्ट रूप से बता दिया, तब मैंने फिर कभी यह विषय नहीं निकाला। लालकृष्ण आडवाणीजी ने भी उन्हें विशिष्ट घटना प्रसंग लिखने का सुझाव दिया, पर कुशाभाऊ ने उनको हमेशा की आदत के अनुसार उत्तर दिया—आगे देखेंगे। कुशाभाऊ संगठन के काम की चिंता कितनी आत्मविलोपी वृत्ति से करते थे, इसका यह एक उदाहरण है।

कुशाभाऊ से मिलने के लिए उनके कमरे में जानेवाले प्रत्येक कार्यकर्ता की दृष्टि दीवार पर लगी तसवीरों पर पड़ती थी। बीते अनेक वर्षों से दिल्ली कार्यालय के उनके कमरे में ये चित्र लगे हैं। इनमें से एक है डॉ. हेडगेवार का, दूसरा यज्ञकुंड में आहुति देते श्री गुरुजी का, तीसरा श्री दीनदयालजी का। इन तीन चित्रों के बाद चौथा चित्र एकदम अलग, गोद में छोटे बच्चे को उठाए हुए माँ का चित्र। चित्र में दिखाई देनेवाली माँ अर्थात् कुशाभाऊ की पूज्य माताश्री और गोद में छोटा बच्चा अर्थात् कुशाभाऊ। इन चार चित्रों में से दो हमेशा ही मेरा ध्यान आकर्षित करते थे। वास्तव में श्री गुरुजी के अनेक चित्र उपलब्ध हैं, किंतु कुशाभाऊ ने उनका 'राष्ट्राय स्वाहा। इंदं न मम॥' यही चित्र क्यों चुना? ऐसा प्रश्न एक बार मैंने जानबूझकर उनसे पूछा। इस पर कुशाभाऊ ने कहा, "संजय, मैं राजनीतिक क्षेत्र में काम करनेवाला आदमी हूँ। अपने लक्ष्य से मैं विचलित न हो जाऊँ, इसका स्मरण सतत होता रहे, इसलिए यह चित्र मैंने जान-बूझकर लगाया है।" फिर मैंने उनसे दूसरे चित्र के विषय में पूछा, इस पर कुशाभाऊ ने कहा, "यह मेरी माँ का है और उनकी गोद में छोटा बच्चा अर्थात पाँच भाई-बहनों में से मैं

हूँ। मेरी माँ के स्वर्गवास के बाद मैंने विशेष रूप से यह चित्र बनवाया था। संजय मैंने अपनी माँ पर बहुत अन्याय किया है। मैं मध्य प्रदेश में खंडवा के प्रवास पर था, वहाँ एक बैठक में पोस्टमेन ने मेरे हाथों में एक टेलीग्राम दिया। मैंने देखा और जेब में रख लिया। बैठक समाप्त होने के बाद, जब मैंने उस तार को ठीक से देखा तो मुझे ध्यान आया कि वह तार मेरी माँ के निधन की सूचना देनेवाला दो दिन पुराना था। बैठक पूरी करके अगले दिन घर गया, तब तक उनका अंतिम संस्कार हो चुका था। माँ ने मुझसे इतना अधिक प्रेम किया, पर मैं उनके अंतिम संस्कार के समय भी उपस्थित नहीं हो सका, यह पीड़ा मेरे मन में घर कर चुकी है, उसका स्मरण सदैव मुझे बना रहे, इसलिए यह चित्र मैंने लगाया है।"

माता के प्रति प्रेम के कारण ही कुशाभाऊ की आलोचना में मातृवात्सल्य का भाव था। प्रत्येक कार्यकर्ता को उनके व्यवहार से पिता की कर्तव्य-कठोरता और माता की ममता देखने को मिलती थी। इसी मातृवत्सल छटपटाहट के कारण शारीरिक कष्टों को झेलते हुए भी कुशाभाऊ डॉ. रमन सिंह के शपथ ग्रहण उपस्थित रहे। मध्य प्रदेश और राजस्थान के चुनाव निकट आए तो कुशाभाऊ के भीतर संगठक जोर मारने लगा। चुनाव से तीन माह पहले ही उन्होंने अपना प्रवास कार्यक्रम बनाया और दो राज्यों का प्रवास किया, अनेक बैठकें लीं। व्यवस्थाओं का जायजा लिया। आवश्यक मार्गदर्शन किया। सत्रह दिन वे दोनों प्रांतों में घूमे। प्रवास न करें, ऐसा डॉक्टरों का आग्रह होते हुए भी उन्होंने एक नहीं सुनी। चुनाव जीतने की जिद उन्हें शांत बैठने नहीं दे रही थी। छत्तीसगढ़ के प्रवास के समय उन्हें 102 डिग्री बुखार था। रायपुर कार्यालय के जिस कमरे में उनकी व्यवस्था की गई थी, वहाँ बिस्तर से बाथरूम का अंतर 10 कदम था, पर उतना पार करने में उन्हें 15 से 20 मिनट लगते थे। कार्यकर्ताओं ने उनसे पूछा, "कुशाभाऊ आप इतना कष्ट क्यों करते हैं?" इस पर वे बोले, "मैं थोड़े ही कष्ट कर रहा हूँ। कष्ट तो यह शरीर सहन कर रहा है।" कुशाभाऊ के इन शब्दों से कार्यकर्ताओं का उत्साह और भी बढ़ गया। भा.ज.पा. को चुनावों में शानदार सफलता मिली। अब समय था छत्तीसगढ़ और मध्य प्रदेश के मुख्यमंत्रियों के शपथ ग्रहण का। मैं तब रायपुर में था। सर्वेंद्र का फोन आया, कहने लगा, "कुशाभाऊ से बैठा नहीं जाता है, शरीर दर्द करता है, फिर भी रायपुर जाने की जिद कर रहे हैं। अब आप ही उनसे बात कर लीजिए।" मैंने कुशाभाऊ को प्रवास न करने का सुझाव दिया। इस पर उन्होंने मुझसे कहा, "संजय मुझे शारीरिक कष्ट वेदना हो रही है, यह सही है, पर इस आनंद उत्सव के प्रसंग का मैं साक्षी बनना चाहता हूँ। रमन सिंह को मैं बचपन से जानता हूँ, जब जनसंघ का काम करने के लिए कोई सामने नहीं आता था, ऐसे समय में उनके पिताजी ने अपना राजनीतिक विचार इस क्षेत्र में हिम्मत से बढ़ाया। उसके पिताजी और उसे शुभकामनाएँ देने के लिए मुझे आना ही चाहिए।"

भोपाल और रायपुर से लौटने पर कुशाभाऊ की तबीयत कुछ ज्यादा ही बिगड़ गई। अब तो वे ठीक से खड़े भी नहीं रह पाते थे, पर उनके चेहरे पर से मानसिक समाधान का कभी भी लोप नहीं हुआ, उसका स्थान दु:ख-कष्ट नहीं ले पाए। बातचीत में वेदनाओं का विषय न होकर संतोष दिखाई देता था।

कुशाभाऊ हमेशा कहते थे, "सरकार बनाना यह अपना साध्य नहीं, साथ ही कुछ कार्यकर्ताओं को पद दिलवाना या सत्ता का सुख उपलब्ध करा देना, इतने भर से अपने आपको धन्य मानकर भी नहीं चलेगा। अपना लक्ष्य सरकार के माध्यम से गरीबों की, वनवासियों की सेवा करना, उन्हें समाज में बराबरी का स्थान दिलाना और उन्हें राष्ट्र के पुनर्निर्माण की प्रक्रिया में सहभागी बनाना है। जब समाज का एक-एक व्यक्ति सुखी होगा, तभी हमारे अंदर का कार्यकर्ता धन्य होगा। समाज के प्रत्येक व्यक्ति को प्रत्येक अभाव से मुक्त करना और समाज में शुद्ध सात्त्विक वातावरण तैयार करने में ही कार्यकर्ता के जीवन का श्रेष्ठतम ध्येय समाहित है।"

राजधर्म की इस संकल्पना के अनुरूप ही कुशाभाऊ ने रात-दिन समाज का संगठन किया। राष्ट्रसेवा में रत रहे। विश्राम या आराम इन शब्दों को उन्होंने अपने शब्दकोश में कभी स्थान ही नहीं दिया। इसकी जरूरत ही नहीं समझी। मात्र शारीरिक आवश्यकताओं की पूर्ति करने के लिए ही उसका साथ निभाया। परिस्थितियों के भुलावे में नहीं पड़े, मोह में नहीं फँसे, इसी कारण निराशा या दु:ख कभी उनके चेहरे पर दिखाई नहीं दिए। स्वयं की वेदना को कभी उन्होंने चर्चा का विषय नहीं बनाया, वेदनाओं को स्थान देना ही हुआ तो उन्होंने दूसरों की वेदनाओं को दिया, पर-पीड़ा की चिंता वे अवश्य करते थे। कुशल संगठक, उत्कृष्ट मार्गदर्शक, प्रसिद्धि से दूर कार्य-संचालन, ये उनके स्वभाव की विशेषताएँ थीं।

दूसरों की चिंता वे किस स्तर तक जाकर करते थे, इसका उदाहरण देना हो तो एक प्रसंग का विशेष रूप से उल्लेख करना होगा। मूत्र पिंड के कैंसर के कारण उन्हें दिल्ली के एम्स अस्पताल में भर्ती कराया गया। खड़े रह सकें या बोल सकें, ऐसी उनकी स्थिति नहीं थी, पर इस अवस्था में भी जब उन्हें पता चला कि अपने सहायक सर्वेंद्र के पिताजी भी इसी अस्पताल में भरती हैं, तब कुशाभाऊ ने उसके पिताजी से मिलने की जिद ठान ली। आखिर डॉक्टरों को स्टेचर की व्यवस्था करनी पड़ी और स्ट्रेचर पर ले जाकर उनसे मिलवाकर लाया गया। इस भेंट के बाद कुशाभाऊ के चेहरे पर जो आनंद का भाव था, वह सचमुच अवर्णनीय था। दिन-रात केवल कार्य और कार्यकर्ताओं का विचार करनेवाले कुशाभाऊ का सारा जोर कार्यकर्ताओं को संस्कारित करने पर होता था। पार्टी कार्यकर्ताओं को काम की पद्धति की जानकारी हो, इस दृष्टि से वे सदैव प्रशिक्षण पर जोर देते थे। वे प्रशिक्षण के वक्त एक ही स्तर पर न रहकर विविध स्तरों पर हों, ऐसा

उनका आग्रह होता था। स्वयं के मूल्याधिष्ठित आचरण से उन्होंने कार्यकर्ताओं के समक्ष आदर्श खड़ा किया था।

जिन-जिन स्थानों पर भारतीय जनता पार्टी सत्ता में आती, उन राज्यों में संगठन सुदृढ़ बने, कार्यकर्ता मानसिक दृष्टि से ईमानदार और स्वस्थ रहे तथा सत्ता व संगठन में समन्वय रहे, इस पर ही वे जोर देते थे। पार्टी में भी व्यवस्था बने, इसके लिए कुशाभाऊ का आग्रह होता था। कार्यसमिति की बैठक नियमित हो, पदाधिकारियों की बैठकें समयानुसार हों, इसके लिए उनका विशेष आग्रह होता था। काम का केंद्र कार्यालय है, यह बतानेवाले कुशाभाऊ ने देशभर में भा.ज.पा. का काम व्यवस्थित करने की दृष्टि से कार्यालय बनाने पर अधिक जोर दिया। कार्यालय से उनका अर्थ केवल सीमेंट, कंक्रीट की इमारतें खड़ी करना मात्र नहीं था। इन इमारतों में व्यवस्था सुचारु बनें, उनमें जीवंतता आए, इसकी वे सदा चिंता करते थे। एक बार मैं छत्तीसगढ़ प्रवास के दौरान सुदूर आदिवासी अंचल बस्तर में एक बैठक लेने के लिए गया। वहाँ भा.ज.पा. का स्वयं का कार्यालय और कार्यालय की कुल मिलाकर सब व्यवस्थाओं को देखकर मुझे सुखद आश्चर्य का एक झटका सा लगा। मैंने एक कार्यकर्ता से इस विषय में पूछा तो उसने बताया कि कुशाभाऊ की प्रेरणा और आग्रह से यह भवन बना। आज मध्य प्रदेश, छत्तीसगढ़ में प्रदेश कार्यालय के भव्य भवन कुशाभाऊ की कल्पना के ही द्योतक हैं।

कुशाभाऊ का दृष्टिकोण केवल पार्टी की इमारतों तक ही सीमित नहीं था। पार्टी को चलाने के लिए अर्थ की आवश्यकता भी उतनी ही महत्त्व की होती है। मध्य प्रदेश का काम देखते समय उन्होंने वार्षिक सौ-पचास रुपए देनेवाले कार्यकर्ताओं की एक सूची बनाकर रखी थी। प्रतिवर्ष वे इन कार्यकर्ताओं से नियमित रूप से धनराशि एकत्रित करते थे। श्री आडवाणीजी जब पार्टी के राष्ट्रीय अध्यक्ष हुए, तब उन्हें कुशाभाऊ की यह कल्पना बहुत ही अच्छी लगी। राष्ट्रीय स्तर पर भी प्रतिवर्ष एक हजार रुपए देनेवाले कार्यकर्ताओं और शुभचिंतकों की एक सूची बनाई गई और कुशाभाऊ के प्रयत्नों से यह कल्पना राष्ट्रीय स्तर पर भी मूर्त रूप ले सकी। राजनीति में नैतिकता रहे, कार्यकर्ताओं का आत्मबल बढ़े और पार्टी की निर्दोष वृद्धि के लिए कुशाभाऊ ने इस संकल्पना को प्रस्तुत किया और वह लोकप्रिय हुई।

काम का कितना भी बोझ हो, तब भी कुशाभाऊ के सारे व्यवहार प्रसन्नता और सरलता से ही होते थे। मैंने उन्हें कभी भी ध्यान-धारण, प्राणायाम, जाप करते हुए नहीं देखा, फिर भी पार्टी में उतार-चढ़ाव, संघर्ष की उठापटक अथवा किसी तनावपूर्ण प्रसंग पर भी कुशाभाऊ का मन कभी विचलित नहीं होता था। वर्ष भर पूर्व हुई शल्यक्रिया के बाद डॉक्टरों की सलाह के अनुसार वे प्रतिदिन 10-15 मिनट फिजियोथेरेपिस्ट की सलाह से शारीरिक व्यायाम करते थे। स्वयं के शरीर की चिंता जो थी, वह बस उतनी ही।

बीस वर्ष की आयु में स्वयं को राष्ट्रसेवा में झोंकने के बाद सतत छह दशक तक उन्होंने जो राष्ट्र आराधना की, उसका कोई जवाब नहीं। जीवन के मानसिक-शारीरिक क्लेश उन्होंने आनंद से झेले। 'मुकतसंगोनाहं वादी' गीता के इस वचन के अनुसार सात्त्विक जीवन उन्होंने जिया।

सुखदु:खे समे कृत्वा, लाभालाभौ जयाजयौ

गीता की इस उक्ति की भाँति विपरीत प्रसंग में भी वे अविचलित रहे। एक प्रसंग का स्मरण हो आता है। मैं गुजरात में कार्यरत था, तब 1995 में श्री शंकर सिंह वाघेला ने भा.ज.पा. के कुछ विधायकों को साथ लेकर विद्रोह कर दिया। पार्टी की सरकार का पतन हुआ। कार्यकर्ताओं में भारी निराशा और उद्वेग फैल गया। तब कार्यकर्ताओं का मनोबल बढ़ाने के लिए कुशाभाऊ ने 17 दिन गुजरात का दौरा किया। जिले-जिले में घूमकर कार्यकर्ताओं की हिम्मत बढ़ाई, आत्मविश्वास जगाया। उत्तराखंड, उत्तर प्रदेश के चुनावों के समय उन्होंने ऐसा ही व्यापक प्रवास किया। उनकी अविचलता का एक और उदाहरण देखना हो तो 1993 की घटना का उल्लेख किया जा सकता है। उस समय कुशाभाऊ मध्य प्रदेश भा.ज.पा. के प्रभारी थे। अचानक उनसे वह प्रभार लेकर श्री सुंदरसिंह भंडारी को सौंप दिया गया। इस बदलाव से कार्यकर्ताओं में उलटी-सीधी चर्चाएँ प्रारंभ हो गईं, पर कुशाभाऊ ने इन चर्चाओं को कभी प्रश्रय नहीं दिया, उलटे इस दौरान वे कभी भी मध्य प्रदेश के प्रवास पर नहीं गए। इतना ही नहीं, किसी निर्णय के बीच में वे नहीं पड़े। निरपेक्ष भाव से वे दूसरे स्थान का जो काम दिया गया, उसे करते रहे। श्री जेना कृष्णमूर्ति जब पार्टी अध्यक्ष थे, तब उत्तराखंड में चुनाव हुए। उस समय उत्तराखंड की जिम्मेदारी कुशाभाऊ ठाकरे की थी। चुनावों के बाद यह प्रभार श्री राजनाथ सिंह के पास आ गया। तब संगठन के विषय में एक समस्या के बारे में चर्चा करने के लिए कुशाभाऊ के पास गया तो कहने लगे, "अरे संजय, उत्तराखंड का प्रभार श्री राजनाथ सिंहजी के पास है, तुम उनसे मार्गदर्शन लो।" कुशाभाऊ कितने निरपेक्ष भाव से काम करते थे, इसका यह भी एक उदाहरण है।

आज राजनीति का स्तर रसातल में जा रहा है और अच्छे लोग राजनीति में आना नहीं चाहते। ऐसी स्थिति यह और आवश्यक है कि राजनीति में पुरानी पीढ़ी के जो सिद्धनिष्ठ नेता थे, जिनका स्पष्ट राजनीतिक चिंतन था, जिनके पास 'समाजसेवा' की ठोस पूँजी थी, जो उपेक्षित और वंचितों के बारे में सोचते थे, उनके हित के लिए कार्य करते थे, समाज को समर्पित ऐसे लोकसेवक आज के समय में दुर्लभ होते जा रहे हैं। राजनीति अब अवसरवादिता का पर्याय हो गई है। आज की परिस्थिति में अंदर-बाहर एक जैसा होकर रहना, यह सच में कठिन और अनुकरणीय कर्म है। कुशाभाऊ सबके प्रति एक भाव रखते थे। अपनी सोच और आचरण में परिवर्तन करने में विश्वास रखते थे।

राजनीति में आम धारणा है कि पद के बिना काम करना संभव ही नहीं है। पद काम करने के अवसर शायद कम देता है, लेकिन प्रतिष्ठा के अवसर बहुत देता है। काम पद से नहीं, विचारों की निष्ठा से होता है। आजकल राजनीतिक कार्यकर्ता का समाधान केवल पद से नहीं होता। हर अगली व्यवस्था में उससे बढ़िया पद चाहिए, जो न मिले तो उसके मन में नाराजगी आती है। अपने मनोवांछित पद पर वह ऐसा आग्रह जताता है, जैसे वह पार्टी का पद नहीं, उसकी बपौती है, जो उसे मिलनी ही चाहिए।

आज की राजनीति में राजनेताओं का व्यक्तित्व वैभव तथा सत्ता की छाया में निखारने की परंपरा सी बनती जा रही है। त्याग, स्वदेशी जीवनमूल्य बीते वक्त की बातें हो गई हैं। ऐसा अनेक राजनीतिक नेता मानते हैं। उनकी सोच, पहुँच, नजरिया समाजपरक होने के बजाय व्यक्तिपरक हो गया है और इसके कारण राजनीति की काजल कोठारी में वे दागी हो जाते हैं। जीवन मूल्यों की भारतीय परंपरा और संघ संस्कार का आदर्श उदाहरण श्री कुशाभाऊ ठाकरेजी थे।

'सदा जीवन में फूलों की तरह खिलते रहिए, सफलता के लिए अविराम पत्तों की तरह हिलते रहिए।'

कुशाभाऊ बहुत अच्छे वक्ता नहीं थे, गहन अध्ययनकर्ता नहीं थे, चतुर पंडित नहीं थे, विचारवान लेखक नहीं थे, ऐसा होकर अनेक दशक वे राजनीति और पार्टी संगठन में अद्वितीय स्थान पर रहे। कारण उनके पास था, अकृत्रिम स्नेह, प्रेमवर्षा करने की अनोखी शैली, सहजतापूर्ण ममतामयी व्यवहार। व्यथित कार्यकर्ता क्रोध से भरा हुआ भी उनके पास गया, तब भी लौटते समय वह आनंदित ही लौटता था। वह उनके व्यक्तित्व का जादू था। कुशाभाऊ प्रेरक थे, मार्गदर्शक थे तो इसी कारण से।

अंतिम एक-डेढ़ वर्ष से उनका रोग प्रबल होता जा रहा था। शरीर साथ निभाने से इनकार करने लगा था। ऐसा होते हुए भी उनके मुँह से कभी किसी विषय में शिकायत सुनने को नहीं मिलती थी। सामान्यत: व्यक्ति बुढ़ापे की ओर बढ़ने पर पुरानी बातों को याद कर व्यथित होता है, पर कुशाभाऊ ने पुराने झंझटों में कभी नहीं झाँका। उनकी दृष्टि, विचार, सदैव वर्तमान व्यवस्था, कार्यकर्ता, इसी विषय पर होती थी। एक बार वे बोले, "मैंने क्या किया और क्या नहीं कर सका, इसका मूल्यांकन संगठन को करना है। संघ का प्रचारक इस नाते जिम्मेदारियों में कमी रही तो वह मेरी कमजोरी होगी, वह दोष मेरे स्वभाव का होगा, पर मैंने सदैव ईमानदारी से समाज के लिए संगठन के एक सिपाही की तरह काम करने का प्रयास किया है और इसमें मैं संतुष्ट हूँ।" नौ दिसंबर को उन्होंने अचानक घोषणा कर दी है कि मैं अब दवाइयाँ नहीं लूँगा, कुछ खाऊँगा नहीं। सभी ने उनको तरह-तरह से समझाया, पर यात्रा का निश्चय करने के बाद तैयारी में लग जाने की हमेशा की आदत के अनुसार कुशाभाऊ ने इस प्रवास की भी तैयारी शुरू कर दी

थी। उनको समझाने के लिए दोपहर के समय लालकृष्ण आडवाणीजी सपत्नीक आए, दोनों ने बहुत आग्रह किया, केवल उनका आग्रह टाला न गया, इसलिए कुशाभाऊ ने दो-तीन चम्मच जूस पिया, मगर उनका बोलना सतत जारी था। अपनी धुन में वे कह रहे थे, "मुझे श्री गुरुजी से मिलना है, मुझे मेरी माँ से मिलना है, मेरा काम अब पूरा हो गया, पर आदिवासियों के कामों की ओर कौन ध्यान देगा? मुझे हैदराबाद जाना है, वहाँ पार्टी की राष्ट्रीय कार्यकारिणी की बैठक है, लोकसभा चुनाव अपने को जीतना है, मुझे अस्पताल नहीं जाना है।" मन बेचैन था, पर चिंता शारीरिक वेदनाओं की नहीं, पार्टी की और कार्यकर्ताओं की थी। दो दिन उन्होंने स्वयं को हॉस्पिटल नहीं ले जाने दिया, आखिर में किसी तरह कार्यकर्ताओं ने उन्हें मनाया।

'अभाविप' के अधिवेशन में उपस्थित रहने के लिए मैं कर्णावती गया था, रविवार सुबह पौने आठ बजे वहाँ के भा.ज.पा. कार्यालय में दिल्ली के भा.ज.पा. कार्यालय से फोन आया। वार्त्ता कुशाभाऊ के दुःखद निधन की थी। दो दिन पूर्व दिल्ली से कर्णावती के प्रवास के लिए निकलने से पूर्व कुशाभाऊ ठाकरे से मिलने एम्स गया था। निकलूँ क्या कहकर? जब उनसे पूछा तो बोले, "जरूर जाओ, पर इस बार जल्दी वापस आना…" और लौटने की राह न देखते हुए ही वे निकल गए… अनंत की ओर…।

कुशाभाऊ के कमरे के दरवाजे पर एक कागज चिपका रहता था। कमरे से बाहर निकलते समय उस पर लिखी पंक्तियों पर सहज ही नजरें जाती थीं। ये पंक्तियाँ हैं—

निर्माणों के पावन युग में, हम चरित्र निर्माण न भूलें।
स्वार्थ साधना की आँधी में, वसुधा का कल्याण न भूलें॥

सचमुच कुशाभाऊ ठाकरे इन काव्य पंक्तियों के अनुसार जीवन जिए। इन पंक्तियों से वे लेशमात्र विचलित नहीं हुए। कुशाभाऊ की पार्थिव देह अनंत में विलीन हो गई। अब पीछे रह गईं सिर्फ स्मृतियाँ। असंख्य स्मृतियाँ और प्रेरक प्रसंग। उन्होंने खड़ा किया काम और खड़े किए लाखों कार्यकर्ता। संन्यस्त कर्मयोगी शांत हो गया। इस तपस्वी कर्मयोगी और मातृहृदयी पुरुष को विनम्र भावांजलि।

❑

एक राजनीतिक महर्षि : माननीय कुशाभाऊजी ठाकरे

—कृष्णमुरारी मोघे

माननीय कुशाभाऊजी ठाकरे को मैं यदि राजनीति का महर्षि या योगी कहूँ तो अतिशयोक्ति नहीं होगी, क्योंकि उन्होंने अपना संपूर्ण जीवन तपस्या करते हुए देश एवं समाज के लिए आहूत कर दिया और मुझे लगता है कि मेरे इस मत से आप सहमत होंगे। माननीय ठाकरेजी का जीवन एक योगी की तरह ही रहा, जिसकी योग साधना सिर्फ और सिर्फ कार्यकर्ता निर्माण के लिए रही और आज उनकी इस घोर तपस्या साधना का ही परिणाम है कि भारतीय जनता पार्टी प्रदेश ही नहीं, बल्कि संपूर्ण देश में विशाल आकार ले चुकी है एवं पार्टी को चलाने का दायित्व दोनों ही स्वरूपों में चाहे सत्ता हो या संगठन, जो कार्यकर्ता निभा रहे हैं, वे माननीय ठाकरेजी की साधना की ही देन हैं।

मान. ठाकरेजी देशभक्ति की भावना से ओत-प्रोत थे, तभी तो विक्टोरिया कॉलेज ग्वालियर में अपनी उच्च शिक्षा का अध्ययन बीच में ही छोड़कर 1942 के 'भारत छोड़ो आंदोलन' से प्रभावित होकर आजादी के आंदोलन में कूद पड़े और राष्ट्रीय स्वयंसेवक संघ एवं भारतीय जनसंघ से जुड़कर अपने मिशन को आगे बढ़ाया। मान. ठाकरेजी राष्ट्रीय स्वयंसेवक संघ के संस्थापक परमपूज्य डॉ. हेडगेवारजी से काफी प्रभावित थे। परमपूज्य डॉ. साब ने जब संघ का कार्य प्रारंभ किया तो कई लोग उनसे प्रश्न पूछते थे कि संगठन की वाणी क्या है, कैसे अपनी बात जनता के बीच रखेंगे आप? तो वे उत्तर देते थे कि मैं बिना स्याही-पेन के इस संगठन को खड़ा करूँगा तो

अध्यक्ष, म.प्र. गृह निर्माण एवं अधोसंरचना विकास मंडल

पुनः प्रश्न था कि यह कैसे होगा? उत्तर होता था कि मैं मैन-टू-मैन और डोर-टू-डोर एक-एक घर जाकर एक-एक व्यक्ति से संपर्क करके संगठन खड़ा करूँगा। वास्तव में मान. ठाकरेजी ने उनकी इस युक्ति को अपनी कार्यशैली में चरितार्थ करने का प्रयास किया और सफल रहे।

समर्थ गुरु रामदासजी महाराज ने कहा कि '*कैत्याने होत हाय रे आधी कैलेष पायले*' अर्थात कार्य करने से होता है, आपको कर्म करने की शुरुआत करनी चाहिए। शायद अपने सार्वजनिक जीवन का सफर भी मान. ठाकरेजी ने इस वाक्य से प्रभावित होकर शुरू किया था। इसका उदाहरण है कि एक बार मान. ठाकरेजी निंबाहेड़ा से नीमच के लिए निकले। यह एक पैदल यात्रा थी। संसाधनों का, कार्यकर्ताओं का अभाव था। कुछ कार्यकर्ताओं के साथ पैदल चलते हुए उन्हें भूख एवं प्यास लगी। रास्ते में एक कुआँ दिखने पर वे रुके एवं किसान से बालटी एवं रस्सी लेकर कुएँ से पानी खींचा एवं प्यास बुझाई। वह किसान अपने खेत से ककड़ी तोड़कर बेचने जा रहा था तो उसने एक ककड़ी मान. ठाकरेजी को खाने को दी और बातचीत करने लगा एवं पूछा कि आप करते क्या हो? मान. ठाकरेजी ने जवाब दिया कि मैं संघ का स्वयंसेवक प्रचारक हूँ तो वह बड़ा प्रसन्न हुआ और कुछ ककड़ियाँ देकर वह चला। इधर मान. ठाकरेजी ने भी अपनी नीमच यात्रा को आगे बढ़ाया। नीमच में कार्यकर्ताओं की बैठक हुई। वहाँ से उन्हें रतलाम जाना था। बैठक के बाद कार्यकर्ताओं ने रतलाम तक जाने के लिए राशि की व्यवस्था की एवं बीस रुपए दिए और बस स्टैंड तक छोड़ने के लिए आने लगे तो मान. ठाकरेजी ने मना किया और कहा कि उन्हें अभी कुछ और कार्य है, अतः आप जाएँ, मैं स्वयं चला जाऊँगा। वहाँ से मान. ठाकरेजी विमलजी चौरड़िया से मिलने उनके ट्रांसपोर्ट पर चले गए और उनसे पूछा कि आपका कोई ट्रक रतलाम जानेवाला है क्या? तो विमलजी ने कहा कि रात्रि में जाएगा। उन्होंने 4-5 घंटे प्रतीक्षा की एवं बाद में ट्रक के केबिन में बैठकर रतलाम तक गए। भाव यह था कि कार्यकर्ता आते तो बस में बैठा देते तो पैसे खर्च हो जाते, अब ये पैसे आगे के प्रवास में काम आएँगे। ऐसा त्याग एवं परिश्रम करते रहे मान. ठाकरेजी।

कार्यकर्ता निर्माण एवं कार्यकर्ता का दायित्व, ये दो विषय ऐसे थे, जो ठाकरेजी के स्वभाव के मूल में थे। माननीय ठाकरेजी की यदि मैं सिर्फ मध्य प्रदेश के संदर्भ में बात करूँ तो प्रदेश में पहले जनसंघ और फिर भारतीय जनता पार्टी को आकार दिया, फिर विस्तार दिया और समर्पित समयदानी पार्टी की पंचनिष्ठाओं से ओत-प्रोत कार्यकर्ताओं को तैयार करने का कार्य किया। इन कार्यकर्ताओं को एक विशिष्ट व्यवहार एवं आचरण करने का दर्पण अपने स्वयं की सादगी एवं आचरण व्यवहार से दिया। दो जोड़ी वस्त्रों में सादगीपूर्ण ढंग से पूरा जीवन निकाल देनेवाले मान. ठाकरेजी की मूल पूँजी ही कार्यकर्ता

रहे। वे स्वयं को भी अपने जीवनकाल में एक सामान्य कार्यकर्ता ही मानते रहे। भारतीय जनता पार्टी के राष्ट्रीय अध्यक्ष के रूप में एक साधारण सी शासकीय बस से यात्रा करना सिर्फ और सिर्फ ठाकरेजी जैसे व्यक्तित्व के ही बस की बात थी। माननीय ठाकरेजी ने मध्य प्रदेश के चप्पे-चप्पे को नाप डाला था और समर्पित कार्यकर्ताओं की फौज प्रदेश में खड़ी कर दी थी। सिर्फ कार्यकर्ता ही खड़े नहीं किए वरन् उनकी चिंता करने का काम भी माननीय ठाकरेजी किया करते थे।

मुझे एक संस्मरण याद आता है कि मैं प्रदेश संगठन महामंत्री का जब दायित्व निभा रहा था, उस समय मेरा रीवा संभाग का प्रवास कार्यक्रम तय हुआ। मैं रीवा संभाग का प्रवास पूर्ण कर जब वापस लौटा तथा परंपरा अनुसार प्रवास उपरांत संभाग की स्थिति की जानकारी देने हेतु माननीय ठाकरेजी से मिला और यात्रा की जानकारी उन्हें दी तो उन्होंने मुझसे पूछा कि तुम रीवा गए थे तो करकी गाँव गए कि नहीं। वहाँ अपने बहुत पुराने कार्यकर्ता हैं गजाधर सिंह और पंडित सोमनाथ पयासी, जिनकी हलवाई की दुकान है, उनका कलाकंद खुरचन बहुत ही प्रसिद्ध है। दोनों ठाकुर और पंडित वर्षों से साथ मिलकर व्यापार करते हैं एवं पूरे क्षेत्र में पार्टी के कार्यकर्ता के रूप में जाने जाते हैं, उनसे मिले कि नहीं। उसी गाँव में बाल्मीकि गुप्ता रहते हैं, उनसे भेंट हुई कि नहीं। मैं उसके यहाँ भोजन करके आया हूँ, उनके परिवार में सब ठीक तो हैं। मैं आश्चर्यचकित था, एक राष्ट्रीय पार्टी का राष्ट्रीय अध्यक्ष होने के बावजूद रीवा जिले के एक छोटे से गाँव के एक साधारण कार्यकर्ता के बारे में पूछ बैठे थे। इतनी चिंता, इतना परिवार भाव देखकर मैं भी भाव-विभोर था। ऐसे हमारे माननीय ठाकरेजी के विषय में जितना कहा जाए, वह कम है।

माननीय ठाकरेजी पार्टी के राष्ट्रीय अध्यक्ष के रूप में जब इंदौर आए तो उन्हें पता लगा कि हमारे कार्यकर्ता संतोष मेहता का स्वास्थ्य ठीक नहीं है और बीमार हैं। वे अपने व्यस्त समय में से भी समय निकालकर उससे मिलने गए एवं कुशल-क्षेम पूछी। मान. ठाकरेजी ने उस समय श्री महेंद्र हार्डिया को यह जिम्मेदारी सौंपी कि वे संतोष मेहता के स्वस्थ होने तक उनकी पूरी चिंता करें एवं उनके स्वास्थ्य के संबंध में उन्हें भी अवगत कराते रहें। मान. ठाकरेजी जिस भी जिले में, जिस भी स्थान पर प्रवास पर जाते तो भोजन करने किसी-न-किसी कार्यकर्ता के घर पर ही जाते थे। प्रवास के दौरान सैकड़ों कार्यकर्ता उनसे अपने यहाँ भोजन करने का आग्रह करते थे तथा ठाकरेजी जिस किसी कार्यकर्ता के यहाँ भोजन को जाते तो उन्हें कह देते थे कि भाई इस वर्ष का भोजन आपके यहाँ हो गया, अब अगले वर्ष ही कहना।

मान. ठाकरेजी बहुत ही मितव्ययी भी रहे। अपने जीवन के अंतिम दिनों में वे काफी बीमार रहे। उनकी एक आदत थी कि वे दिन में जितनी दवाई-गोलियाँ उन्हें लेना होती

थीं, वे एक छोटी सी डिब्बी में डालकर जेब में रख लेते थे और दिन में समयानुसार दवाई लेते रहते थे। बीमारी के दौरान एक दिन सुबह जब वे दवाई निकाल रहे थे तो संयोग से मैं वहाँ मौजूद था। दस-बारह गोलियाँ निकालकर वे मुझसे मुखातिब होते हुए बोले कि देखो इस बीमारी ने क्या कर दिया, इतनी दवाई के खर्च का बोझ भी पार्टी को उठाना पड़ रहा है, बड़ी पीड़ा होती है देखकर।

राष्ट्रीय क्षितिज तक राजनीतिक क्षेत्र में जिम्मेदारी सँभालने के बावजूद माननीय ठाकरेजी ने अपने पास कभी कुछ नहीं रखा, जो कुछ मिला, वह पार्टी को समर्पित किया। सदैव संसाधनों का अति कम उपयोग किया और हम सबके लिए आदर्श आचरण ही प्रस्तुत किया। प्रचार-प्रसार से दूर रहकर धरातल पर कार्य करना उनका स्वभाव रहा। अपने जीवन के अंतिम काल में मान. ठाकरेजी जब इंदौर आए, तब तत्कालीन 'नई दुनिया' समाचार-पत्र के मालिक श्री अभयजी छजलानी उनसे भेंट करने एवं स्वास्थ्य पूछने के लिए आए। उस समय मान. ठाकरेजी श्री गजानंदजी त्रिवेदी के निवास पर रुककर स्वास्थ्य-लाभ ले रहे थे। छजलानीजी अपने साथ स्टेनो भी लेकर आए थे तथा उन्होंने मान. ठाकरेजी से बहुत आग्रह किया कि वे अपने संस्मरणों को स्टेनों को नोट कराएँ, क्योंकि आपने प्रदेश के चप्पे-चप्पे को अपने पाँव से नापा है एवं सार्वजनिक जीवन में भारी उतार-चढ़ाव देखे हैं। ऐसा न हो कि हम आपके जीवन के अनछुए हिस्से को जान ही न पाएँ। वे उन पर किताब लिखना चाहते हैं। उन्होंने मान. ठाकरेजी से कहा कि यह स्टेनो सप्ताह भर आपके पास रहेगा। आपको जब भी कोई बात याद आए, इसे नोट करवा दें। हम उसे लिपिबद्ध कर देंगे। बहुत आग्रह पर भी जब मान. ठाकरेजी नहीं माने तो उन्होंने कारण पूछा तो मान. ठाकरेजी ने कहा कि किताब में मुझे सिर्फ सत्य ही लिखना पड़ेगा, क्योंकि बहुत बड़े-बड़े कार्यकर्ताओं की बहुत छोटी मानसिकता के उदाहरण हैं और बहुत छोटे-छोटे कार्यकर्ताओं के बहुत बड़े-बड़े विचारवान उदाहरण हैं। मेरे जाने के बाद मैं नहीं चाहता कि कोई विवादित स्थिति बने, सत्य बहुत कड़वा होता है और मैं असत्य न बोल सकता हूँ, न लिख सकता हूँ।

मान. ठाकरेजी का एक संस्मरण स्मरण आता है कि जब मध्य प्रदेश व छत्तीसगढ़ एक ही राज्य थे, तब दुर्ग के हमारे सांसद थे, श्री ताराचंदजी साहू। बहुत वरिष्ठ कार्यकर्ता होने के साथ ही वे जिलाध्यक्ष का भी दायित्व निभा रहे थे। उसी दौरान मान. ठाकरेजी का छत्तीसगढ़ का प्रवास निर्धारित हुआ और रायपुर कार्यालय पर बैठक हुई। बैठक में मान. ठाकरेजी ने मंडल स्तर के कार्यकर्ता तक से मुखातिब होकर ब्योरा लेना प्रारंभ किया तो श्री ताराचंद साहू को बुरा लगा कि जिलाध्यक्ष के रहते हुए वे सीधे छोटे कार्यकर्ताओं से संवाद कर रहे हैं। उन्हें यह स्थिति बहुत अपमानजनक लगी। बैठक समाप्ति के बाद श्री साहू ने मान. ठाकरेजी के विषय में उनकी कार्यशैली को लेकर टीका-टिप्पणी की,

जिसकी जानकारी मान. ठाकरेजी सहित हम सबको लगी। हमें यह ठीक नहीं लगा। 1999 में पुन: चुनाव आने पर टिकट बाँटने की स्थिति आई तो सभी कार्यकर्ता श्री ताराचंद साहू को टिकट देने के विरोध में थे, किंतु मान. ठाकरेजी तो ठाकरेजी थे, उन्होंने निचले स्तर पर सर्वे कराया तथा हम सबके सामने जब विषय रखा तो बोले कि वहाँ जीतनेवाला उम्मीदवार तो सिर्फ ताराचंद ही है। अत: मैं तो उसे ही टिकट दूँगा, भले ही वह मेरे बारे में कुछ भी धारणा रखता हो।

बहुत कठिन है मान. ठाकरेजी के सिद्धांतों एवं व्यवहार-आचरण का अनुसरण करना। यह सिर्फ और सिर्फ मान. ठाकरेजी जैसा राजनीतिक योगी ही कर सकता है। मैं नहीं जानता कि भविष्य मान. ठाकरेजी को कितना स्मरण करेगा, लेकिन मैं स्वयं को जरूर उन सौभाग्यशालियों में से एक मानता हूँ, जिन्हें मान. ठाकरेजी के नेतृत्व में कार्य करने का अवसर मिला, उनका सान्निध्य मिला और उनको बहुत ही निकट से समझने का अवसर मिला। मेरे जैसे कार्यकर्ता के मन-मस्तिष्क पर जो उनके संस्मरणों की छाप है, वह अमिट है।

❑

कार्यकर्ता निर्माण के विश्वविद्यालय

—डॉ. सच्चिदानंद जोशी

सन् 2005 के जनवरी माह में जब मुझे रायपुर में स्थापित होनेवाले कुशाभाऊ ठाकरे पत्रकारिता एवं जनसंचार विश्वविद्यालय के संस्थापक कुलपति के रूप में नियुक्ति का समाचार मिला तो मेरे लिए यह आनंद का नहीं, तनाव का क्षण था। कुलपति बनने का अवसर, वह भी इतनी कम आयु में मिले, यह तो किसी के लिए आनंद का क्षण हो सकता था, लेकिन मेरे मन में तनाव था। वह इसलिए कि जिस महापुरुष के नाम पर यह विश्वविद्यालय स्थापित होने जा रहा था, मुझे उनके व्यक्तित्व और उनके विचारों के अनुरूप इसे आकार देना था। यह सचमुच एक चुनौती भरा काम था।

किसी और के लिए शायद यह चुनौती उतनी गंभीर नहीं होती, विशेषकर उसके लिए बिल्कुल नहीं, जिसने कुशाभाऊ ठाकरेजी को निकट से देखा न हो, पर मेरे लिए यह चुनौती गंभीर ही थी, क्योंकि मैंने अपने जीवन में किशोरावस्था से उन्हें देखा था और उन्हें समझने की कोशिश की थी। जिस साधना और कठिन तपस्या से उन्होंने अपना जीवन जिया था, उसे देखते हुए उनके नाम से स्थापित होनेवाले विश्वविद्यालय को भी आकार देना था। एक चुनौती और भी थी और वह यह कि जिसने अपना पूरा जीवन दूसरों के लिए ही जिया हो, उनके अपने खुद के बारे में सामग्री तथा जानकारी संग्रहण का भाव प्रायः शून्य ही था। ऐसे में उनकी स्मृतियों और प्रेरणा को सँजोकर रखने का जरिया सिर्फ और सिर्फ उनके द्वारा किया गया कार्य ही हो सकता था। ऐसे में उनकी स्मृतियों को सँजोकर रखना और उसी आधार पर विश्वविद्यालय की नींव डालना भी महत्त्वपूर्ण चुनौती थी।

पूर्व कुलपति, कुशाभाऊ ठाकरे पत्रकारिता एवं जनसंचार विश्वविद्यालय, रायपुर (छ.ग.)
वर्तमान में इंदिरा गांधी राष्ट्रीय कला केंद्र के सदस्य सचिव हैं

कुशाभाऊजी का स्मरण करते हुए तथा उनका आशीष अपने सिर पर महसूस करते हुए मैंने मार्च 2005 में विश्वविद्यालय का काम सँभाला। इसका औपचारिक उद्घाटन पूर्व प्रधानमंत्री भारत रत्न स्व. श्री अटल बिहारी वाजपेयीजी द्वारा अप्रैल 2005 को किया गया। उसी वर्ष कुशाभाऊजी के जन्मदिन जन्माष्टमी पर विश्वविद्यालय परिसर का शिलान्यास हुआ और प्रथम सत्र का प्रारंभ भी। इसके बाद जो कुछ विश्वविद्यालय में होता गया, वह सब अकल्पनीय सा ही था और वह इस पुण्यात्मा के आशीष से ही संभव हो पाया था। नहीं तो इतनी अच्छी जमीन मिलना, तुरंत पाठ्यक्रमों का शुरू हो जाना, रिकॉर्ड समय में परिसर का बन जाना, वहाँ उनकी प्रतिमा स्थापित हो जाना, प्रथम दीक्षांत समारोह में परम पावन दलाई लामाजी का आ जाना, यह सब एक नए और संख्या के हिसाब से अपेक्षाकृत छोटे विश्वविद्यालय में कैसे संभव हो पाता?

याद आता है वह क्षण, जब मैंने पहली बार कुशाभाऊजी को अपने घर में देखा था। वे मेरे पिता स्व. श्री सोमनाथ जोशी को अनुजवत् मानते थे और संघ का कार्यकर्ता होने के नाते उन पर अपार स्नेह भी करते थे। भारतीय जनता पार्टी में उनका दायित्व जो भी रहा हो, वे जब भी घर आते, तब अपना सारा राजनीतिक सरंजाम (वैसे वे ज्यादा सरंजाम साथ रखते भी नहीं थे) बाहर ही छोड़ आते।

उन दिनों पिताजी के मन में शारदा विहार की कल्पना आकार ले रही थी। वे प्राय: संगठन के सभी बड़े और वरिष्ठजनों से इस पर चर्चा करते थे। उसी समय कुशाभाऊजी ने प्रकल्प की प्रशंसा करते हुए कहा था, "मेरे लिए जगह रखना। मैं वहाँ आऊँगा, विश्राम करने कभी-कभी।" वे तो जहाँ भी रहे, संन्यासी की तरह ही रहे। फिर भी राजनीतिक प्रपंच से कभी-न-कभी तो उन्हें भी ऊब होती ही थी। शायद उसी को ध्यान में रखकर उन्होंने पिताजी से यह बात कही थी।

और ऐसा हुआ भी कई बार। उनके छोटे भाई जयंतजी, जो सिंचाई विभाग से सेवानिवृत्त हुए थे, मेरे पिताजी को बड़े भाई सा सम्मान देते थे। उन्होंने भी कुशाभाऊजी की तरह विवाह नहीं किया था। जयंतजी संघ का, भा.ज.पा. का काम करते थे, लेकिन गलत बातों की तीखी आलोचना भी किया करते थे। जयंतजी पिताजी के साथ शारदा विहार प्रकल्प से भी जुड़े थे और दीनदयाल परिसर के निर्माण से भी। शारदा विहार में जयंतजी ने भी अपना मकान हमारे मकान के पास ही बनवाया था। अपने राजनीतिक और सामाजिक प्रपंचों से छुटकारा पाने के लिए कुशाभाऊ, जयंतजी के यहाँ आकर विश्राम करते। उसी दौरान वे हमारे घर भी आते, कभी भोजन पर तो कभी नाश्ते पर। उनके साथ बैठकर ऐसा कभी नहीं लगा कि इतने बड़े राष्ट्रीय व्यक्तित्व, जिसके सामने भारतीय राजनीति के तमाम दिग्गज बौने हैं, के साथ बैठे हैं। वे जब घर आए तो घर का बनकर ही आए और घर के बनकर रहे भी।

ऐसे ही एक दिन का प्रसंग बहुत मजेदार है, जो कुशाभाऊ की सादगी और सीधेपन का परिचायक है। मेरा बेटा शांतनु उस समय दो-तीन साल का था। शाहरुख खान का बोलबाला था। शांतनु ने अपने जीवन में बड़े परदे पर पहली फिल्म देखी थी, 'राजू बन गया जेंटिल मैन', जिसके नायक शाहरुख खान थे। पहली बार बड़ा परदा देखने पर तीन वर्ष के शांतनु की प्रतिक्रिया थी, 'कितना बड़ा टी.वी.।' पहली फिल्म के कारण या अभिनय के कारण शांतनु शाहरुख खान का दीवाना था, इतना कि कई बार लोगों का नाम पूछने पर अपना नाम 'शाहरुख खान' ही बताता था। ऐसे ही एक दिन, कुशभाऊ हमारे घर भोजन के लिए आए। शांतनु ने आकर उन्हें नमस्कार किया तो कौतूहलवश उन्होंने उसे अपनी गोद में बैठा लिया और उसका नाम पूछने लगे। शांतनु ने बड़े गर्व से कहा, 'शाहरुख खान'। कुशाभाऊ की कुछ समझ में नहीं आया। उन्होंने उससे दूसरी बार पूछा। शांतनु ने दूसरी बार भी वही जवाब दिया। पिताजी जब अंदर से आए तो कुशाभाऊ ने कहा, "अरे सोमनाथ देख तो तेरा पोता क्या नाम बता रहा है अपना, मुझे तो कुछ समझ में नहीं आ रहा है।" पिताजी समझ गए, क्या गड़बड़ है। पिताजी ने किसी तरह यह कहकर मामला रफादफा किया, "वह अपना नाम शांतनु बता रहा है, तुतलाता है, इसलिए आपको सही सुनाई नहीं दिया।" कुशाभाऊ के लिए तो शाहरुख खान भी उतना ही परिचित नाम था, जितना शांतनु। उन्होंने बहुत सहज ढंग से शांतनु को दुलारते हुए कहा, "बहुत अच्छा नाम है बेटा। खूब नाम कमाओ।"

जब कुशाभाऊ भारतीय जनता पार्टी के राष्ट्रीय अध्यक्ष बने तो उसके बाद भोपाल आगमन पर उनका जोरदार स्वागत हुआ। स्वागत के बाद वे पीरगेट स्थित भा.ज.पा. के कार्यालय में गए। यह कार्यालय एक पुरानी इमारत की दूसरी मंजिल पर था। सभी लोग बधाई देने जा रहे थे, इसलिए पिताजी ने भी सोचा, वहीं जाकर बधाई दे आते हैं। पिताजी को उन दिनों गंभीर अर्थराइटिस था और सीढ़ियाँ चढ़ना उनके लिए सबसे कठिन कार्य होता था। फिर भी वे पीरगेट स्थित कार्यालय की पहली मंजिल पर सायास पहुँचे। जैसे ही वे कुशाभाऊजी के कक्ष में गए, कुशाभाऊजी ने उन्हें प्यार भरी झिड़की देते हुए कहा, "तुम क्यों आ गए यहाँ पर।" पिताजी थोड़ा सकपका गए। "मैं आया था आपको शुभकामना देने।" "तुम्हें आने की क्या जरूरत थी। इतनी सीढ़ियाँ चढ़कर। मैं तो घर आकर शुभकामनाएँ ले लेता और बहिनी (भाभी) के हाथ का खाना भी खा लेता।" उनकी डाँट इतनी प्रेम और वात्सल्य से भरी थी कि पिताजी की आँखें नम हो गईं। पिताजी जब-जब भी यह प्रसंग सुनाते, हमेशा उनकी आँखें भीग जातीं।

कुशाभाऊ का इतना स्नेह सिर्फ हमारे परिवार और मेरे पिताजी पर रहा हो, ऐसा नहीं था। वे प्रत्येक कार्यकर्ता के लिए उतने ही आत्मीय और सहज थे। हर कार्यकर्ता को लगता कि कुशाभाऊजी से तो उसकी गहरी निकटता है। हरेक कार्यकर्ता को अपना

बनाना और उसके अंदर अपनी उपस्थिति का आत्मीय अहसास जगाना कुशाभाऊ की ऐसी विशेषता थी, जो उन्हें दूसरों से अलग खड़ा करती थी। आज भारतीय जनता पार्टी का इतना मजबूत संगठन खड़ा दिखाई देता है तो वे सिर्फ इसलिए कि उसकी नींव को कुशाभाऊ जैसे कर्मठ कार्यकर्ताओं के समर्पण से सींचा गया है। निःस्वार्थ राष्ट्र कार्य का अर्थ क्या होता है, यदि सीखना है तो कुशाभाऊ के जीवन से सीखना होगा। कार्यकर्ता थे, तब भी वैसे ही थे, सांसद बने, तब भी वैसे ही और भारतीय जनता पार्टी के राष्ट्रीय अध्यक्ष बने, तब भी वैसे ही। न किसी पद का लोभ किया, न किसी लाभ की प्रत्याशा। राजनीति की चमक-दमक में रहते हुए भी संघ के प्रचारक सा जीवन जिया। ज्यादातर काम आदेश देकर नहीं करवाए, प्रशिक्षण देकर करवाए। यही कारण है कि भारतीय जनता पार्टी के कैडर का आधार बहुत मजबूत है।

मुझे बहुत दुःख हुआ था यह देखकर जब राजनीति से प्रेरित कुछ लोगों ने सिर्फ विरोध करने की नीयत से कुशाभाऊ के नाम पर विश्वविद्यालय खोलने पर आपत्ति जताई थी। उनकी दलीलें थीं, 'कुशाभाऊ ठाकरे का शिक्षा में क्या योगदान है और कुशाभाऊ का पत्रकारिता में क्या योगदान है?' ये दलीलें वे लोग दे रहे थे, जो विश्वविद्यालय से लेकर रुग्णालय तक सारी संस्थाओं को एक ही परिवार के नाम से स्थापित करने में अपने जीवन की धन्यता मानते हैं। किसी ने मुझसे इन दलीलों के उत्तर चाहे तो मैंने स्पष्ट कहा था, 'कुशाभाऊ ठाकरे का शिक्षा से संबंध खोजनेवालों को एक बार उनका पूरा जीवन पढ़ लेना चाहिए। आज के युग में यदि आप सचमुच किसी को निष्काम कर्मयोगी और ऋषितुल्य मान सकते हैं तो वे कुशाभाऊ जैसे ही लोग हैं। वे किसी स्कूल, कॉलेज, विश्वविद्यालय में नहीं पढ़ाते, वे किसी ग्रंथ की रचना नहीं करते। वे स्वयं अपने आपमें एक संस्थान हैं और उनका पूरा जीवन ही एक ग्रंथ है, जिसे पढ़कर हम प्रेरणा ले सकते हैं। रही बात उनके पत्रकारिता के साथ संबंध की, तो श्रीमती इंदिरा गांधी का दूरवर्ती शिक्षा से, श्री संजय गांधी का चिकित्सा विज्ञान से या श्री चंद्रशेखर आजाद का कृषि से संबंध भी खोज लिये जाएँ। हम महापुरुषों के नाम से संस्थाएँ बनाते हैं, ताकि हम उनके समाज के अवदान को याद कर सकें और कहीं-न-कहीं उनके प्रति अपना आदर व्यक्त कर सकें।'

सचमुच हम सिर्फ विरोध करने की नीयत से कई बार कितने निम्न स्तर का सोच प्रदर्शित कर देते हैं, यह देखकर ही कई बार हैरत होती है। कुशाभाऊ का बस चलता तो वे स्वयं अपने नाम पर ऐसे किसी विश्वविद्यालय की स्थापना का विरोध करते, सिर्फ इसलिए कि वे कभी नहीं चाहते कि उनके नाम से कोई संस्थान या इमारतें बनें। वही तो उनके जीवन का निःस्वार्थ भाव था, जो हमेशा दूसरे की चिंता करता था, दूसरों के लिए जीता था।

यह बात किसी को अतिशयोक्ति लग सकती है, लेकिन यह अक्षरश: सही है कि विश्वविद्यालय के कार्यकलाप या निर्माण में जब भी मुझे कभी कोई उलझन आई, मैंने मन से कुशाभाऊ को स्मरण किया और मुझे समाधान मिल गया। उन्होंने अपने जीवन में असंख्य कार्यकर्ता तैयार किए। वे तो स्वयं कार्यकर्ता निर्माण करनेवाले जीते-जागते विश्वविद्यालय थे। मैं उनके साथ उस विश्वविद्यालय में तो कभी नहीं रहा। इसलिए कभी एक कार्यकर्ता के रूप में कभी उनका स्नेह प्राप्त नहीं कर पाया, लेकिन हाँ, उनके नाम से स्थापित विश्वविद्यालय के एक कार्यकर्ता के रूप में अब तक उनका स्नेह मिल रहा है और यह मेरे जीवन की एक महत्त्वपूर्ण उपलब्धि है।

❑

वैचारिक मतभिन्नताओं के बावजूद मैं ठाकरेजी का प्रशंसक

—रघु ठाकुर

स्व. कुशाभाऊ ठाकरे से मेरा परिचय 1967 में हुआ था, जब श्री जार्ज फर्नांडीज मुंबई से सदोवा पाटिल के खिलाफ डॉ. लोहिया की पार्टी संसोपा के सांसद के प्रत्याशी थे। इस चुनाव में हम लोग संसोपा के कार्यकर्ता के तौर पर मुंबई गए थे एवं कुशाभाऊ ठाकरे जनसंघ के पदाधिकारी/कार्यकर्ता के रूप में मुंबई आए थे। मुंबई के समाजवादी कार्यकर्ताओं, नेताओं के साथ ठाकरेजी का अच्छा रिश्ता था। जब वे स्व. मधु लिमयेजी के निवास पर जाते थे, तब उनकी पत्नी स्व. चंपा लिमये को बहनी कहकर संबोधित करते थे तथा अमूमन उनके हाथ की रोटी खाने का आग्रह करते थे। हो सकता है कि इसके पीछे चंपाजी का ठाकरेजी की जाति का होना हो। स्व. मधु लिमयेजी ने अंतरजातीय शादी की थी, परंतु न कभी उन्होंने इसका प्रचार किया और न ही चर्चा।

उसके बाद उनसे यदा-कदा मुलाकात होती रही, जब वे जनसंघ म.प्र. के संगठन मंत्री रहते हुए सागर में अपनी पार्टी के काम से आते थे, उस समय वे जनसंघ के प्रदेश संगठन मंत्री थे और संघ के पूर्णकालिक स्वयंसेवक भी थे। जनसंघ और संयुक्त सोशलिस्ट पार्टी के बीच डॉ. लोहिया की गैर कांग्रेस की रणनीति के आधार पर मित्रवत् संबंध थे। वैसे भी ठाकरेजी का सभी दलों के पदाधिकारियों के साथ दोस्ताना रिश्ता होता था। वे सरलता के साथ सबसे मिलते थे।

1974 में जब लोकनायक जयप्रकाश नारायण के आह्वान पर प्रतिपक्षी दलों को मिलाकर संघर्ष समितियों का गठन शुरू हुआ, उस समय से मेरा उनके साथ संपर्क-

---

समाजवादी नेता

संवाद ज्यादा होने लगा था। स्व. जयप्रकाशजी ने बिहार में भ्रष्टाचार के खिलाफ आंदोलन की कमान सँभाली थी और समूचे बिहार के छात्रों को सड़कों पर उतारा था। बिहार आंदोलन के व्यापक फैलाव के बाद जयप्रकाशजी ने आंदोलन को समूचे देश में ले जाने का निर्णय किया था और उसी उद्देश्य से बिहार की तर्ज पर अन्य प्रदेशों में छात्र युवा संघर्ष वाहिनियों का गठन शुरू हुआ था। सबसे पहले हम लोगों ने जबलपुर में छात्रों और युवकों का सम्मेलन कर म.प्र. छात्र संघर्षवाहिनी का गठन किया था और मुझे उसका सर्वसहमति से संयोजक चुना गया था। इसके ही कुछ समय पश्चात् आंदोलन में शामिल सभी दलों की संघर्ष समिति बनाने का फैसला हुआ और उसकी पहली बैठक विधायक विश्राम गृह भोपाल के हाल में आयोजित की गई थी। बैठक की अध्यक्षता स्व. श्रीमती विजया राजे सिंधिया ने की थी तथा म.प्र. संघर्ष समिति के कार्यालय के संचालन के लिए उस बैठक में ही एक लाख रुपए का सहयोग दिया था और भोपाल के जनसंघ कार्यालय में संघर्ष समिति कार्यालय चलाने का फैसला हुआ था। इस बैठक और संघर्ष समिति गठन के बाद मेरा ठाकरेजी के साथ संपर्क अधिक हो गया था तथा उनके जीवन और उनके कार्य को भी मुझे बारीकी से देखने का अवसर मिला। वह समय कठिनाइयों, संघर्षों तथा विचारधाराओं के प्रति प्रतिबद्धता का था। ठाकरेजी जनसंघ के कार्यालय में ही रहते थे और एक छोटे से कमरे में उनका निवास था। वे अपने कपड़े अमूमन स्वत: ही धोते थे और बगैर इस्त्री किए या कलफ के कपड़े पहनते थे। सारे धुले कपड़े, बगैर नील-कलफ के, बगैर किसी आयरन या इस्त्री के पहनना मैंने उनसे ही सीखा है। यह एक कम खर्चीला तरीका है, जिसके कई उपयोग हैं।

इस प्रकार से सार्वजनिक जीवन के कार्यकर्ता अपना खर्च तो कम कर ही सकते हैं, साथ ही सामान्य लोगों के बीच से समरस होने में भी ज्यादा उपयोगी हैं। आजकल जब लोगों मिलते हैं तो वे सबसे अलग नजर आते हैं। कलफदार नेताओं की पृथक् बिरादरी सी बन गई है। उनका रहना-खाना दोनों एकदम सादा था और संयमित जीवनशैली थी। दरअसल कार्यालय को चलाने के लिए उस समय उन्होंने वार्षिक दान-दाताओं का प्रयोग शुरू किया था तथा स्व. नारायण प्रसाद गुप्ता, जिन्हें लोग नानाजी के नाम से जानते थे, वे जनसंघ के कोषाअध्यक्ष थे तथा समूचे प्रदेश में दौरा कर पार्टी खर्च के लिए अपने साथियों से कोष संग्रह करते थे। सार्वजनिक जीवन में इस प्रकार का प्रयोग भी मेरे लिए एक नया अनुभव था, जिससे दल, संगठन या व्यक्ति को किसी धनपति के सामने हाथ फैलाने को लाचार न होना पड़े और वैचारिक आजादी कायम रहे। आजकल राजनीतिक कार्यकर्ताओं में यह बीमारी आई है कि वे अपने राजनीतिक जीवन के खर्च के लिए कुछ धनपतियों या नेताओं के ऊपर निर्भर हो जाते हैं और धीरे-धीरे उनके निजी सेवक हो जाते हैं या फिर राजनीतिक भ्रष्टाचार करने के लिए बाध्य हो जाते हैं। उनके इस प्रयोग को भी मैंने सीखा

और अभी तक इसी तरीके से अपना और संगठन का कार्य कर रहा हूँ।

कार्यकर्ताओं के साथ उनका सीधा संपर्क रहता था और प्रदेश में होनेवाली अच्छी-बुरी घटनाओं की जानकारी उनके पास नियमित पहुँचती थी। एक बार सागर जिले के सानौधा गाँव में पुलिस के द्वारा ज्यादती की गई और एक भले नागरिक को हथकड़ी डालकर घुमाया गया। मुझे इसकी जानकारी मिली। मैंने इसकी जानकारी गृहमंत्री और स्व. ठाकरेजी को भी दी। स्व. ठाकरेजी की पहली प्रतिक्रिया थी कि वहाँ के हमारे कार्यकर्ता महेंद्र सिंह ने यह सूचना मुझे क्यों नहीं दी? उन्होंने महेंद्र सिंह से संपर्क कर उनसे जानकारी भी ली तथा उन्हें समझाया भी कि ऐसी घटनाओं की सूचना उन्हें फौरन दिया करो। वे अपने संगठन को आम जनता के साथ हमेशा संपर्कवाला बनाए रखते थे। मैंने संगठन व जीवन को सादगी से जीने के ये गुण बगैर घोषित दीक्षा के लिये। इस अर्थ में वे मेरे गुरु द्रोणाचार्य थे। यद्यपि उन्होंने कभी मुझसे अँगूठा नहीं माँगा और अगर माँगते तो शायद मैं देता भी नहीं।

1982 में मैंने चुनाव सुधार को लेकर अभियान शुरू किया था। इस संबंध में मैंने ठाकरेजी को पत्र लिखा। उस समय वे भा.ज.पा. प्रदेश पदाधिकारी थे। उन्होंने तत्काल मुझे पत्र लिखकर मेरे अभियान का समर्थन किया और चुनाव सुधार के कार्यक्रम को लेकर मेरे द्वारा आयोजित की गई कई बैठकों में भागीदारी की। वे जनसंघ, बाद में भा.ज.पा. के न केवल पदाधिकारी मात्र थे, बल्कि संगठन के नैतिक नेता भी थे और कार्यकर्ताओं के अभिभावक जैसे थे। इसलिए उनके जीवनकाल में प्रदेश में जब जनसंघ या भा.ज.पा. नीत सरकारों का गठन हुआ, वे उनके प्रभाव से मुक्त और निरंकुश नहीं हो सकी। भा.ज.पा. को जनसंघ के सामान्य संख्याबल से बढ़ाकर, म.प्र में शिखर तक पहुँचाने में, उनका योगदान व भूमिका बहुत ही महत्त्वपूर्ण थी। संगठन चुनाव व चुनाव प्रबंधन की उनकी समझ, व्यावहारिक व गहरी थी। 1989-90 में भी हम लोगों ने एक मोरचे के रूप में साथ-साथ काम किया। उसके पहले 1977 से 79 के बीच जनता पार्टी में भी साथ-साथ पदाधिकारी रहे। वे अध्यक्ष थे और मैं महामंत्री था। हमारे-उनके मध्य कई बार अपने-अपने पुराने घटकों और कार्यकर्ताओं के हितों को लेकर टकराव भी हुआ, परंतु हमारे आत्मीय रिश्तों में कभी कोई तनाव नहीं आया। वे रिश्तों को निभाते भी थे। 1992 के बाद, जब जनता दल बिखरा, तब कई हमारे पुराने समाजवादी साथी चुनाव जीतने के लिए, भा.ज.पा. में चले गए। उनमें से एक, जो लगातर 91 तक सांसद थे तथा भा.ज.पा. से सांसद का टिकट चाहते थे, ने ठाकरेजी से मिलकर टिकट देने की दावेदारी पेश की। ठाकरेजी ने उनसे कहा कि तुम रघु ठाकुर की पार्टी छोड़कर आए हो, अत: उनसे कहलवा दो, मैं तुम्हें टिकट दूँगा, वरना वे कहेंगे कि मैंने उनकी पार्टी तोड़ने के लिए, ललचाकर तुम्हें टिकट दिया। उन मित्र ने मुझसे गुजारिश की। मैं बड़े संकोच व परेशानी में था कि

दूसरी पार्टी के नेता से कैसे कहूँ। वे मित्र थे कि मेरी जान छोड़ने को भी तैयार नहीं थे, मैंने उन्हें टालने की गरज से सोचा कि अगर मैं कहूँगा भी तो ठाकरेजी टिकट तो देंगे नहीं। मैंने उन्हें फोन कर कहा और उन्होंने तत्काल उन्हें टिकट दे दिया। मेरे उनसे अच्छे संबंध सदा यथावत् रहे। अपनी सांगठनिक लाचारियों को भी वे आपसी चर्चा में व्यक्त करते थे और अप्रिय होने के बावजूद अपने संगठन के विस्तार के लिए सहते थे।

जब वे भा.ज.पा. के राष्ट्रीय अध्यक्ष बने, तब भी उनसे मेरी बातचीत निरंतर होती थी। कभी-कभी साथ में यात्राएँ भी होती थीं। श्री अटलबिहारी वाजपेयी के नेतृत्ववाली भा.ज.पा. सरकार के पहले जब कांग्रेस सरकार केंद्र में थी तो बीमा के क्षेत्र में विदेशी पूँजी को आमंत्रित करने का नीतिगत फैसला कांग्रेस सरकार लेना चाहती थी। संसद् में इस विषय पर चर्चा के बाद सी.पी.आई. के राज्यसभा सदस्य स्व. चतुरानन मिश्र की अध्यक्षता में एक संसदीय समिति बनी थी, जिसमें मुझे समाजवादी पार्टी के महामंत्री के रूप में बुलाया गया था। श्रीमती सुषमा स्वराज भी इस कमेटी की सदस्या थीं। इस कमेटी में मैंने बीमा के क्षेत्र में विदेशी पूँजी के आने का विरोध किया था तथा श्रीमती स्वराज ने मेरी बात का कमेटी में भी और बाद में संसद् में भी समर्थन किया था, परंतु जब श्री अटलजी के प्रधानमंत्री वाली सरकार बनी तो उस भा.ज.पा. सरकार ने अपनी पुरानी बातों को उलटकर विदेशी पूँजी को बीमा के क्षेत्र में लाने का निर्णय किया। इस मुद्दे पर श्रीमती स्वराज का स्वर बदल गया और तब मैं स्व. ठाकरेजी से मिला। मैंने उन्हें इस निर्णय के संभावित दुष्परिणामों से अवगत कराया। वे मुझसे सहमत हुए और उन्होंने कहा कि मैं इस निर्णय को नहीं होने दूँगा। श्री दत्तोपंत ठेंगड़ी भी इस निर्णय के विरुद्ध मुखर थे, परंतु बाद में उन्हीं की सरकार ने निर्णय कर लिया। मैंने उनसे मिलकर उन्हें उलाहना दी कि आप अध्यक्ष हैं, इसके बाद भी यह निर्णय क्यों होने दिया, जबकि आपने मुझसे सहमति व्यक्त की थी कि यह निर्णय नहीं होगा और लगभग 40-45 वर्षों के संबंधों के दौरान मैंने पहली बार उनके मुँह से सुना कि मैं लाचार हूँ। संगठन और सत्ता के बदलते रिश्तों की यह अंतरकथा उनके लिए पीड़ादायक थी। अपने समूचे राजनीतिक जीवन में उन्होंने कभी अपने परिवार का जिक्र नहीं किया और न किसी को कभी आगे लाने का प्रयास किया। उनकी बहन सरकारी कर्मचारी थीं और वे भाई-बहन के रिश्तों तक सीमित थीं। अपनी तमाम वैचारिक मत विभिन्नताओं के बावजूद मैं उनके सादे, समर्पित जीवन का प्रशंसक हूँ। उनके जीवन को देखकर मैंने सार्वजनिक जीवन के कार्यकर्ताओं को संगठन उन्मुख, मितव्ययी और सादा जीवन जीने का पाठ सीखा। उन्होंने सारा जीवन संगठन के लिए दिया, हालाँकि अब स्थितियाँ बहुत बदली हैं, अगर आज वे होते तो शायद दुःखी और उपेक्षित होते।

उन्हें मेरी विनम्र श्रद्धांजलि।

❑

भाजपा के पितृपुरुष ठाकरेजी

—कैलाश विजयवर्गीय

भारतीय जनता पार्टी के पितृपुरुष आदरणीय श्री कुशाभाऊ ठाकरे को मध्य प्रदेश की राजनीति में कभी कोई भुला नहीं पाएगा। भा.ज.पा. के राष्ट्रीय अध्यक्ष ठाकरेजी का मूलमंत्र था कर्तव्य, कार्यकर्ता और कार्यालय। देश और संगठन के लिए लगातार काम करने के लिए कार्यकर्ताओं को जोड़ना, उनकी चिंता करना और कैसे संगठन का विस्तार किया जाए, इसके लिए लगातार प्रयत्न करना। अपने काम के दौरान कार्यकर्ताओं के घर जाना, उनके यहाँ नाश्ता-भोजन करना और कार्यालय में आकर विश्राम। उनका यह कर्म जीवनपर्यंत चलता रहा। ठाकरेजी 1942 में राष्ट्रीय स्वयंसेक संघ के प्रचारक बने और उन्होंने मध्य प्रदेश के विभिन्न इलाकों में संघ के समर्पित स्वयंसेवकों को तैयार किया। मध्य प्रदेश का कोई कोना ऐसा नहीं होगा, जहाँ ठाकरेजी से व्यक्तिगत तौर पर मिलनेवाले लोग न हों। मध्य प्रदेश में तो भा.ज.पा. यानी कुशाभाऊ ठाकरे माना जाता है। वह समय ऐसा था, जब न संगठन की कोई ताकत थी और न ही साधन थे। उस समय ठाकरेजी ने समर्पित स्वयंसेवकों की संख्या तैयार की। जगह-जगह संघ की विचारधारा को फैलाया। संघ में उनकी छवि संगठन शिल्पी की थी। इसी कारण उन्हें संघ से जनसंघ के कार्य के लिए भेजा गया। जनसंघ की राजनीतिक गतिविधियों को बढ़ाने के साथ खुद को उन्होंने चुनावी राजनीति से दूर रखा। 1956 में ठाकरेजी मध्य प्रदेश के संगठन सचिव बने और संगठन का विस्तार किया। पुराने स्वयंसेवक बताते हैं कि ठाकरेजी साइकिल पर एक दिन में सौ किलोमीटर से ज्यादा चलते थे। मेरे बाल्यकाल की बात है। 1970 के आसपास मैं बाल स्वयंसेवक था। ठाकरेजी सुबह धार से साइकिल पर इंदौर के लिए रवाना हुए। सुबह 7 बजे चलकर उन्हें शाम को इंदौर के

राष्ट्रीय महासचिव, भा.जा.पा.

अर्चना कार्यालय पहुँचना था। कार्यालय में स्वर्गीय नारायण राव धर्म, स्वर्गीय उत्सव चंद पोरवाल, स्वर्गीय राजेंद्र धारकर, निर्मल सिंह पटेल, लाल चंद मित्तल आदि उनका इंतजार कर रहे थे। ठाकरेजी उस समय जनसंघ के राष्ट्रीय सचिव थे। सब लोग चर्चा कर रहे थे कि साइकिल से आने की क्या जरूरत थी, बस से चले आते। खैर शाम 6 बजे कार्यालय में बैठे लोगों का इंतजार खत्म हुआ। रात 9 बजे के आसपास। ठाकरेजी साइकिल से उतरे तो नारायण रावजी एकदम गुस्से में बोले, "शाम 6 बजे से इंतजार कर रहे हैं।" ठाकरेजी मुस्कराते हुए बोले, "राव गुस्सा क्यों करते हो, साइकिल चलाकर आ रहा हूँ, कुछ साँस तो लेने दो।" ठाकरेजी कुछ देर बैठे, पानी पिया और बोले कि सुबह 6 बजे धार से रवाना हुआ। उसके बाद उन्होंने अपनी यात्रा के बारे में बताना शुरू किया और बोले धार से तिरला आया, वहाँ डॉक्टर के यहाँ लोगों के साथ चाय पर चर्चा की। वहाँ से घाटा बिल्हौर मोदी के यहाँ भोजन किया। कार्यकर्ताओं के साथ बैठक की। बैठक में आदिवासी कार्यकर्ता भी बड़ी संख्या में थे। फिर वहाँ से रवाना होकर जवाहर टेकरी में रामू दादा के यहाँ साठ-सत्तर लोगों के साथ चाय पर चर्चा की। वहाँ से रास्ते में जगह-जगह चार-पाँच सौ कार्यकर्ताओं से मिलता हुआ इंदौर पहुँचा।" बात खत्म करते-करते हँसकर बोले, "और सुनो पार्टी के पौने दो रुपए बचाए।" तब धार से इंदौर का बस किराया पौने दो रुपए थे। ऐसे थे संगठन शिल्पी ठाकरेजी। उनकी तपस्या, लगन और मेहनत के बल पर संगठन का विस्तार हुआ।

ठाकरेजी ने संगठन का विस्तार कार्यकर्ताओं को अपना बनाकर किया। कार्यकर्ताओं की चिंता करना उनका स्वभाव था। चाहे मध्य प्रदेश में जनसंघ के संगठन मंत्री रहे या जनसंघ के अखिल भारतीय सचिव और बाद में भारतीय जनता पार्टी के राष्ट्रीय सचिव, संगठन महामंत्री और राष्ट्रीय अध्यक्ष, उनका कार्यकर्ताओं से मिलना-जुलना, उनके सुख-दुःख में शामिल होना, उनकी आखिरी यात्रा तक जारी रहा। बीमारी की हालत में भी वे कार्यकर्ताओं से मिलना बंद नहीं करते थे। भा.ज.पा. मुख्यालय के एक छोटे से कमरे रहते हुए उन्होंने भा.ज.पा. को विशाल आयाम दिया। हजारों कार्यकर्ताओं को पार्टी के लिए समर्पित भाव से काम करने के लिए प्रेरित किया। बात उनके राष्ट्रीय अध्यक्ष के दौर की है। उस समय इंदौर भा.ज.पा. के महामंत्री संतोष मेहता सड़क हादसे में घायल हो गए थे। उस समय मोबाईल नहीं थे। रात को घर पहुँचा तो पत्नी ने बताया कि ठाकरेजी कई बार फोन कर चुके हैं। रात के ढाई बज रहे थे। संकोच भी हो रहा था कि इतनी देर रात ठाकरेजी को फोन करूँ या न करूँ, पर ठाकरेजी का आदेश था कि जैसे ही घर पहुँचूँ उनसे बात करूँ। डरते-डरते फोन मिलाया तो उन्होंने बात की और बताया कि राजेंद्र के इलाज और उनके पूरे परिवार की चिंता करनी है। मैं भी हैरान था कि हमारा राष्ट्रीय अध्यक्ष रात को जागकर अपने एक कार्यकर्ता की चिंता कर रहा है। यह काम केवल ठाकरेजी ही कर सकते थे।

मध्य प्रदेश भा.ज.पा. में संगठन पदाधिकारियों के सामने ठाकरेजी और स्वर्गीय प्यारेलाल खंडेलवालजी ऐसे उदाहरण प्रस्तुत करके गए हैं जो हमेशा याद रहते हैं। ठाकरेजी ने तो पार्टी को एक परिवार की तरह चलाया। कार्यकर्ताओं और नेताओं को राजनीतिक चिंतन में पवित्रता और सात्त्विकता का भाव रखने का मंत्र दिया। कार्यकर्ताओं को वैचारिक चिंतन के आधार पर सात्त्विकता और पवित्रता की राह पर चलने का परिवार के मुखिया की तरह मंत्र देते थे, साथ ही संगठन में हमेशा सादगी की मिसाल बने हजारों कार्यकर्ताओं को उन्होंने बहुत ही कम जरूरत में संगठन का कार्य करने के लिए प्रेरित किया। स्वयं के दो कपड़े, बस और कुछ खर्च ही नहीं। स्वयं सादगी की मिसाल देकर उन्होंने दूसरों को नि:स्वार्थ सेवा करने का पाठ पढ़ाया। जो व्यक्ति खुद इतना सरल हो, वह दूसरों को सादगी और सरलता का पाठ पढ़ा सकता है। ठाकरेजी ने जिस शहर में संगठन के लिए कार्य किया, वहाँ के कार्यकर्ता उनके परिवार का हिस्सा बन जाते थे। परिवार में कोई क्षति हो या मांगलिक कार्य, ठाकरेजी हमेशा पहुँचने की कोशिश करते थे।

ठाकरेजी कार्यकर्ताओं को राजनीति में सक्रिय भूमिका निभाने के लिए तैयार करते थे। उनके कारण कई लोग मुख्यमंत्री और मंत्री बने। भा.ज.पा. में बड़े पदों पर कार्य किया। खुद कभी लोकसभा या राज्यसभा जाने की इच्छा नहीं जताई। ठाकरेजी हमेशा कहते थे कि हमारा ध्येय केवल राजनीतिक सफलता पाना नहीं है। भा.ज.पा. केवल सरकार बनाने के लिए राजनीति नहीं करती है। हमारा लक्ष्य है कि समाज को हमारे विचारों का लाभ मिले। समाज के सभी तबके फले-फूलें। उन्होंने हमेशा यह विचार दिया कि समाज के सभी वर्गों को जोड़ो और उनकी खुशी के लिए जो किया जा सकता है, करो। राजनीति में रहते हुए राजनीतिक विस्तार के लिए काम करते हुए खुद को कैसे राजनीति से बचाना है, यह उनसे सीखा गया। संगठन का फैसला है तो उन्होंने अपनी सीमाओं को तोड़ते हुए पालन भी किया। 1979 में उन्होंने जनता पार्टी के तत्कालीन अध्यक्ष चंद्रशेखर के कहने पर खंडवा संसदीय क्षेत्र से उपचुनाव लड़ा और भारी मतों से जीते। 1980 के संसदीय चुनाव में जनता पार्टी से फिर ठाकरेजी ने चुनाव लड़ा तो इंदिरा गांधी ने उन्हें हराने के लिए खुद कमान सँभाली थी। आज भा.ज.पा. के अध्यक्ष श्री अमित भाई शाह ने संगठन, कार्यकर्ता और कार्यालय के मंत्र को साकार किया है। भा.ज.पा. के हर जिले में कार्यालय खुल रहे हैं। अमितजी खुद कार्यकर्ताओं से जाकर सीधे बात करते हैं। मोदी सरकार का यह नारा कि 'सबका साथ-सबका विकास' भी ऐसे ही लगता है जैसे ठाकरेजी का सपना साकार हो रहा है।

❑

कुशाभाऊजी के संगठन कौशल को कौन विस्मृत कर सकता है?

—नंद कुमार साय

देश की स्वतंत्रता के बाद देश के संचालन के लिए अनेक प्रकार की संस्थाओं ने अलग-अलग तरीके से अपनी गतिविधियाँ प्रारंभ कीं। राजनीतिक दलों में प्रजा सोशलिस्ट पार्टी तथा हिंदू महासभा आदि संगठन भी सक्रिय हुए।

यद्यपि राष्ट्रीय स्वयंसेवक संघ हिंदू समाज को संगठित करने के कार्य में ही लगा रहा। गांधीजी की हत्या के बाद नाथूराम गोडसे एवं नाना आप्टे को गिरफ्तार कर लिया गया, किंतु उन्हें राष्ट्रीय स्वयंसेवक संघ का सदस्य बताकर संघ पर प्रतिबंध लगा दिया गया। यद्यपि गोडसे संघ के नहीं, हिंदू महासभा के सदस्य थे, ऐसी बात मेरी जानकारी में है।

संघ हिंदू समाज के संगठन का कार्य करता रहा, लेकिन प्रतिबंध के कारण कदम-कदम पर अनेक प्रकार की बाधाएँ खड़ी होने लगीं। संघ के अनगिनत स्वयंसेवक जेल भेज दिए गए।

ऐसी स्थिति में राजनीतिक दृष्टि से बात करने तथा अपने पक्ष को रखने का कोई स्थान नहीं था। उस समय संघ को भी अपने एक राजनीतिक दल की आवश्यकता महसूस हुई। इस प्रकार जनसंघ के रूप में एक राजनीतिक दल देश के राजनीतिक क्षितिज पर अस्तित्व में आया।

इस संघ में अनेक वरिष्ठ स्वयंसेवक कार्य करने के लिए सदस्य बने। इन्हीं में से एक महत्त्वपूर्ण सदस्य माननीय कुशाभाऊ ठाकरेजी थे। मध्य प्रदेश के प्राचीन शहर धारा

अध्यक्ष, राष्ट्रीय अनुसूचित जनजाति आयोग, भारत सरकार

नगरी, जो अब धार कहलाता है, में कुशाभाऊ ठाकरेजी का जन्म हुआ। वे बचपन से ही कुशाग्र बुद्धि के थे। विद्यालयीन शिक्षा पूर्ण करने के बाद संघ के कार्य में अत्यधिक सक्रिय हुए, किंतु जनसंघ की स्थापना के बाद उन्होंने संगठन का कार्य गंभीरता से सँभाला।

जनसंघ में मान्यवर कुशाभाऊजी ने जिस समय कार्य सँभाला। उस समय जनसंघ के पास कुछ भी नहीं था। मैंने कुशाभाऊजी से ही सुना है कि उस समय के जनसंघ के कार्यकर्ता पं. दीनदयाल उपाध्याय, अटल बिहारी वाजपेयी आदि, जो बाद में देश एवं पार्टी के वरिष्ठतम नेता हुए, चार आना-आठ आना में ही पार्टी का संचालन करते थे।

मैंने कुशाभाऊजी को देखा है, उनके कंधे पर मात्र एक थैला रहता था। उसमें एक गमछा और धोती रहती थी। उनकी जीवनशैली को देखकर मैंने अनुभव किया वे कई बार दिनभर केवल पानी पीकर रह जाते थे, क्योंकि संगठन का कार्य करनेवाले के लिए कोई भोजन की व्यवस्था नहीं रहती थी। मैं तो आज भी आश्चर्यचकित हूँ कि इतने नितांत अभाव में ये महान् लोग इतने बड़े-बड़े कार्य कैसे कर गए? यात्रा के लिए केवल बस और रेल ही थी। हाथ में एक पैसा भी नहीं रहता था।

राजनीतिक क्षेत्र के ये महान् योद्धा यात्रा के दौरान या तो रेलवे स्टेशन के प्लेटफॉर्म पर ही सो जाते थे या बस स्टैंड पर।

आज का राजनीतिक कार्यकर्ता इन परिस्थितियों की कल्पना भी नहीं कर सकता। प्रवास के दौरान ठाकरेजी यदि कोई परिचित हो तो उनके यहाँ भोजन कर लेते थे, इसके बाद लोगों से संपर्क करते हुए कार्यकर्ताओं की बैठक लेते हुए, निरंतर चलते रहते थे। उन्होंने कभी चिंता नहीं की कि उनको कहाँ भोजन करना है और कहाँ विश्राम करना है। वे हमेशा आगे की परिस्थितियों पर अपने को छोड़ देते थे। कुशाभाऊजी ने कितने कष्ट उठाए हैं, समाज के लिए, देश के लिए और हमारी पार्टी के लिए।

कुशाभाऊ ठाकरे के पास लोगों को जोड़ने के अप्रतिम तरीके थे। वे प्रत्येक कार्यकर्ता के घर में उनके दु:ख के क्षण में अवश्य पहुँचते थे। कुशाभाऊजी ने देश के लाखों कार्यकर्ता अपने पुरुषार्थ से गढ़े हैं।

जब पार्टी बड़ी हो गई, तब पार्टी के पास पर्याप्त सुविधा उपलब्ध थी, फिर भी वे बस या रेल से यात्रा करते थे। कार्यकर्ता जिद करते थे कि उन्हें विमान से जाना चाहिए, लेकिन वे अपना तर्क देकर विनम्रतापूर्वक उसे अस्वीकार कर देते थे। विमान यात्रा को वे खर्चीला, अनिश्चित और अनावश्यक मानते थे। उनकी इस परिभाषा के एक बार हम ही शिकार हो गए। उस समय मैं मध्य प्रदेश का अध्यक्ष था। मैं इंदौर क्षेत्र के दौरे पर था। मेरे साथ में श्रीमती सुमित्रा महाजनजी थीं। यद्यपि हम दोनों को दिल्ली में पार्टी की एक बैठक में शामिल होने के लिए एक दिन पहले रेल से रवाना होना था, किंतु सुमित्राजी

के एक कार्यक्रम के लिए हम लोगों ने अपना कार्यक्रम बदल दिया। हम लोगों ने तय किया, आज यह कार्यक्रम कर लेते हैं और कल सवेरे विमान से दिल्ली चले जाएँगे और बैठक में शामिल हो जाएँगे। आज का कार्य भी हो जाएगा और कल की बैठक भी हो जाएगी। रेल की यात्रा हम लोगों ने निरस्त कर दी और अगले दिन के लिए विमान का टिकट ले लिया।

पहले दिन का कार्यक्रम तो अच्छी तरह से हो गया, किंतु दूसरे दिन, जब हम लोग सज-धज कर इंदौर के एयरपोर्ट पर पहुँचे तो पता चला कि विमान निरस्त हो गया। हम अत्यंत निराश हुए, बाद में इंदौर के सिखानेवाले पायलट प्लस वन वाले दो विमान, एक में मैं और एक में सुमित्राजी इंदौर से भोपाल बड़ी मुश्किल से पहुँचे। वहाँ से एक चार्टर विमान से दिल्ली पहुँचे तो बैठक समाप्त हो चुकी थी।

हम लोग कुशाभाऊजी से मिले। वे व्यंग्य हँसी बिखरते हुए बोले, "आओ बड़े-बड़े नेताओ।" उन्होंने आगे कहा कि मुझे मालूम था कि हमारे नेता लोग विमान से आएँगे और मैं यह भी जानता था कि विमान निरस्त भी होगा। हम लोगों ने सफाई दी कि विमान निरस्त होने से सब गड़बड़ हो गया। उन्होंने दो टूक शब्दों में कहा, "तुम लोगों का निर्णय गलत था, कल रेल से आना था। रेल सामान्यत: निरस्त नहीं होती है।" उन्होंने कहा कि कल आते तो कार्यक्रम में भी भाग लेते। उनका दृष्टिकोण एकदम सही था। मध्य प्रदेश जैसे बड़े राज्य का अध्यक्ष बनना मेरे लिए संभव ही नहीं था, किंतु कुशाभाऊजी की महारत ने ही मेरे जैसे जंगल के एक छोटे से कार्यकर्ता को मध्य प्रदेश जैसे बड़े राज्य का पार्टी अध्यक्ष बना दिया। कुशाभाऊजी ने लाखों कार्यकर्ताओं को गढ़ा है, निर्माण किया है। देश, समाज और भारतीय जनता पार्टी के लिए कुशाभाऊजी ने जो कष्ट सहे हैं, जो त्याग किया, जैसा परिश्रम किया, उसे लिखा नहीं जा सकता, केवल अनुभव किया जा सकता है। आज भारतीय जनता पार्टी देश-दुनिया की सबसे बड़ी राजनीतिक पार्टी है, जिसके सबसे अधिक सदस्य हैं। भारतीय जनता पार्टी और उसकी सरकार दुनिया के महत्त्वपूर्ण घटक बनने की ओर अग्रसर हो रही है। इस पार्टी के नेतृत्व में भारत माता जगत् गुरु के परम पद की ओर आगे बढ़ रही है। भारतीय जनता पार्टी के इस महाप्रसाद के निर्माण की नींव में परम वंदनीय कुशाभाऊजी जैसे संगठन के महावीर, अद्वितीय योद्धा हैं। जब तक सूर्य चमकता है, समुद्र लहराता है, पवन साँस लेती है, तब तक कुशाभाऊजी के संगठन कौशल को कौन विस्मृत कर सकता है?

❑

शीर्ष शिखर बिंदु : कुशाभाऊ ठाकरे

—प्रह्लाद पटेल

भारतीय जनता पार्टी के संगठनात्मक इतिहास में पितृपुरुषों की जो शीर्ष सूची है, उसमें मध्य प्रदेश के शीर्ष शिखर बिंदु हैं श्रद्धेय कुशाभाऊ ठाकरेजी। उनके बारे में लिखने के साथ ही भारतीय जनता पार्टी के प्राथमिक सदस्य बनने का समय याद आ जाता है और गर्व होता है कि युवा मोर्चा के कार्यकर्ता के रूप में 20-21 वर्ष की आयु में पार्टी का कार्यकर्ता बना और सारी विकास यात्रा श्रद्धेय ठाकरेजी एवं श्रद्धेय प्यारेलाल खंडेलवालजी के सान्निध्य में आगे बढ़ती गई। यह बात मैं स्पष्ट करना चाहता हूँ कि मेरी निकटता एवं खुलापन मान. प्यारेलालजी के साथ सहज सुलभ था, किंतु इन दोनों महापुरुषों की कार्यप्रणाली मध्य प्रदेश के कार्यकर्ता के लिए भिन्न नहीं थी। यह भाव परवरिश के पारिवारिक भाव को समृद्ध बनाता चला गया।

एक बार वर्तमान छत्तीसगढ़, तब के सम्मिलित मध्य प्रदेश में मान. ठाकरेजी के साथ पाँच दिवसीय परिचय प्रवास पर मैं राजनांदगाँव प्रवास पर गया। मैं चावल नहीं खाता था, यह बात मान. ठाकरेजी के ध्यान में थी। कार्यकर्ताओं का सामूहिक भोजन था, मान. ठाकरेजी ने मुझे स्वयं की बगल में बैठने को कहा, मैंने थोड़ा संकोच किया तो उन्होंने आदेशात्मक लहजे में बैठने को कहा, मैं बैठ गया, पत्तल आई, भोजन परोसनेवाले कार्यकर्ता ने चावल देने की कोशिश की तो मैंने मना कर दिया। वह आगे बढ़ गया। ठाकरेजी ने उसे वापस किया और कहा कि थोड़ा रख दो। मैंने मना किया, तब भी उन्होंने वैसा ही किया, फिर चटनी आई और भोजन शुरू हो गया। मैं भौचक्क था, मैंने ठाकरेजी की ओर देखा, वे मुसकराए और अपने कुरते की जेब से एक कागज की पुड़िया निकाली और मुझे दी, उसमें दो पतली सी रोटियाँ थीं। मैंने खोला तो उन्होंने कहा,

---

पूर्व केंद्रीय मंत्री

"खा लो, पर दोबारा नहीं मिलेगी।" भोजन पूरा हुआ तो उन्होंने अपने कक्ष में बुलाकर कहा, "आज पहला दिन था, पर कल से ऐसा ही भोजन मिलेगा और वही करना होगा", मैं लहसुन-प्याज भी नहीं खाता, इस पर उन्होंने कहा, "पूर्व से सूचित करोगे तो दाल मिल जाएगी, बाकी अपेक्षा नहीं करना।" वह प्रवास बढ़कर 12 दिन हो गया। जब मैं घर लौटा तो यह प्रवास मेरे लिए जीवन में मिसाल बन गया।

दूसरी घटना भी रायपुर की ही है। सन् 1981 की बात है। युवा मोर्चा की प्रदेश कार्यसमिति की बैठक रायपुर में थी। प्रदेश महामंत्री होने के नाते मैं पूर्व से ही छत्तीसगढ़ के प्रवास पर था। कार्यसमिति प्रारंभ होने के पूर्व मैं भिलाई में था। एक सभा थी। उसके भाषण के बाद प्रेस ने मुझसे एक प्रश्न किया कि क्या भा.ज.पा. को जनता दल से समझौते की जरूरत है तो मैंने साफ इनकार करते हुए कहा कि मध्य प्रदेश में किसी बैसाखी की जरूरत नहीं है। हर मंडल एवं मतदान केंद्र पर भा.ज.पा. समर्थ एवं ताकतवर है। मान. ठाकरेजी उस दिन रायपुर में थे, उन्हें तत्कालीन जनता दल प्रदेश अध्यक्ष श्री विद्याचरण शुक्ला से गठबंधन पर विचार-विमर्श करना था। मेरे बयान ने गतिरोध पैदा कर दिया। सुबह का अखबार पढ़ने के बाद श्री शुक्ल ने कड़ी आपत्ति की और मुझसे खेद व्यक्त करने को कहा, लेकिन मैं और मेरे सभी पदाधिकारी मेरी बात से सहमत थे और खेद व्यक्त करने से सहमत नहीं थे। बात बढ़ी और संवाद समाप्त होने तक बात पहुँच गई, किंतु मान. ठाकरेजी ने हम सब की बातों को सुना और उन्होंने सबकुछ अपने ऊपर ले लिया। उन्होंने श्री शुक्लजी से कहा, "चर्चा करते समय इस बयान पर बात कर लेंगे।" कार्यकर्ताओं की सारी बातों का मान रखकर केंद्रीय नेतृत्व के एजेंडों को पूरा करने की कला उनके धैर्य एवं गंभीरता का श्रेष्ठ उदाहरण है।

मैं 1981 में संसद् सदस्य बन गया। उस चुनाव में रायपुर की वह घटना मेरे लिए अभिशाप बन गई। सिवनी लोकसभा सीट जनता दल को दे दी गई, जहाँ से मैं उम्मीदवार घोषित हुआ था, जो शायद जानबूझकर किया गया था। जनता दल का कोई विशेष कार्य इस क्षेत्र में नहीं था। कार्यकर्ताओं के सहयोग से मैं भी गठबंधन के उम्मीदवार के खिलाफ चुनाव लड़ा और जीत गया। तत्काल बाद विधानसभा के चुनाव होने थे। उस समय संसद् सदस्यों से मान. ठाकरेजी सीधे उम्मीदवारों को लेकर बात कर रहे थे। बात सेंट्रल हॉल की थी, 8 में से 6 विधानसभा क्षेत्रों की उम्मीदवारी 6 मिनट से कम समय में तय हो गई, क्योंकि एक-एक कार्यकर्ता एवं क्षेत्र की स्थिति की जानकारी उन्हें होती थी, लेकिन जैसे ही लखनादौन एवं पाटन की बात आई तो उन्होंने कहा, "इस पर कोई बात नहीं होगी, ये सीटें जनता दल को समझौते में दे दी गई हैं। मेरे पास बेहद योग्य एवं जीतनेवाले नाम थे, लेकिन मान. ठाकरेजी ने हँसते हुए, लेकिन दृढ़तापूर्ण भाषा में कहा, "तुम्हारी कोई भी बात नहीं सुनी जाएगी।"

परिणाम मेरी राय के खिलाफ था, लेकिन मुझे अपमान नहीं लग रहा था। ऐसे थे मान. ठाकरेजी।

अंतिम समय में मेरा उनसे बहुत मिलना हुआ। 11 अशोक रोड में उनके कमरे के पास ही मान. प्यारेलालजी का कमरा था। मैं जब भी दिल्ली आता था, सांसद के रूप में रहता तो उनके पास जाता। मान. प्यारेलालजी उनको दवा खिलाने की चिंता करते थे। मैं भी साथ जाता। थोड़ी-बहुत सेवा करने की कोशिश करता, वे सभी से मिलते थे। अतीत पर बातें करते, स्वत: ही अपने विषयों की समीक्षा करते, उन बातों का उल्लेख करना मेरी हैसियत में नहीं है, लेकिन मैं महसूस कर पाता हूँ कि वे बड़े आदमी थे, जो खुद की कार्यप्रणाली की समीक्षा मुझ जैसे छोटे से कार्यकर्ता के सामने कर दिया करते थे। उस महान् कर्मयोगी को नमन, जो जीवन भर कार्यकर्ता की तरह रहकर हम सबको राष्ट्रीय अध्यक्ष के रूप में नेतृत्व देकर चला।

❑

निष्काम कर्मयोगी श्री ठाकरेजी

—मायासिंह

स्व. कुशाभाऊ ठाकरे निष्काम कर्मयोगी, कुशल संगठक, दूरदृष्टा और अनुशासन प्रिय व्यक्तित्व के धनी थे। उन्होंने अपना संपूर्ण जीवन राष्ट्रीय स्वयंसेवक संघ के आदर्शों को आमजन तक पहुँचाने में लगा दिया।

अपनी पढ़ाई पूरी करने के बाद 1942 में वे राष्ट्रीय स्वयंसेवक संघ से जुड़े, तब से लेकर 2003 में अपनी अंतिम यात्रा तक, संघ संगठन के लिए समर्पित रहे।

सन् 1980 में, मैं कुशाभाऊ ठाकरेजी के संपर्क में आई उनसे प्रथम मुलाकात में ही, मैं उनके व्यक्तित्व, व्यवहार और स्नेह की कायल हो गई थी। इसके उपरांत उनकी संपूर्ण जीवनकाल में मुझे जैसा कि उनके नाम में 'भाऊ' शब्द का एहसास हमेशा मिला, जहाँ जब जैसी जरूरत हुई, वैसा मार्गदर्शन मुझे मिलता रहा है। ममतामयी राजमाताजी के सान्निध्य के कारण भी मुझे दादा (ठाकरेजी) के समीप रहने का अवसर अधिक प्राप्त हुआ है।

उनकी कुशल संगठनात्मक क्षमता का ही परिणाम था कि वे भारतीय जनसंघ की स्थापना काल से ही पार्टी के संगठनात्मक ढाँचे का मूल आधार बन गए थे।

वे संसद् सदस्य रहे, राष्ट्रीय संगठन महामंत्री, पार्टी के राष्ट्रीय अध्यक्ष रहे, उन्होंने अपनी पूरी क्षमता और निष्ठा से सभी दायित्वों का निर्वहन किया। मध्य प्रदेश उनकी आँखों से कभी ओझल नहीं हुआ। मध्य प्रदेश के लिए वे व्यक्ति नहीं थे, संस्था थे। कार्यकर्ताओं के मनोभाव को अच्छी तरह भाँप लेनेवाले दृष्टा थे। और भविष्य में क्या परिस्थितियाँ आएँगी, इसका उन्हें पूर्व आभास हो जाता था। कुल मिलाकर कहें तो वे हमारे पितृपुरुष कुशाभाऊ ठाकरे थे। उनका आचरण राजनीति में मंदिर की अनुभूति देता

महिला मोर्चा की पूर्व राष्ट्रीय अध्यक्ष, मंत्री (म.प्र.)

था, शुचिता देता था, पवित्रता देता था। वे अकसर कहा करते थे कि 'भगवान् तेरा क्या होगा' इस वाक्य में अनेक अर्थ भरे हैं। जितने हम समझते जाएँ। वैसे इसका मतलब है कि जब हम छोटी सी समस्या नहीं सुलझा पा रहे तो सारी सृष्टि को चलानेवाले भगवान् का क्या होता होगा?

कार्यकर्ताओं का मनोबल बढ़ाने के लिए जेल जाना स्वीकार किया

उनका व्यवहार असाधारण होने पर सामान्य ही लगता था। 26 जून, 1975 की बात है, जब वे ट्रेन में सफर कर रहे थे, तभी देश में आपातकाल की घोषणा हुई, उनके साथ यात्रा कर रहे प्यारेलालजी से उन्होंने कहा कि तुम बाहर रहकर संगठन का काम देखो और मैं जेल जाता हूँ। प्यारेलालजी के अनुग्रह को बहुत विनम्रता से अस्वीकार करते हुए कहा कि सरकार बड़ी संख्या में कार्यकर्ताओं को जेल में बंद कर रही है। ऐसे में किसी बड़े नेता का जेल में रहना कार्यकर्ताओं के मनोबल को बनाए रखने के लिए जरूरी है।

निष्काम कर्मयोगी

अपने मिलनसार स्वभाव के कारण उनमें सबको अपना बना लेने की अद्‌भुत क्षमता थी। उन्होंने जीवन में केवल देना सीखा, लेना नहीं। अनुशासनहीनता उन्हें बरदाश्त नहीं थी।

संगठन के लिए उन्हें कोई काम न छोटा लगता था और न बड़ा, बिना संकोच सब काम करते थे। कार्यालय में झाड़ू लगाने से लेकर दरियाँ और बिस्तर बिछाने में भी उन्हें कोई झिझक नहीं रहती थी। वे हाथ से चिट्‌ठी लिखते थे, जरूरत पड़ने पर स्वयं टाइप कर लेते थे।

आपातकाल में जेल में रहने के दौरान कुछ कार्यकर्ताओं के द्वारा की जाने वाली मदद भी उन्हें स्वीकार्य नहीं थी। कार्यकर्ताओं से वे केवल साहित्यिक और ऐतिहासिक पुस्तकें ही स्वीकार करते थे। शेष समय पार्टी के संगठन को बनाए रखने और उसकी मजबूती के लिए मंथन में ही काटते थे। मध्य प्रदेश को अनेक बार अपने पैरों से नापा था। अनेक स्थानों पर पैदल, साइकिल, बैलगाड़ी से यात्रा की है। लाखों अनपढ़ कार्यकर्ताओं को तराशकर कुशल शिल्पी की तरह उन्हें गढ़ा है। उनमें से एक मैं भी हूँ।

माँ का बिछोह भी कर्तव्य से नहीं डिगा पाया

वे खंडवा में संगठन की बैठक ले रहे थे, तभी उन्हें टेलीग्राम मिला, जिसमें उनकी माँ की मृत्यु का समाचार था। टेलीग्राम देर से मिला, माँ की मृत्यु 2 दिन पूर्व हो चुकी थी। उन्होंने चुपचाप टेलीग्राम जेब में रख लिया और कार्यकर्ताओं से संगठन के विषय में चर्चा करते रहे, किसी को भी अपने व्यवहार या चेहरे की भंगिमाओं से यह एहसास नहीं

होने दिया कि उनको जन्म देनेवाली माँ अब इस दुनिया में नहीं है, जबकि उन्हें हमेशा इस बात का एहसास रहा कि अंतिम समय में माँ के दर्शन नहीं कर सके।

पाई-पाई का महत्त्व समझते थे

यह बात उन दिनों की है, जब पार्टी अपने प्रारंभिक काल में थी। पार्टी के पास धन-जन, बल दोनों ही सीमित मात्रा में उपलब्ध थे। उस दौर में, जब वे राज्य परिवहन की बस के द्वारा यात्रा करते थे और भोपाल आने के पूर्व गौर साहब को एक पोस्टकार्ड डालकर साइकिल सहित बस स्टैंड आने के लिए लिखते थे। गौरजी कहते थे कि मैं ताँगा ले आता हूँ, इस पर ठाकरे साहब का जवाब होता था कि भइया ताँगेवाला दो आने लेगा, इससे अच्छा है कि हम दोनों लोग साइकिल से ही यात्रा कर लेंगे और पार्टी के पैसे बच जाएँगे।

अंतिम समय तक संगठन की चिंता

सन् 2003 में स्वास्थ्य खराब हो जाने के कारण एम्स के कमरा नंबर 201 में ऑपरेशन के पश्चात् स्वास्थ्य लाभ ले रहे थे, उसी समय एम. वैंकेया नायडूजी की घोषणा हो जाने पर चिकित्सकों के मना करने के बावजूद चुनाव प्रचार के लिए रायपुर गए। वहाँ से वापस मध्य प्रदेश और फिर दिल्ली की यात्रा करने के कारण स्वास्थ्य पुन: खराब हो गया, जिसकी परिणति यह हुई कि 27 दिसंबर, 2003 की रात्रि को एक कुशल संगठक और मार्गदर्शक ने हम सबसे हमेशा के लिए विदा ले ली।

उनके सिद्धांत हमें सदैव प्रेरणा देते रहेंगे।

❑

कुशाभाऊ : सेवा की आनुवंशिकी

—प्रभात झा

घटना : 1

साबरमती नदी के किनारे की वह एक धुँधली और आर्द्र शाम थी। एक युवक, कहीं क्षितिज के पार ताकता हुआ, गुमसुम इस नदी के किनारे टहल रहा था। अचानक उसे धक्का लगता है। वह नदी में गिर जाता है। शुक्र है कि उसे तैरना आता है। वह डूबता नहीं है, वह घर लौटता है। रिश्तेदार उसकी भौतिक उपस्थिति से चौंक जाते हैं। युवक, फौरन वसीयत के कागजात निकालता है और उनमें सबके सामने आग लगा देता है।

घटना : 2

धार की वह बहुत सामान्य घर की विदुषी महिला हैं। दरवाजा बजता है। महिला दरवाजा खोलती है। वे कुछ लोग हैं। शायद मदद माँगने आए हैं। वे महिला के पैरों में गिर जाते हैं। महिला के घर में धन नहीं है। क्या दे, क्या मदद करे? तत्काल महिला को अपने शरीर के गहने याद आए। उसने गहने उतारे और कहा "जाओ, ले जाओ। इन्हें गिरवी रखकर जो पैसा आए, ले लेना।" सामने खड़े लोगों की आँखों में आँसू थे। आँसू क्या, शायद शब्द थे, जो होंठों से नहीं, आँखों से निकल रहे थे।

ये दो घटनाएँ आपस में बहुत जुड़ी ही नहीं, आपस में बहुत गुँथी हुई हैं। आप कहेंगे, कहाँ अहमदाबाद और कहाँ धार! कहाँ वह युवक और कहाँ वह विदुषी महिला! आपको बता दें कि वह युवक इस विदुषी महिला का पति है और ये कोई साधारण घटनाएँ नहीं हैं। युवक ने जो कागजात जलाए थे, वे उसके नाम की गई संपत्ति के थे। उसे साबरमती नदी में धक्का ही इसलिए दिया गया था कि वह लौटकर न आ सके और

राष्ट्रीय उपाध्यक्ष, भा.ज.पा.

लपलपाते रिश्तेदार सारी संपत्ति चट कर जाएँ। युवक ने लौटकर किस्सा ही खत्म कर दिया। बुद्ध की तरह घर छोड़ा और महावीर की तरह माया। उसने साफ कह दिया कि उसे एक पाई नहीं चाहिए। सब तुम्हारा है। यह संपत्ति, यह घर और यह जमीन और इस विदुषी महिला को देखिए। कौन देता है अपने शरीर के गहने उतारकर ? उसने एक क्षण में दे दिए। लौटाने का न तगादा, न अपेक्षा। जो दे दिया, सो दे दिया। जो त्याग दिया, सो त्याग दिया। वह सीता सा तप और यह अहिल्या सा व्रत।

आपको बता दें कि इस युवक का नाम था, सुंदरराव ठाकरे। महिला का नाम था, शांताबाई ठाकरे और ये असाधारण, अद्वितीय माता-पिता अपने भाऊ यानी कुशाभाऊ ठाकरे के ही हैं। समझा जा सकता है कि कुशाभाऊ ठाकरे की आधारशिला में इतना त्याग क्यों है ? शायद सुंदरराव ठाकरे होते तो वे देखते कि वे जो कहते थे, वही हुआ। उनके संस्कार आनुवंशिक हुए और उनके बेटे उनके संस्कारों के राजदूत साबित हुए।

वैसे यह बहुत कम को मालूम होगा कि कुशाभाऊ का वंश कहाँ से आरंभ हुआ ? दरअसल कुशाभाऊ का वंश कोंकण से शुरू होता है। वहाँ के पाली गाँव में उनके परदादा गोविंदराव ठाकरे रहा करते थे। उनकी बुनियाद में भी धर्म, दर्शन और उदारता थी। उनकी शिक्षा ही द्वारिका के शंकराचार्य के आश्रम में हुई। हालाँकि वे शिक्षित और दीक्षित होकर, कोई साधु या महात्मा नहीं बने, लेकिन उन्होंने साधुता से भरी हुई पीढ़ियाँ खड़ी कीं। सौराष्ट्र में उनकी सरकारी नौकरी थी। जमीन-जायदाद खूब थी। उनकी दो संतानें हुईं। पहली श्रीपाद ठाकरे और दूसरी विनायक राव ठाकरे। श्रीपाद की पाँच संतानें हुईं—सुंदरराव, चंद्रकांत, द्वारिकानाथ, कमलाकर और प्रभाकर। श्रीपाद भी अपने पिता के पदचिह्नों पर ही थे। उनकी उदारता और ईमानदारी के किस्से, उस इलाके में कहे ही नहीं, गाए जाते थे। वे गुजरात के मेहसाणा के लक्ष्मीपुर गाँव में आ गए। वहाँ वे जागीरदार बने, पर एकाएक उनकी मृत्यु हो गई। दुर्भाग्य कहें या संयोग, उनकी सारी संपत्ति विनायक राव परिवार की देख-रेख में रही और आखिरकार उनके कब्जे में ही चली गई। सुंदरराव ठाकरे तब तक बड़े हो चुके थे। उन्होंने अहमदाबाद के मेडिकल कॉलेज में दाखिला ले लिया था। तभी उनकी शादी कर दी गई। उनके यहाँ छह लड़के और एक लड़की हुई। पत्नी शांताबाई दिघे भी धार के महादेव बापू दिघे के ख्यात खानदान से थीं। महादेव दिघे के दादा धार स्टेट में दीवान थे। उनका वहाँ लाजवाब जलजला था, पर शांताबाई के लिए वैभव संपन्नता, ऐश्वर्य बाँटने की चीजें थीं, संग्रह की नहीं। वे जन्म से ही उदार, दयालु और भावुक थीं। ऐसी पत्नी के रहते सुंदरराव ने डॉक्टरी की सनद हासिल कर ली। श्री सुंदरराव बाद में कर्नाटक के मैसूर स्टेट में चले गए। वहाँ उन्होंने जो अनुभव लिये, उनमें चार भाषाओं का ज्ञान भी था। वे अब बहुभाषी हो गए थे।

सुंदरराव ऐसे ही सेवाव्रत के चलते मैसूर से महू आ गए। भाषाएँ बदलीं। रहन-सहन

बदला। खान-पान बदला। परिवेश बदला। एक-एक चीज बदली हुई थी, पर सुंदरराव वैसे ही नेक, त्याग, सेवा, समझदारी और ज्ञान से लबालब। सुंदरराव, कुशाभाऊ को भी डॉक्टर बनाना चाहते थे। वे चाहते थे कि दुःख-दर्दों को दूर करना सबसे बड़ी सेवा है। आपको जानकारी होगी कि सुंदरराव ने कभी भी मरीजों से पैसा नहीं लिया। इतना ही नहीं, वे मरीजों को अपने पास से पैसे दे दिया करते थे। घर जाकर उनकी कुशल-क्षेम पूछते थे। अपनी इसी जीवनशैली को वे कुशाभाऊ में शायद देखना चाहते थे। उसे दोहराते देखना चाहते थे। लिहाजा, उन्होंने कुशाभाऊ को ग्वालियर मेडिकल कॉलेज भेजा, पर बायोलॉजी पढ़ते हुए कुशाभाऊ ने सोचा कि डॉक्टरी आखिरकार पेशा होनेवाला है। इसलिए वे डॉक्टरी नहीं करेंगे। वे समाज में जाएँगे। वहाँ दस्तक देंगे। पूरे देश में वे परिव्राजक की तरह घूमेंगे और दुनिया को एकदम नई बना देंगे। यह उनके जीवन और उनके पैतृक गुणों की ही आवाज थी। जोड़ने का गुण उनको उनकी माँ ने दिया। अनुशासन का गुण उनको पिताजी से मिला। अपनी पढ़ाई के दौरान वे एक महापुरुष से प्रभावित रहे। ये थे स्वामी विवेकानंद। विवेकानंद के साहित्य ने उनकी जीवनधारा में मानवता, ऊष्मा, त्याग, समर्थता की जो धारा बहाई, वह आज तक अविरल है। कॉलेज के दौर, उसके पहले और बाद के दिनों में कुशाभाऊ के कई दोस्त बने। इनमें अरविंद धारकर, हरिभाऊ वाकणकर, सब धारेश्वर शाखा से ही आपस में मिल चुके थे और तब तक कुशाभाऊ का कायांतरण और मनांतरण हो चुका था। वे राष्ट्र आराधना में रम चुके थे, सब दोस्त कुशाभाऊ के घर भी आते थे। वैसे हरेक की अपनी माँ होती है, पर शांताबाई दिघे एक तरह से कुशाभाऊ की ही माँ नहीं थीं, वे सबकी माँ थीं। जब भी कुशाभाऊ के दोस्त आते थे, घर पर ही खाना खाते। वे रक्त के रिश्तेदार नहीं थे और रक्त के रिश्तेदार ऐसे हो भी नहीं सकते। वे प्रतिदान माँगते हैं। वे प्रतिकार करते हैं, जबकि अनुकूल की ग्राह्यता ही रिश्तों को अमर और स्थायी बनाती है। कुशाभाऊ में अपनी माँ का अनुकूल प्रभाव जबरदस्त रहा। लिहाजा भले ही कुशाभाऊ के लिए यह साधारण हो, पर आमजन को यह चकित करता था कि वे किसी को भी उसके नाम से ही बुलाते थे, वह जो पचास साल पहले मिला हो या आज और अभी। स्मरण और स्मृति, ये दोनों जैसा कि विज्ञान कहता है, अनुकूल के कारण ही बनती हैं। यही वजह थी कि मनोहर राव मोघे, जो उस समय के एक वरिष्ठ अधिकारी थे, वे ही कुशाभाऊ के घर आते थे। वे मानते थे कि कुशाभाऊ एक अच्छे विद्यार्थी हैं।

कुशाभाऊ जब जवान थे, माँ को उनकी शादी करनी थी। पिताजी की उनको डॉक्टर बनाने की इच्छा मर चुकी थी। ऐसे में वे चाहते थे कि कुशाभाऊ विवाह तो कर लें। ऐसे एक रिश्ता था, पर कुशाभाऊ को यह बंधन अस्वीकार था, क्योंकि उनके लिए निजी जीवन पहले नहीं था। उन्हें पहले देश को देखना था। ऐसे में उन्होंने अपनी माँ से कहा भी था कि छह बेटों में से एक को देश को दे देना चाहिए। कोई और माँ होती

तो अनशन कर देती। जिद कर देती। मरने की धमकी देती, पर शांताबाई ने शांत मन से स्वीकार कर लिया। यदि आप इसमें नारी की भावनाएँ तलाशें तो आपको रामायण का राम वनवास गमन का दृश्य क्या याद नहीं आएगा? राम जा रहे हैं, माताएँ रो रही हैं। पूरी अयोध्या, पूरी पृथ्वी, पूरा आकाश रो रहा है। आप समझ सकते हैं कि शांताबाई के कैसे और कितने आँसू गिरे होंगे? हमें तो वे शांताबाई नहीं, जीजाबाई लगती हैं, जिन्होंने एक वैचारिक शिवाजी को पैदा किया। सचमुच, शिवाजी ने शस्त्र से लड़ाई लड़ी और कुशाभाऊ ने वैचारिक आधार पर एक लंबी लड़ाई लड़ी।

यह सब आनुवंशिक ही था, क्योंकि सुंदरराव ठाकरे विदेशी कपड़े फूँकने के लिए पूना (पुणे) तक गए थे। बाद में जीवन भर वे खादी पहनते रहे। कुशाभाऊजी को स्वदेशी का संस्कार, शायद पक्के तौर पर कहा जा सकता है, वहीं से मिला और हमें एक स्वदेशी कुशाभाऊ मिले। ऐसा नहीं कि सुंदरराव ठाकरे के अभिजात वर्ग में दोस्त न हों और उनको विदेशी कपड़े पहनने का शौक न था। सुंदरराव की दोस्ती जाने-माने उद्योगपतियों में प्रमुख अंबालाल साराभाई, ऐलंबिक के श्री जज्जर, विजयलक्ष्मी पंडित के पति रंजीत पंडित और लोकसभा के पहले अध्यक्ष मावलंकर से थी। सब कहते थे कि सुंदरराव अपनी जीवनशैली बदलें, पर वे एक इंच भी सिद्धांत से न इधर हुए, न उधर हुए। ठीक वैसे ही जैसे कुशाभाऊ थे।

यों कुशाभाऊ के पाँच और भाई हैं, पर सार्वजनिक जीवन में केवल वे ही थे। पहले भाई रसिक ठाकरे, वे कंजरवेटर थे, अब नहीं रहे। सूर्यकांत ठाकरे, इंजीनियर रहे। श्रीकांत कोऑपरेटिव बैंक में मैनेजर रहे। जयंत ठाकरे सिंचाई विभाग में रहे। अविनाश ठाकरे जामुल सीमेंट फैक्टरी में एकाउंट ऑफिसर थे। कुशाभाऊ दूसरे नंबर पर थे, पर वास्तव में अव्वल नंबर साबित हुए। अविनाश भी अब नहीं रहे।

अनुशासन का अर्थ होता है स्वयं के ऊपर शासन, दूसरे से थोपा हुआ शासन नहीं। यदि हम अपनी इच्छा के विपरीत हुआ निर्णय भी मानते हैं तो उसका कारण यही है कि हम यह सोचते हैं कि मेरी राय के विरुद्ध होगा, लेकिन संगठन के व्यापक हित में है और इसलिए उसको मानकर चलना है। यही सामूहिकता है।

टॉवल, दाढ़ी का समान, मंजन इत्यादि तो चाहिए ही और यह सब मैं नहीं लाया हूँ। इस पर उन्होंने मुझे अपने साथ घटी एक घटना सुनाई। एक बार उनका बैग ट्रेन से चोरी हो गया। रात को उन्होंने चादर ओढ़ ली, कपड़े धोकर सुखाने को डाल दिए, सुबह कपड़े पहनकर चादर धो डाली। ऐसा तीन दिन तक चलता रहा। फिर मुझसे कहने लगे कि तुम एक दिन भी ऐसा नहीं कर सकते। यह बात याद आ जाने पर मुझे हँसी आ जाती है, एक समय भाऊ से उनके कुछ आर्थिक प्रश्न पर चर्चा हुई। मौत के साए में भी वे भा.ज.पा. के लिए ही चिंतातुर थे।

कुशाभाऊ ठाकरे का निधन होना ही था, क्योंकि निधन हर शरीर का होता है, फिर वे तो 81-82 वर्ष के थे। अटपटा लग रहा ही होगा आपको। स्वाभाविक भी है। मैं सच कह रहा हूँ। निधन कुशाभाऊ ठाकरे का नहीं, बल्कि निधन हुआ है···आदर्श का, समर्पण का, प्रामाणिकता का और निष्ठाधारी तत्त्वों का। भारतीय राजनीति में शरीर तो बहुतों के पास है, परंतु इन तत्त्वों का अधिकतम लोगों में अभाव है। दो-तीन माह पूर्व की बात है। 'एम्स' अखिल भारतीय आयुर्विज्ञान संस्था के कमरा नं. 201 से फोन आया। "तुम क्या कर रहे हो", हमने कहा, 'लिख रहा हूँ।' "तुम जल्दी मेरे पास आओ, मैं बेंगलुरु की कार्यकारिणी की बैठकों में नहीं जा पाया हूँ। तुम उस बैठक से संबंधित सभी खबरों की संक्षिप्त जानकारी लेकर आओ द्व कुशाभाऊ ठाकरे का कहना और कार्यकर्ता के नाते मेरा काम में जुटना··· ! एक घंटे के भीतर हम पहुँच गए। सब पढ़कर सुनाया। ऑपरेशन 2003 और मिशन 2004 की वहाँ वेंकैया नायडूजी ने घोषणा की थी, साथ ही दस हजार नौजवानों को चुनाव सहायक बनाने का निर्णय लिया। इस बात पर कुशाभाऊ ने मुझे रोक दिया। मुझसे कहा, "अरे भाई, बहुत बड़ा काम किया है। कैसे निकलेंगे लोग ? निकलेंगे तो उसकी व्यवस्थित चिंता होनी चाहिए।" हमने कहा, "आप सो जाइए।" अरे! वेंकैया नायडू ने इतना बड़ा काम हाथ में लिया है और मैं यहाँ बैठा रहूँ। बिस्तर पर पड़ा रहूँ। यह संभव नहीं, तुम मुझे यहाँ से कार्यालय ले चलो।"

इसके बाद वे जोर-जोर से रोने लगे। उन्होंने एक ही बात की रट लगानी शुरू कर दी, "मुझे दौरा करना है। मैं मध्य प्रदेश जाऊँगा, छत्तीसगढ़ जाऊँगा और राजस्थान भी। मुझे तत्काल ले चलो।" वे बच्चों की तरह यानी बाल-हठ करने लगे। उसी समय हम बाहर आए और भा.ज.पा. के सहायक कार्यालय प्रभारी को फोन लगाया, साथ ही कहा, "आप जल्दी आ जाइए। वे आ गए।" थोड़ी देर बाद श्यामजी से बात की। फिर कुशाभाऊ ने मुझसे पूछा, "रामायण किसने लिखी थी ?" मैंने उत्तर दिया, 'महर्षि वाल्मीकि ने। फिर सवाल उठाया, "रामचरितमानस किसने लिखा ?" हमने कहा, 'संत तुलसीदासजी ने।' उन्होंने कहा, "फिर श्रीराम भगवान् ने क्या किया ?" इतने में श्यामजी जाजू फफक-फफक कर रोने लगे, साथ ही गत वर्षों से कुशाभाऊ ठाकरेजी की सेवा में रत रंजीत भी रोने लगा। हालात को देखते हुए हमने शिवराजसिंहजी को फोन किया। इसके बाद संजयभाई जोशी को वहाँ घट रही घटनाओं की जानकारी दी। संजयजी ने कहा, "मैं डॉ. हर्षवर्धन से बात करता हूँ।" तब तक शिवराजसिंहजी और ठाकरेजी के सहयोगी सर्वेंद्र भी वहाँ आ गए। सर्वेंद्र यानी कुशाभाऊ का घरेलू डॉक्टर। कुशाभाऊ ठाकरे के स्वास्थ्य की राई-राई, रत्ती-रत्ती जानकारी रखनेवाले व्यक्ति सर्वेंद्र तो गए डॉक्टर को बुलाने और शिवराजजी भी ठाकरेजी के निकट आ गए। ठाकरेजी ने फिर वही रट शुरू कर दी, "मुझे यहाँ से ले चलो। मैं मध्य प्रदेश, छत्तीसगढ़ और राजस्थान का

दौरा करूँगा।" शिवराजजी ने कहा, "आप जो कहेंगे, हम वही करेंगे। बस डॉक्टर की अनुमति ले लेने दीजिए।" इतना कहकर स्वयं शिवराजजी भी रोने लगे। हालत गंभीर और माहौल गमगीन था। इसके बाद पास खड़ा गनमैन भी रोने लगा।

इतने में वहाँ सभी डॉक्टर आ गए। अपार श्रद्धा, असीम स्नेह, उन सभी युवा चिकित्सकों की आँखों में साफ-साफ झलक रहा था। चिकित्सकों ने अपने वरिष्ठ डॉक्टर गुप्ता को, जो उस दिन अहमदाबाद में थे, फोन पर बात की। फिर उन्होंने ठाकरेजी से कहा, "अभी आप अस्पताल से जाएँगे और यदि वहाँ पर स्वास्थ्य खराब हो गया तो क्या होगा ?" ठाकरेजी ने छूटते ही कहा, "जो होना था, वह तो हो गया। अब जो होना है, उसमें मुझे जाना है।"

इतने में वहाँ पर डॉ. हर्षवर्धन भी आ गए। बीमार ठाकरेजी ने पहले श्रीमती हर्षवर्धन का हाल-चाल पूछा। फिर सर्वेंद्र की बीमार बेटी की जानकारी ली। उसके बाद फिर वही पुरानी जिद पर आ गए कि 'मुझे यहाँ से ले चलो।' डॉ. हर्षवर्धन के बाद वहाँ आए डॉ. नरेश पमनानी। दोनों डॉक्टरों ने चर्चा की। ठाकरेजी की जिद से हारकर फिर उन्हें उसी शाम चार बजे 'एम्स' से 11, अशोक रोड स्थित कार्यालय ले आया गया।

11 अशोक रोड भा.ज.पा. का राष्ट्रीय कार्यालय है। कार्यालय के एक ओर तीन कमरे हैं। पहला कमरा संजयभाई का, सामने श्री प्यारेलाल खंडेलवाल का कमरा और अंदर था, कुशाभाऊ ठाकरे का कमरा। अंदर अपने कमरे में उन्होंने प्रवेश किया। प्रवेश करते ही अपनी दोनों आँखें ऊपर उठाईं। ऊपर लगे थे, चार चित्र। एक था, संघ के आद्य सरसंघचालक डॉ. केशव बलिराम हेडगेवार का। दूसरा चित्र था, गुरुजी का। तीसरा चित्र था, माता-पिता का और चौथा चित्र था, पं. दीनदयाल उपाध्याय का।

बिस्तर पर लेटते ही कहा, "अरे सर्वेंद्र सभी को चाय पिलाओ। प्रभातजी को खाना खिलाओ, क्योंकि ये 11 बजे से ही अस्पताल में थे।" फिर शिवराजजी से कहा, "तुम पत्नी और दोनों बच्चे लव-कुश को शाम को लेकर आओ।" चिकित्सक नरेश पमनानी से कहा, "आप अपने बच्चों से हमारी बात कराएँ।" दोनों से बात की, फिर लग गया मिलनेवालों का ताँता। ठाकरेजी का कार्य शुरू देखकर कोई कह नहीं सकता था कि वे बीमार हैं।

आनेवाले से चर्चा और फिर एक ही बात कि मैं अब दौरे पर जाऊँगा। कार्यकर्ताओं से बात करूँगा। मेरी मौत भी काम करते-करते कार्यकर्ताओं के बीच होनी चाहिए। यहाँ एक घटना छूट गई थी। अस्पताल छोड़ने से पूर्व वहाँ साध्वी उमाश्री भारती पहुँची थीं। उन्होंने ठाकरेजी के सिर पर हाथ फेरा और कहा कि अब आप मेरे साथ मध्य प्रदेश चलिए। ठाकरेजी ने कहा कि तुम अपना समय बरबाद मत करो। मुझे तो एक गाड़ी दो, एक कार्यकर्ता और एक डॉक्टर की व्यवस्था कर देना। मैं पूरे मध्य प्रदेश का दौरा करूँगा। उमाजी रो पड़ीं, बाहर आईं। चिकित्सकों से चर्चा कीं और मुझसे कहा कि अब ठाकरेजी

को मध्य प्रदेश ले चलो। वहाँ उनकी सख्त जरूरत है। इस बीच 11, अशोक रोड पर पुनः शिवराजसिंह चौहान आए। ठाकरेजी ने कहा कि मेरा कार्यक्रम बन गया। संजयभाई जोशी ने कहा कि पाँच अक्तूबर से आपका कार्यक्रम बनेगा। ठाकरेजी ने कुछ खाया और सो गए।

इसके बाद दूसरे दिन उनका प्रवास कार्यक्रम बनना शुरू हुआ। सभी लोग जानते हैं कि ठाकरेजी ने चुनाव से एक-डेढ़ माह पूर्व मध्य प्रदेश के सभी संभागीय स्थानों पर मंडलशः कार्यकर्ताओं की बैठकें ली थीं। उन्होंने कहा कि इस बार भा.ज.पा. की सरकार बनानी है। वे 230 विधनसभा क्षेत्रों में से 210 विधानसभा क्षेत्रों के कार्यकर्ताओं की उनके संभागीय स्थानों पर जाकर बैठकें लेंगे।

फिर वे रवाना हुए, छत्तीसगढ़ के सभी संभागीय स्तर पर गए और 90 विधानसभा क्षेत्रों की बैठकें लीं। इतना ही नहीं, उसके बाद तो वे राष्ट्रीय स्वयंसेवक संघ की अखिल भारतीय बैठक, जो कन्याकुमारी (तमिलनाडु) में होनी थी, में भी पहुँच गए। उसके बाद लौटे तो भा.ज.पा. की कार्यकारिणी, जो रायपुर में हुई, उस बैठक में भी गए। लौटने के बाद उन्होंने श्री दिलीपसिंह भूरिया, जुएल उरांव, फग्गनसिंह कुलस्ते और करिया मुंडाजी को बुलवाया। उन्होंने इन नेताओं से कहा कि आदिवासियों की सीटें, जिसे अधिक मिलेंगी, उसी पार्टी की सरकार दोनों राज्यों में बनेगी। अतः आदिवासियों से संबंधित समस्याओं पर चिंता करो और आदिवासी क्षेत्रों में सघन दौरा करो।

फिर शुरू हो गया टिकट का दौर। ठाकरेजी को पुनः अस्पताल में भरती होना पड़ा। इस बार वे बहुत कम समय ही वहाँ रहे। तीन-चार दिनों बाद वे लौटकर आ गए। दूरभाष से सभी चुनावी राज्यों की जानकारी लेते रहे। स्वयं संजयभाई एवं राज्यों के अध्यक्ष और संगठन महामंत्री भी सभी जानकारियाँ देते रहे। चुनाव हुए, चुनाव की तिथि आ गई—1 दिसंबर। ठाकरेजी अपने जीवन के अब तक के इतिहास में पहली बार मत देने भोपाल नहीं जा सके। वे गंभीर रूप से बीमार हो गए थे। 4 दिसंबर को परिणाम आया। परिणाम आने के बाद उन्होंने सभी से एक ही बात कहनी शुरू की कि मेरा सपना पूरा हो गया। तीनों स्थानों पर सरकार बन गई। अब मुझे जाने दो।

इतना कहकर ठाकरेजी जो बिस्तर पर लेटे, तो पुनः उठने की हिम्मत नहीं जुटा पाए, पर हाय री किस्मत…गजब की किस्मत…न टूटनेवाली हिम्मत अट्टहास कर उठी…! घोषणा हुई कि उमाश्री भारती मध्य प्रदेश की मुख्यमंत्री और डॉ. रमन सिंह छत्तीसगढ़ के मुख्यमंत्री होंगे। दोनों के शपथ समारोह क्रमशः 8 दिसंबर और 7 दिसंबर को होने थे। ठाकरेजी एक सुर से बोलने लगे, "मुझे भी शपथ समारोह में जाना है।" उन्होंने श्यामजी जाजू को कहा, "मेरे जाने की व्यवस्था करो।" श्यामजी पड़ गए धर्मसंकट में, आखिर कैसे जाएँगे कुशाभाऊ?

पूर्व सरसंघचालक स्व. श्री कुप्.सी. सुदर्शनजी के साथ कुशाभाऊ ।

राष्ट्रऋषि नानाजी देशमुख के साथ चर्चारत कुशाभाऊ।

भारतीय जनता पार्टी, मध्य प्रदेश की प्रदेश कार्यसमिति बैठक में सहभागिता।

पार्टी के कार्यकर्ताओं सर्वश्री स्व. मणिराज सिंह, श्री रामस्वरूप गुप्ता, वीरेंद्र सिंह, राकेश सिंह, भगवत शरण माथुर के साथ कुशाभाऊ।

डॉ. श्यामाप्रसाद मुखर्जी की प्रतिमा के अनावरण का क्षण।

कुशाभाऊ को श्रद्धासुमन अर्पित करते

भारत रत्न पूर्व प्रधानमंत्री स्व. श्री अटल बिहारी वाजपेयी।

अवधेश प्रताप सिंह विश्वविद्यालय, रीवा (म.प्र.) में प्रतिवर्ष आयोजित
होनेवाली कुशाभाऊ ठाकरे स्मृति भाषणमाला की झलकियाँ

अवधेश प्रताप सिंह विश्वविद्यालय, रीवा (म.प्र.) में प्रतिवर्ष आयोजित होनेवाली कुशाभाऊ ठाकरे स्मृति भाषणमाला की झलकियाँ

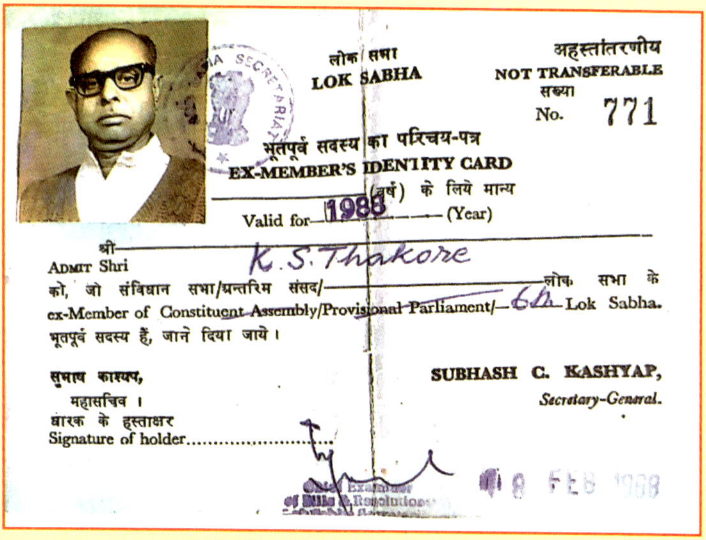
लोक सभा
LOK SABHA

अहस्तांतरणीय
NOT TRANSFERABLE

सख्या
No. 771

भूतपूर्व सदस्य का परिचय-पत्र
EX-MEMBER'S IDENTITY CARD

(वर्ष) के लिये मान्य
Valid for 1988 (Year)

श्री
ADMIT Shri K.S. Thakore

को, जो संविधान सभा/अन्तरिम संसद्/ लोक सभा के
ex-Member of Constituent Assembly/Provisional Parliament/ 6th Lok Sabha.
भूतपूर्व सदस्य हैं, जाने दिया जाये।

सुभाष काश्यप,
महासचिव।

SUBHASH C. KASHYAP,
Secretary-General.

धारक के हस्ताक्षर
Signature of holder............................

8 FEB 1988

कुशाभाऊ का सांसद परिचय-पत्र।

कुशाभाऊ का ड्राइविंग लाइसेंस।

इतने में तो ठाकरेजी ने लगा दिया फोन उपप्रधानमंत्री लालकृष्ण आडवाणीजी को। आडवाणीजी ने कहा कि मैं ले चलूँगा आपको और आप जरूर चलेंगे, छत्तीसगढ़ के शपथ ग्रहण समारोह में। ठाकरेजी ने लगाया फोन सह-कार्यालय प्रभारी श्यामजी जाजू को और कहा कि मैं कल सुबह आडवाणीजी के साथ छत्तीसगढ़ के शपथ समारोह में जाऊँगा। तुम तैयारी करो। 7 दिसंबर की सुबह हुई। ठाकरेजी पहुँच गए दिल्ली के हवाई तल पर। ले ली उड़ान आडवाणीजी के साथ रायपुर की, पहुँच गए ठाकरेजी, शपथ समारोह में। सब चकित रह गए ठाकरेजी को देखकर। कोई हाथ पकड़ रहा था तो कोई पैर छू रहा था ठाकरेजी के। सबने घेर लिया ठाकरेजी को, लेकिन ठाकरेजी को तो 8 दिसंबर को दूसरे दिन ही पहुँचना था, मध्य प्रदेश के शपथ ग्रहण समारोह में। शुरू हो गए ठाकरेजी, फिर मुझे भोपाल जाना है। हवाई जहाज का टिकट लाओ। छत्तीसगढ़ के मुख्यमंत्री डॉ. रमन सिंह ने कहा कि दोपहर में कोई हवाई जहाज भोपाल नहीं जाता, आप यहीं आराम से रहें, पर ठाकरेजी तो ठाकरेजी ठहरे। अड़ गए और फिर कृषि मंत्री राजनाथ सिंह उन्हें लेकर आए भोपाल। भोपाल में उन्हें विमान से छोड़कर वे आगरा के लिए रवाना हो गए। फिर हुई 8 दिसंबर की सुबह। शुरू हुआ, मध्य प्रदेश के मुख्यमंत्री का शपथ ग्रहण समारोह। सभी ने देखा, मंच पर ठाकरेजी उपस्थित थे। शपथग्रहण समारोह के बाद मध्य प्रदेश के कार्यकर्ता ठाकरेजी से मिले। ठाकरेजी उसी शाम विमान से दिल्ली लौट आए। कर्म और धर्म, दोनों पूरा किया ठाकरेजी ने।

दिल्ली लौटने के बाद उनकी तबीयत बिगड़ती चली गई। ठान ली ठाकरेजी ने, अब कुछ नहीं खाऊँगा। मुझे तो अब बस जाना है। यम को आते ठाकरेजी ने देख लिया था। समझ गए थे कि अब वे धरती पर कुछ ही दिन के मेहमान हैं। छोड़ दी दवाई और अस्पताल की चर्चा। बात बिजली की तरह फैली कि ठाकरेजी ने अन्न-जल त्याग दिया है। अंततः आडवाणीजी आए, आग्रह किया और अपने हाथ से खिलाया कुशाभाऊ को, पर स्थिति बिगड़ती गई। बिगड़ती स्थिति से ठाकरेजी स्वयं रू-ब-रू थे। देखने और दिलासा दिलाने सभी राजनीतिक सहोदर बारी-बारी से आते रहे, पर ठाकरेजी सभी से एक ही बात कहते रहे कि मुझे मेरी माँ और गुरुजी बुला रहे हैं। इसी बीच वेंकैयाजी सुबह-शाम उनके स्वास्थ्य का समाचार लेने आते रहे। एक दिन स्थिति इतनी भयावह हो गई कि उपस्थित सभी लोग घबरा गए और कुशाभाऊ के परिजनों को, जिनके बीच कुशाभाऊ यदा-कदा रहा करते थे, उन सभी को यहाँ बुलवा लिया गया, स्वावलंबी संस्कार में पले कुशाभाऊ रोग शैया पर भी परावलंबन की मार नहीं सहना चाह रहे थे। एक-एक करके सभी परिजनों को उन्होंने अपने-अपने घर जाने को कहा। बहन सीमा पारलेकर से कहा कि हम तो सिर्फ कहने को रिश्तेदार हैं, भाऊ के असली रिश्तेदार तो संघ और भा.ज.पा. के कार्यकर्ता ही हैं। हमारा तो उन पर बहुत अधिक अधिकार नहीं

है। बिस्तर पर लेटे-लेटे ठाकरेजी ने कहा कि तुम सभी का टिकट आ गया है, तुम सभी रवाना हो जाओ। परिजन उधर से रवाना हुए। इधर ठाकरेजी की हालत फिर नाजुक होने लगी। इसी बीच संजयभाई जोशी (संगठन महामंत्री) को पुनः बुलाया गया। संजयभाई दिल्ली आ गए। उसके पूर्व ठाकरेजी को देखने कार्यालय में राष्ट्रीय स्वयंसेवक संघ के सरसंघचालक सुदर्शनजी, विश्व हिंदू परिषद् के अशोकजी सिंघल, गिरिराज किशोरजी, ओंकारजी भावे सहित सैकड़ों लोगों का आना दिन भर बना रहा।

इसी बीच आडवाणीजी, वेंकैयाजी और संजयभाई जोशी पहुँचे, ठाकरेजी से मिले और उपस्थित तीनों चिकित्सकों—श्री गुप्ता, श्री पमनानी एवं श्री हर्षवर्धन से ठाकरेजी के स्वास्थ्य के बारे में चर्चा की। तय हुआ कि अभी ठाकरेजी को कार्यालय में ही रखना है और आवश्यक उपचार यहीं उपलब्ध कराया जाए, क्योंकि ठाकरेजी अस्पताल जाने को तैयार नहीं थे, लेकिन होनी को कौन टाल सकता है? हालत बहुत बिगड़ती चली गई। अंततः ठाकरेजी को संजयभाई जोशी ने अस्पताल चलने के लिए राजी कर ही लिया। दूरदर्शन सहित टी.वी. चैनलों पर भी यह खबर आई कि ठाकरेजी की स्थिति नाजुक है।

अब पुनः ठाकरेजी को 'एम्स' के प्राइवेट वार्ड के कमरा नंबर 401 में भर्ती कर दिया गया। खबर जिन-जिन को मिली, वे ठाकरेजी तक सहज पहुँचने लगे। 'एम्स' का 401 नंबर का कमरा मंदिर में तब्दील हो गया।

अर्धनींद में पलकें खोलते व बंद करते कुशाभाऊ मनीषी की भाँति लेटे-लेटे सबको अपना अंतिम स्नेह देते रहे। हर आनेवाला आगंतुक कुशाभाऊ की सेवा में लगे रंजीत से मिलता। वे पूछते, "आप इनको पहचानते हो।" कुशाभाऊ बुद्ध की तरह मुसकराते और कहते, "क्यों नहीं पहचानूँगा, यह तो…!"

अजीर्ण काया पर वह सजीव मुसकान देख 401 नंबर के कमरे में खड़े सभी लोग रोमांचित हो उठे और सभी ने कहा कि कुशाभाऊ तो हँस रहे हैं। पल भर को लगा कि कल वे बिस्तर से उठेंगे और प्रवास पर चलेंगे, पर यम को यह मंजूर न था। नित्य की तरह वे 27 दिसंबर की रात को नींद में रहे, पर प्रातः सूर्य ने तो सूर्योदय किया, पर कुशाभाऊ ने आँखें नहीं खोलीं। बालभाव से युक्त उनका चेहरा अतीत के इकसठ वर्षों की सामाजिक व राजनीतिक तपस्या को सँजोए हुए सिर्फ यह कह रहा था कि मैं अब पुनः अपनी माँ की गोद में और गुरुजी के सान्निध्य में जा रहा हूँ।

ठाकरेजी नहीं रहे। यह झूठ नहीं, अब सच्ची खबर है, क्योंकि अब वे न बोलते हैं ओर न सिर हिलाते हैं, न हाथ कँपकँपाते हैं और न पैर चलाते हैं। उनकी साँस ने भी पूर्ण विराम ले लिया है।

❑

सार्वजनिक जीवन की दिशा-दशा बदली ठाकरेजी ने

—स्व. मदनमोहन जोशी

मध्य प्रदेश की जिन शख्सियतों ने सार्वजनिक जीवन की दिशा और दशा बदल दी, नए प्रतिमान रच दिए, उनमें प्रदेश भा.ज.पा. के पितृपुरुष स्व. कुशाभाऊ ठाकरे अग्रणी हैं। अपने समकालीनों में वे बिल्कुल अलग धरातल पर खड़े नजर आते हैं। उन्होंने अपनी असीमित ऊर्जा और दुर्लभ सूझ-बूझ से एक विशाल संगठन खड़ा कर दिया, बूँद को सागर में तब्दील कर दिया। सफलताओं के कई नए सोपान रचे, मगर इनका श्रेय लेने से बचते रहे। सादगी ऐसी कि देखनेवाला चकित रह जाए, जमावट ऐसी कि अच्छे से अच्छा रणनीति विशारद नत मस्तक हो जाए। तूफानों के बीच पर्वतों की तरह अविचल रहना, छोटी-बड़ी हर भूमिका को पूरे मन प्राण से अंजाम देना, निष्ठाओं के कलश-कंगूरों को क्षति पहुँचाए बगैर सामंजस्य के सूत्र बुन लेना ठाकरेजी की कुछ ऐसी खूबियाँ थीं, जिन्होंने उन्हें एक सफल सेनानायक, शिल्पी, सर्जक और सूत्रधार बना दिया। अनेक अवसरों पर स्वयं विष पीकर अमृत बाँटने का जैसा उदाहरण ठाकरेजी ने पेश किया, वह भी सार्वजनिक जीवन का अनूठा आयाम साबित हुआ।

सामान्यत: देश और विशेषत: मध्य प्रदेश के सार्वजनिक जीवन में ऐसे कम ही उदाहरण देखने को मिलते हैं, जब किसी एक शख्सियत ने अपने बलबूते पर समय का प्रवाह बदल दिया हो, नितांत नया इतिहास रच दिया हो, नियति की नई इबारत लिख डाली हो। मध्य प्रदेश भारतीय जनता पार्टी के पितृपुरुष एवं उसके राष्ट्रीय नेतृत्व के नक्षत्र मंडल में अपनी विशिष्ट पहचान के साथ श्रद्धापूर्वक स्मरण किए जानेवाले स्व.

वरिष्ठ पत्रकार, मध्य प्रदेश

कुशाभाऊ ठाकरे इसी विरली और लगभग विलुप्तमान कोटि में आते हैं। अपने दल का शून्य से शिखर तक संगठन खड़ा करने और उसे सत्ता में पहुँचाने का अनूठा कीर्तिमान उनके नाम दर्ज है। अपनी कठोर साधना से उन्होंने अनेक सिंहासन रचे, हाड़-मांस के कितने ही पुतलों में वैचारिक निष्ठा के बीज बोए, ढेरों मस्तकों का महिमाभिषेक किया, उन्हें मुकुट पहनाया, मगर अपने लिए कभी कोई सत्ता का पद नहीं चाहा, उसका स्वाद चखने तक से परहेज किया। सेनापति, सर्जक, शिल्पी, सूत्रधार जैसी अनेक निर्णायक भूमिकाएँ अदा करने के बावजूद किसी भी सफलता का श्रेय लेने से बचते रहे, अधिकतर नेपथ्य से सूत्र संचालन करते रहे। विष पीकर अमृत बाँटा। दृढ़ संकल्प, सर्वस्व समर्पण, अनथक संघर्ष, अनवरत् परिश्रम, अटूट धैर्य एवं जबरदस्त जिजीविषा के जीते-जागते पर्याय बने रहे। न कभी पराजय से मायूस हुए, न विजय पर इतराए। विपरीत-से-विपरीत परिस्थितियों को चीरते हुए पर्वतारोही की तरह ठाकरेजी आगे बढ़ते रहे, अपने कारवाँ में नए-नए चेहरे जोड़ते गए, उन्हें कार्यकर्ता के रूप में संस्कारित करते रहे। वर्षों तक बागबाँ बनकर न जाने कितने नए पौधे रोपे, नर्सरियाँ तैयार कीं, उन्हें नंदन वन में तब्दील किया, किंतु जब बासंती बयार बही, चमन चहचहाया तो तपोवन की तरफ रुख कर दिया।

ठाकरेजी को किसी भी तरह का ठहराव, जड़ता, आत्मतृप्ति, आत्मश्लाधा गँवारा नहीं थी। अलग-अलग अभिरुचियों के स्वभाववाले लोगों को एक सूत्र में पिरोने में उन्हें गजब की महारत हासिल थी। इन सबका परिणाम यह हुआ कि कुछ वर्षों में ही उन्होंने बूँद से समुद्र रच दिया, अपने दल को सबसे बड़े विकल्प के रूप में खड़ा कर दिया। ठाकरेजी ने पार्टी के साथ इस कदर तादात्म्य स्थापित किया कि वे संगठन के प्राण हो गए और उनके प्राणों में संगठन बस गया। कार्यकर्ताओं से निकटता की भी सर्वथा नई मिसाल कायम की। हजारों कार्यकर्ताओं को वे केवल नाम और चेहरे से ही नहीं पहचानते थे, बल्कि उन्हें इतना अपनत्व देते थे, उनके सुख-दुःख में ऐसी साझेदारी करते थे कि यह रिश्ता अंतरंग ही नहीं, अटूट हो जाता था। आमतौर पर नेता और कार्यकर्ता में अंतर किया जाता है। ठाकरेजी ने ऐसी किसी विभाजक रेखा को स्वीकार नहीं किया। उनके लिये हर एक कार्यकर्ता बराबर था। वे स्वयं को भी आजीवन एक कार्यकर्ता ही मानते रहे। करिश्माई नहीं थे, मगर उनके व्यक्तित्व में चुंबकीय आकर्षण था, कर्मठता की पराकाष्ठा थी। साधारण में असाधारणता खोज लेने की अंतर्दृष्टि ने उन्हें एक अद्भुत संगठनकर्ता के रूप में स्थापित किया था। इस लिहाजा से उनके नेतृत्व को काफी हद तक मौलिक कहा जा सकता है।

प्रदेश स्तर पर तो ठाकरेजी सर्वमान्य थे ही, राष्ट्रीय स्तर पर भी प्रमुख स्तंभों में उनकी गिनती की जाती थी। वर्ष 1967 में ही राष्ट्रीय सचिव बन चुके थे। जब 1999

में केंद्र में भारतीय जनता पार्टी सत्ता में आई तो उन्हें लालकृष्ण आडवाणी के स्थान पर राष्ट्रीय अध्यक्ष चुना गया, जो उनकी व्यापक स्वीकार्यता का स्पष्ट प्रमाण था। वर्षों तक विपक्ष की भूमिका अदा करनेवाले दल के लिए यह सत्तारोहण अपने आपमें एक ऐतिहासिक घटनाक्रम था। सत्ता और संगठन के बीच रिश्तों की दृष्टि से यह एक नाजुक मोड़ भी था और एक कठिन चुनौती भी। इस संक्रांति काल में पार्टी की बागडोर किसे सौंपी जाए, इस पर ज्यादा मंथन की जरूरत नहीं पड़ी। तमाम निर्णय बिंदुओं के समक्ष सहज रूप से केवल एक नाम उभरा और वह था—कुशाभाऊ ठाकरे। जिस कुशलता से उन्होंने पिछले छह दशकों में छोटे-बड़े हर दायित्व को अंजाम दिया था, अपने व्यक्तित्व को तमाम तरह के दबावों और तनावों के बीच वातानुकूलित बनाया था, निष्ठाओं के कलश-कंगूरों को ढहाए बिना सामंजस्य के सेतु बाँधने की कला सीखी थी, उसे दृष्टिगत रखते हुए ठाकरेजी से बेहतर कोई और नाम संभवतः हो नहीं सकता था। ठाकरेजी ने इस शीर्ष दायित्व को भी बखूबी अंजाम दिया, अपनी उसी चिर-परिचित शैली में, जिसमें आत्म प्रचार, आत्मतृप्ति, अहंकार, पक्षपात, पूर्वाग्रह जैसी बुराइयों के लिए रत्ती भर जगह नहीं थी। पं. दीनदयाल उपाध्याय के बाद यह दूसरा ऐसा अवसर था, जब आर.एस.एस. का कोई पूर्णकालिक स्वयंसेवक पार्टी का राष्ट्रीय अध्यक्ष हुआ हो। अंतर केवल यह था कि उपाध्यायजी भारतीय जनसंघ के अध्यक्ष बने थे, जबकि ठाकरेजी भारतीय जनता पार्टी के। महिमा की उत्तुंग मीनार पर पहुँचाने के बाद भी न तो अपनी निहायत ही सादगीपूर्ण जीवनशैली में किसी किस्म का कोई बदलाव आने दिया और न ही कोई आडंबर ओढ़ा। दिल्ली में नए दायित्व को सँभालने पर उनका प्रचार के चकाचौंध कर देनेवाले फोकस में आना स्वाभाविक था, मगर ठाकरेजी ने न अपना अंदाज बदला और न औजार बदले। सीधा-सच्चा वही खेल फर्रूखाबादी, जो पहले था, वही अब भी था। संवादप्रिय होने के कारण उन्हें पत्रकारों से मिलना, उनसे बतियाना काफी पसंद था, लेकिन 'ऑफ द रिकॉर्ड' के आधार पर कॉपी बनानेवाले उनसे मिलकर निराश लौटते थे। ठाकरेजी का कहना था कि जो मैं बोल रहा हूँ, सबकुछ तो रिकॉर्ड पर है। फिर यह 'ऑफ द रिकॉर्ड' क्या बला है! ठाकरेजी ने आंतरिक मतभेदों को सुलझाने के लिए भी 'संवाद, बार-बार संवाद, जब तक थक न जाएँ, तब तक संवाद, सहमति न हो जाए, तब तक संवाद' का एक रामबाण नुस्खा खोज रखा था। सभी स्तरों पर संवाद को वे लगातार प्रोत्साहित करते थे, उनका आयोजन करते और कराते थे। अंतर्द्वंद्वों से कोई दल, कोई मंच मुक्त नहीं हो सकता। समय के साथ ये अंतर्द्वंद्व और गहरे और कटु होते जाते हैं। इसके निराकरण के लिए ठाकरेजी ने सहमति के सूत्र गूँथने के लिए संवाद-दर-संवाद की श्रृंखलाएँ रच डालीं। इस दौरान हर एक को इस बात की पूरी छूट होती थी कि वह न केवल अपना विचार या मंतव्य पेश करे, बल्कि आक्रोश को भी खुलकर अभिव्यक्ति

दे। इस तर्ज की बैठकों को उन्होंने 'उगालदान' बैठकों का नाम दिया था। शर्त या बंदिश केवल यह थी कि इस उगालदान की 'पीक' बाहर न जाए। अपनी इस अभिनव शैली के बल पर ठाकरेजी बुरी-से-बुरी परिस्थितियों में भी मतभेदों पर एक झीना आवरण डालने में बहुत सफल हो जाते थे।

15 अगस्त, 1922 को जन्माष्टमी के दिन धार में जन्मे ठाकरेजी के लिए उनका ध्येय, उनके आदर्श ही सर्वस्व थे। निजी स्तर पर उनके पास अपना कुछ भी नहीं था। न परिवार, न जमीन-जायजाद, न किसी से राग, न किसी से द्वेष। जिन्होंने उन्हें वर्षों तक भोपाल के सोमवारा स्थित कार्यालय में अहर्निश काम करते या दिल्ली के अशोक रोड स्थित राष्ट्रीय मुख्यालय में अलख जगाते देखा, उनके अलावा कोई इस बात की कल्पना तक नहीं कर सकता कि किसी पाटर्बी, किसी संगठन का सूत्रधार इस कदर सादगी, इस कदर कंगाली में जीता हो कि उसके पास दो जोड़ी धोती-कुरता, एक जोड़ी चप्पल के अलावा अपना कुछ भी न हो। वस्त्र भी खुद के खरीदे या सिलाए नहीं, कार्यकर्ताओं या प्रशंसकों के दिए होते थे। प्रशंसकों ने उन्हें एक शाल भेंट की थी। इसे गुजरात भूकंप राहत कोष में दान देने की गरज से बोली लगवाकर बेच दिया। भोजन भी प्रेमियों द्वारा परोसा होता था। इस मामले में उनकी अपनी कोई निजी पसंद नहीं होती थी। आंदोलन का ऐलान हो या रणनीति का निर्धारण, चुनाव का मोर्चा हो या सत्ता का गुणा-भाग, सबकुछ आठ फुट लंबे और आठ फुट चौड़े कोठरीनुमा कमरे में आकार लेता था, जो उनका निवास भी था और कार्यालय भी। यहाँ से रणभेरियों की तान छिड़ती थी, कारवाँ कूच करते थे, यही 'वार रूम' था और यही कंट्रोल रूम।

ठाकरेजी ने बीस वर्ष की आयु में 1942 में राष्ट्रीय स्वयंसेवक संघ से नाता जोड़ा और इसके बाद पीछे मुड़कर नहीं देखा। आँसू, पसीना, रक्त, सबकुछ समर्पित कर दिया राष्ट्र देवता के चरणों में और चल पड़े सपनों में झिलमिल भविष्य सँजोए सूनी लंबी कठिन डगर पर। उनकी अडिग प्रतिबद्धता और अथक परिश्रम-शक्ति को देखते हुए संघ ने 1951 में उनकी सेवाएँ जनसंघ को दे दीं। मध्य भारत के कुछ चुनिंदा क्षेत्रों में पार्टी की आधारशिला रखने के बाद नया मध्य प्रदेश बनने पर ठाकरेजी भोपाल आ गए और यहाँ से शुरू हुई वह अविराम यात्रा, जो चक्रव्यूहों और सिंहद्वारों से गुजरती हुई, जय-पराजय का वरण करती हुई चरम उत्कर्ष पर जा पहुँची। ठाकरेजी मध्य प्रदेश के बाहर पूर्वोत्तर जैसे सुदूर क्षेत्रों में भी कठिन मिशन पर तैनात किए गए। वहाँ भी उन्होंने अपने कार्य व्यवहार की गहरी छाप छोड़ी और आशातीत परिणाम दिए।

अदम्य साहस और दृढ़ निश्चय ठाकरेजी की असीमित शक्ति के मुख्य स्रोत थे। उन्हें तूफानों के बीच पर्वत की तरह अविचल रहना आता था। इसलिए शांत व संयत मुद्रा अख्तियार करते हुए प्राय: हर एक गुत्थी का हल खोज लेते थे। उनके काफी निकट

रहे पूर्व मुख्यमंत्री सुंदरलाल पटवा के अनुसार 'ठाकरेजी एक ऐसी सरिता की तरह थे, जिसमें न तो भारी वर्षा के कारण उफान या तूफान आता है और न ही भीषण ग्रीष्म की तपन से सूखा उसे ग्रसित करता है। उसे तो केवल पाटों व प्रवाह को निरंतर विस्तृत करते हुए आगे बढ़ते ही जाना है। वे इस कदर स्थितप्रज्ञ थे कि न तो विपरीत परिस्थितियों में विचलित होते थे और न ही अनुकूल परिस्थितियों में उछलते थे। ऐसे व्यक्तित्व को सिर्फ राजनीतिज्ञ मानना, संगठन पुरुष मानना उसका सही आकलन नहीं है। वे तो विरली विभूतियों में आते हैं और इसीलिए अपने समकालीनों में एकदम अलग ऊँचाई पर खड़े नजर आते थे।' पत्रकार के नाते मेरा स्वयं का उनसे सुदीर्घ और निकट का संपर्क रहा। मैंने उन्हें कभी झुँझलाते या खीजते नहीं देखा। भले ही आप उन पर कितने ही तीखे सवालों की बौछार कर दें, उनसे भड़काऊ असहमति जताएँ, आक्षेपों के अग्निबाण छोड़ें, वे सधे हुए संतुलित ढंग से ही जवाब देंगे और सटीक तर्कों से आपका समाधान करने की कोशिश करेंगे। यदि आप एक मुलाकात में संतुष्ट नहीं होंगे, तो दोबारा अवसर देंगे, आपको बुलाएँगे, मगर आपके प्रति कोई परहेज नहीं पालेंगे, पूर्वग्रह नहीं पालेंगे, प्रियजनों की सूची से आपका नाम नहीं काटेंगे। उनकी एक दुर्लभ विशेषता यह भी थी कि उनके पास सबके लिए समय होता था। सारी व्यस्तताओं के बावजूद उनमें किसी तरह की हड़बड़ी नहीं, अव्यवस्था नहीं, तदर्थवाद नहीं, आपाधापी नहीं होती थी। इस तरह का आचरण वही व्यक्ति कर सकता है, जिसका ह्रदय धीर, गंभीर और प्रशांत हो तथा जिसने एक अटूट लय में स्वयं को बाँध लिया हो तथा जो अपने लिए नहीं, दूसरों के लिए जीता हो।

आर.एस.एस. के पुराने कार्यकर्ता बताते हैं कि किस तरह दो-चार पैसों की ककड़ियाँ और चना खाकर एक झोला कंधे पर लटकाकर ठाकरेजी ने राष्ट्रीय स्वयंसेवक संघ के स्वयंसेवक के रूप में वर्षों बिताए थे। जितना जेब में पैसा होता था, उतनी दूर बस या ट्रेन से जाते थे तथा फिर किसी तरह अगली टिकट का जुगाड़ कर अगले गंतव्य पर पहुँचते थे। उस दौर में मंदिरों या धर्मशालाओं में सोना उनके लिए आम बात थी। कभी टूटी चप्पलें, तो कभी नंगे पाँव तो कभी किराये की साइकिल पर सवार होकर ठाकरेजी संघ का काम करते थे। हर जगह दो-चार लोगों को किसी तरह जुटाकर काम शुरू करते और देखते-देखते खासी जमावट कर देते थे। काम की चुनौतियों के मुताबिक लोगों की तैनाती करना, अच्छा कार्य करने वालों को संरक्षण देना, पुरस्कृत करना और गलती करनेवालों को सुधरने का मौका देना ठाकरेजी की एक ऐसी विशेषता थी, जिसने उन्हें सबका प्रिय बना दिया। इसी के बल पर वे तिनका-तिनका जोड़कर घोंसले की तरह बुने गए अपने संगठन को पिरामिड का स्वरूप देने में कामयाब हो सके। पर्यवेक्षक इस बारे में एक मत हैं कि यदि ठाकरेजी जैसे घोर परिश्रमी, अनुभवी, सतत प्रयासरत

और सबको साथ लेकर चलने का माद्दा रखनेवाला व्यक्ति नहीं होता तो मध्य प्रदेश में भा.ज.पा. अपनी जय यात्रा इतने कम समय में पूरी कर पाती, यह कहना मुश्किल है।

ठाकरेजी के प्रति अगाध श्रद्धा का सार्वजनिक प्रदर्शन भोपाल में 22 मई, 2000 को उस समय हुआ, जब अमृत महोत्सव के रूप में उनकी 75वीं सालगिरह मनाई गई। समारोह के बाद उनके चरण स्पर्श करने और आशीर्वाद लेने की होड़ मच गई। इसमें अन्य लोगों के साथ प्रदेश के तत्कालीन मुख्यमंत्री दिग्विजय सिंह भी शामिल थे, जो ठाकरेजी की संगठनात्मक कुशलता को बेजोड़ मानते थे। यह आयोजन राजनीति के मत-मतांतरों से ऊपर उठकर एक ऐतिहासिक अवसर में बदल गया। ठाकरेजी ने अभिनंदन का उत्तर देते हुए सबसे ज्यादा जोर इस बात पर दिया कि कोई भी सरकार भले वह कितनी ही सक्षम क्यों न हो, सारी समस्याएँ नहीं सुलझा सकती। समाज की सोई शक्ति को जगाकर ही सही बदलाव लाया जा सकता है। आज के जमाने में प्रसिद्धि के पीछे भागनेवाले तो बहुत हैं, लेकिन शांति से समाज का काम करना, पाठशालाएँ चलाना, आश्रम चलाना, अस्पताल चलाना कठिन है, परंतु यही सच्ची सेवा है, यही समय का तकाजा है। उन्होंने वनवासियों की समस्याओं का खासतौर से जिक्र किया तथा कहा कि जब तक उन्हें यह एहसास नहीं होगा कि वे भी देश के नागरिक हैं, तब तक देश की प्रगति बेमानी है। ठाकरेजी ने स्वयं को भेंट की गई एक करोड़ 95 लाख रुपए की श्रद्धा-निधि वनवासियों एवं वंचितों के नाम समर्पित कर यह जता दिया कि पीड़ित लोगों की सेवा करने में उन्हें जितना संतोष होता था, उतना और किसी अन्य कार्य से नहीं।

विधाता का विधान भी कभी-कभी अजीबोगरीब होता है। रामकृष्ण परमहंस, एम.एस. गोलवलकर 'गुरुजी' और कुशाभाऊ ठाकरे जैसी सेवा को समर्पित विभूतियों की कैंसर से मृत्यु के संदर्भ में सिवाय इसके और क्या कहा जा सकता है? ठाकरेजी ने भी बगैर उफ किए पीड़ा का यह प्याला पी लिया तथा परमात्मा में विलीन हो गए। अपनी तरह के इस अनूठे सिद्ध पुरुष और निष्काम कर्मयोगी का 28 दिसंबर, 2003 को देहांत हो गया। इसके साथ ही वे इतिहास की गाथाओं का अंग बन गए।

(लेख को 'मध्य प्रदेश संदेश' से साभार लिया गया है)

❑

कुशाभाऊ ठाकरे : सत्ता और सिंहासन की रूह में संगठन का मस्तकाभिषेक

—उमेश त्रिवेदी

भारतीय जनता पार्टी में कुशाभाऊ ठाकरे के बारे में इतना कुछ बोला और लिखा जा चुका है कि कई बार उनके संस्मरणों में पुनरावृत्ति-दोष छलकने लगता है। वे देश के हालिया अतीत की राजनीति के प्रतिनिधि पुरुष थे। उनके उत्थान-अवसान के गवाह बहुतायत में मौजूद हैं। साठ-सत्तर के दशक में उनके साथ जुड़े लोगों में ठाकरेजी के प्रति एक नैसर्गिक आत्मीयता देखने को मिलती है। शायद इसीलिए ठाकरेजी के बारे में किस्सागोई कुछ-कुछ किंवदंतियों की तरह आगे बढ़ती है। यह किस्सागोई सच इसलिए है कि इसे सुनानेवालों को अब इस प्रशंसा से कोई लाभ अर्जित होनेवाला नहीं है। ठाकरेजी से जुड़े किस्सों को गंभीरता से इसलिए लिपिबद्ध किया जाना जरूरी है कि इनमें एक संगठन के निर्माण की फिलॉसफी साकार होती नजर आती है।

एक किस्सा भा.ज.पा. के राष्ट्रीय महासचिव कैलाश विजयवर्गीय ने अपने परिवार के एक निजी कार्यक्रम में मौजूद पत्रकारों और कार्यकर्ताओं-नेताओं के बीच सुनाया। ठाकरेजी का यह प्रसंग भा.ज.पा. की मजबूत इमारत की बुनियाद में दर्ज पसीने की आहुतियों की मार्मिकता का रेखांकन है। कैलाश विजयवर्गीय उस वक्त अधपके कार्यकर्ता थे। कहानी 1970 के प्रारंभिक काल की है, जबकि इंदौर में नारायण राव धर्म जैसे राष्ट्रीय स्वयंसेवक संघ के समर्पित लोग सक्रिय थे। एक कार्यकर्ता के बाल-सुलभ कौतूहल के वशीभूत कैलाशजी अपने वरिष्ठ साथी के साथ ठाकरेजी से मिलना चाहते थे। बकौल कैलाशजी, इंदौर के रामबाग स्थित संघ कार्यालय में आयोजित कार्यक्रम में ठाकरेजी को

वरिष्ठ पत्रकार, मध्य प्रदेश

धार से इंदौर पहुँचना था। बगैर किसी भाव-अभिव्यंजना के, यदि संक्षेप में बयाँ करें तो ठाकरेजी कार्यक्रम में चार घंटे विलंब से पहुँचे। ठाकरेजी ने नारायणराव धर्म के सामने इस बाबत जो स्पष्टीकरण दिया, वह दिलचस्प है। ठाकरेजी को रोडवेज की बस द्वारा धार से इंदौर पहुँचना था, लेकिन ठाकरेजी ने बस के बजाय साइकिल से इंदौर तक का सफर तय किया। अब साइकिल-यात्रा के तथ्यों पर गौर करें, तो बकौल ठाकरेजी धार से इंदौर से सफर के दरम्यान उन्हें किसी कार्यकर्ता के यहाँ शोक व्यक्त करने जाना था, जो उन्होंने पूरा किया। रास्ते में कुछ साथियों के यहाँ नाश्ता और भोजन किया। इन प्रक्रियाओं के चलते वे चार घंटे लेट हो गए। यह घटना का एक पहलू है। इसका दूसरा पहलू भा.ज.पा. की बुनियाद के मर्म को कुरेदता है। ठाकरेजी के स्पष्टीकरण का अंतिम वाक्य गौरतलब है, 'नारायण राव जबरन नाराज होता है तू, धार से इंदौर के बीच मैं कोई चार सौ कार्यकर्ताओं से मिल लिया और साइकिल से सफर करके पार्टी के एक रुपए पचहत्तर पैसे भी बचा लिये।' उस वक्त धार-इंदौर का बस-किराया पौने दो रुपये हुआ करता था। यह वाकया एक संगठन की संरचना और उसके संस्कार की बेसिक फिलॉसफी को बयाँ करता है।

कैलाश विजवर्गीय का यह किस्सा इस बात की पुष्टि करता है कि ठाकरेजी की हर साँस भा.ज.पा. या जनसंघ को समर्पित थी। संगठन के निर्माण, उसकी राजनीतिक-संरचना और कैमिस्ट्री को साधना आसान नहीं है। मत-मतांतर के रासायनिक समीकरणों के ज्वलनशील स्वभाव के बीच संगठन की एकीकृत, अधिकृत और सर्वमान्य थीसिस को अंजाम देने के लिए एक निस्पृहता आवश्यक होती है और यह निस्पृहता देव-योग से ही मिलती है। ठाकरेजी का कर्मयोग उनकी इस दैवीय निस्पृहता को बाकायदा रेखांकित करता है। ठाकरेजी की कर्म-भूमि की धुरी भले ही मध्य प्रदेश हो, उसका विस्तार समूचे भारत में परिलक्षित होता है। एक सामान्य कार्यकर्ता से भा.ज.पा. के शीर्ष 'अध्यक्ष पद' के गुरुतर भार को उन्होंने वहन किया था। सत्ता की आसंदियों के बीच सत्ता से विमुख रहकर एक संगठन के रूप में पहले जनसंघ, फिर भा.ज.पा. को मजबूत राजनीतिक संगठन में ढालने में उनका योगदान अद्‍भुत है। ठाकरेजी उन लोगों में शुमार हैं, जिन्होंने भा.ज.पा. अथवा जनसंघ के निर्माण की प्रसव-पीड़ा को भुगता है।

कुशाभाऊ ठाकरे की कार्यशैली राजनीतिक कर्मयोग की अनुगामी थी, शायद इसीलिए वे और उनका व्यक्तित्व एक राजनीतिक-संगठक तक ही सीमित नजर आता है, जबकि उनके साक्षात्कारों का 'फिलासॉफिकल-बेस' उन्हें एक चिंतक-राजनीतिज्ञ और राष्ट्रीय समस्याओं के भाष्यकार के रूप में भी अभिव्यक्त करता है। ठाकरेजी की जिंदगी में जनसंघ के स्ट्रगल की कहानी से अलग सिर्फ भा.ज.पा. की निर्माण कथा पर गौर करें तो पाएँगे कि देश की सामाजिक, आर्थिक और भौगोलिक विसंगतियों के बीच

भा.ज.पा. के राजनीतिक दर्शन को स्थिरता और स्थायित्व देना आसान काम नहीं था। यह काम गौरैया की रुन-झुन, चहचहाहट और कौओं की कर्कश काँव-काँव के बीच संगीत की सर्वमान्य और सुरुचिपूर्ण स्वरलहरियों की तलाश जैसा था। इंदिरा गांधी हत्याकांड, मंडल कमीशन, राममंदिर आंदोलन, राजीव गांधी हत्याकांड जैसे हादसों की राजनीतिक ज्वलनशीलता के बीच भा.ज.पा. के व्यक्तित्व को तराशने के दूभर काम में ठाकरेजी का योगदान अविस्मरणीय है।

ठाकरेजी कर्मयोग में विश्वास रखनेवाले एक वीतरागी राजनीतिज्ञ थे। 'नई दुनिया' के संपादक के नाते एक पत्रकार के रूप में मैंने कोई तीस साल तक उन्हें अपनी खबरों के लिए, अपनी समीक्षाओं के लिए, अपने विश्लेषणों के लिए हर कदम पर फॉलो किया है। उनके कई इंटरव्यू छापे, जो काफी चर्चित भी हुए। मेरे साथ उनके विश्वास के दायरे गहरे थे। मैंने एक बार उनसे अनुरोध किया था, 'उनके राजनीतिक संस्मरण देश की धरोहर हैं, उन्हें लिपिबद्ध किया जाना जरूरी है।' समूची अंतरंगता और गहरे विश्वास के बावजूद ठाकरेजी ने दृढ़ता से इस सुझाव को दरकिनार कर दिया था, कहा, "कई रहस्य ऐसे हैं, जिनसे देश और पार्टी दोनों का बड़ा नुकसान हो जाएगा। कई लोग बेनकाब हो जाएँगे। मैं चाहता हूँ कि ये राज मेरे साथ ही स्वाहा हो जाएँ।" ठाकरेजी के बाद ठाकरेजी के बारे में उनके संगी-साथियों ने अपने संस्मरणों में काफी कुछ लिखा है, लेकिन उनकी आत्मकथा जैसा कोई प्रसंग सामने नहीं आया है। ज्यादातर बड़े नेताओं ने खुद को प्रासंगिक और चर्चित बनाए रखने के लिए अपने संस्मरणों को आत्म-कथ्य के रूप में कल्पनाशीलता के साथ सँजोने का काम किया है। यह ठाकरेजी की निस्पृहता या वीतरागिता है कि अपनी स्मृतियों के स्थायित्व के लिए उन्होंने कभी कोई अतिरिक्त प्रयास नहीं किया। शायद इसीलिए वक्त-बेवक्त लोगों के जेहन में कुनमुनाने लगते हैं।

ठाकरेजी ने व्यक्तिगत यादगारों को भले ही परदे में रखा हो, लेकिन देश की बुनियादी समस्याओं पर चर्चाओं में वे काफी बेबाकी से बातें करते थे। उनके साथ कई लंबे साक्षात्कारों में संगठन के कर्ताधर्ता के रूप में उनकी फिलॉसफी खुलकर सामने आती रही है। भा.ज.पा. सरकार, पार्टी-संगठन, देश के राजनीतिक हालात और लोकतंत्र की अवधारणाओं के मामलों में उनका दृष्टिकोण सुस्पष्ट और सुनिश्चित था। वे कभी भी सरकार के सहारे भा.ज.पा. संगठन को चलाने के पक्षधर नहीं थे। उनका मत था, कोई भी पार्टी सत्ता पर आधारित होकर सफल नहीं हो सकती। वे आगाह करते थे कि सत्ता के आधार पर संगठन चलाने का हश्र कांग्रेस को देखकर समझ लेना चाहिए। मेरे साथ एक साक्षात्कार (5 मार्च, 1992) में उन्होंने कहा था, "प्रदेशों में कार्यशील भा.ज.पा. सरकारों को दिशा-निर्देश देने के लिए संगठनात्मक स्तर पर एक थिंक-टैंक होना

चाहिए। सरकार का काम पार्टी के दिशा-निर्देशों को अमलीजामा पहनाने का है।" उस समय मध्य प्रदेश में भा.ज.पा. की सरकार थी और ठाकरेजी यहाँ के प्रभारी थे।

6 दिसंबर, 1992 में बाबरी-मसजिद ध्वंस के बाद अपने एक साक्षात्कार (19 जनवरी, 1993) में अटलजी से मतभेदों के सवाल पर ठाकरेजी ने कहा था, "मसजिद मसले पर दल की बुनियादी नीतियों से अटलजी का कोई मतभेद नहीं है। अयोध्या आंदोलन की एप्रोच, रणनीति और समय को लेकर अटलजी की कुछ असहमतियाँ हैं, लेकिन ये कोई मूलभूत मतांतर नहीं हैं। ये किसी भी प्रजातांत्रिक दल के स्वाभाविक मतभेद हैं और भा.ज.पा. में ऐसे मतभेदों पर निर्णय लेने और उन्हें अमलीजामा पहनाने की क्षमता है।"

आज पढ़ें, तो 6 अप्रैल, 2000 को भा.ज.पा. के राष्ट्रीय अध्यक्ष के रूप में मेरे साथ उनका साक्षात्कार देश की वर्तमान राजनीति को प्रतिबिंबित करता है। उनका कहना था, "कांग्रेस, कम्युनिस्ट सहित देश की ज्यादातर पार्टियाँ जड़ता और खुद के द्वारा पैदा जटिलताओं की शिकार हैं। ये जनभावनाओं के साथ कदम मिलाकर नहीं चल पा रही है, जबकि भा.ज.पा. लोच और लचीलेपन के साथ समय और समाज के मर्म को पहचानकर अपना राजनीतिक कर्म सुनिश्चित करती है।" ठाकरेजी पार्टियों के कार्यकलापों से ज्यादा देश के लोकतंत्र के लिए चिंतित थे। उनका मानना था, "देश द्विदलीय प्रणाली की ओर अग्रसर है, लेकिन दुर्भाग्य से कांग्रेस की जीवन-शक्ति समाप्त होती जा रही है। स्वस्थ प्रजातंत्र के लिए ये अच्छे संकेत नहीं हैं। देश में चाहे जिसका राज हो, राजनीतिक पार्टियों के धर्म और कर्म पर अंकुश के लिए जनता के सामने विकल्प खुले होने चाहिए।"

सरपट राजनीति के इस दौर में काम करने की शैली में तेजी से बदलाव हुए हैं। सोचने-समझने का तरीका बदला है। समाज के बुनियादी मूल्यों और मूलभूत आवश्यकताओं को दरगुजर करके सिस्टम आगे बढ़ रहा है। इस भटकाव के नतीजे भी सामने आ रहे हैं। राजनीतिक व्यतिक्रम और विसंगतियों को देखकर लगता है कि एक बार फिर ठाकरेजी जैसी शख्सियत के जीवन-मूल्यों की गोद में पनाह लेनी होगी।

❑

कुशाभाऊ ठाकरेजी ने मुझे राजनीतिक छत दी

—बृजमोहन अग्रवाल

भारतीय राजनीति में कुशाभाऊ ठाकरेजी को एक निष्काम कर्मयोगी के तौर पर जाना जाता है। बिना फल की इच्छा के उन्होंने पार्टी के प्रति खुद को समर्पित रखा। जब पार्टी में नेता भी बहुत कम थे, तब वे कार्यकर्ता की तरह तपते रहे, लोगों को जोड़ते रहे। वे संस्कृति के मूल्यों और विचारों का वास्तविक प्रतिनिधित्व करते थे। उनकी दृष्टि में देश और समाज ही अव्वल रहता था। राजनीतिक क्षेत्र में व्यक्तिगत नफा-नुकसान की चिंता किए बगैर उन्होंने देश और पार्टी-हित को ही तवज्जो दी। सच कहूँ तो मैं उनमें पं. दीनदयाल उपाध्यायजी की झलक पाता था। जिन लोगों ने ठाकरेजी को जीवंत देखा है, उन्होंने भी महसूस किया होगा कि कद-काठी से लेकर ठाकरेजी का धोती-कुरता जैसा पहनावा उपाध्यायजी जैसा था।

कुशाभाऊजी का सबसे बड़ा गुण नेतृत्व को पहचानना और समर्पित कार्यकर्ताओं की टीम विकसित करना था। मुझ जैसे सैकड़ों कार्यकर्ता उन्होंने तैयार किए। 1980 तक मैं कॉलेज की राजनीति में सक्रिय हो चुका था। बड़े भैया गोपाल कृष्ण अग्रवाल और मैं, अखिल भारतीय विद्यार्थी परिषद् तथा भारतीय जनता पार्टी के संपर्क में आ चुके थे। उन दिनों किरोड़ीमल धर्मशाला स्थित पार्टी कार्यालय गतिविधियों का केंद्र होता था, बाद में उसी के सामने स्थित एक भवन को खरीदकर भा.ज.पा. का पहला कार्यालय बना, जिसे गर्दे स्मृति भवन नाम दिया गया। उस समय स्व. केशव दवे संगठन मंत्री रहे और बाद में स्व. गोविंद सारंग संगठन मंत्री बने। मैं बड़े भैया गोपाल कृष्ण अग्रवाल के साथ भा.ज.पा. कार्यालय जाने लगा।

कृषि एवं सिंचाई मंत्री, छत्तीसगढ़

इसी राजनीतिक सक्रियता ने स्व. कुशाभाऊ ठाकरेजी से मिलवाया। उनका आशीर्वाद पार्टी कार्यालय से लेकर घर तक में हासिल हुआ, चूँकि मेरा परिवार संघ के संस्कारों में पला-बढ़ा, इसलिए ठाकरेजी का हमारे घर में कई बार आना हुआ। कई बार मैंने अपने हाथों से उन्हें भोजन कराया। यह वह दौर था, जब भारतीय जनता पार्टी छत्तीसगढ़ में अपना जनाधार तेजी से मजबूत कर रही थी तथा कांग्रेस के दिग्गज नेता स्व. विद्याचरण शुक्ल, स्व. श्यामाचरण शुक्ल और मोतीलालजी वोरा की तूती बोला करती थी। ऐसे में पार्टी ने एक छोटा सा विघटन देखा। पार्टी के असंतुष्ट नेता, जिनमें स्वर्गीय रमेश अग्रवाल और वीरेंद्र पांडेय शामिल थे, ने छत्तीसगढ़ जन पार्टी नामक राजनीतिक संगठन बनाया। हालाँकि छजपा को जनसमर्थन उतना नहीं मिल रहा था, पर उसकी सक्रियता भा.ज.पा. के तत्कालीन नेताओं और संगठनकर्ताओं के लिए चुनौती जैसी ही थी।

दूसरी ओर रायपुर में भारतीय जनता युवा मोर्चा का राष्ट्रीय अधिवेशन होना तय हुआ था, इसलिए स्व. सारंगजी और ठाकरेजी किसी युवा चेहरे की तलाश में थे, जो मुझ पर आकर खत्म हुई। दोनों संगठन-शिल्पियों ने पार्टी की सदस्यता देते हुए मुझे नई जिम्मेदारी सौंपी और बस्तर से लेकर सरगुजा तक का दौरा करने का निर्देश दिया। तद्नुरूप पूरे प्रदेश में आंदोलन और रैलियाँ आयोजित की गईं। राष्ट्रीय अधिवेशन को सफल रूप से आयोजित कराने की जिम्मेदारी मुझे सौंपी गई। एक तरह से यह मेरे लिए पहली राजनीतिक परीक्षा जैसा ही था। उनका आशीर्वाद लेकर मैंने काम शुरू किया। इतिहास गवाह है कि अधिवेशन को ऐतिहासिक सफलता मिली। हालाँकि यह कार्यकर्ताओं की असीम मेहनत का नतीजा था, परंतु अटल बिहारी वाजपेयीजी, लालकृष्ण आडवाणीजी तथा स्व. राजमाता सिंधिया, प्रमोद महाजनजी की उपस्थिति ने हम सबमें नए उत्साह, जोश और कार्यशक्ति का निर्माण किया।

राष्ट्रीय अधिवेशन की सफलता परिणाममूलक टीम-वर्क पर मुहर लगाने का माध्यम बनी। नतीजतन ठाकरेजी के आशीर्वाद से मुझे पहले युवा प्रदेश मंत्री और बाद में प्रदेश उपाध्यक्ष की जिम्मेदारी भा.ज.पा. में दी गई, उन्हीं के आशीर्वाद से मुझे पाँच बार विधानसभा चुनाव का टिकट भी हासिल हुआ। ठाकरेजी स्पष्टवादी थे। गलतियाँ होने पर स्नेहतुल्य डाँटते भी और अच्छे कार्यों के लिए शाबाशी भी देते थे। जिसे भी जोड़ते, परिवार सहित जोड़ते। वे सबसे काम लेना जानते थे। उन्होंने पार्टी में दो पीढ़ी तक के नेता तैयार किए, जिनमें स्वर्गीय सुंदरलाल पटवाजी, स्व. लखीराम अग्रवाल, प्यारेलाल खंडेलवालजी, वीरेंद्र सखलेचाजी, स्व. कैलाश जोशीजी, स्व. विक्रम वर्माजी के अलावा मेरी उम्र के कई युवा नेताओं को ठाकरेजी तथा गोविंद सारंग की टीम ने खड़ा किया। ठाकरेजी जब राष्ट्रीय अध्यक्ष बने तो हम सबका सीना गर्व से चौड़ा हो गया।

साफतौर पर समझा जा सकता है कि ठाकरेजी जितने सादगीप्रिय थे, विचारों के उतने ही धनी। सभी कार्यकर्ताओं का नाम याद रखना, चिंता करना, नाराज व्यक्ति को मना लेना, उन्हें कुशल संगठक साबित करता था। वे स्पष्ट बोलनेवालों में थे, लेकिन कड़वाहट नहीं रखते थे और सही सलाह का खुले दिल से स्वागत करते थे। ठाकरेजी जब राष्ट्रीय अध्यक्ष बने तो स्वर्गीय लखीरामजी उनके बेहद करीबी थे। यह भी कह सकते हैं कि मध्य प्रदेश के किसी भी निर्णय पर लखीरामजी की सहमति अनिवार्य होती थी। तब भी ठाकरेजी सबसे सलाह लेते और यदि वह उपयुक्त होती तो खुद के द्वारा तय फैसले भी पार्टी हित में बदल दिया करते थे।

लाखों कार्यकर्ताओं की मेहनत के दम पर 1989 में मध्य प्रदेश में पहली बार मुख्यमंत्री सुंदरलाल पटवा के नेतृत्व में भा.ज.पा. की सरकार बनी। चूँकि ठाकरेजी मध्य प्रदेश से थे और वहाँ की राजनीति को समझते थे, इसलिए पार्टी आलाकमान ने उन्हें सरकार बनवाने की जिम्मेदारी सौंपी। मंत्रिमंडल में छत्तीसगढ़ से जिन चेहरों को शामिल किया गया, उनमें से एक मैं भी था। तत्कालीन पटवा सरकार में मुझे विज्ञान और तकनीकी पर्यटन संस्कृति व नगरीय प्रशासन मंत्री बनाया गया था। मंत्री बनने के बाद जब मैंने उनका आशीर्वाद लिया तो ठाकरेजी ने कहा कि युवा हो, इसीलिए तुम्हें विज्ञान और तकनीकी पर्यटन संस्कृति व नगरीय प्रशासन विभाग दिया गया। समय को देखते हुए इसके साथ पूरा न्याय करना।

1998 का साल भा.ज.पा. के लिए बेहद भाग्यशाली रहा। केंद्र में पहली बार भाजपा-गठबंधन की सरकार बनी तो दूसरी ओर कुशाभाऊ ठाकरेजी को राष्ट्रीय अध्यक्ष बनाया गया। इस समय तक छत्तीसगढ़ राज्य की माँग खासा जोर पकड़ चुकी थी, लेकिन कांग्रेस काफी मजबूत थी, इसलिए भा.ज.पा. को जिताने के लिए ठाकरेजी ने बतौर राष्ट्रीय अध्यक्ष तय किया कि छत्तीसगढ़ राज्य निर्माण मुद्दा, भा.ज.पा. के एजेंडे में होगा। उनका दावा था कि इससे हम छत्तीसगढ़ की जनता का विश्वास हासिल कर सकेंगे। बताने का आशय यह कि ठाकरेजी जनआकांक्षाओं को समझना बखूबी जानते थे। चुनाव परिणाम आए तो भा.ज.पा. ने पहली बार 11 में 9 सीटें जीतकर इतिहास रच दिया था।

पूर्व प्रधानमंत्री अटल बिहारी वाजपेयीजी के नेतृत्व में केंद्र में जब एन.डी.ए. सरकार बनी तो अनेक दल सहयोगी थे। भा.ज.पा. से सभी चेहरों को मंत्री बनाना संभव नहीं था, इसलिए छत्तीसगढ़ को भी दरकिनार करने की सूचना मिली, लेकिन ऐसा करना वादखिलाफी होता, क्योंकि वाजपेयीजी ने छत्तीसगढ़ राज्य बनाने के नाम पर भरपूर समर्थन जनता से माँगा था और भा.ज.पा. को 11 में से 9 सीटों पर विजय हासिल हुई थी। आनन-फानन में भा.ज.पा. का एक दल नई दिल्ली पहुँचा, जिसमें मैं भी शामिल था। हम

सबने ठाकरेजी को सारी बातों से अवगत कराया। इस पर उन्होंने ध्यान देने की बात कही और अंततः रमेश बैसजी को वाजपेयी सरकार में मंत्री बनाया गया।

ठाकरेजी जब पार्टी के राष्ट्रीय अध्यक्ष बने तो मेरा दिल्ली जाना हुआ। पार्टी मुख्यालय में उनसे मुलाकात तय हुई। मैं उनके कमरे में पहुँचा तो यह देखकर हैरान था। एक पलंगवाले कमरे में रुकते थे। राष्ट्रीय अध्यक्ष होने के बाद भी इतनी सादगीभरा जीवन हम सबके लिए प्रेरणास्पद था। पार्टी हित में वे बेहद कठोर थे, लेकिन मानवीय रिश्तों को पालने-पोसने में उतने ही मुलायम। रेखांकित करनेवाली बात यह है कि उनके जैसा संगठन-शिल्पी मैंने आज तक नहीं देखा। कुशाभाऊजी महज राजनीतिज्ञ नहीं थे, बल्कि वे श्रेष्ठ विचारक और अच्छे लेखक, पत्रकार भी थे। उनका मानना था कि शिक्षा केवल आजीविका तक ही सीमित नहीं होनी चाहिए, बल्कि उसकी भारतीय नागरिकों में जिम्मेदारी के दायरे को बनाने में भी महत्त्वपूर्ण भूमिका होनी चाहिए। हमारी सरकार ने रायपुर में कुशाभाऊ ठाकरेजी के नाम पर पत्रकारिता विश्वविद्यालय की स्थापना कर यह संदेश दिया है कि ठाकरेजी न सिर्फ हमारे लिए, बल्कि आनेवाली पीढ़ी के लिए भी युगों-युगों तक प्रेरणापुंज बने रहेंगे।

❑

एक निष्काम कर्मयोगी : माननीय ठाकरेजी

—केशव पांडेय

माननीय कुशाभाऊ ठाकरेजी सादा जीवन, उच्च विचार की जीवंत प्रतिमूर्ति थे। उनका सहजता, आत्मीयता और कोमलतापूर्ण व्यवहार कार्यकर्ताओं में सम्मोहन का भाव पैदा करता। कार्यकर्ताओं से मिलना, उनको सुनना तथा उनकी समस्याओं का समाधान करना उनकी दिनचर्या में शामिल था। उनका यही गुण कार्यकर्ताओं के मन में श्रद्धा का भाव पैदा करता था। उनके व्यक्तित्व का प्रभाव कुछ ऐसा था कि उनसे जो मिलता था, उन्हीं का हो जाता था। उनका कोई राजनीतिक शत्रु नहीं था, वे अजातशत्रु थे। वे दीनदयालजी की परंपरा के सच्चे वाहक थे। वे अधिकार के लिए संघर्ष नहीं, कर्तव्य पालन की प्रतिस्पर्धा में विश्वास करते थे। राष्ट्रभक्ति, समाजसेवा उनमें कूट-कूटकर रची-बसी थी। राष्ट्र को परम वैभव के शिखर पर ले जाना, उनका साध्य था। राजनीति उनके लिये साधनमात्र थी। इसी उद्देश्य की प्राप्ति के लिए अनुशासित कर्तव्यनिष्ठ योग्य और ईमानदार कार्यकर्ताओं का निर्माण करना उनके जीवन का संकल्प था। इस काम में उन्हें सफलता भी मिली। राजमाता सिंधिया, पटवा, जोशी प्रभृति जैसे नेताओं से लेकर प्रदेश के अधिकांश नेता और कार्यकर्ता उनके श्रमसाध्य सान्निध्य के परिणाम हैं।

ठाकरेजी का व्यक्तित्व दीपकधर्मी था। वे देशभक्ति, समाज उद्धार के लिए जीवनपर्यंत संकल्पित रहे। उन्होंने पूरे मध्य प्रदेश में कार्यकर्ताओं की शृंखलाबद्ध मालाएँ खड़ी कीं।

ठाकरेजी संगठन के शिल्पी थे। उन्होंने अपनी मेहनत के बल पर राष्ट्रीय अध्यक्ष के दायित्व को भी सुशोभित किया। उनकी पारखी दृष्टि से कार्यकर्ताओं का सुख-दुःख, मान-अपमान, आचरण-व्यवहार कुछ भी ओझल नहीं हो पाता था। उनके सान्निध्य में

संयोजक, प्रदेश अनुशासन समिति, भाजपा

मुझे भी संभागीय संगठन मंत्री की जिम्मेदारी मिलने का सौभाग्य प्राप्त हुआ था। उन दिनों की एक बैठक की छोटी सी घटना मेरे जीवन में चिरस्मरणीय बन गई। संगठन मंत्रियों और प्रदेश के प्रमुख कार्यकर्ताओं की एक आवश्यक बैठक थी। सभागृह में सारे कार्यकर्ता 10 मिनट पूर्व ही पहुँच चुके थे, क्योंकि ठाकरेजी को समय की पाबंदी बहुत पसंद थी। उन्होंने निर्धारित समय में पहुँचकर हम सब लोगों का मार्गदर्शन किया। कार्यक्रम के उपरांत मेरे कंधे पर हाथ रखकर अपने कमरे में ले गए, वहाँ मुझे एक धोती-कुरता दिया। बात केवल इतनी सी थी कि उस दिन जो धोती हमने पहन रखी थी, वह फटी हुई थी। उस घटना ने मेरे दृष्टिकोण को बदल दिया। मैं कार्यकर्ताओं के प्रति अधिक आत्मीय और सकारात्मक हो गया। कार्यकर्ता ही मेरे कर्मक्षेत्र के केंद्र-बिंदु बन गए। उनके सुख-दुःख, में शामिल होना मेरा स्वभाव बन गया। उनकी समस्याओं का निराकरण और उनके माध्यम से समाज की सेवा करना मेरी नियति बन गई।

ठाकरेजी कार्यकर्ताओं का मूल्यांकन उनके गोत्र के आधार पर नहीं, गुण के आधार पर करते थे। यही कारण था कि हर जाति और वर्ग के कार्यकर्ता उन्हें अपना अभिभावक मानते थे और उनके बताए हुए मार्ग का अक्षरशः पालन करते थे। उन्हें सत्ता कभी मोहित नहीं कर सकी। उनको सांसद, विधायक जैसे पदों की भी भूख नहीं थी, अपितु वे सांसद और विधायक बनानेवाले थे। वे सच्चे अर्थों में निष्काम कर्मयोगी थे। उनके जीवन का क्षण-क्षण और शरीर का कण-कण राष्ट्र को समर्पित था। वे जिस ध्येय को लेकर जनमे, जिए और जूझे, उसी में विलीन हो गए। उनका व्यक्तित्व और कृतित्व वर्तमान और भावी पीढ़ी के लिए प्रेरणा का कार्य करता रहेगा।

❑

ठाकरेजी की मूर्ति के दर्शन होते हैं भा.ज.पा. की जड़ में

—**जयकृष्ण गौड़**

भा.ज.पा. के राष्ट्रीय अध्यक्ष अमित शाह ने 14 जुलाई, 2018 को उज्जैन में मुख्यमंत्री शिवराज सिंह चौहान की जन आशीर्वाद यात्रा का शुभारंभ किया। उन्होंने मध्य प्रदेश में चौथी बार भा.ज.पा. सरकार बनने का विश्वास व्यक्त करते हुए कहा, "प्रदेश में भा.ज.पा. की जड़ें पाताल से भी गहरी हैं। यहाँ भा.ज.पा. को हराना असंभव है। 2018 का विधानसभा चुनाव भा.ज.पा. के इतिहास में सबसे अधिक सीटें जीतनेवाला चुनाव होगा", पाताल से भी गहरी जड़ को तलाशने पर उस मूर्ति के दर्शन होंगे, जिसने अपने खून-पसीने से इस जड़ को सींचा। देश के लिए जीने के जो संस्कार कुशाभाऊ ठाकरे ने राष्ट्रीय स्वयंसेवक संघ की शाखा से प्राप्त किए थे, उसी के अनुसार उन्होंने इस जड़ से पौधा तैयार करने में अपना जीवन समर्पित कर दिया। संघ शाखा के संस्कार क्या हैं, यदि एक संघ गीत की इस पंक्ति का स्मरण किया जाए तो उन सिद्धांतों का सार तत्व समझ में आ जाएगा, जिसे ठाकरेजी अकसर गुनगुनाया करते थे, *'तेरा वैभव अमर रहे माँ, हम दिन चार रहें या नहीं रहें।'* 1951 में जब सांस्कृतिक राष्ट्रवादी अवधारणा के साथ राजनीतिक दल के रूप में जनसंघ का जन्म हुआ तो उसको संगठन और विचार के आधार पर खड़ा करने का दायित्व राष्ट्रीय स्वयंसेवक संघ के द्वितीय सरसंघचालक पूज्य माधव सदाशिव गोलवलकर, जिन्हें श्रद्धा और स्नेह से गुरुजी कहा जाता था, उन्होंने जिन संघ प्रचारकों को जनसंघ के संगठन का दायित्व सौंपा, उनमें पं. दीनदयाल उपाध्याय, सुंदर सिंह भंडारी के साथ मध्य प्रदेश के संगठन की जिम्मेदारी ठाकरेजी को सौंपी।

वरिष्ठ पत्रकार, मध्य प्रदेश

ठाकरेजी का गृह नगर धार है, वहीं जनमे, पले-बड़े हुए। इंटर साइंस तक की शिक्षा पूर्ण करने के बाद मेडिकल में प्रवेश का चयन भी हो गया, लेकिन देश सेवा के संस्कारों से प्रेरित ठाकरेजी ने डॉक्टर बनने की बजाय समाज के दीन-दुखियों के दुःख के निदान का संकल्प लेकर संघ प्रचारक के नाते समाजसेवा का संकल्प लिया। बचपन से संघ के स्वयंसेवक थे। ठाकरे के छह भाई थे। माताजी की इच्छा थी कि कुशाभाऊजी बड़े भाई की तरह प्रशासकीय सेवा के अधिकारी बनें, लेकिन ठाकरेजी ने अपनी माताजी से यह कहकर परिवार त्याग दिया कि माँ तू यह मानकर चल कि तेरे छह बेटे नहीं, पाँच बेटे हैं। ठाकरेजी का जीवन उसी ऋषि परंपरा का जीवन था, जिसमें वशिष्ठ-विश्वामित्र से लेकर आचार्य चाणक्य ने राष्ट्र के लिए अपना जीवन खपाते हुए सम्राटों और राष्ट्र नायकों का निर्माण किया। उसी ऋषि परंपरा में ठाकरे का जीवन व्यतीत हुआ, जिस तरह आचार्य चाणक्य अखंड भारत के महामात्य (प्रधानमंत्री) होते हुए भी पाटलिपुत्र (पटना) के गंगा किनारे घास-फूस की कुटी (झोंपड़ी) में रहना पसंद करते थे, वैसा ही जीवन ठाकरेजी का रहा। एक झोले में ही उनका धोती-कुरता और अन्य सामान रहता था। संघ प्रचारक के नाते हाथ से ही कपड़े धोते थे। मुझे स्मरण है कि जब हम अपने गृह नगर सारंगपुर कस्बा में बाल स्वयंसेवक के नाते मंडल में बैठकर चर्चा कर रहे थे, उस समय हमारी शाखा पर अकसर राणा प्रताप, शिवाजी, गुरू गोविंद, चित्तौड़ की रानियों के जौहर के प्रसंग की चर्चा होती थी। उस समय शिवाजी द्वारा अफजल खाँ के वध का प्रसंग सुनाने को कहा गया, किस रास्ते से अफजल खाँ गया, भवानी के मंदिर को नष्ट किया। उस प्रसंग को पूरा करने में उस समय मैं अटक गया, जब कंधे पर झोला लटकाए एक ऊँचे, पूरा गौर वर्ण, धोती-कुरता पहने ठाकरेजी मंडल में आकर बैठ गए। हम समझ गए कि कोई प्रचारक होंगे, उन्होंने मुसकराते हुए कहा कि अपनी चर्चा चलने दो, लेकिन मैं भव्य विभूति को देखकर आगे नहीं बोल सका। ठाकरेजी ने प्रेरक ढंग से शिवाजी द्वारा अफजल खाँ के वध का पूरा वृत्तांत सुनाया। उस समय जब मैं आठवीं का छात्र था, जब भी ठाकरेजी आते, तब उनसे मिलना हो जाता था। एक-दो बार उन्हें स्टेशन तक छोड़ने का अवसर भी मिला। रोडवेज की गाड़ी में ही उनका प्रवास होता था। जनसंघ का प्रभाव बढ़ा। मिश्री लालजी तिवारी, केशव राव गौर, विष्णुजी, राजा भाऊ पातुरकर, बाबा साहेब नाथू, दत्ताजी उनगाँवकर, लालजी भाई जैसे संघ प्रचारकों के सतत प्रवास से संघ शाखा मध्य प्रदेश के सुदूर गाँवों में प्रारंभ हो गई थी। मध्य भारत में राष्ट्र चेतना जाग्रत् करने में संघ शाखाओं का प्रमुख योगदान रहा।

जब संविद सरकारें बनीं, ठाकरेजी के प्रयास से राजमाता सिंधिया कांग्रेस को त्यागकर जनसंघ में शामिल हुईं। उस समय ठाकरेजी की जाने-माने राजनीतिक पंडित की पहचान बनी। उन्हें जनसंघ का पितृपुरुष भी कहा जाने लगा। व्यक्ति का जीवन

संगठन के लिए हो जाता है तो संगठन और व्यक्ति एक-दूसरे के पर्याय हो जाते हैं। जनसंघ के पर्याय ठाकरेजी थे और भारतीय जनता पार्टी बनने के बाद भी मध्य प्रदेश की भा.ज.पा. का चेहरा ठाकरेजी रहे। ठाकरेजी के व्यक्तित्व से ही भा.ज.पा. का परिचय हो जाता था, चाहे ठाकरेजी मध्य भारत जनसंघ भा.ज.पा. के प्रमुख रहे हों, इसके बाद भा.ज.पा. के राष्ट्रीय महामंत्री और अध्यक्ष पद भी सँभाला, लेकिन राजनीति में इस ऊँचाई पर पहुँचने के बाद भी ठाकरेजी का जीवन वैसा ही सीधा-सरल रहा, जैसा संघ प्रचारक के नाते था।

राजनीति में भी वे संघ प्रचारक के रूप में ही रहे। उनके व्यक्तित्व को समझने के लिए मैं अपने उस महान् विभूति के संपर्क के कुछ अनुभव साझा करना चाहता हूँ।

- मेरे छोटे बच्चे का किडनी की बीमारी से निधन हुआ। पूरा परिवार दुःख में डूबा हुआ था। मैं उस समय स्वदेश इंदौर का संपादक था। ठाकरेजी उस समय भा.ज.पा. के राष्ट्रीय अध्यक्ष थे। भा.ज.पा. के स्थानीय नेता गजानंद त्रिवेदी के साथ ठाकरेजी घर आए और करीब आधा घंटे तक मुझे सांत्वना देते रहे। उस समय ठाकरेजी और प्यारेलालजी ऐसे नेता थे। जो हर सामान्य कार्यकर्ता के दुःख-सुख में शामिल होते थे, भा.ज.पा. की जड़ें पाताल तक पहुँचाने में कार्यकर्ताओं से जीवंत संपर्क का महत्त्वपूर्ण योगदान रहा।
- दिल्ली में जब जाना होता था, तो ठाकरेजी से मिलने की जिज्ञासा रहती थी। जब वे भा.ज.पा. के राष्ट्रीय अध्यक्ष थे, तब भी सरलता से भेंट हो जाती थी। एक बार दिसंबर के माह में दिल्ली जाना हुआ। ठाकरेजी ने कहा, "इंदौर में ठंड में गराड़ू मिलते हैं, दिल्ली में गराड़ू नहीं मिलते, अगली बार दिल्ली आना तो गराड़ू लेते आना।" दूसरी बार गराड़ू लेकर गया, उन्होंने कहा कि तुम कहाँ ठहरे हो। राष्ट्रीय अध्यक्ष होने के बाद भी सामान्य कार्यकर्ता से आत्मीय व्यवहार, इसी कारण संगठन की जड़ें गहरी होती गईं।
- एक बार इंदौर में जनसंघ की राष्ट्रीय परिषद् की बैठक थी। उस समय श्री अटल बिहारी वाजपेयी राष्ट्रीय अध्यक्ष थे। उस समय ठाकरेजी के पास मंत्री पद का दायित्व था। इंदौर के गांधी हॉल में सार्वजनिक कार्यक्रम था। अटलजी, आडवाणीजी आदि मंच पर आसीन थे। ठाकरेजी पदाधिकारी होते हुए भी मंच पर नहीं थे, अटलजी ने मंच से कहा कि कहाँ हैं ठाकरेजी, उन्हें बुलाओ। फिर बोले, "वे नहीं आएँगे, वे कहीं व्यवस्था में लगे होंगे।" मंच, स्वागत-सत्कार से अकसर ठाकरेजी परहेज करते थे।
- भा.ज.पा. के संगठन के आधार स्तंभ माने जानेवाले ठाकरेजी, जो राष्ट्रीय अध्यक्ष से लेकर भा.ज.पा. के विभिन्न दायित्वों का निर्वाह करते रहे। नई

दिल्ली स्थित भा.ज.पा. के पुराने कार्यालय के एक छोटे कमरे में उनसे मिलने का अवसर मिला। उस समय उनका स्वास्थ्य ठीक नहीं था। पास रखी कुरसी पर बैठकर जब कमरे को देखा तो मैं अचंभित हुआ, बल्कि मन को पीड़ा भी हुई। कमरा करीब दस-ग्यारह फीट के क्षेत्र का था, उसमें ठाकरेजी जिस पलंग पर लेटे हुए थे, उसके अलावा दूसरे पलंग की जगह नहीं थी। मैंने जब ठाकरेजी के अस्वस्थ रहते हुए इस छोटे कमरे में रहने का कारण पूछा तो बोले, "इससे बड़े कमरे की मुझे क्या जरूरत? मैं यहाँ आराम से हूँ।" मेरे मन-मस्तिष्क में चाणक्य के उस चरित्र का प्रसंग मँडराने लगा, जिसमें मगध के सम्राट् का महामात्य चाणक्य गंगा किनारे की घास-फूस की कुटी में रहता था।

- जब जनसंघ के विचार पूरे भारत में चिंतन का विषय बन गए थे, तब पीरगेट में जनसंघ का पुराना कार्यालय किराए के मकान में था। मुश्किल से दस-बाई-दस के कमरे में कुशाभाऊ ठाकरे रहते थे। ऐसे ही एक कमरे में प्यारेलाल खंडेलवाल का डेरा था। इन कमरों में खटमल मानव खून की तलाश में घूमते रहते थे, मच्छरों की भिनभिनाहट होती रहती थी। ऐसे कमरे में कोई तपस्वी मानव ही रह सकता था।
- मध्य प्रदेश भा.ज.पा. के पितृपुरुष माने जानेवाले ठाकरेजी के जीवन से मेरे जैसा सामान्य पत्रकार उस समय अधिक प्रभावित हुआ, जब ठाकरेजी के बड़े भाई, जो वन विभाग में उच्च अधिकारी थे, उनका निधन इंदौर में हुआ, उस समय मध्य प्रदेश में भा.ज.पा. की पटवा सरकार थी। शव यात्रा में काफी लोग पहुँचे, मुक्तिधाम पर ही विशाल शोकसभा हुई, श्रद्धांजलि अर्पित की गई। मैं दूसरे दिन ठाकरेजी से मिलने उनके बड़े भाई के घर गया, वे किराए के मकान में रहते थे। ठाकरेजी ने पूछा, "कल दाह-संस्कार में लगनेवाले लकड़ी-कंडे के पैसे का भुगतान किसने किया।" उस समय वहाँ बैठे हम सब एक-दूसरे का मुँह देखने लगे, हमने कहा, "भुगतान करनेवाले की तलाशकर आपको बता देंगे।" जल्दी बताना, "मुझे भुगतान करना है।" करीब डेढ़ हजार रुपए की सामग्री दाह-संस्कार में लगी थी। तब इंदौर के आई.डी.ए. अध्यक्ष देवी सिंह राठौड़ ने अंतिम-संस्कार की व्यवस्था की थी। उन्होंने देवी सिंहजी को बुलाकर सारा भुगतान किया। बाद में उन्होंने बताया कि डेढ़-दो हजार के भुगतान के लिए ठाकरेजी लगातार फोन करते रहे। इतने शीर्ष नेता के जीवन में सादगी, ईमानदारी कितनी थी, उसकी आज के नेतृत्व में तलाश नहीं हो सकती। ठाकरेजी के समान ही अन्य कई का

जीवन भा.ज.पा. के पौधे को सींचने में खप गया, लेकिन कम शब्दों में यह तो कहा जा सकता है, जिन्होंने संगठन को गढ़ने में अपना जीवन खपा दिया, उनके ध्येय पथ पर जब तक भा.ज.पा. रहेगी, तब तक ही भा.ज.पा., भा.ज.पा. बनी रहेगी।

❑

विरले थे ठाकरेजी

—फूलचंद वर्मा

परम श्रद्धेय स्व. कुशाभाऊजी ठाकरे का नाम आते ही, उस विभूति का चित्र सामने आता है, जिसने अपना सर्वस्व भारतीय जनसंघ, जनता पार्टी, भारतीय जनता पार्टी तथा माँ भारती की सेवा में न्योछावर कर दिया। स्व. श्री कुशाभाऊ ठाकरे जैसे विरले ही लोग होते हैं, जिनका जन्म देश, राष्ट्र व समाज की सेवा के लिए होता है। स्व. श्री ठाकरेजी से मेरा परिचय सन् 1967 में, जब मैं पहली बार पंधाना सुरक्षित सीट से विधायक बनकर मंत्री बना; तब से लेकर उनकी मृत्यु उपरांत उनका स्नेह, आशीर्वाद व मार्गदर्शन मुझे मिलता रहा है। मैं उन सौभाग्यशाली कार्यकर्ताओं में से हूँ, जिन्होंने अपने जीवन का अधिकांश समय आदरणीय स्व. श्री ठाकरेजी की छाया में बिताया है। गंभीर-से-गंभीर बात को भी सहज भाव से कह देना व कार्यकर्ताओं की मन:स्थिति समझकर उसे संतुष्ट करना, दिन-रात लगाकर बिना अपने स्वास्थ्य की चिंता किए प्रवास करते रहना, यह आदरणीय स्व. श्री ठाकरेजी की खासियत थी।

कैंसर जैसी गंभीर बीमारी से पीड़ित होकर भी बजाय बिस्तर पर आराम करने के वे गाँव-गाँव जाकर कार्यकर्ताओं से मिलते रहे। कई बार लगता था कि स्व. श्री ठाकरेजी कैंसर जैसी गंभीर बीमारी को हर बार की तरह मात देकर हमें अपना स्नेह-आशीर्वाद देते रहेंगे, लेकिन नियति के आगे भला किसकी चली है। आज जो भारतीय जनता पार्टी विश्व की सबसे बड़ी पार्टी है, उसकी नींव के पत्थर स्व. श्री ठाकरेजी जैसे लोग रहे हैं। मध्य प्रदेश के भा.ज.पा. संगठन को आदर्श संगठन माना जाता है, वह श्री ठाकरेजी की तपस्या है। गाँव-गाँव घूमकर, चाहे आपातकाल का दौर हो या संघ पर प्रतिबंध लगा हो, ऐसी विपरीत परिस्थिति में भी पार्टी को उन्होंने खड़ा किया है। आज हम मध्य प्रदेश में भारतीय जनता पार्टी का जो वटवृक्ष देख रहे हैं, उसे स्व. श्री कुशाभाऊ ठाकरेजी ने अपने खून-पसीने से सींचा है। श्री ठाकरेजी के पवित्र पावन चरणों में मेरा सादर प्रणाम।

❑

पूर्व सांसद, मध्य प्रदेश

निष्काम कर्मयोगी श्रद्धेय
स्व. कुशाभाऊ ठाकरे

—रामप्रताप सिंह

यह जानकर अत्यंत प्रसन्नता की अनुभूति हुई कि श्रद्धेय कुशाभाऊ ठाकरेजी के जीवन वृत्त पर केंद्रित स्मृति ग्रंथ का प्रकाशन किया जा रहा है। स्व. कुशाभाऊ ठाकरे जितने सहज और सरल थे, उतना ही उनका व्यक्तित्व विराट था। मैं ऐसा मानता हूँ कि इस स्मृति ग्रंथ में श्रद्धेय ठाकरेजी के जीवन प्रसंग और उनकी विशिष्टताओं का प्रत्येक पृष्ठ समाहित होगा, इसलिए मेरा यह प्रयास है कि श्रद्धेय ठाकरेजी के प्रति मेरी अपनी सुखद स्मृतियों के कुछ संस्मरण के बिंदुओं को आपके समक्ष रख सकूँ।

अलौकिक व्यक्तित्व के धनी श्रद्धेय ठाकरेजी सादगी के तेजोमय देदीप्यमान नक्षत्र की मानिंद थे। उनके व्यक्तित्व से ही विलक्षण आकर्षण का बोध होता था। शायद इसलिए ही जब भी कोई कार्यकर्ता उनके संपर्क में आता था तो जीवनपर्यंत के लिए उनका अनुगामी हो जाता था। मैं भी स्वयं को एक ऐसा ही भारतीय जनता पार्टी का कार्यकर्ता मानता हूँ। संघ प्रचारक के रूप में मुझे उनका प्रथम सान्निध्य प्राप्त हुआ। मैंने उनके व्यक्तित्व में मुखिया के नैसर्गिक गुण को अनुभव किया। उनसे मेरी जब भी मुलाकात होती थी तो मुझे ऐसा लगता था जैसे कि मैं अपने घर-परिवार के अभिभावक से मिल रहा हूँ। मैं जब भी कभी उनसे मिला, तब उनका यह पहला आत्मीयता से ओत-प्रोत प्रश्न हुआ करता था, "कहो रामप्रताप, कैसे हो?" उनके इस संबोधन को मैं स्नेह और संरक्षण की पराकाष्ठा मानता हूँ। वे हमारे मुखिया थे।

उनके व्यक्तित्व में पूज्य गोस्वामी तुलसीदासजी की मुखिया के संदर्भ में लिखी गईं, ये पंक्तियाँ शत-प्रतिशत सही लगती हैं—

मुखिया मुख सो चाहिए, खान-पान को एक।
पालय पोषय सकल अंग, तुलसी सहित विवेक॥

अध्यक्ष, राज्य वनौषधि पादप बोर्ड, छत्तीसगढ़

अपनी दृष्टि में मैं श्रद्धेय स्व. कुशाभाऊ ठाकरे को राजनीति का कबीर मानता हूँ। जिस तरह कबीर का साहित्य एवं जीवनदर्शन आडंबरमुक्त है, ठीक उसी प्रकार स्व. ठाकरेजी का जीवन सरल व सादगीपूर्ण रहा। वे स्वयं को आडंबर और औपचारिकताओं से जीवनपर्यंत दूर रखने में सफल रहे। इसका उदाहरण है कि वे संगठन में राष्ट्रीय स्तर के पदों में अपने दायित्व को निर्वहित करते हुए महत्त्वपूर्ण अवसरों पर भी जीप, कार की जगह बस में यात्रा करते थे और कार्यक्रमों में शामिल हुआ करते थे। मुझे अच्छी तरह स्मरण है कि बैतूल की कार्यसमिति की बैठक में श्रद्धेय श्री ठाकरेजी भोपाल से बस के द्वारा बैतूल पहुँचे थे। मैं भी उस बैठक में सम्मिलित हुआ था। उनका यह प्रेरणादायी व्यवहार मेरे हृदय-पटल पर आज भी अंकित है। वस्तुतः उनके इस व्यवहार के पीछे उनका यह दृष्टिकोण समाहित होता था कि भारतीय जनता पार्टी का कोई भी कार्यकर्ता अतिरिक्त सुविधाभोगी होकर अपने लक्ष्य से न भटके। श्रद्धेय ठाकरेजी का जीवन एक प्रेरणादीप की तरह है, जो संकल्प की पूर्ति हेतु सतत प्रेरित करता है।

श्रद्धेय ठाकरेजी के साथ अपने संस्मरण की कड़ी में मुझे स्मरण आ रहा है, जब अविभाजित मध्य प्रदेश में वर्ष 1993 एवं 1998 के राज्य विधानसभा चुनावों में भारतीय जनता पार्टी को बहुमत नहीं मिला, तो इसकी पीड़ा पार्टी के सभी कार्यकर्ताओं के हृदय में थी, परंतु श्रद्धेय ठाकरेजी के हृदय में असफलता के इस दंश की वेदना अपने नेतृत्व को लेकर कुछ इस तरह से थी, जिसे हमने उनकी वाणी एवं विचारों में अनुभव किया। असफलता के इस क्षण में वे अत्यंत आहत और दुःखी हुए, परंतु उनके हृदय के अंतःकरण में संगठन की सफलता हेतु एक सुदृढ़ संकल्प का प्रादुर्भाव भी हुआ। अपने ध्येय की प्राप्ति तक वे समर्पित होकर कार्य करते रहे और उसी का यह सुखद प्रतिसाद था कि वर्ष 2003 के राज्य विधानसभा चुनावों में मध्य प्रदेश और छत्तीसगढ़, दोनों ही प्रांतों में भारतीय जनता पार्टी की सरकार बनी और वे दोनों प्रांतों की राज्य सरकार के शपथ ग्रहण समारोह के प्रत्यक्ष साक्षी रहे। मुझे स्मरण है कि जब वर्ष 2003 में मध्य प्रदेश और छत्तीसगढ़ में भारतीय जनता पार्टी की सरकार बनी और शपथ ग्रहण हुआ तो उस समय श्रद्धेय ठाकरेजी का स्वास्थ्य बिल्कुल भी ठीक नहीं था। स्वास्थ्यगत शारीरिक शिथिलता के बावजूद मध्य प्रदेश की सरकार के गठन में भोपाल में शपथ ग्रहण समारोह और छत्तीसगढ़ सरकार के गठन में रायपुर में शपथ ग्रहण समारोह में मुझे उनके साथ सम्मिलित होने का सुअवसर प्राप्त हुआ। दोनों जगह शपथ ग्रहण समारोह में मैंने श्रद्धेय ठाकरेजी को बहुत करीब से देखा है। उनकी मुखाकृति में असीम संतोष को मैंने अनुभव किया और यह स्वाभाविक था, जब कोई पथिक लंबी पथरीली राहों से गुजरकर अपने ध्येय तक पहुँचता है तो संतोष का भाव स्वमेव प्रस्फुटित होता है और यही भाव श्रद्धेय ठाकरेजी को उस समय दृष्टिगोचर हो रहा था। उनका संकल्प फलीभूत हुआ।

उपरोक्त संकल्प के माध्यम से श्रद्धेय ठाकरेजी ने नई पीढ़ी के युवा कार्यकर्ताओं, पार्टी और संगठन के पदाधिकारियों को यह संदेश दिया कि असफलता के गर्भ से ही सफलता का बीज अंकुरित होता है। किसी भी व्यक्ति और संगठन को चाहिए कि वह अपनी असफलताओं से तनिक भी विचलित न हो, बल्कि वह दुगुनी ऊर्जा के साथ ध्येय प्राप्ति हेतु वचनबद्ध हो, तो निश्चित ही वह व्यक्ति व संगठन सफलता का वरण करने में सफल हो पाता है।

श्रद्धेय ठाकरेजी के साथ यह भी गौरवशाली संयोग जुड़ा हुआ है, जब देश के प्रधानमंत्री भारत रत्न माननीय पंडित अटल बिहारी वाजपेयीजी थे, देश के भूतपूर्व उप प्रधानमंत्री एवं केंद्रीय गृह मंत्री माननीय लालकृष्ण आडवाणीजी थे, ऐसे शीर्ष सुदीर्घ राजनीतिक अनुभवों के पदाधिकारियों के कार्यकाल में श्रद्धेय कुशाभाऊ ठाकरेजी संगठन के राष्ट्रीय अध्यक्ष रहे। यह उनकी समन्वय क्षमता का जीवंत प्रमाण है। यह भी उल्लेखनीय है कि इसी अवधि में छत्तीसगढ़ राज्य सहित दो अन्य राज्यों के निर्माण में श्रद्धेय ठाकरेजी ने नेपथ्य से महती भूमिका को सफलतापूर्वक निष्पादित किया।

श्रद्धेय ठाकरेजी का कर्म पर ही विश्वास रहा, इसलिए उन्हें कर्मनिष्ठ की संज्ञा भी दी गई। वे संगठन के समर्पित सिपाही रहे। उन्होंने संगठन के विभिन्न पदों पर अपनी कार्यशैली के माध्यम से न केवल संगठन को सुदृढ़ता प्रदान की, अपितु कार्यकर्ताओं में एक अतिरिक्त ऊर्जा का संचार भी किया। उन्होंने अपना संपूर्ण जीवन संगठन को सुदृढ़ और व्यापक बनाने के लिए समर्पित किया। एक बार कार्यकर्ताओं के अत्यधिक अनुरोध पर पार्टी के निर्देश के तहत लोकसभा का प्रत्याशी बनना स्वीकार किया और वे विजयी होकर सांसद भी बने। फिर इसके बाद उन्होंने कभी भी अपने पूरे राजनीतिक जीवन में किसी भी निर्वाचन से स्वयं को दूर रखा। यह जानकर आपको आश्चर्य होगा कि एक नहीं, अनेक बार पार्टी ने, संगठन ने उनसे राज्यसभा सदस्य बनने हेतु आग्रह किया, परंतु उन्होंने इस आग्रह को कभी स्वीकार नहीं किया। अपने इस निर्णय से उन्होंने यह संदेश दिया कि पद, सत्ता और महत्त्वाकांक्षा से मुक्त होकर ही संगठन की सच्ची सेवा की जा सकती है।

वैसे तो श्रद्धेय ठाकरेजी के विषय में एक आलेख में उनके प्रति अपने सभी मनोभावों को समेट पाना असंभव है। मैं स्वयं को सौभाग्यशाली मानता हूँ कि मुझे श्रद्धेय ठाकरेजी के सान्निध्य में बहुत दीर्घ अवधि तक कार्य करने का अवसर प्राप्त हुआ और इस अवधि में उनकी कार्यशैली से मैंने यह भी देखा कि उनके हृदय में जरूरतमंदों के प्रति अगाध सहृदयता थी। वे संवेदना के धरातल से जुड़कर ही कार्य किया करते थे। जब कोई कार्यकर्ता उनसे किसी नए विषय पर बात करता था तो बात को समझने के लिए समय लेते हुए वे अकसर कहा करते थे कि 'हे भगवान्, तुम्हारा क्या होगा?' नर

में ही नारायण का वास होता है, इन भावों से ही वे कार्य किया करते थे। उनकी बातों पर वनवासी-आदिवासियों के प्रति उन्हें अत्यंत लगाव था। मुझे यह भी स्मरण आ रहा है कि यह नब्बे के दशक की बात होगी। एक वैवाहिक कार्यक्रम था, जिसमें ठाकरेजी के साथ हम भी उपस्थित थे। भोजन आदि के बाद ठाकरेजी ने मेजबान महानुभाव से विनोद भाव में कहा कि आया हूँ तो कुछ दक्षिणा भी देंगे या नहीं और मेजबान ने सहर्ष उन्हें दक्षिणा भेंट की और उन्होंने उस दक्षिण को उसी समय ही वनवासी कल्याण आश्रम को समर्पित कर दिया। तब ही पता चला कि यह कोई पहला अवसर नहीं है। जहाँ भी इष्ट मित्रों, पारिवारिक जनों के यहाँ मांगलिक प्रसंग में ठाकरेजी का जाना होता था, वे इसी तरह दक्षिणा लेकर उसे वनवासी कल्याण आश्रम को समर्पित कर देते थे।

मुझे स्मरण आ रहा है कि 1977-78 में मुझे श्री ठाकरेजी से सान्निध्य का प्रथम अवसर प्राप्त हुआ था। केंद्र में जनता पार्टी की सरकार बनी थी और प्रधानमंत्री श्री मोरारजी भाई देसाई का जयपुर प्रवास हुआ था। उस ऐतिहासिक प्रवास की व्यवस्थाओं में एक सक्रिय कार्यकर्ता के रूप में मैं भी संलग्न था। प्रवास की तैयारियों के क्रम में हम कार्यकर्ताओं के द्वारा आयोजित भोज में राजमाता स्व. श्रीमती विजया राजे सिंधियाजी, जयपुर के महाराज स्व. श्री विजयभूषण सिंह देव, श्रद्धेय कुशाभाऊ ठाकरे, तत्कालीन प्रदेश के जेल मंत्री श्री पवन दीवानजी एवं संगठन के अन्य शीर्ष पदाधिकारी एक साथ भोजन करने बैठे और बहुत ही विनोदपूर्ण हँसी-ठहाकों और रोचक चर्चाओं के मध्य भोज संपन्न हुआ। अपने संगठन और दल के शीर्ष नेताओं के इस सामूहिक भोज और व्यवस्था में अपनी उपस्थिति को स्मरण कर मैं आज भी रोमांचित हो जाता हूँ। मेरे लिए वह क्षण एक अमिट याद के रूप में ही मानस पटल पर आज भी जीवंत है। कार्यकर्ताओं और नेता में अभेद, कनिष्ठ और वरिष्ठ में समानता के इस पाठ को मैंने अपने जीवन में सदैव आत्मसात् करने की कोशिश की।

मैं यह भी बताना चाहूँगा कि जब वे सांसद चुने गए, अपने पूरे कार्यकाल के वेतन, पश्चात् पेंशन की संपूर्ण राशि उन्होंने समाज के कल्याण हेतु दानस्वरूप भेंट की। यही नहीं, जब वे 75 वर्ष के हुए तो संगठन के कार्यकर्ताओं ने उनके पचहत्तरवें जन्मदिवस को अमृत उत्सव के रूप में मनाने का निर्णय लिया। उन्होंने इस आयोजन को प्रथमतः अनावश्यक कहा, इसके पश्चात् तत्कालीन सरकार्यवाहक श्री एच.वी. शेषाद्रिजी से मौखिक सहमति ली। कार्यकर्ताओं के सामूहिक अनुरोध को इस शर्त पर स्वीकार किया कि आयोजन में प्राप्त संपूर्ण उपहार एवं धन वे अविभाजित मध्य प्रदेश के वनवासी जनजातीय जनों के विकास के लिए समर्पित करेंगे। बाद में यह आयोजन आयोजित हुआ। इस भव्य आयोजन में अविभाजित मध्य प्रदेश और अनेक प्रांतों के संगठन के पदाधिकारी सम्मिलित हुए और इस आयोजन में मध्य प्रदेश के तत्कालीन मुख्यमंत्री

माननीय श्री दिग्विजय सिंहजी की उपस्थिति उल्लेखनीय रही। इस अमृत उत्सव में भेंट स्वरूप जो भी राशि प्राप्त हुई, श्रद्धेय ठाकरेजी ने इस संपूर्ण एकत्रित श्रद्धानिधि को उसी कार्यक्रम में मध्य प्रदेश के वनवासी जनजातीय विकास हेतु समर्पित कर दिया। उनकी यह उदारता, समाज कल्याण के प्रति प्रतिबद्धता समाज के लिए एक आदर्श है।

श्रद्धेय ठाकरेजी पीड़ित मानवता के सेवक रहे। उनके जीवन के साथ एक प्रसंग यह भी जुड़ा है कि राष्ट्रीय एवं प्रादेशिक संगठन के विभिन्न दायित्वों के निर्वहन हेतु संपूर्ण राष्ट्र में उनका भ्रमण हुआ करता था और इस दौरान संगठन के कार्यकर्ता शाल-श्रीफल से स्वागत कर अपनी भावनाएँ निवेदित किया करते थे। लंबे समय तक यह क्रम जारी रहा, फलस्वरूप श्रद्धेय ठाकरेजी के पास सम्मान की गई शालों का विशाल संग्रह एकत्रित हो गया। संगठन के कार्यकर्ताओं के आग्रह पर सम्मान की गई इन शालों की सार्वजनिक नीलामी आयोजित की गई। सक्षम सामर्थ्यवान जनों ने इन शालों को बोली लगाकर क्रय किया। संपूर्ण नीलामी में जो भी श्रद्धानिधि एकत्र हुई, उसे श्रद्धेय ठाकरेजी ने मुक्त हस्त से वनवासी कल्याण आश्रम को भेंट कर दिया। लोककल्याण का यह अद्वितीय उदाहरण भारतीय जनता पार्टी की मानवता और लोककल्याण के प्रति पावन सोच को परिभाषित करता है।

उपसंहार में मैं यही कहना चाहूँगा कि श्रद्धेय ठाकरेजी के जीवन में विराटता और लघुता, दोनों का अद्‍भुत सामंजस्य दृष्टिगोचर होता है। उनके व्यक्तित्व की विराटता से संदर्भित कुछ बातों को मैंने रखने का प्रयास किया, आप को यह जानकर भी आश्चर्य होगा कि श्रद्धेय ठाकरेजी का कार्यक्षेत्र इतना व्यापक था और उनकी व्यस्तता भी उसी के अनुरूप हुआ करती थी, बावजूद इसके वे छोटी-से-छोटी बातों, संबंधों को भी पूरा समय देने का प्रयास किया करते थे। इस संदर्भ में मैं यह बताना चाहूँगा कि वे जब भी छत्तीसगढ़ क्षेत्र के प्रवास पर हुआ करते थे तो दुर्ग जिले के जामुल में रिश्ते में उनके छोटे भाई श्री अविनाश ठाकरेजी के यहाँ भेंट के लिए अवश्य जाया करते थे। परिवार के प्रति उनकी यह आत्मीयता और स्नेह इस बात का संदेश है कि व्यक्ति की उड़ान चाहे जितनी भी ऊँची क्यों न हो, धरातल से उसका संबंध सदैव जुड़ा रहना चाहिए।

श्रद्धेय स्व. श्री ठाकरेजी जीवनपर्यंत राष्ट्र निर्माण की यात्रा में पथिक बन यात्रा पर रहे, पर अब जिस यात्रा में वे निकल पड़े थे, इस बार की यात्रा अनंत की थी। सामाजिक जीवन में शुचिता का यह अग्रदूत, सादगी का ध्वजवाहक, संगठन का शिल्पकार, माँ भारती का यह सपूत, राष्ट्र का एक अद्‍भुत भक्त, नियति द्वारा दिए गए अपने कार्य को संपन्न कर आगे के लिए प्रस्थान कर चुका था। 28 दिसंबर, 2003 भोपाल में प्रेमाश्रु बहाते, अपार श्रद्धा व्यक्त करते अपने हजारों मानस पुत्रों को अपनी अंतिम यात्रा का साक्षी बना निकल गया था। संपूर्ण राष्ट्र इस महान् व्यक्तित्व के अवसान से अत्यंत

शोकाकुल था। उनकी अंतिम यात्रा में हजारों-हजार कार्यकर्ता, देश के कोने-कोने से अंतिम विदाई देने हेतु एकत्रित हुए। मेरे जीवन का यह दुःखद अविस्मरणीय क्षण था। मैं भी उस उनकी अंतिम यात्रा का प्रत्यक्ष साक्षी रहा। संपूर्ण वातावरण में ऐसा अनुभव हो रहा था कि राजनीति का यह कबीर मानो यह उद्घोष करते हुए बैकुंठधाम को प्रस्थान कर गया

दास कबीर जतन करि ओढ़ी।
ज्यों की त्यों धर दीनी चदरिया॥

राजनीति रूपी कोयले की खान से चमकते हीरे की तरह बिल्कुल श्वेत, धवल, निर्विवाद, निष्कलंक, स्थितिप्रज्ञ।

❑

सरलता, विनम्रता और समर्पण की त्रिवेणी का पावन संगम–श्री कुशाभाऊ ठाकरे

—धरमलाल कौशिक

परम पूज्य आदरणीय श्री कुशाभाऊ ठाकरे के जीवन पर केंद्रित पुस्तक का प्रकाशन स्तुत्य है। श्री ठाकरेजी ने अपने जीवनकाल में जो कुछ भी उपलब्धियाँ हासिल कीं, उन्हें क्रमबद्ध कर साहित्य स्वरूप में प्रकाशित करना राष्ट्र कल्याण यज्ञ के मानिंद मानता हूँ और इस पावन यज्ञ में मेरी शब्द–समिधा सादर समर्पित है।

पूज्य ठाकरेजी से अपने स्वयं के संबंध को स्पष्ट करूँ उसके पहले मैं यह बताना चाहूँगा कि मैं भारतीय जनता पार्टी का एक छोटा सा, अदना सा सेवक था और ठाकरेजी संगठन के शीर्ष पद पर आसीन थे। बावजूद इसके हम दोनों में परस्पर संवाद सहज रूप से ही हो जाया करता था। उनकी यही विशेषता उन्हें अन्य से अलग करती है।

मैंने अपने राजनीतिक जीवन में अनुभव किया है कि जब कोई व्यक्ति सत्ता और संगठन के शीर्ष पद पर आसीन होता है तो उसके व्यवहार में परिस्थितिजन्य कुछ-न-कुछ परिवर्तन अवश्य आ जाता है, परंतु यह बात आदरणीय ठाकरेजी के विषय में बिल्कुल ही गलत साबित होती है। मैंने देखा और अनुभव किया है कि ठाकरेजी संगठन के छोटे-से-छोटे कार्यकर्ता से बड़ी आत्मीयता और स्नेह से मिला करते थे। वे किसी भी प्रकार की औपचारिकताओं से स्वयं को दूर रखते थे। उनका यह विश्वास था कि व्यक्ति की पहचान उसके व्यक्तित्व और व्यवहार से होती है, न कि उसके पद से।

महान् देशभक्त स्व. श्री कुशाभाऊ ठाकरे का जन्म 15 अगस्त, 1922 को मध्य प्रदेश के धार में हुआ। संयोग से इस दिन जन्माष्टमी भी थी। निश्चित ही इस पावन दिवस

भाजपा अध्यक्ष, छत्तीसगढ़

का प्रभाव श्रद्धेय ठाकरेजी के जीवन पर पड़ा। वे जीवनपर्यंत गीता को आत्मसात् कर अपने कर्तव्यों के प्रति कर्मनिष्ठ रहे। सबको स्वयं से जोड़ने की उनमें अद्‌भुत क्षमता विद्यमान थी। बाद में उनका यही मौलिक गुण संगठन को मजबूत बनाने में कारगर साबित हुआ।

श्री कुशाभाऊ ठाकरे 1956 में मध्य प्रदेश सचिव (संगठन) बने। वे 1967 में भारतीय जनसंघ के अखिल भारतीय सचिव बने। आपातकाल के दौरान वे 19 महीने जेल में रहे। 1980 में भा.ज.पा. के अखिल भारतीय सचिव बनाए गए। 1986 से 1991 तक वे अखिल भारतीय महासचिव व मध्य प्रदेश के प्रभारी रहे। 1998 में वे भा.ज.पा. के राष्ट्रीय अध्यक्ष बने।

अविभाजित मध्य प्रदेश में हमारा छत्तीसगढ़ क्षेत्र हुआ करता था, इस कारण पार्टी संगठन की समस्त गतिविधियाँ राजधानी भोपाल से ही नियंत्रित हुआ करती थीं। मैंने यह भी महसूस किया है कि मध्य भारत का संपूर्ण मालवा क्षेत्र भारतीय जनता पार्टी के संगठन की गंगोतरी है। उन्होंने समर्पित निष्ठावान संगठन के कार्यकर्ताओं की जो नींव रखी थी, उसी की बुनियाद पर भारतीय जनता पार्टी का यह भव्य महल खड़ा है। मैं पूर्ण विश्वास के साथ यह कहता हूँ कि हमारे संगठन की मजबूत बुनियाद रखनेवालों में एक नाम स्व. कुशाभाऊ ठाकरे का भी है।

श्री कुशाभाऊ ठाकरे का मानना था कि किसी राजनीतिक संगठन का उद्‌देश्य समाज के हर वर्ग की सुख-समृद्धि सुनिश्चित करना है। 7 जनवरी, 1999 को भोपाल में श्री ठाकरे ने कहा कि भा.ज.पा. का लक्ष्य सिर्फ राजनीतिक सफलता पाना नहीं है। पार्टी का मकसद है कि समाज के सभी वर्गों में सुख और समृद्धि आए।

मुझे आदरणीय कुशाभाऊ ठाकरे को बहुत करीब से देखने का अवसर प्राप्त हुआ। भारतीय जनता पार्टी के संगठन और सत्ता के एक छोटे से सेवक होने के नाते अपने वरिष्ठ के कार्यकरण को देखने-समझने का मुझे जितना भी अवसर प्राप्त हुआ। उस आधार पर मैं इस निष्कर्ष पर पहुँचा कि श्रद्धेय कुशाभाऊ ठाकरेजी का व्यक्तित्व संपूर्ण समाज और राष्ट्र के लिए प्रेरणाकारी है।

स्व. ठाकरेजी की सहजता, सरलता और विनम्रता आज भी हम कार्यकर्ताओं के स्मरण में है, स्व. श्री कुशाभाऊ ठाकरे के जीवन का प्रत्येक पृष्ठ प्रेरक है। मुझे अच्छी तरह से याद है, जब श्रद्धेय कुशाभाऊ ठाकरेजी वर्ष 1998 में भारतीय जनता पार्टी के राष्ट्रीय अध्यक्ष चुने गए। उसके पश्चात् उनका छत्तीसगढ़ क्षेत्र में आगमन हुआ। उस समय हम पार्टी कार्यकर्ताओं ने अपने वरिष्ठ पदाधिकारियों के मार्गदर्शन में उनके आगमन के अभिनंदन की भव्य तैयारियाँ की थीं। उस दिन पूरे छत्तीसगढ़ से भारतीय जनता पार्टी के कार्यकर्ता बिलासपुर पहुँच चुके थे। जैसे ही उनकी ट्रेन बिलासपुर रेलवे

स्टेशन पहुँची, कार्यकर्ताओं का जोश दुगुना हो गया। चारों ओर नारों की गूँज सुनाई देने लगी। कुशाभाऊ ठाकरेजी के ट्रेन से उतरकर स्टेशन के बाहर निकलने के पश्चात् संपूर्ण शहर में जो उनका स्वागत किया गया, उसे देखकर वे आश्चर्यचकित रहे। बाद में स्वागत जुलूस की समाप्ति के पूर्व ही उन्होंने मुझसे कहा कि इस प्रकार का स्वागत, अभिनंदन बिल्कुल भी उचित नहीं है। आप भी पार्टी के कार्यकर्ता हैं और मैं भी पार्टी का एक कार्यकर्ता हूँ तो फिर कैसा अभिनंदन? उन्होंने यह भी कहा कि परस्पर अभिवादन अवश्य हो, पर अभिनंदन की आवश्यकता हमारे संगठन में नहीं होनी चाहिए। अपने वरिष्ठ पदाधिकारी व राष्ट्रीय अध्यक्ष की इस सोच से उनके प्रति मेरा सम्मान पहले से और अधिक सुदृढ़ हुआ।

संगठन के विषय में उनका मत था कि हमारी ताकत हमारे कार्यकर्ता हैं। जनता ने हम पर चुनौतीपूर्ण जिम्मेदारी सौंपी है, जनता को वर्तमान सरकार से बहुत आशा है। ऐसे समय में भा.ज.पा. कार्यकर्ताओं का दायित्व बढ़ गया है और हमें अपना दायित्व समझना होगा। उस आधार पर मैं इस निष्कर्ष पर पहुँचा हूँ कि श्रद्धेय श्री कुशाभाऊ ठाकरेजी का व्यक्तित्व संपूर्ण समाज और राष्ट्र के लिए प्रेरणाकारी है।

मैं पूज्य श्री कुशाभाऊ ठाकरेजी को सादर श्रद्धा सुमन समर्पित करता हूँ।

❑

बस की यात्रा कर बैतूल गए

—रघुनंदन शर्मा

साधना व्यक्ति को तपाती है। उसके जीवन को श्रेष्ठ बनाती है और कुशाभाऊ ठाकरे का व्यक्तित्व कठोर साधना का पर्याय है। उनके सान्निध्य में कर्माभ्यास करते-करते अनेक व्यावहारिक कठिनाइयों का सरलता से क्षरण हो जाता है। मार्गदर्शन की उनकी अपनी शैली है। सरलतम उदाहरण एवं उपाख्यानों के द्वारा वे गंभीर एवं बड़ी बात को भी सहज व व्यविस्थत स्वरूप दे देते हैं। व्यक्ति के पारिवारिक जीवन का बारीकी से अध्ययन, यह उनके उपाख्यानों से पता चलता है। सांसारिक जीवन में जो कुछ घटता है, व्यवहार रूप में होता है। उन घटनाओं या संबंधों को वे कर्माभ्यास में आनेवाली कठिनाइयों को दूर करने हेतु कार्यकर्ता के गले उतारते हैं।

एक बार पार्टी के दो-तीन वरिष्ठ कार्यकर्ताओं के साथ जिले-जिले में संगठन व वहाँ के कार्यकर्ताओं के स्वभाव की समीक्षा चल रही थी। एक वरिष्ठ कार्यकर्ता एक जिले के कार्यकर्ता के व्यवहार से क्षुब्ध थे। उसे संगठन के कार्य से मुक्त करना चाहते थे। सब बातें, तर्क सुनने के बाद उन्होंने सहजता से कहा, "देखो वह उस जिले में वर्षों से काम कर रहा है, उसमें दुर्गुण हैं, व्यवहार का खराब है, लेकिन वहाँ उसके सिवाय दूसरा कार्यकर्ता काम करने के लिए खड़ा ही नहीं हुआ। अत: जब तक उस जैसा परिश्रमी या उससे अच्छा कार्यकर्ता नहीं मिलता, तब तक उसी से काम लेना उचित होगा, अन्यथा संगठन का कार्य ही बंद हो जाएगा। हमारी गाड़ी का ड्राइवर खराब है, उसमें दुर्गुण है, उसे बदलना है, तब हमारी गाड़ी चलना बंद हो जाएगी, काम अवरुद्ध हो जाएगा। अत: संगठन की गाड़ी चलती रहनी चाहिए कि बंद कर देनी चाहिए।" बस उन वरिष्ठ कार्यकर्ताओं को बात समझ में आ गई।

· पूर्व सांसद

इसी प्रकार एक उपचुनाव में प्रत्याशी के बारे में अनौपचारिक चर्चा चल रही थी। अनेक नाम सामने आ रहे थे। अच्छे प्रतिष्ठाजनक परिवार के सरल एवं व्यवहारकुशल सज्जन उम्मीदवारों के नाम का भी उल्लेख हो रहा था। कुछ वर्षों से लगातार चुनाव लड़ने की इच्छा रखनेवाले एक उद्दंड स्वभाव के, किंतु जीतनेवाले कार्यकर्ता का नाम भी सामने आया। ठाकरेजी ने कहा कि यह उद्दंड जरूर है, लेकिन जीत सकता है तथा शेष एक-दो कार्यकर्ता, जो सरल एवं सज्जन हैं, उनको यदि समझाया तो वे समझ भी जाएँगे, जो काम भी पूरी शक्ति से करेंगे, किंतु यह उद्दंड समझाने से मान जाएगा, यह जरूरी नहीं है। यदि मान भी गया तो मन से काम नहीं करेगा। नुकसान भी होगा तथा यह कार्यकर्ता भी हाथ से जाएगा और चुनावी पराजय से उन भले कार्यकर्ताओं की अनचाहे राजनीतिक हत्या हो जाएगी। इसी बात को और समझाते हुए वे कहते हैं कि देखो, हमारी तो माँ की भूमिका होनी चाहिए। परिवार में उच्छृंखल लड़के की जिद माँ मानती है तथा उसे ही ज्यादा खिलौने देने पड़ते हैं। वह भी भले व समझदार लड़के को ही कहती है, 'बेटा तू तो समझदार है, यह थोड़े खिलौने हैं, थोड़ी मिठाई है, उसे ही ले लो और इस जिद्दी को, शरारती को, ज्यादा खिलौने मिठाई ले लेने दो, तुम्हारा भाई जो है।' इस प्रकार घर में भी समझदार को ही त्याग करना पड़ता है। फायदे में शरारती ही रहता है, लेकिन घर की प्रतिष्ठा को बचाने का श्रेय तो समझदार को ही मिलता है, यह केवल माँ ही जानती है। इस प्रकार कार्यकर्ता के मानस बनाने के लिए, उसे गढ़ने के लिए, हर परिस्थिति में अविचलित भाव से कार्य करने के लिए ठाकरेजी व्यवहारिक जगत् के उदाहरण देकर बड़े तत्त्वज्ञान को सरलता से प्रस्तुत करते हैं। उसे कार्यकर्ता के अंत:करण में उतार देते हैं।

वे उपदेश, उपाख्यान या सैद्धांतिक खुराक देने तक ही सीमित नहीं हैं, बल्कि प्रत्यक्ष अपने स्वयं के व्यवहार से, आचरण से तत्त्वबोध कराने का प्रत्यन करते हैं। अभी गत वर्ष बैतूल में प्रदेश कार्यसमिति की बैठक थी, उनके मन में एक शूल था, पीड़ा थी कि आजकल हमारे संगठन में लगे कार्यकर्ता सुविधाभोगी हो गए हैं। अपव्यय की सीमा तक सुख की लालसा उत्पन्न हो गई है। कष्ट साध्य जीवन की साधना से प्रस्फुटित तेजस्विता ही प्रेरणा बनती है। मितव्ययिता का भी अपने जीवन में एक स्थान है। इन सब बातों का अभाव प्रतीत होता है। अत: इन सब बातों को समझाने के लिए उन्होंने कहा कि मैं भोपाल से बैतूल बस से ही जाऊँगा। साहस करके वरिष्ठों द्वारा कहा गया कि आप अन्य सुविधाजनक वाहन से जाइए। ट्रेन वहाँ जाती है। ट्रेन से जाना उपयुक्त होगा, किंतु जीवन की इस आयु में भी कष्टसाध्य परिश्रम किया जा सकता है, किया जाना चाहिए, फिर युवा क्यों नहीं कर सकते? उन्हें तो यही सबको समझाना था। अत: वे बस की यात्रा करके बैतूल कार्यसमिति में भाग लेने पहुँचे।

'संपतौ च विपतौ महतामेकरूपता' के सुभाषित का दर्शन तो ठाकरेजी को देखकर ही हो जाता है। अपने देव दुर्लभ ध्येयवादी संगठन के विचारों एवं उसके दर्शन को समझने के लिए बड़े ग्रंथों को पढ़ने की आवश्यकता नहीं। ऐसे महापुरुषों की निकटता से ही उसका बोध हो जाता है। उनके व्यावहारिक जीवन का अवलोकन, स्वाध्याय की जिज्ञासा से करने पर ही संगठनशास्त्र के अनेक सूत्रों को समझा जा सकता है।

❑

राष्ट्र आराधना के पथ पर ठाकरेजी

—उदय सिंह पंड्या

कुशल संगठक एवं छोटे-बड़े सभी कार्यकर्ताओं को साथ लेकर चलनेवाले, हमारे आदर्श श्री कुशाभाऊ ठाकरे ने अपने समर्पण व कठोर परिश्रम के बल पर जनसंघ जैसे संगठन को सिंचित कर अपने संपूर्ण जीवन को भारतमाता की सेवा में समर्पित कर दिया। उनका त्यागमय जीवन निष्काम कर्मयोगी की भाँति रहा। राष्ट्रीय स्वयंसेवक संघ और भारतीय जनता पार्टी की बुनियाद को मजबूत बनाने में उनका योगदान अमूल्य है।

श्री ठाकरेजी भा.ज.पा. के उन नेताओं में से थे, जिन्होंने साइकिल चलाकर व चने खाकर संगठन कार्य किया। इसी वजह से पार्टी में उनका व्यापक प्रभाव था।

मुझे उनका पावन सान्निध्य मिलता रहा, यह मेरा परम सौभाग्य था। एक कुशल संगठक श्री ठाकरेजी सहजता व सरलता की प्रतिमूर्ति थे। विभिन्न क्षेत्रों के कोने-कोने में प्रवास कर कार्यकर्ताओं की लंबी फौज तैयार की। वे अपना प्रवास उस समय रोडवेज की बसों से करते थे। कार्यकर्ता अपने सम्माननीय नेता ठाकरेजी को लेने व छोड़ने बस स्टैंड तक जाते थे। कार्यकर्ता ही माननीय ठाकरेजी के बस टिकट की व्यवस्था करते व आगे के प्रवास की व्यवस्था आगे के कार्यकर्ता करते थे। समय का प्रवाह निरंतर चलता रहा। जनता पार्टी टूट गई। भारतीय जनता पार्टी की स्थापना हुई। जिसके वे राष्ट्रीय अध्यक्ष रहे। माननीय ठाकरेजी भले ही संगठन के राष्ट्रीय अध्यक्ष बने। लेकिन कार्यकर्ताओं से उनका व्यवहार इतना आत्मीय व सहज था कि लगता ही नहीं था कि ये राष्ट्रीय अध्यक्ष हैं।

मुझे याद है, जनता पार्टी के समय नगर पालिका चुनाव हेतु उम्मीदवार चयन करने के लिए समाजवादी नेता रामप्रकाशजी मल्होत्रा से मिलने के लिए गए, उस समय

पूर्व विधायक, मध्य प्रदेश

उन्होंने मेरी हौसलाअफजाई करते हुए कहा कि वार्ता के लिए तुम एक राजनीतिक दल के कार्यकर्ता के रूप में आए हो, इसलिए बराबरी की हैसियत से चर्चा होनी चाहिए।

श्री ठाकरेजी कार्यकर्ताओं का एक बार परिचय होने के बाद उसे भूलते नहीं थे, वरन् उन्हें कार्यकर्ताओं के नाम व फोन नंबर भी याद रहते थे।

एक बार मेरे विधायक रहते उनके प्रवास हेतु उनका फोन आया कि मैं बड़नगर आ रहा हूँ व भोजन तुम्हारे यहाँ करूँगा। मेरे यहाँ उस समय कोई चमक-दमक नहीं थी, न सोफा, न डाइनिंग टेबल थी, माननीय ठाकरेजी ने जमीन पर बैठकर कार्यकर्ताओं के साथ सादा भोजन ग्रहण किया। चारपाई पर बैठकर काफी देर तक कार्यकर्ताओं से बतियाते रहे, यह थी उनकी सादगी। उनका यह बड़नगर प्रवास मेरे जीवन में हमेशा के लिए यादगार बन गया।

आज जिस विशाल वटवृक्ष के रूप में यह संगठन देश-दुनिया में पहचाना जा रहा है, निश्चित ही ठाकरेजी जैसे कुशल संगठन व प्रकाश स्तंभ की तपस्या व त्याग की परिणति है। श्री कुशाभाऊ ठाकरे का मानना था कि किसी राजनीतिक संगठन का उद्‍देश्य समाज के हर वर्ग की सुख-समृद्धि सुनिश्चित करना है।

ऐसे बिरले ही व्यक्ति होते हैं, जो राष्ट्र आराधना के पथ पर चलते हुए राष्ट्रीय सोच के साथ अपना जीवन माँ भारती के चरणों में समर्पित करते हैं।

ऐसे महान् संगठक को शत-शत नमन। आपका उच्च आदर्श व व्यक्तित्व सदैव प्रेरणा देता रहेगा। वंदे मातरम्!

❑

कुशल संगठनकर्ता श्री कुशाभाऊजी

—अभय महाजन

श्रद्धेय कुशाभाऊ ठाकरे पारदर्शी संगठनकर्ता थे इसलिए कार्यकर्ता के साथ उनका जुड़ाव अटूट था। मेरा उनसे परिचय तब हुआ, जिस साल संगठन की योजना से उनके कंधों पर राजनीतिक कार्य का दायित्व सौंपा गया था। साल 1980-81 में वे रीवा (म.प्र.) प्रवास पर आए थे। उन दिनों अखिल भारतीय विद्यार्थी परिषद् के संगठन मंत्री शालिकरामजी तोमर थे। माननीय तोमरजी ने ठाकरेजी से मेरा परिचय कराया। तब पहली बार मुझे ठाकरेजी के साथ आधा घंटा बैठने का अवसर मिला। वह अवसर मेरे लिए अविस्मरणीय है। किसी व्यक्ति को समझने के लिए उम्र बीत जाती है, लेकिन ठाकरेजी जैसे व्यक्तित्व को जानने के लिए इतना समय पर्याप्त था। ठाकरेजी जैसे महान् व्यक्तित्व के बड़प्पन की झलक देखने को मिली।

ठाकरेजी से पहली भेंट इसलिए स्मरण है, क्योंकि उस दौरान जो हुआ, वह मेरे मन-मस्तिष्क में आज भी अंकित है। हुआ यह कि माननीय शालिकरामजी के साथ मैं ठाकरेजी के पास बैठा था। श्रद्धेय ठाकरेजी उन्हें नाम से पुकारे तो मुझे बड़ा अटपटा लगा। अटपटा इसलिए लगा, क्योंकि शालिकरामजी हम जैसे बहुत सारे कार्यकर्ताओं के प्रेरक थे। तब मुझे ठाकरेजी के बारे में ज्यादा पता नहीं था। उनके बारे में थोड़ा-बहुत सुन रखा था। एक बार, दो बार, तीन बार, फिर बार-बार ठाकरेजी शालिकरामजी का नाम लेकर ही संबोधित करते रहे, तो मुझसे रहा नहीं गया। उस समय मैं चुप रहा, लेकिन वहाँ से बाहर निकलते ही मेरे से रहा नहीं गया। शालिकरामजी के साथ चलते हुए मैंने पूछ लिया कि ठाकरेजी आपका नाम लेकर क्यों बुलाते हैं? यह सुनकर शालिकरामजी के कदम ठिठक गए। वे रुके, मेरी तरफ स्नेह भाव से देखा और उन्हें यह समझते देर

संगठन सचिव, दीनदयाल शोध संस्थान

नहीं लगी कि मेरी जिज्ञासा क्या है। फिर शालिकराम भाई साहब ने ठाकरेजी का पूरा परिचय बताया। ठाकरेजी का संगठन के प्रति समर्पण, विचारधारा और लक्ष्य के प्रति उनके समान निष्ठा विरले लोगों में देखी जाती है। वे प्रारंभ में केवल संघ के काम से जुड़े रहे। जनसंघ (अब भा.ज.पा.) की स्थापना के बाद उनका संबंध राजनीतिक गतिविधियों से हुआ। मुझे यह समझने में कठिनाई नहीं हुई कि माननीय ठाकरेजी को संघ से संगठन योजना के तहत राजनीतिक क्षेत्र में भेजने के पीछे क्या उद्देश्य था? 1942 में संघ का प्रचारक बनने के बाद ठाकरेजी ने मध्य प्रदेश के कोने-कोने में निष्ठावान स्वयंसेवकों की बहुत बड़ी फौज खड़ी की थी। उनके कुशल संगठनकर्ता की शैली के कारण राजनीतिक संगठन विस्तार में उनका योगदान लेना था। इसलिए संघ की योजना से उन्हें भा.ज.पा. में भेजा गया। इसके बाद श्रद्धेय कुशाभाऊ ठाकरेजी के साथ संघ की समन्वय बैठकों में भेंट होती रहती थी।

एक प्रसंग की चर्चा मैं और करना चाहता हूँ। बात 1990 के दशक की है। संगठन की योजना से मैं भोपाल आ गया। उन दिनों देवास में अखिल भारतीय विद्यार्थी परिषद् और भारतीय जनता युवा मोर्चा के कार्यकर्ताओं के बीच विवाद हो गया था। विवाद इतना बढ़ गया कि मामला थाने पहुँच गया था। युवा मोर्चा के लोगों की तरफ से अ.भा.वि.प. के कार्यकर्ताओं के साथ मारपीट की गई और उनके खिलाफ रिपोर्ट भी दर्ज करा दी गई थी। मसला इतना उलझ गया था कि स्थानीय स्तर पर उसके सुलझने के आसार नहीं थे। तब हमें लगा कि ठाकरेजी की मदद ली जानी चाहिए। उन दिनों भा.ज.पा. के मीडिया का काम वर्तमान राज्यसभा सांसद श्री प्रभात झा देखा करते थे और भोपाल में भा.ज.पा. कार्यालय उनका केंद्र था। मैंने उनसे ठाकरेजी से मिलने की इच्छा जाहिर की। उन्होंने बताया कि ठाकरेजी से मिलने का सबसे उचित समय सुबह का रहेगा। उन दिनों भोपाल भा.ज.पा. का नया कार्यालय बन गया था। मैं सुबह दीनदयाल परिसर पहुँचा, उस समय ठाकरेजी बाहर बैठकर अपने बाल कटा रहे थे। नमस्कार करने के बाद मैं एक तरफ बैठ गया। उन्होंने आने का प्रयोजन पूछा तो मैंने कहा कि आप बाल कटवा लें, फिर बात कर लूँगा। ठाकरेजी ने कहा कि सुबह आए हो तो निश्चित कुछ आवश्यक कार्य होगा, इसलिए विलंब करने की बजाय हम इस समय भी बात कर सकते हैं। मैंने उनके सामने देवास घटना का पूरा ब्योरा रखा। सारी बात सुनने के बाद ठाकरेजी जब बाल कटवाकर उठे, तो सबसे पहले इस विवाद को सुलझाने की दृष्टि से प्रयत्न प्रारंभ किया। वे तत्काल सक्रिय हो गए और कुछ लोगों को इस मसले को सुलझाने का काम सौंप दिया। ठाकरेजी के कारण अ.भा.वि.प. के कार्यकर्ताओं के खिलाफ रिपोर्ट दर्ज कराई गई, रिपोर्ट वापस हो गई और दोनों पक्षों के बीच मित्रता कराई गई। राष्ट्रऋषि नानाजी भी ठाकरेजी के प्रशंसक थे। वे बताया करते थे कि दिल्ली में जब दीनदयाल शोध संस्थान

भवन का निर्माण कराया जा रहा था, उस समय देशभर में धन संग्रह का कार्य किया गया। इसमें सबसे ज्यादा सहयोग ठाकरेजी और माननीय प्यारेलाल खंडेलवाल की तरफ से मध्य प्रदेश से कराया गया था। श्री कुशाभाऊ ठाकरेजी जीवनपर्यंत संगठन के लिए कार्य करते रहे। कार्यकताओं से उनका अटूट संबंध था। उनकी यह भी खासियत थी कि जब वे किसी से एक बार मिल लेते थे तो वह उसे सालों बाद भी नाम लेकर अपने पास बुलाया करते थे। वे कहा करते थे कि हमारी ताकत हमारे कार्यकर्ता हैं। हमारे सामने कई तरह की चुनौतियाँ हैं, ऐसे में अपना दायित्व समझना होगा। यह कहना अनुचित नहीं होगा कि माननीय कुशाभाऊ ठाकरे संघ के ऐसे प्रेरक व्यक्तित्व थे, जिन्होंने केवल कार्यकर्ताओं को ही नहीं, अपितु अनगिनत परिवारों को भी विचारधारा से जोड़ा। उनकी शैली, कार्यपद्धति, स्वभाव, व्यवहार, सादगी हमें समाज जीवन का काम करने की ऊर्जा एवं प्रेरणा देती है।

❑

एक कर्मयोगी : कुशाभाऊ ठाकरे

—अमर अग्रवाल

भा.ज.पा. के पितृपुरुष श्रद्धेय कुशाभाऊ ठाकरेजी के मेरे पारिवार से तब से संबंध थे, जब मेरा जन्म भी नहीं हुआ था। मेरे बाबूजी लखीराम अग्रवालजी से उनके बेहद करीबी रिश्ते थे। दोनों ने लंबे समय तक एक साथ काम किया। लिहाजा, पार्टीगत काम के सिलसिले में वे नियमित बिलासपुर आते थे। बाबूजी से निकटता के चलते वे पार्टी कार्यालय की बजाय घर पर ही रूकते थे। ठाकरेजी 1958 से मेरे घर आ रहे थे। छत्तीसगढ़ में पार्टी को कैसे मजबूत किया जाए, इस पर बाबूजी से उनकी घंटों बातें होतीं, तो हमारे परिवार के सदस्यों से भी खूब घुल-मिलकर हाल-चाल पूछते। ठाकरेजी उस पीढ़ी के नेता थे, जब संसाधनों के नाम पर पार्टी के पास साइकिल तक नहीं थी। ठाकरेजी को मैंने अनेक बार बिलासपुर रेलवे स्टेशन से रिक्शा और ताँगा में पार्टी कार्यालय या मेरे घर आते देखा। बाबूजी बताते थे, ठाकरेजी भोपाल में किराए की साइकिल पर अखबारों में प्रेस विज्ञप्ति देने निकल जाते थे।

1990 में बाबूजी जब मध्य प्रदेश भारतीय जनता पार्टी के अध्यक्ष बने तो भोपाल के 74 बँगले में बी-31, बी-32 पार्टी के पास था। इनमें से एक में पार्टी कार्यालय था और दूसरे बँगले में चार कमरे में से दो कमरे ठाकरेजी और दो कमरे बाबूजी के पास थे, यानी एक ही बँगले में ठाकरेजी और बाबुजी रहते थे। बाबूजी के साथ मैं भी था। मैं स्वयं को उन सौभाग्यशाली लोगों में मानता हूँ, जिसे न केवल बाल्य काल से ठाकरेजी का सान्निध्य मिला, बल्कि युवावस्था में भी उनका उनका भरपूर स्नेह और संबल मिला। ठाकरेजी के साथ मैं भोपाल के बँगले में करीब सात से आठ साल रहा। चूँकि, बँगले का कैंपस एक ही था, इसलिए सुबह-शाम ठाकरेजी से मुलाकात हो जाती। सुबह की चाय तो आमतौर पर उनके साथ ही पीता था।

स्वास्थ्य एवं चिकित्सा शिक्षा, वाणिज्यिक कर एवं श्रम मंत्री, छत्तीसगढ़

ठाकरेजी में गजब की कर्तव्यनिष्ठा थी। पार्टी के लिए उन्होंने परिवार छोड़ दिया। नाते-रिश्तेदारों से भी उनका बहुत ज्यादा सरोकार नहीं रह गया था। आलम यह था कि परिवार के लोग अगर उनसे मिलने आते थे, तो बँगले के बरामदे में आगंतुक टाइप उन्हें बैठना पड़ता था। तब तक, जब तक ठाकरेजी भीतर से बुलावा नहीं भेजते। कई बार मुझे यह खराब लगता। मैं ठाकरेजी के घर के लोगों से आग्रह करता''आप लोग भीतर आ जाएँ, लेकिन वे यह कहते हुए मना कर देते कि ठाकरेजी को यह पसंद नहीं कि वे किसी से बात कर रहे और घरवाले वहाँ पहुँच जाएँ।

ठाकरेजी किसी से मदद या अहसान लेने के लिए तैयार नहीं होते थे। उपहार तो पूरी जिंदगी में शायद ही कभी स्वीकार किए होंगे। परिवार की शादियों में भी उपहारों से परहेज करते थे। मुझे अच्छी तरह याद है। एक बार ठाकरेजी की भतीजी की भिलाई में शादी थी। मेरे बाबूजी तो जानते थे कि ठाकरेजी उपहार नहीं लेंगे, लेकिन मेरे चाचा रामचंद अग्रवालजी ने शादी में उपहार देने की कोशिश की, लेकिन ठाकरेजी ने विनम्रतापूर्वक मना कर दिया। उन्होंने कहा कि अभी तो परिवारवाले इंतजाम कर लिये हैं''फिर, मुसकराकर बोले, "कभी जरूरत पड़ेगी तो अवश्य बताऊँगा।"

ठाकरेजी, सरकार में पद लेने के कभी पक्षधर नहीं रहे। वे कहते, "मैं संगठन में काम करने के लिए बना हूँ, मुझे इससे अलग मत करो।" हालाँकि कई बार लोग उनसे जिद करते तो हँसकर बड़ी चतुराई से उसे खारिज कर देते। 1992 में राज्यसभा चुनाव के समय भी ऐसा ही हुआ। सुंदरलाल पटवाजी और बाबूजी, दोनों की इच्छा थी कि ठाकरेजी राज्यसभा में जाएँ। ठाकरेजी को जब यह पता चला तो वे खूब बिगड़े। दोनों को लगभग डाँटते हुए बोले, "राज्यसभा के लिए मेरा नाम भेजने की बात तो दूर, सोचना तक भी नहीं।" उन्होंने कहा, "मैंने अगर पद ले लिया तो उन नेताओं को कैसे संतुष्ट कर पाऊँगा, कैसे उन्हें समझा पाऊँगा, जिनके पास पद नहीं है।

कार्यकर्ताओं और नेताओं को लेकर चलना ठाकरेजी को बखूबी आता था। उनमें लोगों को साधने की गजब की क्षमता थी। पद न मिलने की जब कोई शिकायत करने आता तो अपनी बातों से उसे इतना मुग्ध कर देते कि वह शिकायत भूलकर खुशी-खुशी वहाँ से लौटता। पद के लिए दु:खी नेताओं से वे हँसते हुए यह जरूर कहते थे''पार्टी में दो ही लोग हैं, जिनकी उपेक्षा हो रही है''एक मैं और दूसरे तुम। इसके बाद तो पद माँगने आए नेता उनके सामने दंडवत हो जाते।

ठाकरेजी की स्मरणशक्ति अद्भुत थी! कार्यकर्ताओं, नेताओं को वे नाम से जानते ही थे, उनके परिवार के सदस्यों के बारे भी उन्हें पता होता था। जिससे भी मिलते, बच्चों के बारे में जरूर पूछते। फलाँ क्या कर रहा, उसकी शादी करने के बारे में क्या सोच रहे हो। पुराने नेताओं के बारे में ठाकरेजी को मालूम रहता था कि किसके बच्चे की कहाँ

शादी हुई है। एक बार मुझे याद है, ठाकरेजी पार्टी के राष्ट्रीय अध्यक्ष थे और केंद्र में हमारी पार्टी की सरकार थी। कलकत्ता (कोलकाता) में पार्टी का कोई कार्यक्रम था। वहाँ से उन्होंने मेरी बहन को फोन किया। शारदा तू कहाँ है, मैं तेरे यहाँ चाय पीने आ रहा हूँ। इस वाकये को जो भी सुना, दंग रह गया।

ठाकरेजी ने अपना पूरा जीवन पार्टी के लिए समर्पित कर दिया। शुरू के दिनों में वे खुद ही बैठकों के लिए दरी बिछाते। रात में पोस्टर चस्पाँ करने निकल जाते। मीटिंगों से पहले वे देर रात तक खुद ही एजेंडा तैयार करते। संगठन को खड़ा करने में उनकी जिजीविषा देखने लायक थी। उनका जिलों से लेकर ब्लॉक स्तर के कार्यकर्ताओं से सीधा संपर्क था। उन्हें यह तक पता होता कि किस जिले में पार्टी की स्थिति मजबूत है और कहाँ और काम करने की गुंजाइश है।

ठाकरेजी की सोच थी कि जनसंघ से जुड़े लोगों की दूसरी पीढ़ी तैयार की जाए। मुझे लगता है, शायद यही सोचकर उन्होंने मुझे 1998 में विधानसभा का टिकट दिया। टिकट मिलने के बाद जब मैं ठाकरेजी से मिलने गया, उन्होंने मुझे एक लाइन का टिप दिया। अमर तुम्हें टिकट मिल गया है···तुम अपने आपको नेता नहीं, हमेशा कार्यकर्ता समझना। इसके बाद एक वाकया और हुआ। जबलपुर में पार्टी के एक कार्यक्रम में ठाकरेजी आए थे। मैं भी वहाँ गया था। ठाकरेजी ने एक ऐसी बात कही, जिसे सुनकर मुझे लगा कि वे मेरे लिए कह रहे हों और मैंने उसे अपने राजनीतिक जीवन का सूत्र-वाक्य बना लिया। उन्होंने कहा, “बड़े नेताओं के बच्चे अगर जल्दी राजनीति में आते हैं तो योग्यता न दिखाने पर उसी तरह जल्दी बाहर भी हो जाते हैं। राजनीति में अगर टिकना है, बैसाखी के सहारे नहीं, बल्कि खुद को निखारना चाहिए।” श्रद्धेय ठाकरेजी की इस बात को मैंने प्रेरणा की तरह लिया और मैं समझता हूँ कि मेरी कामयाबी के पीछे निश्चित तौर पर ठाकरेजी का वह प्रेरक संदेश रहा।

ठाकरेजी व्यावहारिक तौर पर जितने उदार थे, पार्टी के मामलों में उतने ही कठोर भी। पार्टी की अंदरूनी बातों को उनसे कोई उगलवा नहीं सकता था। कौन सी बातें सार्वजनिक जगह पर होनी चाहिए और किनमें गोपनीयता बरतनी चाहिए, इसका वे बड़ा ध्यान रखते थे। संगठन में रहते हुए सरकार को कैसे नियंत्रण में रखना चाहिए, मध्य प्रदेश में जब 90 में बी.जे.पी. की सरकार थी तो लोगों ने इसे देखा। ठाकरेजी संगठन की अहमियत को हमेशा सर्वोपरि स्थान देते थे। इसका एक प्रसंग मुझे अभी भी याद है। बात उन दिनों की है, जब प्रदेश में बी.जे.पी. की सरकार थी। सरकार में शीर्ष पद पर बैठे एक दिग्गज नेता ने नगर सुधार ट्रस्ट के मेंबर को पद से हटा दिया। ठाकरेजी को पता चला तो उन्होंने बाबूजी से पूछा, “आपसे सहमति ली गई क्या?” बाबूजी तब पार्टी के प्रदेश अध्यक्ष थे। बाबूजी बोले, “मुझसे किसी ने नहीं पूछा।” ठाकरेजी ने तुरंत ऊपर

फोन लगाया। नेताजी ने कहा, "ठाकरेजी इतनी छोटी सी बात के लिए संगठन को बताना पड़ेगा।" ठाकरेजी बोले, "बिल्कुल। आपका काम बाबू से लेकर, ऊपर के अफसरों को चलाना है। पार्टी के लोगों का काम संगठन और संगठन के लोगों का ध्यान रखना है।"

ठाकरेजी में पार्टी के प्रति निष्ठा ऐसी थी कि उसके लिए वे आलोचकों को भी बरदाश्त कर जाते थे। उन्हें लगता था कि मेरा विरोधी हुआ तो क्या हुआ, पार्टी के लिए तो अच्छा करेगा। असल में, ठाकरेजी में वात्सल्य भाव बहुत था। कई बार उन्होंने अपने विरोधियों को पद देने का कभी विरोध नहीं किया। इसे देखकर लोग भी अचंभित रह जाते थे कि ठाकरेजी ने विरोधी नेता के नाम पर अपनी स्वीकृति कैसे दे दी?

ठाकरेजी मेरे लिए तो एक गार्जियन की भूमिका में रहे। बाबूजी जब बीमार पड़ते तो मेरे प्रति उनका अनुराग बढ़ जाता था, ताकि मुझे उसका एहसास न हो। उन्हें लगता था कि मैं कुछ गलत कर रहा हूँ तो वे टोकने में भी संकोच नहीं करते। एक बार भोपाल में दोस्तों के साथ होटल चला गया खाना खाने। वहाँ से आने में देर हो गई। अगले दिन सुबह उठते ही ठाकरेजी बोले, "अमर तुम रात में देर से आए।" दरअसल, सात-आठ साल एक ही घर में रहने पर लगाव हो ही जाता है। ठाकरेजी मुझसे बेहद स्नेह करते थे। 2003 में जब मैं दूसरी बार विधानसभा चुनाव लड़ा, तो ठाकरेजी मेरी जीत को लेकर बेहद चिंतित थे। रिजल्ट आने तक 10 बार से ज्यादा उनका फोन आ गया था। जीत के जुलूस के बाद जब मैं घर लौटा तो बाबूजी बोले, "अमर पहले ठाकरेजी से बात कर लो।" उस समय वे बीमार थे। अस्पताल में मैंने फोन लगाकर बात की। उन्होंने मुझे बधाई दी।

ठाकरेजी ने मुझे पुत्रवत् स्नेह दिया। भोपाल में साथ रहने के दौरान जब मेरे मन में राजनीतिक इच्छा शक्ति जाग्रत् हो रही थी, उन्होंने उसे कभी रोकने की कोशिश नहीं की। ठाकरेजी के सान्निध्य में मैंने बहुत कुछ पाया, बहुत कुछ सीखा। उनसे मुझे व्यावहारिक ज्ञान का ऐसा खजाना मिला, जो अमूल्य है। ठाकरेजी के स्वर्गवास की जब मुझे खबर मिली, तो लगा कोई अपना चला गया। असल में, बाल्यकाल से मैं उन्हें देखा था। उनके सामने खेलते हुए बड़ा हुआ था। इसलिए, मैं उनसे हँसी-ठिठोली कर लेता, लेकिन वे कभी बुरा नहीं मानते थे। ऐसे थे ठाकरेजी। मैं उन्हें नमन करता हूँ।

❑

वही मंदिर, वही बरगद, वही शाला

—गोविंद मालू

कुशाभाऊ ठाकरे का बचपन धार में बीता। धार में वे जन्मे, बड़े हुए और जवानी की दहलीज पर कदम रखते ही ग्वालियर अध्ययन के लिए चले गए। हाई स्कूल तक के अध्ययन का सफर धार में हुआ। जो विद्यार्थी जीवन का मूल-आधार है। धार की जनता धन्य है, ऐसे तपस्वी राजनेता को पाकर, जिसमें साधुत्व व ऋषित्व के संस्कार कूट-कूटकर भरे थे।

धार की घेड़ा चौपाटी पर स्थित शासकीय आनंद उच्चतर माध्यमिक विद्यालय आज भी उसी पुराने स्वरूप में विद्यमान है। इस स्कूल में 1950 तक ठाकरेजी ने अध्ययन किया। इस भवन का निर्माण 1600 के आसपास हुआ था, लेकिन ऐसा लगता है कि यह विद्यालय मानो कुछ वर्ष पूर्व ही बना हो। जिस भवन की यह कहानी हो, वहाँ के पढ़नेवालों की कहानी भला भिन्न कैसे हो सकती है? अनथक यात्राएँ व प्रवास के बावजूद थकान के चिह्न नहीं और वही स्फूर्ति व गजब की याद्दाश्त।

इस विद्यालय भवन के पास में बना इंटर कॉलेज भवन 1630 में बना था। तब हाईस्कूल की कक्षाएँ इस भवन में लगा करती थीं और यहीं पास के खेल मैदान में ठाकरेजी ने क्रिकेट खेला। वे अच्छे लेग ब्रेक बॉलर थे। धार के इस विद्यालय में उनके साथ अध्ययन करनेवालों में मधुकरराव दिघे भी थे, जो बाद में मेघालय के राज्यपाल बने और समाजवादी पार्टी के जनरल सेक्रेटरी भी रहे। उस समय एस.सी. घोष प्राचार्य हुआ करते थे। ठाकरेजी ने स्काउट गतिविधियों में भी अध्ययन के दौरान हिस्सा लिया। आज भी स्काउट का यह पुराना परिसर मौजूद है, लेकिन जीर्ण-शीर्ण अवस्था में।

धार में जहाँ प्राइमरी स्कूल में कुशाभाऊजी अध्ययन करते थे, उसका पुराना

पूर्व प्रदेश मीडिया प्रभारी, म.प्र. भाजपा

स्वरूप बदल गया है और वहाँ अब आदिम जाति कल्याण कन्या छात्रावास है, लेकिन मंदिर, बरगद का पुराना पेड़ आज भी मौजूद हैं।

राष्ट्रीय स्वयंसेवक संघ की शाखा लगनेवाला संघ स्थान उनकी कर्म-भूमि रहा है, जहाँ आज भी मैदान है और बच्चे क्रिकेट खेला करते हैं। पुरानी पीढ़ी के लोगों को यह अच्छी तरह याद है कि किस तरह कुशाभाऊ ठाकरे ने संघ कार्य का प्रारंभ व कालांतर में विस्तार किया। उस समय जो परिश्रम उन्होंने किया, वह संघ के वर्तमान विस्तार की नींव है।

धार में अध्ययन करते हुए ठाकरेजी धार स्काउट के अच्छे स्काउट भी रहे। वे सेंट जॉन बिग्रेड के सदस्य थे। वे बहुत अच्छे तैराक भी रहे। तैराकी का अनुभव 1944 में देखने में आया, जब मंदसौर में आई बाढ़ के समय ठाकरेजी ने लोगों को डूबने से बचाया। लोगों को उनके परिवार के बारे में सबसे बड़ी गलतफहमी यह है कि माता-पिता उन्हें सार्वजनिक जीवन से दूर रखना चाहते थे। वास्तविकता यह थी कि पिता सुंदरलालजी कहते थे कि अपनी शिक्षा पूरी कर स्वावलंबी हो जाओ तो समाज को कुछ देने की स्थिति में आ जाओगे, नहीं तो किसी पर भार बन जाओगे।

जब ठाकरेजी संघ कार्य के लिए बाहर निकले तो परिवार के लिए समय कम मिलने लगा। लोगों को यह गलतफहमी हुई कि ठाकरेजी ने घर छोड़ दिया है, परंतु परिवार के साथ संबंध व घनिष्ठता में कमी नहीं आई। परिवार में किसी की बीमारी, मृत्यु या विवाहोत्सव के मौकों पर पारिवारिक कर्तव्य से विमुख नहीं रहे। इसी कारण से उनके परिवार में अंत तक स्नेह, प्रेम व मातृत्व का वातावरण बना रहा।

बदलते सामाजिक मूल्यों के प्रति भी सजग व स्पष्ट रहने की उनकी सोच रही और नकारात्मक भूमिका के प्रति वे प्रारंभ से विरोधी रहे। धार्मिक मान्यताओं को वे नितांत व्यक्तिगत बताते थे। भारत ही नहीं, विश्व में कहीं भी पैदा हुए संतों के प्रति समान रूप से आदर भाव रखने के कारण उन्हें समाज के सभी वर्गों के लोग आदर की दृष्टि से देखते हैं। घर-परिवार में कर्मकांड के विरोधी वे नहीं थे, लेकिन उनकी मान्यता थी कि यह कर्मकांड संपूर्ण समाज व परिवारों को जोड़ने की दृष्टि से उपयोगी हो।

❑

कुशाभाऊ ठाकरे : साधारण व्यक्तित्व-असाधारण कृतित्व

—अजय प्रताप सिंह

स्व. कुशाभाऊ ठाकरेजी की 96वीं जयंती के अवसर पर अवधेश प्रताप सिंह विश्वविद्यालय रीवा सदा-सर्वदा की भाँति इस वर्ष भी अगस्त-सितंबर माह में विश्वविद्यालय परिसर में श्री ठाकरेजी को स्मरण करने के निमित्त कार्यक्रम का आयोजन करेगा। स्व. ठाकरेजी की जयंती पर आयोजित इन कार्यक्रमों की मालिका के पीछे श्री भगवत् शरणजी माथुर हैं, जो राष्ट्रीय स्वयंसेवक संघ के वरिष्ठ प्रचारक हैं और वर्तमान समय में भारतीय जनता पार्टी के अखिल भारतीय अनुसूचित जाति, जनजाति मोर्चा एवं सहकारिता प्रकोष्ठ के मुख्य संगठक हैं। राजनीतिक क्षेत्र में श्री माथुरजी ने संभवत: स्वगीय कुशाभाऊ ठाकरेजी से बहुत कुछ सीखा है और सार्वजनिक जीवन में सीखे हुए कार्य को बखूबी चरितार्थ किया है। इस वर्ष ठाकरेजी की जयंती के कार्यक्रम के साथ-साथ उनके जीवन पर आधारित स्मारिका का भी प्रकाशन किया जा रहा है। मुझे उम्मीद है कि यह पुस्तिका स्वर्गीय ठाकरेजी को जानने एवं माननेवालों के लिए पाथेय सिद्ध होगी और संग्रहणीय रहेगी। मुझे भी इस स्मारिका के निमित्त श्री माथुरजी ने कुछ संस्मरण लिखने का आग्रह किया है। स्वर्गीय कुशाभाऊ ठाकरेजी के विशाल व्यक्तित्व के समक्ष मुझ जैसा अकिंचन प्राणी अपने आपको अत्यंत लघु पाता है। इसलिए उन पर लेखन करने के दुरूह कार्य से बचने का प्रयास करता रहा हूँ, किंतु श्री माथुरजी के प्रबल आग्रह एवं आदेश के कारण कुछ लिखने का प्रयास कर रहा हूँ।

आँख बंद करके स्व. कुशाभाऊ ठाकरेजी के व्यक्तित्व का स्मरण करता हूँ तो

राज्यसभा सांसद

मुझे वह निहायत सामान्य, सरल दिखाई देता है। प्रथम दृष्ट्या उनके व्यक्तित्व में मुझे कोई ऐसी विशेषता नजर नहीं आती, जिसका मैं विशेष रूप से उल्लेख करूँ। उनकी सामान्य कद-काठी, गेहुँआ रंग और व्यक्तित्व का आकर्षण भी औसत ही था। मेरी दृष्टि में वे सम्भाषण कला में भी ज्यादा निपुण नहीं थे, जो सार्वजनिक जीवन जीनेवाले व्यक्ति के लिए अत्यंत अहम् होता है। उनकी शिक्षा-दीक्षा भी मध्यम ही थी, सार्वजनिक जीवन में भी जनप्रतिनिधि के रूप में उनकी पारी बहुत संक्षिप्त थी, जो एक उपचुनाव से प्रारंभ होकर मध्यावधि चुनाव पर आकर समाप्त हो गई थी। सबकुछ सामान्य था, किंतु सामान्य गुणों से विभूषित कोई व्यक्तित्व करोड़ों-करोड़ों लोगों के हृदय पर अपने जीवनकाल में और जीवनकाल के पश्चात् भी कैसे इतना गहरे पैठकर राज कर सकता है? आखिर कुछ तो विशेषता होगी।

स्व. कुशाभाऊ ठाकरेजी की विशेषता उनके प्रकट होनेवाले गुणों के माध्यम से नहीं परिलक्षित होती थी, अपितु उनका सान्निध्य प्राप्त होने पर उनके स्नेहमय व्यवहार, मृदुवाणी, समयोचित मार्गदर्शन एवं कठिन समय पर व्यक्ति के साथ उनके अंतर्संबंध से एहसास होता था। संभवत: यही कारण है कि भारतीय जनता पार्टी के मध्य प्रदेश सहित देश के अनेक राज्यों के करोड़ों कार्यकर्ताओं का उनसे अत्यंत आत्मीय लगाव था। वे सब उनमें अपने अभिभावक एवं पथ-प्रदर्शक की प्रतिमा को देखते थे। स्व. कुशाभाऊ ठाकरेजी से इतने सारे लोगों का आत्मीय लगाव था, किंतु वे सही मायने में वीतरागी थे। उनको अपना लक्ष्य और उद्देश्य सुस्पष्ट था और लक्ष्य प्राप्ति की दिशा में कोई भी मोह-माया उनके कदमों का बंधन नहीं बन सकी। तरुण अवस्था में संघ का प्रचारक बनकर घर-परिवार, माता-पिता को छोड़ा। स्वर्गीय पिताजी की इच्छा थी कि बेटा डॉक्टर बने, किंतु बेटे की इच्छा थी कि अपना जीवन भारतमाता के चरणों में समर्पित करूँ। बेटे का निश्चय अडिग रहा। प्रचारक जीवन की कठोर तपस्या भी उनके संकल्प को डिगा नहीं पाई, अपितु कठिनाइयों ने उनके आत्मबल को मजबूत किया और इस कठिन मार्ग से तपकर वे कुंदन की भाँति तैयार हुए। संघ के द्वितीय सरसंघचालक परमपूज्य माधव सदाशिवराव गोलवलकरजी का आदेश प्राप्त होते ही भारतीय जनसंघ को सुदृढ़ बनाने एवं भारतीय राजनीति में स्थापित करने के लिए घनघोर परिश्रम किया और 10-15 वर्षों के अंतराल में कांग्रेस पार्टी के विकल्प के रूप में जनसंघ को खड़ा कर दिया। ऐसा नहीं है कि कांग्रेस का विकल्प बनने के लिए मात्र जनसंघ ही मैदान में था। तत्कालीन राजनीतिक परिस्थितियों में राजनीतिक विश्लेषकों को यह लगता था कि समाजवादी आंदोलन से जुड़े हुए लोग कांग्रेस का स्थानापन्न बनेंगे। किंतु स्व. कुशाभाऊ ठाकरेजी की कार्य कुशलता एवं संगठन क्षमता के कारण समाजवादी आंदोलन विफल हो गया और शनै:-शनै: कांग्रेस भी अस्ताचल की ओर बढ़ने लगी। जनसंघ के दीपक

की लौ प्रचंड होती चली गई। प्रदेश में हर एक चुनौती को उन्होंने राजनीतिक अवसर के रूप में परिवर्तित किया। फिर चाहे वह स्व. राजमाता सिंधिया के सहयोग से संविद सरकार बनाने का प्रकरण हो, आपातकाल के विरुद्ध संघर्षकाल हो, आपातकाल के पश्चात् जनता पार्टी का गठन और शासन सूत्र सँभालने का वक्त हो, जनता पार्टी के विखंडन के पश्चात् भारतीय जनता पार्टी का निर्माण और उसकी राजनीतिक यात्रा हो, सभी अवसरों पर स्व. ठाकरेजी ने आगे बढ़कर इस विशिष्ट विचारधारा के कार्यकर्ताओं का नेतृत्व किया और समयानुकूल मार्गदर्शन दिया।

सार्वजनिक जीवन में सिद्धांतनिष्ठ एवं त्यागमयी जीवन जीते हुए उनके लिए प्रदेश एवं देश का कोई राजनीतिक पद, प्रतिष्ठा, यश, कीर्ति दुर्लभ नहीं थी। वे चाहते तो इन्हें सहज ही प्राप्त कर सकते थे, लेकिन उनके लिए इन सब बातों का कभी कोई आकर्षण नहीं रहा। एक कुशल कलाकार की भाँति उन्होंने सार्वजनिक जीवन में रहते हुए अनेक राजनीतिक, सामाजिक कार्यकर्ताओं को गढ़ा, बनाया और राष्ट्रसेवा के लिए भारतमाता के चरणों में समर्पित कर दिया। उनका स्वयं का जीवन भी ऐसा ही समर्पणकारी जीवन था। उनके जीवन का प्रत्येक पल और शरीर का तिल-तिल भारतमाता के लिए तथा विशिष्ट विचारधारा के लिए हमेशा समर्पित रहा है।

प्रसंगवश उनके समर्पित जीवन की एक बानगी प्रस्तुत करना चाहता हूँ। जब वर्ष 2003 में विधानसभा के चुनाव हो रहे थे, उससे पूर्व स्व. ठाकरेजी असाध्य बीमारी का शिकार हो चुके थे। उनका चलना-फिरना, प्रवास करना अत्यंत कष्टप्रद हो गया था, किंतु उनकी जिद थी कि मध्य प्रदेश में चुनाव हो रहे हैं और मैं यहाँ पर दिल्ली में रहकर कैसे विश्राम कर सकता हूँ। उस रुग्ण अवस्था में भी उन्होंने संकल्प लिया कि मैं मध्य प्रदेश जाऊँगा, सभी जगह प्रवास करूँगा, कार्यकर्ताओं से मिलूँगा, संवाद करूँगा और उन्हें प्रदेश में भारतीय जनता पार्टी की सरकार बनाने के लिए प्राण-प्रण से कार्य करने के लिए प्रोत्साहित करूँगा। उनकी शारीरिक अवस्था को देखकर शीर्ष नेतृत्व एवं प्रदेश के भी प्रमुख कार्यकर्ताओं ने उनसे आग्रह किया कि वे अपना कार्यक्रम और यह विचार त्याग दें, किंतु ठाकरेजी टस-से-मस नहीं हुए। चुनाव-पूर्व उन्होंने समूचे मध्य प्रदेश का दौरा किया और स्व. कुशाभाऊ ठाकरेजी को अपने बीच में पाकर प्रदेश का कार्यकर्ता झूम उठा। कार्यकर्ता को यह एहसास हुआ कि उम्र के इस पड़ाव पर और इस रुग्ण अवस्था पर ठाकरेजी जब इतना परिश्रम कर सकते हैं तो हम सभी कार्यकर्ताओं को भी परिश्रम की पराकाष्ठा करनी चाहिए। वह दिन था और आज का दिन है। कार्यकर्ताओं के घनघोर परिश्रम के कारण मध्य प्रदेश में कांग्रेस के जो पाँव उखड़ गए थे और वे आज तक पटरी पर नहीं लौट पा रहे हैं। 2003 के चुनाव में भारतीय जनता पार्टी को जो विशाल बहुमत मिला था, उसके आस-पास अभी तक लगातार तीन चुनाव जीतने के पश्चात् भी

पार्टी नहीं पहुँच पाई है। कई लोगों का मत है कि कांग्रेस पार्टी के कुशासन के कारण 2003 में भा.ज.पा. की सरकार बनी और कई लोगों का मत है कि उनके व्यक्तिगत राजनीतिक आकर्षण, संभाषण के कारण 2003 में भा.ज.पा. सत्तारूढ़ हुई थी, किंतु मेरे जैसे मध्य प्रदेश भा.ज.पा. के लाखों-लाखों कार्यकर्ताओं का दृढ़ मत है कि पार्टी को यह सफलता कार्यकर्ताओं के परिश्रम और स्व. कुशाभाऊ ठाकरेजी के मार्गदर्शन एवं प्रेरणा के कारण ही प्राप्त हुई थी। उस दौरे में स्व. ठाकरेजी का मेरे गृह जिले सीधी में भी आना हुआ था और सीधी में तब तक मेरे पूज्य पिताजी का स्वर्गवास हो चुका था। उनके स्वर्गारोहण की जानकारी प्राप्त होने पर ठाकरेजी मेरे निवास स्थल पर भी आए, परिवार के लोगों से मिले। मैं तो वहाँ पर नहीं उपस्थित था, लेकिन मेरे परिजनों से मुलाकात करके उन्होंने उन सभी को संबल प्रदान किया और इस बात का एहसास दिलाया कि मेरे स्वर्गीय पिताजी के न रहने पर वे ही हमारे परिवार के बुजुर्ग, आश्रयदाता एवं संबल हैं।

संभवतः स्वर्गीय कुशाभाऊ ठाकरेजी का यही विशेष गुण था, जिसके कारण उन्होंने मध्य प्रदेश में भारतीय जनता पार्टी के संगठन का इतना बड़ा संजाल खड़ा किया, उस जाल के प्रत्येक धागे उनकी अँगुली से लिपटे रहे। मुझे स्मरण नहीं आता कि कभी किसी ने स्व. ठाकरेजी को न कहने का अथवा उनकी बात काटने की हिमाकत की हो। अभी हाल में ही 2018 में होनेवाले विधानसभा चुनाव को भारतीय जनता पार्टी के राष्ट्रीय अध्यक्ष श्री अमित शाहजी ने स्व. कुशाभाऊ ठाकरे, स्व. राजमाता सिंधिया को समर्पित करने का आह्वान किया है। मुझे विश्वास है कि श्री शाह का यह आह्वान व्यर्थ नहीं जाएगा। मध्य प्रदेश भारतीय जनता पार्टी के समस्त कार्यकर्ता चौथी बार मध्य प्रदेश में भा.ज.पा. की सरकार बनाकर स्व. कुशाभाऊ ठाकरे एवं स्व. राजमाता सिंधिया को अपनी सच्ची एवं विनम्र श्रद्धांजलि अर्पित करेंगे।

❑

ठाकरेजी ने मेरी जीवन दृष्टि ही बदल दी

—राजेंद्र शुक्ल

सार्वजनिक जीवन में ऐसे विरले ही महापुरुष हुए हैं, जिनकी जीवनशैली और आचरण ही उनका उपदेश व सिद्धांत बन गया। श्रद्धेय कुशाभाऊ ठाकरेजी इन्हीं में से एक हैं। इनके स्मरण मात्र से ही मैं ऊर्जान्वित हो जाता हूँ। आज भी जब कभी स्वयं को किसी अनिर्णायक के चौराहे पर भ्रमित पाता हूँ तो उन मुश्किल क्षणों में ठाकरेजी और उनकी सीख याद आती है।

राजनीति मुझे विरासत में नहीं मिली, अलबत्ता मेरे पिताजी (प्रातः स्मरणीय स्व. भैयालाल शुक्ल) के सभी दलों के छोटे-बड़े राजनेताओं से आत्मीयता का संबंध रहा। मेरे चाचाजी (स्व. उमाशंकर शुक्ल) मुझे राजनीति में आने के लिए प्रोत्साहित करते थे। यह संयोग ही था कि रीवा इंजीनियरिंग कॉलेज के मेरे सहपाठियों ने छात्रसंघ के चुनाव में खड़ा कर दिया और मैं अच्छे मतों से चुन भी लिया गया। यह राजनीति में पदार्पण ही था।

पढ़ाई पूरी करने के बाद अपने पारिवारिक व्यवसाय के साथ राजनीति में थोड़ी-बहुत रुचि लेता रहा। एक तरह से इस दौर में विभाजित मन से दोनों काम करता रहा। चुनाव लड़ने और विधायक-सांसद बनने की महत्त्वाकांक्षा नहीं रही, वजह रीवा के बड़े-बड़े नेता पहले से ही जमे-जमाए बैठे थे।

मेरे जीवन में टर्निंग पॉइंट लानेवाले स्वर्गीय सुंदरलाल पटवाजी थे। उन्होंने भारतीय जनता पार्टी में शामिल होने को कहा। मेरी मनःस्थिति नहीं बन पा रही थी, तभी उन्होंने मेरी श्रद्धेय ठाकरेजी से भेंट करा दी। सादगी की प्रतिमूर्ति ओज-तेज और उनके दिव्य व्यक्तित्व ने मेरे अंतस् को प्रभावित किया। पटवाजी ने मेरे पिताजी के नाम से मेरा परिचय कराया। ठाकरेजी बोले, "राजेंद्र, तुम्हारे जैसे युवाओं को भारतीय जनता पार्टी में होना चाहिए।"

उद्योग एवं खनिज मंत्री, मध्य प्रदेश

मेरी असमंजस स्थिति को भाँपते हुए उन्होंने कहा, "राजनीति सिर्फ चुनाव तक ही सीमित नहीं है, समाज और सार्वजनिक जीवन में इसके माध्यम से काफी कुछ किया जा सकता है; और फिर भा.ज.पा. समाज को लेकर समग्र एवं समदर्शी दृष्टि रखती है।" यह बात सन् 1998 की होगी। ठाकरेजी के व्यक्तित्व व उनकी वाणी में ऐसा आकर्षण था कि मैं उनकी ओर खिंचता ही चला गया और अंतत: भारतीय जनता पार्टी का हो गया। ऊपर के नेताओं से ज्यादा जान-पहचान नहीं थी। बस, ठाकरेजी और पटवाजी तथा तीसरे थे रीवा के संभागीय संगठन मंत्री भगवतशरण माथुरजी, जो समय-समय पर मार्गदर्शन करते थे।

भारतीय जनता पार्टी में शामिल होने के साथ ही मुझे जो स्नेह और सम्मान मिलने लगा, पूर्व के अनुभवों को देखते हुए वह अकल्पनीय था। वरिष्ठ नेताओं ने 1998 में ही मेरा नाम रीवा लोकसभा के उम्मीदवार के लिए चलाया, पर कुछ ऐसी स्थितियाँ बनीं कि टिकट की अंतिम सूची तक मेरा नाम नहीं पहुँच सका। मेरे जैसे नए और साधारण कार्यकर्ता के लिए यह उम्मीद से बहुत ज्यादा था। इस घटनाक्रम ने मुझे राजनीति में पूरी तरह डूबकर काम करने के लिए प्रोत्साहित किया। हाँ, इस बीच ठाकरेजी लगातार संवाद करते तथा मनोबल बढ़ाते रहते थे। ठाकरेजी मुझे स्नेह देते हैं, इसकी छाप संगठन में भी पड़ गई तथा अब मैं पार्टी के लिए न नया रह गया और न ही अपरिचित।

सन् 1998 का विधानसभा चुनाव आया। माथुर साहब ने मुझे चुनाव की तैयारी में जुटने के लिए कहा। मुझे यह मालूम था कि ऐसा ठाकरेजी और पटवाजी चाहते हैं। यह मेरा पहला चुनाव था। संगठन के लोगों को ही साधना मुश्किल काम था, लेकिन भगवत शरण माथुर ने विपरीत स्थितियों को भी अनुकूल बनाने का काम किया। हम पार्टी के निष्ठावान कार्यकर्ताओं और कॉलेज के जमाने के साथियों की पुरानी टीम को जोड़कर पूरे जोश-खरोश एवं दम के साथ लड़े। सामने कांग्रेस के उम्मीदवार रीवा राजपरिवार से थे, जो पिछले दो चुनाव रिकॉर्ड मतों से जीत चुके थे। 1998 से पूर्व तक रीवा में कभी भी जनसंघ या भा.ज.पा. का खास आधार नहीं था। इसके पूर्व यहाँ का हर चुनावी मुकाबला कांग्रेस और सोशलिस्ट के बीच ही रहा। अलबत्ता 1990 में सुंदरलाल पटवाजी के नेतृत्व में बनी भा.ज.पा. सरकार के बाद से पार्टी का विस्तार व आधार बनना शुरू हो चुका था। रीवा की विधानसभा और लोकसभा दोनों ही भा.ज.पा. की सर्वोच्च वरीयता में था। कांग्रेस के व्यूह को तोड़ना आसान नहीं थी, फिर भी इस चुनाव में निर्णायक लड़ाई लड़े और जीत का अंतर मामूली सा हो गया। इस चुनाव का हारना मेरे जीवन का सबसे बड़ा सबक था। इस हार से मैं काफी कुछ सीखा।

परिणाम आने के बाद सबसे पहले भगवतशरण माथुरजी ने फोन किया और उत्साह बढ़ाया कि चिंता की कोई बात नहीं, इस चुनाव ने अगली विजय का रास्ता प्रशस्त कर

दिया है। एक सप्ताह बाद श्रद्धेय ठाकरेजी का पत्र आया। ठाकरेजी ने सांत्वना नहीं, बल्कि बधाई दी तथा कहा कि आगे और भी काफी कुछ करना है। राजनीति का मतलब सिर्फ चुनाव तक सीमित होकर रह जाना ही नहीं···। मनोयोग से काम करते रहो, अगली जीत तुम्हारी ही होगी! आगे चलकर ऐसा हुआ भी। 2003 के चुनाव में रीवा की जनता ने न सिर्फ कमी पूरी कर दी, अपितु प्रदेश में सबसे ज्यादा मतों से जीत का सेहरा भी पहनाया। बहरहाल ठाकरेजी ने हर उस विपरीत समय में मेरा खयाल रखा, जहाँ उन्हें यह लगा कि मैं कहीं हताश न हो जाऊँ। मेरे ऊपर सदैव उनका दैवीय वरदहस्त बना रहा। आज वे इस दुनिया में नहीं हैं, फिर भी हर वक्त उनका स्नेह और आशीर्वाद महसूस करता हूँ।

ठाकरेजी कार्यकर्ताओं को गढ़कर नेता बनाते थे। किसी के व्यक्तित्व और उसकी क्षमता का आकलन करने की उनमें असाधारण क्षमता थी। आज पंद्रह वर्षों से मध्य प्रदेश और छत्तीसगढ़ में भा.ज.पा. की सरकार चल रही है, यह ठाकरेजी जैसे महापुरुष के पुण्यायी का फल है। 1990 में अविभाजित मध्य प्रदेश के चुनाव में युवाओं की फौज को मैदान में उतारने के पीछे ठाकरेजी की ही दूरदृष्टि थी। यह भी कह सकते हैं कि शिवराज सिंह चौहानजी, रमन सिंहजी व उनके समकालीन युवायोद्धा ठाकरेजी की ही खोज हैं। उनके बारे में वरिष्ठ नेताओं से सुनकर जाना कि किस तरह वे साइकिल से दौरे करते थे और एक जोड़ी कुरता-धोती के साथ चने खाकर भी गुजारा कर लेते थे। उन्हें विंध्य के हरेक कार्यकर्ताओं के नाम याद थे। जबकि ठाकरेजी 1970 में ही राष्ट्रीय नेता बन चुके थे और 1977 में मध्य प्रदेश की जनता पार्टी की सरकार के नियंता भी थे। बाद में खंडवा से सांसद भी चुने गए। यह कितने सौभाग्य की बात है कि जब वाजपेयीजी के नेतृत्व में केंद्र में पार्टी की पहली बार सरकार बनी, तब भा.ज.पा. के राष्ट्रीय अध्यक्ष श्री ठाकरेजी ही थे।

श्री ठाकरेजी की दृष्टि में पद-प्रतिष्ठा से ऊपर काम की निष्ठा रही। उन्होंने देश भर में ऐसे ही निष्ठावान कार्यकर्ताओं को गढ़कर शिखर तक पहुँचाया। 1998 का चुनाव हारने के बाद उन्हें मुझे लेकर एक चिंता थी कि कहीं मैं हताश होकर घर न बैठ जाऊँ और फिर पारिवारिक व्यवसाय में लग जाऊँ। संभवत: इसी विचार के चलते आदरणीय भगवतशरण माथुरजी और ठाकरेजी ने मेरे रीवा अमहिया स्थित घर में ही भा.ज.पा. की संभागीय बैठक बुला ली। वे कुछ अस्वस्थ भी थे। मेरे घर में दो दिनों तक संभाग भर के नेताओं और कार्यकर्ताओं की चहल-पहल रही। मुझे लगता है कि ठाकरेजी ने संगठन में मेरी प्रभावी उपस्थिति दर्ज कराने की इच्छा से ही यह कार्यक्रम चुना। संभागीय संगठन की बैठक सफलतापूर्वक संपन्न हुई। उन्हीं दिनों एक कार्यक्रम के सिलसिले में बतौर मुख्यमंत्री दिग्विजय सिंहजी भी रीवा आए थे। उन्होंने आमसभा में ठाकरेजी व इस बैठक को लेकर तंज कसा था।

आज भा.ज.पा. व उसके नेताओं पर तंज कसनेवालों का क्या हश्र है, देश जानता है।

दो दिन की संभागीय बैठक के बाद जब ठाकरेजी मेरे घर से बिदा होने लगे तो मेरे पिताजी से विनयवत् होकर कहा, "शुक्लाजी, मेरी वजह से दो दिन आपको काफी परेशान होना पड़ा, क्षमा करिएगा।" पापाजी ने हाथ जोड़कर कहा, "कैसी बात करते हैं ठाकरेजी, आप जैसे संत पुरुष का हमारे यहाँ पधारना मेरे लिए परम सौभाग्य की बात है।"

फिर एक और ऐसा वाकया हुआ, जिससे उनकी महानता से परिचित होने का मौका मिला। मेरी माताजी का दिल्ली अपोलो में इलाज चल रहा था। वहीं पता चला कि ठाकरेजी भी यहीं भरती हैं। मैं वक्त निकालकर उन्हें देख आता था। जब मैं उन्हें बताया कि माताजी का इलाज कराने के लिए यहाँ हूँ तो वे उस समय तो ज्यादा कुछ नहीं बोले, पर दूसरे दिन जब उस प्राइवेट वार्ड में पहुँचा, जहाँ माताजी भर्ती थीं, तो पता चला कि ठाकरेजी आए थे और आधे घंटे तक रहे। ठाकरेजी चलने-फिरने की स्थिति में नहीं थे। मैंने उनके साथ के सहयोगी सेवक से पूछा तो उसने बताया कि ठाकरेजी ने कहा कि पता लगाओ, राजेंद्र की माताजी कहाँ भर्ती हैं, फिर मुझे व्हीलचेयर में बैठाकर वहाँ ले चलो। ठाकरेजी व्हीलचेयर में बैठे-बैठे लिफ्ट से तीन मंजिल नीचे उतरे और मेरी माताजी के पास पहुँचकर अपना परिचय देते हुए उन्हें जल्दी ही ठीक होने की सांत्वना दी। यह ठाकरेजी के भा.ज.पा. के राष्ट्रीय अध्यक्ष बन जाने के बाद की बात है। ठाकरेजी जैसे शिखर व्यक्तित्ववाला मनुष्य मुझ जैसे छोटे कार्यकर्ता का इतना खयाल रखे, यह सिर्फ भा.ज.पा. में ही रहकर सोचा जा सकता है। ठाकरेजी का ऐसा सान्निध्य प्राप्त करनेवाला मैं अकेला नहीं, अपितु देश में इसकी संख्या हजारों में है।

ठाकरेजी ने सार्वजनिक जीवन में सादगीपूर्ण आचरण के साथ कर्तव्यनिष्ठा और देश तथा संगठन के प्रति समर्पण के जो प्रतिमान गढ़े हैं, वह आनेवाली पीढ़ियों के लिए प्रेरणास्रोत बनी रहेगी।

।। उनकी स्मृतियों को कोटि-कोटि नमन।।

❑

एक निष्काम राष्ट्र समर्पित कर्मयोगी

—तनवीर अहमद

भारतीय जनता पार्टी के पितृपुरुष स्मृतिशेष श्री कुशाभाऊजी ठाकरे का जन्म 15 अगस्त, 1922 को धार (मध्य प्रदेश) में हुआ था। डॉ. सुंदरराव श्रीपति राव ठाकरे और श्रीमती शांताबाई पति सुंदरराव ठाकरे उनके माता-पिता थे। 1942 में वे राष्ट्रीय स्वयंसेवक संघ में प्रचारक के रूप में शामिल हुए। वे जनसंघ के संस्थापक सदस्यों में से एक थे। आपातकाल के दौरान उन्हें गिरफ्तार कर लिया गया था। वे 19 माह तक जेल में रहे। 1980 में भारतीय जनता पार्टी के गठन के बाद से वे भारतीय जनता पार्टी के प्रमुख नेता रहे और पार्टी में विभिन्न महत्त्वपूर्ण पदों के साथ-साथ वर्ष 1998 से 2000 तक उन्होंने पार्टी अध्यक्ष के रूप में कार्य किया। दिनांक 28 दिसंबर, 2003 को अखिल भारतीय आयुर्विज्ञान संस्थान, दिल्ली में 81 वर्ष की आयु में लंबी बीमारी के बाद उनका निधन हो गया। देश की राजनीति में भाजपा को इस मुकाम तक पहुँचाने में श्री कुशाभाऊजी ठाकरे का विशेष योगदान है। एक सच्चे दूरदर्शी और कुशल टीम निर्माता के रूप में देशभर में मजबूत संगठन खड़ा करने में श्री कुशाभाऊजी ठाकरे का योगदान अतुलनीय है। श्री ठाकरे द्वारा तैयार किए गए पार्टी कार्यकर्ताओं/ नेताओं को सरकार में महत्त्वपूर्ण पदों पर रखा गया है।

श्री ठाकरेजी को सादगी के लिए जाना जाता है। उनकी यह खासियत थी कि जब वे किसी से एक बार मिल लेते थे तो उसे वर्षों बाद भी नाम लेकर अपने पास बुला लेते थे। वे एक महान् संगठन-पुरुष थे, पार्टी के प्रत्येक कार्यकर्ता से परिचित थे। ठीक उस पिता और अभिभावक की तरह, जिसे अपनी संतान का खयाल और चिंता रहती है। मैं अल्पसंख्यक वर्ग से आता हूँ। मुझे श्री ठाकरेजी के सान्निध्य में दो दशक से अधिक

पूर्व राष्ट्रीय अध्यक्ष, अल्पसंख्यक मोर्चा, भारतीय जनता पार्टी

समय तक राजनीति में उनके मार्गदर्शन में काम करने का सुनहरा अवसर प्राप्त हुआ। श्री ठाकरेजी के समर्थन और मार्गदर्शन से ही आज मैं इस मुकाम पर हूँ।

वर्ष 1977 में आपातकाल के पश्चात् लोकसभा के चुनाव में कांग्रेस और श्रीमती इंदिरा गांधी की भारी पराजय हुई। जनता पार्टी का गठन हुआ। भारतीय जनसंघ के वरिष्ठ नेता श्री बाबूलालजी जैन, श्री श्यामलालजी गौड़ और अनेक नेताओं से मैंने संपर्क किया। उज्जैन नगर के अल्पसंख्यक क्षेत्रों में जनता पार्टी को जिताने में मैं सक्रिय रूप से लग गया। वर्ष 1977 से 1980 तक केंद्र और प्रदेशों में जनता पार्टी की सरकार रही। भोपाल में एक अवसर पर श्री बाबूलालजी जैन ने वहाँ मौजूद सभी पार्टी कार्यकर्ताओं का परिचय श्री कुशाभाऊ ठाकरेजी से करवाया। उन कार्यकर्ताओं में मैं भी एक था। उस दिन मैंने कुशाभाऊजी को इतनी नजदीक से पहली बार देखा। यहाँ से शुरू होती है मेरी ठाकरेजी के साथ यात्रा। श्री ठाकरेजी हमेशा मेरे गुरु की तरह रहे। उन्होंने मेरा हाथ पकड़कर मुझे सफलता की सीढ़ी चढ़ा दी।

वर्ष 1980 में आपसी मतभेदों के कारण केंद्र में जनता पार्टी की सरकार गिर गई। 1980 में जनसंघ के वरिष्ठ नेताओं ने विचार-विमर्श किया कि देश को एक मजबूत राष्ट्रीय राजनीतिक दल की आवश्यकता है। निर्णय स्वरूप 6 अप्रैल, 1980 को दिल्ली में श्री अटल बिहारी वाजपेयीजी की अध्यक्षता में 'भारतीय जनता पार्टी' का गठन हुआ। उज्जैन नगर में श्री पुरुषोत्तम गोयल को अध्यक्ष और मुझे उपाध्यक्ष नियुक्त किया गया। 1981 में मुझे उज्जैन नगर का महामंत्री चुना गया। श्री ठाकरेजी का जब उज्जैन प्रवास हुआ तो उन्होंने मुझसे कहा कि पार्टी का अल्पसंख्यक क्षेत्रों में भी विस्तार होना चाहिए। उन्होंने यह भी कहा कि राष्ट्रीय स्तर पर अल्पसंख्यक मोर्चे का गठन श्री आरिफ बेगजी की अध्यक्षता में हुआ है और डॉ. हमीद कुरैशी को मध्य प्रदेश अल्पसंख्यक मोर्चे का अध्यक्ष बनाया है, तुम उनसे जाकर मिलो और कार्य करो।

वर्ष 1983 में जब संगठन के चुनाव हुए तो मुझे प्रदेश कार्यसमिति का सदस्य बनाया। अकसर मैं भोपाल जाकर श्री ठाकरेजी से आगे की गतिविधियों का मार्गदर्शन लेता था। दिल्ली में राष्ट्रीय परिषद् की बैठक में श्री ठाकरेजी ने मुझसे अकेले में मेरे और मेरे परिवार के बारे में जानकारी ली। उन्होंने मुझे उज्जैन संभाग का अल्पसंख्यक मोर्चे का कार्य दिया और मुझसे सभी कार्यों की रिपोर्ट लेते रहे। 1985 में मुझे मध्य प्रदेश अल्पसंख्यक मोर्चे का अध्यक्ष बना दिया गया। कुछ दिन बाद मुझे सूचना दी गई कि अगले सप्ताह एक दिन के प्रवास पर श्री ठाकरेजी उज्जैन आ रहे हैं और भोजन मेरे निवास पर करना चाहते हैं। मैं श्री ठाकरेजी को लेने ऑटो लेकर संघ कार्यालय चला गया। मेरे निवास पर आते ही उन्होंने मुझे बड़े प्रेम से कहा कि तनवीर, तुम्हारा घर तो

कार्यालय से बहुत नजदीक है, पैदल ही आ जाते, तुम ऑटो क्यों लाए?

श्री ठाकरेजी बहुत नरम दिल के इनसान थे। वे मेरे परिवार से मिले और पिताजी से बहुत देर तक अन्य विषयों पर बातें कीं। मेरी माताजी के हाथों बनाया भोजन किया और उनसे संपूर्ण सम्मान से मुझे भाजपा और राष्ट्र के लिए माँग लिया। वे मेरे निवास से पैदल रास्ते में आम लोगों से मिलते हुए कार्यालय आ गए और मुझे कुछ दिनों में भोपाल आने को कहा। मैं भोपाल पहुँचा तो श्री ठाकरेजी ने मुझे अपने साथ भोजन कराया और कार्यालय के काम देखनेवाले मेरे बाबू से मेरे रहने की व्यवस्था कराई। 1986 में भाजपा के कार्यक्रम और जन-आंदोलन ने गति पकड़ी और श्री ठाकरेजी के कहे मुताबिक मैंने सारे प्रदेश में श्री आरिफ बेगजी की सभाओं का आयोजन किया।

वर्ष 1990 में मध्य प्रदेश में भारतीय जनता पार्टी की सरकार बनी। श्री सुंदरलालजी पटवा मध्य प्रदेश के मुख्यमंत्री बने। अक्तूबर 1990 में मुझे मध्य प्रदेश राज्य मत्स्य विकास निगम का अध्यक्ष बनाया गया। साथ में अल्पसंख्यक मोर्चे का दायित्व भी मेरे पास रहा। 1996 में लोकसभा चुनाव समाप्त होने के बाद श्री ठाकरेजी ने मध्य प्रदेश के पदाधिकारियों की बैठक बुलाई और जब मैं उस बैठक में अपनी रिपोर्ट दे रहा था, तब श्री ठाकरेजी ने अचानक से बीच में कहा, "मैं तुम्हें दिल्ली शिफ्ट कर रहा हूँ" परंतु पूरी बात नहीं बताई। तीन-चार दिन बाद अखबार के माध्यम से मालूम हुआ कि मुझे भाजपा का राष्ट्रीय सचिव बनाया गया है। इस अवसर पर श्री ठाकरेजी ने मुझे बधाई दी और दिल्ली जाकर श्री आडवाणीजी से मिलकर काम करने को कहा। मैं दिल्ली गया और श्री आडवाणीजी से मिला। श्री आडवाणीजी ने मुझसे कहा कि ठाकरेजी के मार्गदर्शन में तो तुम्हें काम करना ही है, साथ ही तुम आर.के. मलकानीजी से भी मशविरा करते रहना।

वर्ष 1998 में लोकसभा के चुनाव हुए और भाजपा ने विजय प्राप्त की। श्री अटलजी देश के प्रधानमंत्री बने। 1999 में मुझे ऑल इंडिया हज कमेटी का चेयरमैन बना दिया गया। श्री ठाकरेजी ने मुझे बुलाकर समझाया कि तुम्हें एक बहुत बड़ी जिम्मेदारी दी गई है। इस काम को अच्छे से करके दिखाओ। श्री ठाकरेजी हर हज के बाद मुझसे सारी रिपोर्ट लेते रहे और अपने सुझाव और मार्गदर्शन देते रहे। उनका हमेशा यह कहना था कि हज जैसे पवित्र काम में भ्रष्टाचार खत्म होना चाहिए। साथ ही यह भी कहते थे कि हाजियों को कोई भी तकलीफ नहीं होनी चाहिए।

सन् 2003 में श्री ठाकरेजी का स्वास्थ्य खराब हो गया था, पर मैं जब भी उनसे मिलता तो उनके चेहरे पर वही प्रसन्नता, वही चमक रहती, जैसी पहली बार मिलने पर थी। मेरे लिए श्री ठाकरेजी धर्मपिता साबित हुए, जिसने एक कार्यकर्ता को पूर्ण राजनेता

के रूप में तराश दिया। वे एक महान् पुरुष थे, जिन्होंने अपना संपूर्ण जीवन देश और पार्टी को दे दिया। यह कहना अतिशयोक्ति नहीं होगा कि श्री ठाकरेजी ने कार्यकर्ताओं को गढ़ा है। उनके द्वारा तराशे गए कार्यकर्ताओं को प्रदेश और देश में सराहा गया है। आज श्री ठाकरेजी हमारे मध्य नहीं हैं। पार्टी और संगठन के माध्यम से देश के लिए समर्पित भारतीय जनता पार्टी के ऐसे कर्मयोगी पितृपुरुष स्मृतिशेष श्री कुशाभाऊजी ठाकरेजी को विनम्र नमन!

❑

जीवनपर्यंत बेदाग रहे कुशाभाऊजी ठाकरे

—सुरेंद्र पटवा

श्री कुशाभाऊजी ठाकरे का जन्म 15 अगस्त, 1922 को मध्य प्रदेश स्थित धार में हुआ था। इनके पिता का नाम श्री सुंदर राव श्रीपति राव ठाकरे और माता का नाम शांता बाई सुंदर राव ठाकरे था। उनकी शिक्षा धार एवं ग्वालियर में हुई थी। 1942 में राष्ट्रीय स्वयंसेवक संघ का प्रचारक बनने के बाद उन्होंने मध्य प्रदेश के कोने-कोने में निष्ठावान स्वयंसेवकों की सेना खड़ी की। वे कुशल संगठनकर्ता थे। माननीय ठाकरेजी ने संघ में काम की शुरुआत उस समय की थी, जब इस संगठन का विस्तार व्यापक नहीं था। सच तो यह है कि किसी विचारधारा और लक्ष्य के प्रति उनके समान निष्ठा विरले लोगों में देखी जाती है। उनके सार्वजनिक जीवन को दो हिस्सों में बाँटा जा सकता है। वे प्रारंभ में केवल संघ के काम से जुड़े रहे। जनसंघ (अब भा.ज.पा.) की स्थापना के बाद उनका संबंध राजनीतिक गतिविधियों से हुआ। उन्होंने अपने आपको संगठन तक सीमित रखा और संगठन को अधिक मजबूत बनाने के लिए सदैव कार्य करते रहे।

श्री कुशाभाऊजी ठाकरे 1956 में मध्य प्रदेश सचिव (संगठन) बने। वे 1967 में भारतीय जनसंघ के अखिल भारतीय सचिव बने। आपातकाल के दौरान वे 18 महीने जेल में रहे। 1980 में भा.ज.पा. के अखिल भारतीय सचिव बनाए गए। 1986 से 1991 तक वे अखिल भारतीय महासचिव व मध्य प्रदेश के प्रभारी रहे। 1998 में वे भा.ज.पा. के राष्ट्रीय अध्यक्ष बने और इस पद पर 2000 तक रहे। 28 दिसंबर, 2003 को उनका देहांत हो गया।

श्री कुशाभाऊजी ठाकरे नैतिकता, आदर्श व सिद्धांतों के प्रकाश स्तंभ थे। वे निष्काम कर्मयोगी थे। राष्ट्रीय स्वयंसेवक संघ और भारतीय जनता पार्टी की बुनियाद को मजबूत

राज्यमंत्री (स्वतंत्र प्रभार) पर्यटन एवं संस्कृति, मध्य प्रदेश

बनाने में उनका योगदान अमूल्य है। वे जीवनपर्यंत बेदाग रहे। श्री ठाकरे भा.ज.पा. के उन नेताओं में से थे, जिन्होंने साइकिल चलाकर और चने खाकर पार्टी का काम किया। यही कारण है कि पार्टी में उनका व्यापक प्रभाव था।

राष्ट्र के प्रति उनका समर्पण अटूट था। इंदौर में एक सम्मान समारोह में उन्होंने कहा कि हमारी सरकार ने तय किया है कि सामनेवाले के पास परमाणु बम है, तो हमारा सिपाही तमंचे से नहीं लड़ेगा। हमने अपनी सेना को आधुनिक और आणविक क्षमता से लैस करना जरूरी समझा। हमें पता था कि ऐसा करने पर हमें कमजोर करने का प्रयास किया जाएगा, आर्थिक प्रतिबंध लगाए जाएँगे। उनको लगता है कि ऐसा करने से भारत डूब जाएगा, पर भारत हमेशा ही अपने पैरों पर खड़ा था, खड़ा है और हमेशा खड़ा रहेगा। देश के विकास में लगे 80 प्रतिशत साधन स्वदेशी हैं। विदेशी मदद तो मात्र 15-20 प्रतिशत है। हम सूखी रोटी खा लेंगे, पर पश्चिमी देशों के सामने हाथ नहीं फैलाएँगे। श्री ठाकरे स्वाभिमान पर समझौता करनेवाले व्यक्ति नहीं थे, इसलिए वे राष्ट्र को मजबूत और शक्तिशाली देखना चाहते थे।

श्री कुशाभाऊजी ठाकरे का मानना था कि किसी राजनीतिक संगठन का उद्‍देश्य समाज के हर वर्ग की सुख-समृद्धि सुनिश्चित करना है। 7 फरवरी, 1999 को भोपाल में श्री ठाकरेजी ने कहा कि भा.ज.पा. का लक्ष्य सिर्फ राजनीतिक सफलता पाना नहीं है। पार्टी का मकसद है कि समाज के सभी वर्गों में सुख और समृद्धि आए। आज जोड़-तोड़ और वर्गों में दरार चौड़ी करके राजनीतिक कामयाबी तो हासिल की जाती है, पर लोगों के दिलों में घर नहीं बनाया जा सकता। भा.ज.पा. वे रास्ते कभी नहीं अपनाएगी, जो दूसरे दल अपनाते हैं।

श्री कुशाभाऊ ठाकरे जीवनपर्यंत संगठन के लिए कार्य करते रहे। कार्यकर्ताओं से उनका संबंध अटूट था। 11 अप्रैल, 1993 को भोपाल में उन्होंने कहा था कि हमारी ताकत हमारे कार्यकर्ता हैं। जनता ने हम पर चुनौतीपूर्ण जिम्मेदारी सौंपी है। जनता को वर्तमान सरकार से बहुत आशा है। ऐसे समय में भा.ज.पा. कार्यकर्ताओं का दायित्व बढ़ गया है और हमें अपना दायित्व समझना होगा।

❑

सत्ता हमारा साध्य नहीं, के प्रणेता कुशाभाऊ ठाकरे

—भरतचंद्र नायक

भुवन भास्कर भी संध्या को अस्ताचल होकर विश्राम करते हैं, लेकिन कुछ ऐसे व्यक्तित्व के धनी लोग भी होते हैं, जो अपने जीवन की संध्या में लोक कल्याण की भावना से अपने ध्येय की पूर्ति में जुटे रहते हैं। अपने-अपने परिवार और सगे-संबंधियों से अनासक्त होकर जीवन पथ पर चलते रहते हैं। जीवन में विश्राम उनके लिए विलासिता के समान होता है। ऐसे समर्पण भाव से जीनेवालों के लिए समाज और देश ही परिवार बन जाता है। भारतीय जनता पार्टी की स्थापना से लेकर 1980 में भारतीय जनता पार्टी के गठन के साक्षी बने पितृपुरुष कुशाभाऊ ठाकरे एक ऐसे ही महापुरुष हुए, जिन्होंने अपना जीवन-पुष्प राष्ट्रवाद के पोषण के लिए मातृभूमि की बलिवेदी पर आर्पित कर दिया।

कहते हैं कि अपनों के लिए तो संसार जीता है, जो दूसरों के लिए जीते हैं, उनका जीवन धन्य है। मध्य प्रदेश में कुशाभाऊ ठाकरे राष्ट्रवाद के प्रवर्तन और भारतीय जनसंघ से लेकर भारतीय जनता पार्टी के गठन और विस्तार के प्रतीक पुरुष रहे, लेकिन इस विकास यात्रा में सत्ता प्राप्ति से बढ़कर उनका ध्येय राष्ट्रनिष्ठ कार्यकर्ताओं का निर्माण करना रहा। कार्यकर्ता निर्माण की उनमें अद्भुत क्षमता थी। उन्हें कार्यकर्ता की क्षमता, उसके बौद्धिक स्तर की पहचान थी, जिसका श्रेय उनका कार्यकर्ताओं से तादात्म्य स्थापित करने की कला को है। प्रदेश के लाखों कार्यकर्ताओं को उन्होंने सँवारा। हर कार्य के लिए कार्यकर्ता और हर कार्यकर्ता को दायित्व, उनकी कार्य संस्कृति थी। अविराम कार्यकर्ताओं के बीच रहना। कार्यकर्ताओं की सुनना और उन्हें संतुष्ट करना, उनकी

वरिष्ठ भाजपा नेता, मध्य प्रदेश

दिनचर्या थी। इससे उनके संपर्क में आनेवाला अजनबी व्यक्ति भी उनका मुरीद हो जाता था। देखा गया कि कुछ लोग उनके संपर्क में आते और विचारधारा से असहमत हो जाते थे। उनकी असहमति का वे सम्मान करते हुए कहते थे कि सतत संवाद और संपर्क में वही असहमत व्यक्ति आनेवाले दिनों में कार्यकर्ता बनेगा और उसका सहयोग हमें मतदाता के रूप में मिलने की संभावना को नकारा नहीं जा सकता है।

कुशाभाऊ ठाकरे अपने से असहमति होनेवालों को विशेष तरजीह देते और कभी गाँठ नहीं बाँधते थे, जिससे हर विरोधकर्ता व्यक्ति उनका विश्वास भाजन बन जाता था। उन्होंने जो कार्य-संस्कृति और पद्धति विरासत में छोड़ी, यदि उसका अनुगमन किया जाता तो वास्तव में पार्टी संगठन में गुट नहीं गट बनते। कार्यकर्ता किसी व्यक्ति के प्रति नहीं, संगठन के प्रति उत्तरदायी रहता। इस दिशा में आज स्थिति विचारणीय है। हम पितृपुरुष के जीवन आदर्शों के प्रति गंभीर रहेंगे तो वास्तव में संगठन का यह दावा सोलह आना सही साबित होगा कि भा.ज.पा. के लिए सत्ता साध्य नहीं, सत्ता समाज में सुखद परिवर्तन लाने का साधन मात्र है। यही ठाकरेजी का जीवनदर्शन था।

संगठन और पार्टी के विकास की दिशा में ठाकरेजी के योगदान को कुछ पृष्ठों में समेटना वास्तव में असंभव है, लेकिन यथार्थ यही है कि जब डॉ. श्यामाप्रसाद मुकर्जी पं. नेहरू के मंत्रिमंडल में रहते हुए राष्ट्रवाद के प्रवर्तन की बजाय तुष्टीकरण देखकर आहत हुए, उन्होंने श्री गुरुजी से परामर्श कर राष्ट्रवाद को समर्पित दल भारतीय जनसंघ की स्थापना का बीड़ा उठाया। देशव्यापी संगठन और दल के गठन के लिए कार्यकर्ताओं की खोज-खबर आरंभ हुई। पं. दीनदयाल, नानाजी देशमुख, दत्तोपंत ठेंगडी जैसे चुनिंदा कार्यकर्ताओं का चयन किया गया। मध्य भारत क्षेत्र के लिए कुशाभाऊ ठाकरे धुरी मान लिये गए। कुशाभाऊ ठाकरे एक थैला लिये, पैरों में टायर की चप्पल पहनकर निकल पड़े। उन्होंने मध्य भारत के क्षेत्र की लंबाई-चौड़ाई कुछ इस तरह नापी कि गाँव-गाँव में जनसंघ की पहचान बनी। किसानों, छोटे-मोटे उद्यम में लगे लोगों, मजदूरों और युवा वर्ग को अपनेपन का एहसास हुआ। संगठन शिल्प में निष्णात ठाकरेजी के समर्पण भाव ने जन-जन में विश्वास पैदा किया। दिन भर यात्रा और संध्या रात्रि में जन जन की चौपाल में सुख-दु:ख की बातों के बीच उन्होंने राष्ट्रवाद का अलख जगाया। तत्कालीन सरकार की जनविरोधी नीतियों का प्रखरता से विरोध किया और जनता की जागरूकता का विकास किया। फलस्वरूप मध्य प्रदेश में कांग्रेस का एकाधिकार समाप्ति की ओर बढ़ा। सहयोगी दलों में संवाद ने सेतु का काम किया। पहली बार कांग्रेस से सत्ता छीनकर संविद सरकार बनाने में उनका अप्रतिम योगदान रहा, लेकिन सरकार चले जाने से तत्कालीन भारतीय जनसंघ की भूमिका का इतिहास बदला हो, ऐसा नहीं हुआ है।

5 मार्च, 1990 में मध्य प्रदेश की पहली भारतीय जनता पार्टी की सरकार का गठन

हुआ। तब भारतीय जनता पार्टी प्रदेश में दो-तिहाई बहुमत से सत्ता पर काबिज हुई थी। कुशाभाऊ ठाकरे सत्ता साकेत से दूर संगठन में तल्लीन रहे। उन्होंने तत्कालीन सरकार को राष्ट्रवाद की पटरी से नहीं उतरने दिया, लेकिन इस दरम्यान वे सत्ता साकेत से दूर तथापि एक रेफरी की तरह व्हिसिल ब्लोवर बने रहे। यह भारतीय जनता पार्टी और पूर्ववर्ती भारतीय जनसंघ की पुण्याई थी कि राज्यों में सरकारें बनीं। अयोध्या में ढाँचा गिराए जाने पर आए राजनीतिक झंझावात में भारतीय जनता पार्टी की सरकार कुरबान हो गई, लेकिन नीति और नीयत जब साफ होती है तो नैतिक साहस से बड़े-बड़े किले ध्वस्त हो जाते हैं। कुशाभाऊ ठाकरे को मध्य प्रदेश संगठन से पृथक् राष्ट्रीय जिम्मेदारी सौंप दी गई, लेकिन कुशाभाऊ ठाकरे ने जिस शिशु संगठन का संगोपन किया, उसका मोह नहीं छोड़ पाए और मध्य प्रदेश में भारतीय जनता पार्टी और उनके कार्यकर्ताओं से संबंध-विच्छेद नहीं हुआ। पार्टी के राष्ट्रीय अध्यक्ष के रूप में तत्कालीन एन.डी.ए. की अटल बिहारी वाजपेयी की सरकार के दौर में कुशाभाऊ ठाकरे ने सत्ता से दूर रहते हुए अंपायर की भूमिका का भली प्रकार बिना राग-द्वेष के निर्वाह किया। शरीर से दुर्बल हो जाने के बावजूद उनकी मन:स्थिति हमेशा जीवंत रही और उन्होंने मध्य प्रदेश संगठन और कार्यकर्ताओं का विस्मरण नहीं किया। उनकी रुग्णावस्था में कार्यकर्ता उन्हें देखने जब दिल्ली पहुँचे, वे सभी की खैर-खबर लेते रहे और पूरी व्यवस्था करते थे।

कुशाभाऊ ठाकरे ने भारतीय जनता पार्टी के स्थापना दिवस पर कहा था कि जनसंघ के रूप में राजनीतिक यात्रा आरंभ करते हुए हमारी कुछ प्रतिबद्धताएँ थीं। राष्ट्र की एकता, प्रजातांत्रिक मूल्यों पर आधारित राजनीति और भारत को एक शक्तिशाली देश बनाना। जनसंघ छोटा दल था, लेकिन कमजोर नहीं था। हमारी कोशिश ऐसे दबाव बनाने की रही थी। देश की प्रमुख पार्टी न होने के बाद भी हमारी साख और इकबाल था कि बिना हमें विश्वास में लिये देश की राजनीति पर विचार संभव नहीं था। ध्येय लेकर बढ़े हैं। देश की सुरक्षा की चिंता, राष्ट्रीय अस्मिता को जिंदा रखना था और होगा। भारतीय जनसंघ और भारतीय जनता पार्टी के आगे बढ़ने के कारण हमारे कार्यकर्ताओं ने भारत की आत्मा से संवाद किया है। जनता की भावनाओं को समझा है, उनसे तादात्म्य स्थापित किया है। आत्मा को छूने के साथ हमने अपना लक्ष्य सामने रखा है। हम राज्यों में, केंद्र में सरकार में रहें, न रहें, जनता के मर्म को समझना है और उससे एकाकार होना है, जनता का विश्वास ही पूँजी है, इसे ईमान की तरह संरक्षित रखना है, तो पार्टी जनमानस पर हमेशा शासन करती रहेगी। कर्तव्यबोध की चुनौती को खुले मन से स्वीकार करेंगे और सशक्त भारत का लक्ष्य पूरा करेंगे। उनकी ध्येय निष्ठा आनेवाली पीढ़ी के लिए दीप स्तंभ का कार्य करेगी।

❑

मानवीय संवेदना की प्रतिमूर्ति : पितृपुरुष ठाकरेजी

—मिश्रानंद पांडेय

एक वाकया याद आता है कि एक मामले को लेकर महा पंचायत में सभी सभासद मौजूद थे, लेकिन समस्या को लेकर सबका सिर चकरा गया। जिस दस्तावेज पर फैसला होना था, वह किसी कारण से टुकड़े-टुकड़े हो गया था। उसे ऊपर से नीचे और आजू से बाजू जोड़ने की सारी कसरत नाकाम हो गई। तब एक गुणीजन ने कुछ टुकड़ों को जमाकर देखा कि दस्तावेज की पीठ पर मानव आकृति है। उसने इबारतवाला पृष्ठ दरगुजरकर मानव आकृति को नख-शिख जोड़ दिया तो दस्तावेज अपने आप दृष्टिगोचर होने से समस्या का समाधान हो गया। कुछ ऐसा ही पितृपुरुष का मानवीय संवदेना से परिपूर्ण व्यक्तित्व था कि लाख समस्याएँ हों, मानवीय विकार के रूप में आक्रोश, घृणा से लबरेज होकर भी जब उस महामानव का साक्षात्कार करता, समस्या काफूर हो जाती और हताश, परेशान, उपेक्षित व्यक्ति भी सकारात्मक ऊर्जा से उर्जित होकर लौटता और उसकी नजर अर्जुन की तरह लक्षित चिड़िया पर हो जाती थी। उन्हें संगठन के प्रति निष्ठा, व्यवहार, स्पष्टता, आपस में सद्भाव की हमेशा अपेक्षा रहती और बड़े से बड़ा अपराध भी भूल जाते, क्षमा कर देते, बल्कि कई बार तो आत्मग्लानि से ग्रसित कार्यकर्ता के अपराध में अपने को शामिल बताकर कार्यकर्ता का मन हलका कर देते थे। यह अद्भुत सद्गुण ही उनकी बेजोड़ लोकप्रियता और सफलता का गूढ़ रहस्य था।

भारतीय जनसंघ के प्रारंभिक दौर में नाममात्र का कार्यालय, सुविधाओं का अकाल, उँगलियों पर गिने जानेवाले कार्यकर्ता थे, लेकिन उन्होंने अपने शुभचिंतकों का

अधीक्षक भारतीय जनता पार्टी कार्यालय, भोपाल (म.प्र.)

ऐसा परिवार खड़ा किया था, जिसमें तत्कालीन जनसंघ के धुर विरोधी भी शामिल थे, जो ठाकरेजी का सम्मान करते और संगठन को उन जैसा नेतृत्व मिलने को दुर्लभ संयोग बताते थे।

उनकी क्षमाशीलता, सरलता और सादगी के किस्से यदि आज तनिक भी प्रेरणा दे सकें तो संगठन की तमाम मुश्किलें आसान होते देर नहीं लगेगी। वे गुस्से से परे जन विरोधी के प्रति स्नेह रखते और विरोध को पी जाते थे। जब उनसे पूछा गया कि अमुख व्यक्ति संगठन, पार्टी की इतनी बुराइयाँ बताता है, फिर भी आप उसे गले लगाते हैं, तब उनका उत्तर मर्मस्पर्शी था। उन्होंने कहा कि आज भले अमुक व्यक्ति हमारा विरोधी होगा, लेकिन हमारे सतत संपर्क से वह कल हमारा प्रशंसक होगा। आगे चलकर वही हमारा समर्थक और वोटर भी हो सकता है।

ठाकरेजी टायर की चप्पल बड़े चाव से पहनते और जब कभी कार से सफर करते, चालक को प्रेम से रखते थे। रतलाम के रास्ते में जब कार चालक को लघुशंका लगी तो उसने ठाकरेजी से आज्ञा लेकर गाड़ी रोकी और नीचे चला गया। लौटकर उसने गाड़ी आगे बढ़ाई और रतलाम पहुँच गया, लेकिन उसे पता नहीं था कि जहाँ गाड़ी रोकी थी, ठाकरेजी भी उतरकर लघुशंका को चले गए थे। रतलाम पहुँचकर चालक ने पीछे की सीट पर आवाज दी, रतलाम आ गया। उत्तर न मिलने पर पिछली सीट पर झाँका तो कोई नहीं था। ठाकरेजी रास्ते में छूट गए थे और बाद में किसी से लिफ्ट लेकर रतलाम पहुँच चुके थे। जब वे गंतव्य पर पहुँचे, चालक कमल पसीना-पसीना हो गया था। भूल बड़ी थी, लेकिन पितृपुरुष ठाकरे ने चालक की भाव-भंगिमा देखकर उसे ढाढस बँधाया और कहा कि तुमसे बड़ी गलती तो मेरी है कि मैंने तुम्हें उतरते हुए नहीं बताया। वाहन चालक की नजर सामने होती है, पीछे नहीं। पितृवत् प्रेम ने चालक को पितृपुरुष का मुरीद बना दिया।

सत्तर के दशक में जब छत्तीसगढ़ प्रवास पर जाने के लिए आरक्षण कराया तो उन्हें बैठने की सीट का आरक्षण मिला। दूरी बहुत थी और सभी परेशान थे, लेकिन ठाकरेजी ने कहा कि मेरा तो बैठने का आरक्षण है। हजारों लोग तो ऐसे हैं, जिन्हें यात्रा खड़े-खड़े करना नसीब होता है। उन्हें सुविधा, आराम की दरकार नहीं थी। इसलिए कार्यकर्ता उनसे प्रेरित होते थे।

छोटे-से-छोटे कार्यकर्ता की मुसीबत का उन्हें एहसास होता था। जब मेरा परिवार भोपाल आया तो संकीर्ण जगह में गुजर करना कठिन हो गया। मैंने अपनी पीड़ा उन्हें बताई। तब पटवा सरकार आ चुकी थी, उन्होंने कहा कि तत्कालीन गृहमंत्री श्री कैलाश चावला से मिलें और मैं भी उनसे कह दूँगा। बात आई-गई हो गई। दीनता से कई बार चावलाजी से मिले, उदासीन भाव से वही चलताऊ जवाब था। मकान मिल जाएगा,

आश्वासन में कमी नहीं थी, लेकिन काम करने की तत्परता नदारद थी। ठाकरेजी को उन दिनों दिल्ली में भी दायित्व मिल चुका था और वे अकसर दिल्ली में रहते थे। एक दिन अचानक ठाकरेजी का दिल्ली से टेलीफोन आया और सबसे पहले उन्होंने मुझसे पूछा, "मिश्रानंद अब तो नया मकान सुविधाजनक होगा।" मैं कोई उत्तर न दे सका, तब उन्होंने कहा, "मकान मिला या नहीं।" मेरी खामोशी को वे समझ गए और उन्होंने दिल्ली से ही चावलाजी से कहा कि पार्टी के छोटे से कार्यकर्ता को मकान नहीं दे सके। मैं आज शाम को दिल्ली से भोपाल पहुँच रहा हूँ। आने के पहले मिश्रानंद को मकान मिल जाना चाहिए। चावलाजी ने जब मुझे बुलावा भेजा। मेरी समझ में आ गया कि ठाकरेजी के टेलीफोन की तात्कालिक प्रतिक्रिया है। चावलाजी ने बुलाया और मेरा आवेदन भी लिया और शाम को मकान का मुझे आवंटन आदेश मिल गया। मैंने ठाकरेजी को संदेश देकर आभार जताया तो उन्होंने कहा कि यह तुम्हारा हक है। किसी की कृपा नहीं है। अपने कार्यकर्ता की रोटी, कपड़ा, मकान की चिंता भी न करें तो उससे निष्ठावान होने की अपेक्षा कैसे की जा सकती है। ठाकरेजी व्यक्ति की क्षमता का सही आकलन करते और उसकी क्षमता का सदुपयोग करते थे। आज जैसी कार्यकर्ता के संसाधनों के शोषण-दोहन की प्रवृत्ति नहीं थी। आज दोहन की प्रवृत्ति ने राजनीति को कलुषित कर दिया है।

स्व. लखीरामजी प्रदेश अध्यक्ष थे। पार्टी के समक्ष वित्तीय संकट का मैं साक्षी हूँ। विधानसभा चुनाव का मौका था। पार्टी के पास धन का टोटा था। प्रदेश अध्यक्ष लखीरामजी ने धन की कमी की वास्तविकता जताई और कहा कि चुनाव कैसे लड़ा जाएगा? ठाकरेजी खामोश रहे, लेकिन लखीरामजी उनकी पीड़ा को समझ गए और कहा कि आज्ञा हो तो मैं अपनी निजी रोकड़ से काम चला दूँ। ठाकरेजी ने कहा कि विपत्ति के समय भामा शाह ने भी तो यही किया था और प्रसन्नता व्यक्त की। ऐसा ही हुआ, लेकिन चुनाव के बाद ठाकरेजी ने हिसाब-किताब कौड़ी-कौड़ी से अदाकर राजनीति में एक शुचिता की मिसाल कायम की। लेन-देन के मामले में तो आज एक ही मुहावरा प्रचलित है। 'खाता नं. वही सीताराम कहे, सो सही' ठाकरेजी कहते थे। वे मितव्ययिता के कठोरता से पाबंद थे। किफायत पाबंद ठाकरेजी के साथ एक बार अजीब वाकया हुआ। कड़की के दिन थे। कार्यालय दरी पर लगता था। जाजम पर ही समाजवाद और राष्ट्रवाद की बहस होती थी। आज तो फर्श से अर्श पर है और सोफा भी आए दिन रिजेक्ट हो जाते हैं। कड़की में एक कुरसी की आवश्यकता महसूस हुई। ठाकरेजी दौरे पर थे। तब कैलाश सारंगजी ने साहसिक पहल करने का बीड़ा उठाया।

सारंगजी ने बड़ी हिम्मत जुटाई और एक लकड़ी की कुरसी बनवा ली। ठाकरेजी दौरे से लौटे तो सारंगजी ने उन्हें बताया कि एक कुरसी बनवा ली है। ठाकरेजी आग-बबूला हो गए। उन्होंने कहा कि पार्टी कार्यालय हमारा घर है। जिस तरह घर में तमाम

अभाव होते हुए भी हम काम सुचारु ढंग से किफायत से निपटाते हैं, कर्ज नहीं लेते, हमें उसी मानसिकता से काम करना चाहिए, लेकिन बाद में उन्होंने कहा कि जो हो गया, सो हो गया, लेकिन भविष्य के लिए इसे एक चेतावनी मानकर हाथ सिकोड़कर काम करो। स्टेशन से पैदल कार्यालय पहुँचते थे। ताँगेवाला एक आना माँगता था। जो एक आना बचता, वही पार्टी की बचत होती थी। उन्होंने आदर्शों को जीकर दिखाया। आज तो आदर्श दूसरों के लिए रह गए हैं। ठाकरेजी विशाल हृदय के व्यक्ति थे, जिनके लिए सारा जगत् अपना परिवार था। सभी उनके स्नेह के शीतल स्पर्श के हकदार थे। वे कार्यकर्ताओं को भाषण नहीं सिखाते वरन् संस्कार डालते थे। अनुशासन के मामले में कठोर, लेकिन व्यक्तिगत व्यवहार में वे कोमल हृदय थे।

❑

मेरे प्रेरणास्रोत आदरणीय कुशाभाऊ ठाकरेजी से मेरा परिचय

—सर्वेंद्र कुमार

23 सितंबर, 1990 को महात्मा गांधी सभागार सूरत, गुजरात में पहली बार मैंने आदरणीय कुशाभाऊ ठाकरेजी को देखा था। वहीं पर श्रीमती मृदुला सिन्हा उस समय भारतीय जनता पार्टी महिला मोर्चा की राष्ट्रीय अध्यक्ष थीं। उन्होंने मुझे ठाकरेजी के पास ले जाकर परिचय करवाया कि यह मेरा सहयोगी है और मैं आपसे इसका परिचय इसलिए करा रही हूँ कि आज से यह आपकी सेवा भी किया करेगा। ठाकरेजी ने मेरा परिचय पूछा, "कहाँ के रहनेवाले हो और परिवार में कौन-कौन है।" बोले कि दिल्ली आकर मिलना। मैं जब दिल्ली आया और सहज भाव से मिलने के लिए गया तो उन्होंने पूछा, "यात्रा कैसी रही?" मैंने बताया, 'बहुत आनंददायक।'

"तुम क्या-क्या जानते हो?"

मैंने बताया, 'मैं टाइपिंग जानता हूँ।' तो बोले कि चलो काम बन गया, तुम मेरे पास दिन में एक बार जरूर आया करो।

संगठन में मैं नया-नया आया था। बहुत जानकारी नहीं थी। मन में आता था कि पता नहीं आगे क्या होगा? परिवार भी देखना है, क्योंकि मैं एक मध्यम किसान परिवार से था। अत: मेरा सोचना स्वाभाविक था। यह नहीं मालूम था कि ठाकरेजी संघ के प्रचारक हैं। मैंने पूछा कि साहब आपका परिवार कहाँ रहता है, तो उन्होंने मुझे जबाब दिया कि मेरा परिवार तो पूरा भारत है, मैं संघ का प्रचारक हूँ, मुझे भारतमाता की सेवा करनी है।

एक दिन मध्य प्रदेश से एक फोन आया—"मैं श्यामाचरण शुक्ल पूर्व मुख्यमंत्री

स्व. ठाकरेजी के निजी सहायक

बोल रहा हूँ; कुशाभाऊजी हैं?" मैंने उनसे कहा, 'साहब, श्री श्यामाचरण शुक्लजी आपसे बात करना चाहते हैं।' बात होने के बाद पता चला कि ठाकरेजी की जन्मतिथि कृष्ण जन्माष्टमी को है और दल का जन्म 15 अगस्त, 1922 को हुआ था।

मध्य प्रदेश रोडवेज में श्री कृष्णलाल शर्मा कंडक्टर थे। उनका फोन आया कि कुशाभाऊजी हैं? प्रवास पर होने की वजह से बात नहीं हो सकी। मैंने भी नंबर नहीं लिया। प्रवास से वापस आने पर बताया कि भोपाल से श्री कृष्णलाल शर्मा कंडक्टर का फोन आया था, तो बोले, "अच्छा ये मेरे अच्छे मित्रों में से हैं, कोई नंबर दिया क्या?"

मैंने कहा, "नहीं, नंबर लेना भूल गया हूँ।"

बोले, "वह डायरी लेकर आओ।"

एक पुरानी सी डायरी में से नंबर लेकर जहाँ शर्माजी रहते थे, उस जगह का पीएनटी नंबर लगाया तो पता चला कि वे सेवानिवृत्त हो गए हैं। उन्होंने पूछा कि जहाँ गए हैं, वहाँ का कोई नंबर है तो बताओ! नंबर मिला, बात हुई। बात करते समय ऐसा लग रहा था कि मानो कितने वर्षों बाद दो भाई फोन के माध्यम से मिल रहे हों। मैंने पूछा कि आप इस नाम को सुनकर बात करने के लिए इतने विचलित क्यों हो गए थे? बोले कि तू नहीं जानता, जिस समय हमारे संगठन को कोई पूछता नहीं था, उस समय ये भोपाल से खांडवा की बस में कंडक्टर थे और सीट न होने पर मुझे अपने साथ बिठाकर लाते थे। यदि मैं सड़क से दूर होता था तो मेरे लिए बस भी रोक लिया करते थे।

ठाकरेजी कहते थे कि मेरे पिताजी मुझे डॉक्टर बनाना चाहते थे। उन दिनों कोटे की सीट बहुत ही मुश्किल से मिलती थी। मेरा एम.बी.बी.एस. में सलेक्शन हो गया। पिताजी ने कहा कि तुम डॉक्टर बनने के बाद देश की सेवा करना। बोले बिना मैंने मन में कहा कि मैं डॉक्टर बनकर देश की सेवा नहीं करूँगा। मैं संघ का प्रचारक बनकर भारतमाता की सेवा करूँगा। और उन्होंने अपना सेवा का स्थान संघ चुना।

हम इंदौर इंटर सिटी से इंदौर जा रहे थे, रास्ते में एक बड़ा जंक्शन आता है—नागदा। बोले, 'सुन, नागदा आ रहा है, यहाँ कोई कुली दिखे तो बोलना कि कालू को बुला दो, कुशाभाऊ बुला रहे हैं।'

मैंने कहा, "रेल तो थोड़ी देर तक ही रुकेगी।"

बोले, "नहीं, इंजन की दिशा बदलती है, इसलिए 45 मिनट रुकेगी।" एक अन्य कुली मिला। मैंने कहा कि कुशाभाऊजी आए हैं, कालू कुली को बुला दो। सौभाग्य से जिसको पूछा, वही कालू थे। वे नाम सुनकर ऐसे विचलित हो गए कि जैसे वर्षों से बिछड़ी दो आत्मा आज मिल रही हैं। मेरे मन में ठाकरेजी के प्रति श्रद्धा जागने लगा कि ठाकरेजी इतने छोटे लोगों से कितना संपर्क रखते हैं। मैंने पूछा कि कालू से इतना लगाव? तो वे बोले कि जब कभी हमारी ट्रेन लेट होती थी, तब कालू हमारी चिंता करता था और

हमारे लेटने के लिए एक बेंच का इंतजाम करता था। कालू अपनी पार्टी का समर्पित कार्यकर्ता है।

एक दिन अनायास ही मेरे मन में आया कि ठाकरेजी का जीवन पहले कैसा बीता है, इस विषय में जानकारी लेनी चाहिए। यह जानकारी मिलती कैसे, क्योंकि मैं किसी ऐसे व्यक्ति को नहीं जानता था, इसलिए ठाकरेजी से ही पूछना पड़ा। तब वे बताने लगे कि हमारे समय में संघ का कार्य इतना आसान नहीं था। कहीं जाओ तो कोई भी व्यक्ति भोजन की तो दूर, पास में बिठाना भी पसंद नहीं करता था। बोले कि श्री मिश्रीलालजी तिवारी हमें प्रचारक बनानेवाले थे। जब मैं प्रचारक बनकर राजस्थान गया, तब मेरे पास टायर की चप्पल थी। गरम रेत चप्पलों में घुस जाता था, पैर जलते थे, तो उससे बचने के लिए बाँस की खपच्ची चप्पल के नीचे बाँधकर क्षेत्र में जाया करते थे। हमारे पास थोड़े भुने, थोड़े कच्चे चने होते थे। भुने चने खतम होने पर कच्चे चनों को गरम रेत में सेंककर खाते थे। ऐसी बातें सुनकर मेरी आँखों में आँसू आ गए। वे बोले, "क्या हुआ।" मैंने कहा, 'मुझे यह पूछना नहीं चाहिए था।' मेरे कंधे पर हाथ रखकर बोले, "नहीं भैया, किसी भी संगठन का कार्य करो तो प्रारंभ में कठिनाइयाँ होती हैं। इसमें परेशानी की क्या बात है; इतना बड़ा संगठन ऐसे ही खड़ा नहीं हो जाता।" कहते थे कि किसी संगठन को खड़ा करने के लिए कार्यकर्ता, कार्यालय, कोष—तीन चीजों की आवश्यकता होती है। मैंने कहा कि पहले कोष, कार्यालय, फिर कार्यकर्ता होना चाहिए। वे बोले, "नहीं, जब हमारे पास कार्यकर्ता नहीं होगा तो कोष कौन देगा, और कार्यालय नहीं होगा तो कार्यकर्ता कहाँ पर आएगा, इसलिए पहले कार्यकर्ता, कार्यालय और फिर कोष, इन तीनों से मिलकर संगठन की संरचना होती है।"

बात सन् 1999 की है, अचानक पैर में दर्द होने लगा, जिसका उपचार अपोलो अस्पताल में कराया। एक नस बंद हो गई थी, जिसकी इंज्योग्राफी की गई, इंज्योग्राफी खराब हो गई। असहनीय पीड़ा होने लगी। इसका उचित उपचार सर गंगाराम अस्पताल में डॉ. सुरेश बेंगलुरु और डॉ. राजीव पारिख ने किया। अधिक एंटीबायोटिक लेने से लूज मोशन हो गया। ठाकरेजी ने डॉ. से कहा, "आप मुझे छुट्टी दे दो। घर पर मुझे कार्यकर्ता मिलने आएँगे तो मैं जल्दी ठीक हो जाऊँगा। मेरा एंटीबायोटिक तो मेरे कार्यकर्ता ही हैं।" ठीक वैसा ही हुआ। घर आने पर मिलना-जुलना प्रारंभ होते ही स्वास्थ्य में सुधार होने लगा।

एक दिन ठाकरेजी के निजी डॉक्टर नरेश पमनानीजी मिलने आए। कमरे में पंखा चल रहा था। डॉक्टर साहब ने कहा, "एसी चला दो।" ठाकरेजी बोले, "एसी कहाँ है, ये तो कूलर है।" डॉ. साहब ने कहा, "नहीं, ये तो एसी है।" ठाकरेजी बोले, "ऐ सर्वेंद्र, इधर आओ! तुम तो कहते थे कि यह एसी नहीं, कूलर है। डॉक्टर तो एसी बता रहे हैं। तुम

मुझसे झूठ बोलते हो, यह सब ठीक नहीं है, अपने को सुधारो।" फिर कहने लगे, "जो कार्यकर्ता बुग्गी चलाता है, उससे पूछो कि वह 2 रु. कैसे देता है। पैसे की अहमियत समझो।" मैंने कहा, 'गलती हो गई, आगे से ध्यान रखूँगा।'

कुछ दिन बाद स्वास्थ्य गिरने लगा था, अल्ट्रासाउंड में एक किडनी में पत्थर जैसा कुछ दिखता था। जाँच होने पर पता चला कि कैंसर है। डॉक्टर आपस में बात कर रहे थे। उन्होंने मुझे बुलाया कि साहब को मत बताना कि उन्हें कैंसर है। हम सबकी बातों से उन्हें कुछ आभास हुआ कि उन्हें कोई गंभीर बीमारी है। बोले, "आप लोग इधर आओ, मुझे बताओ कि क्या बात है?" फिर मुझसे बोले कि तुम इन सबकी बातें सुनकर कुछ छुपा रहे हो! मेरी आँखों में आँसू थे। वे बोले, "क्या बात है?" मैंने कहा कि दादा, आपको कैंसर है, तो कहने लगे कि अरे, इसमें रोने की क्या बात है, मृत्यु तो होनी ही है, किसी बीमारी से हो या किसी और तरीके से। कोई बात नहीं, चिंता मत करो। डॉक्टर, तुम मेरी किडनी निकाल दो। डॉक्टर ने सफल ऑपरेशन किया। रात्रि में वर्तमान प्रधानमंत्री श्री अटल बिहारी वाजपेयीजी का मेरे मोबाइल पर फोन आया। वे बोले, "कौन?"

'मैं सर्वेंद्र।'

"मैं वाजपेयी बोल रहा हूँ, कुशाभाऊ कैसे हैं? स्वास्थ्य की चिंता मत करना।"

मैंने कहा, 'अभी अचेत अवस्था में आई.सी.यू. में हैं।'

"ठीक है, चिंता मत करना, ठीक हो जाएँगे! मैं मिलने आऊँगा।" स्वास्थ्य ठीक होने लगा, लेकिन किडनी निकलने के बाद कैंसर के कीटाणु सारे खून में फैल गए थे, जिसके कारण शरीर में असहनीय पीड़ा होती थी। इतना कष्ट होने पर भी कार्यकर्ताओं की चिंता करते थे। एक दिन बोले, "तुम इन-इन लोगों को फोन लगाओ और मेरी बात कराओ।" वे बारी-बारी से नाम बताते गए और मैं फोन से बात कराता गया। एक ही शब्द बोलते थे कि संगठन को बढ़ाना और परिवार की चिंता करना, अब मैं तो थोड़े दिन का मेहमान हूँ। बीमारी की हालत में चुनाव के दिनों में मध्य प्रदेश और छत्तीसगढ़ में बैठक करके सभी को कहा कि भा.ज.पा. की सरकार बनवानी है। बस, फिर मैं ठीक हो जाऊँगा। अंतिम प्रवास करने बाद दिल्ली आने पर उन्हें अखिल भारतीय आयुर्विज्ञान संस्थान, दिल्ली में भर्ती कराया गया। बोले, "अब तुम एक काम करो कि राजेंद्र सिंह, बालेश्वर, रंजीत मौर्या व रमेश जोशी को बुलाओ। तुमने मेरी बड़ी सेवा की है। हो सकता है कि पिछले जन्म में मैंने तुम्हारी सेवा की होगी, इसलिए इस जन्म में तुम मेरी सेवा कर रहे हो।" बोले, "मैं अपनी देह दान कर रहा हूँ, तुम लोग मना मत करना।" एक पत्र के माध्यम से तत्कालीन स्वास्थ्य मंत्री श्रीमती सुषमा स्वराजजी को पत्र भेजा कि मैं अपना शरीर आपके अस्पताल को दान दे रहा हूँ, ताकि डॉक्टरी पढ़नेवाले बच्चों के काम आए। और पूर्व सांसद के नाते मेरे नाम जो धनराशि है, उसे कुष्ठ आश्रम चाँपा, छत्तीसगढ़ भेज

दिया जाए। इतनी असहाय अवस्था में भी देश की सेवा के लिए सोचते रहे। एक तकिया कलाम था कि 'हे राम! तेरा क्या होगा?' मैंने पूछा कि दादा आप ऐसा क्यों कहते हैं तो बोले, "मुझे देखनेवाले तो बहुत हैं, लेकिन राम को कौन देख रहा है, इसलिए बोलता हूँ कि हे राम, तेरा क्या होगा?" उसी अस्पताल में 28 दिसंबर, 2003 को प्रातः अंतिम साँस ली। पार्थिव शरीर को भा.ज.पा. के केंद्रीय कार्यालय लाया गया, उसके बाद उनके पैतृक राज्य मध्य प्रदेश की राजधानी भोपाल लाया गया। शव-यात्रा ऐसी थी कि जिधर देखो उधर श्रद्धा सुमन अर्पित करनेवालों के सिर-ही-सिर दिख रहे थे। ऐसा लग रहा था कि मानो सभी ठाकरेजी को सच्चे देशभक्त के रूप में विदा कर रहे हों।

अब मैं इससे अधिक लिख नहीं सकता। ठाकरेजी की बातें, यादें और उनके अनुभव बहुत हैं। यह सब लिखते समय आँखों में आँसू आ रहे हैं, क्योंकि मैंने अपने जीवन के 15 वर्ष उनके साथ बिताए हैं, जिनका वर्णन किया जाना संभव नहीं। आत्मा आती-जाती है और मात्र यादें शेष रह जाती हैं। यह दिव्य आत्मा जहाँ भी है, मुझे उनका आशीर्वाद सदैव मिलता रहेगा। ठाकरेजी की दी हुई सलाह, आदेश व आशीर्वाद मेरे काम आ रहे हैं और सदैव आते रहेंगे। मैं सभी कार्यकर्ता बंधुओं से करबद्ध प्रार्थना करता हूँ कि जो उनके संपर्क में रहे, उनसे जो भी अनुभव आपने लिये, उन्हें आगे प्रचारित करते रहें। संगठन को बिना छति पहुँचाए आगे बढ़ाते रहें। ईश्वर उन्हें अपने चरणों में स्थान दें। छोटे-छोटे कार्यकर्ताओं की चिंता करना, संघ के प्रत्येक स्वयंसेवक का कर्तव्य होता है। बिल्कुल ऐसे ही थे हमारे प्रेरणा स्रोत स्व. कुशाभाऊ ठाकरेजी।

❑

खंड-2

माननीय स्व. ठाकरेजी द्वारा 'भाजपा समाचार' में लिखे गए लेख

भा.ज.पा. 'एक अभिनव संगठन'

संगठन क्या है? राजनीतिक संगठन किसे कहते हैं और भा.ज.पा. अन्य संगठनों से किस रूप में भिन्न है? ये कुछ प्रश्न हैं, जिन पर पार्टी कार्यकर्ताओं के लिए लाभार्थ विचार करना आवश्यक है।

संगठन कई प्रकार के होते हैं; अलग-अलग उद्देश्यों के लिए होते हैं। हर काम को एक व्यक्ति नहीं कर सकता। वह काम करने के लिए अनेक व्यक्तियों को, अनेक पुर्जों को जोड़ना पड़ता है। जब अनेक लोग किसी एक विशिष्ट उद्देश्य से मिलकर काम करते हैं, तो उद्देश्य पूर्ति की दृष्टि से हर एक पुर्जा समन्वयात्मक दृष्टि से काम करे, यह आवश्यक होता है। हर एक पुर्जे की गति एक ही दिशा में हो, गति सही हो, उसका बाकी के पुर्जे के साथ समन्वय हो, तालमेल हो, अन्यथा यंत्र ठीक चल नहीं पाएगा, शायद टूट जाएगा। चलते-चलते मशीन गरम न हो जाए, इसलिए ग्रीस और मोबिल ऑयल की भी आवश्यकता होती है।

हम एक राजनीतिक पार्टी हैं और राजनीतिक पार्टी के अपने लक्ष्य हैं। हमारे देश में वयस्क मताधिकार के आधार पर संसदीय व्यवस्था को स्वीकार किया गया है। समय-समय पर हमारे यहाँ विभिन्न स्तरों पर चुनाव होते हैं। राष्ट्र की दृष्टि से हमारी संसद् है, प्रदेशों की दृष्टि से हमारी विधानसभाएँ हैं, विधान परिषदें हैं। नीचे नगर-निगम, नगरपालिकाएँ, पंचायतें हैं और ये अपने-अपने संवैधानिक अधिकारों के अनुसार, अपने क्षेत्र में निर्णय करती हैं। हमारे संविधान की मूलभूत मान्यता है कि सार्वभौम अधिकार जनता का है। उसके द्वारा निर्मित संविधान के अंतर्गत ही इन सारी संस्थाओं का गठन और कार्य विभाजन का संचालन होता है।

राजनीतिक पार्टियाँ इन केंद्रों पर अधिकार प्राप्त करने का प्रयत्न करती हैं। राजनीति की अनेक व्याख्याओं में से एक व्याख्या यह भी है कि निर्णय करने के केंद्रों पर कब्जा करना, ताकि हम अपने विचारों के लिए निर्णय कर सकें। राजनीतिक सत्ता एक शक्ति है।

सत्ताधीश इस शक्ति का उपयोग अनेक प्रकार से करते हैं, सर्व-साधारण के लिए, सुख-वर्धन के लिए। भिन्न-भिन्न पार्टियों के कार्यक्रमों में अंतर होता है, क्योंकि उनकी विकास या जनसुख की कल्पनाएँ अलग-अलग होती हैं और इसी के कारण कौन सी नीतियों से सरकार को चलना चाहिए, इसका निर्णय मतदान के द्वारा होता है। जो नीतियाँ जनता को पसंद आती हैं, वह दल या समान विचार के सहयोगी दलों के साथ सरकार चलाता है।

वयस्क मताधिकार के आधार पर जो राजनीतिक प्रणाली हमने स्वीकार की है, उस हेतु आवश्यक है कि हम प्रत्येक मतदाता के पास पहुँचें। हमारे सामने कौन सी चुनौती है, क्या कठिनाई है, हमें क्या निर्णय करना है? यह उसे समझाना होगा। उसे निर्भीकता और विवेक से मतदान पेटी तक पहुँचने के लिए प्रेरित करना होगा। इसीलिए संगठन होता है, इसीलिए कार्यक्रम होता है। समाज के सभी क्षेत्रों को और सबको साथ लेकर चलने की क्षमता बनाने के लिए हमारा संगठन सर्वव्यापी और सर्वस्पर्शी होना आवश्यक है। ऐसे सर्वव्यापी और सर्वस्पर्शी संगठनात्मक आधार पर ही जो नीतियाँ बनेंगी, वही देश को एक रख सकेंगी और आगे बढ़ सकेंगी। हमारा दृष्टिकोण जोड़नेवाला है, तोड़नेवाला नहीं।

सत्ता के साथ प्रतिष्ठा मिलती है, सम्मान मिलता है। अपना निजी स्वार्थ साधने का भी अवसर मिलता है। जब व्यक्ति और पार्टियाँ अपने उद्देश्यों से दूर हटकर स्वार्थ लिप्सा से प्रेरित होकर काम करना प्रारंभ कर देते हैं, वे अपने मूल उद्देश्यों को भूल जाते हैं। तब वह सत्ता जन हितकारी नहीं रहती, वह एक त्रासदी बन जाती है। वह निरंकुशता की तरफ बढ़ती जाती है। सत्ता प्राप्त करने के लिए और उसको बनाए रखने के लिए ऐसे मार्ग का अवलंबन किया जाता है, जो अपने मूल उद्देश्यों को भुला देता है। कार्यक्रम के ऊपर का आवरण कुछ भी हो, मूलतः वह स्वार्थ प्रेरित होता है। वह समाज को बाँटनेवाला होता है। यह दृश्य आज अपने देश में दिखाई देता है। हमारे पास प्रजातंत्र की व्यवस्था है, संविधान है, उसके महान् उद्देश्य हमारे सामने हैं, लेकिन सत्ता प्राप्त करने के लिए जिस प्रकार के साधनों का उपयोग किया जा रहा है, जगह-जगह समाज को जोड़ने के स्थान पर समाज को तोड़ा जा रहा है, उससे संविधान और कानूनों का दुरुपयोग किया जा रहा है। शायद ही इसकी मिसाल किसी अन्य जगह मिलेगी। आज देश इसका दुष्परिणाम भोग रहा है। हमें इस पृष्ठभूमि में काम करना है। गलत लोग गलत रास्ते से सत्ता पर काबिज होते हैं, सही रास्ते पर चलकर ही हमें इसे दुरुस्त करना होगा।

कई बार विचार आता है कि काँटे से काँटा निकालो। गलत रास्ते पर चलनेवालों को गलत साधनों का उपयोग कर सफलता प्राप्त करने की कोशिश करने का मोह होता है, लेकिन गलत रास्ते पर चलकर कभी भी सही नतीजे नहीं निकल सकते। थोड़ी-बहुत मात्रा में सफलता मिल भी जाए, तो वह स्थायी नहीं हो सकती। हम भी गलत साधनों से अभिभूत हो जाते हैं और अंततोगत्वा हमारा उद्देश्य असफल हो जाता है। सही तरीके से

ही गलत तत्त्वों पर विजय हासिल करनी होगी। इन सारी बातों पर ध्यान रखकर ही हमें संगठन खड़ा करना है। भारतीय जनता पार्टी एक मानवीय संगठन है। उसके पुर्जे धातु के बने हुए निर्जीव पुर्जे नहीं हैं। मनुष्य एक धातु का निर्जीव टुकड़ा नहीं है, वह एक सजीव विचारवान इकाई है। मानवीय संगठन निर्जीव धातु से बने हुए मशीन जैसे नहीं चलाया जा सकता। वह रोबोट नहीं है, वह कंप्यूटर नहीं है, इन बातों को ध्यान में रखकर ही उसको चलाया जा सकता है।

जैसा मैंने प्रारंभ में कहा था कि हर एक मशीन का, हर एक संगठन का अपना एक उद्‌देश्य है और उस उद्‌देश्य पूर्ति की दृष्टि से ही उसका गठन और विस्तार करना होगा। भारत जैसे बड़े देश में भाषा, खान-पान, सामाजिक और आर्थिक विभिन्नताएँ, भौगोलिक विविधताओंवाले देश में प्रजातांत्रिक विचारों की सरकार ही होगी। तानाशाही व्यवस्था नहीं चलेगी और यह हमारी प्रथम अवस्था है। भारत का हर एक नागरिक इस देश को अपना देश तभी मानेगा, जब हर एक व्यक्ति को यह अनुभव होगा कि उसके लिए भी इस देश में जगह है। इसकी व्यथा और कथा वह समझता है। उसके प्रति वह संवेदनशील है। यह देशभक्ति की भावना देश के प्रति उसकी आस्था है। अपनापन केवल कानून से निर्माण नहीं किया जा सकता। हमें जो सामाजिक, आर्थिक, राजनीतिक, व्यवस्थाएँ निर्माण करनी है, उनमें हर एक नागरिक का गौरवपूर्ण स्थान होना आवश्यक है, इसे ध्यान में रखते हुए हमें सारी व्यवस्थाएँ निर्माण करनी होंगी। संस्थाएँ भी उन्हीं उद्‌देश्यों की पूर्ति में सहायक हों, ऐसा होना चाहिए। ये सारी गतिविधियाँ और हमारे कार्यक्रम इसी दिशा में हमें बढ़ानेवाले हों। संगठन का निर्माण और उसके लिए योजनाबद्ध कार्यक्रम का क्रियान्वयन—यह है आज की चुनौती।

(भाजपा समाचार, अगस्त 16-31, 1997 में प्रकाशित)

❑

आवश्यक है 'अनुशासन'

संगठन को सर्वव्यापी और सर्वस्पर्शी बनाना कितना आवश्यक है, इस पर विचार करना आवश्यक है। इतने व्यापक संगठन को ठीक से चलाने की दृष्टि से सभी इकाइयों में, कार्यकर्ताओं में सामंजस्य और तालमेल होना अतिआवश्यक है। इस पर भी विचार करना आवश्यक है।

अपने संगठन में जहाँ सामंजस्य और तालमेल आवश्यक है, वहाँ कुछ नियम और व्यवस्थाएँ भी आवश्यक हैं। इतने बड़े संगठन में व्यक्ति की पसंद और नापसंद के आधार पर निर्णय करना कई समस्याओं को जन्म देता है। हमारे संगठन में रोज अनेक प्रकार के निर्णय होते हैं। नीतिगत व्यवस्था की दृष्टि से किसी विशेष राजनीतिक परिस्थिति का सामना करने के लिए और किसी भी निर्णय में सबकी सहमति हो, यह संभव नहीं होता है, क्योंकि किसी भी निर्णय के परिणामों के बारे में इकाइयों के आकलन अलग-अलग होते हैं। वे अपनी स्थानीय परिस्थिति के अनुरूप सोचते हैं और इस असहमति के पीछे उनके वजनदार कारण भी होते हैं। कुछ उदाहरणों से यह बात हमें समझने में सुविधा होगी।

चुनाव में टिकट देते समय अनेक पहलुओं से विचार करना आवश्यक होता है। उम्मीदवार का, पार्टी का, संबंध क्षेत्र की और उम्मीदवार की आर्थिक स्थिति, उम्मीदवार किस क्षेत्र का निवासी है, क्षेत्र की सामाजिक रचना कैसी है, अन्य पार्टियों के उम्मीदवार कौन हैं, ऐसे और भी अनेक पहलुओं पर विचार करना पड़ता है, तभी अंतिम निर्णय लिया जा सकता है। कई बार किसी निर्वाचन क्षेत्र के कार्यकर्ताओं का प्रदेश तथा राष्ट्रीय स्तर पर आकलन दूसरा हो सकता है और सब स्तरों पर बातचीत करने के बावजूद कोई निर्णय तो लेना ही पड़ता है और संभव है कि निर्णय कुछ कार्यकर्ताओं को, कुछ इकाइयों को स्वीकार न हो। ऐसी स्थिति में कार्यकर्ता या इकाई अपनी जिद पर अड़ी रही तो क्या होगा? हम चुनाव की लड़ाई ठीक प्रकार से नहीं लड़ सकेंगे। इसलिए नियम

और व्यवस्थाएँ जरूरी हैं। हरेक कार्यकर्ता और इकाई को अपनी सीमाएँ जाननी चाहिए। निर्णय करना होगा। मान्य और स्वीकृत व्यवस्था में से लिये गए निर्णय मानने की प्रवृत्ति भी सभी में होनी चाहिए, निर्णय हमें पसंद हो या नहीं, अन्यथा कोई निर्णय प्रभावी तरीके से क्रियान्वित नहीं किया जा सकता तो भी सामूहिक निर्णय, संगठन के निर्णयों का सभी को सम्मान करना चाहिए।

इस समस्या का एक पहलू और भी है। जहाँ कार्यकर्ताओं में और इकाइयों में अपने लिए असुविधाजनक निर्णय स्वीकार करके चलना जरूरी है, वहाँ निर्णय लेनेवालों के लिए भी यह आवश्यक है कि वे मान्य प्रक्रिया के आधार पर ही निर्णय लें। परिस्थितिवश निर्णय लेने में जल्दी के कारण यदि हम निर्णय लेने की प्रक्रिया को शॉर्ट कट करेंगे या जिस व्यवस्था में से निर्णय लेना है, उनको एक तरफ रखकर तदर्थ तरीके से निर्णय लेंगे, तो अपना निर्णय कार्यकर्ताओं के गले उतारना कठिन होगा। कभी-कभी ऐसी परिस्थिति होती है कि हमें यह प्रक्रिया छोटी करनी पड़ती है और जल्दी में निर्णय लेने पड़ते हैं और विशेष परिस्थिति रोज-रोज नहीं आती, अपवादस्वरूप भी यह करना पड़ता है। हमारा सर्वसाधारण कार्यकर्ता समझदार है, विवेकशील है, संगठन का निर्णय मानकर चलने की प्रवृत्ति उसमें है, लेकिन उसकी इस भावना का दुरुपयोग नहीं होना चाहिए। रोज-रोज तदर्थ निर्णय करना अच्छा नहीं रहता।

मैंने चुनाव के संबंध में एक उदाहरण दिया, लेकिन निर्णय केवल चुनाव के बारे में ही नहीं, संगठन के संबंध में भी निर्णय होते हैं, काम का बँटवारा होता है। राजनीतिक परिस्थिति ऐसी होती हैं कि निर्णय लेना आसान नहीं होता। फोरम में भी निर्णय नहीं होने पाते और हर फोरम में मतदान कराकर बहुमत और अल्पमत के आधार पर निर्णय करना, संगठन के स्वास्थ्य की दृष्टि से उचित नहीं होता और इसलिए कई बार हम वह निर्णय अपने अध्यक्ष या और वरिष्ठ कार्यकर्ताओं पर छोड़ देते हैं। यह भी एक प्रक्रिया का भाग है। उसको भी सब कार्यकर्ताओं को मानकर चलने की प्रवृत्ति होनी चाहिए। हमें अपने नेताओं पर पूर्ण विश्वास होना चाहिए कि निर्णय सही प्रक्रिया से लिया गया है। फिर भी निर्णय न मानना या निर्णय लेनेवालों के बारे में शक करना नुकसानदायक होता है। हम निर्णय को स्वीकार कर लें और निर्णय के बारे में या निर्णय लेनेवालों के बारे में संदेह प्रकट करते रहें, तो इससे हमारी कार्यशक्ति या हमारी जीत की भावना कमजोर हो जाती है। हम अपने आपको ही कमजोर करते हैं। निर्णय हो गया तो पूरी ताकत के साथ उसको क्रियान्वित करने के लिए सबको लग जाना चाहिए। इस प्रवृत्ति में जहाँ कमी आई है, वहाँ हमें नुकसान ही हुआ है। सामूहिकता नहीं है, तो दूर तक नहीं जा पाएँगे।

इसी प्रवृत्ति को हम डिसिप्लिन कहते हैं। हिंदी में इसके लिए अच्छा शब्द है, अनुशासन। अनुशासन का अर्थ होता है स्वयं के ऊपर शासन, दूसरे द्वारा थोपा हुआ

शासन नहीं। यदि हम अपनी इच्छा के विपरीत हुआ निर्णय भी मानते हैं, तो उसका कारण यही है कि हम यह सोचते हैं कि मेरी राय के विरुद्ध होगा, लेकिन संगठन के व्यापक हित में है और इसीलिए उसको मानकर चलना है। यही सामूहिकता है। अनुशासन या अनुशासनहीनता के कई प्रकार हैं, जो हमारे संविधान में उल्लिखित हैं।

हम जब तक संगठन के भाग हैं, तब तक संगठन के निर्णयों के विपरीत काम करना, निर्णय लेनेवाली इकाई या पदाधिकारी की नीयत पर शक करना, यह अनुशासनहीनता है। हमें किसी निर्णय के बारे में आपत्ति है तो उसको उपयुक्त जगह पर या उपयुक्त फोरम में ही उठाना चाहिए और जो निर्णय हो, उसको उलटे-सीधे तरीके से मोड़ने की कोशिश नहीं करनी चाहिए। आजकल यह करने के लिए कार्यकर्ता समाचार-पत्रों का भी उपयोग करते हैं। समाचार-पत्रों में अपनी भड़ास निकालना या समाचार के माध्यम से निर्णयों को प्रभावित करने का प्रयत्न करना, कभी नाम से, कभी संवाददाता के मुँह से कहलवाकर अपने विचारों को संगठन पर थोपने की प्रवृत्ति बढ़ गई है। इससे संगठन को जो नुकसान होता है, उससे सभी चिंतित हैं, लेकिन समाचार-पत्रों में छपाई की हवस और संगठन के निर्णय को प्रभावित करने के प्रयत्न के कारण वे अपने को रोक नहीं पाते। कई लोगों का मत है कि अनुशासन के डंडे से संगठन ठीक होगा। डंडा और अनुशासन दोनों परस्पर विरोधी हैं। अपना अनुशासन खुद को रखना पड़ता है और डंडा दूसरा मारता है। कभी-कभी डंडे का भी प्रयोग करना पड़ता है, लेकिन समझकर संयम से व्यवहार करना, संगठन की परंपराएँ ध्यान में रखना, यह अधिक श्रेयस्कर होता है। कोई अच्छा डॉक्टर भी शल्यक्रिया का प्रयोग आखिरी उपाय के रूप में ही करता है। हमेशा अनुशासन (स्वयं पर नियंत्रण करना) सही रास्ता है। संगठन के कार्य में केवल औपचारिकता नहीं होनी चाहिए। अनौपचारिक चर्चा, मिलना-जुलना, यदि होता रहे तो संगठन का वातावरण स्वस्थ रहता है और डंडे का प्रयोग अपवादस्वरूप ही करना पड़ता है।

(भाजपा समाचार, सितंबर 1-15, 1997 में प्रकाशित)

❑

‘कार्यकर्ता’ संगठन की धुरी

भारत जैसे बड़े और विविधता से भरे हुए देश में सबको साथ लेकर चलने वाला संगठन सर्वस्पर्शी और सर्वव्यापी होना जरूरी है, इसके लिए बहुत बड़ी मात्रा में समर्पित और क्रियाशील कार्यकर्ताओं की आवश्यकता है। एक बड़े संगठन में अनेक क्षेत्रों में (भौगोलिक और सामाजिक) काम करना पड़ता है और उसके लिए अनेक इकाइयाँ भी गठित करनी पड़ती हैं। प्रादेशिक इकाइयाँ, क्षेत्रीय इकाइयाँ और संभागीय इकाइयाँ, जिला, मंडल और स्थानीय स्तर पर इकाइयाँ, समाज के विभिन्न वर्गों में काम करने के लिए मोर्चे गठित करने पड़ते हैं, जैसे युवा मोर्चा, महिला मोर्चा, अनुसूचित जाति मोर्चा, अनुसूचित जनजाति मोर्चा, अल्पसंख्यक मोर्चा, किसान मोर्चा आदि। इसी प्रकार समाज में धंधे के अनुसार भी वर्ग हैं। उनकी अपनी समस्याएँ हैं, जैसे बुनकर, मछुआरे, माझी, पूर्व सैनिक। यह सूची सीमित नहीं है, उदाहरण के रूप में ही है, फिर राजनीतिक इकाइयाँ भी हैं। सांसद दल, विधायक दल, कॉरपोरेटर, म्युनिसिपल, पंचायतों के सदस्य उनके अपने-अपने काम हैं। इन सारी इकाइयों में सक्षमता लाना, सक्रियता लाना, यह एक बड़ा काम है और हर स्तर पर इसके लिए सक्षम कार्यकर्ताओं की आवश्यकता है।

इतने कार्यकर्ताओं को जोड़ना, उनको प्रशिक्षित करना, उनको समर्पण भाव से काम करने की प्रेरणा देना, उनके लिए निरंतर प्रवास करनेवाले, योजना बनानेवाले कार्यकताओं की भी आवश्यकता है। ये सारे काम करने के लिए साधन भी जुटाने होंगे और संगठन के सारे पहलुओं के ऊपर विस्तार से विचार करने की जरूरत है। हम इन सभी पहलुओं पर विचार करेंगे, किंतु एक ही उद्‍देश्य, एक ही लक्ष्य को लेकर बढ़नेवाले और विभिन्न क्षेत्रों में काम करनेवाले सभी कार्यकर्ताओं में और इकाइयों में सामंजस्य आवश्यक है। एक बड़ी मशीन के सारे पुर्जे अलग-अलग काम करते हैं (सिंक्रोनाइजेशन)। यदि यह नहीं हुआ तो मशीन अपना काम नहीं कर सकेगी और इस नाते समन्वय भी काम का महत्त्वपूर्ण अंग है। हमारे अपने जैसे बड़े संगठन में

भी इसकी चिंता करनी पड़ेगी। बहुत बार अपने-अपने क्षेत्र विशेष में काम करनेवाला कार्यकर्ता अपने काम में इतना रमा हुआ रहता है कि बाकी की इकाइयों के संबंध में वह भूल सा जाता है, जो काम अपने को दिया जाता है, उसमें ही रम जाना, वही काम करते रहना, यह एक बड़ा गुण है, लेकिन बाकी क्षेत्र में अन्य इकाइयों से जुड़े कार्यकर्ता क्या सोचते हैं, उनके काम का हम महत्त्व समझते हैं या नहीं, हमारे अपने काम की सीमा,एँ भी उनको समझाने की जरूरत होती है और इसके लिए उन लोगों के साथ भी उठना, बैठना विचार-विमर्श करना आवश्यक हो जाता है, लेकिन कई बार अपने काम की व्यस्तता में इस पहलू को हम भूल जाते हैं और उसके परिणामस्वरूप काम में अनेक अड़चने आती हैं। कार्यकर्ता को समन्वय के इस काम में दिया हुआ समय व्यर्थ नहीं करना चाहिए। उस कार्य को भी अपने कार्य का अंग ही समझकर चलना चाहिए। हमारी इकाइयाँ इतनी अधिक हैं और इतने विविध क्षेत्रों में कार्यरत हैं और उसमें सबसे सामंजस्य बनाए रखना सरल काम नहीं है। समय इसके लिए देना ही पड़ेगा।

मुझे अपनी एक सरकार का अनुभव है। एक प्रदेश में अपनी सरकार अच्छा काम कर रही थी, जनता में उसकी छवि भी एक अच्छी सरकार की थी। मुख्यमंत्री और मंत्रीगण अपना कार्य पूर्ण ईमानदारी और निष्ठा से कर रहे थे। अपने काम में वे इतने व्यस्त थे कि अपने काम के बारे में विधायक क्या सोचते हैं, कार्यकर्ता क्या सोचते हैं, उनकी सोच की दिशा क्या है, सरकार की सीमाएँ उनके ध्यान में हैं कि नहीं? सर्वसाधारण जनता में बैठकर उनको किन कठिनाइयों का सामना करना पड़ता है? इधर ध्यान देने के लिए मंत्रियों को समय नहीं था, वे ईमानदारी से अपने काम में लगे हुए थे, परिणामस्वरूप सामंजस्य टूटा और सरकार भी टूटी। एक अच्छी सरकार, एक ईमानदार सरकार समन्वय के अभाव में टूटी।

जरूरी नहीं कि हमारी सरकार, हमारी कार्पोरेशन टूटेगी ही, लेकिन असंतोष के वातावरण में (चाहे वह नासमझी में रहा हो) अपना काम करना कठिन ही हो जाता है। कार्यकर्ता या इकाई टूटेगी या निष्क्रिय हो जाएगी, दोनों ही हमारे लिए नुकसानदायक हैं, इससे बचना चाहिए।

फिर अपना संगठन बहुत व्यापक है, विभिन्न प्रकार के क्षेत्रों में वह इकाइयाँ और कार्यकर्ता के रूप में काम करता है, लेकिन भारतीय जनता पार्टी की दृष्टि से जब हम विचार करते हैं, तो इस देश में हमारे व्यापक लक्ष्य को लेकर ही अनेक प्रकार के संगठन कार्य कर रहे हैं। वे हमारे संगठन के अंग नहीं हैं, किंतु हमारा व्यापक लक्ष्य एक दिशा में होने के कारण उनकी हमारे साथ सहज सहानुभूति है। वे हमारे हितैषी हैं। वे हमको विजयी होते हुए देखना चाहते हैं। क्या उनकी कठिनाइयों का हम विचार नहीं

करेंगे? क्या ऐसे सब लोगों को 'टेकन फॉर ग्रांटेड' मानकर चलेंगे। हमारे सामंजस्य और समन्वय की परिधि में वे आते हैं कि नहीं और उसके लिए भी समय देना ही पड़ेगा, वह भी काम का एक जरूरी हिस्सा है।

यह सारा कार्य कृत्रिम यंत्र की तरह नहीं हो सकता। अपने काम के साथ-साथ अन्य कार्यकर्ता और इकाई का महत्त्व हमारे ध्यान में रहना चाहिए। उसके बारे में भी अपने मन में आदर का भाव रहना चाहिए, सम्मान का भाव रहना चाहिए। हम अकेले सबकुछ नहीं कर सकते, सब से मिलकर ही यह काम होगा। सबको साथ मिलकर करने के भाव में निर्माण होगा। एक-दूसरे की आवश्यकता अनुभव करेंगे, तो एक-दूसरे के साथ चलने की प्रवृत्ति बढ़ेगी। सबके साथ मिल-जुलकर चलने की प्रवृत्ति बढ़ेगी और जैसे एक मशीन और उसका हर पुर्जा ठीक भी हो और उसमें ऑयलिंग, ग्रीजिंग न हो तो वह मशीन गरम हो जाती है, टूट जाती है। अपना तो मानवीय संगठन है। इसमें तो यह और जरूरी है और इसलिए आपस में स्नेह पारिवारिकता का भाव होना जरूरी है। यात्रा में कठिनाइयाँ आती हैं, लेकिन इसी भाव के कारण हम एक-दूसरे के संबल बनते हैं।

(भाजपा समाचार, सितंबर 1-15, 1997 में प्रकाशित)

❑

'वनवासी' हमारी ताकत

16, 17 और 18 सितंबर, 1997 को अनुसूचित जनजाति के कार्यकर्ताओं का एक अभ्यास वर्ग बिलासपुर (मध्य प्रदेश) में आयोजित हुआ था। वैसे अनुसूचित जनजाति कार्यकर्ताओं का अखिल भारतीय स्तर पर यह पहला ही अभ्यास वर्ग था। भारत के सभी प्रदेशों में जनजाति के बंधु नहीं रहते हैं तथा उत्तर प्रदेश, पंजाब, हरियाणा, यहाँ जनजातियाँ नहीं हैं। पूर्वांचल में प्रदेश छोटे हैं, लेकिन प्राय: समाज जनजातियों से ही भरा पड़ा है। दक्षिण में केरल, आंध्र प्रदेश, यहाँ कुछ आदिवासी क्षेत्र हैं। बड़े प्रदेशों में ओडिशा, पश्चिम बंगाल, बिहार, मध्य प्रदेश, राजस्थान, गुजरात और महाराष्ट्र में बड़ी मात्रा में जनजाति बंधु निवास करते हैं। परंपरागत रीति से वनवासी जंगल में ही निवास करते हैं। जंगल के आधार पर ही उनका भरण-पोषण होता है और वनवासी क्षेत्र की समस्याएँ भी जंगल की व्यवस्था और वहाँ रहनेवाले वनवासियों के रहन-सहन की व्यवस्था और वनवासी बंधुओं की अधिकांश समस्याएँ इसी से उपजी हुई हैं, इसी से जुड़ी हुई हैं।

अब वनवासियों की जनसंख्या बहुत बढ़ गई है। जंगल दिन-प्रतिदिन कम हो रहे हैं और इसीलिए वनवासियों की कठिनाइयाँ बढ़ती जा रही हैं। जब जंगल बहुतायत में थे, वनवासियों की संख्या कम थी, तब यह समस्या उतनी गंभीर नहीं थी। जहाँ जंगलों का संरक्षण आवश्यक है, वहाँ वन-नीति के नाम पर वनवासियों की उपेक्षा भी नहीं की जा सकती। भारतीय जनता पार्टी का वन-नीति का मूल आधार यही है।

नई वन-नीति के कारण तथा उच्चतम न्यायालय के निर्णयों के कारण वनवासियों के सामने प्राय: भुखमरी का सवाल खड़ा हो गया है। उनका जीवन संघर्ष बहुत कठिन और तीव्र हो गया है। वनवासी क्षेत्र में शिक्षा का अभाव, विकास का अभाव, अधिकार और पैसे के अभाव से ग्रस्त वनवासियों को कोई मदद नहीं करता। पंचायती राज के नए कानून भी उनकी मदद नहीं करते। अतएव सारी समस्याओं की ओर सरकार को ध्यान देना पड़ेगा, लेकिन केंद्र के और प्रदेशों के बजट में वनवासियों के नाम पर बहुत पैसा

होने के बाद भी वह भ्रष्टाचार के कारण इस क्षेत्र का विकास करने में असफल रहा है। वनवासी क्षेत्र में सड़कों का अभाव, पीने के पानी का अभाव, बिजली, पाठशालाओं का अभाव, दवाखाने का अभाव, यह एक स्वाभाविक बात हो गई है और इसी कारण यह वर्ग अपने को उपेक्षित मानता है और आज वह अपनी समस्याएँ सुलझाने के लिए संगठित हो रहा है।

भारतीय जनता पार्टी ने भी पिछले 30–35 वर्षों में इस वर्ग को संगठित करने के लिए काम करना प्रारंभ किया और अनेक प्रांतों में काम खड़ा भी हुआ, किंतु इसका राष्ट्रीय स्वरूप नहीं बना था। जैसे ही काम बढ़ा, हम अनुभव करने लग गए कि जो प्रयत्न हम अलग-अलग प्रदेशों में कर रहे हैं, उसको एक लाभान्वित रूप देना जरूरी है। भारतीय जनता पार्टी में जब यह मोर्चा बना, वनवासी और हरिजन मोर्चा एक ही मोर्चा था, लेकिन हमने जल्दी ही अनुभव किया कि इन दोनों वर्गों की समस्याएँ बिल्कुल भिन्न हैं और दोनों का निदान और उपचार भी भिन्न है, फिर अनुसूचित जनजाति मोर्चा की एक अलग इकाई खड़ी की है। भिन्न-भिन्न क्षेत्रों में कार्यकर्ता वनवासियों की कठिनाइयों को हल करने के लिए संघर्ष में जुट गए। कई जगह सरकारी कानून तथा लघु वन उपज का एकत्रीकरण, विपणन संबंधी कानून वनवासियों के लिए नुकसानदायक ही होते हैं। ऐसा लगता है कि सरकार वनवासियों की उपजीविका का ध्यान न रखते हुए केवल व्यापारिक आजीविका का साधन है और उसके बारे में भी केवल सरकार व्यापारिक और प्रशासनिक दृष्टिकोण से ही देखती है। उनकी नजर में वनवासी कहीं है ही नहीं।

बिलासपुर के वर्ग का आयोजन भी इन सारी समस्याओं पर विचार करने के लिए था। वनवासी क्षेत्र की समस्याएँ वनवासी ही जानता है और उसे ही भुगतना पड़ा है। उसमें अब यह जागरूकता आ रही है और वह सोचने लगा है कि अब हमको अपने पैरों पर खड़ा होना है। हमारी समस्याओं के लिए आग्रहपूर्वक संघर्ष करना होगा।

बिलासपुर के वर्ग में इन्हीं प्रश्नों के बारे में विचार किया गया। वर्ग में वनवासी सांसदों तथा नेताओं ने निम्नलिखित विषय प्रस्तुत किए, जिस पर आए हुए प्रतिनिधियों ने विस्तार से चर्चा की—

- **वनवासी तथा वन** : श्री फग्गन सिंह कुलस्ते, सांसद, मंडला।
- **वनवासी और पंचायती राज** : श्री दरबार छतर सिंह, सांसद, धार।
- **वनवासी विकास और सरकारी योजनाएँ** : श्री नंद कुमार साय, सांसद, रायगढ़।
- **वनवासी और उसकी पहचान, उसकी समस्याएँ** : श्री कड़िया मुंडा, सांसद, खूँटी।
- **वनवासी तथा शिक्षा** : डॉ. दिवाकर मिंज, भा.ज.पा. प्रदेश महामंत्री, बिहार

वर्ग में देशभर से तीन सौ के आसपास कार्यकर्ता उपस्थित थे, जिसमें महिला कार्यकर्ता भी शामिल थीं।

जब एक कार्यकर्ता किसी क्षेत्र में कार्य करना प्रारंभ करता है, तब उस क्षेत्र की समस्याएँ समझना आवश्यक है और इस तीन दिन के वर्ग में यही हुआ। हमारे वनवासी क्षेत्र से विजयी सांसदों ने ही (क्योंकि वे उस क्षेत्र से हैं तथा उस वर्ग के ही हैं और इस कारण उनको उन समस्याओं से रोज ही जूझना पड़ता है) अपनी अनुभव सिद्ध बातें कार्यकर्ताओं के सामने रखीं। राष्ट्रीय अध्यक्ष माननीय आडवाणी ने इस वर्ग का उद्घाटन किया। माननीय अटलजी ने इस वर्ग का समापन किया। भारतीय जनता पार्टी के दोनों वरिष्ठतम नेताओं का वर्ग में आना यही दरशाता है कि भारतीय जनता पार्टी इन वनवासियों की समस्या को कितना महत्त्वपूर्ण मानती है। माननीय आडवाणीजी ने कार्यकर्ताओं की समस्याओं पर तथा पार्टी के कार्यक्रमों पर ध्यान देने को कहा। उन्होंने शिक्षा तथा स्वास्थ्य, इन दो बिंदुओं पर जोर देते हुए कार्यकर्ताओं का आह्वान किया कि वे इस कार्य में जुट जाएँ, कारण भा.ज.पा. का लक्ष्य केवल चुनाव जीतना ही नहीं है, अपितु समाज परिवर्तन भी है। माननीय अटलजी ने इन समस्याओं के लिए संगठित होकर काम करने की आवश्यकता पर बल दिया। माननीय अटलजी ने रामायण काल का उल्लेख करते हुए कहा कि रावण पर विजय प्राप्त करने के लिए राम ने वनवासियों का आह्वान किया तथा उन्होंने राम का साथ देकर रावण को पराजित किया। वनवासियों ने हमेशा राष्ट्र पर संकट के समय बलिदान किया है। वर्ग में कुल सात सत्र हुए। माननीय आडवाणीजी का उद्बोधन तथा माननीय अटलजी का समापन दो सत्र विशेष थे। इन सात सत्रों में पाँच सत्र ऐसे हुए, जिनमें केवल वनवासी समस्याओं पर विचार हुआ, जिनका उल्लेख ऊपर किया गया है। बचे हुए दो सत्रों में एक सत्र मेरा भी था। दूसरे सत्र में मोर्चा के राष्ट्रीय प्रभारी श्री देवदास आपटे ने कार्यकर्ताओं का आह्वान किया कि वे सभी लोग पार्टी का अधिकाधिक विस्तार करें, क्योंकि देश में 100 लोकसभा क्षेत्र ऐसे हैं, जिन पर आदिवासी मतदाताओं का प्रभुत्व है।

वर्ग में पहली बार विभिन्न प्रदेशों से वनवासी कार्यकर्ता एकत्रित हुए। उन्होंने अपने कार्य का एक सार्वदेशिक रूप देखा। हम सब लोग एक ही समस्या के लिए संघर्षरत हैं। हम अकेले नहीं हैं, यह आत्मविश्वास उनमें जागा।

माननीय श्री आडवाणीजी और माननीय अटलजी की उपस्थिति ने इस विश्वास में बढ़ोतरी की। अभ्यास वर्ग में आगे के भी अनेक कार्यक्रमों की योजना बनी है। अब वनवासियों की कोई उपेक्षा नहीं कर सकता। यह विश्वास उस वर्ग में बढ़ा है।

(भाजपा समाचार, अक्तूबर 1-15, 1997 के अंक में प्रकाशित)

❑

'मोर्चे' और 'प्रकोष्ठ' अलग संगठन नहीं

बिलासपुर में संपन्न अनुसूचित जनजाति मोर्चा के कार्यकर्ताओं के वर्ग की चर्चा हमने की, इसके बाद अल्पसंख्यक मोर्चे की राष्ट्रीय कार्यसमिति की बैठक मुंबई में हुई। किसान मोर्चा की बैठक लुधियाना (पंजाब) में संपन्न हुई, महिला मोर्चे की बैठक बेंगलुरु में हुई थी और अभी-अभी 13-14 अक्तूबर, 1997 को युवा मोर्चे का राष्ट्रीय अधिवेशन दिल्ली में संपन्न हुआ था।

इन मोर्चों के कार्यक्रम में एक बात स्पष्ट रूप से उभरकर आई कि सभी जगह सब क्षेत्रों में, हमारे क्षेत्रों में हमारे मोर्चे का काम बढ़ रहा है और इनके माध्यम से समाज के विभिन्न वर्ग हमारे निकट आते जा रहे हैं।

हमने मोर्चे क्यों प्रारंभ किए? प्रारंभिक अवस्था में केवल प्रदेश, जिला, मंडल व स्थानीय समितियाँ हमारी इकाइयाँ थीं और इन्हीं इकाइयों के माध्यम से हम काम को दूर तक फैलाने का प्रयत्न करते थे और आज यह भौगोलिक विस्तार देश के हर कोने में पहुँच गया है। देश के सभी प्रदेशों में हमारी इकाइयाँ हैं, लेकिन हमने अनुभव किया कि अपना देश भौगोलिक दृष्टि से भी उसका विस्तार है, ऐसा नहीं है। सामाजिक दृष्टि से, भाषा की दृष्टि से, संप्रदायों की दृष्टि से, धंधों की दृष्टि से, विभिन्न वर्गों में बँटा हुआ है और यदि कोई भी पार्टी सार्वदेशिक पार्टी बनना चाहती है, तब उसे भौगोलिक दृष्टि से अपना विस्तार देश के कोने-कोने में करना ही पड़ेगा। उसके साथ-साथ समाज के विभिन्न वर्गों में भी हमको काम बढ़ाना होगा। जहाँ पार्टी का विस्तार चुनाव की दृष्टि से उपयोगी है, वहाँ सर्वसाधारण जनता की समस्याएँ समझने के लिए भी उनको पास जाना होगा। उनको अपने साथ लाना पड़ेगा और उसके अनुरूप पार्टी की नीतियाँ बनानी होंगी।

यही ध्यान में रखकर हमने विभिन्न प्रकार के मोर्चे और प्रकोष्ठ गठित किए है, जिसमें 6 मोर्चे हैं—युवा मोर्चा, महिला मोर्चा, किसान मोर्चा, अनुसूचित जाति मोर्चा,

अनुसूचित जनजाति मोर्चा, अल्पसंख्यक मोर्चा। बाकी वर्गों के लिए हमने प्रकोष्ठ बनाए हुए हैं। जैसे पूर्व सैनिक प्रकोष्ठ, सहकारिता प्रकोष्ठ, माझी प्रकोष्ठ आदि-आदि।

ये मोर्चे या प्रकोष्ठ अलग संगठन नहीं हैं। यह भारतीय जनता पार्टी का ही एक हिस्सा है और इसलिए मोर्चे की या प्रकोष्ठों की कहीं भी अलग सदस्यता नहीं है, न ही अलग चुनाव, भारतीय जनता पार्टी की सदस्यता ही इनकी सदस्यता है। केवल कुछ कार्यकर्ताओं को अपने-अपने विशेष वर्ग की चिंता करने की दृष्टि से यह जवाबदारी दी गई है। इतने वर्षों के प्रयत्नों के बाद हमारे सभी मोर्चे और प्रकोष्ठों का काम बढ़ रहा है। काम का जैसा विस्तार होता है, उसके अनुरूप हमारी संगठनात्मक व्यवस्थाओं में भी बदलाव लाना पड़ता है। प्रारंभ में ये सारे मोर्चे भारतीय जनता पार्टी के जिला और प्रादेशिक संगठनों पर अवलंबित थे, तब इनका स्वरूप भी बहुत छोटा था। धीरे-धीरे विस्तार के बाद इन मोर्चों के भी बड़े-बड़े कार्यक्रम होने लगे। प्रवास करनेवाले कार्यकर्ताओं की भी संख्या बढ़ी और आज प्राय: सब मोर्चे कार्यकर्ता और साधन की दृष्टि से अपने पैरों पर खड़े हो रहे हैं। बड़ी मात्रा में नए लोग जुड़ रहे हैं। भारतीय जनता पार्टी की वृद्धि में इन मोर्चों का योगदान भी बहुत बड़ा है। काम बढ़ाते समय हमने कितना किया, हमने कितनी सफलता प्राप्त की? केवल उसका विस्तार करने से काम नहीं चलता, केवल हम खुशफहमी में रहते हैं। सफलता से जहाँ आत्मविश्वास बढ़ता है, वहाँ अहंकार भी बढ़ने की संभावना रहती है। आत्मविश्वास हमें आगे बढ़ाता है। अहंकार नुकसानदायक होता है और उन क्षेत्रों में जहाँ हम नहीं हैं, वे आँखों से ओझल हो जाते हैं। कार्यकर्ता को हमेशा हम कहाँ नहीं पहुँचे, वहाँ कैसे पहुँचेंगे, इसके लिए कौन सी योजना बनानी होगी, कौन उसको क्रियान्वित करेगा? आगे बढ़ने की एक सतत इच्छाशक्ति जाग्रत् करनी होगी। परिश्रम करना होगा। कार्यकर्ता की जिज्ञासु प्रवृत्ति होनी चाहिए। क्षेत्र कितना भी कठिन हो, मैं वहाँ प्रवेश करूँगा, काम को खड़ा करूँगा, भा.ज.पा. को मजबूत बनाऊँगा, ऐसा मन में विश्वास होना चाहिए।

जब कार्य तेजी से बढ़ता है, तो सारी इकाइयाँ एक दिशा में आगे बढ़ें, उनके कामों में समन्वय हो, इसकी चर्चा एक पत्र में मैंने की थी और समन्वय और सामंजस्य स्थापित करने की दृष्टि से एक ही तरीका है, कार्यकर्ता ध्येयवादी हों। युवा मोर्चे के राष्ट्रीय अधिवेशन के समय हमारे राष्ट्रीय अध्यक्ष श्री लालकृष्ण आडवाणीजी ने एक बात विशेष रूप से कही थी। उन्होंने श्रद्धेय पंडित दीनदयाल उपाध्यायजी का उल्लेख करते हुए कहा था कि पंडितजी कार्यकर्ताओं को सही सीख देते थे कि कार्यकर्ता अपने बारे में न सोचें, मैं कहाँ रहूँगा, किस पद पर रहूँगा? यह चिंता संगठन पर छोड़ दें। मैं सिर्फ सोचूँ, संगठन का विस्तार कैसे होगा, संगठन प्रभावशाली कैसे होगा, देश की समस्याएँ हल करने की दृष्टि से सक्षम कैसे होगा? और कार्यकर्ताओं के दिमाग में

यह प्राथमिकता आते ही संगठन के अंदर खड़ी होनेवाली समस्याओं को हल करने की उसकी ताकत बढ़ जाएगी। मोर्चे का काम करते समय बार-बार हमें स्मरण रखना चाहिए कि यह अलग संगठन नहीं, भारतीय जनता पार्टी का ही अंग है। भारतीय जनता पार्टी को ही आगे बढ़ाने के लिए की गई व्यवस्था है।

(भाजपा समाचार, नवंबर 16-30, 1997 में प्रकाशित)

❑

सामने कठिन चुनौती

यह वर्ष (1997) हमारे संगठनात्मक चुनावों का वर्ष था। कुछ राज्यों को छोड़कर बाकी के राज्यों में हमारे संगठनात्मक चुनाव पूर्ण हो गए हैं। अभी अपने देश में जो राजनीतिक अस्थिरता बनी हुई है, उसके कारण लोकसभा के चुनाव होंगे या नहीं होंगे, यह विचार लोगों के सामने प्रमुखता से रहता है और रहना भी चाहिए। केंद्र की सरकार जैसी बनी है, उसमें अस्थिरता उसके गर्भ में ही है। भारतीय जनता पार्टी के आने के डर के कारण ये सब एक-दूसरे के विरोधी भी इकट्ठे रहते हैं, लेकिन उनकी अपनी अंदरूनी समस्याओं के कारण वे सरकार ठीक प्रकार से चला नहीं पाते। आपसी विरोधाभास के कारण देश के सामने खड़ी समस्याओं के बारे में कोई निर्णय लेना उनके लिए संभव नहीं है। देश के सामने कानून और व्यवस्था, आर्थिक परिस्थिति, विभिन्न वर्गों के चल रहे आपसी संघर्ष, भ्रष्टाचार आदि-आदि चुनौतियाँ हैं यह सरकार कुछ भी निर्णय लेने में अक्षम है। इस अस्थिरता के वातावरण में सारे विकास के कार्य बंद ही हैं और उसके बारे में सरकार में रहनेवाले या बाहर से समर्थन देनेवाली चिंता का भाव नहीं है।

यह सरकार बिना जनादेश की सरकार है। आज की परिस्थिति में जल्दी-से-जल्दी यह सरकार हटे, लोकसभा के पुन: चुनाव हों और एक जनादेश के साथ नई सरकार बने, यही देश की दृष्टि से श्रेयस्कर है। आज इस प्रकार की सरकार भारतीय जनता पार्टी ही दे सकती है, यह आस्था बढ़ती जा रही है। भारतीय जनता पार्टी जनता की समस्याओं के प्रति संवेदनशील, ईमानदार और उद्देश्यपूर्ण पारदर्शी सरकार दे सकती है। इस बात के लिए लोगों का विश्वास बढ़ता जा रहा है, इन दिनों में हमारे आयोजित कार्यक्रम यह समर्थन प्रकट भी होता है।

लोग भारतीय जनता पार्टी की ओर आकर्षित हैं। वे भारतीय जनता पार्टी को समर्थन भी देना चाहते हैं, जिम्मेदारी सौंपना चाहते हैं, लेकिन क्या हम इसके लिए तैयार हैं? आज जिस प्रकार की स्थिति बनी हुई है और जितनी गंभीर और विविध प्रकार की

समस्याएँ देश के सामने खड़ी हैं, उनको हल करना सरल नहीं है। हमारे प्रति बढ़ते हुए विश्वास, अन्य लोगों के प्रति निकम्मेपन के एहसास के कारण लोग यह जवाबदारी भारतीय जनता पार्टी पर डालने के लिए आतुर हैं और ये सारी समस्याएँ हल करने के लिए, ऐसी पार्टी, जिसके सामने देश का चित्र स्पष्ट है, एक दृढ़ संकल्प जिसके पास है और देश की समस्याओं को हल करते समय अपनी स्वयं की महत्त्वाकांक्षा को दूसरा स्थान देकर, देश और समाज का हित सामने रखेगी। ऐसे कार्यकर्ताओं की जरूरत है। आज बाकी के दलों का जो हाल है, उसका मुख्य कारण सबकी महत्त्वाकांक्षा है। हर एक कार्यकर्ता को अपने आपको पूछना चाहिए, जो मैं कर रहा हूँ, वह स्वार्थ, ईर्ष्या, राग, द्वेष से प्रेरित तो नहीं? और इस मामले में कार्यकर्ता को हमेशा आत्मनिरीक्षण करने की आदत होनी चाहिए। सबको साथ लेने की दृष्टि से कार्यकर्ताओं को और लोगों के बारे में सामंजस्य एवं उदारता का भाव रखना चाहिए। अपने प्रति कठोरता रखकर ही दृढ़ संकल्पी कार्यकर्ता कुछ कर सकते हैं। देश में राजनीति की दिशा भी बदल सकते हैं। क्या यह सारी जवाबदारी लेने के लिए हम सिद्ध हैं?

अभी तक जो चुनाव हुए हैं, वे प्रायः बिना बड़े झंझट के निपट गए। कुछ जगह समस्या आई, लेकिन यह समस्या क्यों खड़ी हुई? हमारे छोटे-मोटे झगड़े भी समाचार-पत्रों की हेडलाइन बनते हैं। समाचार पढ़कर हम सब दुःखी भी होते हैं। जनता के मन में भी हमारी छवि बिगड़ती है, लेकिन कार्यकर्ता इन छोटी-मोटी समस्याओं को एक न्याय-अन्याय की समस्या में बदल देता है, मानो कोई पाकिस्तान-हिंदुस्तान की लड़ाई हो। व्यक्ति के प्रति न्याय का मामला अधिक महत्त्वपूर्ण हो जाता है। विवाद का निर्णय जो भी हो, कोई जीते, कोई हारे, लेकिन हम संगठन को तो नुकसान पहुँचा ही देते हैं। वास्तविक रूप से कार्यकर्ता का भाव यह होना चाहिए कि मुझे कुछ मिले, चाहे न मिले, लेकिन मैं अपनी वाणी से, कर्म से संगठन को हानि नहीं पहुँचाऊँगा और एक ध्येयवादी संगठन के कार्यकर्ता से यही अपेक्षा की जाती है। कोई भी अच्छा बड़ा कार्य करना बिना तपस्या किए नहीं होता। कार्यकर्ता की आँखों के सामने बड़ा लक्ष्य रहेगा तो वह छोटी-छोटी बातों के लिए ऐसे विवाद खड़े नहीं करेगा। कार्यकर्ताओं की संख्या जितनी मात्रा में होगी, उतनी ही मात्रा में संगठन मजबूत होगा।

इन चुनावों में इस भावना का अभाव दिखाई दिया और कुछ जगह दृश्य भी नहीं उपस्थित हुए हैं। कुछ कार्यकर्ताओं ने अखबारों को माध्यम बनाकर संगठन के निर्णयों को प्रभावित करने का प्रयत्न किया। ये सारी बातें अंततोगत्वा संगठन को नुकसान ही पहुँचाती हैं। आज हम ही जनता की आस्था के केंद्र बने हुए हैं और हमारे यहाँ भी जब इस प्रकार होने लगता है, तो जनता बहुत दुःखी होती है कि बाकी सब तो निकम्मे हैं ही, क्या ये भी उसी रास्ते पर जा रहे हैं? घटनाएँ चाहे थोड़ी हुईं, लेकिन हमारी छवि को हानि पहुँचाती हैं।

आज एक और प्रश्न हमारे सामने खड़ा है। क्या इन समस्याओं को हल करने के लिए संगठन के चुनाव टाल दें? अन्य पार्टियों ने यह रास्ता अपनाया, लेकिन उससे उनकी समस्या तो हल नहीं हुई, अन्य समस्याएँ पैद हो गईं। नदी में पानी बहता रहता है, तो वह सड़ता नहीं। डिब्बे का पानी बहता नहीं, सड़ जाता है। मनुष्य के शरीर में भी रोज परिवर्तन होते रहते हैं। रक्त की कोशिकाएँ बदलती रहती हैं, नई पैदा होती हैं और यह सारी प्रक्रिया इतने स्वाभाविक रूप से होती है, जिसमें कोई संघर्ष नहीं होता और इसी के कारण शरीर स्वस्थ रहता है और यही प्राकृतिक व्यवस्था एक जीवित संगठन के लिए आवश्यक है। हमारे हर एक कार्यकर्ता को अपने को बढ़ती हुई जिम्मेदारियों को सँभालने की दृष्टि से तैयार करना चाहिए। कभी-कभी अपने बारे में सही आकलन नहीं कर पाते। अच्छा यही होता है, अपने बारे में सोचना संगठन पर छोड़ दें, लेकिन कभी-कभी हमारा अपने बारे में इतना अधिक ऊँचा विचार रहता है कि हमको और कुछ दिखता ही नहीं और एक प्रकार से हम अपनी सेवाएँ संगठन पर थोपना चाहते हैं। अपने आस-पास चुगलखोरों और चापलूसों को इकट्ठा कर लेते हैं। चापलूस सही बात नहीं कहते और हम भी सही कौन-गलत कौन, इसका विवेक खो देते हैं। इतिहास के पृष्ठ देखेंगे कि कई शासक चुगलखोरों और चापलूसों के कारण ही असफल हुए। अपने विपरीत सोचनेवाले कार्यकर्ता को अपना विरोधी मत समझो। अपना दुश्मन मत समझो, उसको समझने की कोशिश करो। जितना बड़ा काम है, उतनी कठिन समस्याएँ हमको हल करनी हैं, वे मिल-जुलकर ही होंगी, सबको साथ लेकर ही होंगी। नए लोगों को भी साथ लेना पड़ेगा। ध्येयवाद की अग्नि उनमें प्रज्वलित करनी होगी। यही हमारी तपस्या है। दृढ़ता से एक लक्ष्य की ओर निष्ठा से हमें आगे बढ़ना है, क्योंकि यह समय की माँग है।

(भाजपा समाचार, दिसंबर 1-15, 1997 के अंक में प्रकाशित)

❑

खंड-3

कुशाभाऊ ठाकरे व्याख्यानमाला, अवधेश प्रतापसिंह विश्वविद्यालय रीवा

भगवत शरण माथुर, कुशाभाऊ ठाकरे एवं नरेंद्र मोदी

—आचार्य अरुण दिवाकर नाथ वाजपेयी

कुशाभाऊ ठाकरेजी का नाम आते ही एक अति सौम्य गंभीर प्रभावशाली व्यक्तित्व का चेहरा सामने उभरकर आ जाता है। यद्यपि उनसे मेरा व्यक्तिगत संबंध अत्यंत अल्प ही रहा है, फिर भी उनके कृतित्व और व्यक्तित्व से मैं बहुत प्रभावित रहा हूँ और उनकी कार्यशैली को जीवन में उतारने का प्रयास भी किया है। भगवत् शरण माथुरजी कुशाभाऊ ठाकरेजी के अत्यंत निकट एवं सहृदय सहयोगी रहे हैं। उनके कारण ही कुशाभाऊ ठाकरेजी के बारे में अधिक जानकारियाँ मुझे प्राप्त हुई हैं, यह स्वीकार करने में मुझे किंचित भी संकोच नहीं है। वैसे कुशाभाऊ ठाकरेजी से मेरी दो बार भेंट हुई। एक जबलपुर में आदरणीय श्रीमती जयश्री बनर्जीजी के घर पर, संभवतः अगस्त 2003 में और दूसरी संभवतः सितंबर 2003 में वर्तमान मंत्री श्री राजेंद्र शुक्ल के घर पर।

श्रीमती बनर्जी के परिवार से हमारे परिवार की काफी निकटता है। उनके स्वर्गीय पति सुभाष दा, दोनों बेटे आशीष और दीपांकरजी, बेटी मल्लिका, दामाद जे.पी. नड्डा सभी से यथावत् निकटता बनी हुई है। श्रीमती बनर्जी का घर प्रारंभ से ही राष्ट्रीय स्वयंसेवक संघ, जनसंघ और भारतीय जनता पार्टी के कार्यकर्ताओं का गढ़ रहा है। मेरा यह सौभाग्य था कि उनके घर पर परम आदरणीय कुप्प.सी. सुदर्शन और राजमाता सिंधिया से मिलने का अवसर मिला। उन्हीं के घर पर आदरणीय कुशाभाऊ ठाकरेजी से मेरी पहली मुलाकात हुई। उनका स्वास्थ्य ठीक नहीं था, इसलिए अधिक बात करने को मना कर दिया गया। यह बात संभवतः अगस्त 2003 की थी।

पूर्व कुलपति, अवधेश प्रतापसिंह विश्वविद्यालय, रीवा

सितंबर 2003 में मैं अवधेश प्रताप सिंह विश्वविद्यालय, रीवा का कुलपति नियुक्त हुआ और मुझे ज्ञात हुआ कि वर्तमान मध्य प्रदेश शासन के मंत्री श्री राजेंद्र शुक्ल के घर पर आदरणीय कुशाभाऊ ठाकरेजी आए हुए हैं। उनके स्वास्थ्य खराब होने की सूचना मुझे पहले से ही प्राप्त थी। मैं उनके दर्शन करने के लिए श्री राजेंद्र शुक्ल के घर पहुँचा। वहाँ पर श्री राजेंद्र शुक्ल के पिताजी स्वर्गीय श्री भैया लालजी शुक्ल एवं अन्य कई सामाजिक कार्यकर्ताओं के साथ आदरणीय ठाकरेजी से भेंट हुई। उन्होंने मुझे विश्वविद्यालय संचालन के कुछ मूलभूत सूत्र प्रदान किए। जिसमें अनुशासन, गुणवत्ता, व्यक्तित्व निर्माण तथा व्यवहार में शुचिता इत्यादि प्रमुख थे। इन सिद्धांतों को विश्वविद्यालय में मैंने यथाशक्ति क्रियान्वित करने का प्रयास भी किया और उसमें आशातीत सफलता भी प्राप्त हुई।

आदरणीय ठाकरेजी ने मुझे उस समय एक कार्य करने के लिए भी कहा, जिसका उल्लेख करना यहाँ पर उचित न होगा। मैंने सहज अपनी प्रकृति के अनुसार, उनसे निवेदन किया कि यदि नियमानुसार होगा तो अवश्य कर दूँगा। उसकी प्रतिक्रिया में उन्होंने जोरदार शब्दों में कहा, "मैं कोई नियम विरुद्ध बात नहीं करता और न ही अनुशंसा करता हूँ।" संभवतः यह उनके व्यक्तित्व की श्रेष्ठता की पराकाष्ठा थी। वहाँ बहुत सारी बातें हुईं। व्यक्तिगत जीवन से लेकर सार्वजनिक राष्ट्र की चिंता तक, राजनेताओं के व्यवहार और उच्च शिक्षा की दुर्दशा पर भी उन्होंने प्रकाश डाला परंतु यह बिल्कुल आभास न था कि मेरी उनके साथ यह अंतिम मुलाकात होगी। यदि ऐसा आभास होता तो और अधिक उनके पास बैठकर ज्ञान लाभ प्राप्त करता। कुछ समय पश्चात् ज्ञात हुआ कि उनका स्वर्गवास हो गया। कुशाभाऊ ठाकरेजी का वैसे तो पूरे प्रदेश और राष्ट्र में ही भारतीय जनता पार्टी को सुदृढ़ करने में बहुमूल्य योगदान है, परंतु विंध्य प्रदेश, जो कि समाजवादियों का बहुत बड़ा गढ़ रहा है, उसमें भी भारतीय जनता पार्टी की जड़ें मजबूत करने में उन्होंने विशेष भूमिका निभाई है। यह कहना अतिशयोक्ति न होगा कि यदि कुशाभाऊ ठाकरेजी स्वयं व्यक्तिगत रूप से रुचि नहीं लेते तो बहुत से समाजवादी भारतीय जनता पार्टी में सम्मिलित नहीं होते। सबसे पहले उन्होंने क्षेत्र के सबसे बड़े कद्दावर नेता एडवोकेट कौशल प्रसाद मिश्र को भारतीय जनता पार्टी में सम्मिलित कराया, जिनके प्रति श्री ठाकरेजी के मन में जीवनपर्यंत सम्मान बना रहा, तदुपरांत चंद्रमणि त्रिपाठी, नागेंद्र सिंह, गिरीश गौतम, रमाकांत तिवारी इत्यादि भारतीय जनता पार्टी में शामिल हुए। कौशल प्रसाद मिश्र बाद में मध्य प्रदेश के अतिरिक्त महाधिवक्ता बने और रीवा से चलकर जबलपुर में अपनी गतिविधियों का केंद्र बनाया। चंद्रमणि त्रिपाठी सांसद बने, नागेंद्र सिंह, गिरीश गौतम, रमाकांत तिवारी आदि सभी विधानसभा के सदस्य चुने गए। कुशाभाऊजी के संदर्भ में एडवोकेट कौशल प्रसाद मिश्रजी का जिक्र करना

जरूरी है। श्री ठाकरेजी प्राय: उनके घर ठहरते थे। वैसे तो उनके निवास पर लालकृष्ण आडवाणी, मुरली मनोहर जोशी जैसे नेता भी ठहरते थे, यहाँ तक कि नरेंद्र मोदी, जो उस समय भारतीय जनता पार्टी के प्रदेश प्रभारी थे, वे भी उनके घर ठहर चुके थे, श्री राज नारायण, चाहे जिस पार्टी में भी रहे हों, जब रीवा आते थे तो कौशल प्रसाद मिश्र के घर पर ही भोजन करते थे। एक बार की बात है, रीवा में भारतीय जनता पार्टी का राष्ट्रीय अधिवेशन था और कुशाभाऊ ठाकरेजी राष्ट्रीय अध्यक्ष थे। उन्होंने कार्यक्रम में श्री कौशल प्रसाद मिश्रजी को अनुपस्थित पाकर कार्यक्रम से उठकर उनके घर जाकर उन्हें कार्यक्रम में लाने का प्रयास किया। यह ठाकरेजी की कार्यकर्ताओं के प्रति श्रद्धा का प्रतीक है। श्री कुशाभाऊ ठाकरेजी अपनी सरलता और सज्जनता के लिए जग प्रसिद्ध थे। राष्ट्रीय अध्यक्ष होने पर भी उनके मन में किसी भी प्रकार का अहंकार नहीं आया। उनकी एक विशेषता और थी। उन्हें भारतवर्ष के लगभग सभी कार्यकर्ता, जो उनके संपर्क में थे, उनके फोन नंबर कंठस्थ थे। अपने सहयोगी से निश्चिंत भाव से कहते थे, उस कार्यकर्ता का इस नंबर पर फोन लगाओ। उनकी इस आदत से सभी लोग हतप्रभ रह जाते थे।

कुशाभाऊ ठाकरेजी की मृत्यु से न केवल मध्य प्रदेश अपितु पूरा राष्ट्र शोकाकुल हो उठा। यह घटना दिसंबर 2003 की है।

भोपाल में उनके अंतिम संस्कार की बृहद् योजना बनी। स्वाभाविक है, मुझे भी उसमें सम्मिलित होने जाना था। भीड़ देखते ही बनती थी। भारतवर्ष का शायद ही कोई ऐसा बड़ा नेता हो, जो उनके अंत्येष्टि संस्कार में अंतिम दर्शन करने और अपनी श्रद्धांजलि अर्पित करने न आया हो।

अपने संकोची स्वभाव के कारण कुछ इष्ट मित्रों के साथ एकांत में खड़ा-खड़ा आदर भाव से सभी को श्रद्धांजलि अर्पित करते हुए देख रहा था, तभी एक तरफ से बड़ी तेजी से आदरणीय नरेंद्र मोदीजी, जो उस समय गुजरात के मुख्यमंत्री थे, लगभग 10-20 लोगों के साथ मेरी ओर आते दिखाई पड़े। मैंने सोचा कि निकट में कहीं और जा रहे होंगे, इतने में मेरे पास आकर उन्होंने कहा, "वाजपेयीजी नमस्कार।" मैंने कहा, "भाई साहब, मैं तो आपको पहचानता हूँ, पर आप मुझे कैसे जानते हैं।' इस पर उन्होंने संक्षिप्त सा उत्तर दिया, "आपने चित्रकूट में जो गांधीजी की प्रतिमा को भूमि से बाहर निकाला है, जिसे 'आज तक' में प्रसारित किया गया है, उससे पूरा गुजरात आपकी प्रशंसा करता है।" इतना कहकर वह तीर की तरह वापस हो गए और मैं अवाक् सा खड़ा-का-खड़ा रह गया। श्री नरेंद्र मोदी की राष्ट्रीय चेतना एवं सरोकार का इससे बड़ा उदाहरण क्या हो सकता है? यह छोटी सी घटना उन्हें बहुत महान् बना देती है। गुजरात में रहते हुए भारतवर्ष के छोटे से स्थान में हुई घटना पर उनकी पैनी नजर पड़ी, उसे महत्त्व दिया, उस घटना से संबंधित मुझे पहचाना, मेरे पास आना, यह सब उनके व्यक्तित्व की विराटता

का परिचायक है। मेरे अंत:करण में उनकी छवि उस समय से यथावत् बनी हुई है। उनके प्रधानमंत्री बनने से पूर्व मार्च 2011 में अहमदाबाद के कुलपतियों के अधिवेशन में भी उनसे दोबारा भेंट हुई थी, तब भी इस घटना का संक्षिप्त वर्णन मेरे परिचय में हुआ था।

चित्रकूट की घटना यह है कि मुझे आदरणीय नानाजी से संभवत: परामर्श कर तत्कालीन कुलाधिपति श्री राम प्रकाश गुप्ताजी ने महात्मा गांधी चित्रकूट ग्रामोदय विश्वविद्यालय के कुलपति का भी अतिरिक्त प्रभार प्रदान कर दिया था। एक दिन कार्यालय में बैठा था कि प्रदेश शासन से एक पत्र आया, जिसमें गांधीजी की प्रतिमा, जो जमीन में गाड़ दी गई थी, उसका सविस्तार वर्णन प्रस्तुत करने के लिए कहा गया था। गांधीजी की प्रतिमा जमीन में गाड़ दी जाए, यह सब सपने में भी मैं सोच नहीं सकता था। मन–ही–मन पश्चात्ताप भी हुआ। गांधी के देश में गांधी की यह दुर्दशा। गांधीजी के प्रति मेरे मन में अगाध श्रद्धा प्रारंभ से ही रही है, लेकिन जिस मूर्ति की बात यहाँ की जा रही थी, उसे नानाजी ने स्वयं गढ़ा था। एक-एक चीज उन्होंने स्वयं निर्मित करवाई थी, यहाँ तक की उनकी लाठी की लंबाई, कितनी हो, यह भी। ऐसी मूर्ति को तोड़कर जमीन में गाड़ दिया जाए, इसे मैं पूरे राष्ट्र का अपमान मानता हूँ। मैंने तुरंत ही कुछ सूचना एकत्रित कर दूसरे दिन ही संभावित क्षेत्र में जे.सी.बी. मशीन से उत्खनन करवाना प्रारंभ करवा दिया और कुछ ही घंटे बाद टूटे–फूटे गांधीजी मिट्टी में लथ–पथ निकल आए। जब यह प्रक्रिया चल रही थी, उस समय 'ईश्वर–अल्लाह तेरे नाम, वैष्णव जन तो तेने कहिए' इत्यादि भजन लगातार चल रहे थे। बहुत कष्ट हुआ। राष्ट्रपिता का यह अपमान, अफसोस। अभी भी जब वह दृश्य सामने आता है तो रोमांच होने लगता है। गांधीजी की प्रतिमा को मंदाकिनी के जल से नहलाकर एक स्थान पर स्थापित कर दिया गया। इस घटना को जहाँ एक ओर समाचार–पत्रों ने प्रमुखता से छापा, वहीं किसी संभावित विवाद से बचने के लिए उसकी पूरी वीडियो रिकॉर्डिंग भी करवा ली गई। समाचार–पत्र में प्रकाशित सूचना 'आज तक' के उस समय के ब्यूरो चीफ श्री राजेश बादल ने पढ़ी और उन्होंने मुझसे संपर्क कर घटना पर पूरी एक फिल्म शूट करने की बात की। मैंने उन्हें सहज स्वीकृति प्रदान कर दी, जिसे मेरे एक वक्तव्य के साथ लगभग 2 दिन 'आज तक' ने प्रसारित किया। इसे माननीय नरेंद्र मोदीजी ने देखा था और कुशाभाऊ ठाकरेजी की अंत्येष्टि प्रसंग में मुझे देखकर मुझसे मिले। मैं पुन: रीवा एवं चित्रकूट विश्वविद्यालय की यथाशक्ति सेवा करता हुआ अपने नवाचारों में संयुक्त हो गया। एक दिन मैं चित्रकूट में ही था। वहीं मुझे सूचना मिली कि विधानसभा अध्यक्ष श्री ईश्वरदास रोहाणी रीवा में हैं और मुझसे मिलना चाहते हैं। जबलपुर और हमारे क्षेत्र के विधायक होने के कारण मेरी श्री रोहाणीजी से अभिन्न मित्रता थी और परस्पर एक–दूसरे को सहयोग करते थे। मैं चित्रकूट से सीधे राज निवास रीवा आया और वहीं ईश्वरदास रोहाणीजी ने श्री भगवत्

शरण माथुरजी से परिचय कराया। श्री माथुर को मैं देखता रह गया, उनकी प्रसिद्धि से मैं पूर्व में ही परिचित था। वे रीवा संभाग के भारतीय जनता पार्टी के संगठन मंत्री थे।

मधुर स्वर, सौम्य व्यक्तित्व, सरल एवं गंभीर, उनके प्रति सहज श्रद्धा का भाव जाग्रत् हुआ, जो तब से लेकर अभी तक वह यथावत् बना हुआ है। श्री भगवत् शरण माथुर ने अन्य सभी से परिचय कराया और श्री ईश्वरदास रोहाणी के साक्षी भाव में अवधेश प्रताप सिंह विश्वविद्यालय रीवा के तत्त्वावधान में 'कुशाभाऊ ठाकरे स्मृति व्याख्यानमाला' का शुभारंभ करने की योजना प्रस्तुत की। असहमति की बात ही नहीं थी। मुझे लगा कुशाभाऊ ठाकरेजी के व्यक्तित्व के अनुरूप इससे अच्छी श्रद्धांजलि क्या हो सकती है? मैंने कुशाभाऊ ठाकरे स्मृति व्याख्यानमाला प्रारंभ करने की अपनी सहमति प्रदान कर दी। अपने मित्रों से विमर्श कर व्याख्यानमाला की पूरी नियमावली बनाई। 15 जून, 2004 की कार्य परिषद् में इसे अनुमोदित करवा लिया गया। अवधेश प्रताप सिंह विश्वविद्यालय रीवा के विनियम क्रमांक 45 रूप में इसे जाना जाता है।

इस व्याख्यानमाला को प्रारंभ करने के लिए श्री भगवत् शरण माथुर ने एक लाख रुपए विश्वविद्यालय को प्रदान किए थे।

कुशाभाऊ ठाकरे स्मृति व्याख्यानमाला नियमावली की प्रमुख बातें इस प्रकार थीं—

- व्याख्यानमाला का आयोजन कुशाभाऊ ठाकरेजी की जन्मतिथि 15 अगस्त अथवा निर्वाण दिवस 28 दिसंबर के आसपास किया जाएगा।
- व्याख्यानमाला में ठाकरेजी का चित्र रखा जाएगा, जिस पर मुख्य वक्ता, कुलपति इत्यादि सभी माल्यार्पण करेंगे।
- व्याख्यानमाला में श्री भगवत् शरण माथुर अथवा उनके किसी प्रतिनिधि की उपस्थिति अनिवार्य होगी।
- व्याख्यान का विषय समसामयिक, राजनीतिक चिंतन अथवा प्रबंधन से संबंधित होगा।
- व्याख्यान के अंत में राष्ट्रगान होगा।

इस व्याख्यानमाला की विशेष बात यह है कि जब से यह व्याख्यानमाला शुरू हुई है, तबसे लेकर आज तक सारे व्याख्यान की तिथि, वक्ता एवं विषय तीनों का चयन करने में श्री भगवत् शरण माथुरजी विशेष रुचि लेते हैं।

सन् 2004 में सबसे पहला व्याख्यान तत्कालीन मध्य प्रदेश, भारतीय जनता पार्टी के अध्यक्ष श्री शिवराज चौहान, जो वर्तमान में मध्य प्रदेश के मुख्यमंत्री हैं, का हुआ।

दूसरा व्याख्यान 2005 में श्री प्रभात झाजी का हुआ। वह भी प्रदेश भारतीय जनता पार्टी के अध्यक्ष थे।

तीसरा व्याख्यान सितंबर 2006 में श्रीमती सुषमा स्वराज का हुआ, जो वर्तमान में भारत सरकार की विदेश मंत्री हैं। तीनों ही व्याख्यान मेरे कार्यकाल में अत्यंत गरिमापूर्ण एवं विश्वविद्यालय के प्राध्यापकों, अधिकारियों, कर्मचारियों, विद्यार्थियों एवं नगर के संभ्रांत महानुभावों की उपस्थिति में संपन्न हुए।

यह व्याख्यानमाला पूरी की पूरी गैर राजनीतिक ढंग से संपन्न होती है।

सन् 2007 में मेरे जाने के बाद भी यह व्याख्यानमाला श्री भगवत् शरण माथुर के कुशल संरक्षण एवं मार्गदर्शन में संपन्न हो रही है। यह अत्यंत संतोष का विषय है।

इस व्याख्यानमाला के अंतर्गत माननीय मुरलीमनोहर जोशी, श्री बजरंग लालजी गुप्ता, महामहिम श्री ओ.पी. कोहलीजी, लोकसभा अध्यक्ष श्रीमती सुमित्रा महाजन, श्री सुब्रमण्यम स्वामी, श्री नरेंद्र सिंह तोमर, श्री अर्जुन राम मेघवाल, माननीय श्री के.सी. सुदर्शन एवं श्री अनूप मिश्रा आदि के व्याख्यान गरिमापूर्ण ढंग से संपन्न हो चुके हैं।

यह भी ज्ञात हुआ है कि अवधेश प्रताप सिंह विश्वविद्यालय में माननीय मुख्यमंत्री श्री शिवराज सिंह चौहान ने कुशाभाऊ ठाकरे शोध संस्थान स्थापित करने के लिए भी स्वीकृति प्रदान की है।

सारांश में इतना ही कहना चाहूँगा कि मेरे कुलपति कार्यकाल में जो विशेष कार्य हुए हैं, उसमें एक उल्लेखनीय कार्य श्री कुशाभाऊ ठाकरेजी की स्मृति को समर्पित कुशाभाऊ ठाकरे स्मृति व्याख्यानमाला का शुभारंभ भी है। इस हेतु श्री भगवत् शरण माथुर के प्रति भी अपना आभार मानता हूँ।

इस संदर्भ में यह भी रेखांकित करना चाहूँगा कि श्री ठाकरेजी ने जिन मूल्यों के लिए अपना सार्वजनिक जीवन जिया था, उन मूल्यों को सभी लोग अपने आचरण में उतारें, तभी श्री ठाकरेजी के प्रति सही श्रद्धांजलि होगी।

❑

सामाजिक चिंतन की अभिनव परंपरा

(कुशाभाऊ ठाकरे स्मृति व्याख्यानमाला)

—प्रो. के.एन. सिंह यादव

जुलाई 2015 में अवधेश प्रताप सिंह विश्वविद्यालय, रीवा में कुलपति का पदभार ग्रहण करते ही विश्वविद्यालय के स्थापना दिवस समारोह के आयोजन के पश्चात् प्राय: प्रत्येक वर्ष अगस्त-सितंबर के माह में आयोजित होनेवाली कुशाभाऊ ठाकरे स्मृति भाषणमाला का आयोजन किया जाता है, जिसकी पृष्ठभूमि में प्रसिद्ध समाजसेवी एवं चिंतक श्री भगवतशरण माथुरजी होते हैं। यह जानकर मैं अभिभूत हुआ कि उक्त भाषणमाला में देश के विभिन्न क्षेत्रों से लब्धप्रतिष्ठ व्यक्तियों के उद्बोधन अलग-अलग विषयों पर वर्ष 2004 से अनवरत जारी हैं। उक्त आलोक में दिनांक 21 सितंबर, 2015 को 'समाज में संवेदनहीनता : कारण एवं निवारण' विषय पर गुजरात के माननीय राज्यपाल श्री ओ.पी. कोहलीजी ने मुख्य अतिथि एवं मुख्य वक्ता के रूप में अपना विशिष्ट उद्बोधन दिया।

माननीय कोहलीजी ने आर्थिक एवं औद्योगिक प्रगति के परिप्रेक्ष्य में घट रही मानव संवेदना के विभिन्न पहलुओं पर चर्चा करते हुए, इस दिशा में सभी वर्गों की सार्थक पहल एवं सामाजिक सरोकारों पर रामचरितमानस के उद्धरणों के साथ आवश्यक कदम उठाने पर जोर दिया। उन्होंने भारतीय संस्कृति की मूल परंपराओं को अक्षुण्ण रखकर भारत की बहुआयामी प्रगति की अपेक्षाओं की विस्तृत व्याख्या की। इस अवसर पर विशिष्ट अतिथि के रूप में श्री थावर चंद गहलोत, केंद्रीय मंत्री, सामाजिक न्याय एवं अधिकारिता, भारत सरकार, श्री राजेंद्र शुक्ल, मंत्री, खनिज संसाधन एवं जनसंपर्क (तत्कालीन), मध्य प्रदेश शासन तथा श्री जनार्दन मिश्र, स्थानीय सांसद की उपस्थिति उल्लेखनीय रही।

कुलपति, अवधेश प्रताप सिंह विश्वविद्यालय, रीवा

विषय प्रवर्तन श्री भगवतशरण माथुरजी ने किया, जो इस भाषणमाला के प्रेरणा-स्रोत तथा आधार स्तंभ हैं। मुझे महसूस हुआ कि कुशाभाऊ ठाकरे जैसे चिंतक, संगठक एवं तपस्वी की स्मृति में आयोजित होनेवाली यह भाषणमाला, विश्वविद्यालय के लिए गौरव की बात है।

इसी कड़ी में 24 अगस्त, 2016 को 'पं. दीनदयाल उपाध्याय एवं डॉ. भीमराव अंबेडकरजी का सामाजिक चिंतन : एक विमर्श' विषय पर मुख्य अतिथि के रूप में श्री अर्जुन राम मेघवाल, केंद्रीय वित्त राज्यमंत्री, भारत सरकार का व्याख्यान हुआ। अपने उद्बोधन में श्री मेघवालजी ने पं. दीनदयालजी के सामाजिक कार्यों में आजीवन किए गए योगदान की एवं डॉ. भीमराव अंबेडकरजी के सामाजिक उत्थान हेतु किए गए संवैज्ञानिक प्रावधानों की पृष्ठभूमि में विस्तृत व्याख्या करते हुए स्व. कुशाभाऊ ठाकरे की सामाजिक प्रयोगधर्मिता को रेखांकित किया। उक्त अवसर पर विशिष्ट अतिथि के रूप में श्री राजेंद्र शुक्ल, खनिज एवं संसाधन एवं जनसंपर्क मंत्री (तत्कालीन), मध्य प्रदेश शासन तथा स्थानीय सांसद श्री जनार्दन मिश्र ने भी उद्बोधन दिया। इस व्याख्यानमाला के प्रेरणा-स्रोत श्री भगवत शरण माथुरजी ने विषय की रूपरेखा प्रस्तुत की।

वर्ष 2017-18 विश्वविद्यालय का स्वर्ण जयंती वर्ष होने के कारण इस भाषणमाला के मुख्य अतिथि एवं मुख्य वक्ता के रूप में मध्य प्रदेश के यशस्वी मुख्यमंत्री श्री शिवराज सिंह चौहान ने अपनी सहमति देकर हमें अभिभूत किया। स्मरणीय है कि उक्त भाषणमाला को प्रथम पुष्प के रूप में आदरणीय श्री शिवराज सिंह चौहान द्वारा उद्बोधन दिया गया था। 'एकात्म मानववाद : उत्कृष्ट भारत' विषय पर माननीय श्री शिवराज सिंह चौहान ने अपने उद्बोधन में मन, बुद्धि, आत्मा एवं शरीर की अभिनव व्याख्या करते हुए उसके व्यावहारिक पहलुओं की चर्चा की। उन्होंने उत्कृष्ट भारत की कल्पना, इन चारों अवयवों की समेकित आवश्यकता को निरूपित करते हुए सामाजिक बदलाव की व्याख्या की। उनके भाव प्रकरण व्याख्यान का पं. शंभूनाथ शुक्ल सभागार में खचाखच भरी भीड़ ने बड़ी तन्मयता एवं एकाग्रता से श्रोताओं ने आनंद लिया। इस अवसर पर माननीय मुख्यमंत्री द्वारा विश्वविद्यालय में कुशाभाऊ ठाकरे भारतीय विद्या अध्ययन एवं शोध केंद्र प्रारंभ करने की स्वीकृति प्रदान की गई। उल्लेखनीय है कि विंध्य के इस भू-भाग को मानव की प्रथम क्रीड़ा स्थली होने का गौरव प्राप्त है। प्रागैतिहासिक काल से लेकर अद्यावधि मानव विकास यात्रा के समस्त पड़ाव क्रमबद्ध रूप से सुस्पष्ट प्रमाणों के साथ यहाँ उपलब्ध हैं। इसी क्रम में वैष्णव, शैव, शाक्त, जैन एवं बौद्ध धर्म संस्कृतियों का विकास समन्वयवादी दृष्टि से हुआ। नचना, भूमरा, पपौरा, भरहुत, देउर, कोठार, गुर्गी आदि अनेक सांस्कृतिक केंद्र विकसित हुए। इस केंद्र के अंतर्गत भारतीय संस्कृति, कला, साहित्य एवं धार्मिक मतवादों का अध्ययन एवं शोध गतिविधियाँ संचालित की

जाएँगी, साथ ही इस अध्ययन एवं शोध केंद्र में भारतीय वाङ्मय एवं दार्शनिक चिंतन धाराओं का अध्ययन भी किया जाएगा। इस केंद्र का उद्देश्य निम्नानुसार है—

1. पारंपारिक प्राचीन भारतीय विद्या को आधुनिक ज्ञान-विज्ञान से जोड़ना।
2. विश्व ज्ञान परंपरा भारतीय विद्या की देन को चिह्नित करना।
3. भारतीय दार्शनिक विचारों का अध्ययन।
4. भारतीय साहित्य, भाषा, कला, शिक्षा, दर्शन, इतिहास, समाज विज्ञान एवं ज्ञानानुशासनों का अध्ययन एवं शोध।
5. वैदिक वाङ्मय पर आधारित अद्यतन अध्ययनों का अनुशीलन।
6. भारतीय विद्याओं पर अद्यावधि उपलब्ध सामग्री का संचयन।

इस अवसर पर स्थानीय मंत्री श्री राजेंद्र शुक्ल, सांसद श्री जनार्दन मिश्र ने भी अपने विचार व्यक्त किए। विषय प्रवर्तन माननीय श्री भगवतशरण माथुर ने किया।

इस प्रकार की भाषणमाला के लिए विश्वविद्यालय परिवार श्री भगवतशरण माथुर के प्रति हार्दिक कृतज्ञ है।

गीता में श्लोक उद्धरण किया गया है कि—

अभयं सत्वसंशुद्धि: ज्ञानयोगव्यविस्थिति:
दानं दमश्च यज्ञश्च स्वाह्यायस्तप आर्जवम्।

ऐसे गुण, जो आध्यात्मिक जीवन जीनेवाले सुसंस्कृत पुरुष में देखे जाते हैं। अपने निज-जीवन के व्यावहारिक पक्षों के साथ उन आदर्श गुणों को आत्मसात् कर लेना ही आध्यात्मिक जीवन की मान्यता प्रदान करता है, जिसमें अंत:करण की शुद्धि का मूल भाव निश्चित है, जो नैतिक जीवन का सार है।

इस प्रकार श्री ठाकरेजी ने अपनी नैतिकता व परिश्रम बल से निष्ठावान कार्यकर्ताओं की सेना तैयार की थी, कार्यकर्ता के मन में श्री ठाकरेजी द्वारा अखंड शक्तिपात आज भी वरिष्ठ कार्यकर्ताओं के रूप में देखने व समझने को मिलता है। वर्तमान में रीवा की ऐतिहासिक धरती में स्थित अवधेश प्रताप सिंह विश्वविद्यालय में प्रायोजित कुशाभाऊ ठाकरे शोध पीठ की स्थापना के सद्प्रयासों में अग्रणी आदरणीय श्री भगवतशरण माथुरजी में श्री ठाकरेजी की अखंड साधना से विकसित कर्तव्य साधना व शक्तिपात के प्रभाव की ऊर्जा देखने को मिलती है। आदरणीय माथुरजी के सद्प्रयासों से मेरे समक्ष विगत तीन वर्षों से कुशाभाऊ स्मृति व्याख्यानमाला के आयोजन का सौभाग्य विश्वविद्यालय परिवार को प्राप्त हो रहा है।

प्राय: श्री ठाकरेजी के उद्बोधन में जिन विषय बिंदुओं की प्रमुखता होती थी, उन बिंदुओं में राष्ट्र के प्रति अपने कर्तव्यों की निश्चितता के साथ स्वावलंबन पर विशेष बल होता था। ऐसे प्रकाश स्तंभ की परिकल्पना को साकार करने के उद्देश्य

से विश्वविद्यालय शोध पद्धति से राष्ट्रोन्नति की दिशा में समस्त विश्वविद्यालय परिवार ने सार्थक प्रयास सुनिश्चित करने का संकल्प धारण किया है, जिससे कि सफल युवा समर्थ राष्ट्र की परिकल्पना को साकार किया जाएगा। इसी श्रृंखला से प्रेरणा लेकर विश्वविद्यालय परिवार ने मध्य प्रदेश शासन के बहुआयामी अभियानों में एक आनंद विभाग की स्थापना का निश्चयीकरण किया है, जो कि सफल युवा समर्थ राष्ट्र के देय की सार्थकता हेतु महत्त्वपूर्ण घटक के रूप में योगदान निष्पादित करने में सक्षम है।

ऐसे कर्मयोगी सद्पुरुष के यशस्वी जीवन का सिंहावलोकन करने मात्र से प्रेरक संवाद श्रृंखला का शंखनाद सहज भाव से प्रारंभ हो जाता है। आ गया जो संपर्क में धन्यता पाई उसी ने, ऐसा पुनीत काम मन में धारण किए हुए पावन स्मृति में विनम्रतापूर्वक आदरांजलि अर्पित करते हुए राष्ट्रोन्नति में सुयोग्य भूमिका निर्वहन करने का संकल्प दोहराता हूँ।

❑

अवधेश प्रतापसिंह विश्वविद्यालय रीवा में स्व. कुशाभाऊ ठाकरे स्मृति भाषणमाला : एक विहंगावलोकन

—प्रो. दिनेश कुशवाह

कहते हैं कि स्मृतिजीवी लोग दयनीय होते हैं, परंतु उनसे अधिक दयनीय स्मृतिहीन लोग होते हैं। स्मृतिहीन देश, समाज अथवा व्यक्ति का कोई इतिहास नहीं होता। भारतवर्ष में स्मृति और श्रुति की लंबी परंपरा रही है। परंपरा प्रथा का नाम नहीं है। प्रथा जड़ता का शिकार होती है। पयस्विनी निरंतर प्रवाहित होती है। प्रवाह उसे स्वच्छ और गतिमान रखता है। रुकी हुई नदी सड़े नाले में परिवर्तित हो जाएगी। परंपरा भी अविच्छिन्न प्रवाह है। उसका प्रवाह कभी रुकता नहीं। वह हमेशा अपना परिष्कार करती रहती है। हर परंपरा का कोई–न–कोई उद्‌गाता होता है। कालांतर में उसके अनुयायी उसे परिमार्जित, परिवर्द्धित करते रहते हैं।

वर्ष 2004 में प्रसिद्ध समाजसेवी एवं विचारक श्री भगवत् शरण माथुर ने पहल कर अवधेश प्रताप सिंह विश्वविद्यालय, रीवा में स्व. कुशाभाऊ ठाकरे स्मृति भाषणमाला की शुरुआत करवाई। विश्वविद्यालय के नियमों के अनुसार, वांछित धनराशि जमा कर भाषणमाला का एक स्वरूप विनियोजित किया गया। विगत वर्षों में हर वर्ष आयोजित होनेवाली इस व्याख्यानमाला ने विंध्य क्षेत्र में एक प्रभावशाली परंपरा का रूप धारण कर लिया है। यह दीगर बात है कि इसके लिए आज भी श्री भगवत शरण माथुर को बहुत परिश्रम करना पड़ता है और विश्वविद्यालय भी संपूर्ण मनोयोग से यह भाषणमाला आयोजित करता है। बंदा आदि से लेकर आज तक हिंदी विभाग का आचार्य होने के नाते इस कार्यक्रम का संचालन करता आया हूँ।

वरिष्ठ आचार्य एवं विभागाध्यक्ष हिंदी विभाग, अवधेश प्रतापसिंह विश्वविद्यालय, रीवा (म.प्र.)

भारत की वसुंधरा पर विंध्य एक अत्यंत प्राचीन भू-भाग है। यह आदि मानव की शरणस्थली रहा है। विंध्याचल हिमालय से भी प्राचीन पर्वत है। पौराणिक कथानकों और ऋषि-मुनियों की भूमि है विंध्यप्रदेश। चित्रकूट इसका हृदय है तो अमरकंटक से निर्गत सोन और नर्मदा हमारा शृंगार रही है। इस पुरातन विंध्यारवी के अधुनातन ज्ञान-विज्ञान का विद्यामंदिर अवधेश प्रतापसिंह विश्वविद्यालय, रीवा है। विगत पचास वर्षों में विश्वविद्यालय से असंख्य प्रतिभाशाली छात्र समाज के विभिन्न क्षेत्रों में सक्रिय हैं। इसी विश्वविद्यालय में विगत तेरह वर्षों से आयोजित कुशाभाऊ ठाकरे स्मृति भाषणमाला ने समाज में वांछित चेतना का प्रसार किया है। उसी चेतना का, जिसके संवाहक आदरणीय श्री कुशाभाऊ ठाकरे थे। लाजमी है कि इस भाषणमाला का विषय प्रवर्तन हर वर्ष श्री भगवत् शरण माथुर ही करते हैं।

स्व. कुशाभाऊ ठाकरे की कर्मभूमि मध्य प्रदेश रहा है। उनके राजनीतिक जीवन का लंबा समय मध्य प्रदेश में ही व्यतीत हुआ। उन्होंने जिन प्रतिभाशाली युवाओं का निर्माण किया, उनमें श्री भगवत् शरण माथुर एक हैं। यह बात मैं इसलिए कह रहा हूँ कि वे उनकी राजनीतिक विरासत के वारिस ही नहीं, उसके प्रचारक हैं और अथक कार्यकर्ता हैं। वारिस के बिना विरासत विकसित नहीं होती।

इस व्याख्यानमाला में अब तक जिन महानुभवों के व्याख्यान हुए हैं, उनमें श्री के.सी. सुदर्शन, श्री मुरली मनोहर जोशी, श्रीमती सुषमा स्वराज, श्रीमती सुमित्रा महाजन, श्री विक्रम वर्मा, श्री शिवराजसिंह चौहान, श्री सुब्रमण्यम स्वामी, श्री अर्जुन राम मेघवाल, श्री ओमप्रकाश कोहली आदि रहे हैं। हर वर्ष भाषणमाला का विषय अलग होता है तथा किसी ज्वलंत विषय पर आधारित होता है। मुख्य अतिथि वक्ता होते हैं। इसके अतिरिक्त हर वर्ष अनेक वक्तृता के धनी राजनेताओं के भी व्याख्यान इसमें सम्मिलित होते हैं। भाषणमाला के समय एक मेला सा लगता है, जिसमें बाल-वृद्ध-युवा सभी आयु वर्गों के लोग सम्मिलित होते हैं। विश्वविद्यालय परिक्षेत्र के सामाजिक-राजनीतिक कार्यकर्ता, अध्यापक, व्यवसायी, छात्र-कर्मचारी सभी शामिल होते हैं। वर्ष भर चर्चा होती रहती है और लोग अगली भाषणमाला का इंतजार करते रहते हैं।

❑

विंध्य के लिए स्वर्गीय कुशाभाऊ ठाकरे स्मृति व्याख्यानमाला ज्ञान गंगा

—योगेंद्र शुक्ला

भारतीय जनता पार्टी के पितृपुरुष, संगठन शिल्पी स्व. कुशाभाऊ ठाकरे की याद में रीवा विश्वविद्यालय में प्रतिवर्ष उनके जन्मदिवस के आसपास आयोजित होनेवाली व्याख्यानमाला इस अंचल में विंध्य क्षेत्र के लिए ज्ञान गंगा की धारा बन चुकी है। स्व. कुशाभाऊ ठाकरे का व्यक्तित्व दीपकधर्मी था। सहजता, सरलता और चुंबकीय व्यक्तित्व सहज ही कार्यकर्ताओं को उनके प्रति श्रद्धावान कर देता था। आज हम जो भा.ज.पा. का प्रचंड स्वरूप देख रहे हैं, उसके पीछे स्वर्गीय ठाकरेजी का साधारण सा दिखनेवाला असाधारण व्यक्तित्व है। ठाकरेजी का प्रेम भरा स्पर्श मन में श्रद्धा का भाव जगा जाता था। मुझे याद है कि चित्रकूट में आयोजित प्रदेश कार्यसमिति की बैठक में भाग लेने आए थे। तीन दिनों तक वहाँ रहे। उस समय वे पार्टी के राष्ट्रीय अध्यक्ष थे। तत्कालीन रीवा संभाग के, जिसमें शहडोल भी सहभागी था, के संभागीय संगठन मंत्री मान. भगवतशरण माथुरजी ने मुझे उनके साथ रहने का अवसर दिया और मेरा परिचय कराते हुए कहा कि यह युवा मोर्चा का कार्यकर्ता है, जो आपके साथ तीन दिन रहेगा। मान. ठाकरेजी उसके बाद हमारी स्वत: चिंता करते थे, मैं थोड़ा पीछे रह जाऊँ तो बुलाकर कहते थे कि साथ में ही रहना है। तीन दिनों तक उनके सान्निध्य में रहकर बहुत ही प्रेरक अनुभूति का एहसास हुआ। उनका निवास चित्रकूट ग्रामोदय विश्वविद्यालय में था, जहाँ पर

वरिष्ठ अधिवक्ता, रीवा

दूसरे दिन सुबह उन्होंने उद्यमिता पीठ का भ्रमण कर वहाँ बनाई जा रही, वस्तुओं की जानकारी ली और कहा कि संस्था को स्वावलंबी बनाएँ। कार्यक्रम के समापन के पश्चात् जाते समय उन्होंने हमारे सिर पर हाथ फरते हुए कहा कि विचारधारा का अध्ययन करो और मन लगाकर संगठन का काम करना। स्व. ठाकरेजी राजनीति के देदीप्यमान संगठनकर्ता थे। विंध्य धरा राष्ट्रवादी विचारधारा के लिए रेगिस्तान जैसी रही होगी, ऐसा हमें आभास होता है। बोफोर्स घोटाले के बाद देश में कांग्रेस के प्रति उपजे असंतोष में भी इस अंचल से कांग्रेस के अच्छी संख्या में विधायक चुने गए। विंध्य धरा समाजवादियों और कांग्रेसियों का गढ़ माना जाता रहा है। मुझे प्रतीत होता है कि स्व. ठाकरेजी ने इसे चुनौती के रूप में लिया होगा और उसकी परिणति यह है कि भगवतशरण माथुर जैसे संगठनकर्ता को इस अंचल में भेजा। आज यह पूरा क्षेत्र राष्ट्रवादी विचारधारा का गढ़ बन चुका है। ठाकरेजी के निधन के पश्चात् उनकी याद में विश्वविद्यालय, रीवा में व्याख्यानमाला की शुरुआत के लिए भगवतशरण माथुर कार्यकर्ताओं से परामर्श कर रहे थे, उस समय मैं भी उपस्थित था। सभी लोगों ने बहुत ही प्रसन्नता से इसे स्वीकार कर जो भी राशि विश्वविद्यालय में जमा करनी थी, संग्रहीत कर जमा कराई। यह व्याख्यानमाला इस धरा के लिए अनोखा आयोजन बन चुकी है। समसामयिक विषयों पर विद्वत्वजनों की वाणी से प्रतिवर्ष प्रस्फुटित हो रहा नव प्रवाह विंध्य क्षेत्र में नव जागरण का काम कर रहा है। विचाररूपी गंगा का प्रवाह प्रति वर्ष देखने को मिलता है। व्याख्यानमाला समसामयिक चिंतन का प्रवाह लेकर 14 सितंबर, 2004 में पहली बार स्व. ठाकरेजी की याद में आयोजित की गई, जिसमें एकात्म मानववाद जैसे विषय पर प्रदेश के वर्तमान मुख्यमंत्री शिवराज सिंह चौहान ने सारगर्भित व्याख्यान दिया, जिसकी अमिट छाप प्रतिवर्ष ध्वनित होती आ रही है। दूसरी व्याख्यानमाला (31 अगस्त, 2005) में शिक्षा संस्कार और राजनीति विषय पर थी। इसमें प्रेरणादायी उद्‌बोधन, राजनीतिक चिंतक सांसद प्रभात झा ने दिया। वहीं 23 सितंबर, 2006 को तीसरी व्याख्यानमाला में देश की नेता प्रतिपक्ष, वर्तमान विदेश मंत्री श्रीमती सुषमा स्वराज का समसामयिक सांस्कृतिक परिवेश उच्च शिक्षा एवं विकास पर उद्‌बोधन अभी भी क्षेत्र के बुद्धजीवियों के जेहन में अमिट छाप लिये हुए है। 16 सितंबर, 2007 में 1857 के स्वतंत्रता संग्राम के प्रतिसाद विषय पर देश के महान् चिंतक, शिक्षाविद्, पूर्व केंद्रीय मंत्री डॉ. मुरली मनोहर जोशी के उद्‌बोधन ने जन-जन को रोमांचित किया। 30 अगस्त, 2008 को आयोजित व्याख्यानमाला में पूर्व केंद्रीय मंत्री विक्रम वर्मा द्वारा देश की सुरक्षा में हमारी भूमिका विषय पर विचार व्यक्त किए गए। व्याख्यानमाला

में तत्कालीन सरसंघचालक (आर.एस.एस.) मान.सुदर्शनजी, लोकसभा अध्यक्ष श्रीमती सुमित्रा महाजन, राज्यपाल ओ.पी.कोहली, केंद्रीय वित्त राज्य मंत्री अर्जुनराम मेघवाल, बजरंगीलाल गुप्ता सहित महान् विद्वानों के मुख से प्रस्फुटित ज्ञान की गंगा जन-जन के लिए पथ प्रेरक बन चुकी है और प्रतिवर्ष अंचल के लोग व्याख्यानमाला का बेसब्री से इंतजार करते हैं।

❑

निष्ठावान स्वयंसेवकों की फौज खड़ी की ठाकरेजी ने...

—बुद्धसेन पटेल

श्री कुशाभाऊ ठाकरे का जन्म 15 अगस्त, 1922 को मध्य प्रदेश राज्य के धार में हुआ था। इनके पिताजी का नाम सुंदरराव श्रीपति राव ठाकरे और माता का नाम शांताबाई सुंदर राव ठाकरे था। इनकी शिक्षा धार और ग्वालियर में हुई थी। 1942 में संघ का प्रचारक बनने के बाद उन्होंने मध्य प्रदेश के कोने-कोने में निष्ठावान स्वयंसेवकों की सेना खड़ी की। वे कुशल संगठनकर्ता थे। श्री कुशाभाऊ ठाकरे ने संघ में काम की शुरुआत उस समय की थी, जब इस संगठन का विस्तार व्यापक नहीं था। सच तो यह है कि किसी विचारधारा और लक्ष्य के प्रति उनके समान निष्ठा विरले लोगों में देखी जाती है। उनके सार्वजनिक जीवन को दो हिस्सों में बाँटा जा सकता है। वे प्रारंभ में केवल संघ के काम से जुड़े रहे। जनसंघ की स्थापना के बाद उनका संबंध राजनीतिक गतिविधियों से हुआ। उन्होंने अपने आपको संगठन तक सीमित रखा और संगठन को और मजबूत बनाने के लिए सदैव कार्य करते रहे।

श्री कुशाभाऊ ठाकरे नैतिकता, आदर्श व सिद्धांतों के प्रकाश स्तंभ थे। वे निष्काम कर्मयोगी थे। राष्ट्रीय स्वयंसेवक संघ और भारतीय जनता पार्टी की बुनियाद को मजबूत बनाने में उनका योगदान अमूल्य है। वे जीवनपर्यंत बेदाग रहे। श्री ठाकरे भा.ज.पा. के उन नेताओं में से थे, जिन्होंने साइकिल चलाकर और चने खाकर पार्टी का काम किया। यही कारण है कि पार्टी में उनका व्यापक प्रभाव था। श्री ठाकरे का मानना था कि राजनीतिक संगठन का उद्‌देश्य समाज के हर वर्ग की सुख-समृद्धि सुनिश्चित करना है, समाज के सभी वर्गों में सुख और समृद्धि आए।

राज्यपाल, त्रिपुरा

श्री कुशाभाऊ ठाकरे 1956 में मध्य प्रदेश सचिव (संगठन) बने। वे 1967 में भारतीय जनसंघ के अखिल भारतीय सचिव बने। आपातकाल के दौरान वे 19 महीने जेल में रहे। 1980 में भा.ज.पा. के अखिल भारतीय सचिव बनाए गए। 1986 से 1991 तक वे अखिल भारतीय महासचिव व मध्य प्रदेश के प्रभारी रहे। 1998 में वे भा.ज.पा. के राष्ट्रीय अध्यक्ष बने और इस पद पर वे 2000 तक रहे। 28 दिसंबर, 2003 को उनका देहावसान हो गया।

अवधेश प्रताप सिंह विश्वविद्यालय, रीवा में कुशाभाऊ ठाकरे स्मृति भाषणमाला का शुभारंभ 15 सितंबर, 2004 को प्रारंभ हुआ, जिसके सूत्रधार परम् आदरणीय श्री भगवत् शरण माथुर, संगठन मंत्री, भारतीय जनता पार्टी रीवा, संभाग रीवा हैं तथा भाषणमाला का प्रथम विषय राजनीतिक प्रबंध/संगठन के चिंतन से संबंधित रखा गया। इस भाषणमाला में अब तक प्रमुख वक्ता के रूप में श्रीमती सुषमा स्वराज, माननीय तत्कालीन सरसंघचालक श्री के.सी. सुदर्शन, श्री शिवराज सिंह चौहान, श्री अर्जुनराम मेघवाल, श्री ओ.पी. कोहली एवं अन्य कई वक्ता अपना उद्बोधन दे चुके हैं, जिसका लाभ प्रत्यक्ष-अप्रत्यक्ष रूप से विश्वविद्यालय परिक्षेत्र के बुद्धिजीवियों, समाजसेवियों, विश्वविद्यालय परिसर में अध्ययनरत छात्र-छात्राओं तथा विश्वविद्यालय में कार्यरत सभी शिक्षिकों/अधिकारियों एवं कर्मचारियों को मिला। इस भाषण से विश्वविद्यालय में कार्य करनेवाले कर्मचारियों को इतनी महान् हस्तियों का उद्बोधन एवं मार्गदर्शन प्राप्त होना, अपने-आप में प्रासंगिक है। श्री कुशाभाऊ ठाकरे की स्मृति में आयोजित होनेवाली भाषणमाला से नई-नई चीजों को सुनने, समझने एवं चिंतन करने का मार्ग प्रशस्त होता है।

❑

खंड-4

स्व. ठाकरेजी के चुनिंदा साक्षात्कार

हाथ कंगन को आरसी क्या...

05 मार्च, 1992

कुशाभाऊ ठाकरे कहते हैं कि पटवा सरकार ने पार्टी का घोषणा-पत्र लागू करने में सचमुच साहस का परिचय दिया है। कई चर्चित मुद्दों को क्रियान्वित करने की पहल देश में सबसे पहले मध्य प्रदेश ने ही की है। भाजपा सरकार के कार्यकलापों के संदर्भ में वे कहते हैं—'हाथ कंगन को आरसी क्या'... सभी कुछ काँच की तरह साफ है। कानून व्यवस्था अच्छी है। सांप्रदायिक सद्भावना है। प्रशासन में तदर्थवाद का खात्मा किया जा रहा है। विकास के प्रति शासन प्रतिबद्ध है। सरकार की नीति और नीयत के बारे में सभी तबकों में विश्वास जगा है। समयाभाव के कारण अभी भी जो कमियाँ बची हैं, उन्हें भी दुरुस्त किया जा रहा है। अब हम भाजपा में अल-अल 'थिंक-टैंक' के माध्यम से राज्य सरकार की नीतियों को नियोजित और नियंत्रित करना चाहते हैं ताकि वैचारिक एवं व्यावहारिक धरातल में उनमें विरोधाभास नहीं रहे।

मध्य प्रदेश भाजपा के मानस पुत्र कुशाभाऊ ठाकरे भाजपा सरकार को दिशा-निर्देश देने के लिए संगठनात्मक स्तर पर अल-अल 'थिंक-टैंक' बनाना चाहते हैं ताकि वैचारिक एवं व्यावहारिक दृष्टि से राज्य शासन की नीतियों में परिपूर्णता रहे। मोटे तौर पर वे कृषि, पंचायत, नगर पालिका, सिंचाई, ऊर्जा, करारोपण जैसे अनेक कार्यों में नीति नियंताओं का एक ऐसा समूह खड़ा करना चाहते हैं, जो यह बता सके कि नीतियों को किस तरह अधिक कारगर, कल्याणकारी एवं क्रियान्वयन योग्य बनाया जा सकता है। कृषि के क्षेत्र में यह काम शुरू हो चुका है। कृषि वैज्ञानिक एवं अनुभवी काश्तकारों एवं कार्यकर्ताओं की एक टीम इस दिशा में काम कर रही है। वैज्ञानिकों के साथ काश्तकारों को जोड़ने के उद्देश्य स्पष्ट हैं। कई विचार सिद्धांतों की धुरी पर आकर्षक और उपयोगी प्रतीत होते हैं, जबकि व्यावहारिक धरातल पर उनका क्रियान्वयन कई मर्तबा मुश्किल

होता है। इसीलिए कोशिश यह है कि विकास की दिशा में नई सोच और नीतियों का निर्झर निरंतर प्रभावशील रहे और प्रदेश की जिंदगी को खुशहाल बनाने के लिए आवश्यकतानुसार उनका उपयोग भी होता रहे। नीति नियंताओं के माध्यम से विचार और व्यवहार में तालमेल बैठाने की इन कोशिशों का अभिप्राय यही है कि विचार जाया नहीं हो और व्यवहार में निराशा नहीं हो। ठाकरे जी कहते हैं कि इससे ताजगी बनी रहेगी। ऐसे अनेक लोगों को जो राजनीति से दूर रहकर भी प्रदेश के विकास में अपना योगदान देना चाहते हैं, हम एक वैचारिक एवं व्यावहारिक मंच दें। भाजपा सरकार की रीति-नीति एवं कार्यकलापों से उत्साहित होकर अनेक जानी-मानी हस्तियों ने अपनी सेवाएँ देने की पेशकश की है। प्रदेश के हित में भाजपा उनका पूरा उपयोग करेगी।

मध्य प्रदेश में भाजपा सरकार की दूसरी वर्षगाँठ के अवसर पर एक विशेष साक्षात्कार में राज्य भाजपा के पितामह ने कहा कि पिछले दो वर्षों में पटवा सरकार ने ऐसा कुछ नहीं किया, जो भारी शिकायतों अथवा असंतोष का सबब बन सके। यदि कतिपय प्रतिकूलताएँ आईं तो वे परिस्थितिजन्य ही, किंतु जो कुछ भी हुआ राजनीति एवं प्रशासन में वह अस्वाभाविक नहीं है। वे कहते हैं कि भाजपा की चिंता सिर्फ रोजमर्रा के कामकाज निपटाने तक ही सीमित नहीं है। हमारा प्रयास है कि अपने शासनकाल में प्रदेश के विकास में हमारा ठोस एवं ऐतिहासिक योगदान हो। इस दिशा में कदम बढ़ाते हुए सबसे पहले हमने प्रशासन को दुरुस्त करके तदर्थवाद का खात्मा किया, जिसकी वजह से सुनिश्चित व्यवस्था के तहत काम का सिलसिला प्रारंभ हुआ है। संगठनात्मक स्तर पर सलाहकार समितियों के माध्यम से हमने जो सूचना तंत्र खड़ा किया था, उसके नतीजे अच्छे रहे हैं। शासकीय गतिविधियों के बारे में जो अधिकारी सरकार के पास भेजते हैं, उसके समानांतर जानकारियाँ संगठन के पास भी होती हैं। इसलिए अधिकारी हमें गुमराह नहीं कर सकते। फिर भी हमारी यानी संगठन की भूमिका नीति-निर्धारण तक ही सीमित है। नीतियाँ बना देने के बाद सरकार के काम में हम हस्तक्षेप नहीं करते हैं। नियुक्तियों के बारे में सुझाव देने के साथ ही हम सरकार से यह भी कह देते हैं कि प्रशासनिक स्तर पर भी इसे नापतौल लिया जाए, क्योंकि विधानसभा में उत्तरदायी तो सरकार है। हम जानते हैं कि निर्णय भले ही पार्टी के हों, लेकिन क्रियान्वयन के बाद उसे तो सरकार का फैसला ही माना जाएगा। इसलिए नियम-प्रक्रियाओं और वैधानिकता की कसौटी पर परखने की छूट और समय तो सरकार को देना ही पड़ता है। पटवा सरकार के कार्यकलापों पर टिप्पणी करते हुए वे कहते हैं—'हाथ कंगन को आरसी क्या'''? यहाँ प्रस्तुत हैं कुछ सवाल-जवाब'''

प्रश्न—भाजपा के घोषणा-पत्र के क्रियान्वयन के बारे में आपकी प्रतिक्रिया क्या है?

उत्तर—इस दिशा में जो कुछ हुआ, उससे मैं संतुष्ट हूँ। बल्कि मैं तो यह कहूँगा कि राजनीतिक दृष्टि से घोषणापत्र के जो मुद्दे देश में सर्वाधिक चर्चा का विषय रहे, उन्हें लागू करने का साहस इसी सरकार ने दिखाया है। किसानों की ऋण माफी का महती काम हमने निपटाया, वनवासियों को वनभूमि के पट्टे दिलाने में पटवा-सरकार देश में सबसे आगे है। इसे क्रियान्वित करने की हमारी जबरदस्त तैयारी थी। अल्पसंख्यक आयोग के बदले मानव अधिकार आयोग बनाने का गुरुतर दायित्व मध्य प्रदेश की भाजपा सरकार ने ही किया है। फिर घोषणा-पत्र का क्रियान्वयन एक सतत् प्रक्रिया है।

प्रश्न—प्रदेश में भाजपा सरकार होने का कितना और क्या लाभ संगठन को मिला?

उत्तर—इस परिप्रेक्ष्य में हमारी अवधारणाएँ स्पष्ट हैं। जब भाजपा सरकार बनी थी, तब भी मैंने कहा था कि हम सरकार के भरोसे संगठन नहीं चलाना चाहते। इस बात पर अभी भी मैं कायम हूँ। दोनों के कार्यक्षेत्र अलग-अलग हैं। हमारी अपेक्षा सिर्फ यह रही है कि दोनों में समन्वय रहे। दिशा-निर्देश पार्टी के, क्रियान्वयन सरकार करे। दोनों एक-दूसरे के पूरक हों। जहाँ तक सत्ता का संगठन को लाभ मिलने का सवाल है, तो स्थिति पारंपरिक है। जिस प्रकार सरकार को पार्टी के मार्गदर्शन का लाभ मिलता है, उसी प्रकार हमारी पार्टी की सरकार होने के कारण पार्टी के लिए संपर्कों के नए आयाम खुलते हैं। जो लोग संगठन के रूप में हमसे नहीं जुड़े थे, सरकार में आने के बाद आज वे भी हमारे संपर्क में आने लगे हैं। बस इतना ही सीधा लाभ संगठन को मिला है।

प्रश्न—सत्ता में आने के बाद भाजपा नेताओं में पदलिप्सा एवं महत्त्वाकांक्षाओं के कारण विवाद बढ़े हैं?

उत्तर—सरकार आने के बाद कुछ लोगों की अपेक्षाओं में उतार-चढ़ाव कोई अस्वाभाविक प्रक्रिया नहीं है, लेकिन कार्यकर्ताओं पर संगठन की पकड़ मजबूत होने के कारण यह हमारे लिए कोई समस्या नहीं है। परस्पर सामंजस्य एवं समन्वय इस बीमारी का बढ़िया इलाज है। इससे निपटने के लिए ऊपर से नीचे तक समन्वय की व्यवस्था है, ताकि सरकार एवं संगठन के कार्यक्रमों में तालमेल बना रहे। प्रदेश स्तर पर प्रबंध समिति को लेकर मंडल स्तर तक सलाहकार समितियों की बैठकें नियमित होती हैं। जनता की अपेक्षाएँ किस हद तक शासकीय मशीनरी के माध्यम से पूरी हो रही हैं, उसकी देखभाल के लिए संगठन की हर स्तर पर व्यवस्था है। संगठनात्मक व्यवस्थाओं के आकलन के लिए लगातार समीक्षा बैठकें होती रहती हैं। प्रबंध समितियों में सरकार और संगठन दोनों के प्रतिनिधि हैं, इसलिए क्रियान्वयन में अड़चनें दूर करने तथा प्रक्रियाओं में सुधार का सिलसिला निरंतर चलता रहता है। प्रबंध समितियों एवं सलाहकार समितियों के माध्यम से सत्ता और संगठन में समन्वय एवं सामंजस्य स्थापित हो जाने की वजह से

कार्यकर्ताओं में प्रारंभ में जो असंतोष पनपा था, अब वह भी खत्म हो गया है। इसके बावजूद मैं यह नहीं कहूँगा कि असंतोष की समस्या रहेगी ही नहीं। एक सुनिश्चित प्रक्रिया के फलस्वरूप थोड़ा-बहुत असंतोष तो हो सकता है, हम उसे भी दूर करने की कोशिश करते हैं।

प्रश्न—पटवा सरकार पर आरोप है कि विभिन्न शासकीय उपक्रमों एवं स्वायत्तशासी संस्थाओं में नियुक्ति के संदर्भ में संगठन के आदेशों को विलंब से लागू किया गया?

उत्तर—इस संदर्भ में मैं यह कहना चाहूँगा कि कई मामलों में तो संगठन ने ही निर्णय लेने में विलंब किया। इसकी वजह यह थी कि हम ऊपर से नीचे तक लोगों से चर्चा करके निर्णय लेना चाहते थे। ऊपर बैठे दो-चार लोगों के सुझाव पर नियुक्तियाँ करने के हम पक्ष में नहीं थे, इसीलिए जो प्रक्रिया अपनाई गई उसमें देर लगना स्वाभाविक थीं। फिर अनेक मर्तबा मतैक्य नहीं हो पाने के कारण दो-तीन बार बैठकें भी करनी पड़ीं।

प्रश्न—मध्य प्रदेश की भाजपा सरकार की छवि बनाने एवं उसे मजबूती प्रदान करने में संगठन कितना मददगार रहा?

उत्तर—सरकार के कार्यक्रमों को जनता के बीच पहुँचाने का सर्वश्रेष्ठ माध्यम कार्यकर्ता ही हैं। लेकिन सत्ता के प्रारंभिक द्रौर में इस दिशा में कुछ दिक्कतें सामने आईं। वर्षों तक प्रतिपक्षी राजनीति करने के कारण हमारे कार्यकर्ताओं का मानस ही विरोध में ढल गया था। एक वर्ष तो कार्यकर्ताओं की इस मानसिकता को बदलने में गुजर गया कि हम सत्ता में हैं, विरोध में नहीं। मैं समझता हूँ कि अब स्थितियाँ सुधर गई हैं। कार्यकर्ता सरकार के कार्यों और सीमाओं को समझने और समझाने में लगे हैं। 'विकास और न्याय' अभियान की सफलता इसकी परिचायक है।

प्रश्न—छत्तीसगढ़ एवं महाकोशल में भाजपा की स्थिति अपेक्षाकृत कमजोर है। वहाँ मजबूती के क्या प्रयास हो रहे हैं?

उत्तर—वैसे इन क्षेत्रों में संगठन का ढाँचा तो खड़ा हो गया है। कोई 85 प्रतिशत स्थानों में भाजपा के मंडल गठित हो चुके हैं। दिक्कत यह नहीं है कि वहाँ हमारा ढाँचा नहीं है। परेशानी सिर्फ कार्यकर्ताओं की परिपक्वता के संदर्भ में है। परिपक्वता आने में कुछ समय तो लगेगा। फिर यह विचार भी जान-बूझकर फैलाया जा रहा है कि संगठन एवं कैबिनेट में छत्तीसगढ़ एवं महाकोशल के बजाय मध्यभारत का वर्चस्व है, इसीलिए भाजपा यहाँ कमजोर है। संगठन के काम में क्षेत्रीयता का सवाल ठीक नहीं है। इसमें तो जो योग्य होता है, उसे ही जिम्मेदारी सौंपी जाती है।

वस्तुस्थिति यह है कि छत्तीसगढ़ एवं महाकोशल में हमारे कार्यक्रमों का फैलाव ही विलंब से हुआ। इसके विपरीत अन्य दल वहाँ पहले से मजबूत थे। राजनीतिक संघर्ष

करके अपना वर्चस्व कायम करने के लिए जितना समय जरूरी है, वह तो लगेगा ही, किंतु हम यह कहने की स्थिति में हैं कि परिस्थितियाँ हमारे प्रतिकूल नहीं हैं।

प्रश्न—हरिजन-आदिवासी एवं अल्पसंख्यकों में भाजपा के प्रति रुझान कम है। इन्हें जोड़ने के लिए पिछले दो वर्षों में क्या कदम उठाए गए?

उत्तर—यह सही है कि ये वर्ग हमसे अपेक्षाकृत कम जुड़े रहे हैं, लेकिन इन वर्गों से संबंधित भाजपा के मोर्चों को हमने काफी सक्रिय किया है, जिसके अनुकूल नतीजे शीघ्र सामने आएँगे। अपने कार्यक्रमों के आधार पर हम कह सकते हैं कि आनेवाले दिनों में ये वर्ग ठीक प्रकार से भाजपा से जुड़ सकेंगे। दो वर्षों के शासनकाल में भाजपा ने आदिवासियों को पट्टे दिलाने का ऐतिहासिक काम किया। कांग्रेस चालीस वर्षों से यह मसला नहीं सुलझा पाई थी। सारे देश में मध्य प्रदेश ही इस काम को अंजाम देने वाला पहला राज्य है। हम अल्पसंख्यकों के बीच व्याप्त गलतफहमियाँ दूर करने में भी सफल हुए हैं। एक प्रकार से मध्य प्रदेश दंगा हित प्रदेश रहा है। पहले यहाँ होली, दशहरा, रंगपंचमी, ईद सभी त्योहार पुलिस के साए में होते थे। अब ऐसी स्थिति नहीं है। इस तबके में भी भाजपा के प्रति विश्वास बढ़ा है। बड़ी संख्या में मुसलिम बंधु भाजपा से जुड़ रहे हैं।

जहाँ तक हिंदूवाद के नाम पर समाज को बाँटने का आरोप भाजपा पर है, उससे मैं भी सहमत नहीं हूँ। मैं कहना चाहता हूँ कि भाजपा ने हिंदूवाद को नहीं, राष्ट्रवाद को बढ़ावा दिया है।

❑

छप्पर के कवेलू तो सोने के नहीं बना देगी सरकार

15 मई, 1992

भाजपा के हर मर्ज का इलाज ठाकरे हैं। पिछले एक पखवाड़े में मध्य प्रदेश में भाजपा के चुनाव अभियान को सूत्रबद्ध और सुनियोजित करने के लिए उन्होंने लगभग चार हजार किलोमीटर प्रवास किया। वे कहते हैं कि मध्यावधि चुनाव में भारतीय जनता पार्टी की बढ़त के कई कारण हैं। राम लहर ने तो जनमानस पर अपना असर छोड़ा ही है, मध्य प्रदेश सरकार की उपलब्धियाँ और कार्यकलापों ने भी जनमानस में विश्वास जताया है। जनता अब सोचने लगी है कि भाजपा एक बेहतर और विश्वसनीय विकल्प है। इंका हो या जनता दल, लोग उनसे यह जानना चाहते हैं कि कोई भी शासन इतनी कम समयावधि में कितना काम कर सकता है? वे पूछते हैं कि छप्पर के कवेलू तो सोने के नहीं बना देगी, सरकार? जाहिर है, हमारी नीतियों और कार्यों से सब संतुष्ट हैं।

प्रश्न—आप मध्य प्रदेश के साथ-साथ उत्तर प्रदेश के भी प्रभारी हैं। आपकी नजरों से इन प्रदेशों में भाजपा की सफलता का आकार क्या होगा?

उत्तर—मध्य प्रदेश में हमारी सफलता का जो ग्राफ है, उससे तो निश्चित ही संख्या आगे बढ़ेगी और उत्तर प्रदेश में भी भाजपा न केवल लोकसभा की आधी से ज्यादा सीटें जीतेगी, बल्कि विधानसभा में बहुमत हासिल करके सरकार भी बनाएगी। पिछली बार उत्तर प्रदेश के लोकसभा चुनाव में सिर्फ आठ सीटें मिली थीं, और विधानसभा में सवा चार सौ सीटों में से छप्पन पर बढ़त हासिल की थी, यह स्थिति इस मर्तबा नहीं रहेगी।

प्रश्न—आपने सफलता का जो दावा किया है, उसके आधार क्या हैं? मध्य प्रदेश और उत्तर प्रदेश के बारे में यदि आप अलग-अलग व्याख्या कर सकें तो बेहतर है?

उत्तर—मध्य प्रदेश और उत्तर प्रदेश में भाजपा के प्रति जो आस्था और लगाव बढ़ा है, उसके अलग-अलग कारण हैं। रामराज अभियान के तहत मध्य प्रदेश में भाजपा ने संगठन का जो ढाँचा तैयार किया था, उसके कारण लोगों के बीच अपनी बात पहुँचाने में काफी मदद मिली है। यह ताना-बाना तो कारगर रहा ही, किंतु मध्य प्रदेश सरकार के सालभर के कार्यकलापों से भाजपा को अतिरिक्त शक्ति, प्रतिष्ठा और विश्वास मिला। पहले कदम पर ही लोगों को लगा कि भाजपा एक ऐसी सरकार देने में सक्षम है, जो प्रदेश में खुशहाली का नया अध्याय शुरू कर सकती है। यदि शहरों में अतिक्रमण मुहिम के जरिए इस सरकार ने छाप छोड़ी, तो गाँवों में ऋणमुक्ति, आदिवासियों की वनभूमि के पट्टे, तेंदूपत्ता मजदूरों की मजदूरी बढ़ाकर ग्रामीणों को जीत लिया। इन कामों के कारण ग्रामीण वातावरण पूरी तरह भाजपा के रंग में घुला-मिला है।

जहाँ तक उत्तर प्रदेश का सवाल है, वहाँ पहले मध्य प्रदेश जितना काम नहीं था, किंतु राम जन्मभूमि आंदोलन के बाद भाजपा की राजनीतिक धारा गाँव-गाँव तक फैल गई। भावनात्मक दृष्टि से वहाँ के लोग पूरी तरह भाजपा से जुड़े हुए हैं। राम मंदिर के सवाल ने मंडल-कमीशन को भी पृष्ठभूमि में ढकेल दिया है। जनता दल के बिखराव ने उत्तर प्रदेश में लोगों के आसपास बुना गया भ्रम जाल भी तोड़ दिया है। जहाँ तक कांशीराम की बहुजन समाज पार्टी का मसला है, उसका प्रभाव भी पहले जैसा नहीं बचा है।

प्रश्न—पिछले विधानसभा चुनाव के बाद जब देश के तीन राज्यों में भाजपा सरकारें बनी थीं, तब यह कहा या था कि भाजपा सरकार मध्य प्रदेश को देश का आदर्श राज्य बनाएगी ? उस आदर्श राज्य की कल्पना कहाँ तक सफल हुई है और उससे अन्य राज्यों में संसदीय चुनाव में क्या मदद मिल रही है। कहने का आशय यह है कि क्या भोपाल ने दिल्ली का मार्ग प्रशस्त किया है ?

उत्तर—मध्य प्रदेश को देश का आदर्श राज्य बनाने का जो संकल्प भाजपा सरकार ने लिया था, उसे पूरा करने की दिशा में अपेक्षित काम हुआ है। काफी सफलता भी प्राप्त हुई है। यहाँ मैं आदर्श राज्य की अपनी अवधारणा भी स्पष्ट कर दूँ तो बेहतर होगा। आदर्श राज्य से हमारा आशय ईमानदार सरकार, जो प्रतिबद्धता के साथ अधिकारों का उपयोग जनता की सेवा के लिए करे। जनता के हितों को सर्वोपरि रखनेवाली एक न्यायपूर्ण सरकार ही हमारी आदर्श राज्य की संकल्पना है। उस दृष्टि से यह सरकार कसौटी पर खरी उतरी है। हम यह विश्वास दिलाने में सफल रहे हैं कि यह एक ईमानदार सरकार है, जिसने राजनीति में भ्रष्टाचार खत्म करने का काम किया है।

जहाँ तक विकास का मुद्दा है, इस संदर्भ में मैं महाराष्ट्र के मुख्यमंत्री शरद पवार का उदाहरण देना चाहूँगा। वे आंबेडकर शताब्दी समारोह में महू आए थे। उन्होंने भोजन के दौरान अनौपचारिक बातचीत में पूछा था कि आप, विकास के इतने काम कैसे कर

पा रहे हैं? महाराष्ट्र की आमदनी मध्य प्रदेश से दोगुना ज्यादा होने के बावजूद हम ऐसा काम हाथ में नहीं ले पा रहे हैं। यह हमारे लिए आश्चर्यजनक है। जाहिर है कि मध्य प्रदेश सरकार के ये काम देश में भी भाजपा के प्रचार-प्रसार का अच्छा आधार बने हैं।

प्रश्न—अभी तक भारतीय जनता पार्टी सिर्फ संगठनात्मक बलबूते पर ही चुनाव लड़ती रही है। यह पहला मौका है कि प्रदेश में आपकी सरकार भी है। सरकार के साथ होने के क्या लाभ आप महसूस करते हैं?

उत्तर—भारतीय जनता पार्टी तो आज भी संगठन के भरोसे पर चुनाव लड़ रही है, सरकार के भरोसे नहीं। जहाँ तक लाभ का सवाल है, इसका फायदा सभी राजनीतिक दलों को मिलेगा। सरकार अनावश्यक हस्तक्षेप नहीं करेगी, जैसा कि इंका शासनकाल में होता रहा है। भाजपा को एक अप्रत्यक्ष लाभ जरूर होगा। अब हमें यह भय नहीं है कि सरकार भाजपा के खिलाफ दबाव डालेगी। हम यह आश्वासन भी देना चाहेंगे कि इंका ने सरकार में रहते हुए भाजपा के साथ चाहे जो सलूक किया हो, लेकिन हम इंका के साथ वह सलूक नहीं करेंगे।

प्रश्न—आमतौर पर देश अथवा राज्य में चाहे जो सरकार हो, एक स्वाभाविक, प्रशासनिक और राजनीतिक प्रक्रिया के तहत वहाँ स्थापना विरोधी वोट पनपने लगता है। मध्य प्रदेश सरकार के प्रति भी विभिन्न वर्गों में असंतोष अथवा नाराजगी पनपी है, जैसे जिन लोगों को ऋणमुक्ति नहीं हुई अथवा जो अतिक्रमण मुहिम के शिकार हुए? इसी पृष्ठभूमि में मैं यह जानना चाहूँगा कि भाजपा सरकार के खिलाफ जो स्थापना विरोधी वोट पनपा है, वह कितना होगा और उससे पार्टी की संभावनाओं पर क्या असर होगा?

उत्तर—स्थापना विरोधी वोट का सवाल ही नहीं है। लोग समझते हैं कि भाजपा ने अपने तईं पूरी ईमानदारी के साथ लोगों के भले के लिए काम किए हैं। यदि किसी को इससे लाभ नहीं पहुँचा हो, तो उसका दोष भाजपा के सिर पर मढ़ना उचित नहीं होगा। अब ऋण मुक्ति को लें। यदि किसी गाँव में दो सौ लोगों को योजना का लाभ हुआ, तो एकाध कोई छूट भी तो सकता है। बीच में जब इंका ने इसे असंतोष का रूप देकर हवा देने की कोशिश की तो ग्रामीणों ने ही उनका निपटारा कर दिया। उनका कहना है कि भाजपा ने इतना तो किया, कांग्रेस ने तो एक पैसा भी माफ नहीं किया। ऋणमुक्ति के अलावा तेंदूपत्ता मजदूरी और वनभूमि के पट्टों ने विश्वास जगाया है। लाखों लोगों को सीधे लाभ पहुँचा है। सभी लाभान्वित व्यक्ति तो जैसे भाजपा के प्रचारक बन गए हैं। कांग्रेस महँगाई का मसला भी नहीं उठा पा रही है। ग्रामीण समझने लगे कि महँगाई क्यों है? सही है कि कोई भी सरकार अपने सभी कार्यकर्ताओं और आम जनता को पूरी तरह संतुष्ट नहीं कर सकती, किंतु ये दोनों ही जानते हैं कि भाजपा ने सबके लाभ की बात

ही सोची है। हमारा कार्यकर्ता विवेकशील भी है। उसे पता है कि यह चुनाव छोटे-छोटे मतभेदों से कहीं ज्यादा महत्त्वपूर्ण है। जनता को भी इसकी पृष्ठभूमि पता है। इसलिए सभी लोग गंभीरतापूर्वक भाजपा को ताकतवर बनाने में जुटे हैं।

प्रश्न—राजनीतिक दृष्टि से आप प्रदेश के कौन से हिस्से में ज्यादा सफलता की आशा करते हैं?

उत्तर—अपने दौरे में मुझे कहीं भी कमजोर वातावरण नहीं मिला। छत्तीसगढ़ में स्थिति मजबूत है, जिसे कांग्रेस अपना गढ़ समझती है। बस्तर में भाजपा के दृष्टिकोण और पहल से नक्सलवादी भी अलग-थलग पड़ गए हैं। सरकार की ग्रामीण क्षेत्र की योजनाओं से सीधा लाभ लोगों को हुआ है। बेहिसाब पैसा आया है। सभी मानने लगे हैं कि कोई भी सरकार इतनी कम अवधि में इससे ज्यादा काम नहीं कर सकती। जब लोग व्यावहारिक सीमाओं को समझने लगे हैं, तो असंतोष अथवा नाराजगी के कारण वोट खिसकने का पहलू स्वतः निर्मूल हो जाता है।

प्रश्न—मध्यावधि चुनाव में कौन सा मुद्दा भाजपा में बड़े पैमाने पर सर्वाधिक कारगर सिद्ध होगा?

उत्तर—इस चुनाव में राम जन्मभूमि सबसे महत्त्वपूर्ण मुद्दा है। यह आम जनता के मानस को उद्वेलित करने तथा राष्ट्रीयता बनाम छद्म धर्म-निरपेक्षता से जुड़े सवालों को पूरी तरह उभारने में सफल रहा है। राम जन्मभूमि के मुद्दे को अधिक प्रखर और प्रभावी बनाने में मध्य प्रदेश सरकार की उपलब्धियों ने भी प्रभावी भूमिका निभाई है। राज्य-शासन के कार्यकलापों ने जनता के मन में भाजपा के लिए ठौर बनाने का दुर्लभ और महत्त्वपूर्ण काम किया है। इन कार्यों का बखान अब हमें नहीं करना पड़ता है। गाँववाले स्वयं बोलते हैं। मौका पड़ने पर वे भाजपा के पक्ष में झगड़ भी लेते हैं। यह भावना इसलिए भी बलवती हुई है, क्योंकि उन्हें सब कुछ बिना माँगे ही मिला है। तेंदूपत्ता तोड़ने की मजदूरी बढ़ाने के लिए उन्हें कोई आंदोलन नहीं करना पड़ा। वनभूमि के पट्टे हासिल करने के लिए उन्हें जुलूस नहीं निकालने पड़े, खेतों में कुएँ खुदवाने के लिए उन्हें अधिकारियों की मान-मनुहार नहीं करनी पड़ी। किसी को भी एक धेला भी नहीं देना पड़ा। अब यदि कांग्रेसी उनके पास जाकर भाजपा सरकार के खिलाफ कुछ कहेंगे तो उनका चेहरा तमतमा जाना स्वाभाविक है। हमारे राजनीतिक प्रतिद्वंद्वियों से उनका यह प्रश्न कदापि गैर वाजिब नहीं है कि इतने कम समय में इससे ज्यादा क्या होना चाहिए? छप्पर के कवेलू तो सोने के नहीं बना देगी सरकार?

प्रश्न—पिछले दिनों चुनाव की घोषणा के साथ भाजपा में बड़े पैमाने पर लोग शरीक हुए हैं। इनमें कई प्रमुख हस्तियाँ भी शामिल हैं। किंतु इनमें कुछ ऐसे लोग भी हैं, जिनकी छवि और गतिविधियाँ हमेशा संशय के दायरे में रही हैं।

उत्तर—यह सोच उचित नहीं है कि भाजपा किसी विवशता के कारण लोगों को अपना रही है। भाजपा जन आधारित पार्टी है और ऐसे दल में सदस्यता के वक्त कोई मानदंड अथवा बंधन लागू नहीं किए जा सकते। यह कोई विश्व सुंदरी का चुनाव तो है नहीं कि नाक नापें, कान देखें और आँखों को नापें। किंतु भाजपा की एक विशेषता है कि इसमें जो आएगा, उसे इसी के अनुकूल ढलना होगा। जहाँ तक सत्ता के आकर्षण से जुड़े मुद्दे हैं, तो लोग भले ही चले आएँ, किंतु उनका उपयोग पार्टी करेगी। उन्हें पार्टी का उपयोग करने की इजाजत नहीं दी जाएगी। हम अच्छे हैं, इसीलिए उन्हें भी अच्छा बनना पड़ेगा। फिर लोगों के शामिल होने के बाद हमने मुद्दे तो नहीं बदले। कितनी बड़ी संख्या में अल्पसंख्यक भाजपा में आए, लेकिन हमने क्या राम मंदिर का मुद्दा ढीला छोड़ा? वैसे भी अल्पसंख्यकों का भाजपा के प्रति इतना व्यापक रुझान देश के लिए उदाहरण है। प्रारंभ से ही हमारी नीति उन्हें जोड़ने की रही है, किंतु इंका और जनता दल दोनों ने उन्हें कभी भी देश की मुख्य धारा से जुड़ने नहीं दिया।

❑

धर्म नहीं, भाजपा को राजनीति से अलग करना चाहते हैं : ठाकरे

23 नवंबर, 1993

भारतीय जनता पार्टी के राष्ट्रीय महामंत्री कुशाभाऊ ठाकरे का कहना है कि कांग्रेस राजनीति से धर्म को नहीं, बल्कि भारतीय जनता पार्टी को अलग करना चाहती है। राजनीति और धर्म को अलग करनेवाला विधेयक सिर्फ भाजपा को रोकने के लिए लाया गया था। अन्य दल भी यही चाहते थे, किंतु विधेयक जब उन्हें ही सिर पर लटकी तलवार महसूस होने लगा, तो वे पीछे हट गए।

ठाकरे का मत है कि राम मंदिर को विवादास्पद गैर भाजपाई दलों ने बनाया है, भाजपा ने नहीं। भाजपा सिर्फ हिंदुओं की पार्टी नहीं है। हमें मुसलमान और ईसाइयों के साथ मिलकर रहना है। भाजपा सिर्फ इतना चाहती है कि अल्पसंख्यकों और बहुसंख्यकों के मसले धर्म के आधार पर निर्धारित नहीं हों। उनका तर्क है कि मध्य प्रदेश के मतदाता समर्थन इसीलिए करेंगे, क्योंकि भाजपा और उसकी सरकार ने जो कहा, वह किया, जो कहेगी, वह करेगी। यह आरोप बेबुनियाद है कि भाजपा ने राजनीतिक स्वार्थों के कारण संवैधानिक मान्यताओं को दरकिनार किया है। यह काम केंद्र की इंका सरकार और उसके द्वारा भाजपा शासित राज्यों में नियुक्त राज्यपालों ने किया है। इसके उदाहरण भी सामने आ रहे हैं। ठाकरे को विश्वास है कि भाजपा के विद्रोही उम्मीदवारों के कारण चुनाव में नुकसान नहीं होगा। बहुजन समाज पार्टी या जनता दल कहीं हानि पहुँचाने की स्थिति में नहीं हैं। प्रस्तुत हैं कुशाभाऊ ठाकरे के साक्षात्कार के संपादित अंश—

प्रश्न—भाजपा पर आरोप है कि देश में स्थापित संवैधानिक, व्यावहारिक मर्यादाओं और मापदंडों को तोड़कर वह सत्ता हासिल करना चाहती है?

उत्तर—इस आरोप का कोई आधार नहीं है। कांग्रेस उदाहरण तो दे कि भाजपा ने कौन-सी मर्यादाओं को तोड़ा? यह तो 'उलटा चोर कोतवाल को डाँटे' जैसी स्थिति है। केंद्र

और राज्य की सत्ता पर कांग्रेस काबिज है। वहाँ बैठकर मर्यादाओं का चीरहरण कर रही है। 'मैं सहमत' प्रदर्शनी को संरक्षण देकर अर्जुन सिंह ने सरकारी पैसे का दुरुपयोग किया। उत्तर प्रदेश के राज्यपाल मोतीलाल वोरा चुनाव आचार संहिता को दरकिनार कर हर जिले में जो घोषणाएँ कर रहे हैं, वह क्या मर्यादा भंग के दायरे में नहीं आता? वैसे भी संविधान कानून व्यवस्था के उल्लंघन की समीक्षा करने के लिए न्यायालय है। भाजपा यदि कुछ कर रही है, तो उसे कठघरे में खड़ा करने की हिम्मत कांग्रेस क्यों नहीं जुटा पा रही है?

प्रश्न—कांग्रेस, खासतौर से मानव संसाधन मंत्री अर्जुन सिंह का आरोप है कि भाजपा न राम की सगी है, न रहीम की, वह तो सिर्फ कुरसी के लिए धार्मिक भावनाओं को उकसा रही है?

उत्तर—बात उलटी है। इस समय तो राम का मुद्दा अन्य राजनीतिक दलों ने ज्यादा खड़ा किया है। भाजपा ने राम मंदिर को कभी चुनावी मुद्दा नहीं बनाया। हम राम मंदिर को हमेशा राजनीति से ऊपर मानते रहते हैं। यह राष्ट्रीय सम्मान का मुद्दा है। राष्ट्र की अस्मिता का सवाल है। इस समय देश कहाँ खड़ा है? अल्पसंख्यकों को खुश करने के चक्कर में हम कहाँ आ गए? 1947 के विभाजन के पीछे यह तर्क दिया गया था कि इससे हिंदू-मुसलिम समस्या हमेशा के लिए खत्म हो जाएगी। जबकि महात्मा गांधी विभाजन के पक्षधर नहीं थे, फिर भी उन्होंने इस तर्क को स्वीकार किया। दुर्भाग्य से चालीस साल बाद हम फिर जहाँ-के-तहाँ खड़े हैं। अल्पसंख्यकों के सारे मसलों को ही गलत परिप्रेक्ष्य में निपटाया जा रहा है। इस प्रवृत्ति को वोटों की परवाह छोड़कर हिम्मत से रोकना होगा। सिर्फ भाजपा ही इस राष्ट्र धर्म का निर्वाह कर सकती है।

प्रश्न—भाजपा राजनीति में धर्म का दुरुपयोग कर रही है, इसीलिए उसने राजनीति और धर्म को अलग करनेवाले विधेयक का विरोध किया?

उत्तर—भाजपा चाहती है कि राजनीति को सांप्रदायिकता से मुक्त किया जाए। धर्म का दुरुपयोग भाजपा भी नहीं चाहेगी। लेकिन यदि समूची जीवन पद्धति और राजनीति ही धर्मविहीन हो गई, तो देश और समाज जंगल के राज में तब्दील हो जाएगा। किसी को यह मुगालता नहीं होना चाहिए कि समाज पुलिस या शासन की व्यवस्था के कारण ठीक चल रहा है। यह हमारे संस्कार और जीवन दर्शन के कारण व्यवस्थित है। पुलिस तो उन मुट्ठीभर लोगों को ही सँभालती है, जो प्रचलित मान्यताओं और व्यवस्था को तोड़ते हैं। भाजपा इस भ्रम को भी दूर करना चाहती है कि धर्म का मतलब संप्रदाय है। धर्म संप्रदाय से अलग बहुत ही व्यापक, गहरा और जीवन को नियोजित करने का संस्कार और आस्था है। केंद्र सरकार राजनीति और धर्म को अलग करनेवाला विधेयक केवल भाजपा को रोकने के लिए लाई थी।

प्रश्न—राम मंदिर का कितना लाभ चुनाव में भाजपा को मिलेगा?

उत्तर—भाजपा को उससे कई लाभ हुए हैं। भाजपा को छोड़कर कांग्रेस, कम्युनिस्ट

सहित सभी दलों ने अल्पसंख्यकवाद के आधार पर अपना वोट बैंक बनाने का प्रयास किया है। इसके दुष्परिणाम देश भुगत रहा है। आम आदमी के गले यह बात उतारने में राम मंदिर का मुद्दा बड़ा ही मददगार साबित हुआ है। धारा-370 का मसला इतने दिनों से उठा रहे थे। इसमें निहित संवैधानिक गुत्थियों के कारण आम आदमी इसे आसानी से नहीं समझ पाता था। अब धारा-370, छद्‍म धर्म निरपेक्षता जैसे बौद्धिक एवं अपेक्षाकृत कठिन मुद्दे राम मंदिर के साथ जुड़कर चर्चित हो गए हैं।

प्रश्न—भाजपा ने हिंदू मतों का ध्रुवीकरण करने तथा स्वयं को हिंदू पार्टी के रूप में स्थापित करने के लिए राम मंदिर का इस्तेमाल किया?

उत्तर—भाजपा स्वयं को हिंदू पार्टी मानती ही नहीं है। भाजपा सबकी है, किसी एक विशिष्ट वर्ग की नहीं। हम सिर्फ इतना चाहते हैं कि राजनीति में बहुसंख्यकों और अल्पसंख्यकों के मसले धर्म के आधार पर निर्धारित नहीं हों। अल्पसंख्यकों की उपेक्षा नहीं हो, किंतु उनमें यह धारणा भी नहीं बननी चाहिए कि अल्पसंख्यक होने के नाते उनकी हर बात मानी जाएगी। कांग्रेस ने उन्हें समाज औरं उसकी मुख्यधारा से काटकर रखने की कोशिश की। यह मानसिक विभाजन इसी नीति की देन है। भाजपा ऐसे विभाजन के खिलाफ है। हमें मुसलमानों, ईसाइयों के साथ मिलकर देश में रहना है। उनके साथ ही विकास करना है। तीन साल के भाजपा शासन में हम यह करके दिखा चुके हैं।

प्रश्न—मध्य प्रदेश में भाजपा की चुनावी संभावनाएँ क्या हैं?

उत्तर—भाजपा को पूर्ण बहुमत आसानी से मिल जाएगा। जो स्थिति पहले थी, वही इस चुनाव के बाद भी रहेगी।

प्रश्न—इस आकलन का आधार क्या है?

उत्तर—मौजूदा राजनीतिक परिस्थितियों में भाजपा के प्रति आकर्षण बढ़ा है। मध्य प्रदेश में भाजपा सरकार की काम करनेवाली छवि के कारण भी लोग उसे पसंद कर रहे हैं। फिर अधबीच में सरकार को बर्खास्त करने के कारण भी नाराजगी बढ़ी है। 6 दिसंबर, 1992 के जिन दंगों के नाम पर सरकार बर्खास्त की, वे तो प्रायोजित थे। महाराष्ट्र, गुजरात में भारी दंगे हुए, लेकिन उन्हें छोड़ दिया, जबकि हिमाचल में कुछ नहीं होने के बावजूद भाजपा शासन को भंग कर दिया। न्यायपालिका ने भी सरकार भंग करने के कृत्य को असंवैधानिक निरूपित किया है।

प्रश्न—भाजपा के विद्रोही उम्मीदवारों के कारण संभावनाओं में क्या फर्क पड़ेगा?

उत्तर—किसी भी चुनाव में सभी पूर्व विधायकों या मंत्रियों को टिकट देना संभव नहीं है। किसी दोष के कारण टिकट कटे, यह भी नहीं है। हार-जीत की संभावनाओं का आकलन करके ही फेरबदल किया गया, जो लोग विद्रोह करके खड़े हुए, उन्हें पार्टी ने

निकाल दिया है। भाजपा कार्यकर्ता ऐसे विद्रोहियों को सबक सिखाने में सक्षम हैं। ऐसे में ये परिणामों को प्रभावित कर सकेंगे, इसकी संभावना नगण्य है।

प्रश्न—टिकट वितरण को लेकर हुए विवाद से क्या भाजपा की अनुशासित छवि को धक्का नहीं लगा?

उत्तर—प्रारंभ में भाजपा कॉडर आधारित पार्टी थी। इसीलिए अनुशासन रखना संभव था। देश के मौजूदा राजनीतिक चलन में सभी समाज और वर्गों को जोड़ने के लिए पार्टी को दरवाजे खोलने पड़े। जनाधार बढ़ा। यह पार्टी को फायदा हुआ। पार्टी में कुछ ऐसे तत्त्व प्रवेश पा गए, जिनसे छवि को आघात लगा, यह नुकसान हुआ। इसके अलावा इस मर्तबा भाजपा का टिकट जीत का टिकट बन गया है। इसलिए भी भीड़ मची और तनातनी हुई, लेकिन भाजपा का संगठनात्मक ढाँचा इतना मजबूत है कि इन समस्याओं से आसानी से निपटा जा सकता है।

प्रश्न—कैलाश जोशी जैसे नेता भाजपा में असंतोष का प्रतीक बनकर उभरे हैं? क्या इससे नहीं लगता कि पार्टी के अंतर्प्रवाह में खलल और विभाजन है?

उत्तर—मैं किसी का नाम लेकर विभाजन की बात करना ठीक नहीं मानता, लेकिन लोगों की महत्त्वाकांक्षाएँ अलग-अलग हों, इसमें क्या अस्वाभाविक है? जो लोग राजनीति में हैं, उनसे साधु-संन्यासियों जैसी निस्पृहता की अपेक्षा करना अन्याय है। यदि वे आगे बढ़ना या कोई पद हासिल करना चाहते हैं तो यह गैर-वाजिब नहीं है। किसी भी प्रजातांत्रिक संस्था में यह बाधाएँ अपरिहार्य हैं। लेकिन व्यक्तिगत महत्त्वाकांक्षाएँ, पार्टी की रीति-नीति के लिए खतरनाक होना किसी भी स्थिति में बर्दाश्त नहीं किया जा सकता। हमारे सभी कार्यकर्ता पार्टी की दिशा, मर्यादा और लक्ष्य जानते हैं। उसी के अनुसार काम करते हैं। इसीलिए पार्टी को नुकसान पहुँचाने वाला कोई काम वे स्वयं नहीं करेंगे।

प्रश्न—भाजपा की पृष्ठभूमि राष्ट्रीय स्वयंसेवक संघ की होने के कारण लोग अनुशासन की ज्यादा अपेक्षा रखते हैं?

उत्तर—इस पृष्ठभूमि के बावजूद संघ और भाजपा की कार्यप्रणाली में बुनियादी अंतर है। संघ लंबी योजना के तहत आगे बढ़ता है। दीर्घ योजनाओं के मद्देनजर वह परिस्थिति निरपेक्ष होकर भी निर्णय कर सकता है। इसके विपरीत राजनीतिक दल होने के नाते भाजपा को रोजमर्रा के स्तर पर निर्णय करने पड़ते हैं। हर दिन एक-दूसरे के साथ प्रतिस्पर्धा करते हुए आगे बढ़ना पड़ता है। इस कारण हम यानी भाजपा परिस्थिति निरपेक्ष होकर फैसला करने में पूरी तरह समर्थ नहीं है। इस परिप्रेक्ष्य में भाजपा से सैनिक अनुशासन की अपेक्षा करना न्यायोचित नहीं है।

प्रश्न—मतदाता इंका की तुलना में भाजपा को वोट क्यों दें?

उत्तर—भाजपा ने जो कहा, वह किया। हमारी सरकार वादे पूरी करनेवाली सरकार

थी। इसके विपरीत कांग्रेस ने बड़बोलेपन के अलावा कुछ नहीं किया। मतदाता कांग्रेस पर विश्वास नहीं करते हैं। लगता है कि कांग्रेस ने मानसिक रूप से हार मान ली है। इसीलिए चाहे जैसी, कभी न पूरी होनेवाली घोषणाएँ करने में लगे हैं।

प्रश्न—इंका नेताओं का दावा है कि प्रदेश में उनकी सरकार बनना सुनिश्चित है?

उत्तर—इसी बहाने यदि वे थोड़े दिन खुश रह लेते हैं तो उसमें क्या बुराई है? कुछ ही दिनों में खुशफहमी भी दूर हो जाएगी।

प्रश्न—कांग्रेस को अंदेशा है कि चुनाव के दौरान प्रदेश में हिंसा हो सकती है?

उत्तर—मुझे नहीं लगता। प्रदेश की जनता आमतौर पर शांतिप्रिय है। फिर यहाँ चुनाव में झगड़े का इतिहास भी नहीं रहा है। अपनी हार से आशंकित कांग्रेस ने यदि दंगे-फसाद की कोई योजना बना रखी हो तो उसकी जानकारी उन्हीं को होगी। संभवत: इसी कारण वे बार-बार आशंका जाहिर कर रहे हैं।

प्रश्न—भोजपुर में क्या इंका प्रत्याशी अजय सिंह पटवा के लिए चुनौती बन रहे हैं?

उत्तर—मुझे नहीं लगता कि अजय सिंह पटवाजी को परेशान कर सकेंगे। वे चुरहट में हार के भय से यहाँ आए हैं। पटवाजी के खिलाफ लड़ने से उन्हें प्रसिद्धि तो मिल ही जाएगी।

प्रश्न—मध्य प्रदेश में बहुजन समाज पार्टी की चुनौती को किस प्रकार लेते हैं?

उत्तर—यहाँ बसपा का खास असर तो नजर नहीं आता। मुकाबला सिर्फ कांग्रेस और भाजपा के बीच है।

प्रश्न—जनता दल या समाजवादी पार्टी भाजपा के लिए मुश्किलें पैदा कर पाएँगी?

उत्तर—पिछले ढाई-तीन वर्षों में उनका कोई अस्तित्व नहीं बचा है। जनता पार्टी के इतने टुकड़े हो चुके हैं कि वे भाजपा के सामने चुनौतीहीन हैं। वैसे जनता दल का आधारभूत वोट मोटे तौर पर कांग्रेस विरोधी वोट है। जनता पार्टी का आधार सिमट जाने और कांग्रेस विरोधी होने के कारण उनके सामने विकल्प के रूप में सिर्फ भाजपा ही बची है। ये वोट हमें ही मिलेंगे। डॉ. रमेश और तरुण चटर्जी जैसे जपा नेता भाजपा में इसी कारण शरीक हुए हैं। इस विधानसभा चुनाव में भाजपा ने उन्हें मैदान में भी उतारा है।

❑

अटलजी के 'एप्रोच' से अयोध्या-आंदोलन को नुकसान नहीं...

17 जनवरी, 1993

भारतीय जनता पार्टी में राममंदिर के मसले को लेकर कट्टरपंथ या उदारवाद जैसा कोई विवाद नहीं है। यदि कोई मत-भिन्नता है तो वह उतनी ही है, जितनी व्यापक जनाधारवाले राजनीतिक दलों में होनी चाहिए। जहाँ तक भाजपा के राष्ट्रीय नेता अटलबिहारी वाजपेयी का सवाल है, दल की बुनियादी नीतियों से उनका कोई मतभेद नहीं है। हमें यह नहीं भूलना चाहिए कि अटलजी की चिंतन शैली और सौम्य भाषा में चीजों को अभिव्यक्त करने का अपना तरीका है। अयोध्या आंदोलन के 'एप्रोच', रणनीति और समय को लेकर अटलजी के थोड़े बहुत मतभेद हैं, किंतु यह कोई मूलभूत मतांतर नहीं है। ऐसे मतभेद किसी भी प्रजातांत्रिक दल में स्वाभाविक हैं। भाजपा में ऐसे मतभेदों के बीच निर्णय लेने तथा उन्हें अमली जामा पहनाने की क्षमता है। जहाँ तक अटलजी द्वारा खुलेआम अपने विचार व्यक्त करने से अयोध्या आंदोलन के भाजपाई उद्देश्यों को चोट पहुँचने का प्रश्न है, तो मैं यही कहूँगा कि भाजपा में इतनी शक्ति और सामर्थ्य है, जिसकी बदौलत वह ऐसे सभी मतभेदों और संकट की स्थितियों को झेल लेती है।

6 दिसंबर, 1992 को अयोध्या में बाबरी मसजिद का विवादित ढाँचा ध्वस्त होने के बाद भारतीय जनता पार्टी का राजनीतिक सफर तनाव एवं उलझनों से भरपूर रहा है। सर्वश्री लालकृष्ण आडवाणी, मुरलीमनोहर जोशी जैसे शीर्ष नेताओं की गिरफ्तारी के कारण दिल्ली में भाजपा मुख्यालय का अधिकांश दारोमदार जिन नेताओं के कंधों पर आ पड़ा, राष्ट्रीय महामंत्री कुशाभाऊ ठाकरे उनमें एक हैं। ठाकरेजी के पास मध्य प्रदेश के साथ-साथ उत्तर प्रदेश का प्रभार भी है, जिसकी वजह से उनकी भूमिका काफी

संवेदनशील रही है। ठाकरेजी भाजपा के उन गिने-चुने नेताओं में हैं, जिनकी आवाज को राष्ट्रीय स्वयंसेवक संघ में गंभीरता से सुना जाता है। अयोध्या कांड के बाद उन्होंने राममंदिर आंदोलन के संदर्भ में पिछले दिनों उभरे सवालों पर 'नई दुनिया' प्रतिनिधि से विस्तृत बातचीत की। सवालों के दायरे में अटलजी का उदारवादी रवैया, मुसलिम राष्ट्रों से तनाव बढ़ने की संभावनाएँ, राष्ट्र के विघटन की आशंकाएँ, मुसलिमों की भूमिका, हिंदू कट्टरवाद जैसे अनेक मुद्दे आए। ठाकरेजी ने स्वीकार किया कि अयोध्या आंदोलन के परिप्रेक्ष्य में उनके राष्ट्रीय नेता श्री अटलबिहारी वाजपेयी के 'एप्रोच' में फर्क है, लेकिन पार्टी की बुनियादी नीतियों में उनका किसी भी स्तर पर मतांतर नहीं है। इसलिए उनके विचारों से आंदोलन को नुकसान नहीं होगा। फिर भाजपा में ऐसी परिस्थितियाँ झेलने का माद्दा भी है। भारत कोई पिद्दी राष्ट्र नहीं है, जो अरब राष्ट्रों की 'ब्लेकमेलिंग' का शिकार हो। राममंदिर आंदोलन की ताजा घटनाओं के बाद मुसलिमों को समझना चाहिए कि हिंदुओं की मनोभावनाएँ क्या हैं? क्या मुसलिम हिंदुओं से लड़कर जीत सकेंगे? टकराव किसी भी संप्रदाय और समाज के हित में नहीं है। यहाँ प्रस्तुत हैं कुशाभाऊ ठाकरे से बातचीत के संपादित अंश—

प्रश्न—आरोप है कि भाजपा ने राजनीतिक लाभ के लिए राम मंदिर को उभारा और धर्म को औजार के रूप में इस्तेमाल किया?

उत्तर—यह सोच अथवा आरोप बेबुनियाद है कि भारतीय जनता पार्टी ने राजनीतिक स्वार्थों की खातिर राम जन्मभूमि विवाद को हवा दी। राममंदिर का मसला दस-बीस वर्ष पहले जन्मा मुद्दा नहीं है। संघर्ष सैकड़ों साल पुराना है। इससे समाज अपनी सामाजिक एवं सांस्कृतिक अस्मिता के लिए लगातार लड़ता रहा है। अयोध्या में मंदिर तोड़कर जब से मसजिद का निर्माण हुआ, अनशनरत संघर्ष जारी है। एक नहीं, कोई पचहत्तर मर्तबा अलग-अलग आंदोलन हो चुके हैं, आहुतियाँ हो चुकी हैं। देश के बहुसंख्यक मानस ने वहाँ मसजिद का अस्तित्व कभी स्वीकार ही नहीं किया। राज बदले, राजा बदले, सल्तनतें आई-गईं, लेकिन संघर्ष की तीव्रता नहीं बदली, भावनाओं का उबाल नहीं थमा। भाजपा का राष्ट्रीय स्वयंसेवक संघ के साथ आज यदि हिंदू समाज खड़ा है, तो वह महज इसलिए है कि उसने समाज के इस संघर्ष को नेतृत्व दिया है, उसकी भावनाओं को आंदोलन में रूपांतरित किया है। मैं 1947 में पहली बार अयोध्या गया था। वहाँ हनुमागढ़ी, विभिन्न अखाड़े और आश्रमों का स्वरूप छावनियों जैसा है। उनकी गतिविधियों से स्पष्ट था कि अलग-अलग समाजों ने इसका निर्माण संघर्ष को संचालित करने के केंद्र के रूप में किया था। भाजपा ने इस बिखरे आंदोलन को सिर्फ सूत्रबद्धता दी है।

भाजपा के पीछे इतना जन समर्थन महसूस होने की एक वजह यह भी है कि इसके

पहले बहुसंख्यकों की भावनाओं को किसी ने भी सही परिप्रेक्ष्य में नहीं पढ़ा था। अंग्रेजों ने मंदिर-मसजिद विवाद को कभी सुलझने नहीं दिया। वे इसे हमेशा टालते रहे, क्योंकि भारतीय समाज को अपमानित और तिरस्कृत करना उनकी नीति का अंग था। अंग्रेज चाहते थे कि किसी भी तरीके से हिंदू मानस का मनोबल नहीं बढ़े, किंतु दुर्भाग्यजनक पहलू यह है कि आजादी के बाद कांग्रेस भी अंग्रेजों की लकीर पर ही चलती रही। इस मामले में कांग्रेस ने जो कुछ किया, उससे परिस्थितियाँ दिन-ब-दिन जटिल होती गईं। ये जटिलताएँ कांग्रेस की टालमटोल की प्रवृत्ति की सूचक हैं और सारा घटनाक्रम इसका गवाह है।

प्रश्न—भारतीय जनता पार्टी ने हिंदू मतों के ध्रुवीकरण के हिसाब से राम-मंदिर का मुद्दा पकड़ा है ?

उत्तर—भारतीय जनता पार्टी पर यह आरोप बेमानी है। मैंने पहले ही कहा है कि जनमानस भाजपा के साथ इसलिए महसूस होता है, क्योंकि हमने उसकी भावनाओं को समझा है। यदि कांग्रेस सही परिप्रेक्ष्य में मसले को सुलझा लेती, तो यह नौबत ही नहीं आती, लेकिन मुसलिम वोटों की खातिर वह इसे हमेशा टालती रही। उसने कभी समझने का प्रयास ही नहीं किया कि सवाल सिर्फ मंदिर का नहीं है, बल्कि समूचे हिंदू समाज के अपमान का प्रश्न है। फिर कांग्रेस और अन्य सरकारों की भूमिका ने भी समाज को उद्वेलित किया। यह मसला एकाएक नहीं बढ़ा है। अल्पसंख्यकों के असीमित और अमर्यादित तुष्टिकरण ने भी इसे बढ़ावा दिया। एक नहीं, अनेक वाकये ऐसे हुए, जिनके कारण हिंदू मानस आहत हुआ। उससे सारी दृष्टि और प्रक्रिया एकतरफा महसूस हुई। मैं पूछता हूँ कि शाहबानो के मामले में मुसलिम कट्टरपंथियों के सामने झुककर केंद्र सरकार की इंका सरकार ने जो संविधान संशोधन किया, उसे किस परिप्रेक्ष्य में देखा जाना चाहिए ? काश्मीर में अनेक मंदिरों को तोड़ा गया, लेकिन भाजपा को छोड़कर किसी ने भी उफ तक नहीं की। जिन डेढ़ करोड़ शरणार्थियों ने सीमावर्ती क्षेत्रों में सुख-चैन हराम कर रखा है, उन्हें हटाने की पहल आज तक क्यों नहीं हुई ? दहकते सवाल अनेक हैं, जिनकी समूचे हिंदू समाज में प्रतिक्रिया है ? हिंदू भी अब सोचने लगा है कि शांति और सद्भाव की सीख सिर्फ उसी के लिए क्यों है ? क्या उनकी आस्थाओं का कोई मोल नहीं है ? उनके श्रद्धा केंद्र टूटते रहें और वे शांति का राग अलापते रहें, क्या यह उचित है ? संभवत: ये ही कारण हैं, जिनकी वजह से मुसलिम मतदाताओं के प्रति किसी का जरा-सा रुझान उन्हें गँवारा नहीं है।

सारे मसले को व्यापक दृष्टिकोण और साहस के साथ निपटाना होगा। कांग्रेस का एक बड़ा तबका महसूस करता है कि अभी तक जो भी हुआ, वह राष्ट्र और समाज, दोनों दृष्टि से उचित नहीं था, फिर भी मुसलिम मतदाताओं का चुनावी हिसाब-किताब

उसे सही दिशा में बढ़ने नहीं दे रहा है। कांग्रेस ने महसूस कर लिया है कि मुसलिम मतों की खातिर हिंदू मतों की उपेक्षा नहीं की जा सकती, किंतु कांग्रेस अतिरेक विरोधाभासों और स्पष्ट नीति के अभाव की वजह से मानसिक द्वंद्व में उलझी हुई है। कांग्रेस ने धार्मिक स्थलों की यथास्थिति बनाए रखने के लिए जो कानून बनाया, राममंदिर को उसके दायरे से बाहर रखने से ही साफ है कि मामला अलग है, किंतु देश का दुर्भाग्य है कि वोटों का गणित उसे अनिर्णय की ओर धकेल रहा है।

प्रश्न—क्या न्यायालीय प्रक्रिया से मामला नहीं सुलझ सकता?

उत्तर—न्यायालय में मामला सुलझाने से अनावश्यक ही विलंब हो रहा है। यदि न्याय की प्रक्रिया धीमी अथवा मंद है तो उसके लिए आदमी या समाज जिंदगी भर तो रुका नहीं रहेगा। किसी भी दृष्टि से यह विलंब मुनासिब नहीं है, क्योंकि इससे एक मूलभूत एवं संवैधानिक संस्था की विश्वसनीयता और भूमिका पर प्रश्नचिह्न लग जाता है।

प्रश्न—अयोध्या-आंदोलन को लेकर भारतीय जनता पार्टी कट्टरवादियों एवं उदारवादियों के द्वंद्व में फँसी हुई है?

उत्तर—भारतीय जनता पार्टी में कट्टरपंथ एवं उदारवाद जैसा कोई विवाद नहीं है। भाजपा एक व्यापक जनाधार वाला राजनीतिक संगठन है, इसलिए पार्टी के भीतर मत-भिन्नता होना अस्वाभाविक नहीं है। इतने बड़े दल को इतनी मत-भिन्नता को अपरिहार्य मानकर और साथ लेकर चलना पड़ता है। किंतु मत-भिन्नता के बावजूद भारतीय जनता पार्टी में निर्णय लेने की क्षमता है। और, एक बार निर्णय लेने के बाद संपूर्ण प्रतिबद्धता के साथ उसके समग्र अनुपालन की ताकत भी भाजपा में है। उस निर्णय से बाहर कोई नहीं जाता।

प्रश्न—भाजपा के शीर्ष नेता अटलबिहारी वाजपेयी ने खुलेआम अयोध्या आंदोलन की भाजपाई शैली से असंतोष प्रकट किया है?

उत्तर—दल के वरिष्ठ नेता अटलबिहारी वाजपेयी दल की मूलभूत नीतियों से कहीं भी असहमत नहीं हैं और न ही उनके व्यवहार से मूलभूत नीतियों से मतांतर झलकता है, किंतु अटलजी की सोचने की शैली तथा सौम्य भाषा में चीजों को अभिव्यक्त करने का उनका अपना तरीका है। यह सही है कि उनके 'एप्रोच' में तथा अयोध्या के समय को लेकर उनका थोड़ा-सा मतभेद है। अयोध्या आंदोलन की रणनीति को लेकर भी थोड़ा बहुत मतभेद है, किंतु यह कोई मूलभूत मतांतर नहीं है। ऐसे मतभेद प्रत्येक लोकतांत्रिक दल में होना स्वाभाविक है।

प्रश्न—अटलजी जैसे लोकप्रिय राष्ट्रीय नेता से ऐसे उजागर मतभेदों के कारण क्या अयोध्या आंदोलन और उसके उद्देश्यों को चोट नहीं पहुँचेगी?

उत्तर—भारतीय जनता पार्टी में वह शक्ति, सामर्थ्य तथा क्षमता है, जिसकी

बदौलत वह ऐसे सभी मतभेदों और संकट की स्थितियों को बखूबी झेल सकती है।

प्रश्न—अयोध्या आंदोलन के बाद देश के बहुसंख्यकों एवं अल्पसंख्यकों के बीच अविश्वास की जो खाई पनपी है, क्या उससे देश टूटने का खतरा नहीं है?

उत्तर—देश में झूठा तथा मिथ्या भ्रम पैदा किया जा रहा है कि राम जन्मभूमि आंदोलन से देश टूट जाएगा। हमें अच्छी तरह से समझ लेना चाहिए कि समाज की आस्थाओं, मान्यताओं और श्रद्धा को दरकिनार करके कोई भी विचार या पद्धति थोपने के प्रयास कभी सफल नहीं होते हैं। पिछले पैंतालीस वर्षों के अनुभव सामने हैं। समाज पर कुछ थोपने का जबरिया प्रयास हुआ, तो उसकी प्रतिक्रिया में देश आज कहाँ खड़ा है? विदेशी भाषा, विदेशी सोच, विदेशी तकनीक और विदेशी सहायता के भरोसे राष्ट्र को खड़ा नहीं किया जा सकता। विदेशी बैसाखियों के कारण देश आर्थिक गुलामी के शिकंजे में जा फँसा है। आत्मनिर्भरता खत्म होती जा रही है। यह इससे जाहिर है कि हमारे देश का बजट आजकल विश्व बैंक के इशारे पर और उसकी नीतियों के मुताबिक बनता है। ये विसंगतियाँ देश ने समझ ली हैं।

प्रश्न—अयोध्या आंदोलन या हिंदूवाद से अल्पसंख्यकों के रूप में समाज की मुख्यधारा से काटकर रखा जाए। यह धारणा भी गलत है कि इस देश का मुसलमान सिर्फ कांग्रेस के कारण ही जिंदा है। कांग्रेस ऐसे भ्रम फैलाने से बाज आए, क्योंकि यह देशहित में नहीं है। हिंदू समाज मुसलिमों को सुरक्षा देगा और उसे देनी चाहिए। हिंदू और मुसलमान, दोनों समाज का मामला आपसी सामंजस्य से चलना चाहिए। एक-दूसरे की मान्यताओं और आस्थाओं का दोनों ओर से सम्मान होना चाहिए।

भारतीय जनता पार्टी ने ढाई वर्ष से ज्यादा समय तक चार राज्यों में राज किया। उनमें मध्य प्रदेश, उत्तर प्रदेश और राजस्थान का तो सांप्रदायिक तनाव का इतिहास रहा है, लेकिन भाजपा की राज्य सरकारों ने इस तथ्य को सुस्थापित किया है कि दोनों समुदाय परस्पर शांति, सदभाव तथा एक-दूसरे की भावनाओं का सम्मान करते हुए रह सकते हैं। भय पैदा करके अल्पसंख्यकों को शेष समाज से काटकर रखना उचित नहीं है, किंतु दुर्भाग्यजनक यह है कि कांग्रेस ने भय दिखाकर अल्पसंख्यकों को अलग-थलग रखा और वोटों की राजनीति की।

मेरी राय में अल्पसंख्यक और बहुसंख्यकों की कल्पना ही राजनीतिक दृष्टि से मुनासिब नहीं है। धार्मिक मान्यताओं के आधार पर पूजा पद्धति अलग-थलग हो सकती है, लेकिन सबके लिए कानून भी अलग हों, यह तो नहीं चल सकता। देश में सिविल कानून पहले से ही अलग-थलग थे, लेकिन अपराध संहिता एक थी। शाहबानो प्रकरण में कांग्रेस ने उसे भी अलग कर दिया। एक समान सिविल कोड लागू करने की बात दूर

रही, कांग्रेस ने अपराध संहिता भी अलग बना दी। इन विरोधाभासी कारणों से ही कांग्रेस की स्थिति 'माया मिली न राम' जैसी हो गई है।

फिर भी मौजूदा हालात भाजपा के लिए चुनौतीपूर्ण हैं। 6 दिसंबर के बाद देश के बदलते घटनाक्रम को भारतीय जनता पार्टी की कठिन चुनौती के उछाले जानेवाले सभी वैचारिक मुद्दों की पुष्टि इस घटनाक्रम ने की है। इसका फायदा भाजपा को मिल रहा है। लोगों को अब यह लगने लगा है कि निश्चित विचारधारा, कार्यशैली, प्रतिबद्धता और कुछ कर गुजरने का माद्दा सिर्फ भाजपा में ही बचा है, जबकि कांग्रेस उन्हें बोफोर्स कांड, शेयर घोटाला कांड जैसे भ्रष्टाचार में लिप्त नजर आ रही है। उनकी अक्षमता, अनिर्णय और दुविधाएँ आम जनता में चिंता का विषय है कि क्या ऐसी पार्टी देश की बागडोर सँभाल सकती है?

प्रश्न—अयोध्या कांड से अरब राष्ट्रों से हमारे संबंध बिड़ेंगे? अंतरराष्ट्रीय स्तर पर बदनामी हुई है और देश के सामने पेट्रोल का संकट आ सकता है?

उत्तर—देश को दृढ़ता के साथ खड़ा होना होगा। भारत वर्षों से अरब राष्ट्रों की खुशामद करता रहा है। अंतरराष्ट्रीय समस्याओं में अरब राष्ट्रों की तरफदारी भी की, लेकिन संकट के समय वे कभी भी भारत के साथ खड़े नहीं हुए। उन्होंने या तो खामोशी अख्तियार कर ली या पाकिस्तान का साथ दिया। इस मुद्दे पर यदि भारत पूरे आत्मविश्वास और साहस के साथ सामने आता है तो कोई भी आँख नहीं दिखा सकेगा। हमारे आंतरिक मामलों में मुसलिम देशों की धमकी या 'ब्लेकमेलिंग' कतई नहीं चलेगी। देश के अल्पसंख्यकों को भी चाहिए कि वे इसे घरेलू मसला मानकर सुलझाने के प्रयास करें। यदि उन्होंने समस्या का अंतरराष्ट्रीयकरण करने की कोशिश की तो यह ठीक नहीं होगा। इससे गुत्थी उलझेगी और तनाव बढ़ेगा।

जहाँ तक पेट्रोल-ईंधन का सवाल है, मैं यह कहूँगा कि मुसलिम राष्ट्रों ने पेट्रोल की राजनीति बहुत कर ली। उन्हें सोचना चाहिए कि पचीस साल चलनेवाले तेल की क्या बिसात है? भारत कोई पिद्दी राष्ट्र नहीं है, एक शक्ति है। विकट परिस्थितियों से निपटने की क्षमता उसमें है। वैसे भी पचीस साल का तेल बचा है। ऊर्जा के वैकल्पिक स्रोत फिर भी ढूँढ़ने पड़ेंगे। इसलिए घबराने की जरूरत नहीं है।

प्रश्न—राष्ट्रीय स्वयंसेवक संघ, बजरंग दल और विश्व हिंदू परिषद् पर प्रतिबंध लगाने के संबंध में प्रतिक्रिया?

उत्तर—ऐसे प्रतिबंधों से कुछ नहीं होगा। कांग्रेस को सोचना चाहिए कि प्रतिबंध या रोक से विचारधारा दबती नहीं है। कांग्रेस इनका मुकाबला करना चाहती है तो उसे आत्म निरीक्षण करना होगा कि आखिर राष्ट्रीय स्वयंसेवक संघ और भाजपा क्यों बढ़े? बुनियादी परिस्थितियों में बदलाव के बिना कुछ नहीं होगा, लेकिन दुर्भाग्य से सिर्फ

कांग्रेस ही नहीं, अन्य भाजपा विरोधी पार्टियाँ भी छद्म अवधारणाओं और भ्रमजालों के पीछे भागती रही हैं। सच्चाई की तह में जाने की सार्थक कोशिश आज तक नहीं हुई, अन्यथा राजनीतिज्ञ बेवजह भाजपा को कोसना बंद कर देते।

प्रश्न—चुनाव के संदर्भ में भाजपा की सोच क्या है?

उत्तर—हम तैयार हैं, कांग्रेस जब भी चाहे, चुनाव करा ले। परिस्थितियों और सच्चाइयों से भागकर कब तक चुनाव को टाला जा सकेगा। 'बकरे की माँ कब तक खैर मनाएगी?' चुनाव तो कराना ही पड़ेगा। बेहतर यही है कि जल्दी-से-जल्दी ताजा जनादेश प्राप्त किया जाए। हम जनता की अदालत में जाने के लिए तैयार हैं।

प्रश्न—मंदिर-मसजिद विवाद का मूल तत्त्व क्या है?

उत्तर—देखिए, यह तथ्य सर्वविदित है कि अयोध्या में मंदिर ही था, मसजिद कभी थी ही नहीं। सर्वसाधारण मुसलमान इसे समझने को तैयार था, किंतु उनके नेता मानने को तैयार नहीं हो रहे थे। राजनीतिक पार्टियों ने वोटों की खातिर गुत्थी को उलझाने का काम किया। अब तो पुरातत्वीय पुरावेग भी मिल गए हैं, फिर भी वे मानने को तैयार नहीं हैं। आप ही सोचिए, सोनेवाले व्यक्ति को जगाया जा सकता है, जो लोग सोने का ढोंग कर रहे हैं उन्हें कैसा जगाया जाए?

मुसलमानों को भी राजनीतिक दलों एवं नेताओं के कुचक्रों से सतर्क हो जाना चाहिए। मुसलिम भाइयों को सोचना चाहिए कि अवांछनीय टकराव के परिणाम क्या निकलेंगे? इससे किसी का भी भला नहीं होनेवाला है। क्या वे सोचते हैं कि हिंदुओं से लड़कर वे जी सकेंगे? जो लोग उन्हें हिंदुओं से संघर्ष की राह पर ले जा रहे हैं, वे उनके कदापि हितैषी नहीं हैं।

एक समय हिंदू सहिष्णु था। इतना सहिष्णु कि लोग उसे दब्बू भी मानने लगे थे, किंतु आज का हिंदू ऐसा नहीं है। उसे जितना दबाने की कोशिश की जाएगी, वह उतना ही उग्र होगा, बिफरेगा। उस पर व्यापक एवं तीव्र प्रतिक्रिया होगी, क्योंकि परिस्थितियों ने तथा उसके साथ हुए सलूक ने उसे ऐसा बनने के लिए बाध्य किया है। भारतीय जनता पार्टी हिंदू समाज की पुरानी लड़ाई का नेतृत्व मात्र कर रही है। यह संघर्ष तभी थमेगा, जब मंदिर बन जाएगा। इस वास्तविकता को मुसलिम भाई जितनी जल्दी समझें, उतनी ही जल्दी समस्या का निदान निकलेगा।

भाजपा, विश्व हिंदू परिषद् या राष्ट्रीय स्वयंसेवक कभी नहीं चाहते थे कि संघर्ष हो। देश और जनता के प्रति जिम्मेदारियों का आखिर हमें भी एहसास है, किंतु आग्रह, अनुरोध और मनोभावनाओं को किसी ने समझने की कोशिश ही नहीं की। जब विश्वनाथ प्रताप सिंह प्रधानमंत्री थे, तब बाबरी मसजिद के लिए संघर्षरत मुसलिम संगठनों के प्रतिनिधियों से चर्चा के दौरान, एक मर्तबा तो साधु-संतों ने मुसलिम नेताओं के आगे

वस्तुतः झोली फैलाकर भिक्षुक की मुद्रा में माँग की थी कि वे मंदिर दान में दे दें। वह हमारी आस्था का केंद्र है। पचास साल से वहाँ नमाज नहीं हुई है। हमें उसे भिक्षा के रूप में ही दान दे दो। उस समय तो वहाँ विश्व हिंदू परिषद अथवा भाजपा नहीं थी, लेकिन इस अनुनय-विनय को किसी ने नहीं सुना। उदारतापूर्वक मुसलिम भाई मान लेते तो वे ऐतिहासिक क्षण होते। दुर्भाग्य से ऐसा नहीं हो सका।

यदि उन्हें यानी मुसलिमों को लगता है कि ताकत के बल पर कब्जा बनाए रखेंगे, तो लड़ लीजिए हिंदू समाज से। राम मंदिर वहाँ बनकर रहेगा। चाहे जो कीमत क्यों न देनी पड़े, संघर्ष नहीं रुकेगा। यह हिंदू समाज की पुरानी लड़ाई है, यदि भाजपा इस लड़ाई को छोड़ेगी तो समाज भाजपा को छोड़ देगा। मसला शांति से निपटने पर हमें खुशी होती, किंतु शायद विधि के विधान को यह मंजूर नहीं था।

प्रश्न—अयोध्या कांड से भविष्य में कांग्रेस या भाजपा को क्या नफा-नुकसान हो सकता है?

उत्तर—किसी भी पार्टी का भविष्य देश का भविष्य नहीं है। इसलिए चाहे जो हो, उसे सही रास्ते और सही दिशा में चलना चाहिए। हाँ, इतनी बात जरूर ध्यान में रखें कि बहुसंख्यकों को 'कामचलाऊ' ढंग से (टेकन फॉररांटेड) नहीं लिया जा सकता।

❑

उत्तर के बलबूते पर भी भाजपा सरकार संभव : कुशाभाऊ ठाकरे

24 अप्रैल, 1996

अर्जुन सिंह और सिंधिया भाजपा की जीत में मददगार हों

केंद्र में सरकार के बनाने के लिए उत्तर और दक्षिण दोनों का समर्थन कदापि जरूरी नहीं है। कांग्रेस उत्तर में हारी, दक्षिण में जीती, फिर भी सरकार बनाई। उसी प्रकार भाजपा भी सिर्फ उत्तर के भरोसे सरकार बनाने में समर्थ हो सकती है।

मध्य प्रदेश में राजनीतिक परिस्थितियाँ कुछ-कुछ आपातकाल के बाद वाले चुनाव जैसी होती जा रही हैं। आम जनता परिवर्तन के लिए कटिबद्ध जान पड़ती है।

हरियाणा में श्री देवीलाल का ग्रामीण आधार ज्यादा होते हुए भी भाजपा ने अपेक्षाकृत कम जनाधार वाले श्री बंसीलाल से समझौता किया। श्री देवीलाल पर भरोसा करके कोई भी रणनीति बनाना संभव नहीं है। वे कब क्या करेंगे, कहना मुश्किल है।

श्री अर्जुन सिंह और तिवारी कांग्रेस भाजपा के लिए मददगार होंगे। दुश्मन के घर की फूट का फायदा स्वाभाविक ही सामनेवाले को मिलेगा अन्य किसी को नहीं।

श्री सिंधिया को भाजपाई समर्थन कांग्रेस को हराने के लिए है। इसे भाजपा की कथनी और करनी से मिलाकर देखना मुनासिब नहीं है।

श्री आरिफ बेग के साथ भाजपा का एक भी अल्पसंख्यक कार्यकर्ता नहीं गया। उनसे भाजपा की संभावनाओं पर कोई असर नहीं पड़ेगा।

चुनाव आयोग को किसी भी पार्टी की रीति-नीति तय करने का अधिकार नहीं दिया जा सकता। आयोग को यह भी नहीं सोचना चाहिए कि राजनीति के हर मर्ज का इलाज उसके पास है।

अब हमें लोगों को यह समझाने की जरूरत नहीं पड़ती कि भाजपा खरे मुद्दों पर संघर्ष करनेवाली कांग्रेस की एकमात्र वैकल्पिक पार्टी है।

श्री कुशाभाऊ ठाकरे, भारतीय जनता पार्टी के राष्ट्रीय महामंत्री, एक ऐसा भाजपाई नाम है, संगठन में जिसका आभामंडल श्रद्धा, प्रतिबद्धता, कर्मठता, समर्पण, निष्ठा और आस्था में आलोकित है। वे मध्य प्रदेश में भाजपा के चुनाव अभियान के प्रमुख सूत्रधार हैं। श्री ठाकरे मध्य प्रदेश भाजपा के नैसर्गिक नेता हैं। संभवत: इसी कारण भाजपा हाईकमान को मध्य प्रदेश की कमान उन्हें सौंपनी पड़ी। उसकी कोशिश थी कि मध्य प्रदेश में भाजपा श्री ठाकरे के बिना चले और आगे बढ़े। इन कोशिशों ने प्रदेश में संगठन को तार-तार कर दिया। इन उलझे तारों को सुलझाने का काम श्री ठाकरे को काफी विलंब से मिला है। उस पर भी उनके आगे कई बैरियर लगा दिए गए हैं। हाईकमान की अपेक्षा थी कि श्री ठाकरे दो फाँखों में बँटी मध्य प्रदेश भाजपा को जोड़ें, लेकिन उन्हें उन गाँठों को खोलने या उनकी सर्जरी करने की इजाजत नहीं दी गई, जिनकी वजह से विकृतियाँ पनपी थीं। श्री ठाकरे ने भाजपा को जोड़ने के लिए जी जान एक कर दिया, लेकिन उसके शरीर में पतली गाँठों ने भाजपा को अष्टावक्र बना दिया है।

अष्टावक्र भाजपा के चुनाव अभियान को लय देने के लिए श्री ठाकरे पिछले एक महीने में मध्य प्रदेश के सभी चालीस संसदीय क्षेत्रों की खाक छान चुके हैं। वे राजगढ़ संसदीय क्षेत्र के कार्यकर्ताओं के बीच भी सक्रियता का मंत्र फूँक चुके हैं, जहाँ उनके घोर विरोधी श्री प्यारेलाल खंडेलवाल उम्मीदवार हैं। सतना में वे उन श्री वीरेंद्रकुमार सकलेचा के पक्ष में माहौल सघन करने की हिदायत दे चुके हैं, जिन्होंने कई मर्तबा उन्हें लांछित किया है। श्री ठाकरे इस बात को नकारते हैं कि भाजपा में फूट है और लगभग बीस सीटों पर उनके यहाँ 'सेबोटेज' की स्थितियाँ हैं। उनका कहना है कि भाजपा में सभी जानते हैं कि जो काम नहीं करेगा, उसे भाजपा तो बाद में, जनता पहले ही हाशिए पर ढकेल देगी। उनका मानना है कि केंद्र में सरकार बनाने की राह में दक्षिण में भाजपा की कमजोर पैठ आड़े नहीं आएगी। पहले भी अकेले उत्तर या दक्षिण के भरोसे सरकारें बनती रही हैं।

श्री ठाकरे केंद्र में अपने बलबूते पर भाजपा की सरकार देख रहे हैं। अल्पसंख्यक नेता श्री आरिफ बेग के पार्टी छोड़ने से भाजपा की संभावनाओं पर प्रतिकूल असर नहीं पड़ेगा। उनका मत है कि चुनाव आयोग को यह मुगालता नहीं पालना चाहिए कि वह सब कुछ ठीक कर देगा। मौजूदा राजनीतिक व्यवस्थाओं में मिल-जुलकर ही सुधार लाना संभव है। प्रस्तुत हैं श्री ठाकरे से साक्षात्कार के संपादित अंश—

प्रश्न—भाजपा की चुनावी संभावनाएँ क्या हैं?

उत्तर—भारतीय जनता पार्टी के पक्ष में एक सशक्त वातावरण है। कांग्रेस के प्रति

लोगों में घृणा और निराशा है। भाजपा के मुद्दों को जनता खरा मानती है और महसूस करती है कि हम उनसे विचलित नहीं होंगे। कांग्रेस की बुराइयों से हमारे संघर्ष को जनमानस वस्तुपरक और ईमानदार मानता है।

प्रश्न—भाजपा के पक्ष में क्या-क्या मुद्दे हैं?

उत्तर—जो मुद्दे और बातें कांग्रेस के खिलाफ जा रहे हैं, वे सभी भाजपा के पक्ष में जा रहे हैं। देश में व्याप्त असुरक्षा की भावना, भ्रष्टाचार, महँगाई जैसे अनेक मुद्दे लोगों के मन में गहराई से उतर चुके हैं। सभी मानते हैं कि इन बुराइयों का एकमात्र इलाज कांग्रेस को हराना है, इसके लिए हमें ज्यादा तर्क नहीं करना पड़ता है।

प्रश्न—केंद्र में सरकार बनाने के लिए भाजपा को स्पष्ट बहुमत मिल पाएगा?

उत्तर—भाजपा को भरोसा है कि केंद्र में स्पष्ट बहुमत के आधार पर वह सरकार बना सकेगी। यह विश्वास धीरे-धीरे पुख्ता होता जा रहा है। हरियाणा का ही उदाहरण लें। वहाँ गाँवों में श्री देवीलाल का आधार ज्यादा तथा श्री बंसीलाल का कम रहा है। श्री देवीलाल से समझौता करके कोई विश्वासपूर्वक यह नहीं कह सकता कि वह ईमानदारी से साथ देंगे। इसलिए हमने अपेक्षाकृत कमजोर श्री बंसीलाल से तालमेल बिठाना उचित समझा। हमारा समझौता होते ही श्री देवीलाल और समता पार्टी हाशिए पर चले गए। श्री बंसीलाल मजबूत हो गए। अब वहाँ हमारे पक्ष में वातावरण है। ऐसी मजबूती भाजपा सभी जगह से हासिल कर रही है।

प्रश्न—दक्षिण में भाजपा का जनाधार कमजोर होने के कारण भाजपा स्पष्ट बहुमत कैसे हासिल कर सकेगी?

उत्तर—केंद्र में सरकार बनाने के लिए उत्तर और दक्षिण दोनों का समर्थन कतई जरूरी नहीं है। कांग्रेस उत्तर में हार गई, लेकिन उसने दक्षिण की मदद से सरकार बना ली। भाजपा भी सिर्फ उत्तर के बलबूते केंद्र में सरकार बनाने में समर्थ हो सकती है। फिर कांग्रेस के बारे में आप कैसे कह सकते हैं कि उसे उत्तर-दक्षिण दोनों का समर्थन प्राप्त है। उसकी हालत तो दोनों क्षेत्रों में पतली है। फिर दक्षिण में कर्नाटक में भाजपा का काम अच्छा है। आंध्र में थोड़ी कमजोरी है। वहाँ भाजपा के पास एक सीट थी। बदले वातावरण में आंध्र में सीटें बढ़ेंगी। तमिलनाडु और केरल में भाजपा की संभावनाएँ अच्छी बन रही हैं। यह बात तय मानिए कि दक्षिण में हम सीढ़ियाँ ऊपर चढ़ेंगे, उतरेंगे नहीं।

प्रश्न—मध्य प्रदेश में भाजपा कितनी सीटें जीतेगी?

उत्तर—मध्य प्रदेश में राजनीतिक हालात कुछ-कुछ आपातकाल के बाद जैसे बन रहे हैं। मतदाताओं के दिमाग साफ हैं। हमारे कार्यकर्ताओं को उन्हें ज्यादा समझाना नहीं पड़ रहा है। भाजपा की सफलता का अनुमान इस पृष्ठभूमि से लगाया जा सकता है।

प्रश्न—मध्य प्रदेश में टिकटों के वितरण को लेकर असंतोष है ?

उत्तर—कार्यकर्ता पाँच साल तक पार्टी में काम टिकट की अभिलाषा को लेकर ही करता है। इसके बाद भी यदि उसे टिकट नहीं मिलता तो असंतोष स्वाभाविक है। उसे लगता है कि पाँच साल का परिश्रम बेकार था। लेकिन हमारे कार्यकर्ताओं में पार्टी की जरूरत और दृष्टिकोण समग्रता से समझने की समझदारी है। इसलिए यह असंतोष पार्टी की राह में रोड़े नहीं बनता है।

प्रश्न—पिछले पाँच वर्षों की गुटबंदी ने भाजपा में 'सेबोटेज' बढ़ाया है। इसका क्या असर होगा ?

उत्तर—मध्य प्रदेश में 'सेबोटेज' जैसी कोई स्थिति नहीं है। मुझे भरोसा है कि सभी लोग अपने-अपने तरीके से काम करेंगे। भाजपा के पक्ष में माहौल देखने के बाद कार्यकर्ता स्वत: समझ गए हैं कि यदि उन्होंने काम नहीं किया अथवा 'सेबोटेज' करने के प्रयास किए, तो जनता ही उन्हें हाशिए पर धकेल देगी। फिर मैंने ऐसा कोई चुनाव नहीं देखा, जिसमें कतिपय लोग निष्क्रिय नहीं रहे हों, लेकिन उसका असर चुनाव पर नहीं पड़ता है। कार्यकर्ता जान गए हैं कि यह चुनाव भाजपा के भविष्य से जुड़ा है। पहली मर्तबा श्री अटलजी भावी प्रधानमंत्री के रूप में देश के सामने हैं। यदि यह चुनाव भाजपा हार गई, तो कार्यकर्ताओं के भविष्य पर भी इसका विपरीत असर पड़ेगा। इसलिए सभी मजबूती के साथ काम कर रहे हैं।

प्रश्न—मुख्यमंत्री श्री दिग्विजय सिंह का कहना है कि भाजपा रथयात्रा सुराज के लिए निकालती है, लेकिन जब राज मिलता है तो कुराज करती है ?

उत्तर—मध्य प्रदेश में भाजपा सरकार की उपलब्धियों पर हम गर्व कर सकते हैं। हमने राजनीतिक भ्रष्टाचार कम किया था। विकास के कार्यों को भी तेजी से बढ़ाया था।

प्रश्न—लेकिन 1991 के लोकसभा उसके बाद के विधानसभा चुनावों में तो उपलब्धियों का कोई लाभ भाजपा को नहीं मिला ?

उत्तर—कई मर्तबा चुनाव में 'परफार्मेंस' गौण और अन्य मुद्दे महत्त्वपूर्ण हो जाते हैं। 1991 की असफलताओं के बारे में मेरा विश्लेषण भिन्न है। हमें उस वक्त आदिवासी वोट नहीं मिला। तेंदूपत्ते के बोनस के बारे में कांग्रेस यह वातावरण बनाने में सफल रही कि आदिवासियों का पैसा भाजपा सरकार खा गई, जबकि बोनस-वितरण हिसाब-किताब की गड़बड़ी के कारण रुका था। तेंदूपत्ता सहकारी समितियों का कोई लेखा-जोखा ही नहीं था कि किसे पैसा बाँटें, किसे नहीं बाँटें। इसका विकल्प सरकार ने यह सोचा कि बोनस की राशि से तेंदूपत्ता श्रमिकों के लिए कल्याण-कोष बना दिया जाए। वह बना भी, लेकिन आदिवासियों तक यह बात नहीं पहुँची। तेंदूपत्ता बोनस के कारण भाजपा 18-19 विधानसभा सीटों पर हार गई। उसके पहले हम 56 आदिवासी

विधानसभा क्षेत्रों में जीते थे। वहीं विधानसभा चुनाव में सिर्फ सत्रह सीटों पर जीत सके। उनचालीस पर हार गए। लगभग बीस सीटें प्रत्याशियों के चयन में विवाद के कारण हारे। यदि ये साठ सीटें जीत जाते, तो आज मध्य प्रदेश में हमारी सरकार होती।

प्रश्न—भाजपा ने लोकसभा में पुराने चेहरों को ही उतारा है?

उत्तर—हर वक्त और हर जगह नए चेहरे लाना संभव नहीं होता है। टिकट का निर्धारण तो व्यक्ति के काम के आधार पर ही तो होगा। नए-पुराने के आधार पर ही तो होगा। नए-पुराने के नाम पर उसे नजरअंदाज कैसे किया जा सकता है।

प्रश्न—ग्वालियर में श्री माधवराव सिंधिया को भाजपाई समर्थन क्या उसकी कथनी और करनी में अंतर को नहीं रेखांकित करता है?

उत्तर—मैं सिर्फ इतना ही कहूँगा कि श्री माधवरावजी को समर्थन राव कांग्रेस को हराने की रणनीति के तहत ही दिया गया है।

प्रश्न—बीस साल से भाजपा में सक्रिय अल्पसंख्यक नेता श्री आरिफ बेग के पार्टी छोड़ने का क्या असर पड़ेगा?

उत्तर—श्री आरिफ बेग के जाने का लेशमात्र असर भाजपा पर नहीं पड़ेगा। पूरे देश में एक भी मुसलिम कार्यकर्ता श्री बेग के साथ नहीं गया।

प्रश्न—भाजपा की जीत की संभावनाओं में अर्जुन सिंह फेक्टर को आप कितना मददगार मानते हैं?

उत्तर—चुनावी संघर्ष में जय-पराजय के लिए कई आधार जिम्मेदार होते हैं। मूल भाव तो हमारी अपनी ताकत पर निर्भर करता है, लेकिन विरोधी दलों के आंतरिक कलह का फायदा भी मिलता है। यदि विरोधी शिविर में फूट होगी, तो उसका लाभ सामनेवाला ही उठाएगा, अन्य कोई नहीं। इस दृष्टि से श्री अर्जुन सिंह या उनकी तिवारी-कांग्रेस निश्चित ही भाजपा की राह से काँटे हटा रही है, बिछा नहीं रही है। उनकी कांग्रेस विरोधी भूमिका भाजपा के लिए निश्चित मददगार होगी। फिर पहले भाजपा का मुकाबला एकजुट अथवा एक कांग्रेस से होता था। इस मर्तबा भाजपा के सामने खड़ी कांग्रेस खंडित, टूटी और बिखरी हुई है।

प्रश्न—चुनाव आयोग ने उत्तर प्रदेश के पूर्व मुख्यमंत्री श्री कल्याण सिंह के प्रसारण से राममंदिर मुद्दा निकालने के निर्देश दिए हैं। इस पर आपकी प्रतिक्रिया क्या है?

उत्तर—भाजपा ने काफी विचार-विमर्श के बाद इस मुद्दे को घोषणा-पत्र में शरीक किया है। चुनाव आयोग को राजनीतिक दलों की नीतियाँ तय करने का अधिकार कदापि नहीं दिया जा सकता। ऐसे मामलों में चुनाव आयोग को मत प्रकट करने का अधिकार नहीं है।

प्रश्न—मौजूदा चुनाव में चुनाव आयोग की भूमिका के बारे में आपकी क्या सोच है?

उत्तर—यह सही है कि राजनीति में पैसे का प्रभाव बढ़ता जा रहा है। उसे नियंत्रित करने की जरूरत है, लेकिन यह किसी एक लकीर पर चलकर करना संभव नहीं है। वास्तव में समूची राजनीतिक व्यवस्था को सुधारना होगा। सुधारों की प्रक्रिया का यह अर्थ लगाना देश के लिए खतरनाक होगा कि यहाँ राजनीति होनी ही नहीं चाहिए। चुनाव आयोग के आदेशों से मामूली सुधार तो हो सकते हैं, लेकिन यदि वह समझता है कि वह देश की बुनियादी समस्याएँ सुलझा देगा तो उसको अपने बारे में आकलन करना जरूरी है। वस्तुतः केंद्र सरकार और चुनाव आयोग को यह ध्यान देना चाहिए कि व्यावहारिक धरातल पर चुनाव खर्च क्या हो और बंदिशें कैसी हों? राजनीतिक दलों को यह खर्च कैसे मुहैया कराया जाए। सरकार और लोकसभा के चौहद-पंद्रह लाख मतदाताओं तक पहुँचने की न्यूनतम जरूरतें कितनी हो सकती हैं? इसके लिए कितने लोगों और कितने साधनों की जरूरत होगी और वह भी निश्चित समयावधि में? इन मुद्दों को ध्यान में रखकर चुनाव खर्च और सुधार की प्रक्रिया आगे बढ़ाना होगा।

प्रश्न—क्या आपको लगता है कि वर्तमान में कार्यपालिका, न्यायपालिका और चुनाव आयोग सभी कहीं-न-कहीं मर्यादाओं की सीमा लाँघ रहे हैं?

उत्तर—कार्यपालिका, न्यायपालिका, विधायिका या चुनाव आयोग, सभी आपसी सामंजस्य, सम्मान, संतुलन और अपनी मर्यादाओं की लक्ष्मण रेखाओं के भीतर रहकर ही सारी परिस्थितियों और व्यवस्थाओं में सुधार ला सकते हैं। यदि कोई एक सोचे कि वह सबको दुरुस्त कर लेगा तो यह संभव नहीं है। इससे बात नहीं बनेगी। समग्र सुधार आपसी संतुलन और तालमेल से ही हो सकता है। इसलिए चुनाव आयोग न्यायपालिका, विधायिका अथवा कार्यपालिका को यह नहीं सोचना चाहिए कि हर मर्ज का इलाज वही है।

❑

भाजपा की सफलता का सबब नीतियों की निरंतरता, प्रखर राष्ट्रीयता

06 अप्रैल, 2000

भाजपा के चेहरे व चरित्र की चमक आज भी सबसे अलग है। श्री ठाकरे मात्र बीस वर्षों में ही भाजपा को प्राप्त शिखर सफलता का श्रेय प्रखर राष्ट्रवाद और मूल्यपरक राजनीति को देते हैं। दो दशकों के दरम्यान भाजपा ने स्पष्ट, तार्किक, सुसंगत, समन्वित, सकारात्मक और समरस वैचारिक निरंतरता का परिचय दिया है। मोटे तौर पर देश की जनता ने भाजपा द्वारा स्थापित राष्ट्रवाद, धर्मनिरपेक्षता, सामाजिक समरसता से जुड़ी मान्यताओं को स्वीकार कर लिया है। लोगों ने भाजपा की इस बात को माना है कि राष्ट्र और राष्ट्रीयता से ऊपर पंथ, जाति, संप्रदाय और धर्म को रखा तो देश बरबाद हो जाएगा।

भाजपा के राष्ट्रीय अध्यक्ष श्री कुशाभाऊ ठाकरे का कहना है कि भारतीय जनता पार्टी और भारतीय समाज में समकालीन और समय-सापेक्ष प्रतिबिंब है। इसमें प्रत्येक भारतीय अपनी आशाओं, आकांक्षाओं और अभिलाषाओं के रंग देखता है। देश की माटी और महक से सीधे जुड़ाव का प्रतिफल है कि बीस साल के छोटे से कालखंड में इतना विश्वास मिला कि जनता ने उसके मस्तक पर देश का मुकुट रख दिया। श्री ठाकरे कहते हैं कि भाजपा कांग्रेस, कम्युनिस्ट पार्टी सहित अन्य दलों से कई मायनों में भिन्न है। ज्यादातर पार्टियों को जड़ता और जटिलताओं ने जनभावनाओं के साथ कदम मिलाकर नहीं चल पा रहे हैं, जबकि भाजपा में लोच और लचीलापन है। वह समय और समाज के मर्म को पहचानकर अपना राजनीतिक कर्म सुनिश्चित करती है।

6 अप्रैल, 2000 को बीसवीं सालगिरह पर भाजपा के दो दशक के यात्रा-वृत्तांत

का विश्लेषण करते हुए श्री ठाकरे ने राजनीतिक उतार-चढ़ाव का बेबाक विश्लेषण किया। एक विशेष बातचीत में श्री ठाकरे ने कहा कि देश दो-पार्टी प्रणाली की ओर बढ़ रहा है, लेकिन दुर्भाग्य से कांग्रेस की जीवन शक्ति समाप्त होती जा रही है। स्वस्थ प्रजातंत्र के लिए ये अच्छे संकेत नहीं हैं। राजनीतिक पार्टियों के धर्म और कर्म पर फिर चाहे जो पार्टी हो, अंकुश लगाने के विकल्प जनता के सामने खुले होने चाहिए। उन्होंने कटाक्ष किया कि लोग भाजपा को रुढ़िवादी, सांप्रदायिक और जड़ पार्टी कहते हैं, जबकि स्थिति बिलकुल विपरीत है। यह देखने और समझने की बात है कि जनता द्वारा खारिज मुद्दों को कौन सीने से चिपकाए हुए घूम रहा है ?

श्री ठाकरे इन आरोपों को नकारते हैं कि सत्ता की खातिर भाजपा ने धारा-370, कॉमन सिविल कोड या राममंदिर जैसे मुद्दों को हाशिए पर डाल दिया है। वे कहते हैं कि मुद्दों का महत्त्व अपनी जगह है, लेकिन आज देश को एक स्थिर सरकार की जरूरत है। जनता ने सरकार चलाने की जिम्मेदारी भाजपा पर डाली है। यह संभव नहीं है कि मुद्दों के नाम पर विवाद खड़ा करके हम देश को एक मर्तबा फिर अनिश्चितता और अस्थिरता की आग में झुलसने के लिए छोड़ दें।

भाजपा अध्यक्ष राजनीतिक क्षितिज पर भाजपा के विराट् अभ्युदय का श्रेय पार्टी की बहुआयामी गतिविधियों को देते हैं। वे कहते हैं कि राम रथयात्रा ने राष्ट्रवाद को विकृत होने से रोका तथा धर्मनिरपेक्षता के मामले में लोगों का दिमाग साफ किया। भाजपा यह स्थापित करने में सफल रही है कि देश सबका है—हिंदू, मुसलमान, सिख, ईसाई। इसलिए सबको समग्रता के साथ इसके हितों के लिए काम करना पड़ेगा। यह भी संभव नहीं है कि छद्म धर्मनिरपेक्षता और अल्पसंख्यकवाद के नाम पर हिंदू समाज का तिरस्कार, अवहेलना और अपमान करनेवाली राजनीति आगे भी चलती रहे। सब लोगों और वर्गों को मिलकर देश के नाम को आगे बढ़ाना होगा। उन्होंने दावा किया कि राष्ट्रहित में जो भी जरूरी होगा, भारतीय जनता पार्टी करने से पीछे नहीं रहेगी। राष्ट्र और जनता के हित में किसी भी हद तक बलिदान करने का सामर्थ्य भाजपा और उसके नेताओं में है। भाजपा की कथनी और करनी में फर्क नहीं है। इसलिए व्यावहारिक धरातल पर जितना कर पाना संभव है, भाजपा सिर्फ उतनी बातें कर रही है। प्रस्तुत हैं साक्षात्कार के संपादित अंश—

प्रश्न—भाजपा के गठन को बीस साल पूरे हो गए हैं। इन दो दशकों में भारतीय जनता पार्टी की सफलता के लिए आप ऐसे कौन से पाँच तत्त्व मानते हैं, जिनके कारण भाजपा आगे बढ़ी ?

उत्तर—वर्ष 1980 में तत्कालीन जनता पार्टी का विघटन देश में भारतीय जनता पार्टी के विभिन्न घटकों की दुराववादी नीतियों के कारण हुआ था। आपातकाल के बाद

देश में प्रजातंत्र का अस्तित्व और अस्मिता बचाने के लिए जनसंघ ने अपने अस्तित्व और अस्मिता को जनता पार्टी में तिरोहित कर दिया था। देश का प्रजातंत्र जनसंघ के अस्तित्व से ज्यादा महत्त्वपूर्ण था, क्योंकि मुट्‌ठीभर लोगों के हाथों में यदि सत्ता आ जाती तो देश तानाशाही की गिरफ्त में आ जाता। दिल्ली में जनता पार्टी की सरकार बनने के बाद हमारे घटक के साथियों ने स्वयं को सत्ता की सौदेबाजी और संघर्ष से दूर रखा। सामंजस्य और समन्वय से हमने जनता पार्टी का काम आगे बढ़ाने का प्रयास किया। हमारी सारी नेकनीयत के बावजूद जनता पार्टी के भीतर ही अहं और वर्चस्व की लड़ाई शुरू हो गई। वे आशंकित थे कि हमारे घटक के लोग ज्यादा संगठित और सक्रिय हैं। वे कहीं जनता पार्टी पर कब्जा न कर लें, इसलिए दोहरी सदस्यता के नाम पर पार्टी के भीतर ही हमारी बेइज्जती और प्रताड़ना का दौर शुरू हो गया। हमें वहाँ से हटा दिया गया। नतीजतन भारतीय जनता पार्टी बनी और विघटित जनता पार्टी का बड़ा हिस्सा टूटकर हमसे जुड़ गया। शांतिभूषण या सिकंदर बख्त जैसे नेताओं ने, जो मूलतः जनसंघ घटक के नहीं थे, यह माना कि हमारे साथ अन्याय हुआ है। वे हमारे साथ आ गए। जनता पार्टी के छिन्न-भिन्न स्वरूप सबके सामने हैं, जबकि हमारी सही नीतियों, सही रास्तों और दूरदर्शिता का प्रतिफल यह है कि देश में हमारा प्रधानमंत्री सत्ता पर काबिज है।

प्रश्न—आप प्रमुख कारण ऐसे क्या मानते हैं, जिनके चलते भाजपा आगे बढ़ी?

उत्तर—भारतीय जनता पार्टी की बुनियाद की पृष्ठभूमि से आप वाकिफ हैं। भाजपा का जन्म ही मूल्यपरक राजनीति को लेकर हुआ। सत्ता की महत्त्वाकांक्षाओं के कारण इसकी बुनियाद नहीं रखी गई है। भाजपा आज जिस स्वरूप में देश के सामने खड़ी है, वह उसकी सकारात्मक, संवेदनशील और समन्वयकारी नीतियों का प्रतिफल है। इसका ताना-बाना अन्य राजनीतिक पार्टियों से भिन्न है। सत्ता के सब्जबाग दिखाकर हमने अपनी संगठन शक्ति को नहीं बढ़ाया है। हमने अपनी पार्टी को संगठनात्मक विस्तार दिया है तो सैद्धांतिक ऊँचाई भी दी है। लोगों में अपने चलन से विश्वास पैदा किया है।

भाजपा को बढ़ाने के लिए हमारे प्रयास बहुआयामी रहे हैं। हमारी रीति-नीतियों की धुरी प्रखर राष्ट्रवाद और राष्ट्रीयता रही है। काश्मीर का मसला हो या अल्पसंख्यकवाद का मुद्दा, धर्मनिरपेक्षता के सवाल हों या हिंदुत्व के, सारे मामलों को भाजपा ने राष्ट्रवाद के कैनवास में बाँधकर सैद्धांतिक राजनीति की स्थापना की है, जबकि अन्य राजनीतिक दलों ने धर्मनिरपेक्षता के नाम पर देश का राजनीतिक और सामाजिक पर्यावरण अल्पसंख्यकवाद और कट्टरवाद से प्रदूषित किया है। इन दलों की कोशिश रही है कि जो हिंदू समाज या हिंदू अस्मिता की बात करे, उसे सांप्रदायिक और मुसलिम विरोधी करार दिया जाए। सौभाग्य से देश की आम जनता ने सांप्रदायिकता को उनकी इस

अवधारणा को खारिज कर दिया। शाहबानो प्रकरण में कांग्रेस सहित अन्य दलों ने जो रुख अख्तियार किया, उस पर पूरे देश ने तीखी प्रतिक्रिया व्यक्त की। शाहबानो प्रकरण में सर्वोच्च न्यायालय के फैसले को संविधान संशोधन द्वारा निरस्त करने के कांग्रेस के कृत्य ने जनता को उद्वेलित कर दिया। कांग्रेस के इस अल्पसंख्यकवाद के खिलाफ जनता भारतीय जनता पार्टी के साथ खड़ी होती गई। लोगों में वैमनस्य का विष भरकर इस समरस समाज में फैलाया गया, जिसके नतीजे हम भुगत रहे हैं। देश की आबादी का ज्यादातर हिस्सा हिंदू है। हमारे देश की कुछ मान्यताएँ और परंपराएँ हैं। दिलचस्प बात यह है कि कट्टरता के आरोपों के बावजूद समय-सिद्ध तथ्य यह है कि हिंदू समाज उदारवादी है। हमारा देश सबको अपनानेवाला देश है, लेकिन इसका यह आशय भी नहीं है कि इस विशाल हिंदू समाज का तिरस्कार, अवहेलना और अपमान करके देश की राजनीति संचालित हो। कांग्रेस तथा अन्य पार्टियों ने कथित धर्मनिरपेक्षता के नाम पर यही किया, जिसके परिणाम अच्छे नहीं रहे। लोगों का मन आहत हुआ और उनका रुझान भाजपा की ओर बढ़ा, क्योंकि हमारी रीति-नीति तुष्टिकरण की नहीं थी।

प्रश्न—भाजपा के 20 सालों के सफर को यदि पाँच-पाँच वर्षों के कालखंडों में बाँटा जाए तो 1980 से 85, 85 से 90, 90 से 95 और 95 से 2000 के कालखंड की समीक्षा आप कैसे करेंगे?

उत्तर—सन् 1980 में भाजपा के निर्माण के समय ही तय हो गया था कि देश की राजनीति भाजपा को हाशिए पर रखकर नहीं चल सकेगी। लोगों ने मिलकर ऐसा राजनीतिक समाज रचना चाहा, जिसमें भाजपा को अछूत माना जाए। भाजपा को राजनीतिक अछूत बनाने के प्रयास अल्पजीवी सिद्ध हुए, लेकिन चुनावी राजनीति में श्रीमती इंदिरा गांधी की हत्या के बाद धर्मनिरपेक्षता के बीच निर्णायक संघर्ष था, जिसमें देश ने माना कि भाजपा का रवैया और पक्ष सही और सामयिक है।

प्रश्न—आज भारतीय जनता पार्टी के नेतृत्व में केंद्र सरकार बनी हुई है, लेकिन गुजरात, हिमाचल प्रदेश व उत्तर प्रदेश को छोड़कर अन्य सभी राज्यों में गैर-भाजपाई सरकारें हैं, जबकि भाजपा नेतृत्व द्वारा लगातार यह कहा जा रहा है कि उसकी शक्ति में इजाफा हुआ है। पिछले विधानसभा चुनाव में दिल्ली, राजस्थान, महाराष्ट्र, हरियाणा और उत्तर प्रदेश में भाजपा की शक्ति कम हो गई, इस स्थिति का आकलन आप किस प्रकार करेंगे?

उत्तर—यह सही है कि दिल्ली और राजस्थान में हमारी सरकार चली गई, जबकि महाराष्ट्र और हरियाणा में शुद्ध भाजपाई सरकारें नहीं थीं। कई मर्तबा राज्य स्तर पर गलतियों का खामियाजा भुगतना पड़ता है। मैं मानता हूँ कि भाजपा शासित राज्यों में गैर-भाजपाई राज्यों की तुलना में कई गुना ज्यादा काम हुए हैं। लंबे समय तक सरकार

में रहने के कारण अक्सर कार्यकर्ताओं में ही असंतोष के भाव पैदा हो जाते हैं। इस वजह से राजस्थान में हार का मुँह देखना पड़ा। दिल्ली में भी सामंजस्य का अभाव था। इसलिए चुनाव में विपरीत नतीजों का सामना करना पड़ा।

प्रश्न—पिछले विधानसभा चुनाव में जहाँ-जहाँ भारतीय जनता पार्टी बड़े घटक के रूप में या प्रमुख दल के रूप में राज का हिस्सा रही, उसकी सफलता का ग्राफ वहाँ काफी कम रहा, जबकि सहयोगी दलों को इसका फायदा हुआ, इसका कारण आप क्या मानते हैं?

उत्तर—नहीं, सहयोगी दल कौन से बढ़े हैं? बिहार में हमारे विधायकों की संख्या दोगुनी हो गई। कम्युनिस्टों के समर्थन के बिना दिल्ली में गैर-कांग्रेसी सरकार बनना संभव नहीं था। फलस्वरूप हमने सरकार से अलग रहकर गैर-कांग्रेसी सरकार को समर्थन देने का विकल्प चुना। उस वक्त सरकार में शामिल होने का कोई प्रस्ताव हमारे सामने नहीं था, इसलिए मुद्दे छोड़ने या नहीं छोड़ने का सवाल ही पैदा नहीं होता।

लेकिन 1999 की परिस्थितियाँ भिन्न हैं। पहली बार जब अटलजी ने शपथ ली थी तो एक समान न्यूनतम कार्यक्रम बना था। बाद में इसी समान न्यूनतम कार्यक्रम को घोषणा-पत्र में तब्दील करके सबने मिलकर चुनाव लड़ा। उस पर हम सभी चल रहे हैं। मुद्दे सिर्फ भाजपा ने ही नहीं छोड़े हैं, तेलुगुदेशम और अकाली दल ने भी धारा-356 को संविधान से हटाने जैसी माँगों को तिलांजलि दे दी है।

प्रश्न—डेढ़ दशक में भाजपा की सफलता का सारा श्रेय इन्हीं तीन मुद्दों को दिया जाता है। और इन मुद्दों से आप विचलित हुए हैं या इन्हें स्थगित किया है? क्या यही कारण है कि पिछले दो चुनावों में भाजपा की सीटों में इजाफा नहीं हुआ है? क्या आपको लगता है कि एक बार पुनः भारतीय जनता पार्टी को अपने पुराने मुद्दों पर लौटना होगा?

उत्तर—भारतीय जनता पार्टी ने इन मुद्दों को हमेशा राष्ट्रीयता के परिप्रेक्ष्य में रखा है। इनकी मदद से भाजपा राष्ट्रीयता को उनके सही संदर्भों और अर्थों के साथ प्रस्तुत करने में सफल भी रही है। इसका लाभ भाजपा को मिला है। इसी कारण हम सरकार में भी हैं। भाजपा का उत्तरदायित्व अन्य दलों की तुलना में ज्यादा है। क्योंकि सरकार को चलाने और सँभालने की जिम्मेदारी उसी की है। यदि आज सरकार असफल होती है तो असफलता और अक्षमता का ठीकरा सिर्फ भाजपा के सिर पर फूटने वाला है। मिली-जुली सरकार चलाने के तरीके और तकनीक भिन्न होती है। सरकार में बैठकर हम सिर्फ मुद्दों के नाम पर झगड़ते रहे या देश के लिए काम करें। बेहतर यही है कि हम काम का रास्ता चुनें और आगे बढ़ें…।

प्रश्न—'पार्टी विद डिफ्रेंस' कब सामने आएगी ?

उत्तर—भारतीय जनता पार्टी को आज भी 'पार्टी विद डिफ्रेंस' कहने में संकोच नहीं होना चाहिए। इसके चेहरे और चरित्र की चमक आज भी सबसे अलग है। इसके कार्यकर्ता पूरी तरह प्रतिबद्ध और विपरीत परिस्थितियों में सफलतापूर्वक अंजाम देने में समर्थ हैं। लोगों को यह महसूस कराना चाहिए कि भाजपा रूढ़िवादी, जड़ और जटिल पार्टी नहीं है। यह भारतीय समाज का समकालीन और समय-सापेक्ष राजनीतिक प्रतिबिंब है। मेरी मान्यता है कि राष्ट्र और समाज के हित में किसी भी हद तक बलिदान करने का सामर्थ्य भाजपा और उसके नेताओं में है। भाजपा समय की कसौटियों को परखकर अपनी अवधारणाओं को रूपांतरित करने में समर्थ है। भाजपा आज की परिस्थितियों को ध्यान में रखकर जो भी आवश्यक है, वह कर रही है। इसके मायने यह नहीं हैं कि मुद्दों का महत्त्व हमारे लिए नहीं है, लेकिन मुद्दों के कारण पार्टी की जड़ता या ठहराव आ जाए, यह भी युक्तिसंगत नहीं माना जा सकता है। भाजपा और कांग्रेस अथवा भाजपा और कम्युनिस्ट पार्टी में यही तो फर्क है। हमारे समर्थक भी समझदार हैं और मुद्दों को लेकर उद्वेलित नहीं है। भाजपा व्यावहारिक धरातल पर जितना कर सकती है, सिर्फ उतनी ही बातें करती है। सत्तापक्ष और विपक्ष की स्थितियों में फर्क होता है। देश की जनता ने भाजपा को सबसे बड़े दल के रूप में चुना है। आज किसी भी कारण से यदि सरकार टूटती है तो संदेश यह जाएगा कि भाजपा और उसके नेताओं में सरकार चलाने की क्षमता नहीं है। वे अक्षम हैं।

हमारी पहली प्राथमिकता यही है कि सरकार पूरे सामर्थ्य, पूरी गति और पूरी गुणवत्ता से चले। आज अटलजी के प्रधानमंत्रित्व और कुशल नेतृत्व में सारा देश यह महसूस भी कर रहा है। यही भाजपा की सफलता है और देश के लिए शुभ संकेत हैं।

❑ ❑ ❑